U0449842

上

THE FARM
IN
IRTATT

伊尔塔特的农场

秋野姜 著

江苏凤凰文艺出版社

图书在版编目（ＣＩＰ）数据

伊尔塔特的农场：全三册 / 秋野姜著. -- 南京：江苏凤凰文艺出版社，2024. 7. -- ISBN 978-7-5594-8734-6

Ⅰ. I247.5

中国国家版本馆CIP数据核字第2024Z4M692号

伊尔塔特的农场：全三册

秋野姜　著

责任编辑	白　涵
特约编辑	郭　梅
装帧设计	有点态度设计工作室
责任印制	杨　丹
出版发行	江苏凤凰文艺出版社
	南京市中央路165号，邮编：210009
网　　址	http://www.jswenyi.com
印　　刷	涿州鑫义康印刷有限公司
开　　本	880毫米×1230毫米　1/32
印　　张	22.75
字　　数	604千字
版　　次	2024年7月第1版
印　　次	2024年7月第1次印刷
书　　号	ISBN 978-7-5594-8734-6
定　　价	99.90元（全三册）

江苏凤凰文艺版图书凡印刷、装订错误，可向出版社调换，联系电话：025-83280257

目录

第一卷　降临

第1章
我是谁？/ 2

第2章
第一夜 / 8

第3章
第二日 / 14

第4章
第二夜 / 20

第5章
夜莺的过去 / 26

第6章
镜湖的囚徒 / 75

第7章
深海的哀歌 / 125

第8章
王都的来客 / 174

第9章
沼泽的火焰 / 221

第10章
丰收与冬眠 / 287

第二卷　破雾

第11章
放逐之船 / 342

第12章
腐朽花园 / 432

第13章
群鸦之塔 / 481

第三卷　黎明

第14章
龙坠之城 / 560

第15章
失落王庭 / 616

第16章
春雪荒原 / 672

番外
薇薇安的庭园 / 702

第一卷

♦ 降临 ♦

第1章
我是谁？

她醒来的时候，正坐在一节陌生的火车车厢里。

这是个靠窗的位置，一睁眼，落入眼底的就是窗外呼啸而过的苍翠群山。那里似乎是人迹罕至的深林，浓密的大树枝枝相扶，连日光都难以照进去。乳白色的烟云环绕在山腰，只是看着就仿佛能呼吸到清晨初醒的寒气。

她还带着刚刚苏醒的惺忪，呼出的热气凝结在玻璃窗上，形成一层白色的薄雾。

"呜——"忽地一声汽笛长鸣，划破长空，在群山之中久久回荡。

她如梦初醒般收回视线，环顾四周，有些茫然地看了看自己的双手，又摸了摸自己身上的衣物。车窗上模糊倒映出一张陌生的脸。

"我是谁？"

这是一双很年轻的手。几缕黑色的细卷发垂在胸前悠荡着，她伸手一捞，触感丝滑柔顺，丝毫看不出烫染的痕迹。她身上穿着一件棕色条纹小外套，搭配一条同色系的骑马裤、黑色尖头皮靴，看得出来用料和做工都很考究，但颜色明显很旧了，袖口、膝盖等处都洗得发白，左袖的袖扣还掉了一颗。帽子是皮质的窄边贝雷帽，有一颗暗银色的金属扣作为装饰，带着风霜的痕迹。

她手边放着一个棕色的木制手提箱，镀金的金属提手稍显斑驳。万幸这不是密码箱，她在自己裤子的口袋里摸到了一枚铜钥匙，顺利地将它打开了。

箱子里放着两个羊皮封装的笔记本、三个白色的硬纸信封、一支鹅毛水笔、一袋看形状像是硬币的物品和一袋所剩无几的干面包。

碍于火车上鱼龙混杂，她没敢打开检查那个钱袋，又将它放了回去。

两个笔记本都是空白的，信封都是打开过的，开口处残余着火漆的痕迹，里面的三封信看起来是唯一的线索。这三封信从新旧来看并非同一时期的信件。她先拿起其中一封比较旧的展开。

信纸微微泛黄，折痕相当明显，字迹有些淡了，不过好在还能够辨认。

亲爱的露西塔：

但愿这封信能够成功送到你手里。

你好，我是伊尔塔特的镇长贾文娜。

时间过得真快，如今你应该是个十几岁的大女孩了，我的记忆还停留在你四五岁的时候在珊蒂农场的快乐时光。当然，那时候你太小了，也许一切都不记得了。你一切都好吗？

自从你跟着你的母亲离开后，珊蒂阿姨一直非常思念你们，身体总是非常虚弱。听闻你的母亲去世的噩耗，我们都很悲痛，珊蒂阿姨更是一病不起。要知道，失去了你的母亲后，你是珊蒂阿姨在世的最后一个亲人了。因此，尽管不知道能否送到你手里，我还是必须写这封信，很遗憾地通知你一个噩耗：珊蒂阿姨在今年冬天去世了。

你知道的，今年冬天尤为寒冷。我们把她埋葬在镇南面的德里草原上，那里的风景很美，相信珊蒂阿姨会喜欢那里的。

亲爱的露西塔，如果你长大后想回到这里看看她，非常欢迎，珊蒂阿姨应该也会很高兴的。

愿你一切都好。

573年12月7日
伊尔塔特的朋友 贾文娜

寄信人是"贾文娜"。收信人是"露西塔"。贾文娜口中的珊蒂阿姨是露西塔的奶奶，露西塔十几岁，贾文娜应当是个中年人。现在的她看起来还很年轻,如果她可能是其中一个人,那么只能是露西塔。

她拆开了第二封信。这封信看起来是最新的,信纸还是雪白的,折痕不太明显,字迹也很清晰,应该是半年内写的。

亲爱的露西塔:

可怜的孩子,再次听到这个不幸的消息,我好像回到了你刚失去母亲的时候。一切多么相似!你母亲的恋人是个忠贞的孩子,失去了你的母亲,做出这样的选择也在意料之中。愿他能够平安去往天国。孩子,振作起来,你的母亲在天国会祝福你的。

既然已经决定长住在这里,原本的暂住计划就不太合适了。回到故乡居住吧,回到珊蒂阿姨的农场吧,那里一直在等着你。好好修缮一番,它还会像从前一样美丽。

伊尔塔特所有的伙伴都会欢迎你的,不要怕。我会在旅途的终点迎接你,从此以后,伊尔塔特就是你的家。

575年12月4日
永远欢迎你的贾文娜

露西塔的母亲和祖母都已去世了。在575年——很有可能就是前一年——这一年的冬天,贾文娜邀请她到一个叫作伊尔塔特的地方生活。

还有最后一封信。

亲爱的露西塔:

听说你和你母亲的恋人要回来吊唁珊蒂阿姨,大家都很欢迎!珊蒂阿姨的坟前种了两棵她生前最爱的萝花树,如今已经过了花期,满树都是火红的叶子,相信她在神国也一定很幸福吧。

可惜你家由于一年来没有人居住,已经有些荒芜了。不过没关系,如果愿意的话,你们可以暂时住到我家来,或者暂时住在镇民活动中心，我们可以为你们腾出两间房子。

我已经迫不及待了！真想念你！

575年10月21日

永远欢迎你的贾文娜

这封信写于575年的十月，比上一封信的时间稍早，看得出来这时候那位恋人——也就是露西塔失去母亲后的临时监护人——还没有去世，两人原计划回到伊尔塔特吊唁珊蒂奶奶。但到十二月，那位恋人已经去世（疑似因为悲痛过度而自行选择死亡），因此这次的计划搁浅了。在十二月那封信中，贾文娜邀请露西塔在伊尔塔特定居。

最后一封信是在冬天写的，而现在窗外遍山新绿，已经是春天了。

她轻声问邻座的阿姨："请问现在是哪一年？"

那阿姨古怪地看了她一眼："576年啊。"

果然如此。结合这趟旅途的时间和她带的物品，她大致对自己的身份有了了解。失去亲人的孤儿穿上了最体面的行头，变卖了不知道是否存在的家产，带着几乎所有家当踏上了回乡的火车。

没有记忆的她并未对亲人的离世产生感伤之类的情绪。对于自己是怎么失去记忆的、未来要去往何方、周围是否存在危险，她还一无所知。如果这趟火车的目的地真的是所谓的故乡伊尔塔特，不知道那里是否会有更多的线索。

她并未思考太久，火车已经抵达了终点。

露西塔顺着人潮下了火车，四处望了几眼，就见到一个金发女人朝她走过来。来人扎着金色的低马尾，戴着一顶牛仔风的宽檐帽，腰间挎着个干净的旧皮包，思索般摸了摸下巴："棕色的条纹套装、紫水晶领扣……露西塔？我是贾文娜。"

露西塔意识到，自己在回信中也许与前来接车的贾文娜约定了着装。从信件内容来看，贾文娜只见过小时候的她，因此她不用太担心暴露失去记忆的事实。

她从容地点头回答:"是的,贾文娜阿姨,谢谢你来接我。"

"不要客气,露西。不管曾经走出多远,伊尔塔特永远欢迎她的孩子。"贾文娜看起来有点儿自来熟,很自然地开始叫她的简称,"你看起来和我想象中一样健康、漂亮。如果珊蒂阿姨在天上看到自己的孙女长这么大了,一定会很欣慰的。"

露西塔想做出伤感的表情,但没能成功。好在贾文娜并未注意这些细节。

贾文娜领着她出了车站,引她上了一辆马车。马车的车厢漆成了漂亮的樱草黄色,表面绘制着陌生的典雅纹章——不知名的紫色花藤缠绕着一把利剑。蘑菇红的车篷顶呈平缓的伞形,车帘是密实的深蓝色帆布做的。车上的坐垫是用不知名的草秆编成的,触感很舒服。

露西塔挑开帘子,看前面的贾文娜。贾文娜坐在马上往南面望去,然后抬手挥了两下马鞭:"翻过前面这座小山丘,再穿过一片森林,就能到我们的镇子了。"

这里不是伊尔塔特?露西塔暗暗惊讶。

马车缓缓驶离这座城市,穿过山上的草地和山后的森林。清晨的寒雾吹过露西塔的脸颊,野兔和松鼠的影子渐次闪过,青草味和鸟的啼鸣让露西塔的心情渐渐变得好了起来。

不多时,马车停在了一座宽敞的木屋前面。

"到了。"

露西塔下了车。

贾文娜笑着解释道:"全镇只有这一辆马车,平时都停放在镇民活动中心。我带你回你家看看吧,露西。"

她说着把马车拴到了镇民活动中心门前的大树上。

露西塔点着头,暗暗端详着这座小镇。街道两旁的房子都是木制的,而面前这座尤其宽敞。此时大约是春天,木头墙面和房梁上还带着嫩芽,纤细的藤蔓爬满了墙壁,粉紫色的小花在风中瑟瑟摇摆。镇民活动中心大门前摆着两座精致的大木雕,一座是捧着松子的松鼠,另一座是捧着萝卜的兔子。椭圆形的门牌上缠绕着紫色的花藤,上面写着"伊尔塔特活动中心"。

门前的道路是笔直的石子路,两旁的小木屋外墙上也都缠满了星星点点的花朵,明亮的玻璃橱窗后摆满了散发着甜香的黄油面包。长方形花坛紧挨着门边的墙壁,一簇簇风信子将开未开,窗台上摆放的水仙已经矜持地打开了自己的花苞。

旁边两层高的木屋里,阁楼的小木窗吱呀一声打开,一个金发少年从摆满蓝铃花的窗口探出半个身子,托着腮喊道:"贾文娜镇长,这就是小露西塔吗?"

少年穿着宽松的白色棉睡裙,金发低垂,别着一枚叶片形状的发卡,眼眸翠绿如一汪湖水。

"那是裁缝店的艾尔西娅。"贾文娜对露西塔介绍,抬头回答道:"上午好,艾尔西娅!我正要带露西去她的农场呢。"

"珊蒂农场吗?真想念它美丽的往昔。"艾尔西娅笑起来,"露西塔,我保证你会喜欢这里的!"

露西塔仰头望着窗边的少年。也许是日光太盛,她感到眼前一阵晕眩,少年的笑容与她仿佛隔着一个世界,看不真切。

第2章
第一夜

在贾文娜的引领下,穿过一条长街,又转了几个弯,终于抵达此行的目的地。

也许是占地太广的原因,这个农场坐落在小镇的一角,看起来十分偏僻,房子后面就是一片看不见边际的森林。低矮的围栏和小木门几乎被荒草淹没,宅院中荒草丛生,低矮的灌木和参天的大树错落生长着,将阳光遮挡得严严实实,只有一丝丝光从枝叶之间透进院子里,灰尘游弋在其中,使得整个院子透出一股无端的凄冷。

沿着碎石小路走进去,才能看见庭院中间有一座低矮的木屋。这小屋看起来有些年头了,墙面遍布黑色的霉斑,苔藓在木缝中一簇簇地生长。门前不远处有一口井,不知道是否已经干枯,还有一只木桶挂在上面。房门左边放着几个木箱子,右边立着一个红色的铁皮邮箱,都已经落满了灰。

贾文娜一边拨开伸到小路上的灌木,一边感叹:"真怀念过去在这里玩耍的快乐时光啊。没想到才两年,它就已经荒废至此了。"

"至少我回来了,不是吗?"露西塔斟酌着说,"我会让这里重新好起来的。"

房门上挂着一把生锈的铜锁。

贾文娜打开门前的木箱,里面零零碎碎地放着一些旧工具,如斧头、铲子、镰刀,表面涂了一层薄薄的桐油封着,因此依然锋利如新。她在里面翻了翻,摸出一把四叶花形的铜钥匙。

"咔嗒"一声,锁开了。

她们在房子里转了一圈。这座房子很久不住人了,地面和家具上都落了一层厚厚的灰。四壁挂着铜制的灯托,每个灯托上都放着一枚灰色的珠子，细看来，上面布满了裂痕。

室内的空间很宽敞，一间客厅连着开放式厨房，通铺着深棕色的木地板。客厅里摆着樱草黄的粗布沙发和藤编的茶几，对面靠墙有一套桦木桌椅，桌面中央放着一只铁质烛台，看样子似乎是餐桌。侧面的墙中间嵌着一扇面积很大的木框窗，窗下砌着一个红砖壁炉，旁边放着一张藤编的摇椅。

厨房里有一个结了蛛网的土烤炉、一张放着铁锅的灶台，两者紧紧挨在一起，被安置在窗下，大片阳光正落在上面。旁边放着一个大橱柜，角落里堆着一些潮湿的煤炭。

厨房和客厅中间有一条短而宽阔的走廊，铺着一张暗绿色的织花地毯，靠墙摆着个多层抽屉柜。顺着走廊往里走，左通卧室，右接书房，后面是一间盥洗室。

卧室靠窗的位置摆着一床一柜，窗台上有一只破口的玻璃花瓶，里面插着一枝耷拉着头的百合花。那枝花水分早已流失殆尽，显出风干的枯黄色。书房里有一墙书架、一张书桌，桌上放着一盏铜座台灯，里面的珠子与墙上灯托里的似乎是同一种。盥洗室由一扇竹帘隔成两部分，里面是金属的抽水马桶和简陋的淋浴装置，外面是石质盥洗台。

推开盥洗室的窗户，能看到房子后面有一方池塘，里面似乎是活水，三两落叶漂浮在水面上，池水看起来很清澈。一棵一人合抱般粗细的大树生在水边，干枝上才发了新芽，稀稀落落的绿色看起来有些颓败。

这座房子，连同露西塔带着的小箱子，就是她目前的全部财产。

"我该叫几个朋友来帮你打扫下房子的。"贾文娜带着歉意说，"这些日子忙着春种的事，把这件事忘了。"

露西塔连忙道："没关系，您能来接，我已经很感激了，我可以自己整理的。"

"房子里还好，院子里这些灌木都生了根，又长了这样一大片，你一个人可要忙好几天了。"贾文娜是有经验的，"明天我找几个人来帮你，砍下来的木材可以让建筑工杜兰妮运走，也许能用在修缮你的房屋上。"

贾文娜说得合理，露西塔说不出推拒的话，只能再三道谢。在接受贾文娜的晚饭邀请后，她送走了贾文娜。

趁着打扫的机会，露西塔仔细检查了这座房子，将能用的物品清点了一下。

橱柜里有一些木制的碗盘和陶器，卧室的衣柜里放着一套干净的菱格纹棉花被褥，房门外悬挂着一根鱼竿，门外的箱子里有一些基础工具。

这座老房子里没有食物，仅剩的一些面粉已生了许多虫子，油罐、糖罐都是空的。露西塔带来的箱子里还有几条干面包，但它们看起来又干又硬，实在令人难以下口。她有些庆幸接受了贾文娜的晚餐邀请。

随后，为自己失忆的事，她重点翻了一遍书房，想看看自己小时候住过的地方有没有线索。书房的书架上摆着一些诸如《治疗药剂大全》《面包的烤制技巧》之类的精装硬皮书，她一边擦拭灰尘，一边粗略地翻了一遍。这些书里既没有夹层，也没有特别的标记，书籍的扉页上规规矩矩地写着"珊蒂"的名字。抽屉里有一些火漆印、鹅毛笔等零碎物件，还有几本笔记，里面大概是阅读心得之类的内容。要从这些文字资料里找到线索恐怕需要很长时间，况且露西塔还是这样没有目标地乱撞。看来要弄清楚失忆的来龙去脉，不是件容易的事。

中午的太阳明晃晃地恼人，露西塔把被褥抱到了院子的晾衣绳上去晒，又用箩筐装着那些潮湿的煤炭摊到门口的空地上。她擦擦洗洗，来来去去，忙活到红日将沉，薄红的余晖照在她脸上。

到了晚餐时间，将晾在外面的被褥和煤炭都收了，露西塔出门去贾文娜家里吃饭。

伊尔塔特很小，总共住了不到百户人家。贾文娜家在鹦鹉街十八号，与珊蒂农场——现在是露西塔农场——只隔着一条街。根据贾文娜的描述，露西塔很轻易就摸到了目的地。

贾文娜身为镇长，住所并不像露西塔想象的那样气派。那是一座面积不大的小院，暗红色的矮门虚掩着。院里的晾衣绳上挂着几件衣服，不大的小屋窗台上摆着几盆细叶针茅。房子后面，可以瞥见菜地的影子，里面生长着几行青菜幼芽。

露西塔正有些踟蹰时，一个黑色卷发的女人从大门里走了出来。她背着个皮质箭袋，头发用黑棉绳在脑后扎了个低马尾，耷拉在垂着的暗红色风帽上。一只湖蓝色的鸟儿停在她肩头，仿佛在歪头看着她。女人神色冷淡，瞥了露西塔一眼就要错身而过。

"等一下！"露西塔连忙叫住她，确认道，"请问，这里是贾文娜家吗？"

那女人顿步听完，没有言语，只冲她点了下头就走了。露西塔多看了几眼那女人的背影，谁知那只鸟儿若有所觉，竟然回头看了她一眼。露西塔一惊，连忙收回目光，推门进去。

她进屋的时候，面包已经烤好了。因为要等露西塔，贾文娜把面包封在烤炉里保温。除此之外，贾文娜还准备了烤鹿肉和苦苣沙拉。

烤炉被打开，热气和着食物的香味扑面而来。面团已经膨胀成了两倍大，表皮烤得焦黄发亮，拿指节轻轻一敲便敲出裂纹，露出里面蜂窝状的柔软组织，麦香乍然溢出。贾文娜取来一把锯齿刃的面包刀，将面包切片。刚出炉的面包切起来"咔嗞咔嗞"的，面包表皮的黄色焦渣和洁白、柔软的絮状内心散落在菜板上。贾文娜拿厨房铲将它们收集起来垫在木盘底。厚切面包片则被涂上黄油，放在锅里煎出一层焦脆的外壳，码放在木盘里。烤好的鹿肉外皮焦黄、油亮，被切好码在陶盘里，露出肥嫩多汁的漂亮切面。贾文娜给它们刷上蜂蜜，又从罐子里取出一些黑胡椒和迷迭香撒在上面。苦苣沙拉放在深陶盅里，乳白的沙拉酱混合着罗勒和月桂叶的香味。

两人将餐品端上餐桌。贾文娜给露西塔的面包盘里放了一块鹿肉，把蜂蜜罐朝她面前推一推，有些自得："不够可以再加，胡椒也是。尝尝，怎么样？我的厨艺，很多人夸过的。"

露西塔确实饿了，配着烤肉和沙拉，她一连吃了三块面包。黄油面包外焦内软，烤肉肥嫩多汁，油脂和香料混合的香味十分诱人。早春的苦苣无须任何处理就爽脆、多汁，苦苣沙拉清凉爽口，中和了烤肉和黄油的肥腻感。她十分认真地肯定了贾文娜的厨艺。

见她吃不下了，贾文娜给她倒了一杯羊奶："本想煮奶油蘑菇汤给你喝，但是奥萝拉那里没有蘑菇卖了，晒干的也没有。"

露西塔不爱喝羊奶，但还是咕嘟咕嘟一口气喝完了，然后放下杯子："羊奶也很好，我很喜欢，谢谢您。我家确实一点儿吃的都没有了，要不是您，我真要饿一晚上了。您知道镇上谁家卖粮食吗？"

"别客气，你家整理好之前，这几天都先来我家吃饭吧，我很乐意多加一副餐具。"贾文娜告诉她，"要买面粉和蔬菜，你得去奥萝拉的磨坊，想要香料也可以去那里看看。与别的地方不同，伊尔塔特的香料很充足，因此价格很便宜。还有，我见你家的鲤目灯都不亮了，你可以去艾琳的杂货铺看看，那里东西很充足，你可以一并在那里购置其余的生活用品。如果暂时没有，还可以让艾琳给你做……"

贾文娜详细介绍了一番这里的情况，包括种子店、药店、铁匠铺等地方。但有些词露西塔听不太懂，比如鲤目灯、传讯羽盒。

她这才环顾贾文娜的家，注意到四面墙壁上有眼熟的铜制灯托，和自家墙上的如出一辙。不同的是，这里灯托上面的珠子发出淡黄色的柔光，整个室内被区区几枚珠子照得亮如白昼。不知为何，她脑海中浮现出"夜明珠"一词。

"这就是鲤目灯吗？"她指着墙上的明珠问，"一种……会发光的珠子？"

贾文娜一顿，旋即失笑。"我忘了，你离开这里的时候还很小。"她解释道，"外面的东西和镇上的有很多不同之处。鳡目灯其实不是灯，是用鳡鱼的眼珠加一些特殊的药粉制成的。因为会发光，我们就把它当作灯来用了。其实，它和外面燃烧发光的煤油灯和近几年兴起的那种电灯都不太一样。"说完，贾文娜又补充一句，"这里是个很特别的地方……你慢慢就知道了。"

露西塔带着满肚子的满足和满脑子的疑惑回到了自家的农场。

此时，金乌已然西坠，整片大地都笼罩在一片混沌的昏黄之中，余晖透过树枝间的缝隙落在庭院里。一片淡红色的柔光中，鸟巢的影子隐约安顿在黑压压的树影之间。露西塔很不适应这样的昏暗。趁着还余一点儿明亮的天光，她草草洗了个澡，整理好床铺，寻思着明天就去杂货铺把家里的灯换新。

天色一暗下来，困意就来得很快。她躺到床上，窗外蛩音连绵，春虫的低鸣在万籁俱寂中是那样生动。床上铺着晒了一下午的棉被和灰绿色的菱格纹床单，深蓝的被面上印满了黄色的星星。阳光的味道还没散去，被子散发着干燥、蓬松的甜香，抱着它如同抱着一团云。她窝在那团柔软的被子里，劳累一天的身体舒展开来，一双眼透过窗棂望着窗外最后一点儿夕晖。那点儿黯淡的红色映照在她的瞳孔里，显出一种幽微的寂静。

望了许久，直到最后一丝天光收尽，金乌坠入山间，深蓝色的夜幕笼罩大地，星光翻涌，她终于沉入了一片黑甜。

这是她来到伊尔塔特的第一夜。

第3章
第二日

由于昨晚睡得很早，天边刚刚露出鱼肚白，露西塔就迷蒙着睁开了眼。她整理好床铺，在门前的井里打了一桶水用来洗漱。清晨的井水冷得刺骨，她打了一个激灵，整个人一下从迷蒙中清醒过来了。

今天有很多事要做。昨天约了下午等贾文娜她们来帮忙整理院子，露西塔决定上午去买些粮食和日用品，顺便探索一下这座小镇。

另外……她无奈地看了看自己的衣服。她昨天穿着这身骑马装干了一天的活儿，出了许多汗，衣服早就脏了。但她来这里的时候只带了一个小箱子，生活用品、换洗衣物一概没有。屋里的衣柜里除了被褥，也是空空如也。她今天必须得买点儿衣服以备替换。

她带来的箱子里还有一只钱袋，里面装满了指甲盖儿大的薄银币，有一百多枚，正面刻着一顶王冠，背面刻着双剑和盾牌。她猜测这些应该是货币，但不清楚它们的购买力，索性直接抓了一把银币装进口袋。

第一站是坐落在河边的磨坊。瓦伦河发源于北边的群山，穿过小镇的西北部，流经山脚下的磨坊。河水绕过一道陡峭的山坡，大块黝黑、锋峻的岩石凸出河床，清澈的水流飞溅，水车缓缓转动。磨坊四周是一小片没有围栏的菜地，拱卫着中间的石头房子。

磨坊主奥萝拉是个金发碧眼的中年女人，身形高瘦，身上穿着一条白色的围裙，上面沾了一点儿面粉。见到露西塔来，她停下了手上的活计，微微挑眉："外来人？"

"您好，我是珊蒂家的露西塔，昨天刚回来的。"露西塔试探道，"奥萝拉阿姨，您还记得我吗？"

"噢，记得。"奥萝拉恍然，把身上的脏围裙解开，客气道，"一转眼你都这么大了。这次回来就不走了？"

"是的，已经在贾文娜镇长那里登记了户籍，以后我会长住这里，所以需要置办一些东西。"她递出一枚银币，"阿姨，这种银币，您收吗？"

"贾文娜……啧。"奥萝拉冷笑一声，接过去看了一眼，"是外面的银币吧？可以收。镇上有时候会有外来人，这样的银币和咱们镇上自己铸的币不太一样，但银子分量都差不多，所以一样流通。"

看起来奥萝拉和贾文娜关系不太好。露西塔暗暗猜测，嘴上道："我想买点儿面粉和蔬菜，还有油、糖、盐、蜂蜜、奶酪，各种香料也都想来一点儿。您这里的东西怎么卖？"

"面粉两银币一袋，青菜、春萝卜都是一磅六铜币，买两磅可以便宜两铜币，只要一银币。苦苣、萝花、豌豆、芦笋这些产量低的，两银币一磅。但现在还不是吃萝花和豌豆的季节。果子来一点儿吗？桑葚、樱桃和草莓都有，两银币一磅。盐、糖、蜂蜜、牛奶也是两银币一磅，黄油和奶酪贵一点儿，三银币一磅。至于香料，价格差别比较大。韭葱、山姜、芫荽也是三银币一磅，黑胡椒、墨角兰、罗勒、月桂、丁香这些，要十银币也就是一金币一磅。当然，一磅也许太多了，我可以按盎司拆卖，一盎司一银币。"

照顾到露西塔初来乍到，奥萝拉很细致地报了一遍，末了道："如果你暂时没钱，可以先欠着，等春天过去，有了收成再来还。"

"谢谢您，我还有一点儿存款。"露西塔婉拒道，斟酌着买了一袋面粉，油、盐、糖、牛奶等都各买了一磅，不易变质的干香料各买了一盎司，用小罐装着。需要保持新鲜度的蔬菜和水果，她都没有买。她拎了拎这些东西的重量，一磅大约是半升牛奶的重量，一盎司是一磅的十分之一。

家里还没整理好，她暂时没有闲情逸致做饭，因此只买了一些不易腐坏的物资存着。她没有记忆，连烤面包都不会，到时恐怕需要参考书房那本《面包的烤制技巧》，或者请教贾文娜，现学现做。

买这些东西共用去她二十三枚银币和六枚铜币，奥萝拉找给她四枚铜币。铜币的大小同银币差不多，不过上面刻的是一把缠绕着花藤的利剑，和昨天她在马车上见到的标志一样，也许是独属于小镇的徽记。

她先往家里送了一趟东西，接着去了艾琳的杂货铺。

杂货铺坐落在靠近镇中心的位置，门口挂着一块写着"杂货铺"的木牌，靠街的墙上有一扇玻璃橱窗，里面摆放着各色的布娃娃、花瓶、八音盒和木雕。露西塔推门进去，门前的贝壳风铃哗啦啦地响起来，室内摆着好几排木制货架。

艾琳听到响声就迎了过来。她是个瘦小的红发女人，眉目柔和，铁灰色的眼睛上仿佛笼罩着一层烟雾。

除了昨天见到的鲤目灯，货架上还摆着许多令露西塔感到陌生的东西。她拿起一个镶着铜丝的方形木盒，木盒表面画着一些复杂的花纹，细看来竟然是羽毛丝拼成的。

"这是传讯羽盒。"艾琳的声音在她身后响起，"上面的羽毛来自一种叫空翠的鸟，它们有一丝龙族的血脉，具有特别的空间天赋。用空翠掉落的羽毛绘制空间魔法阵，即使没有魔法的人也能使用。因此，整个小镇的人都用传讯羽盒互相传递物品和信息。"

龙族？魔法？露西塔猛地回头，惊讶地看向艾琳。陌生的知识带来的冲击仿若实质，她一时间竟然有些眩晕。她隐隐有一种感觉，即使是从前拥有记忆的自己，认知中也没有这些东西。

"你母亲太贪玩了，无论如何，她都不应该把你一起带走。"艾琳见状，叹了口气，"露西塔，她没告诉你吗？伊尔塔特和别的地方不太一样。我们……不能算是纯粹的人类。还好你回来了，不然等到你五十岁、一百岁、一百五十岁，身边的人都老去了，你还顶着一张年轻的脸，在外面可就完蛋了。"

"我们？艾琳阿姨，我不明白。"艾琳说一半留一半，露西塔索性直接开口问了。

"这要从伊尔塔特的来历说起，一时和你说不明白。回去翻翻镇志吧，你家里应该有的。"艾琳拍了拍她的肩膀，"之后要是有不明白的，都可以来问我，或者问贾文娜她们也行。"

露西塔若有所思地点头应下，接着问道："除了这个传讯羽盒，您再跟我说说别的东西吧。我想，我生活中需要它们，对吗？"

"聪明的小姑娘。"艾琳笑起来，绕到后面的大货架前，指着一个透明玻璃箱子说，"这是霜箱，下层种着霜心草，它们会持续不断地释放寒气，为整个箱子的内部维持低温，通常用来使食物保鲜。"说完，艾琳补充道，"养霜箱是很费钱的，霜心草需要的养料银屑很特别，每个月需要补充一次，一次需要十枚银币左右的量，也就是需花费一枚金币。"

好家伙，虽然对于保鲜食物这一点很心动，但露西塔目前还真养不起。

艾琳陆续将许多涉及魔法或者魔法材料的工具都介绍了一遍。露西塔听得十分心动，但这些制作复杂的物品都很昂贵。最终，她用二十二枚银币买了十一只鳇目灯，正好填满家里所有的灯托；又买了毛巾、皂粉、生火用的火燧、水壶等生活用品，用去了十枚银币。

她晃了一下口袋，银币比起早上第一次出门时少了将近一半。想到后面还需要买衣服和菜种，她忍痛放弃了传讯羽盒，与艾琳道别。她拎着个大包裹出门时，已经日上三竿了。

露西塔又拐道去了加西娅的种子店。

她还没到种子店，远远地就看到了涂成天蓝色的小木屋、门前三层阶梯上摆满的蓝铃花和黄色的樱草，以及门牌边挂着的鹅卵石风铃和爬满爬山虎的阁楼小木窗。她突然理解了贾文娜说到种子店时满眼笑意的夸赞——"非常漂亮的店铺"。

店主加西娅是个与露西塔年龄相仿的姑娘，梳着两条金色的麻花辫，戴着一对雏菊发卡，身穿樱桃红的条纹衬衫和天蓝色背带裤，一双绿眼睛像透亮的宝石，五官和露西塔第一天遇到的艾尔西娅有几分相似。

露西塔不由得脱口问道："艾尔西娅是你……"

"是我姐姐。"加西娅腼腆一笑，"我们长得有点儿相像。你要买种子吗？"

"嗯，"露西塔请教道，"我家里的地荒了两年，我想把它们重新种上东西，不知道这样的情况种什么比较好活？"

加西娅想了想，说："这个时令，第一次种田，种点儿豌豆吧，既能养地，又比较好活，成熟得也快。或者种萝卜、青菜。"

露西塔又问了几句，然后听从加西娅的建议，花两枚银币买了些豌豆种子。

接着，她顺路拐到了艾尔西娅的裁缝店。可能由于是两姐妹的关系，裁缝店和种子店离得很近。露西塔进裁缝店的时候，艾尔西娅正在织布机前织棉布。

镇上买成衣的人其实很少，平时大家都是买了布回去自己做的，除非需要买参加庆典的礼服。因此，艾尔西娅对于有人买成衣似乎很高兴，拎着衣服一件件地往露西塔身上比画，像是在打造什么艺术品似的嘀嘀咕咕："这件太宽松了，没精神；这件颜色不太好搭配；那条水绿色的短裤还行……不要浅色，容易弄脏？也对，那就这条棕色的口袋裤？也不好，你已经有棕色的裤子了……"

在满足艾尔西娅的搭配欲后，露西塔以八折的优惠价买了一件深蓝色的口袋衬衣、一条樱草黄的长裤。艾尔西娅又送了她一顶遮阳草帽。

艾尔西娅还在念叨："这个樱草黄是我最得意的染色成果，又柔和又自然，你家那套沙发也是这颜色的，当初还是小珊蒂托我染的表布呢！"

小珊蒂？露西塔一言难尽地看着艾尔西娅年轻的面庞，张了张嘴想问"你多少岁",又觉得不太礼貌,便将嘴边的话咽了下去。她决定回去好好看书房的镇志。

宾主尽欢,露西塔离开了裁缝店,又拐到特蕾莎阿姨的面包店买了两条长面包、一块可可蛋糕,满载而归。

第4章
第二夜

可可蛋糕配牛奶是露西塔今天的午餐。据特蕾莎自己说，可可蛋糕是她的拿手点心。蛋糕坯是漂亮的棕色，口感松软，她拿新水壶煮了牛奶配起来吃，算是解决了午饭。

不知道怎的，大家都爱的主餐面包，她不太吃得惯，总觉得缺点儿什么。躺到床上午休时，露西塔下定决心，一定要快些整理好院子，好有时间做咸味的肉和菜。

午后，露西塔起床不久，贾文娜就带着几个邻居过来帮忙了。

先进门的是个笑嘻嘻的红发女孩，手腕上戴着一串彩色的贝壳手链，叫作希薇特，是个渔人。然后是两个身材高大的中年人：一个留着一头棕色短卷发，长相憨厚，是木匠斯克洛特；另一个有一头黑短发，戴着顶棕色小帽，穿着一身严实的大口袋工装，是建筑工杜兰妮。

上午才见过的艾琳也来了，她笑眯眯地从包里掏出一个传讯羽盒递给露西塔："新邻居，阿姨的见面礼，收不收？"

贾文娜带来两瓶葡萄酒，希薇特拎来一网子应季的海鲈。木匠斯克洛特和建筑工杜兰妮合力搬来一个高柜——她们两个身形高大，一左一右，像两个骑士，将斯克洛特的乔迁之礼放在露西塔家的客厅里做储物之用。至于杜兰妮自己，她说："知道得太晚了，来不及准备，以后你要修房子、盖房子都来找我，我给你优惠价。"

面对邻居们的好意，露西塔有些受宠若惊，谢了又谢。众人也不多话，很快就开工了。

院前院后本来是两块菜地，荒废了两年，松软的土壤都变得紧实起来，常年不见阳光的灌木下生了许多青苔。众人先拿铲子铲掉杂草,对那些灌木则需要连砍带挖,然后将砍掉的木头都归拢,再将地上的落叶扫干净,整个院子才明朗起来,算是像样了,以后开垦菜地、花圃也方便许多。砍下的木头里,小一些的由斯克洛特拿回去做小摆件用,大一些的就堆在院子的角落里,方便以后修缮房子的时候直接取用。

众人热热闹闹地干完活儿,已经近黄昏时分了。于情于理,露西塔都该留她们聚餐。然而大家知道她刚搬来不久,什么都来不及准备,估摸着厨具、餐具都不够。谈兴正浓的一群人商量了片刻,就拎着一网子鱼去了贾文娜家里。

希薇特一进门,就甩着她的红辫子兴冲冲地进了厨房,豪情万丈地叫起来:"等着,我给你们露两手!"

新鲜的鲈鱼活蹦乱跳的,鱼尾"啪啪"地拍打着菜板,滑不溜秋。希薇特处理鱼儿是内行,拎着刀利落地刮鳞掏胆,一气呵成,然后把处理好的鱼往菜板上一放,问身边的贾文娜:"这鱼是要烤还是要煮汤,还是怎么的?"

贾文娜看了一眼:"我在煮汤,这鱼就不要做汤了。"

"那烤了吧,海鲈个头儿小,正好一人一条。"

海鲈虽然体积小,但肉厚,吃起来并不会柴,难得的是几乎没有腥味。它肉质嫩滑,口感清甜,配上香料和柠檬烤制,别有异香,是很合宜的晚餐菜品。希薇特吃鱼吃得比较多,烤鱼这一套已经做熟了。

希薇特把鱼身擦干,往鱼身内外都涂了一层橄榄油,里面涂上粗盐,接着将一株迷迭香、一瓣蒜填入鱼腹,再撒上盐和黑胡椒。她又切了一个柠檬,挤出几滴柠檬汁滴在鱼腹和鱼皮上,然后将几片柠檬塞在鱼腹内封口。最后,她在鱼表面撒上粗盐和黑胡椒,放进刚刚熄灭的烤炉密封烤制。

贾文娜在忙着煮汤。昨天奥萝拉那里的蘑菇卖光了,她今天一大早就过去买了一磅鸡油菌。切碎的葱、蒜、百里香等香料用黄油煎熟，放入切丁的鸡油菌炒熟，加水和奶油慢慢地煮。等汤汁浓缩到起初的一小半，变成乳白色的质地时，再加盐和黑胡椒，出锅后以少许欧芹点缀，浓香四溢。

几人在厨房里忙得团团转，露西塔一边打下手一边光明正大地偷师，只觉得一切看起来很容易。"我失忆前也许厨艺也很棒，才会学得这么快。"她自得地想了想，扑哧一声笑了。

"你笑什么？"希薇特耳朵灵得很，一下子好奇地探头过来，"有什么好玩的？"

露西塔含笑敷衍过去，突然又是一阵头晕。

这几天总是这样。和失忆有关吗？她心里暗暗忧虑，同时闭了闭眼睛，等眩晕感过去，神色如常地给贾文娜递过面包刀。

不多时，晚餐就准备好了。餐桌中间放着半盅奶油蘑菇浓汤、一盅芦笋沙拉、一条熏火腿、一块从特蕾莎太太那儿买的草莓蛋糕，蛋糕坯色泽金黄，切口处能看见分明的蓬松颗粒。每人面前的木盘里都摆着一条外皮焦黄的烤鲈鱼。贾文娜作为主人，给大家各盛了一碗汤，切了一小碟蛋糕、一片火腿。

鲈鱼外皮烤得焦脆酥香，肉质鲜嫩、软滑，带着淡淡的迷迭清香。芦笋沙拉清甜多汁，烟熏的火腿咬一口，浓烈的咸香在口中迸发。草莓蛋糕作为餐后甜点非常合格，湿软、细腻。只是特蕾莎放奶油太吝啬，只在蛋糕坯顶上薄薄地盖了一层，入口就被蛋糕坯和草莓的汁水掩盖了，仅剩下可怜的一点儿奶油香味留在口腔里。

希薇特叽叽喳喳地讲述着海上的风暴，艾琳和贾文娜时不时点评两句，杜兰妮几次想插嘴吹嘘自己的建筑成果都没能成功。即使是闲谈，对于露西塔来说也是收集小镇信息的好时机。她仔细听着，不怎么插话。露西塔注意到斯克洛特也不怎么说话，两人对视时，高大的短发女人露出一个有点儿憨的笑容。

酒饱餐足，一天也要结束了。露西塔回到家收拾了一番，又到了黄昏时分。

好在今天不用过黑漆漆的夜晚，墙上挂着一圈明晃晃的鲲目灯。户外的灯周围环绕着一圈趋光的飞虫，透过玻璃窗看去，荧荧的光看起来有些微弱。最亮的那盏灯被她安置在书房的书桌上，照得书房简直亮如白昼。她翻出镇志，在灯下翻看。

历史的开端是一次发生在五百多年前的天灾。

山峰倒塌，河水断流，世界陷入长久的极夜，人类在饥饿、疾病、战争中一批一批地死去。

创世神盖娅用了整整七日，重塑了山峰，疏通了河流，唤醒了太阳，留住了人类仅剩的一些火种。灾后幸存的人类建立起了这个全新的世界。

尽管人类艰难地幸存下来，无数在灾难中损毁的传承却再也找不回来了。与此同时，魔力变得日益衰弱，拥有魔力的人类越来越少，大地上资源匮乏，战火四起。

而埃斯蒂山脉是个例外。精灵、人鱼，甚至仅存的龙族，在史前被大肆扩张的人类驱逐到了埃斯蒂山脉深处。这里靠近创世神的神国，也正因如此，在神的庇护下，埃斯蒂山脉附近得以免受灾难的侵扰。

灾后的异族隐居在埃斯蒂山脉，但鲜活的心哪里容得永恒的禁锢？当爱和欲望发生之时，种族的界限变得无限模糊，最终产生了无数异族与人类的混血后代。这些混血种大多拥有精灵或者人鱼的血脉，有的甚至混杂了龙族血脉，拥有一些微弱的异种天赋和长久的寿命。

原本这些混血种试图生活在人类世界。在人群中，异于常人的天赋尚可小心掩藏，但当同龄的伙伴垂垂老矣，自己还年富力强的时候，这些人就会像绵羊群里的山羊一样醒目。对于灾后的大多数人类而言，精灵和人鱼不过是传说，魔法更是无稽之谈，混血种被理所当然地视为怪物，被烧死，被驱逐。

怪不得艾琳今天那样说！露西塔又想起艾尔西娅和加西娅两姐妹的尖耳朵。她们是有精灵血脉吗？她继续看下去。

  混血种为人类世界所不容，因此在异族的接纳下来到埃斯蒂山脉，聚集到这个毗邻人鱼和精灵的居所，建立了与世隔绝的伊尔塔特。

  也许是因祸得福，人类的魔法传承已经断绝，但异族的传承完整地保存了下来。伊尔塔特的居民从异族手中获得了史前的魔药配方和魔具制作原理，因此在大陆上魔法师几乎销声匿迹的时候，这里的居民依然生活在拥有魔法的世界。

  可惜的是，混血种虽然继承了异族的部分天赋能力，能够维持基础的魔药配制和魔具制作，但由于血脉所限并不能修习魔法，即使只是异族出于兴趣保存的基础魔法。那些史前的魔法书因此被尘封在镇上的图书馆里，只有一些年迈者会感叹魔法时代曾经的辉煌。

至于保存稀少的人类史前文明，则不在镇志的叙述范围内，想要查阅也许需要去图书馆看看。露西塔粗略地翻了一遍，对自己的身体产生了浓厚的兴趣。

她也是一个混血种吗？贾文娜呢？艾琳呢？希薇特呢？荧荧的灯光映照着她的瞳孔，深黑色的眼睛里跳跃着探索的波光。

露西塔起身，准备翻一翻书架上有没有魔法书。忽地，一阵眩晕感袭来，天旋地转，打断了她的思考。

眩晕感越来越重了。露西塔倚靠在桌子上，揉了揉太阳穴，心里的忧虑逐渐加重。这是她失去记忆来到这里的第二天，她对自己的过去和这个世界的了解几近于无。这样频繁、无规律的眩晕究竟是出于什么原因，她真的毫无头绪。

她取来一碗水,逐个浇灭了墙上的鲤目灯,房间陷入一片漆黑。一片惨白的月光透过窗子照进来,今夜星星稀少,此起彼伏的春虫声令人心烦意乱,她只觉得眼前是一片有未知危险的重重迷雾。

第二天过去了。

第5章
夜莺的过去

众所周知,即使一个国王征服了整个世界,也不能免除一日三餐。

在探索别的事之前,露西塔最先要解决的事是吃饭问题。她摸了摸自己空瘪的钱袋,照这样只出不进,不出一个月她就得沦落到喝西北风的境地了。

橱柜里还剩有昨天买的一条面包,露西塔把它拿出来,准备切片当作早餐。可能是过夜导致面包不太新鲜了,露西塔竟然一点儿香味都闻不到。看来迟早要买一个霜箱用来给食物保鲜。这样一想,她感觉银币又在哗哗地往外流。

露西塔一面心痛地想着,一面将面包切片,准备用黄油煎一下。面包片覆盖在热黄油上,她拿铲刀往下一压,顿时响起剧烈的"滋滋"声。露西塔给面包片翻了个面,面包底被煎成了热腾腾的焦黄色。

奇怪……她吸了吸鼻子。这时候总该有香味了吧?四溢的奶香和麦香,她的眼睛几乎都闻得到了,鼻子依旧什么都闻不到。

不对劲。她神情凝重地拿出橱柜里的香料、蜂蜜、牛奶,一瓶一瓶闻过去,终于发现一个诡异的事实:她的嗅觉消失了。结合之前莫名的眩晕、不知原因的失忆……难以忽视的违和感压迫而来。

露西塔心情凝重地吃完了她的早餐,决定找时间去一趟加西娅的店里。加西娅的种子店不仅卖种子,还卖魔药材料和魔药,相当于小镇的半个诊所。至于从城市里新来的医学博士、外科医生安娜斯塔夏,据说医术很精湛,但露西塔不认为自己诡异的身体状况在科学可以解释的范畴之内。

她按照昨天写的工作计划,如常地戴上那顶艾尔西娅送的草帽,举着锄头在院子里开垦菜地。

前院被一条从大门通往小屋的石子路一分为二，露西塔在没有井的一面垦出了一片长约八米、宽约六米的小菜园，每隔一个脚印的距离点上两三颗豆种，又用打上来的井水浇了一遍。

种上豌豆，露西塔的农场这个夏天就不至于颗粒无收了。这么大的面积，大约能收获五六十磅的豌豆。若卖给奥萝拉的磨坊，假设收购价为每磅一银币，就能卖五十多枚银币。

等她全部忙完，已经过去了两天。此时正是中午，她直起身休息了一会儿，眯起眼睛看了一眼天边的太阳。好在是早春，即使是正午的太阳，也是半梦半醒的。草木轻轻摇动着，在地面上留下一丛丛淡影。即使在菜园里忙了一整个上午，阳光披在身上她也丝毫不觉得燥热。井边和后院的空地还能各开垦出一块地来，下午去种子店的时候，她可以顺便再买点儿别的种子，把这些空地都种上。这样，一个季节她大约就能赚回百十枚银币了。

露西塔洗了个澡，换上新买的深蓝色花边衬衣、樱草黄长裤，挎着个草莓红的小布包就出了门。

种子店窗台上放着的水仙花已经开了，淡黄的花蕊嫩生生的，可惜露西塔什么香味也闻不到。她推门进去，见到一个女人的背影，她正站在柜台边和加西娅交谈。

这不是那天在贾文娜家门口遇见的女人吗？露西塔那天问过贾文娜，得知她是镇上的猎人梅维斯，性格孤僻，很少与人打交道。相遇那天她是给贾文娜送她买的鹿肉去了。露西塔注意到今天她肩膀上是空的。那只鸟儿呢？

店主加西娅见来客人了，与梅维斯说了什么，出来招呼道："露西塔，日安。你来买种子吗？"

"不是，我这两天鼻子……嗯？"话说到一半，露西塔忽然闻到一股若隐若现的味道，顿时不知道怎么说下去了。

那像是经年累月的腐朽木头散发出来的气味，有些许刺鼻。她顺着气味的来源走了两步,见到柜台上有一只鸟儿,一动不动。这是那天猎人梅维斯肩膀上那只!它看起来很漂亮,羽毛是清澈的湖蓝色,在阳光下折射出动人的光泽。腐朽的气味越来越浓,露西塔忍不住想凑近去确认一番,却被梅维斯突然伸出的胳膊挡住了。

"别动她。"她的声音很沙哑,像是长久不开口说话导致的。露西塔想说点儿什么,被对方抢了先:"你发现了什么?"梅维斯眼神灼灼地盯着她看,眼里闪烁着类似期待的情绪。

露西塔迟疑地问:"它……怎么了吗?"

她本以为不会听到回答,不料女人开了口:"她这几天昏睡的时间特别长,我来找加西娅帮忙看看。"

"我……闻到它身上有一股味道。"露西塔说,"腐朽的味道。让人感觉……"她说得很迟疑,很小心,但还是隐晦地传达出了自己的意思。事实上,她刚闻到这股气味的时候,脑海里浮现的第一个词就是"死亡"。它在衰朽,它在逐渐死去。

梅维斯审视着她,半响才缓慢地说:"可我没有闻到任何气味。我没有,加西娅也没有。"

露西塔没有回答,反问道:"加西娅看出什么问题来了吗?"

"没有。"加西娅为难地说,"梅维斯,我真的很抱歉,但它的身体机能一切正常,看起来只是在睡觉而已。对了,露西塔,你来这里有什么事吗?"

话题回到自己的问题上,露西塔凑近桌子上的一瓶山桃花闻了闻,确认后递给加西娅:"这桃花香吗?"

加西娅接过,闻了闻给出答案:"很香啊。"

露西塔露出一个果然如此的苦笑:"我闻不到气味了。从前天早上起床开始,就什么气味都闻不到。但我能闻到这只……"

"夜莺。"

"嗯,这只夜莺身上散发出一种很浓的腐朽气味,这是我今天唯一闻到的气味。"

加西娅困惑地摇头:"露西塔,这太奇怪了,真的。我没见过这种病,也没有能治疗这病的魔药。你确定自己不是感冒了吗?但是你闻到了夜莺的气味……"她再三确认道,"你是不是太累了,出现了幻觉?或者你以为它死了,所以觉得自己闻到了腐朽的味道。其实是心理作用?夜莺身上并没有你说的那种味道,我和梅维斯都能确定。"

如果不是那味道太刺鼻,不要说加西娅,露西塔也会像这样怀疑自己。她很笃定地摇头:"不是,这个味道非常重。而且,我从来没闻到过这么奇怪的气味。与其说是腐朽的气味,不如说是……"她犹豫地看了梅维斯一眼,"死亡的味道。"

"死亡的味道?那是什么?"梅维斯的目光如同鹰隼一样紧紧地锁着她,艰难地追问道,"你是说,尸体的臭味?"

露西塔说出这样的话,并不指望两人能相信。但大概是她对魔法世界缺乏想象力,或者她们实在是无计可施了,只能紧紧抓住最后的救命稻草,她们看起来真的相信了她。

这个时候,夜莺睁开了眼,低低地鸣了一声。

"索菲亚!"梅维斯连忙伸手抚上它的羽毛,急促地问,"你还好吗?"

索菲亚?什么鸟儿会叫一个人类的名字?露西塔想起了初见时夜莺看她的眼神,那种被审视的感觉她记忆犹新。她心里涌起一种荒谬的猜测。

夜莺不再出声了,眼神缓慢地转了一圈,最后失焦似的停在半空中。

加西娅搬出了一整架的魔法药剂,试管里装着颜色各异的液体,有的清澈,有的黏稠,都用软木塞紧紧地密封着。试管上贴着各色标签。

"这是我全部的魔药种类了。究竟会不会有用我不知道,毕竟我只会照着书配药,不是医生。"加西娅叹了口气,"梅维斯,如果你想的话可以试试,我不承担任何后果。当然,你也可以去斯塔夏医生那里，但她是外科医生，不是兽医，我劝你不要抱太大希望。露西塔，你可以拿一支治疗风寒的药试试看，风寒药喝了也不会有什么事，但我不保证会不会有用。"

梅维斯低声答了一句"她不是兽"，之后就不再说话了。她挑了几支诸如"生命恢复药剂""精神兴奋剂""愈合药剂"之类的，逐一打开放到夜莺前面，似乎寄希望于夜莺自己选出治疗自己的药。然而，不知道梅维斯是怎么想的，但夜莺显然不会给她回应。

露西塔拿了支风寒药剂。风寒药剂是深蓝色的黏稠液体，里面闪烁着点点碎芒，仿佛蕴含了整个星空，十分漂亮，但并不令人很有食欲。

"你为什么不去斯塔夏医生那里碰碰运气呢？"露西塔随口问道，试着拔开了自己的药剂管。

"不会有用的。"梅维斯低声回答，把"生命恢复药剂"放回原位。

露西塔没有追问为什么不会有用，因为她闻到了第二种味道。一丝微弱的青草和风的气味从她的风寒药剂试管中溢了出来，那气味极淡，一不小心就会忽略，但失去嗅觉的露西塔对任何一点儿气味都十分敏感。这是——生命！

"什么？"梅维斯追问道。

露西塔这才发现自己不小心把心理感受说了出来，于是重复道："这支风寒药剂里，有'生命'的气味。"

"死亡……生命……"梅维斯喃喃自语着，猛地抬头问道，"可以把这支风寒药剂给她试试吗？"

露西塔递了过去。夜莺似乎也闻到了什么，就着梅维斯的手将那支药喝完了。不知是不是错觉，露西塔觉得夜莺的精神似乎恢复了一些。加西娅和梅维斯似乎也有同样的感觉。

"可以把风寒药剂都拿出来吗？加西娅！"梅维斯眼神晶亮地抬头。加西娅丢下一句"稍等"就到后面的柜子里寻摸了起来，最终拿出来四支药剂。令人失望的是，这四支药剂都没有之前那样的气味。

梅维斯试着让夜莺一支接一支都喝了,夜莺勉强配合着,喝完后却不见起色,反而显得有些昏沉。

"风寒药剂喝太多是会犯困的。"加西娅苦笑着解释道。事情似乎又陷入了僵局。"但怎么会这样?我的药剂都是严格按照配方做的,没道理第一支行,后面又不行了呀?"加西娅难以理解地揉了揉额头,然后从后面的柜子上拿出一本破旧的《魔药配制指南》,翻到风寒药剂那页,指给她们看。

风寒药剂的配制方子是:取一令海芋叶粉末、半令落葵根粉末,以三令溪黄草叶上的晨露溶解之,然后在煮沸时趁机梳理魔力因子,使其质变成一团有固定属性的魔力,最后撒入半令浮木鱼鳞粉摇匀、冷却,让形成的魔力稳定分散在药剂中,既不会挥发流失,也不会凝结变质。

加西娅引着她们来到内室,这是一间专门的制药实验室。实验桌上摆着一台银质天平。"令"是一个很小的重量单位,一磅是十盎司,一盎司是十令。因此,涉及令的计量时,加西娅会专门用这台精密级天平称重。这种天平看起来十分精致且罕见,大概这也是只有她能把配制魔药当作专职之一的原因。

配制风寒药剂所需要的魔药材料在西边的安息森林中几乎随处可见,因此是她店里常备的魔药材料。她把相应的魔药材料和工具拿出来,包括贴着标签的各种罐装粉末、装在大烧瓶里的透明的淡绿色草露、一盏燃料烧了一半的琉璃燃油灯和点火用的火燧等,在实验桌上码放整齐,然后拿一条绿丝带把散乱的长发扎了起来,准备重新配制一次。

重新配制出来的风寒药剂依然闻不到什么气味——准确来说,是露西塔这个嗅觉失灵的人依然闻不到。事实上,由于当前的魔药配方广泛使用浮木鱼鳞粉作稳定剂,制作出来的魔药总是会有一股淡淡的腥味,混杂着草露的清新和落葵根的微苦,形成了一种十分复杂的味道。

她们把这支新制的药剂试着给夜莺喝了，不出意外，依然没有半点儿起色。

"最开始那支药一定有哪里是特别的，加西娅，拜托你再认真回忆一下。"梅维斯恳求道。

一切希望仿佛都寄托在加西娅的记忆上。加西娅抿了抿唇，皱着眉来回踱步："这些药材的来源你很清楚，很多是你亲自采来卖给我的，也有收别人的药材和我自己采的。我不会根据来源做单独的区分，会把它们一起晒干磨成粉。浮木鱼鳞是低价收购希薇特和酒馆处理鱼时剩下的，晨露是我亲自采集的。

"这些材料，收集的时间、地点都不一致，但我配制药材时都是从同一个容器中取的材料，按理说如果有效，应该全都有效，不会有什么分别才对。何况露西塔从这些材料中也闻不到那种叫'生命'的味道。但是，问题不出在材料上，还能出自哪里呢？"

她踟蹰片刻，忍不住问："梅维斯，你的夜莺生的病真的太罕见了，能治疗它的药物也真的太奇怪了。我真的想不通。这只夜莺到底哪里特别？你告诉我，也许我能联想起一些有关的经历，弄明白到底什么才能治疗它。"

梅维斯垂下深黑的眼眸，抚了抚又陷入昏睡的夜莺。沉默了几息，她才下定决心似的低声说："她的来历确实有些奇特。你们应当知道，一开始，我并不是伊尔塔特的居民，我是十年前来到这里的。"

梅维斯是个纯正的人类，只有不到百年的寿命。十年前她来到这里时，还是个十六岁的少年，今年她二十六岁。在混血居民们看来，这不过是短暂的一段时间，她却已经完全变了样。

加西娅还记得，十六岁的梅维斯刚来到这里的时候就戴着现在这顶红色的旧风帽，凌乱的黑发垂在胸前，身上、脸上都脏兮兮的，遍布着细小的伤口，那是翻越群山时被荆棘和藤蔓划伤的痕迹。她那双漆黑的眼眸看人时，显示出极强的警惕性和攻击性。那时候她肩膀上就停着这只夜莺。

有很多细小的疑惑，镇民不去问，不代表看不见。十年让梅维斯从狼崽子似的桀骜少年变成了沉默寡言的独居猎人，白皙的皮肤在森林的风日中变得粗糙，清脆的声线在长久的沉默里变得沙哑，原本生机勃勃的眼神里仿佛积了一层灰。但夜莺活过了寻常夜莺八九年寿命的极限，甚至十年后依然如刚来时一般强壮、美丽，羽毛的光泽丝毫不减，看人的目光复杂得不像是一只鸟。它的十年不变和突然衰老都显得十分反常。

阴云遮住了太阳，天色微微暗了下来。火炉上的一壶茉莉花茶沸腾起来，加西娅将茶壶拎下来，给一人倒了一杯茶。烟气袅袅上升，遮住了梅维斯的神情。

"我出生在大陆南部的一座小城，那里曾经隶属于一个叫作'伊顿'的王国。索菲亚——就是你们所见到的这只夜莺，是我在城外的森林里捡到的。那时候，她还不是一只夜莺。"

不是夜莺，是什么？这说辞虽荒谬，加西娅和露西塔却有种意料之中的感觉。

十年前，安达斯城。

梅维斯出身于一个条件良好的中产家庭，母亲是政府的一名书记官，舅舅在当地子爵家里做家庭教师，教导子爵家的小小兄弹钢琴。她从小就显示出了惊人的射箭天赋，在每年的狩猎庆典中总是拔得头筹。

又到了每年一度的狩猎庆典，贵族们聚集在城郊森林外那座狩猎庄园里。在贵族之间的狩猎比赛中，十六岁的梅维斯那毫不拖泥带水的、与优雅、美丽无关的箭法显得格格不入，甚至因此丢掉了已经到手的胜利荣誉。

"瞧！安迪家里的梅维斯！简直像个乡间的粗鲁猎人，每一箭都要见血，用那么大的力气，实在太残忍了！她对箭术这项运动根本毫无敬畏！她的母亲没有教过她礼仪吗？"

裁判取消了她的荣誉，原本的第二名——总是与她作对的伊丽莎白——得意地走到城主面前，微弯下腰，接受了那代表荣誉的百合花环。

她冷眼看着。十六岁，一个充满叛逆情绪的年龄，梅维斯对嘲弄她的人施以蔑视的眼光，似乎这样就能把单方面的排挤变成互相的轻视。在全世界都与她作对的时候，她反而生出一种充满豪情的高傲：这群软绵无力的蠢猪！

到了庆功的夜晚，白天无精打采的大人们却兴奋起来。狩猎庆典，重头戏从来不是纪念征服自然的狩猎，而是夜晚的狂欢。

大厅的长桌上摆满了紫罗兰、百合、雪钟花和瓶插睡莲，以及烤鹅、熏火腿、加苦菜和百里香烤出的鲋鱼、塞着苹果的烤全羊、柔软的白面包和深红的葡萄酒，雕花的银盘里盛着名贵的绿葡萄。一排银烛台上，蜡烛彻夜燃烧着。女人们在餐桌上高谈阔论，显耀着她们高贵、古老的姓氏和庞大的财富，仿佛任何一个都把握着这座小城的命脉；男人们优雅地端着酒杯啜饮，绵里藏针地互相吹捧着对方的衣饰，像一只只开屏的孔雀一样炫耀着自己的身材、智慧和美貌。

她看到母亲端着一杯葡萄酒，在和一个漂亮的男人调情。那男人金发碧眼，生得像小鹿一样美丽，似乎是审判长查理家的幼子。她知道自己的母亲安迪受够了自己对平民太过泛滥的同情心、对庶务的不擅长和不够优雅的举止，有意在这场庆典中找一个新的恋人，生一个新的孩子继承家业，到时候她只需要辅佐自己未来的妹妹。

母亲的美貌、智慧和文雅让她在相亲市场上简直如鱼得水。谁不想找一个美丽、优雅的恋人，以满足自己无处燃烧的爱火呢？

梅维斯倚在大厅前的柱子上，冷眼望着大厅里各怀心思的女女男男。

狩猎庆典是有史以来（尽管这历史十分短暂）就存在的节日，和所谓的丰收庆典一样。尽管真正与自然斗争的平民这一天仍然在饥饿和劳苦中挣扎，但举办庆典的上等人依然怀着诚挚的愿望，庆祝人们走出灾难、重新征服自然、获取自然馈赠的喜悦，然后尽情享受那些自然馈赠的美味，以及酒饱餐足后在后院和客房里发生的与月桂叶、凌乱的鸢尾花瓣、掉落的手帕相关的隐秘爱情。

梅维斯已经十六岁了，刚好算是成年。她生有高贵的黑发、黑眼、白皙、漂亮的面孔和高挑、匀称的身材，在马背上射箭的英姿虽然不被老古董般的大人们欣赏，却凭借那生机勃勃的攻击性成为无数少男心仪的对象。但梅维斯从不在意这些，甚至厌恶这样的时刻。那些白日里衣冠楚楚的人在这个夜晚露出的兽性，以及浑身沾染的草叶汁混合着香水的气味，都给她带来一种逃不脱的窒息感。

拒绝掉子爵家那个小小兄带有桃色意味的暗示后，她拍马离开了弥漫着酒气和香味的庄园，到附近的森林里透口气。

这天是六月十五日，澄圆的月亮在树影和云雾之间时隐时现，在森林里遗漏下微弱的清光，宛如抓不住的沙子。一片如云般浮掠的冷光照在她身上，投下模糊的阴影。她随意地坐在马背上前行，嗒嗒……嗒嗒……树影婆娑，夜枭的叫声间或从树林深处传来。

在那样黯淡的光线里，绕过一棵水杉，梅维斯见到一张满是血污也遮不住其美丽的脸。

那人的眉骨如山峰般挺秀，那双眼睛仿佛是群山怀里睡着的一片镜湖，在烟岚将息的暮色里颤动着暗绿色的柔波。她似乎受惊般看过来，与梅维斯四目相对。撞进那双仿佛有千万重迷雾萦绕的眼里，梅维斯一时震住，竟然不敢往前。

她在哭？梅维斯顿了顿，下马走近，才看清那不是眼泪，是月光照在她眼里映出的波光。

这是个金发碧眼的女孩，十四五岁的年纪，浑身都是血，奄奄一息地倒在地上。她似乎已经失去了行动能力，一双眼睛却还紧紧地盯着梅维斯，辨不出情绪。

安达斯城处在大陆南方，这片区域的人类多是金发碧眼。相传史前这里是某个国家的政治中心，因此面对别的人种时，安达斯人总会有种贵族后裔的高傲感。就在不远处的庄园里，里面的人几乎八成都是金发碧眼。眼前的女孩皮肤白皙、细腻，金发柔顺、光滑，贵族特征那样明显，但梅维斯从来没见过她。她是什么人？梅维斯看多了话本，此刻觉得自己仿佛被卷进了什么阴谋之中，一时间家族内斗、政治倾轧等各种猜测不断涌现。

不过，无论如何，当前的情况，梅维斯做不出见死不救的事。她上前一步，想检查女孩的情况。只是她才迈出一只脚，女孩就猛然受惊般盯紧她，似乎试图用眼神将她逼退。但她已经顾不上女孩的眼神了，因为她看见了超出其理解范围的东西——一双尖耳朵。

梅维斯不是读不起书的平民，十六岁的她已经上过完善的历史课和政治课，知道奥尔大陆上有三个王国，以发色划分为三个基本人种，但没有人类会有这样的尖耳朵。

犹豫之间，女孩依然警惕地盯视着梅维斯，满身的血看起来触目惊心。再不管她，她会死的。

梅维斯不确定她能否听懂自己的话，只好一边试探着靠近，一边尽量放柔声音："你受伤了。我能帮帮你吗？"

女孩似乎听懂了，收敛了那明晃晃的敌意，垂下眼眸，气若游丝般吐出几个字，甫一出口就消散在风里。

梅维斯听得不真切，似乎是"不要叫医生"。她看着女孩的尖耳朵，对这个要求表示非常理解。

梅维斯摸了摸她的额头，很凉。她全身都很冰，不知道在这片森林里躺了多久。如果这一晚梅维斯没有遇见她，也许第二天早上太阳升起的时候，哀戚的阳光只能徒劳地抚摸她的尸体了。梅维斯想了想，撕破自己的斗篷，试着给女孩包扎伤口。她身上的伤口很多，腹部那道口子最深，像是被剑捅的，深红的血块凝结在伤口表面。受了这样的伤还能活下来，伤口还有愈合的趋势……

梅维斯决定收回刚才的想法，也许她再躺几天也不会死——就算死，估计也是饿死的。梅维斯触碰到伤口的时候，女孩忍不住闷哼出声，咬紧了牙。

梅维斯被这样一吓,动作更轻了,半天过去还没包好一处。最后,她用自己的斗篷裹住女孩的身体,从后门进了庄园,绕过人群将她偷偷背回了自己的房间。

安顿好后,梅维斯又偷偷从大厅的餐桌上拿了几块白面包、几片火腿塞进口袋里,带回去给她填肚子。女孩卧在床上,就着水艰难地嚼了半块白面包,似乎有了些力气。

梅维斯自认为十分善解人意地避开尖耳朵的事,拉了把椅子坐在床边,问道:"你叫什么名字?"

"索菲亚。"女孩的声音有些中气不足,但她还是勉力打起精神,干脆地问,"你没看到我的耳朵吗?"

梅维斯噎了一下,干巴巴地说:"那你的耳朵是怎么回事?"

"你不知道?"索菲亚瞪大了眼,看起来比梅维斯还要惊讶。

没等梅维斯反应过来,索菲亚就露出了高深的表情:"告诉你吧,我是神的眷者,才会有这样独特的外貌。这次,我被恶魔暗算了,才会伤成这样。恶魔在追查我的下落,你千万不要暴露我的行踪,任何人都不能告诉,否则神是不会原谅你的,知道吗?"

梅维斯配合地点头,看起来乖巧极了。

索菲亚露出满意的表情,颔首道:"我要再睡一会儿,请你出去吧,不要打扰我休息。"

梅维斯笑着答应了一声,不仅出去了,还很体贴地带上了门——索菲亚大概不知道,她故作高深的样子实在可爱极了。

基于索菲亚的戒心,她说的话梅维斯一个字都不信。

狩猎庆典结束了,索菲亚的伤还没养好。索菲亚眼馋梅维斯家里的消炎药,梅维斯想弄清楚其尖耳朵的秘密,两人一拍即合,你来我往客气了几句,梅维斯就把索菲亚藏在马车里带回了家。

一回到家,梅维斯就直奔书房去。她以前不爱看书,只勉强上完了母亲安排的课程,闲书基本一概不碰,闲暇时间几乎全部用来打猎练箭了。这次她主动一头扎进书房，安安分分地读了几十天的书，连她母亲都啧啧称奇。但直到母亲对她的刻苦变得习以为常，她的调查依然没有什么进展。医书上没有记载关于尖耳朵的疾病，人种学的书上也没有记载有这种形貌特征的种族。

一晃两个月就过去了，索菲亚在梅维斯家里迎来了丰收庆典。

梅维斯挂念家里的索菲亚，在城主的庄园里露了个脸就回去了。想到索菲亚还没吃晚饭，梅维斯就偷偷藏了一大块撒满迷迭香的烤羊腿给她带回去。一磅香料价值堪比一磅黄金，这样撒满香料的食物，她们平时也是很难吃到的。但索菲亚并未露出什么异色，这甚至还不如一个苹果让她来得激动。梅维斯想起了索菲亚第一次见到苹果的时候好奇的神情，暗自疑惑——索菲亚身上的谜团真的太多了。

到了初秋，索菲亚的伤势已经恢复了很多，也渐渐习惯了藏在梅维斯家里的日子。仆人们也习惯了几个月来家里的小主人突然暴涨的食量，只以为她是长身体了。此外，梅维斯的舅舅长住在子爵家里，半个月回家一次，回来也不会往她房间里闯。母亲倒是长住在家，但她很有边界意识，等闲不会去属于女儿的二楼。因此，索菲亚平安无事地在这里藏了下来。

某天夜晚，梅维斯习惯性地泡在书房，终于翻到了有关尖耳朵特征的记载。那是一段很著名的传说，是关于史前人类文明历史的推测之一。

那时候，大陆上不只有人类，还存在着各种异族。森林里的精灵、深海中的人鱼，甚至还有她以为只是传说的龙族，和人类共享着同一片大陆。后来，随着人类一代又一代地繁衍，以及工业在这片大陆上诞生，生存和发展需要的资源越来越多。关于资源的战争就这样爆发了，人类和精灵争夺森林，和人鱼争夺海洋，势必要征服这个世界，将足迹遍布整个大陆。

关于人类和龙族的战争，则是出于另一个原因。如果说和精灵、人鱼的战争是资源战争,那么和龙族的则是防卫战争。谁能忍受头顶时刻悬着一把利剑,永远生活在来自天空的威胁之下呢?

当然,那是人类的纪元。人类不仅开始探索科学,还学会了魔法,在这片大地上拥有最多的人口。虽然异族能力强大,但其繁衍能力极低,死一个就少一个,而以人类的繁衍速度,战士几乎是源源不绝的。

人类赢得彻彻底底,将异族赶出了这片大陆,从此开启了新的时代。

但这些只是一些学者的猜测,毕竟史前的文明几乎全部在灾难里毁灭了,仅凭留下的寥寥资料难以说明什么。在这些记载里,无一例外地都写了精灵的形貌特征:金发碧眼、皮肤雪白、尖耳朵。

梅维斯立刻想到了索菲亚。难道她是精灵吗?索菲亚身上有许多谜团,梅维斯虽没问,但心里其实很好奇。她为什么要藏匿行踪?难道是因为那场战争,因为人类和精灵是"世仇",所以担心自己会被人类杀死?她身上的伤又是怎么来的呢?难道真的是因为她是精灵,所以被认出来的人类追杀吗?

想到这里,梅维斯失笑地摇摇头。一段传说而已,还能当真吗?与其相信这个,倒不如说她是因为生病才耳朵畸形,所以被当作怪物遭排斥和追杀更加可信一些。毕竟,这样愚昧的村庄至今仍然存在。

她折上书页,把书拿回卧室,放在了枕头下面,睡着前迷迷糊糊地想着明天要去一趟药店,索菲亚的药快用完了。

梅维斯一直有个毛病,就是总喜欢乱放东西,反正家里有男仆帮忙整理,她也不用费心这些。现在她终于尝到教训了。第二天她从药店回来的时候,推开卧室的门,就见索菲亚正捧着她枕头下面那本书在看。摊开的那页上,一道折痕格外醒目。两人四目相对。

索菲亚丢下书,转身就要跳窗逃跑。梅维斯的脑子还没反应过来,就一把扔掉手里的药盒往前追,死死拽住了她的手:"不就是耳朵长得有点儿不一样嘛,我还有个姑奶奶有白化病呢,有什么大不了的！我看你这样反而挺好看呀——"

梅维斯的话还没说完，索菲亚已经不跑了。梅维斯的脑子这才跟上来，反应过来自己说了什么。索菲亚看了那本书就要跑，说明什么？她根本不是什么畸形儿，她就是个精灵，传说中的精灵。她以为自己暴露了才会跑！

两人对视了片刻，梅维斯垂下头："我以为我们是朋友。"

索菲亚顿住了。

她看了梅维斯一会儿，说："你松手吧，我不跑了。"

梅维斯怕又激起索菲亚的警惕心，连忙松手："你真是精灵？"

"嗯。"

"你的家人呢？你怎么一个人躺在森林里，还受了那么重的伤？"

"我的家……在一个很远很远的地方。"

索菲亚扭头望向窗外，外面是无尽的建筑和高塔。城市像一块顽固的鳞斑，生长在这片土地上，伸向雾茫茫的远方。

"她说她来自埃斯蒂山脉，是被一个人类哄骗出来的，仅仅因为一双眼睛。"

加西娅听到这里猛地起身，失声道："你说，她是从这里被骗走的？十年前！"

梅维斯抿唇点了点头。

"怪不得……"加西娅露出恍然大悟的神色，低声喃喃道。

"什么？"

"没什么，你继续说吧。"加西娅叹了口气。

梅维斯抿了口茶，声音低哑："我原以为精灵只是个传说，没想到那只是我们这些小地方的普通人的想法。索菲亚告诉我，王都的大人物们一直都知道精灵的存在，玛丽二世的王冠上镶嵌的那颗名叫安息精灵的绿宝石不是矿物，是一个倒霉精灵的眼睛。在人类世界，精灵的眼睛是最珍贵的宝石，离体后经过特殊的处理，就能像真的宝石一样坚硬，同时保留矿物宝石比不上的清澈。最重要的是，那象征着对精灵的奴役和征服，以及超出人类范畴的权柄。国王的王冠用它点缀，大贵族们在地下狂热追捧，一颗精灵宝石就能卖出天价。"

加西娅打了个寒噤，露西塔也抿起了嘴唇。

挖出精灵的眼睛，再试着用各种方法处理它……要杀多少精灵，才能得出这一绝妙的发现呢？

露西塔想起在家里那本薄薄的镇志上，关于那段历史只有一句话："精灵、人鱼，甚至仅存的龙族，在史前被大肆扩张的人类驱逐到了埃斯蒂山脉深处。"

五百多年来，精灵们都隐居在埃斯蒂山脉，被大肆捕杀的历史应该发生在史前。据说五百多年前那场灾难毁了人类几乎全部的文明传承，没想到这些大贵族的变态癖好居然能这样完整地传承下来，不可谓不讽刺。现在精灵等闲见不到，不好杀了，可不是越来越名贵了吗？

"噢，对了！"梅维斯冷笑一声，"她是怎么知道这些的呢？她被那个骗子卖给了一个大贵族。我那天在安达斯城郊的森林见到的她，是从一个大贵族的地牢里逃出来的。她逃了整整半个月，已经是强弩之末了。"

"我原本想等她养好伤送她回家，可惜……"梅维斯双手握紧了水杯，垂头看着茶里的花叶沉浮。

君子之泽，五世而斩。

566年九月，伊顿王国延续了近两百年，终于在第六任国王在世的时候走到了尽头。

开国君主赛琳娜的传说还在史书上闪耀着，她征战一生，统一了南部十九城，建立了伊顿王国，与斯普林王国、文特王国三足鼎立。每一代新君践祚都会宣称将继承赛琳娜的遗志，但这个国家依然以无可避免的趋势衰败下去。到玛丽二世的时候，这个国家已经风雨飘摇。如果没有那场大旱，伊顿也许还能再存活二十年，但这世上没有如果。

饥馑之年，上等人依旧在各式各样的庆典和宴会上享乐，大贵族甘愿为了一颗精灵宝石付出大量金币，而国王要封山狩猎，便将在山里觅食的平民全部赶了出去，任其饿死在山脚下。直到敌人的铁蹄踏破城门，有的人还沉浸在葡萄酒的微醺中，在男人堆里调情。城破仿佛是一日之间的事。

梅维斯的家也被敌人闯入，母亲在她面前被一剑刺死。她面前围了四五个士兵，猫捉耗子似的露出戏谑的神情，一步步逼近。

仇恨？恐惧？梅维斯辨不清她胸腔里是什么情绪，她只知道拔出家里那把唯一的剑————把从未动用过、镶嵌着宝石和银丝的剑，剑尖往前，威胁般地指着那些人。

梅维斯平时自诩身体健壮，但在这些在军伍里混了多年的士兵面前，十六岁的贵族少年还是太瘦弱了。她举着那把玩具似的剑，引来的是一阵哈哈大笑。

一个身形精壮的高个儿士兵笑嘻嘻地走过来，伸手就要夺下她手里的剑。梅维斯反手一刺，在她伸出的手臂上划了个大口子，皮肉翻卷，浓稠的血顺着她的手臂往下流，在肘尖滴落。几个士兵的表情顿时变了，那士兵一脚踢过来，被梅维斯就地一滚躲开。

"废物。"领头的士兵长满脸横肉，啐了那士兵一口，一脚踢到梅维斯胸口上，将她踩在脚下，夺下她的剑就要刺下去。

梅维斯紧紧地闭上了眼睛。但那一剑没有落下来。她睁开眼，看到索菲亚握着那把剑，深深捅在了士兵长的心口。索菲亚冷漠地抽出剑，士兵长的身躯轰然向后倒去，瞪大的眼里还残留着一丝惊愕。索菲亚把头发捋到耳后，向梅维斯伸出满是血污的手。这一刻，她的模样仿佛和当初满身血污的样子重叠起来。

梅维斯借着索菲亚手上的力起身，还没站稳，就见地上突然生出许多藤蔓，将几个士兵紧紧地缠绕起来。士兵们艰难地挣扎了一会儿，努力地拿手抠着脖子，一张张脸涨成猪肝色，发出"嘀嘀"的声音，像在干涸的沙滩上挣扎的鱼。她们渐渐不动了，姿态各异地倒在客厅里。

索菲亚收了藤蔓，回头问她："你有地方去吗？"

意料之中，梅维斯摇了摇头。

索菲亚笑了笑，说："你去埃斯蒂山脉吧。那里有个镇子，镇民都很不错，住在那里会很安全。"

梅维斯下意识地问："那你呢？"

索菲亚顿了一下："我还有些事要做，暂时先不回去了。"

梅维斯平日里是个很懂得分寸的人，索菲亚以为自己这么说了，她就不会再问。放在往日确实如此，但也许是受到的冲击太大了，梅维斯仿佛听不出索菲亚的言外之意，死死拽着她的袖子问："你要去做什么，我能去吗？"

索菲亚没有准备好的说辞，一时噎住，只得道："不好告诉你，很危险。"

梅维斯："你是要去王都找当初抓你的人寻仇？"

索菲亚含糊地点头。

梅维斯脑子转得飞快："带上我，我可以帮你隐藏身份。你没有身份证明，怎么进王都？一个人打进去吗？"

索菲亚没有回答，抿了抿唇，摆出一副很坚决的样子。

梅维斯退了一步："好吧，那你能陪我去找找我舅舅吗？不远的，就在子爵家，我想知道他怎么样了。"

索菲亚仍然不回答。梅维斯等了一会儿，沮丧地放开索菲亚的手："好吧，那……"

"好。"索菲亚打断了她的话，抓着她的胳膊就往外走。

梅维斯一愣一愣地跟在她后面。她们路上遇见了一些士兵，但都被索菲亚用藤蔓抽开了，一路畅通无阻。

子爵家的大门敞开着，院子里一片狼藉。两人一间一间地搜，最终在二楼走廊拐角处看到了一具尸体。这个面容秀美、向来优雅的男人，曾经是安达斯城无数女人的梦中情人，此刻衣衫不整地躺在暗红色的走廊地毯上，手里还紧紧攥着一本揉皱的琴谱。梅维斯恍惚间记起，这条地毯原本是牙白色的。梅维斯最后的希望也破灭了，一日之间她便家破人亡。

她舔了舔干涩的唇，说："我得……我得把他埋……"

"没时间了。"索菲亚显得异常冷酷，拎起她就走，"先走，再晚一点儿我就死了。我死了，你一个人出不了这座城。"

索菲亚这话说得太冷静了，一时之间梅维斯竟然没反应过来。

"索菲亚，索菲亚，索……你在说什么啊？"梅维斯挣扎着嘶吼起来，"你说清楚，你为什么会死？！"

索菲亚不理她，拐到厨房搜罗了一些面包塞进口袋里，自己的口袋塞满后就塞进梅维斯的。直到两个人的口袋都再也装不下了，她才拎着梅维斯一路畅通无阻地出了城。

路上索菲亚一直亮着她的藤蔓，被恐吓住的士兵留住了性命，而拿着剑往前冲的那些全都当场窒息而亡。藤蔓和尸体堆成了一条通往城外的路。从她拿完食物后，梅维斯就没再挣扎，一直沉默地跟着她，因为索菲亚的状态看起来实在很不好。她在努力克制自己的喘息，但脚步已虚浮无力，像在梦游似的，不正常的嫣红爬满了她的脸颊和脖颈。即使有再多疑惑，面对这样的索菲亚，她也知道不能添乱了，不然恐怕两个人都得交待在这儿。

生死之间，她突然在心里纠正了一个小小的语病——不是两个人，是一个人和一个精灵。梅维斯扑哧一声笑了起来。

她跟在索菲亚身后，参观似的走过这座城市的街道。平日里如同生活在两个世界的贵族和平民，如今毫无分别地死在一起，尸体横七竖八地布满街道，红色的血交融在一起。直到这一刻，大家或许才真的像在同一座城市生活的居民了。

索菲亚将她带到两人初见时的城郊森林里就不再走了。这里距离安达斯城不过五里,还远不是安全区域,但索菲亚走不了更多的路了。她扶住一棵水杉,就势缩成一团,不住地发抖。

"索菲亚!"

索菲亚额头抵树,背对着她,一边喘气一边说:"听着,梅维斯,无论你看到什么,都不要害怕。跟着我,我们一起去埃斯蒂山脉,你会拥有新的人生。"

"你怎么了?这是怎么回事,你生病了吗?"梅维斯语无伦次地问,"我该怎么帮你?索菲亚,告诉我,就像一开始一样……"

她没有再说下去。索菲亚已经消失了,一只湖蓝色的漂亮夜莺站在她那件白色的居家睡衣上。这件睡衣是索菲亚穿出来的,她没有衣服换,在梅维斯家里藏身的时候一直穿着这件睡衣。睡衣的口袋里装着她刚才塞满的白面包。

梅维斯愣住。许久,她声音干涩地开口:"现在是一个人和一只鸟儿了。"

"后来她带着我走了很远的路。干粮吃光了,她就衔来野果给我吃。我们避开了城市,穿过了不知道多少山和森林,最后抵达了伊尔塔特,就像你们看到的一样。到了这里,我知道了史前发生的一切,才知道她为什么会变成鸟儿,但是已经晚了。"

加西娅心有戚戚焉:"我以为那只是个传说……"

只有露西塔没听懂,疑惑地问:"为什么?"

加西娅帮忙解释道:"在一些关于史前的记载里,异族和人类的战争并没有随着异族的隐居而结束。异族战败后,逃亡的旅程并不顺利。精灵和人鱼族的王为了保护自己的子民,都被留在了人类世界。当时人类的魔法已发展到顶峰,因此那个时代战争的杀伤力非常恐怖。被开发和学习最多的是诅咒魔法。人类为了防止寿命长久的异族卷土重来,借着胜利的机会,以两个异族王的躯体为引,启动了一场庞大的魔法仪式,给异族施加了诅咒。而精灵族背负的诅咒是,凡杀死人类者，都会变成无声的夜莺，在林间孤独地盘旋，直到寿命终结。"

梅维斯忍不住问："可我不明白，为什么她十年都过来了，却突然变成现在这样？"

"这个问题，恐怕要问真正的精灵。"加西娅神色凝重地说，"这一百年来，精灵一直待在埃斯蒂山脉，很少踏足大陆，更别说杀人了。伊尔塔特现在的居民，除了我和姐姐，没有一个超过百岁的，所以我都没见过的先例，你在镇上找不到答案。"

"那要去哪里找精灵？精灵不会对自己的同胞见死不救，是吗？"

"很难说。"加西娅摇了摇头，"原本精灵族和镇上居民的关系很融洽，你从西边的安息森林进去，大概走上一天，就能见到精灵的住所。精灵不是群居，有的将房子建在树上，有的建在峭壁间，每一座房子都孤零零的。那时候你要找哪个精灵，只需要敲开一扇门问问就好。此外，平日里，精灵们还会来镇上用草药换取一些喜欢的美食和工艺品。

"但是十年前，一个精灵被一个外来的男人骗走了。她留下一封信，说是要和朋友出去冒险，还说要从人类的王都带礼物回来。据说那是个五六十岁的孩子，还在幼生期，相当于人类的十来岁吧，看多了冒险传奇，正处于'中二'期。带走她的是个二十来岁的男人，要带她出去'冒险'，还是去追捧精灵宝石的风气最重的王都，怀的什么心思不言而喻。精灵们很生气，派了一些战士出去找，却没找到。本来这事也怪不到镇民头上，巧的是，那不只是个纯粹的外来人。"加西娅眼神复杂地说，"那个男人拐走她的时候，还有一个身份——斯克洛特已经被驯服的恋人。"

住在镇南头的木匠斯克洛特。

"斯克洛特很满意他美丽的外表和柔顺的性情，甚至选了他的血脉孕育自己的后代，那时候已经怀孕六个月了。后来出生那孩子，你也认识的，就是我们的小杰西卡。从那以后，精灵就对伊尔塔特失去了信任，搬离了这里。西边的森林里留下很多空房子，你现在去找还能找到。十年来，伊尔塔特再也没出现过精灵。"

梅维斯的眉头拧紧了，神色凝重，如一团化不开的墨。

"真的没有办法联络吗？"她欲言又止地看了看加西娅，"你的母亲是纯血精灵……"

"我成年了，梅维斯。"加西娅苦笑道，"我母亲的养育职责已经完成了，她现在不知道在哪里和年轻的男精灵调情呢。我要见她，只能等她来看望我。你也许知道，精灵族的寿命实在太长了，因此并不像人类那样重视家庭和血脉。"

梅维斯不说话了。

加西娅和艾尔西娅是镇上仅有的初代混血种，其余镇民的血脉都不知道混杂了多少代，长久的混居下，甚至大部分都混杂了人鱼、精灵、龙族和人类多种血脉，几乎算是一个独特的物种了。若加西娅姐妹联系不上精灵族，指望别的镇民更是不可能。

梅维斯不抱希望地最后问了一句："那么，你想起来那支风寒药剂的特殊之处了吗？"

加西娅沉沉地摇头，无力地说："我会努力排查的，梅维斯。"

说者抱了多少把握，听者也能心领神会。梅维斯道了谢，捧着索菲亚离开了。

露西塔目送她的背影。因为自己诡异的嗅觉，她很在意这件事，嘱咐加西娅道："如果有什么需要我确认的，请尽管来找我，我也很想弄清楚我的嗅觉是怎么回事。"

加西娅答应下来。

"还有一件事，我家还有两块菜地，我想再种点儿别的东西。"

加西娅吐了一口气，走到种子货架前："这一排都是春季种子，你想种什么？"

货架上摆着颜色各异的种子布包，布包上绣着形态各异的作物，有土豆、豆角、小青菜、春萝卜、卷心菜、春小麦、大麦和水稻。

"你如果想种野菜也可以，不过我这里没有野菜种子，你需要自己去森林和草原里找。如果你想种小麦和大麦,现在不是最好的时候,再等上一两个月就差不多了。"

露西塔看着那袋土豆,不由自主地咽了咽口水,仿佛尝到了沙糯香甜的土豆。"身体记忆吗?"她想,"我以前一定很爱吃土豆。"

"种土豆。"她果断地说道,"再要一点儿春萝卜种子。"

麦子和水稻这些粮食作物的成熟期都太长了,她刚开始种田,需要一些即时的正反馈。

耽搁了一个下午,这时候天色渐晚。她把萝卜种子放在自己挎着的小布包里,右手拎着一袋土豆,踏着渐渐西斜的夕晖回到家。

露西塔从那袋土豆里取了两个出来,洗净后放在开水锅里煮熟,去皮后就是两个圆滚滚的熟土豆,撒上粗盐和胡椒粒,就着热牛奶,就是一顿草草的晚餐。对一个失去嗅觉的人来说,再好吃的东西,体验也会大打折扣。露西塔闻不到香味,根本提不起食欲,也没动力去做复杂的饭。

当务之急还是搞清楚自己的身体状况,才好对失去记忆和嗅觉等种种情况做出进一步的判断。她醒来后才过了短短几天,光是安顿下来就耗费了几乎全部时间。虽然她通过镇志直面了这个世界的真相,爆炸式地接收了太多难以消化的信息,但对自己本身的状况,她可以说是一无所知,只能慢慢抽丝剥茧地去适应和探索。

首先要确定的是自己的血统。伊尔塔特只有五百多年的历史,镇民的寿命通常在两百岁上下,到今天已经有十来代了。天赋能力对于镇民来说很重要,或者说很常用,因此通常情况下,一个人身上有什么血统从生下来就会被确认。母亲选择孕育孩子的时候,甚至会为了某种天赋而挑选血统。但露西塔不同。也许原本的她是知道自己的血统的,但这些认知都随着失去的记忆一同丢失了,现在她只能慢慢探索。

检查自己的天赋能力是个很直观的办法。露西塔在书房翻了半天，将什么《精灵历史》《混血种的命运》《深海的呼唤——人鱼诅咒之谜》堆满了书桌。有的明显是臆测的野史，书名就充满了猎奇的味道，需要好好分辨一番，又是一项不小的工程。精灵的天赋分为两种：一种是治疗术，一种是生命术。顾名思义，治疗术不必多说；生命术多与催发植物生长有关，不仅在种植方面用处很大，而且可以用来攻击。梅维斯提到的索菲亚的藤蔓就是一种攻击手段。

人鱼的天赋是精神影响。精神影响可开发的用途似乎很多，比如治疗、催眠、致幻、攻击等，而其施法的主要途径是音波。野史上关于人鱼爱唱歌的传统并非无的放矢。

龙族的天赋与空间有关，目前已经开发出的用途有空间转移、空间切换、开辟异次空间等。典型代表是传讯羽盒，含有龙族血脉的空翠的羽毛可以用来制作空间转移的工具。

她决定先选几项法术，按照资料书上整理的施法方式试一试。感恩编写这部教材的人，她还以为这种法术都是口耳相传的，没想到异族的教育理念这样先进。

治疗术很容易验证。露西塔用厨房的水果刀在手背上划了一道口子，然后按照书上教的，尝试盯着那道伤口，感受组织和血液的活力，试图用意念控制它们向一处生长。她的念力太微弱，阻挡不了流动着的血液的滴落，但静止的组织似乎受到了影响，伤口以缓慢却肉眼可见的速度愈合着。伤口长好后，皮肤光洁如初，没有留下丝毫疤痕，只有皮肤表面残留的血液证明她不是在做梦。露西塔看着自己的手，心想："也许自己有精灵血统？"

就连纯血精灵也通常只有一种天赋能力，但露西塔刚察知自己的特殊能力，正处于有些兴奋的状态，遂有点儿贪心地跑到豌豆地里，试图催发豌豆苗。生命术的施法方式和治疗术差不多——事实上，这些种族天赋的施法方式都差不多，不需要什么咒语。也许是因为这种能力本就是与生俱来的，通常只需要心神控制就可以使用。不知道魔法是不是一样。

这时候天光已经收尽,一痕弯月在云里若隐若现,庭院里唯一的光源就是门前挂着的两盏鳁目灯,幽幽地照着院子里的豌豆地。她感应了好几次,都没能感受到豌豆种子的生命力,更别说催发了。

露西塔并不感到失望,兴致勃勃地回了房间,打算找机会试试精神法术和空间法术。据说伊尔塔特传承到现在,镇民之间的血统一代代互相交叉,许多镇民都是包括人族在内的四族混血,还有一部分是三族混血,初代混血只有加西娅姐妹两人。她一定还有别的血统,也许能开发出别的天赋呢?初次接触天赋能力,露西塔兴奋得辗转反侧,连身体上出现的问题都短暂地忘记了。又是一夜好眠。

第二天一大早,露西塔先把土豆切成带芽眼的小块,用笸箩装了晾在门外。土豆的芽眼就是以后会发芽的地方,因此每一块都要保证有芽眼,才能种出土豆来。切开的土豆块不能着急种下去,要先晾晒半天,让切口逐渐发黑,凝结出一层膜来,这样埋到土里后切口处才不会腐烂。

她花了两天的时间垦地,在井边垦出两块小菜地,在后院贴着院墙和池塘在右后边垦出一块略大的。后院的田地,她打算种上大面积的萝卜,成熟后和豌豆一样卖给奥萝拉的磨坊,算是她目前的计划中最主要的经济来源。

至于井边的两小块田地,一块用来种土豆,收获后自己留着当主食一慢慢吃,另一块打算种点儿草药。加西娅的种子店不卖草药种子,要种草药需要自己去森林里挖。露西塔问过加西娅为什么不种一些草药,加西娅的回答是镇上人少,没有太多需求,靠采集森林里的已经足够,而且各种草药需要的生长环境不一,种植起来比较麻烦。

镇子太小,没有草药市场,露西塔并不图卖草药赢利。预留这块药地,主要是为她尝试制作魔法用具和配制魔药的打算做点儿准备。加西娅制作魔药的材料主要来自收购梅维斯在山里打猎的时候采集回来的药草,还有一些孩子在森林里玩的时候零零碎碎采集回来的。这些人进山采药都是随缘，遇到什么就采什么。加西娅是开店的，什么种类的药材都肯收，但露西塔不一样。要制作某些魔法用具或者魔药，她想买特定的草药不知道要等多久，自己反复采集又麻烦，干脆就自己留一小块药地。

田地垦好后，露西塔把晾了许久的土豆块依次填进垦好的菜地里，覆盖上一层薄土，又在后院的菜地里撒上萝卜种子，春季的种植就基本完成了。接下来只需细心养护，等待收成。

做完这些后，她扫视了一圈自己的劳动成果，如同审视自己的王国，突然生出一种扎根下来的满足感。不管从前的自己是什么样子，从现在开始，她真的要在这里经营她的新生活了。

露西塔惬意地长出了一口气，看了看天色。天色已经微微暗了，但还不到晚餐时间，她打算去屠户家买点儿肉做来吃，犒劳一下自己。即使没有嗅觉，也不能太委屈自己的舌头！屠户艾达店里摆满了霜箱，鲜肉用铁钩钩着挂在霜箱里，散发着新鲜的冷气。

这里共有三种肉类，是牛肉、山羊肉和处理好的白斩鹅，都来自伊尔塔特比较常见的养殖动物。尽管这里物产丰富，但毕竟镇民们的活动范围不大，常吃的肉类并不多。养殖的是这三种，而梅维斯在附近猎的野物通常是野山豚、鹿和兔子。

露西塔爱吃羊肉，但艾达这里的一磅山羊肉卖两银币，要想每天吃肉，实在是一笔不小的支出。她初来乍到，家徒四壁，和不愁吃穿的邻居们不一样，要懂得节省。露西塔的视线落在了艾达院子里养着的山羊上，有了新主意：如果能养几只羊……

"艾达，山羊羔卖吗？"

艾达做完了她的生意，准备吃晚饭，正解下她脏兮兮的皮围裙，闻言不耐烦地看了露西塔一眼："二十银币一只羊羔。"

露西塔算了算自己的积蓄。她原本的一百多枚银币，买了一堆的物资用去一半，又花十枚银币买了一支风寒魔药，日常饮食又用去几枚，目前只剩下四十多枚了。买了羊羔可以繁衍，但那至少要买一只母羊和一只公羊。花四十枚银币买回来,还没等小羊出生,恐怕她自己就先饿死了。最悲惨的是:醒来后要靠养羊维持生活吗?不是,她连羊都养不起。

她只好悻悻地暂时作罢,转而打起了自家房前挂着的鱼竿和弓箭的主意。钓鱼、打猎……这些都需要技艺,实在不行跟着孩子们去山里采药卖给加西娅也行。她又不是只顾着玩、顺便采药换糖吃的小孩,认认真真采药,一定会有收入的。

告别了艾达,她特地去了一趟奥萝拉的磨坊,买了两根胡萝卜。虽然家里还有没种完的土豆,但羊肉就是要配萝卜才好吃。

贫穷的露西塔美滋滋地回到家,把羊肉切块洗净,焯水撇沫,加了盐、胡椒、韭葱等各种香料炖上,快炖熟的时候放入切块的胡萝卜,小火焖熟。不同于野山豚的肥腻,羊肉本身是香而不腻的,唯独有一股膻味不好处理。用香料去一遍腥膻,再用胡萝卜的清香、软甜中和一番,剩下的就是鲜香的肉味了。吸饱了漂着油花的咸鲜汤汁的羊肉,配上炖透的萝卜块,整个口腔都溢满了鲜香,实在熨帖极了。她拿出早上剩下的最后一块白面包煎熟,蘸着汤汁配菜吃。

这个比烤鱼烤肉吃着舒服许多。露西塔一边吃一边想,这个菜没人教,自己自然而然就买了食材做出来了,也许是失忆前自己喜欢吃的。镇上的食物总是各种煎烤,吃起来味道确实很好,但她总不是特别习惯。

晚饭后,露西塔坐在池塘边摆弄她的鱼竿。这口池塘里是活水,应该来自北边的瓦伦河的一支分流,水质清澈,隐隐可见一些游动的鱼影。她没叉鱼的本事,钓鱼还是很可行的。

最后一块面包晚饭时被她吃完了,没有现成的鱼饵,她就用面粉和蜂蜜揉成小面球挂在鱼钩上做鱼饵用。房子后门两侧也装了两盏鳀目灯,照着盈盈的池水,倒也看得清楚。露西塔从晚饭后就坐在后院池塘边钓鱼,一直坐到月亮快要西斜,她才意犹未尽地起身。之前她怎么不知道,钓鱼这种活动还能上瘾?

钓了一整晚，她身边的小鱼桶里多了三条巴掌大小的鲫鱼，活蹦乱跳的，看着就讨人喜欢。首战告捷，露西塔伸了个懒腰，满意地收工回房，洗澡睡觉。

次日，给豌豆地补浇了一次水后，露西塔又去找加西娅，准备咨询一下收购草药的事，顺便问问夜莺索菲亚病情的进展。

刚一进门，一股浓烈的青草香就扑面而来，露西塔深吸一口气，感觉整个身体都轻盈了几分。是"生命"的味道！味道的源头是……

她顺着那味道往前走了几步，看到加西娅正弯腰在货架前整理种子。她围着加西娅转了两圈，有点儿兴奋地探头问："那支风寒药剂的有效成分找到了？"

加西娅没注意到她进来，登时被吓了一跳，差点儿把手上的种子给撒了："什么？"

"你身上都是那种味道。"露西塔笃定地说，"那种'生命'的味道。"

加西娅把手里的东西放下，皱着眉说："但是我这两天都没有配制风寒药剂。"

"那一定是你去了哪里，或者做了什么。"露西塔说，"此前那支药剂既然摆在货架上，想来应该是刚配制好不久的。配那支药剂的时候，你做了什么你昨晚或者今天早上又做了一次的事吗？"

"我除了去奥萝拉的磨坊买菜，这几天哪里都没去，空闲时间一直待在房子里。"加西娅解释说，"你知道的，精灵有生命天赋，我在家里有许多花草陪着，能清楚地感知它们的情绪，根本不需要再外出社交。"

"不，我不知道。那是纯血精灵才会有的种族特征，你的血统浓度比我们这些混血种十代高多了，才会有这样的天赋。"露西塔腹诽了两句。这就是天才的世界吗？

没等她开口，加西娅忽然说："等等……如果一定要说我做了什么相同的事,"她迟疑着说,"我也许做了同一个梦。"

"梦?"这样的无稽之谈,放在往常露西塔是不会信的,但最近经历了太多魔幻世界的冲击,她几乎立刻就觉得这个梦很重要,"什么梦?"

"一片湖,陌生又熟悉的湖,被很多树包围着。自从我搬到伊尔塔特,就总是莫名其妙地梦到它,几乎习以为常了。"加西娅说,"我问过人鱼族擅长解析梦境的长辈,她说因为我小时候居住的家附近有一片湖,所以大概是雏鸟情结,怀念小时候吧。"加西娅有些赧然地解释道,"这似乎和那个'生命'的气味没什么关系。"

就算真是因为这个所谓的梦,露西塔也没办法验证。难道她还能跑到别人梦里去闻闻吗?

加西娅领着露西塔在她家里转了一圈,除了加西娅身上沾染了浓烈的气味,别的地方并没有这种味道。而加西娅唯一去过的地方奥萝拉磨坊,露西塔昨晚去那里买了萝卜,也没有丝毫这种气味。

"你是走的鸢尾街十字路口吗?"

"是的,你知道,那是最近的一条路。"

这就怪了。从奥萝拉的磨坊到露西塔自己的农场,是要经过加西娅的种子店的。露西塔昨晚正是走的这条路,也没有发现异常。以加西娅身上气味的浓烈程度看,她一定是在某个气味特别浓郁的空间待过很久。如果这条街上或者奥萝拉家里有个这样的地方,露西塔不可能闻不到。一切不可能的发生,让事情仿佛陷入了某种魔幻的僵局。

某一瞬间,露西塔心里甚至闪过对加西娅的怀疑。她的眼神是那样真诚,但那是真正的她吗?她说的是真话吗?露西塔睁大了漆黑的眼眸,恳求道:"那么,加西娅姐姐,为了索菲亚,你愿意让我搬过来陪你住两天看看吗?"露西塔专注地注视着她。

加西娅这才发现,露西塔有一双黑洞般深邃、漆黑的眼睛,仿佛能吸走经过的所有光线,不见一丝光溢出来。那里仿佛藏着无穷的秘密,引着她去探索。

露西塔摸索到了加西娅的精神边界，小心地探出触角，和加西娅的外层精神搭建了初步的桥接。她细细地感受了一番。加西娅的精神状况非常稳定，思绪波动也不太激烈，不像是在说谎的样子。她犹豫了一下，不知道是否应该继续深入加西娅的内层精神。

精神桥接实在是检验谎言的利器，但在别人的精神边界面前，露西塔并不想突破某些隐秘的防线。她还在犹豫，忽然脑中出现一阵刺痛。露西塔感到眩晕，一个趔趄差点儿摔倒。她赶紧扶住货架，额头渗出一片细密的冷汗。是加西娅敏锐地察觉了，并且中断了她的精神桥接。催眠天赋得到验证是一件值得开心的事，只是自己的怀疑大概是被看穿了……

"露西塔！"加西娅不悦地加重了语气，"我理解你很想查明真相，但我真的没有说谎。而且，我很讨厌这种小手段，请你以后别再这样了。"

"我很抱歉，加西娅。"露西塔抚着额头缓了缓晕眩感，连忙补救，"我只是昨晚看书看到了人鱼族的这种天赋，想试一试自己有没有，没想到真的成功了。"

露西塔说的是一部分实话，她当然不可能说出自己对加西娅的怀疑。

"你快二十岁了，还不知道自己的天赋是什么？"加西娅看起来很惊讶。

"是的，我母亲没有告诉过我。"露西塔把责任往自己那个素未谋面的母亲身上推，"我以前一直以为自己是个纯正的人类。"

虽然露西塔本人不记得，但她确实是个举目无亲的孤儿。在居民平均寿命为两百岁的伊尔塔特，加西娅面对接近二十岁的她，就像普通人类看待十岁孩童一样。无人教导的无知孩童是容易得到原谅的。

加西娅的火气一下就消了，只是语气里还稍带出了一点儿："好吧，你可以在我家客房住几天，我也很想早点儿找出帮助索菲亚的办法。"说到这里，她话音一转，严肃地强调道，"但是，不要再在镇上用你的催眠术，这不是可以随便尝试的。好在你今天碰到的是我，如果碰到艾达或者莉莉那种人鱼血统比较强的，以她们的精神天赋强度，抓住你建立的精神桥接随意给你一点儿教训，你就得头昏半个月。如果对方怀有敌意，你的意识甚至可能会受到永久性损伤。"

"我知道了，加西娅。"露西塔从善如流地答应，转而追问道，"但你不是半精灵吗，怎么会人鱼的精神防御？"

"我确实没有精神方面的天赋能力，但你的念力太微弱了，还影响不到我。"加西娅解释道，想起露西塔无人教导，又多说了一句，"世界上的力量有很多种。各式各样的天赋能力、人族的魔法，它们之间看似毫无关系，实则是共通的。当我比你强很多的时候，你的小伎俩就起不到作用了。"

露西塔因自己的鲁莽暗暗后怕。如果加西娅刚才包藏祸心，自己恐怕很难全身而退。她把对加西娅的怀疑稍稍放下。为了表达歉意和对加西娅允她住下的谢意，露西塔在她的种子店帮了一天的忙。春种时间基本已经过了，只有一些零散的客人来买花种和药剂，店里主要的工作就是整理货架，一天下来倒是很清闲。

露西塔回味了一下给人催眠的感觉。她现在才刚掌握催眠天赋，需要不折不扣地按照书上教的那样，先直视对方的眼睛，通过念力尝试建立精神连接，最后一遍遍地重复自己想植入的思想，在对方的精神世界打下烙印，才算完成最简单的精神暗示。以后慢慢熟练后，也许可以不再需要眼睛这个媒介，也能植入更复杂的思想，但露西塔目前还接触不到这个层面。

下午时，加西娅回到实验室补充自己的药剂库存。

露西塔也跟了过去。她仔细地观察着加西娅的操作，一边记忆一边问道："我看艾琳的店里没有卖天平和试管这些实验物品？"

加西娅把手上的深蓝色粉末倒入坩埚，闻言看了她一眼，回答道："这些实验器材不是镇上的人做出来的，是帕玛——一个每个季节来一次的行商——从外面带过来的，应该是人类生产出来的东西。"

其实魔药配方也是人类的文明成果，真正的长寿种根本不需要这些药物。当然，我们混血种需要。"

"不得不说，人类的创造有时候真的足够神奇。"她感叹了一声，"你想学这个吗？"

"嗯。"露西塔怀着一种莫名的心虚承认了，总觉得自己在偷师抢饭碗似的。

加西娅却只是随意地笑了笑，指点似的道："很多人都想学。配制魔药其实不难，图书馆里有一本《魔药配制指南》，是史前人类世界流传的基础魔药教材，按步骤操作就可以了。我也不知道为什么很多人总是会搞出爆炸事故，到最后还是基本靠我一个人支撑起小镇的药剂供应。"

露西塔没吭声，决定等行商帕玛来的时候预订一套器具。

加西娅做了丰盛的晚餐来招待她。桑葚、草莓分别拿陶盘装着，还有芦笋沙拉、热腾腾的樱桃派、热羊奶。肉食动物露西塔对这一桌子精灵族特色美食不太感兴趣，吃过之后才发现樱桃派意外地不错，表面是一层融化的奶酪，香甜、柔软。

客房与主卧相对，分布在走廊的两侧。天色暗下来后，两人就互道晚安，上楼睡觉了。

在一个陌生的环境里，在别人的领地，露西塔没能很快入睡。一束月光顺着窗帘缝隙透进来，冷冷地照在床上。露西塔睁着眼睛躺了许久，刚有了点儿困意的时候，门外忽然传来了窸窸窣窣的声响。她一个激灵，双手就捏紧了被子，支起耳朵细听。那脚步声很轻，但有些拖沓，听声音是在一步一步往走廊尽头走。是要下楼？据露西塔所知，这栋房子里今晚只住了加西娅和她自己两个人。是加西娅吗？她想做什么？露西塔咬了咬牙，蹑手蹑脚地起身，把自己的房门打开一道小缝，竟窥见了一个穿着白色睡裙的金发背影。

真的是加西娅！她真的隐瞒了什么？

露西塔背上出了一层细细的汗，生怕前面的加西娅一个转身对上自己的视线，发生什么不太好的事。好在加西娅毫无所觉，一步一步地走得很稳，慢慢下了楼。

不，不对。露西塔心里有个猜测，她蹑手蹑脚地推开门，跟了上去。

伊尔塔特背靠孕育异族的群山，物产丰富，民风也很淳朴，因此镇民几乎都不锁门。这让加西娅出门十分方便，她直接推开店门走到了街上。

露西塔躲在橱窗后面偷偷地看她的脸。月色如尘，照在加西娅的侧脸上投下深深的阴影，她的眼睛紧紧地闭着。果然……是在梦游。

她要去的地方会是充满"生命"气味的地方吗？露西塔感觉面前仿佛出现了希望的曙光，连忙出门跟上。

夜晚的伊尔塔特很宁静，除开天上的月亮，街边的路灯就是唯一的光源。那也是鳀目灯，在室内照明是足够的，在室外就显得有些微弱了。微弱的暖黄色光照在石子路上，两人一前一后，不紧不慢地顺着鸢尾街往前走，在路灯的间隙里投下或深或浅的几道长影。

一直走到小镇的尽头，加西娅还没有停下，继续向森林深处走去。高大、浓密的老树互相咬合着，一片张牙舞爪的漆黑令人望而生畏。畏惧来自无知，露西塔对森林几乎一无所知，脚步不免踌躇了几下。可眼看着加西娅的身影就要走远，她咬了咬牙，提脚跟上。

森林里的路不那么好走，尽管一再小心，她还是被凸出的树根和藤蔓绊了好几下。露西塔心惊胆战，好几次都怕直接把加西娅吵醒。在这种魔幻世界里，把梦游的人吵醒会怎么样，她一点儿也不想尝试。

突然，她的视线变得开阔，面前出现一大片湖，在月色里闪烁着粼粼碧波，萤火虫在湖面上低低地飞舞。某种清新的气息扑面而来，露西塔一瞬间精神了许多。是"生命"的气味！加西娅白天的话犹在耳边："一片湖，陌生又熟悉的湖，被很多树包围着。"就是这里，果然是这里！

露西塔不由自主地弯下身去，鞠了一捧湖水凑近闻。水汽和青草的味道沁人心脾，泛着微微的回甘，她整个人都变得轻盈起来，浑身仿佛充满了力量。加西娅就站在湖边，呆呆地立着。露西塔却暂时顾不得她，立刻想到取走一些湖水给索菲亚试试。

她跟着加西娅进入森林没多久就到了这里，说明这片湖就在镇边不远处，加西娅在这里住了这么久，没道理不知道。但她说"陌生又熟悉的湖"，说明她并不知道这片湖的存在。结合这片湖神秘的"生命"气味，露西塔有理由推测，这片湖一定有些特别之处，说不定平时根本不存在，加西娅才会没见过。现在不取水，再想取很有可能要等加西娅下次做梦时。加西娅不会每天都做梦，可索菲亚等不起，她需要及时治疗。况且露西塔自己还有诡异的嗅觉问题，需要取水再做研究。

想到这里，露西塔有些为难地看了看自己和加西娅身上，她们是穿着睡衣出来的，身上没有带任何容器。在森林里就地取材，更是困难。如果有传讯羽盒在就好了，直接把水转移走……

等等！为什么不试一试空间天赋呢？露西塔见过传讯羽盒后，总想着像艾琳那样试着做一做传讯羽盒，来验证自己的空间天赋。现在她发现自己走进了误区，传讯羽盒只是一种工具而已，难道纯血龙族也靠传讯羽盒完成空间转移吗？不，龙族直接使用其天赋能力！

空间是什么呢？世界的维度由时间和空间交织组成，它们难以捉摸，却又无处不在。空间可以无穷大，也能无限小；小的组成大的，大的可以分离出小的，留下无数个空间节点……

露西塔眼前出现了无数个均匀的光点，悬浮在空中。她伸手摘下一个，放在左手手心里细细端详，接着展开右手，上面出现了一个一模一样的光点。那是她用念力凝成的仿制品。她把眼前的空间节点拂开，用八个自制光点拉出一个方形的小空间，一直拉到空间壁无限稀薄，空间体积也只有握紧的拳头那么大。思考片刻，她又在六面空间壁的中心各补充了一个空间节点。空间壁陡然厚了一倍，看起来结实了许多。她还没来得及高兴，一阵明显的挤压感传来，小空间突然开始剧烈地颤动，随即崩散在了空气里。露西塔有些愣了。

此方世界的空间是完整的，强行清理出一片真空区，用人造的初级小空间填补，根本承担不了世界自我修复造成的挤压。何况，空间嵌套空间是不符合世界规则的。

她看着面前的光点重新恢复了完整、均匀的排列，想了想，摘下自己的木制睡衣袖扣，试图在实心的载体内部拉伸出一个空间来。凭空重塑不可行，就试试在实体内增强、扩张。袖扣内部的空间节点小而密，她将自己创造出来的节点压进去，与原有的节点合二为一，补充了空间节点的能量，就可以用这些节点在袖扣内部拉出更大的空间。最后，她做出了一个能容纳半升左右水的三角锥形空间。在实心的物体内部创建空间极费心神，她把精力都花费在了扩容上，无力去进行稳固，索性做了个最稳定的结构，使之不易崩解。

做完这些，露西塔的精神力已经几近枯竭，脑袋里时不时传来一阵刺痛。她将袖扣空间里装满湖水，才算是松了口气。露西塔看了一眼加西娅，她还没有离开的迹象。此时已经夜半了。

解决了容器的事，露西塔有了闲心，转而观察了一下这片湖。湖边花草葱茏，靠近水岸的潮湿地表生长着一簇簇黄水仙、紫罗兰和香根鸢尾，细长的叶子之间伸出鲜白的不知名花苞。不知是不是长年累月被湖水浸润的结果，这片花木逸散出一阵阵冷香，吸入体内似乎有特殊的醒神作用。

露西塔动了动鼻子。香气？除了"死亡"和"生命"的气味，她已经好几天都闻不到气味了。骤然闻到这阵隐约的香气，露西塔心中惊疑不定：失去嗅觉后，她每次闻到气味的结果都挺玄的。

她等了一会儿，没发现什么变化，加西娅倒是已经转身要走了。她连忙跟上，片刻后又犹豫着折回来，掐了一枝不知名的白色花苞放在身前的口袋里。她低头闻了闻，真的是花香，带着一种微苦的涩味，清气怡人。鲜花易败，她本想再取一枚扣子开辟出一片空间来，但实在是无力为继，只得暂时将其放在身上。

回去的路上，露西塔又渐次闻到了一些别的气味，包括树木腐败的气味、鸟羽的气味、花坛里蓝铃草的甜香，甚至还有鳀目灯的腥气和特蕾莎面包店里的麦香。一切隐藏或未隐藏的气味交杂在一起涌进她的鼻腔，万物生长着，这个春夜登时生动、可爱起来。

她的嗅觉恢复了。但——这是怎么恢复的？而且，她的鼻子以前有这么灵吗？不对，正常人的鼻子有这么灵吗？露西塔无奈地发现，自从自己醒来到达这个地界，身体就没正常过。她打开自己的袖扣空间，嗅了嗅里面的湖水，还是熟悉的青草味。这种只有她能闻到的特别气息，此时此刻竟带给她一丝安全感。

加西娅回到自己的卧室继续睡觉了，没再发生什么奇异的事，露西塔躺在床上一时却睡不着。从那片湖边回来之后，她就一直有一种飘飘然的感觉，仿佛整个世界揭开了一点儿似有还无的帷幔，在她面前整个变得真实起来。过于灵敏的嗅觉让她前所未有地沉浸在这个世界里，仿佛身体也与各种气味交缠在一起。

咚、咚、咚，她的心脏剧烈地跳动着，血液从心脏里泵出，在血管里静静地流淌。埋在皮肤下的血管是青紫色的，皮肤是温热、柔软的，她昨天洗过的头发上散发着皂荚的气味。"我活着。"她莫名地想。

她的视线里渐次出现一些隐隐约约的彩色光点。与空间节点不同的是，它们并不是稳定不动的，而是在空气里四处游弋。她想像触碰空间节点一样触碰它们，却总是隔着一层什么，触不到实体，仿佛幻觉一般。

自从她发现了自己的几种天赋能力后，看世界就仿佛多了几双眼睛。在用治疗术的时候，她能看到每个人身体上的点点生机；用催眠术的时候，她连接到的精神世界空旷而浩渺；试图开辟空间时，她能看到整个世界的空间本质，即一切都由空间节点支撑起来。所有这些，她不仅能感知，还能通过精神施加影响，从而表现出特殊的能力。但眼前这个世界，她仅仅能进行微弱的感知，对其产生不了丝毫影响。她身上有三种异族血脉，对应的天赋已经全部发现了。现在她感知到的这个世界，漂浮着的是什么力量呢？

她从睡衣口袋里取出那枝花苞。花苞很纤弱，刚摘下不久，花瓣边就有了一些卷曲和伤痕。花苞里蕴含着一团隐约的彩色光点，和空气里那些光点似乎同出一源。她试着通过精神去感知，依然无果。此时，她脑中又传来一阵刺痛，被兴奋感压下的疲惫再次席卷而来——她的精神力已近干涸了。

于是她压下疑惑，将花苞放在一边，拉紧了棉被。

次日，露西塔是被窗外孩子们的玩闹声和邻居们的寒暄吵醒的，睁眼时已经日上三竿了。好在她推开门时，遇见加西娅同样刚起床。两人对视一眼，默契地忽略了这点儿尴尬。

露西塔简单和加西娅说明了一下她梦游的情况，然后取来她的一只圆烧瓶，把湖水倒了一大半进去，就匆匆离开鸢尾街，敲响了梅维斯的家门。

梅维斯没有进山打猎，她这阵子都在家陪伴索菲亚，眼看着憔悴了许多。听到露西塔的来意，她的双眼骤然亮起，接过烧瓶连连道谢。

"索菲亚最近似乎不太认得我了。"梅维斯引着露西塔进屋，叹了口气，"她睡得越来越久，看我的眼神也越来越陌生了，甚至越来越像一只普通的夜莺。"

索菲亚躺在梅维斯为她特别定制的小木床上，就在梅维斯的床铺旁边，两人进来的时候她还在睡。梅维斯把她捧起来，揉了揉她的脑袋，索菲亚睁开了惺忪的眼睛。

露西塔和她一对视，就知道梅维斯说得一点儿也不夸张。比起初见时她那人性化的探究目光，现在索菲亚的眼神清澈而懵懂，和森林里那些普通的鸟儿几乎看不出区别。好在她们把湖水拿出来给她喝的时候，她还是露出了本能的渴望。

鸟儿喝水很慢，两人耐心地举着杯子，直到索菲亚将水完全喝干。索菲亚似乎迷茫了一会儿，之后摇摆了两下身子，展开翅膀扑到梅维斯的床上，竟钻到了被子里。

"索菲亚！"梅维斯着急地喊了一声，却见被子里渐渐鼓出一个人形，唬得她掀被子的手顿时停住。

这时，被子边上探出一个金发脑袋。索菲亚绿色的眼眸中还带着大梦初醒后的茫然，金发散乱，仿佛还是当年那个稚嫩的孩子，没经受过时间的任何摧折。她陌生地环顾一周，才转过视线看着梅维斯，不熟练地对着她笑了笑："别哭。"

梅维斯一惊，抹了把脸，这才发现脸上早已多了一片冰凉的水迹。

即使索菲亚先机灵地钻到了被子里，露西塔此刻面对裹在被子里未着寸缕的她，仍有一种挥之不去的尴尬。她识趣地带上门出去，把空间留给这对多灾多难的朋友。

在外面坐了好一会儿后，露西塔试着打开袖扣空间，才发现不知什么时候空间已经崩碎了。现在它只是一枚普通的木纽扣。这也在情理之中，她的空间法术还很不熟练，第一次构筑空间能维持这么久，让她成功把湖水带回来，已经是侥天之幸了。

又过了一会儿，卧室门才被推开，梅维斯肿着眼睛走了出来。见到露西塔，她又背过身去吸了口气，一开口声音里还带着浓重的鼻音："她知道那瓶让她变回来的水是怎么弄到的了，想跟你谈谈，你方便吗？"

露西塔刚好也有问题想问，顺势起身拍了拍梅维斯的肩膀，进了卧室。

索菲亚已经换上了梅维斯的浅褐色格纹棉质睡衣，一头未曾修剪的金色长发拿梅维斯的棉绳扎了个低辫甩在胸前。她随意地坐在床边，身量还是未长成的模样，梅维斯的衣服穿在她身上有些空荡，袖口和裤腿处翻折了好几下。

索菲亚见露西塔进来，就起身迎了上来，眼睛一弯："你好，露西塔。我听梅维斯说,那瓶湖水是你从森林里带回来的,对吗?真的很谢谢你。"

她的说话风格和她看起来一样天真、幼稚,不太像梅维斯口中那个一路杀出城的索菲亚,倒是像梅维斯描述的初见时那个用天真的谎话吓唬人的孩子。这也在情理之中,这孩子在精灵族本就还未成年。

露西塔不由自主地放柔语气:"别客气,索菲亚。事实上,关于那片湖,我还有很多难解的困惑,能问问你吗?"

"关于那片湖的事,我想我也许知道一点儿。"索菲亚很干脆地回答,"这在精灵族算是一个半公开的秘密,每个精灵都知道,只是不好拿到外面传。你随便问个精灵,都会有答案的。只是我听说因为我,我的族人十年来都没踏足这里,所以你问不到而已。"

"五百多年前,精灵族还繁盛的时候,那是给每个出生的族人施加祝福的圣湖。那时候,每个新生儿出生后都会被抱到王庭前,在圣湖中进行洗礼,据说这样可以消灾解厄,获得神的祝福。我身上的诅咒大概就是这样被解除的。"

索菲亚笑了笑:"我原本以为那所谓能消灾解厄的圣湖,还有那个不可杀人的诅咒都是传说,没想到居然全是真的。其实,我杀了人之后就有了预感,立刻后悔了。早知道这样,打晕她们也不是不行。"

她说话幽默,露西塔却觉得她的笑容里藏着一丝忧郁,不过多年诅咒加身,也确实很难保持乐观。

"没人知道圣湖的源起是什么,或许王族知道,但五百多年前战败后,王族被人类俘虏,就此失去了踪迹。从那以后,圣湖就消失了,再没人见过它。族人们猜测,圣湖的存在和王族息息相关。一旦王族血统断绝,圣湖也就不复存在了。众说纷纭,但都没什么根据。关于你的嗅觉问题……"

露西塔打断了一下,补充道:"现在已经恢复了,还比以前灵敏了许多,能闻到常人闻不到的特殊气味。"

"比如'生命'和'死亡'?"

"对。"

索菲亚闻言，出乎意料地朝她伸出手："你闻闻我身上有什么气味吗？"

露西塔起身走近，低头嗅了嗅，神色一惊："怎么会——"

"居然真的可以闻到。"索菲亚惊奇地叹了一声，"你知道吗？这种直接感知真实的能力，只有我们族里的大祭司与神灵沟通时才会拥有。不过我们的大祭司是五感都能感知真实，而你仅仅是嗅觉。"

感知真实？从某种程度上来说确实如此，无论生命还是死亡，都不是通过表层世界能感知到的东西。而她能越过表层世界，直接感知到事物的本质，才会好似失去嗅觉一样，却又能嗅到生死的气味。

露西塔的思维发散了一瞬，突然回神："不对，现在重点是这个吗？！"

她简直不知说什么好，声调都有些变了："你明明喝下了解除诅咒的圣湖水，为什么还是会死？"

索菲亚身上的死气比初见时减弱了很多，但她还是呈衰败之象，给人一种命不久矣的感觉。

"和诅咒无关，我的真灵要耗尽啦。"她轻叹一声，"精灵的寿命足足有五百年，就算变成夜莺也不会改变。但变成夜莺之后，我的思维在不停地退化，差点儿变成森林里一只再普通不过的无知飞鸟。如果是那样，就算能活五百年又有什么意思？真正的我岂非早在一开始就死了。我用真灵维持自己的意识，维持了十年，直到最近真灵即将耗尽，才开始一点点地遗忘。忘记过去，忘记亲人，一天天地沉睡。等我连自己都忘记的那一天，我就会作为一只无知的夜莺死掉。熬到现在，即使解除了诅咒，我也已经油尽灯枯了。"

露西塔抿了抿唇："梅维斯知道吗？"

索菲亚无奈地笑了："我告诉她了，你刚刚也看见了，哭得好像我立刻就要死了一样。其实我还有好几个月能活呢。"

大概是对这样的结果早有预料，索菲亚表现得风轻云淡，一点儿不像个未成年的孩子。

她问露西塔:"圣湖的事,我要通知族人过来调查一下。如果你想,我可以顺便帮你写信给大祭司,让她过来替你看看嗅觉异常的情况。"

露西塔觉得自己也没什么遭人惦记的,很爽快地托了索菲亚请大祭司来。

了却了这桩事,露西塔拎着梅维斯答谢她的半扇野山豚回到了自己的农场。她有个新的想法要试一下。

一个完整的世界,时间法则和空间法则缺一不可。她能开辟空间,但开辟出的空间里没有时间,也没有生命,不能容纳活物,也不会产生变化。换而言之,岂不是天然的食品保鲜容器吗?做一个空间,就能省下买霜箱和养霜箱的钱,岂不美哉?

露西塔心痛地倒掉自己前天剩下的羊肉萝卜汤,更是加深了这一念头。她在自家后院的池塘边捡了一块鸡蛋大小的鹅卵石,打算用它当作实验空间的载体。

这一次,她把空间做成了一个长方体。三角锥形空间有四个鸡肋的尖角,而长方体虽然稳定性稍逊一些,但同样体积下,能容纳物品的有效空间会更大一些。这个长方体空间的极限容量大约是一升,比昨晚的极限大了将近一倍,但容纳食物还是远远不够,一棵菜就能装满它。露西塔把这块石头放进口袋里,打算贴身携带,好观察它的维持时间。

做完这些,她的肚子开始叫了。她这才想起来,早晨由于出门着急没吃早餐,导致现在还没到中午,自己已经饥肠辘辘了。趁着嗅觉恢复,露西塔打算去厨房做点儿食物。

路过客厅时,留意到桌子上的传讯羽盒,她想了想,给加西娅和梅维斯各自传过去一张纸条,邀请她们以及索菲亚共进午餐。事情结束了,总要有些庆祝仪式。不多时,她就收到了两条应邀的回信。

她去奥萝拉店里买了些新鲜的土豆、青菜和青蒜，又在特蕾莎店里买了两条白面包。她打算把梅维斯今天刚送的野山豚处理掉。她家里没有霜箱，这么大一块豚肉，恐怕等不到吃完就要落得和前天的羊肉萝卜汤一样的结果——腐坏后被扔掉。

说来也怪，嗅觉恢复以后，不仅变得比原来灵敏许多，她还慢慢拾起了一些也许是失忆前的习惯。她这次做菜和前天做羊肉萝卜汤的感觉很像，好像无师自通一般。不同的是，她现在隐隐感觉到，这是她从前就会的东西。

山豚肉有许多油脂，她先从腹部切出一大块分了好几层的五花肉，准备一半红烧一半煸炒，将排骨和腿肉先放在了一旁。

做回锅肉需要薄肉片。她先将大块的五花肉切下一条，铁锅烙皮后加水和葱、姜煮肉；煮熟后捞出，擦干切薄片，下锅炒出灯盏窝后加各种香料和酱汁；最后炒得满锅红油时，加入切好的青蒜断生。

红烧肉也需先切块水煮，之后用白砂糖炒出糖色，加香辛料一起炒上色，再加开水和香料焖煮收汁。前天的羊肉萝卜汤虽然腐坏了，好在三条小鲫鱼在水桶里，还留着一口气。她拎出鲫鱼，去鳞掏胆，一条清蒸，一条红烧，一条和青菜一起炖了盅浓白的鱼汤。之后，她又切了几瓣蒜炒了盘青菜；土豆则去皮切条，拿黄油小火炸脆，撒上粗盐盛盘。

久违的食物香味弥漫在厨房的烟气里。露西塔享受地深吸了口气，顿时被呛得打开窗户散烟。

她伸了个懒腰。

半扇山豚肉切出的五花肉量很大，只一条切来炒了，剩余的都做了红烧肉。她拿出剩余的几只大木碗，盛了几碗红烧肉分别给贾文娜、希薇特等帮过忙的人送了去。索性镇子实在太小，送到地方的时候肉还是烫的。看几人的反应，好似都没见过山豚这样的做法，都有些迷茫似的，但很快便纷纷折服在红烧肉的异香之下。

露西塔回到家已经是中午了。她事先拿汤盅扣在菜盘上保温，切好面包放在菜板上,只等着客人进门煎成焦黄当主食,这样立马就有一顿足够丰盛的午餐了。

先来的是加西娅。早上露西塔着急去找梅维斯,只简单和加西娅解释了两句就走了,因此她现在憋了一肚子的疑问。习惯性地问候过,她就有些急切地问:"我昨晚梦游到底是什么情况,你能再仔细跟我讲一讲吗?"露西塔给她倒上羊奶,从善如流地同她讲了当时的一些细节,并辅以自己的推测:"你是不是有什么特别的地方,或者你的母亲有些特别,被你遗传到了?"

加西娅果断地摇头否认。这时候,梅维斯带着索菲亚也来了。到了午餐时间,就算有天大的事,都得留在餐后再说。

露西塔煎了面包分放在餐盘里,又给大家盛上鱼汤,然后拿开了盘子上盖着的汤盅,顿时浓香四溢。回锅肉里青蒜鲜绿,肉片薄韧,配以辣酱炒出的红油,入口香而不腻,回味无穷。红烧肉色泽鲜亮,肉质松软,弹性十足,浸润在浓郁的酱汁里,口感同卖相一样浓郁,入口即化。此外还有清爽的炒青菜、外焦内绵的炸薯条和两条鲫鱼,一条咸香,一条嫩滑,以及浓白的鱼汤,鲜得连舌头都能吞掉。

这顿午餐,众人吃得都冒汗了。对于伊尔塔特的居民,甚至这片大陆的居民来说,吃饭冒汗都算是一种新奇的体验。

当然,她的邻居们并不清楚原因,还以为这些菜是外面人类世界的常见做法。而来自人类世界的梅维斯则在感叹,昔年的安达斯城果然是美食荒漠,别的地区居然有这样令人叫绝的菜式。索菲亚来不及说话,只知道埋头吃。

吃饭不愧是拉近距离的最佳方式,一顿饭下来,就连最陌生的加西娅和索菲亚都熟悉了许多。饭后,几人歪在沙发上,一边啜饮着羊奶,一边闲谈。

索菲亚向大家汇报了精灵族的最新行程:"爱丽祭司听说发现了可以消除诅咒的圣湖,激动得立刻要召集族人过来,但大祭司说五百多年都过来了,不急于这一时,便先派了两个人过来,把情况打探清楚再说。大祭司说是这么说，但她派过来的两个人包括她自己。"说到这里，索菲亚看了露西塔一眼，"当然，也可能是听我说了露西塔嗅觉的问题，打算亲自过来看看。"

"另一个要来的是我母亲。"索菲亚又看向加西娅，"她托我问加西娅姐姐一声，她能否住到加西娅姐姐家里，近距离观察你的梦游情况，以找到我们的圣湖。当然，她会食宿自理，还能给你的店无偿帮忙。"

不论是出于索菲亚的情面，还是为精灵族考虑，加西娅都没有拒绝的理由，自然顺理成章答应下来。

母亲吗……时隔十年再次见到自己以为已经死去的孩子，孩子却只剩下几个月的寿命，真不知是悲是喜。露西塔暗暗叹了口气。

她瞥了一眼后窗，后院的萝花已经开始打苞了，绿意中夹杂着点点星白。春日渐深。

露西塔的试验空间在第二天早餐后崩散了。比起上次的袖扣空间，这次在容量翻倍的情况下，竟然还多维持了半天左右。露西塔高兴之余，也有一些疑虑。

依照她从书上了解到的，血统中自带的天赋能力似乎没办法主动修炼，只能随着知识和阅历的增长，被动提升精神强度和天赋等级。例如，幼年人鱼也许只能通过媒介来进行基础的精神暗示，成年人鱼却能瞬间控制一个弱者的心智。步入衰老后，天赋等级不会变，即仍然能维持瞬间控制的能力，但由于精神强度的衰退，精神控制力或者能控制的对象会明显变弱。露西塔对比自己前后两次构建的空间品质，可以看出短短一天时间内，自己的精神强度几乎翻了一倍。这不可能是普通的自然增长造成的。

稳妥起见，她打算再多试验几次。自造空间崩散后，鹅卵石的内部空间结构变得紊乱、复杂，难以再次扩展出空间来。好在池塘边多的是石头，她随手又捡了一块，构建了一个新的方形空间。这次的容量极限比上次增长得不多,最终稳定在一升多一点儿。空间开辟的能力需要慢慢提升,露西塔并不着急。

随着气温的逐渐升高,森林里的小动物逐渐开始活动了。兔子在草丛里出没,鹿的身影时常在林间穿梭,松鼠又开始爬上爬下囤积食物了。当然,也有馋蜂蜜的黑熊和外出觅食的野山豚,它们威胁着猎人们的安全。

露西塔从珊蒂奶奶的工具箱里取出一把长弓。这是一把用紫杉木制成的长弓,需要很强的拉力才能拉满它。当然,混血的镇民们沾了长寿种身体素质极高的光,拉满这样的弓还算比较容易。养殖动物需要初始成本,钓鱼太拼运气,所以最近她瞄上了打猎。

其实,对于镇民们来说,每个季节种植所得的收入就足够自己过上富足的生活,不必出去打猎维生。因为这里的种子经过历代精灵混血们用生命天赋进行培育,产量几乎可以达到普通种子的两倍。

本来,有生命天赋辅助,这些植物是可以无限增产的。但问题在于,它们生长所需要的地力也会随之增多,而太高的地力损耗无异于竭泽而渔。经过最近百年来的试验,两倍的产量恰好可以在维持地力和增产之间达到相对的平衡。

在这样优渥的种植条件下,露西塔种的粮食和蔬菜本来是足够生活的。但等它们成熟还要很久,而她的积蓄已经告罄了。

伊尔塔特坐落在山里,寥寥一镇的人独占一座银矿。兼之这是个自给自足的农牧渔猎的小镇,大陆上工业的风还未吹到这里,因此银矿的产能几乎和一般的粮食、布匹相差无几。在外面作为贵金属的银,在伊尔塔特已贬值到了离谱的程度。露西塔带来的那袋子银币,在外面能过上几年好日子,在这里不到半个月居然已经快花完了。

好在这里物产富足,只要肯劳动,就不会出现挨饿的情况。

梅维斯很乐意教她打猎,还送了她一把猎刀。两人带上索菲亚,这几天总往森林深处去。有时候天色太晚回不来,几人就住在梅维斯在森林里建的猎人小屋里。

过往的春、夏、秋三个季节里，梅维斯在猎人小屋里住的时间比在镇上还多。一方面是因为她遭逢大变后不太愿意与人交流；另一方面则是因为她打猎走得远，住在猎人小屋更方便。她经常有三四天都不回镇上的情况。通常，她会等到手上猎物富余的时候才回到镇上，趁新鲜卖掉，再换些蔬菜、牛奶之类的食物。到了冬天，动物都冬眠了，她就回到镇上，靠囤积的粮食和熏肉过冬。

由于索菲亚这个春天出了一些问题，梅维斯一直待在镇上，因此猎人小屋还没来得及打理，几乎到处都是灰尘。她们用墙上挂着的破布把屋子清理了一遍，又用梅维斯运猎物的小推车运了两床被褥过来铺在床铺旁边，这样就有了三张床。

春天森林里的光照不太好，小屋里总弥漫着一种阴冷。梅维斯抱来去年剩下的干柴，堆到炉子里点燃，火焰噼噼啪啪地燃烧，照亮了围坐着的三人的脸。

去年的鳁目灯荒废了一个冬天，没有养护，能量已经用尽，表面满是裂纹，已不能发光。三人进山的时候没有考虑到这一点，因此现在只能靠火光照明。

第一天，她们猎到四只兔子和一头鹿。三个人共烤了两只兔子。迷迭香的罐子是空的，黑胡椒还剩下可怜的一撮，被三人珍惜地混着粗盐抹在兔肉表面，就着炉火烤。

火苗幽幽。三人忙碌了半天，即使是单调的烤肉香也足够诱人，甚至别有一番滋味。淡水源就在附近，她们装满了水袋运回来，用水壶烧开，代替汤品饮用。

第二天，她们为了改进烤肉的滋味，决定去附近的蜂巢偷点儿蜂蜜，结果撞到了正在偷蜂蜜的黑熊。小偷见小偷，一个照面，两相对峙。这边一个是打猎新手，一个还未成年，梅维斯当仁不让地站在最前面。

其实索菲亚身为森林食物链顶端的原住民，身具强横的攻击手段，原是不怕黑熊的。但她现在油尽灯枯，已使不出手段，就像一头被拔了牙的老虎，只能任人宰割。露西塔情知自己没有经验，也不敢贸然动作，生怕拖了后腿。

她审慎地打量着黑熊，看到它的眼睛时，忽地闪过一个念头。她注视着它的眼睛。黑熊的精神世界一片混沌，露西塔只能隐约感知到一种紧张状态，甚至有些分不清那到底是它的紧张还是自己的紧张。

"她们好强大，我好弱小……她们好可怕……"被露西塔植入一拨精神暗示后，黑熊几乎没怎么抵抗就瘫在了地上，瑟瑟发抖。

梅维斯诧异地看了露西塔一眼，旋即了然，连射三箭都正中熊头。黑熊打了几个滚儿，凄厉地号了一阵就不动了。

索菲亚馋蜂蜜，偷了半罐子回来。梅维斯掏出猎刀，一边就地剥熊皮，一边当作教学，指导露西塔剥熊皮的技巧。完整的熊皮可以做冬大衣，也可以做毯子，都非常保暖。熊肉的味道不好，大家不缺吃的，对熊肉没什么想法。

不知道是不是黑熊智力低下，精神世界太弱的原因，露西塔觉得这次的精神入侵完成得非常迅速且顺利。接下来的几天，她试图也对鹿和兔子用这一套，但它们跑得太快了，无奈只得作罢。

梅维斯还教露西塔认识了一些魔药。镇子上人少，对药物需求不高，因此即使人们时常采集，森林里生长的魔药也总是非常密集且茂盛。

当梅维斯第一次告诉她，树下生长的那朵暗红色小花是一种魔药，叫作红线星的时候，她看着花朵上散布的彩色光点，心中还疑虑是巧合。第二次、第三次，当发现所有魔药上都隐约附着着那些光点，露西塔心里才隐隐确定了。那些彩色光点应当就是魔力。鉴于魔药和人类的魔法力量同出一源，她时常能在空气中看到的相同的彩色光点，大概也是魔力。

那么问题来了：说好的混血种和纯血长寿种一样，天然不能修习魔法呢？露西塔心里困着许多谜题。她在图书馆的书中找不到答案，通过传讯羽盒旁敲侧击地问贾文娜和艾琳，也仍然无解。

而现在，问题似乎越来越多了。她暂时把希望放在了将要到来的大祭司身上。不管对方是否怀着好意，她都是活了三百多年的智者，比镇上的居民阅历多得多，是最有可能为她解惑的人。

三四天下来，露西塔共猎到了五只兔子，还吃掉了两只。对比梅维斯的一头鹿、十一只兔子，可以说是收获惨淡。到镇上，一磅肉可卖两枚银币，每只兔子重五六磅左右，卖掉三只兔子就有将近四十枚银币入账，足够露西塔未来三四天的饮食花销了。

当然，梅维斯的收入多得多。尽管鹿肉的价格低了一半，但一头鹿重达一百多磅，加上兔子，梅维斯一共能有将近两百枚银币的收入，半个月的食物都不用发愁了。但她还要继续进山。

食物充足只是最基本的需求。衣物、居所、出行，桩桩件件都需要用银币换取别人的劳动。伊尔塔特的粮食产量很高，森林里资源也多，几乎永远有吃不完的粮食、用不完的棉花和木材。人们去工作，更多是为了能买一盏新灯、一件新衣服这样的需求。种满小镇的花、永远新洁的可爱房子、五颜六色的衣服和各种新奇的零食，都是被这样的愿望驱使产生的。

当然，像梅维斯这样不讲究的怪人，她努力工作只是性格使然而已。

露西塔给家里的菜园补浇了一次水。地里已经冒出了明显的绿色幼芽，一行行地整齐排列着，煞是可爱。三月的下旬悄然来临。

露西塔的空间开辟能力——不，应该是所有能显现出来的天赋能力，都在以不正常的速度增长。她开辟出的空间已有五升大小的容量，能够维持足足三天，已经基本可以当作小型短效霜箱来用了。

她旁敲侧击地问过艾琳，了解到这种程度的空间能力在纯血幼龙身上很常见，但对镇民们来说，直到年迈也不一定能做到。也正是因此，居民们才基本使用霜箱给食物保鲜，使用以特殊方法制作的传讯羽盒传讯，而非使用空间能力。

露西塔不知是喜是忧。

不久，她接到索菲亚的通知，精灵族来客将在四月初抵达伊尔塔特。她仿佛看到了希望一般，在精灵族来临之前，怀着轻快的心情第二次随梅维斯进山讨生活去了。

第6章
镜湖的囚徒

这次进山,她们带了充足的调味品,用小罐子装着码放在推车上,叮叮当当地响。鲣目灯、生火的火燧、杯盘刀叉等,将小车装得满满当当。

她们第一天就猎到了一只幼年的野山豚。野山豚跑的速度很快,身体灵巧,攻击力也很强。露西塔连射出几箭,只有一箭中了,最后还是梅维斯几箭收割了这只猎物。即使是幼年的野山豚,也有将近一百磅重。她们把野山豚的尸体留在原地,带着干粮继续往森林深处走,午餐时间也没有回去,而是直接享用了索菲亚背着的干面包。

索菲亚其实就是跟过来玩的。精灵在森林里就像鱼儿回到水里一样快活,她东窜窜西看看,头上沾了树叶都浑然不觉,丝毫不像命不久矣的样子。

梅维斯和露西塔都有意哄着她、纵着她,给她的小背包里装了点儿大家的午餐,就让她跟过来看热闹。直到红日西沉,倦鸟归巢的时候,她们一人背着几只兔子,拖着那只野山豚回到了小屋。

三人点上火堆,在小屋门前切了一条豚腿,抹上调料,在火堆上烤得油脂滋滋地滴落,等表面生出一层油亮的褐色焦皮后,将其切成薄片分吃了。

露西塔来到小镇后,也吃过几个邻居家的烤豚腿,都是难得的美味。相比之下,这条豚腿是用明火烤的,难免受热不均,有的地方烤过了头,调味品也不如家里的丰富。但不知是气氛的原因,还是打猎一天太累了,她们围火对坐,给现烤出来的豚腿肉刷上蜂蜜,吃起来出奇地香。她拿过猎刀准备切第二片时,忽地眼前一黑,一阵天旋地转,手里的盘子啪一声摔落在地上。

还好是木盘,不是陶盘。露西塔双手撑地稳住身子,随后晃了晃脑袋,眼前却还是漆黑一片。她揉了揉眼睛。

索菲亚过来扶她:"你怎么了?"

露西塔没动作,沉默了好一会儿,才有些迟疑地问:"天黑了吗?"

"没有啊,太阳还没落山呢。"

"这样啊……"露西塔不知是失望还是怎么,低声说了一句,"我好像看不见了。"她的声音似乎有些太平静了。

梅维斯觉得她在强撑,但露西塔确实不太担心。一开始失去嗅觉的时候,她还很慌,结果后来嗅觉莫名其妙就恢复了,她还获得了感知真实的能力。

她想到了索菲亚的话:"这种直接感知真实的能力,只有我们族里的大祭司与神灵沟通时才会拥有。不过我们的大祭司是五感都能感知真实,而你仅仅是嗅觉。"

五感……竟然对上了。失去嗅觉不是终点,现在轮到视觉了。她的五感在渐次失去,但既然嗅觉已经失而复得,那么视觉也会经历同样的过程吗?比起失明,这种一无所知的窒息感更加糟糕。

梅维斯和索菲亚大概也想到了她失去嗅觉的经历。索菲亚叹气:"你到底是怎么回事,我真的不知道。只能等大祭司来了。"

"没关系,"露西塔反而安慰她道,"和上次一样,应当不会有什么事的。"

梅维斯和索菲亚一人一边,扶着她进了小屋。尽管这让自己看起来像个残疾人,但露西塔还是接受了她们的好意。这是梅维斯的小屋,若她自己摸索,万一碰倒什么东西就不好了。猎人小屋的生活条件很简陋,她们商量了一下,打算明天送露西塔回去。

小屋的床边有个大窗户,夜晚能通过窗户看到外面的星星。深黑的夜空,星星多得像沙子一样,在邈远的森林上方闪烁,和在镇上的天空闪烁的感觉是不一样的。露西塔在猎人小屋打地铺,躺得比较低,因此总是在满眼繁星中入睡。现在她看不见了,不知道是什么时候,于是躺在床上一遍遍地确认:"天黑了吗?"

梅维斯一开始回答:"快落山了。"

后来她说:"看不见太阳了,但还是没入夜。"

最后一次她终于说:"天黑啦。"

但是露西塔不困。

在一片漆黑的世界里,其余的感觉会变得更加敏锐。火堆的噼啪声、推门的吱呀声、被子翻动的簌簌声、靴子踩在木地板上的噔噔声,都变得异常清晰。互道了晚安,梅维斯和索菲亚也陆续躺到了床上。周围安静下来,露西塔耳边尽是自己的呼吸声,思绪飞得很远。

她想:"睁开眼睛和闭上眼睛都是一样的黑,那为什么要闭上眼睛呢?"后来她想:"我到底是谁?为什么我会失去记忆呢?"

她慢慢地睡着了。

第二天一大早,梅维斯就把她送了回去。

她对自己家已经比较熟悉了,摸索着走路还算顺利。她托梅维斯把自己猎到的两只兔子卖掉,用得到的二十枚银币在特蕾莎店里换了十条白面包。她看不见,怕弄出火灾,已经不敢再贸然在厨房生火了。一条面包有一磅重,配上果酱和奶酪能吃一天,除了口味单调一些没有缺点。

在没有霜箱的情况下,十条面包很难保存,好在她的空间开辟能力已经基本能派上用场了。目前,开辟一次空间,露西塔需要摄入大约一整条面包补充能量,此外精神还需休养两天。她开辟的空间目前可以装下五条面包,三天后破碎了再重新构建。虽说开辟一次损耗有点儿大,但总比霜箱来得便宜。用每次一条面包的损耗换八九天不必摸索到街上买面包的悠闲日子,十分划算。

她以为梅维斯送完她后又回到山里了,没想到第二天她送来一根盲杖。"不知道你这样要维持多久,我去斯克洛特的木匠铺给你订了一根。斯克洛特听说了你的事,连夜做好的。"

于是露西塔获得了一根盲杖。这根盲杖摸起来很光滑，长度适中，是用有点儿重的木材做成的，掂起来很有分量。露西塔上街还是很需要它的。

她安心在家里窝了几天，倒也没闲着，毕竟她还需要生活，而浇菜、钓鱼都不太要求视力。萝卜和土豆都长了芽，豌豆地在她第一次进山前就搭好了架子，鲜绿可爱的豌豆藤已经成了院子里的一景，尽管现在的露西塔看不到。她只需要隔几天摸一摸土壤的湿度，如果干了，就摸到井边打水，直接一桶一桶泼进菜地。

钓鱼更是简单，后院池塘里就有来自瓦伦河的活水，游弋着许多常见的淡水鱼。特蕾莎店里的白面包是微甜的，她拿一点儿吃剩下的面包，团成一个个小团挂在钩上，就能当鱼饵用。钓鱼只需要手感，鱼钩动了就往上拉，然后把钓到的鱼丢进身边的水桶里。露西塔成日枯坐在池塘边，心境也平和了许多。这样一天下来，少则能钓上五六条，多则能钓到十条。她把钓上来的鱼养在浅水桶里，攒几天就送到希薇特店里寄卖——希薇特的鱼店是小镇唯一卖鱼的地方。通常，鱼的价格是一磅两银币。希薇特自己就是渔人，卖的鱼基本都是自己的猎物，不太依赖收购，基本只收每条五枚铜币的寄卖费。

这样下来，到了月底，露西塔竟然还赚了一点儿钱。加上之前剩余的和打猎赚得的，她总共有了一百多枚银币的积蓄。手里一有余钱，她的心思又打到了养羊上。可惜现在她双目失明，行动不便，只得暂时把这一计划放在心里。

最近的生活像一潭毫无波澜的水，除了只能吃面包之外，露西塔再没有什么不满意的地方了。目盲并没有对她的生活造成什么特别明显的影响。

只是这晚，她做了一个梦。

"露西塔，到这里来……到这里来……"
一个深邃、邈远的声音不断地呼唤着她，在无尽的深夜里荡起隐约的回声。

露西塔从床上坐了起来,掀开被子,循着声音找了过去。她没有穿鞋子,赤足踩在房间的木地板上,推开房门,再推开院门,走在小镇的大街上。那声音还在一遍遍地呼唤着她,似乎从远处的森林传来。

"露西塔、露西塔……"

"是谁?你是谁?你的声音听起来……很难过。"

她踏过凹凸不平的石子街,在长街尽头被黑色的森林吞了进去。森林的地面上满是杂草、藤蔓和石块,荆棘刺破了她的双脚,血液从一道道浅口子里渗出来,她却无知无觉。

最后她来到一片熟悉的湖水前,那水似乎无边无际,在萤火虫和微弱的星光下泛着深绿的波光。盈满空气的生命气息蓦然涤荡全身,露西塔呼吸一轻,打了个激灵。

她睁开了眼睛。脚心传来一阵刺痛,她茫然地环顾四周,看到眼前的湖水时,不由得皱起了眉头。她一眼就认出这是那片所谓的圣湖,但这次的景象与上次大相径庭。上次见到这片湖的时候,水岸边开满了鲜妍、湿润的花朵,有摇曳的紫罗兰、挺秀的白野姜,还有星星点点的黄水仙,深绿、肥大的叶子嫩生生地挺立着。水是新鲜的,树是新鲜的,连空气都是新鲜的。但现在一切都不太一样了,到处是枯黄、耷拉着的花瓣,卷曲、腐烂的叶子,就连泥土都散发着一股腥臭。

露西塔走到湖边,湖水的颜色比上次暗了很多,但依旧空明、澄澈,一眼就能望到底。水底锁着一个人——不,不对,是一个精灵。

她正撞上精灵的眼睛。那眼睛是那么地清、那么地绿,似绝望又似慈悲,透过湖水平静地望着她。不,也许只是露西塔产生了被注视的错觉,因为那双眼里倒映着的不是任何一个人,是上方的星空和树影,亘古又干涸,像森林的叹息。精灵被生锈的铁链整个地锁住,一动不动躺在湖心,最粗的那条锁链直直穿透她的心脏。被穿透的血肉那里凝结着一片暗红,分不清是血迹还是锈迹,但能透过湖水看得一清二楚。

露西塔看着她，突然滚下泪来。她茫然地抹掉脸上的水迹，怔了一会儿，低头朝湖底的精灵望去。

"这不是我的眼泪。"她想。精灵的痛苦太深重了，以至于在某一个瞬间，她共感到了精灵的情绪。

露西塔把手伸进湖水里，湖水冰凉刺骨，荡起一阵涟漪。她看着湖底那个精灵，喃喃道："你是谁？"

空气中弥漫着肉眼可见的水汽，人声在其中被扭曲得空蒙，听不真切。精灵的声音平和地穿过湖水，传进露西塔的耳朵里："我是维尔蕾特，精灵的王。"

"精灵王？"露西塔说，"有人告诉我，最后的精灵王在五百多年前的战争中被俘虏了。五百多年过去，精灵已经没有王族了。"

"已经过去五百多年了吗……"维尔蕾特自语了一声，叹了口气，"露西塔——你现在的身体是叫露西塔吧？我就是那个被俘虏的最后的精灵王。"

露西塔心中一震："我现在的身体？什么意思？还有，据我所知，精灵的寿命极限是五百年。如果你是精灵王，五百多年过去，你为什么还活着？"

"你知道王族对于精灵来说，意味着什么吗？不是权力，是生命之源的载体。"维尔蕾特被怀疑也不恼，"镜湖，就是你脚下这片湖，被精灵们称作圣湖，是精灵们的生命之源。远古时代，第一个精灵从这里诞生，从此精灵族占据了世界各处的森林。镜湖有心，它的心就寄托在每一代精灵王身上，通过精灵王使用生命之源庇佑着每个精灵。所以，精灵王在哪里，镜湖就在哪里。

"我本该在五百多年前被俘虏后就被杀死的。我死后，镜湖会再选中一个新王承载镜湖之心，继续庇佑族群。但人类的大法师发现了这个秘密，于是不肯杀我，反而将我封印在镜湖之下。从那以后，我就保持着当时的状态，和镜湖一起失落在虚空之中。所以，如果我一直不得自由，我就会永远活着。"

王族传承断绝，镜湖消失，这些都和索菲亚的说辞对得上，露西塔默默衡量着。

"由于我一直活着，精灵族一直无法诞生新王，镜湖也一直无法现世。"维尔蕾特自嘲地一笑，"保护族群的王，到最后却成了拖累族群的罪人。听你的口气，你是知道精灵族的。那么，精灵族现在还好吗？"

"挺好的，精灵族现在隐居起来了。"露西塔已经信了大半，笼统地答了一声，继续追问道，"你说我'现在的身体'，是什么意思？"

"你不知道？"维尔蕾特惊讶了一瞬，解释道，"你的灵魂和身体很显然并不适配，这具身体绝对不是你本来的身体。你的身体混杂了四族血统，但你的灵魂属于纯正的人类。它们在互相排斥，也在逐渐融合……"维尔蕾特说到这里，语气渐渐弱下去，像是陷入了观察和思考。

露西塔想再问一句什么，维尔蕾特又开口了："不对，你的灵魂根本不属于这个世界！世界规则也在排斥它。但你在这里生活得久了，你的灵魂就会渐渐越过规则的屏障。等到你的灵魂完全和身体融合，你应该就会真正属于这里了。"

像是当头一棒，露西塔的脑袋嗡嗡直响。她拧起眉头，似乎很多现象都有了解释，但又仿佛陷入了更深的迷雾之中："你怎么知道这些的？"

"我身上有镜湖之心，掌握了超脱凡族、接近神灵的一部分权柄，因此可以穿透规则看到真实。"维尔蕾特脾气很好地解释着，"你的身体应该出现过一些排异反应吧？比如，在某方面丧失对世界的感知。"

是的，先是失去嗅觉，现在又失去了视觉。被看透的滋味很不好受，但她从维尔蕾特这里确实获取了一些了不得的信息。她从来没想过，自己居然不是露西塔，而是一个不知来处的灵魂。

"我是谁？"露西塔不禁想到。

维尔蕾特显然对她的身体状况很了解，既然都说到了这里，露西塔也没必要不承认:"的确,我曾经失去过嗅觉,现在又失去了视觉,但嗅觉已经恢复了。至于视觉,我现在能看到你,可能刚刚也已经恢复了。"

维尔蕾特语气微妙:"视觉恢复?你大概误会了。"

"我处在虚空之中,普通的眼睛是看不到的。尽管我不知道为什么,但你能看到我,看到表象后的真实,靠的可不是普通的视觉。上次你跟着那个混血的小姑娘来这里,用普通的眼睛看到的一切,和现在你眼前的一切一样吗?"

确实不同。维尔蕾特的说辞和露西塔所见的都能对得上。上次这里花木葱茏、生机勃勃,这次却花叶零落、衰败、萧索。所以,这次自己看到的一切才是真实吗?

至于自己的眼睛为什么突然能窥见真实,维尔蕾特不清楚,露西塔心里却有了一些猜想。上次她闻到"生命"和"死亡"气味的时候,索菲亚也说她的嗅觉能感知真实。目前来看,自己的灵魂和身体正处于排异、融合的过程中,而融合成功的五感仿佛经历进化一样,可获得窥见真实的能力。按照这种趋势,可以预见,接下来她的听觉、味觉、触觉都会如此。她甚至有些期待。

见维尔蕾特一副有问必答的样子,露西塔索性把自己的猜想和疑惑一口气问了个干净:"所以,是你引我过来的吗?你知道我能看到你?你想做什么?"

"是我通过梦境引你过来的,但我不知道你能看到我。"维尔蕾特不疾不徐,一条一条地答,"我冥冥中有种预感,重获自由的契机在那个叫加西娅的小姑娘身上,所以这一百多年来我一直在呼唤她,可惜她一直看不到我。直到上次你跟过来,我才知道,这个契机应是在你身上。结果果然没错,你居然能直接看到我。窥见真实,那可是神躯的特性。就连我也是凭借镜湖之心才能窥见某些特定世界层的。我能引你过来,就是因为在梦境世界对你施加了影响。"

"神躯?"露西塔心里的念头飞快闪过。那么,自己的身体和灵魂彻底融合后,会进化成所谓的神躯吗?

维尔蕾特解释道:"你应该知道,这个世界上有许多种不同的力量,包括各种种族天赋和魔法的力量。其实它们分布在不同的世界层里,不同的种族能感知到的世界层不同,拥有的力量也就不同。只有神灵能天然洞见所有世界层,获取所有的力量,因此祂才能掌握世界的权柄。神躯就是神灵的躯体。至于我想要什么……"维尔蕾特轻呼一口气,仿佛一声疲惫的长叹,视线穿透湖水和四周的树梢望向夜空:"多明显啊,我想要自由。"

露西塔还保留着一丝防备,踟蹰地找了个借口:"可我不会游泳,怎么救你?"

维尔蕾特看透似的笑了:"你有人鱼族的血统,怎么可能不会游泳?"

"我没游过。"

"你下水后自然就会了。"

"这锁链那么粗,我又没钥匙,怎么弄断?"

"封印解了,锁链自然就断了。封印物在湖底的六个角下埋着,把它们全部挖出来,六芒星封印阵自然就解了。"

露西塔噎住了。

维尔蕾特反而退了一步:"我知道仅凭我的一面之词,你不能全信我。你能联系到精灵族吧?族人应该还保存着我的画像,你去取来看看就知道了。"

"那你要等等,我今晚就不救你了?"

"五百多年都过来啦,多等一段时日又怎么样呢?"维尔蕾特喟叹道,"我现在最不缺的就是耐心。"

维尔蕾特这么说,露西塔反而有些心虚。她软下口气,道:"我会尽快确认的。"

"谢谢。"维尔蕾特露出个隐约的笑,"有空能来陪我聊聊天吗?"

露西塔不置可否:"如果有空。"

果然，看到维尔蕾特靠的不是视觉。露西塔的视觉还没恢复，因此回去的路异常难走。如果不是之前路上的荆棘刺破她的脚掌留下了血迹，而她的嗅觉又出奇地灵敏，恐怕她真的要迷失在森林里了。

露西塔扶着树跌跌撞撞地走回镇子时，镇上还没什么人，大概天还没亮。到了镇子上，她很容易通过气味分辨方位。艾达家的肉腥味、特蕾莎店里的麦香味、希薇特家里的鱼腥味，都是很好的定位工具。

露西塔在心中暗自开了个玩笑："不需要导盲犬，我自己就能给自己导盲。"她靠着气味定位，七拐八拐，终于摸到了自己家。这时，艾达家的屠宰场传来第一声鸡鸣。天亮了。

折腾了一整夜，露西塔已经疲惫不堪。她用治疗术使自己脚上的划伤愈合，换下自己无知无觉进入森林时被树枝钩破的睡衣，简单地冲了个澡，就滚到床上裹着被子睡着了。

再度醒来已经是午后。饥肠辘辘的露西塔想到自己空间里的白面包，毫无食欲。她已经吃了半个月面包了，现在简直看到面包就想吐。露西塔拿起角落里的盲杖，装上一把银币，准备去莉莉酒馆吃点儿好的。

莉莉酒馆坐落在小镇中央，和居民活动中心挨得很近，是镇民们劳作之余的放松场所。莉莉做的煎鱼和大麦酒是最出名的食物。由于露西塔整个三月都生活在赤贫之中，因此从没来过这儿。

这时正是慵懒的午后，暖洋洋的阳光照在身上十分惬意。她能听到酒馆里有许多人声，熟悉的贾文娜和杜兰妮都在，吵吵嚷嚷的，听声音似乎在打牌。她没来过，不知道柜台在什么方向，进门走了两步，脚步就有些犹豫。

店主莉莉注意到她的盲杖，贴心地迎了出来："你好，是露西塔吗？"

没等她回答，在玩牌的贾文娜和杜兰妮就注意到了莉莉的话，扭头招呼道："小露西，过来拼个桌吗？"

露西塔眼下只想吃饭，婉拒道："不了，你们玩吧，祝你们游戏愉快。"接着对莉莉道，"我来镇上有一个月了，没来拜访过，真是失礼。"

"怎么会！"莉莉不愧是生意人，爽朗一笑，确认道，"是眼睛有什么不方便吗？我带你去找个位置吧。"

露西塔道了谢，莉莉引着她来到一个靠窗的位置。

柜台处有一份木刻菜单，但露西塔看不见，莉莉就取来给她逐个念："店里的主食有：煎吞拿鱼（六银币）、烤土豆（四银币）、煎面包（三银币）……还有些小零食和汤：炸鱼薯条（五银币）、苦苣沙拉（四银币）、芦笋沙拉（四银币）、番茄浓汤（一碗五银币）、大麦酒（一杯五银币）……"

莉莉滔滔不绝地念了一大串，丝毫不带停顿。露西塔想：这就是成功的商人吗？

煎面包是最便宜的，但露西塔现在对面包这种食物深恶痛绝，胃里急需一些滋味，于是仗着手里有余钱，豪横地点了一盘煎吞拿鱼、一盅苦苣沙拉、一碗番茄浓汤。

煎好的吞拿鱼切成片状码放在陶盘里，表面滴了一些柠檬汁，去除了鱼腥味。鱼身比较厚，切面外白内红，口感嫩滑、鲜香。据莉莉说，煎吞拿鱼、番茄浓汤和大麦酒是她的招牌菜，果然没让人失望。

苦苣沙拉中规中矩，爽脆可口，芝士酱味比贾文娜家的要淡一些。热腾腾的番茄浓汤是真的熨帖，尤其是在吃了半个月的面包之后。丰富的番茄被熬成了沙质，里面没煮烂的番茄块大概是被捣碎了，显得特别浓稠，还散发着淡淡的奶香，大概是加了奶油奶酪的缘故。露西塔原本还觉得花五枚银币买一碗素汤很亏，喝了一口顿时觉得它值得，自己因面包冷透的五脏六腑都被暖热了。

这顿饭花了十五枚银币，再添点儿钱就能买一只小羊了。露西塔遗憾地放弃了以后常常来吃的想法。

趁着酒馆人少,她坐在靠窗的木椅上晒了会儿太阳。午后的阳光并不强烈,酒饱餐足后享受一会儿日光浴,还有比这更惬意的事吗?

这时,她的耳朵忽然捕捉到一个人名。

莉莉热情地招呼着:"嗨!帕玛,好久不见!"

帕玛?她一直记挂着这个人呢。加西娅的话犹在耳边:"这些实验器材不是镇上的人做出来的,是帕玛——一个每个季节来一次的行商——从外面带过来的,应该是人类生产出来的东西。"

她想自己学习配制魔药,很需要一套实验器材,而它们目前唯一的来源就是行商帕玛。如今已是四月,帕玛终于来到了伊尔塔特。

帕玛似乎是骑马过来的,先在门口拴好了马车。她的声线听起来很粗重:"你好,莉莉。"

莉莉的酒馆是一座三层的木屋,一层是酒馆,二层和三层都是旅店,专门招待来到伊尔塔特的外地客人。莉莉很熟稔地问道:"还是住七天吗?"

"是的。"接着是一阵钱币被倒在桌子上的哗啦声。帕玛咕哝道:"伊尔塔特的东西还真是一如既往地贵。"

莉莉不以为意:"感谢你的慷慨,帕玛。"

说到物价贵这个问题,露西塔可跟帕玛太有共鸣了,但帕玛不一定和她有共同语言。帕玛专门在外面用几枚铜币的低价(在外面可不算低价)买一些伊尔塔特没有的小玩意儿,带到伊尔塔特卖出去就能获得以银币为单位的大量收入。同时,帕玛花一枚金币,也就是十枚银币,就能在伊尔塔特买到一磅名贵的香料,而在外面,这些香料却是每磅要一磅黄金的高奢品。帕玛把它们卖给外面的贵族,收入也能成倍地翻。这怎么会是露西塔这个穷鬼能理解的呢?

待帕玛的住宿手续办完后,露西塔站起来搭话道:"你好,帕玛。听说你这里出售实验器材,是这样吗?"

帕玛有些疑惑地说:"这位朋友,我可以给你弄来它们,但是这种东西需要提前预订。这些年只有加西娅订过一套,别的朋友没有类似的需求,因此我不会主动购买它们带过来出售。据我所知,加西娅的药剂供应很充足,她不做了吗?"

"不是,只是我想自己学着配制药剂。"露西塔解释了一下,又问了问价格,"请问一台精密的小天平加上那些试管、烧瓶等器材,一套总共要多少银币?"

"这种器材即使是在外面也非常昂贵,只有贵族才能拥有。林林总总加起来,一套大约要五十枚金币,也就是五百枚银币左右。具体的价格,要跟你确定一下详细的需求清单才能确定。"

露西塔飞快地算了算。从现在到夏天的话,豌豆能收获两次,萝卜也能收获一次。她已经知道伊尔塔特作物产量惊人的事,原本估计的豌豆收获产量是一次五六十磅,翻倍的话是一百多磅。按照每磅一银币的收购价格,两次收获一共能得二百多枚银币。

萝卜的重量和豌豆不能比,价格要便宜很多,一磅的售价是六铜币。但萝卜的产量相应也很高,她的菜地大约能收获一千磅。如果收购价格是售价的一半,她一共能得三百枚银币。两块地的收入加起来共五百多枚银币。如果不买实验器材,她就能过上一个富足的夏天,还会有剩余。几乎每个镇民的生活都是这样,足够悠闲和富裕。

但现在她要买实验器材,就需要再过一个比较辛苦的夏天了。打定了主意,露西塔就果断问道:"您下次来是什么时候?"

"不太好说,正常的话,入夏不久我会过来一次。"

"那么,下次您来的时候,可以给我带过来一套吗?"

"当然可以。"帕玛很爽快地抽出背包里的笔记本和笔,坐在她对面开始记录,"现在我们可以核对一下你需要什么,我记录下来,下次都给你带齐。"

露西塔是做过功课的:"首先要一台银质精密天平,然后是两个试管架、两个五百毫升的烧瓶……"

帕玛在她的本子上飞快地记录着。记完之后她算了一会儿,给出答案:"朋友,一共需要五百一十三枚银币,需要十分之一的定金,抹零先收你五十枚,可以吗?"

露西塔今天是出来吃饭的,身上没带那么多钱:"您是要在这家酒馆住七天吗?我身上没带足够的钱,可以下午再给您送来吗?"

"当然可以,这七天任何时候都可以。"帕玛爽快地回答,"如果是今天的话,我刚到镇上,不着急去广场出售商品,今天下午会一直在这里休息。你可以随时过来。"

露西塔不喜欢拖延,打算立刻就回家取钱送过来。她站起身,忽然又是一阵晕眩,又跌回了椅子上。

帕玛有些无措地关心道:"怎么了,朋友?"

莉莉似乎也注意到了这边的动静,连忙放下手里正在擦拭的酒瓶,赶了过来:"发生什么事了?"

露西塔已经习惯了这样时不时的晕眩。原本她还担忧自己的健康,但和维尔蕾特谈过之后,明白这是灵魂和身体不相容的排异反应之一,连那点儿担忧也消失了。

她缓了缓,安抚她们道:"没事,是我身体太虚弱了。"

她揉了揉额头,睁开了眼睛。

帕玛是个四十来岁的中年女人,身形肥胖,红头发乱糟糟的,有明显的双下巴。大概是长途旅行的缘故,她看起来风尘仆仆的,神情有些疲惫。

店主莉莉也是红头发,用一条绿色的发带扎着,眼睛是干净的蔚蓝色,嘴巴有点儿大,笑起来能看到一排雪白的牙齿。她围着一件干净的带大口袋的白色围裙,手里拿着一团毛巾。

酒馆里摆了两排木制的桌椅,有的餐桌上放着客人剩下的残羹冷炙,还没来得及收拾。进门是一个大柜台,柜台后的架子上摆满了大麦酒、葡萄酒和瓶装果汁。柜台上放着一份精致的木制立式菜单,上面的字飘逸又漂亮,还点缀着一些绿色的藤蔓和花朵。是彩色的、鲜活的、充满亮光的一切。

莉莉和帕玛有些呆愣地跟着露西塔的视线转了一圈,最后又一齐盯住她。

"你能看见了?"

露西塔不知道怎么解释视力的突然恢复,只得尴尬一笑:"是,是啊。"

最后,露西塔用五十枚银币在帕玛那里订了一套实验器材。回到农场,露西塔写了一张纸条传给索菲亚。

亲爱的索菲亚:

我在安息森林里又见到了你们的圣湖,发生了一些新的变故,一时说不清楚,但事关重大,所以希望能尽快见到你们的大祭司。你们的大祭司具体什么时候能抵达这里?

露西塔

传讯羽盒很快就亮了,露西塔打开一看,是索菲亚的回信。怪不得这么迅速,纸条上只有一句话:

亲爱的露西塔:

稍等啊,我马上来你家。

索菲亚

露西塔一时无语。视力恢复了,下一次不知道轮到哪个感官。露西塔打算趁着这个身体暂时健全的空隙先把羊圈盖起来,方便日后养羊。

订了实验器材后,她只剩下七十多枚银币。她还想靠打猎再赚点儿钱,攒到一百多枚的时候买一只公羊、两只母羊,直接养在羊圈里,这比只有一只母羊的繁育效率高许多。

好在盖羊圈不需要钱,不过是用木头拼成栅栏锤进地里,露西塔自己就可以摸索着完成。上次清理院子时砍下的木头还堆在角落里，露西塔用斧头将粗一些的木头劈成稍细的长条，用铁钉敲在一起，做成了几组栅栏。每组栅栏两边的木条都留得比较长，被露西塔分别深深地锤进土里。

露西塔手生，勉强在院子角落围出一个不太美观但很结实的小篱院，还留了一道栅栏门，由一道木闸把着。组成栅栏的木条只用斧头简单地劈过，表面毛毛糙糙的，有时候人手碰到还要被扎一手木刺。但小心些还是能用的。

整个羊圈唯一花钱的地方就是在艾琳的杂货铺买的一盒铁钉，花了她两枚银币。噢，还有用完斧子后在斧刃表面涂抹的一层薄薄的松油，一银币一小瓶。装松油的瓶子是陶制的，很精巧，约两根手指大小。这种精细的小陶瓶并不便宜，烧起来比碗盘要费劲得多，里面的松油用完后要把瓶子还给艾琳才能买下一瓶，否则要么永远不再买，要么赔她十枚银币。

索菲亚早就到了。帮着露西塔把羊圈的工作做完后，两个人才窝到客厅商量正事。露西塔给她倒了一杯葡萄酒。这瓶葡萄酒还是贾文娜三月初送的乔迁之礼，她在很穷的时候都舍不得打开，甚至还想过不如卖钱买面包算了。最近事情一桩接一桩都看到了眉目，她手里也松阔很多，高兴之下就开了它。

露西塔把镜湖的事大致和索菲亚讲了一遍。在纸条上讲不清楚的关于王族和镜湖的关系、镜湖失踪的真相，她都和索菲亚讲了。

也许这些事放在精灵族是只有王和祭司才能知道的隐秘，但说实话，整个精灵族中，露西塔最信任的就是索菲亚。至于什么精灵王、大祭司，跟她都是八竿子打不着的关系，忠奸难辨。相比之下，精灵王她尚且见过一面，心里是愿意相信的，但那个大祭司她连见都没见过，难以确认立场。

也许五百多年前，维尔蕾特时代的大祭司对精灵王是忠心耿耿的，但现在大祭司至少换过两轮了，维尔蕾特的同代人早已在土里腐朽。现在的大祭司在没有王的时代长大，可谓精灵族的第一人，这个时候冒出来一个王，她真的会心甘情愿地救精灵王出来吗？

说不定，到时候就算维尔蕾特说的是真的，也会变成假的。因为如果大祭司承认维尔蕾特说的是真的，精灵族一定会救她，否则没有镜湖的精灵族只会像现在一样日复一日地凋敝下去。所以，露西塔才迫切地希望见到大祭司。见到之后衡量一下，说与不说、救与不救，她都才好做判断。

当然，她对索菲亚也隐瞒了很多，自己的身体状况她全都没提，只是重点描述了一番维尔蕾特的身份和过去。最后，露西塔问她："末代精灵王的画像很难拿到吗？"

"说简单也简单。我知道她长什么样，精灵族的历史书上就有末代精灵王维尔蕾特的画像，很多精灵都见过。"说到这里，索菲亚摇了摇头，"但我一时不能把它拿来给你。伊尔塔特没有保存精灵族的历史书，我要专门写信让母亲带过来。母亲和大祭司这个时候应该已经在路上了，要不我把事情告诉她，让她回去取一下？"

"别，索菲亚。"露西塔连忙劝阻，隐晦地提了一句，"大祭司不一定想救一个王出来，这件事我们要悄悄地办。"

索菲亚也不是傻子，一听就懂："可是母亲和大祭司这个时候应该已经在路上了，如果我不告诉她，她肯定不会为了区区一本无关紧要的书耽误寻找圣湖的大事，专门折返回去取。如果让别的朋友专程来送，也需要一个足够重要的理由，因为那真的只是一本普通的书。就算朋友给我送过来，也需要半个月的时间。我们的族群现在住得很远。"

怪不得维尔蕾特说得那么轻描淡写，让她"取来看看就知道了"，维尔蕾特恐怕根本没有考虑过这会惊动大祭司这样的人物。如果是十年前，精灵们还在伊尔塔特，这确实是举手之劳。但问题是现在大祭司就要来了，而她要拿到画像却需要很久，这之间难免发生什么变故。

露西塔想了想:"大祭司什么时候能到?"

"很快了,差不多两天后。"

露西塔有些忧虑。理论上来讲,维尔蕾特既然见到了自己,就不会再呼唤加西娅,大祭司是不可能再跟着加西娅摸到圣湖的;就算摸到了,大概也看不到维尔蕾特。但凡事只怕万一,精灵族已传承了不知多少年,手里指不定有些神奇的物品,能嗅到维尔蕾特的踪迹。到时候两边见面,事情的发展就不太好控制了。露西塔现在的身体时不时就会发生些变故,她很珍惜伊尔塔特安全又平静的生活,因此很忧虑精灵族的风波会扩散到伊尔塔特。

但要现在救人,她心里还是有些踟蹰。目前只有维尔蕾特的一面之词,万一她信错了人,不仅没帮到精灵族,反而放了个反派出来,可怎么好?

想来想去,她决定今晚再去问问当事人的想法。她没有耽搁,吃过晚餐就进了森林。

维尔蕾特看到露西塔,显得很高兴:"你是来救我的?"

"不是。"露西塔无情地答道,在湖边盘膝坐下,"画像要过一段时间才能拿到,但现在的大祭司要来了。她知道了镜湖的消息,想跟着加西娅过来找。你怕吗?"

维尔蕾特万万没想到事情会这样发展。显然,露西塔能想到的,她也能想到。

她牙疼了一会儿:"大祭司是能通过祈祷仪式与神灵沟通,感知虚空的。"末了,维尔蕾特小心翼翼地问,"她人怎么样?"

"不清楚,没见过。"

维尔蕾特叹了口气,头痛地望天:"你让我想想。"

露西塔也不着急,从自己新构建不久的袖扣空间里取出一碟炸鱼薯条,有一搭没一搭地咀嚼着,让维尔蕾特在一边慢慢想。

谁知道,维尔蕾特语出惊人:"你杀了我吧。"

一根薯条噎在嗓子里,露西塔发出一阵惊天动地的咳嗽声。她勉强把那口薯条咽了下去,才艰难地说:"你说什么?"

维尔蕾特居然说得很有道理:"如果你杀了我,镜湖之心失去凭依,就会回到精灵族重新选择一个王。这样,镜湖依然能回到精灵族手里。当然,我最希望你把我放了,这样对精灵族造成的结果是一样的。两个做法唯一的不同就是,我是否能活着。我没什么证据能为自己证明,所以能理解你不信我。我要是你,也怕放出什么祸患,所以杀了我应该是谁都能接受的选择。

"我只怕大祭司为了维持自己的权柄,不希望精灵族出现新王,依然把我囚禁在这里,或者把我的牢狱换成另一个地方。虚空那么大,到时候你也找不着。那就是最差的结果了。"维尔蕾特忧愁地说,"虽然我也不想把她想得那么坏,但我实在不想陷入那样被动的境地,一切只靠她的仁慈心。"

露西塔把炸鱼薯条收起来,起身取出自己的猎刀:"你说服我了。"她一个猛子扎进水里。

维尔蕾特闭上眼睛,咬牙、偏头、全身都绷紧了:"谢谢。"

她等了一会儿,却半天不见动静,疑惑地睁开眼睛,见露西塔正在湖底的一角用猎刀挖着什么。挖了半天,她挖出一面生了绿锈的雕花小银镜,镜面上沾染着陈年的血污。露西塔把它收起来,继续到另一个角挖。维尔蕾特抿了抿唇,终于忍不住露出了微笑。

第二个角埋着的是一颗带血的精灵眼睛。五百多年过去了,如果忽视那眼里无法磨灭的怨恨,它依然清澈动人,光彩熠熠。露西塔忍不住皱起眉。

第三个、第四个……漆黑的羊角、生锈的匕首、破烂的人偶和一只倒扣的银杯。这些物品被挖出来的时候虽沾满泥土,却掩盖不住上面大片的陈旧血迹。即便已过去五百多年,露西塔依旧能感受到其中的恶意。

维尔蕾特声音低哑,第一次透出一种森冷:"它们浸满了我同胞的血。"

六个封印物都被挖了出来，六芒星封印阵渐渐消散，维尔蕾特身上的锁链逐渐松动。同时，穿透她心脏的那个伤口也开始往外渗血，一线线血丝在湖水里漂了起来。随着锁链渐渐消失，维尔蕾特捂住胸口，缓慢地爬了起来。镜湖逐渐变得恍惚、扭曲，最终化作捉不住的光影，消失不见了。四周变回了表层世界的普通森林。

维尔蕾特捂着伤口站在露西塔面前，脸色看起来殊为苍白："我让它回到族中的王庭下了。我能去你家养养伤吗，露西塔？"

露西塔顿时感觉自己捡了个大麻烦回来。但现在维尔蕾特虚弱成这样，她要是不管也不太说得过去。精灵族住得那么远，她又不能把人送回去。她决定先收留维尔蕾特两天，等过两天精灵族的大祭司来了，就让她跟大祭司回去。反正她已经摆脱封印了，大祭司心思再坏也没办法把她和镜湖一起封印回去。更何况，人家大祭司搞不好是个好人呢。

露西塔很警惕地约法三章道："我家很穷的，你过来住可以，但过两天你的族人到了，要替你交伙食费。族人要是不肯替你交，你就自己想办法赚钱还我。"

不怪露西塔吝啬，实在是除了一座空房子，她没有任何祖辈的遗产可以继承，想养羊还要努力攒钱，可谓家徒四壁。

维尔蕾特依旧很好脾气地应了下来。

于是露西塔出去一趟，带回来个拖油瓶。

家里的床铺和被褥都只有一套，但露西塔不打算为维尔蕾特准备床，一是太贵，二是维尔蕾特也不久住。

回镇上的时候天还没黑，露西塔到艾尔西娅的裁缝店买了一条厚毯子和一床棉花被子。尽管她选的是毫无花纹的最基础的款式，还是花了二十枚银币。

维尔蕾特很有寄人篱下的自觉，对朴素的灰色被子毫不介意，笑眯眯地接过来。

露西塔提醒道:"你听到了,二十枚银币,我会记在账单上。"

维尔蕾特点点头表示明白,两人一人抱一样,走回了露西塔的农场。

回去之后,趁着维尔蕾特在书房打地铺,露西塔极其迅速地写了张潦草的纸条,悄悄给索菲亚传过去。

不用书了,我救了她,你明天来再确认一下!别表现出来,勿回。

露西塔

这时候,维尔蕾特铺好床出来了:"露西塔,我饿了,请问我能吃晚餐吗?"

露西塔今天的晚餐是从莉莉酒馆打包回来的煎吞拿鱼和炸鱼薯条,都是她自己吃剩下的菜,不好意思拿给维尔蕾特。

而且,她今天才刚恢复视觉,前些日子一直没生火,厨房里可谓空空如也,只有一些耐放的面粉,但她也不可能大晚上给维尔蕾特生火烤面包。

烤面包是个复杂的工作,只有像贾文娜那样有钱有闲的喜欢自己烤。对露西塔来说,用烤面包的半个下午去打猎,能赚到买二十条面包的钱,因此她压根儿不会做这种没效率的事,烤面包技术十分没有保证。露西塔思来想去,只有自己袖扣空间里剩下的两条白面包能给维尔蕾特吃。好在袖扣空间内没有时间流动,里面的白面包还是刚买时候的状态,十分新鲜,温热又松软。

露西塔把面包拿出来,切片煎黄,抹上奶油奶酪,又去院子里掐了一些鲜嫩的豌豆苗,用沙拉酱拌了,主食和菜算是凑齐了。

"喏,这是家里最后的食物了。"

一条面包有一磅重,平时露西塔要三顿饭才能解决一条。她这次把一整条面包都切了,煎了一半给维尔蕾特,但维尔蕾特风卷残云般吃光了,坐在空盘子前羞涩地说:"露西塔,我还是有些饿。"

露西塔无奈,又去厨房把剩下的一半煎了。这次还是不够,不仅如此,装豌豆苗沙拉的汤盅也空了。

"沙拉没有了,再拔豌豆苗会减损豌豆的产量。"露西塔无情地说着,取出了最后一条面包,"还有一条面包,你能吃完吗?"

"能!"

露西塔又去了厨房,过了一会儿端出一盘面包片。她给维尔蕾特倒了一杯牛奶,坐在维尔蕾特对面,托腮忧愁地道:"现在够了吗?你为什么这么能吃?你知道的,我很穷。如果你一日三餐都这样,那我会养不起你的,仅仅两天也养不起。"

维尔蕾特咽下嘴里的食物,又喝了口牛奶送下去,才说:"对不起,露西塔,说真的不太够……我需要很多很多的能量才能把伤养好。但我不吃这么多也行,从明天开始,你吃多少,我吃多少,可以吗?"

当精灵用美丽的眼睛恳切地看着你的时候,你真的很难拒绝其提出的任何要求。露西塔被维尔蕾特这么一说,竟然生出一种"都怪自己太穷了"的罪恶感。很快,理智就把她的罪恶感压了下去,因为她是真的养不起。

第二天一早,索菲亚就上门了。

"早上好,露西塔!"她假装自然地打了个招呼,眼神就偷偷地往维尔蕾特身上瞟。

维尔蕾特认出这是个精灵,看待她有一种看待自己子民的心态,面对索菲亚暗戳戳的打量,很有威严地点了下头。

索菲亚惊了一下,她面前的精灵除了衣服破了点儿,脸色苍白了点儿,胸口有个狰狞的伤口,比较不符合王的身份之外,和历史书上的画像相似度确实很高。尽管历史书上的画像稍微有点儿抽象,但眼角的泪痣、上挑的凤眼等特征都十分符合。况且在这样狼狈的外表下，对方看起来依然威严又优雅，实在很令人信服，看一眼就忍不住相信这就是王。她立刻有些心虚地收回了视线。

露西塔没想到索菲亚的演技这么差，自己叫她来辨认的意图恐怕被维尔蕾特洞察得一清二楚，不由得也有一些心虚。看着索菲亚自以为不着痕迹地点头，露西塔一时间都不敢回头看维尔蕾特的表情。她干巴巴地说："维尔蕾特，这是索菲亚，一个精灵。索菲亚，介绍一下，这是你们精灵族五百多年前的王，维尔蕾特。"

索菲亚没少看冒险小说，隐约觉得见到王应该行个礼，但由于现在的精灵族压根儿没有王族，更没有行礼这一套，因此一时间竟然不知道怎么打招呼合适。

好在维尔蕾特看出了她的窘迫。她对未成年的孩子一向宽容，点了点头率先开口："索菲亚？"

索菲亚点头。

"坐吧。"维尔蕾特说，想了想又加了一句，"不要拘束。"

"殿下，我已经听露西塔说了您的事，真是太好了。我想如果大家知道了这个消息，也一定会很高兴的。"索菲亚的脑子已经是一团糨糊，颠三倒四地组织着语言，颇有种学生时代见到校长时的不安。

露西塔看着维尔蕾特穿着那套被湖水泡得不成样子的衣服和索菲亚聊天，才想起来应该给她买一套能穿的衣服。此外，维尔蕾特要住在这里，还需要一些生活用品。

正好她刚才闹了个尴尬，想要躲出去，便顺势说道："你们先聊，我出去给维尔蕾特买点儿日用品。"

走出房门时听到维尔蕾特说了声"谢谢"，露西塔摆了摆手。

维尔蕾特接着问："精灵族现在还好吗？"

"一切都好，现在大家都生活在埃斯蒂山脉一带，很少出去……"

露西塔走的时候没关房门，清晨的阳光斜照进客厅，小屋里传出隐约的絮语声。

露西塔数着钱币又进了裁缝店。

维尔蕾特需要一件新衣服和一双新鞋子。此外，买牙刷、牙粉、毛巾、水盆等生活用品也都要用钱。

反正维尔蕾特又不在这里长住，衣服能穿就行，到时候回精灵族也就淘汰了，因此露西塔买的又是最便宜的基础款：一条朴素的白色连衣裙。连衣裙没有染色，也没有复杂的剪裁，甚至只需要花一件衣服的钱就能搞定全身着装，露西塔的算盘打得啪啪响。

饶是如此，买了一圈下来，以为能支撑很久的钱袋还是又空了。露西塔现在的开销就像自己突然生了个孩子需要养一样夸张。她用最后一点儿钱买了一条面包和一些萝卜、土豆，这两种蔬菜都很便宜。

无论如何，等到明天大祭司来把人弄走，把钱收回来，后天她就得进山打猎，不然就要喝西北风了。打猎的收入虽高，但猎人小屋是梅维斯的，一直白住也不太好。况且猎人小屋的生活质量和小镇比差远了。她忧愁地想：何时才能过上靠养羊、种田生活的悠闲日子呢？

露西塔回来的时候，两个精灵已经终止交谈了。和维尔蕾特沉默地共处一室，索菲亚简直坐立不安，只等着露西塔回来，自己道个别就走。

送走了消失得飞快的索菲亚，露西塔把新买的东西给维尔蕾特看，一笔一笔地给她算，最后总结道："亲爱的，算上被子和昨晚的晚餐，你已经花了我六十三枚银币了。现在家里只剩下最后二十枚银币了，我们今天一天都不要再花钱了。早餐吃煮土豆，午餐吃奶酪配面包，晚餐吃炖萝卜，这就是我们今天一天的食物。如果明天大祭司能来接走你，明天早上我煮一餐肉送你；如果明天大祭司没能接走你，我只能留给你几条面包，自己进山打猎了。"

露西塔一大通噼里啪啦算下来，维尔蕾特很识时务地乖巧点头。

维尔蕾特洗了个澡，换上了新买的白裙子。原本那身能依稀看出曾经华丽的破烂战袍被她扔进了垃圾桶。当时那锁链在衣服的胸口处也留了个洞，衣服根本遮不住可怖的伤口。好在索菲亚是杀过人的，面对维尔蕾特这样的形象也不怵。对比起来，维尔蕾特实在太喜欢自己的新衣服了。新衣服千好万好，好就好在它是完整的。换好衣服，维尔蕾特看看在厨房里忙碌早餐的露西塔，很自觉地去院子里打水准备浇菜。

豌豆苗已经爬高了，结出了小小的嫩豆荚，豆秧在晨风里微微摇着。土豆苗和萝卜苗也都翠生生地挺立着，摇动着宽大的叶子。细影斑驳，珊珊可爱。

维尔蕾特很久没有享受过这样平静的生活了。她把手挡在额头上，抬头看天边还带有一丝清晨冷意的太阳，满足地喟叹了一声。

翌日，埃斯蒂山脉不见天日的深林里，两个精灵骑马穿过林中小道。

战士黛西打开随身携带的地图，看了几眼，汇报道："大祭司，往前再走三公里就是伊尔塔特镇了。"

大祭司塞西莉亚声音沉着："中午不要休息了，一口气抵达吧。现任镇长贾文娜已经回消息了，晚上会有一场欢迎庆典，到时候再好好休整一下。"

战士黛西答应下来，长长地呼出一口气，眼神复杂地望向伊尔塔特的方向。近乡情更怯，那里有她终于活着回来却命不久矣的女儿。

当时她带着小队死死地追着女儿的踪迹，追到那个叫作伊顿的国家的王都，就彻底失去了女儿的踪迹。她不肯死心，又独自在王都徘徊了半年，直到伊顿亡国，她女儿依然杳无音信。这意味着什么，她不敢细想，浑浑噩噩地回到了族群中。

塞西莉亚见状，习惯性地拍拍黛西的肩膀，半晌才说："小索菲亚是整个精灵族的功臣，我们都会记住她的。如果不是索菲亚，我们也难以得到圣湖的消息。"

黛西勉强一笑。

这时，空中传来一阵清脆的啼鸣。塞西莉亚神色一凝："是班森特的空翠。"

班森特是个纯洁、美丽的精灵少男，凭借对神无与伦比的忠诚和美丽的外表成功地在成年后就进入神殿侍奉，成为十位祭司之一。在灾难过后，神的信仰日益凋敝的如今，班森特不像其余祭司那样把祭司当作议员般的职业来做，而是真心诚意地侍奉神灵，并立志终身保持纯洁，因此是塞西莉亚最信任和重用的下属。这次离开族里，她让班森特替她暂管神殿。

空翠有一丝龙族的血统，具有穿梭空间的能力。伊尔塔特的居民常用空翠羽毛制作传讯工具，而亲近自然的精灵则可以直接驯化它们用以传讯。它们能不断地穿梭空间，移动速度远远超过其余的鸟类。班森特的空翠停落在塞西莉亚手上，塞西莉亚摸了摸它的羽毛微微安抚，从它腿上抽出一卷纸条。

大祭司冕下：

我是神忠诚的仆人、您忠诚的下属班森特，我有一件事要向您报告。

今天是四月一日的夜晚，我们如常在神殿内做完晚祷，出门时却看见王庭下出现了一片湖——您知道的，王庭和神殿紧挨着。

我们都大为惊异，讨论了半天，最终一致认为它和史书上记载的我族圣湖很相似。能够移动、常位于王庭之下，这些特征也都吻合。但是，我们不敢触碰那湖水，因此不知道它是否如记载一样有神的祝福，能为我们消灾解厄。

您此行去往伊尔塔特不就是寻找圣湖的吗？我想，这个消息也许十分重要，因此紧急向您汇报，希望能赶在您抵达之前送到您手里。

您最忠诚的班森特

塞西莉亚的眼神微凝。既然这样,那出现在伊尔塔特的圣湖又是什么?事情变得愈发扑朔迷离了。

她扬起头眺向伊尔塔特,吩咐道:"加快速度,我们尽快赶到镇上。"

圣湖的事对于精灵族来说是一个虽然半公开但仍然不宜大肆宣扬的秘密,好在塞西莉亚突然造访的理由也是现成的:索菲亚被伊尔塔特的居民救了回来。于情于理,精灵们都不应该继续迁怒伊尔塔特,甚至还要好好道谢。至于怎么救的,当然是加西娅的魔药救的。因此,明面上,这次拜访是精灵族和伊尔塔特重修旧好的外交活动。

贾文娜已经提前通知了镇民们参加欢迎庆典,迎接前来拜访的精灵族朋友,好好展示一番镇民的热情好客。

露西塔也接到了贾文娜的通知,很想带着维尔蕾特去庆典上蹭一顿饭。庆典是用公费办的,来自居民们每年都会缴纳的小镇建设费,今年年底露西塔也要开始交这笔钱了。眼下对于露西塔来说,这顿饭就是免费的。她和维尔蕾特昨天吃了一天的素菜和面包,都馋肉馋得不行。至于大祭司也会出席?管她呢,反正迟早要见面,早点儿见又有什么关系。

"那你穿什么?"露西塔发愁,"要不你穿我的衣服,反正我有两套。"

维尔蕾特新买的白裙子不是那种漂过的纯白色,是棉花的本色,带着点儿陈旧的暗黄调,还有没脱干净的棉花籽被织进去,在布料上形成一个个小结。艾尔西娅对这条裙子的定位就是种田或养殖穿的便宜工作服,破了也不心疼的那种,她还在衣服前面缝了一个夸张的大口袋。维尔蕾特平时在农场穿还凑合,但穿着它去参加庆典会显得很没礼貌,就像艾达围着她屠宰用的皮围裙参加庆典一样。

维尔蕾特想了个办法:"那咱们两个去帮忙做饭吧,边做边吃,到了用餐时间就能吃饱了。做饭的穿成这样,正常吧?"

露西塔深以为然，两人一拍即合，跑到伊尔塔特镇民活动中心帮忙去了。

维尔蕾特的上一份工作是当精灵王，压根儿不会做饭。何况，五百多年前精灵还生活在森林里，不与人类接触，可以说是餐风饮露，就靠吃果子、打猎过日子。好在露西塔有一点儿手艺，维尔蕾特又长着精灵的脸，被当作了外宾，两人才得以在厨房心安理得地留了下来。维尔蕾特虚心地给露西塔打下手。

"帮我从筐里拿三个土豆。"

"噢噢好，筐里好像有三种菜，有一种是绿色的叶子菜，两种是块状的，一种是紫色，一种是淡黄色，是哪个呢？"

露西塔抚额："淡黄色的。"

到了午后，庆典的长桌已经摆满了大厅，漂亮的烤鹅、熏火腿、煎鱼、番茄浓汤、土豆饼……不同的菜品摆在不同的桌子上。摆盘剩下的菜是厨师们的专享，露西塔和维尔蕾特混在其中大快朵颐。

露西塔吃了几块鱼和几片火腿就差不多了，拿了一把樱桃在手里慢慢吃着，看维尔蕾特端着个小盘子到处搜刮食物。厨师们吃得不多，剩下的很多菜都用盆子装着放在厨房。维尔蕾特本想坐在露西塔旁边吃，但她吃得太快了，不一会儿就要起身添东西，最后索性站在厨房吃。露西塔看着维尔蕾特忙忙碌碌的背影，无端生出一种替她望风的心虚。

清了几个盆子后，维尔蕾特吃东西的速度慢了下来。她装了一小盘草莓坐到露西塔旁边，满足地说："这是我从湖里出来后吃得最饱的一次，人类的食物真好吃。"

露西塔附和："看出来了。"

这时候大厅里的庆典已经开始了，原本在帮忙的临时厨师们早就换了压箱底的礼服到大厅里跳舞去了，厨房里只剩下露西塔和维尔蕾特两个还在吃。待维尔蕾特终于吃饱了，两人才偷偷溜出来。

厨房门外是一条走廊，走廊尽头连着活动中心的后花园，另一头则是举办庆典的正厅。她们没从正厅过，打算从花园绕出去。谁知刚一出走廊，就碰上了从后花园的接待室出来的贾文娜和塞西莉亚一行人。

露西塔心说："来了。"

维尔蕾特看了看对面一行人的穿着和举止，大概猜出来她们就是这儿的镇长和据说今天来拜访的大祭司等人。这时候，索菲亚应该已经和大祭司见过面了，对方应当知道自己的存在。维尔蕾特微微颔首。

全场只有贾文娜还蒙在鼓里。来访的不是只有大祭司和她的守卫战士吗？怎么又多出一个不认识的精灵，还和露西塔在一起？她愣了愣才问："这位是……"

露西塔正要说话，维尔蕾特倒是抢答了："我是露西塔的朋友，叫作维尔蕾特，前两天过来找她玩的。很高兴见到你，贾文娜镇长。"

真的是维尔蕾特！塞西莉亚瞳孔一缩。真的是末代精灵王的名字。

索菲亚已经把事情的经过都告诉她了。死于五百多年前的人突然回来，她本来是不信的。现如今当面一见，她才知道索菲亚为什么那么相信对方。不仅仅是因为她长得和历史书上的画像一模一样，更因为面前的维尔蕾特虽穿着很不体面，但她站在这里就威仪自生，仿佛此刻她不是穿着工作服从后厨偷吃完出来的，而是君王巡视领土时遇到了她的子民。

塞西莉亚与黛西忍不住对视一眼。随着这位自称维尔蕾特的精灵被解除封印，圣湖真的出现在了王庭之下。她们不得不相信，这就是传说中的最后一位精灵王。现在她回来了，她想做什么呢？恢复她的统治？重新和人类开战？五百多年过去了，她还是那个一心保卫精灵族的精灵王吗？几人各怀心思。

贾文娜不知道她们之间的暗潮，但她能感觉到气氛有些怪怪的，不由得打圆场道："原来是这样，那你们去玩吧，一会儿换身衣服过来跳舞啊。大祭司，我们走这边可以直接进大厅。"

露西塔本来很希望这位大祭司赶紧把维尔蕾特领走,但现如今接触了她审视和戒备的眼神,不知怎的心里堵得慌——维尔蕾特胸口的大洞还没长好!

贾文娜给了个台阶下,露西塔脸上带着笑,动作极迅速地拉着维尔蕾特走了。

两行人错身而过。塞西莉亚不由得回头看了一眼,维尔蕾特的背影从容,逐渐消失在花园的尽头。

两人走远了,露西塔才放开维尔蕾特的手。她在这儿替维尔蕾特生闷气,维尔蕾特倒是丝毫不在意,慢悠悠地评价了一句:"挺好,这大祭司穿得这样气派,肯定随手就能帮我把账单付了。"

露西塔简直要被她的脑回路气笑了:"那我不得报个高价?你赶紧跟人家走,你走了我拿着大把的银币每天都吃肉。"

"你就这么嫌弃我啊?"维尔蕾特掰着手指给她一条条地算,"你看,我虽然不会做饭,但我力气大,会种田浇地。你在家里围了羊圈后,后院空地就变得有点儿少了,我打算过几天帮你把院子往后边的森林扩一扩。而且我很擅长打猎,说不定比你还厉害,就是现在在养伤,不太方便。不过我今天吃饱了,补充了很多能量,伤口会恢复得很快,不到半个月就能全长好。到时候我就更有用了,而你只需要给我提供一日三餐就行……"

露西塔居然觉得很有道理,跟着她的话不停地点头,末了突然反应过来:"什么?你难道要赖在我家,不打算走了?"

维尔蕾特反驳:"这怎么能叫赖呢?你可以雇用我给你打工,绝对便宜又好用,你很赚的。"

也确实是……"但你为什么非要住在我家?你跟大祭司回去当你的精灵王,不比待在这儿给我打工强多了?精灵是你的子民,我不是,可不会事事顺着你。"

"人家不见得欢迎我回去呢。"维尔蕾特叹了口气,"再说,现在精灵们好不容易安稳下来,我一个五百多年前的古董再回去插手,又算什么呢?"她这话说得萧索。

尽管知道她有八成是演的,露西塔还是被戳中了,一时无言。

维尔蕾特乜了她一眼,声音里带上了笑意:"你不说话,我当你默认了?"

"你还是好好想想怎么面对大祭司吧,人家估计一会儿就找上门来了。"

塞西莉亚惦记着维尔蕾特的事,在庆典上待了一会儿就匆匆离场了。贾文娜看出了刚才的不对劲,也没有苦留。循着贾文娜指的路,塞西莉亚摸向露西塔家里。

这时候天边最后的余晖也散了,只留下一抹淡淡的薄红混在昏黄的夜幕里。人影隐约,街边的路灯渐次亮起。

起风了。塞西莉亚裹上风帽,稳稳地向前走。

农场的院门平时是不关的,塞西莉亚推门进去。院子中间是一座陈旧的小木屋,窗子通明,四下寂静。

她敲了敲房门——"笃、笃、笃"。

门"吱呀"一声开了,开门的是今天和维尔蕾特同行的那个小姑娘,留着浓密的黑色卷发,穿着条纹上衣和樱草黄长裤,看起来稚拙又朴素。但她的眼神可不像个十五六岁的姑娘,那双漆黑的瞳仁看过来的时候,平和得让塞西莉亚觉得她似乎什么都知道了。

塞西莉亚正要说话,露西塔先开口了:"您好。您是精灵族的大祭司,来找维尔蕾特的,是吗?她在书房等您。"

塞西莉亚准备好的开场白被噎了回去,还想说点儿什么,最后都放下了,只道了一声:"有劳。"

露西塔不想沾精灵族这些权力纷争的事,将塞西莉亚请进书房就带上了门。为了避嫌,她甚至去了后院钓鱼,从书房的后窗能看见她坐在池塘边的身影。

塞西莉亚一进门,就见维尔蕾特坐在书桌后面读一本书。那本书似乎是她随意从书架上拿下来的。听到塞西莉亚进门,她随手放了张书签进去,把书放到了桌子的一边,微微颔首:"您坐。"

塞西莉亚没有直接坐,而是将右手放在胸前,行了个觐见王族的礼仪:"陛下。"这一个礼仪表明了她的态度。这是塞西莉亚来之前经过深思熟虑的决定。

失去王族后,这种礼仪已经五百多年没有出现了,塞西莉亚身为大祭司,大概是为数不多还知道它的精灵之一。"英雌"维尔蕾特王在终结之战以一己之力拖住人类攻伐的脚步,保下精灵族文明的火种,这样的传说至今仍流传在精灵族中。她被赞颂,被刻画,变成一篇篇故事和一座座矗立在精灵王庭的雕塑,是精灵族历史上绕不过去的一笔。无论如何,她值得精灵的敬仰和礼遇。

如果维尔蕾特初心不改,她会代表神座下的十个祭司迎回精灵族的领袖,把权力完整地交还,从此让精灵族回到那个被圣湖庇佑的繁荣时代。但如果五百多年的时间消磨了维尔蕾特的初心,腐蚀了她的意志,甚至使她被仇恨蒙蔽双眼,要现在后代凋敝的族群重新挑起战火,那么她绝对不会服从这样一个王。

看到她的动作,维尔蕾特似乎透过她看到了过去,眼中露出一丝转瞬即逝的寂寥。她含着笑说:"坐吧。"

塞西莉亚拉开椅子,坐在了她对面。

"想必你已经知道我的情况了,我被那个孩子从镜湖也就是大家说的圣湖下面救了出来,别的就不再多说了。前天晚上解除封印的时候,我已经把镜湖送回了王庭下。嗯,如果没有弄错的话,那应该是现在的王庭。我能感觉到它靠着神殿,修筑得和从前的王庭很相似,许多鲜活的愿力集中在附近。这件事你知道了吗?"维尔蕾特没有想要的东西,也就没有谈判的欲望,索性先发制人。

"是的,我今天早晨收到了族中的来信,刚知道不久。"

"我很高兴你们居然还建立了王庭,在已经没有王族的情况下。"

说到这个，维尔蕾特的语调柔和了很多。

"王族的奉献和牺牲应该被记住，尤其是您，陛下。"塞西莉亚发自肺腑地回答。

维尔蕾特笑了笑，换了话题："我大致向索菲亚了解了精灵当下的情况，目前也有了一点儿打算。但她毕竟是个孩子，所见难免不够全面，而我也是个太老旧的精灵了，也许有些想法不太合宜，有哪里说得不对，还要请你纠正一下。"

似乎没想到这位精灵王这么干脆，塞西莉亚很好奇她要说什么，算是半自愿地落入了她的节奏里："陛下请说。"

"听索菲亚说，现在的精灵学会了像人类一样种植作物、精细地烹煮食物，甚至引进了人类的许多设施，像是那个……新兴不到百年的抽水马桶。大家学会了锻造和使用种类繁多的铁制武器，自身的天赋能力也得到了更深的开发和利用。你们建立了小型的学校，把下一代的孩子集中起来学习基础的历史、神术，以及如何系统地运用天赋能力。你们还开发了许多攻击手段，并在课本上留下了记载，传承给下一代。是这样吗？另外，我记得索菲亚的信息也停留在十年前，也许最近还有什么新的变化？"维尔蕾特双手交握，身体前倾，颇感兴趣地求证道。

"是的，索菲亚所说的基本是现在的情况，十年来并没有什么大的变化，一切都在稳步前进。您会怪我们使用了人类的发明吗？"塞西莉亚小心地伸出了试探的触角。

维尔蕾特笑着摇摇头，鼓励道："你继续说。"

关于这些，塞西莉亚来之前就整理好了语言："除了索菲亚所说的，我要向您再介绍一下现在的权力体系。虽然王族不在，但祭司体系仍旧是我——臣一个大祭司带领十个祭司的配置。大家各司其职，有的掌管农业，有的掌管教育，有的掌管秩序……各个祭司下又设神官分管，最后由臣统一理事。当然，族里的每件大事都是祭司在神前会议上表决决定的，并非臣独断专行。"说到这里，她终于说出了今晚的试探主题,"如今陛下回来了,这些事应该由陛下统一掌管,臣也应当回到侍奉神灵的本职上去。"

"我正要同你说这个。"维尔蕾特看出了塞西莉亚的紧张,微微笑了,"我并不打算回到族里。你们做得很好,不需要我插手,我希望你们能维持现状。"

塞西莉亚想过很多打算,但千算万算,没算到维尔蕾特压根儿不打算回去,一下子愣了:"您说什么?"

维尔蕾特没接她的话,反而向后倚靠在椅背上,微微怀念似的说:"你们写了很多史诗去歌颂和记载那段历史,可能时间过去太久了,使你们只记得我提着剑战斗的场面,好像那个时代很浪漫,是吗?实际是怎样的呢?那个时代,族人们都散居在森林里,每天采集、打猎,靠镜湖的祝福和天赋能力就能过得很快乐。我们的运气太好了,因为食物足够而不去种植,因为天赋能力够用就不去练习,因为寿命长久就不去把知识系统地整理起来。我们过得无忧无虑,最后也死于无忧无虑。

"即使我们是得天独厚的长寿种,最终也溃败在人类手里。人类寿命短暂、力量弱小,为什么却能完成这样的壮举?真的只靠那些强大的魔法师吗?可是论法术,我们才是生而强大者。

"是因为人类永远有忧患。人类面临饥饿才会去学习种植和狩猎,面临威胁才会去学习魔法,面对自己的弱小才会去发展科技。精灵做不到这些,难道是因为笨吗?难道是种族缺陷?当然不是。那时候我想明白了,却没有时间去证明了。而现在,失去镜湖的你们繁衍能力大幅度下降,天赋能力被削弱,甚至一直背负着不可杀死人类的诅咒,但你们依然顽强地活了下来,让我看到了精灵的智慧。我们并非天生软弱、落后和无能的。"

"陛下……"

"塞西莉亚,我的时代早已经过去了,这个时代是由你们创造的,你们做得很好。而我甚至需要重新学习一些常识,怎么能掌管五百多年后这个新的精灵族呢？大概我唯一的作用就是守护镜湖了。我已将它放在王庭之下，今后精灵族将摆脱那个缠绕了我们五百多年的诅咒，在这里繁衍生息，重新强大起来。我相信你们能做到，对吗？而我，一个历史书上的形象，不应该再出现，否则会动摇你的权威。"

维尔蕾特说得很诚恳，塞西莉亚动容地发誓道："陛下，我绝对不会辜负您的期望！"

"看来我们达成了共识。"维尔蕾特笑眯眯地说，"那么，我还有一个忙需要你帮一下。"

"陛下需要我做什么？"

"咳，你知道的，我在这里住了两天，花费了人家比较多的银币……"

……

不知不觉，一钩月已然挂在了黑压压的树梢上。

塞西莉亚走之前直接解下了身上的钱袋，全部给了维尔蕾特。维尔蕾特当面没打开看，心里却觉得那袋钱怎么也不像有六十多枚银币的样子，不由得在心里嘀咕："缺的钱还是自己打工赚钱还吧。"待塞西莉亚走后，维尔蕾特打开钱袋准备数一数，顿时一喜。这里面装的不是银币，而是金币，金闪闪的，装了半袋子，目测少说也有二三十枚的样子。

"哇，现在的金币长这样子啊。是你们镇上发行的吗？比之前人类印的国王的丑人头好看多了。"她满足地将金币举到露西塔脸前晃了晃，"怎么样？我不仅不缺钱了，还能付你房租呢。"说着，她数出八枚金币递到露西塔手里，"喏，连本带利还你了。"

维尔蕾特在一边喜气洋洋地数着她的钱，露西塔哭笑不得。露西塔以为维尔蕾特说要给她打工是玩笑话，没想到她居然真的拒绝了大祭司的邀请，兴致勃勃地要留在她家里。

尽管只要包吃住就能获得一个优质劳动力，但露西塔的农场面积不大,工作量其实是饱和的,她自己一个人就足够完成种田、畜牧等全部工作,没有事给维尔蕾特做。

不过维尔蕾特显然很懂得推销自己,主动找了个活儿:"你的农场太小了,这样一个季度下来才能有多少收入?我帮你把后院的墙往后面的森林扩一扩,还能扩出好大一块地,都种上菜,收入能翻一倍。况且,面积大点儿,以后养羊养鹅也方便许多。"

露西塔心动了。她不是没想过扩院子,只是这项工作短期见不到收益,她又需要日常用度,因此就搁置了下来。现在有一个几乎免费的劳动力,不干白不干。

于是两人就这么说定了。

既然要包住,就不能总让人家在书房打地铺,忒不地道。露西塔决定第二天就去斯克洛特那里订一张木床放到书房,再把书房的书架搬到客厅,就可以改造出一间卧室给维尔蕾特住。

斯克洛特早上不在家,她的女儿小杰西卡在看店。

杰西卡的发色和母亲不同,斯克洛特的头发是棕色的短卷发,而杰西卡的头发是棕红色的直短发。杰西卡有双灰蓝色的眼睛,鼻子上长满了雀斑,像一只生机勃勃的小麻雀。

"你好,杰西卡。"露西塔打了个招呼,"你妈妈呢?"

"我妈妈出去买胡椒了,家里的胡椒用完了。她一会儿就回来。"杰西卡一双眼睛骨碌碌地转着,"姐姐,你要定做什么?告诉我也行,我已经十岁了。"

露西塔笑了,柔声道:"我要做一张橡木床,两米宽,帮我转告你妈妈,就说是露西塔要的。"

"好的,姐姐。"杰西卡煞有介事地翻了翻柜台上的册子,"做一张两米的橡木床是五十枚银币,工期三天,可以送货到家。姐姐,你要预付五枚银币做定金。"

露西塔数出五枚银币放在柜台上,并在柜台上的留言盒里给斯克洛特留了言，就离开了。

将五枚用来买床的金币另外装起来，她晃着手里仅剩的十几枚银币和三枚金币。自己手头看似还算充裕，但如果再来一次像这样的突然开支，是决计扛不住的。她决定在作物成熟之前，多出去打猎攒点儿家底，最好春天结束后就不再需要打猎了。

但另一个问题又来了。家里的维尔蕾特不会做饭，又不能每天去酒馆，她出去打猎的时候，让人家吃什么？

如果是自己，还能做个空间把饭菜存起来……

等等！为什么不试着给维尔蕾特做一个空间呢？露西塔仿佛看到了空间开辟能力的新用途。她决定尝试一下。

露西塔捡了一块石头，随意开辟出一个小空间，递给维尔蕾特："我在这块石头里开辟了一个空间，你试试能打开吗？"

维尔蕾特一边摇头一边接过，翻来覆去地端详石头："你想干什么？我没有空间天赋，打不开异次空间的。"

果然。露西塔也不气馁，决定给这个空间加一把钥匙，一把属于维尔蕾特的钥匙。

她想了想："你能给我一滴血吗？"

"你想开辟一个我可以用的空间？"维尔蕾特好奇地凑过来，用小刀往自己手指上一抹，把手指伸过去，"喏。现在的空间术发展到这个程度了吗？我记得我那个时候，龙族还不会开辟给别人用的空间呢。"

"当然不是，是我自己瞎搞的。"露西塔忍着没把这句话说出来。她设想了两种把空间和特定的人绑定的方式，一种是融入一缕灵魂的气息，一种是融入身体的气息。对现在的露西塔来说，灵魂是一种很玄的东西，还不是她可以接触的层面。而身体的气息就容易掌控多了，尤其是在她的嗅觉得到了跨越世界层面的加强后。

维尔蕾特的血液闻起来有一种草木的清冽，不知道这是精灵的特性,还是她独有的。露西塔把那一丝清冽当作标志物,引导着它与石头空间中的关键空间节点融合。在属于空间的世界层里,空间节点是实物,而那一丝气息则是虚物,是只有露西塔这样的特殊嗅觉才能把握的东西。实体与实体会相撞,虚体与实体却能相生。

随着那一丝气息与空间节点的融合,空间节点似乎变得微微发绿。接着,从点到线,淡绿色的气息顺着空间连线开始游走,最后染满了整个空间。她给这个空间打上了"维尔蕾特的印记"。

露西塔把改造过的石头重新递给她:"你现在再试一次。"

维尔蕾特兴趣盎然地挑了挑眉,伸手接过。甫一入手,维尔蕾特就若有所觉。这块石头带给她一种十分亲近的感觉,让她忍不住想要多感受一下。意识微微一沉,她就看到了一个淡绿色的方形空间。她从桌子上端起一杯羊奶,心念一动,那杯羊奶就稳稳地出现在了空间里,而她手上已经空无一物了。

"原来使用异次空间是这种感觉。"维尔蕾特兴致盎然地把玩着手里的石头。

露西塔心念一动。既然引导特定的气息污染空间,即可给空间打上烙印,让不具有空间能力的人也能使用异次空间,那么,如果她提前留下气息通道,也就是给空间留一个打烙印的地方,岂不是任意一个人只要滴一滴血在上面,就可以把空间据为己有,自如使用?

露西塔又捡了一块石头,想要再试一次。这次的尝试遇到了困难。气息在空间世界层里是虚的,能和实体的空间节点初步融合全靠她的引导。因此,如果要让稳定的通道留在空间里,通道必须是和空间节点同一维度的实体。而一个实体的通道怎么能引导虚体的气息呢?除非这个通道和所要引导的气息在同一维度。气息拥有它自己的维度吗?

露西塔忽然想起自己嗅觉恢复时的那个夜晚。无数的气息钻进她的鼻腔,或远或近,或浓或淡,天地间仿佛只有气息是真实的。那是——气息的世界层!

精灵能进入生命世界层,龙族能进入空间世界层,人鱼能进入精神世界层,人类能进入魔法世界层。迄今为止,露西塔所了解到的主要世界层只有这四层,但一个世界绝不可能只有四层。维尔蕾特之前所在的虚空,维尔蕾特能看见的灵魂……这些都是世界层。

那么,气息为什么不是?现在想来,她闻到的"生命"和"死亡",是在表层世界闻不到的,大约也来自气息世界层。而她恰巧有一个能感知真实的鼻子。

她又进入了那个世界,满是气味的世界。这次再打开石头空间,空间节点变成了摸不着的虚体,而气息变作了实体。她心念一动,顺着空间脉络开辟了一条空心的气息通道,和空间节点的虚影交融在一起。稳定、实体、可容纳气息、与空间节点交融,这四条全部满足,露西塔的目的达到了。

她回到表层世界,又拿维尔蕾特做实验:"这次滴一滴血试下。"

维尔蕾特照做。从精灵的视角当然看不出任何变化,但在露西塔眼里,那一缕淡绿色的气息从血液中弥漫出来,顺着气息通道染满了整个空间。

她满意地点了点头,问维尔蕾特:"现在试试打开它?"

"哇。"维尔蕾特成功地打开了这个新空间,顿时有些惊异,"很难想象,空间的宠儿龙族灭亡之后,仅有一丝空间之力的混血种能做到连龙族都没做到的事。"

露西塔不知道该怎么告诉她,空间之力在混血种手上确实很弱,而今天这项进展是自己刚弄出来的,大概也不是因为什么智慧,而是因为自己特殊的体质。主要原因是自己没钱买霜箱,而又迫切需要给食物保鲜!

露西塔的精神消耗很大,瘫在沙发上喘了口气,眼睛却亮晶晶的。自己开辟的空间别人也能用了,那么她现在可以加工石头当霜箱卖!露西塔现在能开辟出的空间容量极限是十升,时间极限是维持一周。

这个容量和体积动辄一立方米的霜箱相比差了一百倍，维持时间也太短，只能当作短期消耗品，十分鸡肋，很难有市场。但这不要紧，现在掌握了基本原理，以她一个月就提升了十倍的空间能力增速，她能无成本制造霜箱售卖的日子指日可待。而且，这还是垄断生意！

露西塔今天的午餐吃得格外香，一碗番茄鸡蛋面仿佛吃出了庆典上大餐的滋味。

午餐过后，她消耗的精神恢复了一些，一口气给维尔蕾特开辟出三个容量为十升的空间，大小各异的鹅卵石就摆在餐桌上。

接着，她带着维尔蕾特去买菜，顺便教维尔蕾特认识蔬菜的种类。她们在奥萝拉的磨坊和艾达的屠宰场各逛了一圈，甚至拐道去梅维斯处买了半扇野山豚。

路上遇到人问维尔蕾特，露西塔就说："我的一个朋友，最近刚搬过来。"由于最近伊尔塔特和精灵族的关系开始回暖，倒是没人质疑。当然，几天后，陆陆续续有别的精灵千里迢迢地搬回附近的森林，维尔蕾特就更不显眼了。

话说回来，她们买了许多肉和蔬菜，露西塔在厨房忙了一整个下午。等到把橱柜里的碗盘全占用了，浑身沾满油烟味，她终于把维尔蕾特的食物准备得差不多了。露西塔将它们封在空间里，维尔蕾特就能每天都吃到新鲜的饭菜了。

露西塔真有一种养孩子的心累感。好在维尔蕾特很勤劳，上午浇完菜地，下午已经开始拆后院的墙了，看起来还干得兴致勃勃的。

露西塔从工具箱里数出自己打猎要用的羽箭，又擦了一遍长弓，这样第二天她就能随时出发了。

太阳落山了，明天它将照常升起。

进山之前，露西塔给斯克洛特传了一条讯息，表示两天后送来的床维尔蕾特会代为签收，并支付剩余的四十五枚银币。斯克洛特隔了很久才传来回信。

亲爱的露西塔：

你好，你的消息我收到了，到时候我会照做的。

另外，很抱歉地告诉你，在我这里定制家具通常是不需要付定金的，那五枚银币是我贪吃的小女儿骗来买糖果吃的。下次如果杰西卡故伎重施，拜托不要理睬她。

给你添麻烦了。

十分抱歉的
斯克洛特

露西塔收起信件，想起那个古灵精怪的小女孩，不由得会心一笑。她数出四枚金币并五枚银币交给维尔蕾特，又将一些新鲜的果蔬装进空间里，一切安排好后便出发往森林里去了。

春日渐深，林中的树叶变得浓密了许多，太阳从树梢的间隙漏下一束束长光。露西塔背着长弓走在森林里。随着她渐渐深入，林中生长的各种魔药变得越来越密集，彩色的魔法光点隐约闪烁着。露西塔一眼扫过去，忽地感到一阵违和。以前这些魔药上的彩色光点有这么清晰吗？

她略略驻足。视力恢复后的这几天，她一直忙于安顿维尔蕾特，似乎忽略了一些极其微小的变化——视野中的魔法光点的密集度和清晰度都发生了不明显的提升。她似乎距离魔法世界层越来越近了。

为什么她笃定这个判断，而非怀疑自己看错了？

她伸出手掌，轻轻握了握，偶尔会有淡绿色的光点由虚变实，从那个彩色的世界逸出来，渗入她的皮肤之下。不可捉摸的气流迅速在她指尖打了个旋儿，指尖似有一阵轻盈感传来。

是风。这些光点在她视野中开始凝实了，以至于她的身体可以切实地容纳它们。她的身体混杂了长寿种的血统，和魔法世界层本是天然存在壁障的。至于自己为什么能逐渐靠近它，露西塔猜测是因为自己的灵魂和普通混血种的不太一样。

维尔蕾特曾说，她的灵魂属于纯正的人类，但不属于这个世界，因此受到了她的身体和世界规则的双重排斥。现在她的灵魂在慢慢穿过世界壁障，融入这里。如果维尔蕾特没有说谎，那么这应该就是她能逐渐靠近魔法世界层的原因。

如果是这样……那么，长寿种的种族天赋在于身体，人类的魔法天赋在于灵魂？露西塔暗暗记下自己的猜测，打算找机会验证一番。

露西塔对魔法的了解极其有限，她没有读过专门的魔法书，更别说使用什么魔法技能了。以她直观的感知，容纳风似乎可以使身体变得轻盈一些，行动速度和灵活性也有一定的提升。这对她的狩猎有很大的帮助。

梅维斯进山通常三四天就要回镇上一趟，一方面是难以忍受猎人小屋单调的食物和天天吃烤肉、炖肉的生活，另一方面则是为了防止猎物的尸体腐坏。

但露西塔自己可以开辟空间，这对携带食物和保存猎物都很有用，因此她足足在山里待了七天。不是不能待更久，只是她的空间维持时间不够，维尔蕾特的食物只能保存七天。

这次露西塔的收获很丰富，最重要的进步是她不再只猎兔子了。她猎到了一头五十磅的野獐子，此外还有将近二十只兔子。她觉得自己的箭术在风魔法的加持下已经足够猎到成年雄鹿了，无奈的是运气不太好，一直没见着。好在獐子比鹿还要稀少一些，獐子肉也贵很多，三银币一磅。加上猎到的兔子，总共价值二百多枚银币。

回去的路上，在靠近镇子的地方，她陆续见到几座新起的小木屋。这些房子不像梅维斯的猎人小屋那样粗糙，建得严密又漂亮，有的外墙上挂着白吊兰，有的窗台上摆着黄水仙，恰巧都在盛放的花期，煞是可爱。

露西塔把这事放在了心上。经过奥萝拉的磨坊时，她果然见到了几个陌生的精灵，不由得出声确认道："奥萝拉阿姨，这是？"

奥萝拉抬起眼皮看她一眼："这是我们的新邻居，住在西边的安息森林里，来买点儿吃的。看你刚从那儿过来，没看到新起的房子？"

"见到了。"露西塔点头道，"是只有这几位朋友搬过来，还是？"

一个圆脸的年轻精灵插了话："我们搬得早，后面还有很多精灵要跟过来呢。"

露西塔一愣："是你们大祭司安排的吗？"

"不是不是。"那个年轻精灵连忙否认，"是我们自己想来的，跟上边没什么关系。这不是误会解开了嘛，而且伊尔塔特的食物比我们自己做的好吃很多，所以大家还是喜欢住在这里。"

露西塔心想：难道不会做饭是精灵的种族特性？她思忖片刻，道："如果大家都搬来这附近，那大祭司说不定又要把神殿和王庭迁回来了。"

"这样的事，谁说得准呢。"几个精灵也给不出更多的信息了。

露西塔顺便在奥萝拉的磨坊里买了一些做晚餐的食材，又去梅维斯那里把所得的猎物以整二百枚银币的价格卖给了她——小镇的人买野物都会来梅维斯这里，露西塔的猎物一向是直接压价全卖给梅维斯的。这样梅维斯能有些赚头，她也省了许多事。

露西塔回到农场的时候，已然暮色四合。

陈旧的篱笆院门"吱呀"一声响，维尔蕾特若有所觉，推开书房的侧窗，冲她挥了挥手。露西塔抹了一把额头上的细汗，笑了起来。

她还没来得及将手上的蔬菜袋放下，维尔蕾特就拉着她往后院去："我听了加西娅的建议，给你全种了豌豆。虽然不如萝卜变现快，但它收了还能再长，能一直留到夏天，不用再种别的。"

后院的面积被维尔蕾特生生扩大了一倍，原来靠着后墙的池塘现在位于后院的正中央。

羊圈也被维尔蕾特扩到了与新的院墙相接的位置，看着宽敞了许多。

紧挨着原本的萝卜地，维尔蕾特又垦出一大块新地，还不到一尺高的豌豆苗绵延成一片新绿，纤柔的藤秧在晚风里瑟瑟抖动着。

看这块新地的面积，得是原有豌豆地的两倍大。这样到初夏尽管只能收获一次，也会有将近二百枚银币的收入，手头一下子就会宽裕起来。

除此之外，维尔蕾特还在庭院四周的篱笆上缠绕了一圈悬风铃藤，一片浓绿之间已经隐约挂上了几朵火红的灯盏。前院水井旁边预留的魔药地里也种满了春天开的野花，露西塔能认出来的有蓝铃、毛茛、三色堇、春侧金盏和獐耳细辛。各色花朵交杂在一起，偶有蝴蝶蹁跹，看起来热闹多了。

"这些花可都是我用自己微弱的天赋能力催发出来的。"维尔蕾特邀功道，"这样才像个住所的样子。为了这个，我的伤势恢复速度都变慢了一些。"

春季的气息一下子就浓厚起来，整座农场看着便叫人心喜。露西塔没想到维尔蕾特还有这样的闲情，但转念一想又在情理之中。

精灵的天性就是亲近自然，爱好浪漫，从前镇上就数艾尔西娅姐妹两个的小店的花草装饰最多，现在西边森林里新起的房屋也十分漂亮。

一片春海里，小木屋发潮生霉的外墙显得格格不入。露西塔心想，现在已初步安定下来，得找机会修缮一下了。

当然，现在最重要的是，露西塔盘算了很久的事终于能落实了：养羊。她盘点了一下自己的家底，共计二百三十二枚银币。一方面手头已比较宽裕，另一方面羊圈的面积也被维尔蕾特扩了一倍，露西塔打算一步到位，一口气买四只母羊羔和一只公羊羔。

艾达的牧场有两种羊：山羊和绵羊。

山羊产奶多一些，但绵羊可以产羊毛。当然，两种羊的产奶量都远不如奶牛。要想卖羊奶，需要养更多羊才行，所以露西塔并不打算将羊奶作为商品出售。这样的话，四只绵羊产的奶就足够家里的消耗了，山羊的产奶优势就显得用处不太大了。绵羊的优势则很明显。绵羊毛是很不错的副产品，多余的无论是卖给裁缝店，还是自己做衣服穿，都很合适。

对比了两种副产品的优劣，露西塔花一百枚银币将五只绵羊羔牵回了家。

镇南的草原人迹罕至，因此牧草肥美，水源充足。现在正值春日，黄色的樱草花开遍了山野。维尔蕾特和露西塔开始了羊倌生涯。

对两人来说，牧羊都算是一件很新奇的事。她们一人戴一顶草帽，穿上防晒伤的长袖上衣、长裤，兴致勃勃地赶着羊，一前一后到了草原上。

五只羊羔离羊群的规模还很远，不必太费心思照看。她们将羊赶到不远处的河边，就坐在树下各自打开了书。露西塔看的是《初级魔法入门》，维尔蕾特看的是《精灵历史五百年》。这个世界的过去、现在，以及未来，对于这两个陌生的灵魂来说，都刚刚露出冰山一角，还深藏着许多秘密等待发掘。

这本魔法书的内容已经是五百多年前的了，中间被重新誊抄过很多次，但内容基本一字未改。原因很简单：保存它的精灵族、人鱼族和伊尔塔特的混血种没人可以修习魔法，只是把它当作一种可以研究的史料保存着。在图书馆的架子上，它和《人类是怎样生活的》《人类政体研究》等科普资料放在一起，属于长年吃灰的类型，和讲述天赋能力的书籍之热门程度相差甚远。

另外，或许是人类世界的教育水平太不均衡，导致掌握读写技能的贵族们凡写文书都必要卖弄一番。这本书的语言非常晦涩，使用了大量文雅、委婉的修辞，极大地影响了阅读体验。露西塔简直是捏着鼻子读下去的。

魔法也有流派之分，书籍的开篇就介绍了当时最流行的两个流派：感知流派和研究流派。

感知流派的魔法和长寿种使用天赋能力的方法有些类似，比较考验天赋。有的人类天生就能感知并容纳存在于魔法世界层的元素——书中作者称其为魔法元素——并经过不断的修炼掌握元素的使用方法；而有的人类尽管出身不凡，接受最精英的魔法教育长大，却一生不得其法。这一流派的魔法师都是神的宠儿。

在感知流派看来，组成世界的元素共分为四种，即风（有的魔法师称之为气）、土、水、火。风元素的主流用法有两种，一是托举自身增加速度，二是制造气流用于攻击。另外还有制造真空等偏门用法。土元素的主流用法是通过吸取地力控制植物的荣枯，属于辅助性元素……如此种种。

研究流派魔法则不同，它是一种归纳性叫法，是一些无法感知魔法元素的人类哲学家通过思考和探索这个世界的规则，掌握的非凡力量的统称。这种力量的来源是知识。在研究流派中，有两种魔法由于强度上限极高而引起诸多追捧，即时空魔法和精神魔法。它们是研究流派中最主流的魔法，也是一些没有感知魔法天赋的上等人修习魔法的首选。比起感知流派魔法对于天赋要求的硬性门槛，研究流派的魔法看似没有门槛，但实际上要求更高——它要求的是知识和悟性。时空魔法就是一位著名的哲学家创造出来的；精神魔法的创始人则是一位声名赫赫的精神病医生。

当然，由于研究流派的魔法依赖知识，各种分支都留下了许多传世的著作，以供后来人学习。但知识本就是垄断资源，兼之天才的头脑总是可遇而不可求，尽管不断有聪明的学生前仆后继地想在研究流派魔法上有所建树，却始终没能有所突破。后来研究流派魔法陷入了一种尴尬的境地。然而，每次在几乎被遗忘时，都会有一些智者领悟一两种基础术法，替研究流派魔法刷一波存在感。因此，研究流派魔法也就一直不温不火地存在着，在感知流派魔法的风光之下宛如儿童的游戏。

在这两个流派之外，还有一种也被称为魔法，但魔法师都不愿承认的东西：仪式魔法。这种魔法通过向神灵献祭达成自己的祈求，有的是诅咒，有的是祝福。它不需要任何门槛，无论多普通的人，甚至"卑下的平民"，只要掌握了足够的祭品和祈祷语言，布置出相应的仪式，就能通过仪式魔法得到自己想要的。由于这种魔法没有门槛，因此一度成为魔法师们最鄙夷的玩意儿。《初级魔法入门》这本书的作者也不例外，用极尽嘲讽的语言描述了一通这种"渎神"的"不劳而获的蠢事"。但是，最后人类正是用这种没有门槛的仪式魔法，给异族施加了漫长的诅咒。

露西塔伸出手，感受魔法世界层的各色光点。这就是感知流派魔法中所描述的魔法元素吗？淡绿色的是风，深褐色的是土，蓝色的是水，红色的是火。

可惜露西塔的灵魂要融入这个世界还需要很久，她只能看见一些隐约的光点虚影，伸出手还什么都够不到。偶尔会漏下来一些光点，她的皮肤接触到后会将它们容纳进去，身体会有片刻的异样感，但转瞬即逝，捉摸不住。要想用这点儿稀薄得可怜的元素去尝试书中描述的基本魔法，简直是天方夜谭，露西塔尝试了几次就悻悻地放下了手。

她们的午餐是早晨准备好的两块玉米派，裹了很浓的芝士酱，非常饱腹。餐后两个人一人喝下一袋羊奶，躺在草地上午休。

露西塔将书翻开盖在脸上，闭上眼睛刚小憩了一会儿，就被维尔蕾特推醒了。她编了个金灿灿的樱草花环套在露西塔头上，配上她浓黑的长发就像一顶王冠。露西塔正笑着，眼前忽然一黑，她下意识地扶着树缓了缓。

"怎么了？"

"没事。"她揉了揉太阳穴，缓解脑袋的眩晕感。又一次五感失灵要来了。

这些日子，精灵族逐渐在伊尔塔特西面的安息森林安了家。才过去十年，有些精灵回到故地，还能找到自己曾经的房子。小镇一天天热闹起来。当然，精灵们同样发展了五百多年的新文明，不会一味拿着大把的银币来镇上买东西。精灵有自己的裁缝、自己的牧人、自己的羊皮卷，甚至有自己的图书馆。

因为精灵们搬了新家要春耕，加西娅的种子店倒是很热闹，时不时就能见到三五个精灵在里面挑选种子。当然，对于精灵来说，春耕迟些不是件大事，用生命术催生一下就好。

艾尔西娅的裁缝店也多了许多精灵来买衣服和布匹。镇民和精灵们毕竟不是同一种族，服饰风格大相径庭。镇民们的衣食住行习惯都偏向人类一些，服饰风格朴实，适合劳作，很少会有绣花、蕾丝之类。当然，伊尔塔特镇民的服装也有自己的优点，就是布料紧密、厚实，质感很棒，还常带着许多大口袋。

精灵的服饰则飘逸很多，颜色绮丽，布料轻薄，上面基本都会有或手绘或刺绣的花朵图案，最具有代表性的就是又垂又软的各色灯笼裤。艾尔西娅有一个精灵母亲，在精灵文化的熏陶中长大，又在伊尔塔特长住，其审美可以说是兼容并包的。她制作的衣服不仅布料厚实，还有绮丽的颜色，一下子就吸引了新来的精灵们，精灵族自己的裁缝店反而门庭冷落了。

艾达的屠宰场生意也红火起来。精灵们都是天生的猎人，在森林里生活根本不需要养殖就可以吃到肉，因此反而很少见到养殖的家羊和家鹅，对艾达店里的羊肉和白斩鹅赞不绝口。

与此同时，梅维斯则家门冷落。精灵们手头富余的猎物太多了，其到来不仅没能给梅维斯带来市场，反而夺走了一部分市场份额。好在做猎人不是梅维斯唯一的选择，甚至只是她当初遭逢大变，为了躲避人群才选择的行当。现在索菲亚已和亲人相聚，她也放下了战争中那段惨烈的过去，开始与人群打交道了。她受过优秀的教育，现在偶尔帮图书馆抄书，或在学校代课，生活水平并没见明显下降，反而悠闲了不少。

精灵族到来之后，连梅维斯的猎人行当都做不下去了，罔论露西塔这个新手。

她不再去森林打猎，而是与维尔蕾特分工照看羊群和菜地，剩余的时间去北边磨坊附近的河边钓鱼。靠钓鱼的收获，倒也勉强能维持收支平衡。毕竟她们每天只有吃上需要花钱，连羊奶都不需要买。当然，现在有空了，再买面包就有些奢侈了。露西塔慢慢学会了烤面包，又省下一项支出。

维尔蕾特对下厨也很感兴趣，常常带着"为什么混合之后这么好吃"的惊叹兴致勃勃地开始研究，试图掌握做饭这项奇妙的技能，只不过每次都惨淡收场，要么弄得满屋黑烟，要么满锅黑炭。露西塔面对报废的第三口锅忍无可忍，勒令维尔蕾特不许再踏入厨房一步。

在伊尔塔特的物产传进精灵族的同时，精灵族的风铃、木雕和一些故事绘本也重新在伊尔塔特流传起来。维尔蕾特最近就每天捧着写她自己的故事书看得津津有味，一边看还一边点评，嫌弃有的画师将她画得不够英武。饶是如此，她还是捧着各式各样的话本爱不释手。

这些话本都是租的，整个精灵族有近万的族人，只有一家话本铺。羊皮卷很珍贵，平时都用来记载有用的正经知识，珍放在图书馆里供大家查阅，很少浪费在话本这种东西上。因此，每本话本都是独一无二的，在话本铺流转，只租不卖。维尔蕾特为了抢在租期结束之前看完话本，不仅将其带到草原上一边牧羊一边看，甚至晚上点起鲲目灯看到半夜。

看话本的间隙，她偶然抬起头，顶着黑眼圈假惺惺地喟叹一声："这也太消磨意志了。"

露西塔："……"

不知怎的，露西塔对人人都爱的话本不感兴趣。她隐约觉得自己看过更刺激的故事，这些都太老套了。

到了五月，精灵族渐渐稳定下来，镇民们也逐渐适应了新的生活。

露西塔开辟的空间容量极限已经增长到了二十升，最近一次的维持极限达十天左右。这个容量和维持时间还远不能替代霜箱，但现在精灵族来了，露西塔琢磨出一个新的市场——将空间卖给猎人当背包。

露西塔自己当过猎人，知道住在远离耕地和人群的猎人小屋，新鲜果蔬和食物一概没有，只有无止境的烤肉、炖肉、煎肉。

霜箱又不便携带，就算放在猎人小屋里，往森林里带整整几天的食材也不是件容易的事。再者，猎到的许多猎物往镇上运送也很辛苦，而她开辟的一个空间能装一只兔子，多带几个，也算聊胜于无。

露西塔合计了一下，觉得大有可为，决定第二天就找木匠订块木牌摆在门口，做起这无本买卖。她美滋滋地正要出门买肉做晚餐，路过客厅时忽见传讯羽盒亮了起来。这次它没像往常那样亮过就灭，而是一直亮着，不见熄灭的意思。

这是镇上的重要通知！

露西塔眼神一凝，上前打开盒子。

第7章
深海的哀歌

亲爱的全体镇民：

你们好，我是镇长贾文娜，现在发布一则重要的搜救通知。

刚才接到消息，我们的朋友希薇特一周前出海捕鱼，至今未归。这个时间已经明显超过了正常出海时间，镇上决定开始组织搜救工作，请有人鱼血统的居民看到消息后到活动中心来。

注意，请有人鱼血统的居民现在到活动中心来。

希薇特出事了？

露西塔拧起眉头。伊尔塔特的人混居到现在，镇上有人鱼血统的居民至少有一半以上，露西塔也在其中。她收起通知，给出去牧羊的维尔蕾特留了个言，就匆匆披上风帽出门了。路上见着许多邻居也在往广场赶，其中以红发者最多，她还看见了艾琳、艾达和杜兰妮等人。

露西塔赶到的时候，广场上已经聚集了一些人。人声嗡嗡的，贾文娜和莉莉站在中间的高台上。贾文娜是镇长，自不用说，在忙着维持现场的秩序。莉莉一言不发地站在她后面，看不清神色，但浑身弥漫着一种低气压。

"莉莉在台上做什么？"

"大概是她通知镇长要求搜救的吧，她以前和希薇特关系很好。"杜兰妮不知何时凑到她身边答了一句，露西塔才意识到自己不小心把心里的疑惑问了出来。

"以前？"

"是啊，莉莉没经营酒馆前也是个渔人，希薇特的捕鱼技术就是莉莉教的。"

"那现在关系不好了吗?"

"也不算吧。"杜兰妮含糊地回道,"可能是莉莉后来开酒馆了嘛,不在一块儿打鱼,慢慢也就疏远了。"

"噢。"露西塔看了杜兰妮一眼,用惊叹的口气道,"杜兰妮阿姨,你知道得好多啊。"

杜兰妮笑她幼稚:"还是个孩子呢。"

露西塔没再问出什么信息来,便作罢了。

又过了一会儿,广场上已经聚集了近百人,乌泱泱地围着中间的高台。

露西塔站在人群中,间或能听到几句闲聊:"我还念叨呢,这几天去买鱼她都不在。"

"是啊,这说起来还真有一周了,她往常出海好像没这么久过。"

"可能是遇到风暴被困住了吧?希薇特的人鱼血统挺强的,在海上应该不会有什么大事,最坏也就是游回来吧,她又不怕水。"

"也说不准,海里的人鱼吃鱼,她一个混血种在海里吃什么,也吃活鱼吗?没饭吃,游着游着就没力气了,到时候只能在海里饿死。"

"这都一周了,如果真出了事,现在应该挺危险的。"

……

贾文娜看人来得差不多了,清了清嗓子,大声道:"各位,各位安静。大家应该都收到消息了,希薇特已经整整一周没有回来了,这是一个很危险的讯号。大家都是有人鱼血统的,在海上搜救比较安全,所以我请大家过来一起参与这次搜救。如果有谁不想参与,现在可以提出来。"

人们又嗡嗡地小声交谈起来,二十来位老人和孩子被家人推了出来。青壮年中,没人表示退出。大几十人不能一下子全出海,镇上的船只也不够。但如果运气不好,搜救变成持续几天的工作,人员交替就显得很有必要。贾文娜正是考虑到这一点,才一口气把镇上有人鱼血统的全叫来了。

她让人们排好队清点了人数，按照年龄将大家分成十来支六人小队，并保证每支队伍都分配到了生活经验丰富的中年人。镇上的船只不多，镇民活动中心保存着四艘公用的旧船，莉莉家里有两艘也拿出来给大家用了，一共六艘。

贾文娜先选了五支小队准备立刻乘船出海，剩下的一艘船由她亲自带人出海。她留了一个小时的时间让今晚的搜救员回去准备干粮，她自己留在广场，忙着指挥船只入海的事。

露西塔是第一批搜救队的，但她没有回家取东西，而是扯掉了自己的袖扣拿在手里，在旁边站了一会儿，似乎在等贾文娜。剩余的小队今天不用出海，正在贾文娜的安排下，合力把六艘船推到海边。

不仅镇上的船破旧，莉莉的船也没好到哪里去，看着竟然相差无几，都落了一层厚厚的灰尘。木船的缝隙里藏着深绿色的污泥，帆布也是脏的，凑近了还能闻到一股陈年的鱼腥味。露西塔被呛了一下，忍不住咳了两声。

这声咳嗽引起了贾文娜的注意。船只已经半浮在海滩上，贾文娜回过头问她："露西，你怎么还在这儿？"

露西塔把手里的袖扣递过去："贾文娜阿姨，我现在开辟的空间有二十升的容量。"

"二十升？！"贾文娜的声音猛然拔高，引得远处推船的众人纷纷看过来。

"没事没事，你们推你们的。"贾文娜朝那边挥挥手，转过来一字一句地确认道，"你是说，你开辟出的空间，容量是二十升，对吗？"

露西塔点点头。

她对贾文娜的反应很有心理准备，因为她第一次拿着她开辟的五升的空间去问艾琳时，对方表示自己在伊尔塔特这么多年，还没见过空间天赋强到这种程度的。没错，混血种拥有天赋能力，但这天赋在经过多代更迭后已经变得非常微弱了。

"创世神在上！"贾文娜吸了口凉气，"你身上的龙族血统是要返祖吗？"

露西塔有些不自在地抿了抿唇。艾琳为人含蓄，当初没这样夸过她。露西塔忘记了，五升和二十升给人的冲击是不同的。

"能维持多长时间？"

"十天左右。"

"天哪。"贾文娜发出一声轻叹，拿着那枚袖扣把玩了半天，末了遗憾地还给她，"可惜我没有空间天赋，不能看看里面的景象了。"

不知怎的，露西塔的声音竟有一丝微妙，像在确认似的："您没有空间天赋吗？"

"是啊。"这次贾文娜听出来了，露西塔的声音里洋溢着藏不住的高兴："镇长，您只需要滴一滴血上去，就能打开它了。而且在那之后，除了有足够强的空间天赋的人，只有您能打开它。"

贾文娜忽然觉得自己好像老了，露西塔说的每一个词她都听得懂，但合在一块儿就听不懂是什么意思了。

她下意识地追问了一句："什么？"

露西塔笑眯眯地复述了一遍。

由于仪式魔法的存在，魔法世界的人对自己的血液是很谨慎的，像维尔蕾特一样天不怕地不怕的奇葩才是少数。贾文娜没有立刻照做，而是问起了其中的原理。

露西塔当然不会藏着掖着，但无奈的是"气息世界层"的概念对贾文娜来说有些难以理解。好在露西塔没有要求她把血液滴到未知的地方，并表示滴上血液标记，那个袖扣空间就会属于她，如此种种。贾文娜又听她将原理解释得条理清楚，尽管不太明白，但还是出于信任滴了一滴血上去。

结果证明她对露西塔的信任是正确的。贾文娜生平第一次感受到了异次空间的存在。她摸了摸身上，没找到可以放进去的物品，最后将下自己头上的发绳放了进去。一收一放，如此反复。

露西塔咳了咳，打断贾文娜有些兴奋的尝试，说出自己的来意：

"贾文娜阿姨,我想给每个出海的人都配一个这样的空间,主要用来装淡水,让大家随身带着。这样如果遇上风暴,船沉了,也算多加一层保障。毕竟我们也不知道希薇特遇见了什么,多点儿保险措施总是好的。"

贾文娜没想到露西塔竟是为了这个,思索了片刻后微微摇头:"六艘船上共有三十六人,你要在一个小时内开辟三十六个空间,太难了。尽管我没有空间天赋,但各种天赋能力的使用原理都差不多,用到极限会对你的精神造成永久损伤。"

露西塔却是深思熟虑过的:"我现在能开辟的空间极限容量是二十升。但我可以不开辟那么大的,每个空间只要十升就可以保证每个人十天的饮水量。这样,我开辟完一个空间,精神还算饱满,只要及时补充能量,精神就不会被耗尽。"

贾文娜被说服了。

条件有限,没有体面的空间容器,她组织大家在沙滩上捡了些石头回到了活动中心。活动中心有人值班,厨房里有一些贮藏的干面包,平时是为抗灾准备的。

贾文娜叫醒厨子,两人抱了一堆干面包出来:"现成的食物只有这些。靠吃东西补充身体能量还行,用来补充精神的话效率就有些低,但现在也只能这样了。如果以前的人鱼还在,可以直接在旁边给你进行精神治疗,但现在我们这些混血种还做不到那一步,充其量只能给你一些抚慰。"

露西塔摇了摇头:"这就够了。"

露西塔的记忆有限,阅历也不多,不了解出海的危险程度,但她意识到,在希薇特失踪原因不明的情况下,搜救本身就伴随着危险。

要知道,希薇特可是这一代中人鱼血统最强的镇民之一,进了海就像回了家,连风暴都不怎么怕,本不该发生什么意外的。人命关天,露西塔已顾不得挑剔这噎嗓子的食物了。

露西塔从来不知道自己这么能吃，小山堆一样的干面包一层一层地消失，取而代之的是她右手边一层层摞起来的鹅卵石。

将这些石头全部加工好后，露西塔的脑袋已经开始出现刺痛，身体摇摇欲坠，几乎处在昏倒的边缘。

贾文娜扶她坐下休息了一会儿："一会儿你就别去了，回家休息吧。"

正在这时，回酒馆拿食物的莉莉回来了。她推门进来，走到贾文娜身边，似乎说了什么。

莉莉说了什么，露西塔没有听见。厨房里忙碌的脚步声、广场上人群的吵闹声，甚至风声和虫鸣，她全都没有听见，只是盯着莉莉胸前的怀表。

那块镂空的银壳怀表随着莉莉的走动在她胸前晃荡着，传来隐隐约约的歌声，尖细、哀戚，似有还无。空气里飘来一阵浓烈的鱼腥味。

来了。露西塔的目光掠过莉莉和贾文娜翕动的嘴唇、海滩上人们跑动的身影，眉头微拧。这也太不是时候了。

"贾文娜阿姨、莉莉，我听不见了。"露西塔平淡地说了一声，贾文娜和莉莉的谈话被打断了。

两人看过来，又惊异地对她说了些什么。露西塔无奈地指指耳朵。

她失去嗅觉的事很少有人知道，但她曾经失明了小半个月，镇上的邻居几乎都知道这段过去。后来她复明的时候大家还啧啧称奇，问她原因，都被她装傻混过去了。现在她又忽然失聪，鬼都能看出她的身体有问题。但露西塔装傻，别人也不能揪着她的领子问她是不是在骗人。更多时候，就算猜出什么，别人也不会对她的秘密刨根问底，毕竟这是个魔幻世界。

好在镇民活动中心什么都有，贾文娜去值班室拿来纸笔，写给她看："需要什么帮助吗？"

露西塔摇摇头："谢谢您的好意，目前不需要。但我有一个问题想问莉莉姐姐。"

两人的目光都看向莉莉。

"这块怀表,是在哪里买的呀?"露西塔看向莉莉胸前的怀表,试探着问道。

就一块怀表,怎么这么郑重其事?贾文娜一头雾水地看着两人,谁知莉莉却抿了抿唇,露出深思的神色。

片刻后,莉莉拿起鹅毛笔,在纸上写道:"是五百多年前的末代人鱼王的旧物。"

关于人鱼的历史,伊尔塔特的图书馆有详细的记载。

人鱼战败后,人鱼王被俘。不像精灵王那样神秘失踪,不见尸骨,人鱼王是真的被杀死了,尸体被悬挂在诅咒祭坛上,剔鳞拆骨,用来给人鱼族施加永世不可挣脱的诅咒。由于诅咒材料的凶险,人鱼族面临的诅咒比精灵族恐怖得多——诅咒下的人鱼族将永远不能使用精神天赋,一旦使用,污染就将突破其精神,一步步吞噬一个智慧生命的所有理智。

人鱼本来的形态是人身鱼尾,在大陆上行走所用的双腿都是用幻术变出来的。诅咒降临时,大陆上还有许多人鱼,由于不能解除幻术变回鱼尾,就这样被永远地留在了陆地上,和海里的同胞水陆相隔。最后,陆地上的人鱼大都迁徙到伊尔塔特繁衍生息。这就是伊尔塔特几乎所有混血人鱼的由来。当然,现在五百多年过去了,原本的纯血人鱼早已去世,陆地上只剩下血统越来越驳杂的混血种,昭示着纯血人鱼曾经存在过。

据莉莉所说,这块怀表是当初的人鱼王在人类世界学习制造工艺后,亲手制作的送给女儿的礼物。随着人鱼王被困在陆地上的女儿迁徙到伊尔塔特,这块怀表也就作为护身符传了下来,这一代刚好传到莉莉手里。

莉莉又在纸上写道:"它有什么问题吗?"

露西塔指了指怀表:"她在唱歌。"

"她?"莉莉在纸上强调了一下"她"这个字,打了个问号。这明明是一件物品。

"是的,我说的是个人——或者人鱼。"露西塔说,"她的一丝真灵寄居在里面,在不停地唱歌。能听得出气息很微弱,不知道是不是被时间消磨的原因。"

莉莉嘴唇翕动,喃喃自语了一句。

"什么?"露西塔想问问她想起了什么。

莉莉摇摇头,表示没事,之后就不再说话了。

露西塔无奈,只能将此事暂且放下,等搜救结束后再找时机调查。

救援小队很快就集齐了。

贾文娜在广场上说了什么,不多时,莉莉就过来把那些加工好的石头拿走分发了下去。镇民活动中心的房门是开着的,时不时有人从门口经过。露西塔透过房门看着广场,人们的反应似乎很是激烈。

她微微一笑。有了贾文娜的背书,以后做这门生意会容易许多。

露西塔本来就精神受损严重,现在又失聪了,顺理成章地被要求回去休息。她也没坚持上船,跟着被留下的人们送走了第一批出海的搜救员。

海上残留着一道瑟瑟的夕阳,天色昏暗,时有一声海鸥啼鸣回荡在邈远的空中。

正常情况下,渔人是不会选在这种时候出海的,但由于事出紧急,大家也只能硬着头皮上。海风很足,几艘船陆续张满了灰色的帆,渐渐消失在人们的视线里。人群散去,露西塔顺着人潮回到了农场。

这一晚她睡得很沉,梦里似乎总是萦绕着那阵哀戚的歌声,伴随着潮水涨落的声音,挥之不去。她醒来的时候,已经日上三竿了。

维尔蕾特知道她昨天失聪的事,就没叫醒她,自己带着话本赶着羊去了草原,在客厅的桌子上留下一张纸条说明情况。

不知怎的,昨晚那个梦总在她心里萦绕不去。露西塔觉得这和那块唱歌的怀表有关系，一直心神不宁，索性匆匆啃了一块面包就往海边走去。路上她见着许多神色疲惫的人走在街上，细看来，发现竟是昨天傍晚出海的搜救者们。

这么快就返航了？希薇特找到了吗？

露西塔现在交流不便，没办法打听情况，思索了一下直接拐道去了酒馆。

莉莉果然也回来了，正在酒馆门前拿钥匙开门锁，脸色看起来非常不好，不知是因为一夜没睡的疲惫，还是心情不好。见着露西塔，莉莉疑惑地挑了挑眉，将她迎了进去。

露西塔先问了搜救的情况："希薇特找到了吗？"

莉莉神色凝重地摇头。

"那大家怎么回来得这么早？我原以为大家会在海上待好几天，毕竟粮食和水都带足了。"

莉莉撕了张纸写给她看："镇长安排回来的。"

这回答简直跟没回答没什么两样。贾文娜是调度者，她不安排回来，难道大家会自己突然一起回来？

露西塔皱了皱眉。

莉莉遮遮掩掩的，似乎有什么事不能说。

但莉莉不问她失聪的事，她也会尊重莉莉的秘密。何况，昨天去了那么多人，莉莉不说，难道大家都会保密吗？再不济，她还能直接问贾文娜。

露西塔换了个话头："昨晚我梦到了东边的海，海里有什么在唱歌。"

说到这里，她顿了一下，盯着莉莉的眼睛，仔细留意她的神情："那歌声和怀表的一模一样。"

莉莉回看了她一会儿，面露思索地写："你很特别。"

"谢谢夸奖。"

莉莉接着写："让大家回来是我的主意，镇长答应了。"

露西塔不知道莉莉为什么忽然又提起上一个她不肯说的话题，还露出了要开诚布公的意思,但她愿意洗耳恭听——啊,不对,是"洗目恭阅"。

镇民们只知道当初留在陆地上的人鱼来到伊尔塔特生活下来,但当初被困在海里再也不能登陆的那些人鱼呢?

"在东面的深海里,很多……"莉莉急速写着,写到这里顿了一下,神色晦暗不明。

人鱼是向往自由的种族——长着人类的上半身,就注定不会只属于深海。深海常年寂静无光,声音与光线都难以在那里留存,太寂寞了。终结之战前,人鱼常常幻化出双腿在陆地上活动,不仅会学习人类的诗歌和艺术,还会出现在海边和渔民嬉戏,有时候还会捉弄在海上航行的冒险家,因此人类的冒险日记里常常出现人鱼的身影。

如今,人鱼再也不能登陆,只能长居深海,承受着永恒的寂寞。如果能过上正常的生活,也许人鱼被战争点燃的仇恨之火会逐渐熄灭;但被永久地困在深海,其恨意只会逐渐积累,最终开始袭击在海上航行的人类。

用什么袭击呢?露西塔顿时就想到了。

莉莉平静地写道:"人鱼动用了被封印的精神天赋,然后在诅咒之下,开始一日日变得疯狂。"

疯狂是个看不见摸不着的东西,但在一个族群里,它会像瘟疫一样传染。整个族群迅速地堕落,变得越发暴力,充满攻击性,对海上经过的船只发起无差别攻击。深海变得危险莫测。

"我告诉过她的。她正式成为渔人的时候,我再三告诫过她,不要离开浅海区,深海很危险。"

"她一直很听我的话——曾经。"莉莉的笔又顿了一下,接着写道,"我不明白她为什么突然去了深海……"

浅海区不大,六支船队用了大半个夜晚就搜完了,没找到希薇特,也没有发现船只的残骸。大家想去深海区寻找,被莉莉拦住了。在浅海区遍寻不见,她已经有了最坏的猜测。

深海区那个地方，踏进去就是九死一生。莉莉当即把事情全盘告诉了贾文娜，贾文娜果断地中止搜寻，说服大家返航了。

"你是怎么知道这些的？"

"大概是每个渔人的宿命吧。"莉莉苦笑着写道，"我的祖母是个出色的渔人，最后死在了海上。当时我不知道她有那么强的人鱼血统，为什么还会出事。因为祖母的事，我母亲一直阻止我出海做渔人，但我从小就向往大海。它那么神秘和富饶，我的祖母在海上的时候是她最有魅力的时候。我不顾母亲的反对，成年之后就开始出海捕鱼，直到我在深海区遇见人鱼。"

"人鱼用歌声迷惑我，让我跳下了海，然后那些人鱼围着我转圈，不停地咯咯笑，那恐怖的场面我永远都忘不了。大概是发现我被拖进水里也一直淹不死，一个人鱼忽然清醒过来，偷偷把我放走了。好在我没太深入，游了两天游到了岸上。"

莉莉的眼里渐渐弥漫起一层雾气。她沉默了一会儿，又提笔接着写："那个人鱼的眼神我永远都忘不了。我知道，她的生命已经干涸了。许多个这样的她，生命都已经干涸了。她们曾经是我们的同胞，或者说，曾经和我们的祖先是同胞。现在她们这个样子，我既不能让她们解脱，也无法解除诅咒……从那以后，我就不再出海了。希薇特那孩子觉得我背叛了她的梦想，从那以后就不太爱搭理我了。"

莉莉叹了口气，起身去厨房找干粮。她劝回了搜救队员，但自己仍然打算继续出海去找希薇特。万一希薇特像从前的她一样，还有一线生机呢？她不会让别人去送死，但她自己不会放弃。希薇特是她的学生。

露西塔想了想，向前跟上她的脚步："我和你一起去。"

这次出海非常危险，她们要做好充分的准备。莉莉拿出两条贝壳项链，露西塔在每一枚贝壳内都开辟了空间，一半装了干面包，一半装满淡水。她们衣服上的袖扣也被开辟了空间，露西塔装了一把猎刀，莉莉则装了她弃置已久的鱼叉。还有魔药，她们为希薇特准备了两支生命恢复药剂。保险起见，这两支魔药被分开装在两人的身上，一人一支。

　　太阳已经南移，日晷上的阴影悄悄转了角度。昨夜的六艘船还停靠在海滩上，清晨的潮汐冲刷着船底，将零星的贝壳送上海滩。踩在湿润的沙子上，有种微微陷落的触感。

　　她们来到莉莉的私人帆船前。这是一艘小型的三桅船，上面的帆布已经换过一次，但看起来依然破旧，在风日催折下褪了色。船身表层的桐油也是重刷过的，却仍可以依稀分辨出之前的桐油留下的斑驳痕迹。

　　对于莉莉这样的私人渔民来说，一艘船可以从祖母辈一直传下来，维修过三四次都是常事，不像镇上的公用帆船，能举全镇之力建造。

　　露西塔没有再观察更多，因为莉莉解开了缆绳，晨风已经张满了横帆，船只缓缓离岸。她们向着海鸥消失的尽头驶去。

　　小船没在浅海处多加盘桓，直线行驶了一整个上午后，在正午时径直驶进了未知的深海。这时候浅海的晨雾早已散尽，但深海的海面上依然一片迷蒙。

　　露西塔眯起眼睛："是雾天吗？"

　　莉莉神色凝重地摇头。

　　驶入深海后，她们的速度就慢了下来，周围一片静默。

　　莉莉忽然说："海鸥不叫了。"说完她转头看毫无所觉的露西塔，才想起她是听不见的。莉莉舔了舔有些干燥的唇瓣，望向眼前的浓雾。

　　隐约的雨声传入她的耳中。

　　那是个风雨交加的夏夜。

　　祖母推开院门走进来。她穿着稻草织成的蓑衣，雨点噼里啪啦地砸在草帽上，在她的草帽檐上流成了一道水帘。她停在屋檐下，敲响了房门。

"笃笃笃。"

"祖母回来了！"小莉莉像个炮仗似的迈着小短腿飞奔到门前，打开了房门。

一阵轰隆隆的闷雷响起，闪电照亮了祖母的半边脸。她满是褶皱的脸上露出慈祥的笑容，声音颤颤巍巍的，听起来有些模糊："莉莉，你前几天不是让祖母带你去钓鱼吗？我们现在去吧。"

是这样吗？小莉莉困惑地歪了歪头。好像是的，她前几天还缠着祖母要钓鱼……

"可是祖母，"小莉莉瞪大了眼睛，"外面下着雨呀。我们明天再去，好吗？"

祖母伸出手指在她面前晃了晃，轻轻摇了摇头："只有今天的鱼儿才最新鲜哟。莉莉今天不去，以后就去不了了。"

小莉莉依旧踌躇："可是现在是晚上呀。"

"夜里的鱼儿才最多呢。"

见莉莉依旧踌躇，祖母好似有些伤心："莉莉不喜欢祖母了吗？"

"不是的！"莉莉急忙摇头道，"我喜欢祖母！"

祖母叹了口气："祖母很想去钓鱼，莉莉都不肯陪我。"

"祖母别伤心，我陪你去！"莉莉小大人似的拍拍祖母，迈出了房门。

"莉莉！"眼看着莉莉不知怎的忽然要跳船，露西塔眼疾手快，抓住了她的手臂。

莉莉恍然一惊，睁开眼就见自己悬空吊在船上，露西塔紧紧地拽着自己，手臂上传来一阵摩擦的生疼。莉莉低头看去，随即起了一身鸡皮疙瘩。

海面上几个人鱼围在她身边，未知的歌声萦绕在她周围，那声音极低，却久久不散。人鱼的红发暗沉，头发里夹杂着绿藻和未知的青苔，看起来很久没打理过了。她们下半身的鳞片不像普通的鱼类，闪着蓝莹莹的光,细看来是阳光照在了鳞片刃上。那鳞片看着极其锋利,就像她们口中那两排锋利的尖牙。她们齐刷刷地盯着她,笑容像是拿尺子量过一样整齐,看得莉莉心里发毛。

这场景似曾相识。只不过上次她清醒过来的时候是在海里,而这次自己半吊在船上,双脚还没有接触到那些人鱼的牙齿。露西塔的力气很大,这时候已憋红了脸,正在将她一点点地往上拉。莉莉很配合,两只胳膊终于扒住了船舷。双脚一抬,莉莉全身扒住船舷滚进了船身里。

露西塔赶紧过来扶住她:"你没事吧?"

人鱼们精神迷惑未果,传出一阵骚动,聚在一起似乎在商量什么。片刻后,可能是商量出结果了,她们聚集到船底,将船团团围住。两人还没站稳,船身就忽然开始摇晃,摇晃幅度越来越大。她们连忙一边一人扶住船舷,试图将船稳住,但显而易见收效甚微。

"不行啊,露西塔,这样下去船会翻的!"莉莉喊了一声,又想起露西塔听不见,顿时绝望般长叹一声,"天哪!"

她又想了想希薇特,把心一横,拿出了鱼叉,试图往船下捅过去。叉子遇到了阻碍,莉莉仿佛听到了它叉进血肉的声音,随即一声凄厉的尖啸从船下传来,一团红色弥漫到海面上。那声音粗粝又震颤,直穿破人的耳膜,不像是人类能发出的。

莉莉忽然松了一口气。这个叫声让她"杀死同类"的愧疚诡异地有所减弱,大概是忽然意识到她们与自己已经不是同一物种了,而希薇特才是。

莉莉能用鱼叉,露西塔带猎刀就有些失策了。猎刀太短,根本够不到下面的人鱼。

露西塔的精神在高速运转着。刚才莉莉被蛊惑,她并不是什么都没听到,人鱼隐秘、低沉的歌声搅得她心烦意乱。她之所以能保持清醒,是因为怀表里的歌声更加有力,更加具有穿透性,压过了那些令她心烦意乱的杂音,稳定了她的精神。

船下人鱼发出凄厉的尖啸之后,船身晃动的幅度陡然加大,微咸的浪花溅到了她们脸上。为了保持稳定,她们已经尽可能地降低重心,身体几乎贴在了船面上。海水哗啦啦地直往船里灌,浸透了她们的衣服和贴着船面的身体,露西塔甚至尝到了海水的味道,又咸又苦。

终于,一个浪头打过来,露西塔眼睁睁地看着,大脑疯狂地发出预警。船翻的时候,她伸手去抓莉莉,一把抓了个空,只拽住了莉莉的怀表,将表头扯了下来,紧紧握在手里。

"莉莉!"

莉莉来不及回答就落进了水里,人鱼一哄而上。露西塔也自顾不暇。好在她们都不怕水,鼻腔、口腔里灌了几口海水就浮上了水面。两人扎起的头发都散了,碎发黏在脸上,长发一部分缠绕着胳膊,一部分在海水里浮沉,十分恼人。露西塔摸了摸自己的袖扣和贝壳项链,好在它们还在,都没有丢。

人鱼们笑嘻嘻地围着她们,一边拍手一边唱歌,诡异的歌声和天真的笑声混在一起,令人毛骨悚然。一切都像莉莉说的那样,那歌声宛如附骨之疽,在耳畔挥之不去。好在有怀表里的歌声压着,露西塔的精神还算稳定,没被人鱼们拖入梦里。

露西塔搓了搓手臂,抽出了猎刀,对着面前的人鱼群。但这是一群疯子,又怎么会怕她的猎刀?

更何况人鱼人多势众,牙齿和鳞片都锋利得像刀子,真要肉搏起来吃亏的肯定是她。她无声地盯住眼前的人鱼们,眼里丝毫不肯露怯,脑袋却已开始疯狂运转。要想想办法……

直到莉莉忽然缓缓地沉下去,又浮出海面,然后随着浪花沉浮、漂远,她才意识到什么。她不会中招,但莉莉会!这次可没有突然清醒的人鱼来救她一命了。不把莉莉叫醒的话,她就要在海里睡死过去了!

露西塔心焦地往莉莉那边游过去,但人的速度怎么追得上海浪?

莉莉已经睡过去了,人鱼们把矛头全对准了露西塔,纷纷挤在她身边,将杂乱的歌声灌进她的耳朵。即使有怀表在,露西塔也开始感到一阵阵头晕目眩。意识到这些人鱼智商似乎有些低，似乎不会肉搏之后，她就把猎刀收了起来，手里紧紧地攥着怀表，奋力地试图从人鱼群里挤出去。不知道追了多久，风渐渐停了，露西塔一把抓住莉莉的小腿，将她拉到自己身边。她环住莉莉的身体，急切地拍打着她的脸，又捏住她的鼻子，摇晃她的肩膀，各种方法都试了一遍。

"莉莉！莉莉！"莉莉的红发还黏在脸上，和微红的雀斑互相映衬，衣服里灌满了水，沉得像铅石一般。她双目紧闭，任凭露西塔手段百出都一动不动。露西塔束手无策，只能环住莉莉的身体。

她喘息了片刻，抬头往四周望去。她们已经漂到了不知什么地方，四面都是茫茫的海水，别说陆地了，就连礁石都不见，只能靠太阳勉强辨别方向。尽管不知道自己在哪里，但这片海在小镇的东面，她们只要一直向西游就能回家。露西塔带了足够的食物和水，因此并不怎么着急。

忽地，她目光一凝。大概是海面上反射的一道阳光太耀眼了，她刚刚居然没注意到那道水光后面隐隐有什么东西在浮动。那是——船的残骸！

水光之后，那艘船正随着海浪沉浮。露西塔带着莉莉朝那边游过去。经典的三桅船，横帆、木制船身……

尽管露西塔不懂船，但她这两天见的六艘船都具有这些特点，似乎是伊尔塔特造船工艺的特色。会是希薇特吗？露西塔暗暗祈祷。

她本来不信神佛，但来到这里后逐渐发现各种神奇力量是存在的。历史上那么郑重其事地记载了创世神盖娅又救世的过程，想来也是真的。创世神存在着，而且各族的生灵似乎都虔诚地信仰她，但大概是外来灵魂的缘故，露西塔一直没什么感觉，直到现在。有所求的人在这样的时刻只能寄希望于命运，希望命运眷顾，希望神灵垂怜。

不知神是否听到了她的祈祷，总之在接近那艘船后，露西塔在破船附近找到了漂浮着的希薇特。

这个红发少年的辫子湿答答地垂着，双眼紧闭，看起来和莉莉的情况如出一辙。唯一的区别就是她的呼吸要微弱很多，皮肤已泡得发白，脸色也苍白如纸，甚至隐隐泛青。

算来她遇到事故应该快一周了，现在仍能活着简直是奇迹。露西塔不知道的是，混血种继承了长寿种一部分的强韧生命力，身体的强度与耐力比人类要好得多。

总之，她现在拥有了两个拖油瓶。

露西塔有怀表，不太怕周围虎视眈眈的人鱼，甚至当面摸出了生命恢复药剂，给希薇特喂下去。她托住希薇特的脖子轻轻一抬，就将生命药剂送进了她胃里。一次一小口，如此反复。生命恢复药剂见效很快，补充了足够的能量，希薇特的呼吸稳定了一些。

正在这时，人鱼的骚乱声忽然拔高。

露西塔抬头看去，只见人鱼群里出来个身形更高大的人鱼，她的头发更长，鳞片的蓝色也更深，正闭着眼睛，双手交握，嘴里似乎在念着什么。这群疯子是不是突然清醒了，要跟她谈判？露西塔握紧猎刀，紧盯着那个人鱼，却不防一阵水浪忽然自后面冲天而起！

水声震荡着她的耳膜，她刚一回头就撞上了一条直通水天的巨大浪龙，它如同龙卷风一样将周围的一切事物都卷了进去。顷刻间巨浪已到眼前！那艘船被这阵浪彻底摧毁，零碎的木块在水浪里飞速旋转着，这要卷进去必死无疑。露西塔的瞳孔里倒映着那条疯狂卷过来的浪龙，脑袋里一片空白。

在被卷进水浪里之前，她握紧那块怀表，忍不住高声叫道："阿克纳塔！阿克纳塔，你在吗？！"

阿克纳塔是曾经的人鱼王的名字。那个被剔鳞拆骨、死于非命的人鱼王。

"这块怀表里寄居的是你的灵魂吗？五百多年过去，面对发疯的族人，你可还会为其哭泣？"

这一声似乎镇住了那群人鱼，露西塔见她们的动作有一瞬间的停顿。随即，她便被卷进了水浪里，隆隆的水声铺天盖地。她失去了意识。

醒来的时候，露西塔感到一阵头痛。

她睁开眼睛，茫然了片刻，想起自己昏迷前的情景，顿时坐了起来。四周摆满了蓝湛湛的蚌珠，辉映着莹莹的水波。她身下是一个巨大的浅粉色开口蚌，她所躺的床就在铺满沙子的蚌心里，微微一动就会陷进去。粉色蚌的旁边种着一片红色的珊瑚，怪石嶙峋，在蚌珠的辉映下投下浮动的阴影。

这里很亮堂。

一个水泡在眼前升起，露西塔伸出手指，"啵"的一声将它戳破。

"快来看！她醒了，她醒了！"一个体形不大的红发小人鱼忽然不知从哪块石头后游了过来，惊喜地在她身边转了一圈，往外嚷嚷道。

小人鱼？露西塔先是一惊，然后戒备地盯着她。半晌，看她似乎神智正常，也没有表露出攻击意图，露西塔稍稍松了口气。

等等！她摸了摸耳朵。刚才是幻听？

顷刻间，一群小人鱼围了过来。

"真的耶。"

"哇，她还会动！"

"这就是人类吗？"

"才不是，人类在水里早就淹死了。"

"但是她长得和我们不一样耶！"

"说起来，我们是不是应该去告诉陛下？"

"你去。"

"你去！"

……

小人鱼们推搡起来，吵成一团。露西塔揉了揉耳朵，心里悬着的一口气算是松了一点儿。能听见了，算是一件好事。

……陛下？人鱼族现在的王？露西塔暗暗思索。

"怎么又吵架了，我的孩子们？"一道粗哑的女声忽然插了进来。

小人鱼们立刻噤声，规规矩矩地站好，齐声喊道："陛下，下午好！"

露西塔看着来人。这位陛下的头发可能从生下来就没修剪过，一头暗红色的波浪卷一直垂到脚踝处。她的鳞片和露西塔之前遇到的人鱼一样，都是闪烁着暗光的深蓝色。同样的鳞片，在发疯的人鱼身上显得狰狞可怖，但在她身上就显得十分绚丽。这就是传说中"美丽又浪漫的人鱼"吗？

"你醒了，远道而来的朋友。"她的语调很平和，隐隐有一种沧桑感。

露西塔站起身也比不过有鱼尾的阿玛拉高，索性坐在蚌床上，抬头答话："是您救了我吗？"

"是的，我叫阿玛拉，人鱼的王。"她也不卖关子，直入正题，"我有一些困惑，不知道能不能问问你呢？"

"正好我也有很多疑惑，也许我们可以好好交流一下，但不是现在。"露西塔说，"在那之前，我必须问您一下，您见过我的朋友吗？"

阿玛拉挑眉："是另外两个被迷惑的混血小姑娘吗？"

莉莉作为一个中年人，却被她称为小姑娘，真不知道她活了多久。露西塔心里闪过一些猜想，面上不动声色地点了点头。

"她们还在睡。"阿玛拉说，"她们被拉进了堕落者们制造的梦境，等闲是叫不醒的，必须进行精神治疗才能将她们带出来。我以为你也一样，没想到你居然自己醒了。"

精神治疗？上次她为搜救队开辟空间的时候，贾文娜也提过这种手段，似乎是纯血人鱼才能掌握的高深技能，精神天赋微弱的混血种难以触碰。如果能让人鱼们对她们进行精神治疗就好了，可惜……

露西塔眼含希冀地问道："您之所以能保持理智，是因为从不动用精神天赋，对吗？"

"聪明的孩子。"阿玛拉对她的心思一清二楚，了然地点了点头。

如果人鱼动用精神天赋唤醒莉莉和希薇特，人鱼本身就会被疯狂感染，最终变成海面上那些疯子的一员。非亲非故，谁会为她们做这样的牺牲呢？露西塔本人都不肯。

因此，露西塔并不意外，而是问出了下一个问题："那我可以学习精神治疗术吗？"

阿玛拉吃了一惊，审视着她："你们混血种的精神天赋很微弱，根本不可能学会精神治疗术。怎么，你不知道吗？"

"我知道，我只是想试试，毕竟没有别的办法了，对吗？"露西塔露出个无奈的笑，看起来有些伤感。

事实当然不像露西塔说的那样。事实上，她心里有着很大的把握。一开始，她的空间天赋不是也很弱吗？但随着时间流逝，它几乎在成倍地增长，而且增长速度越来越快。她隐隐觉得这和自己的灵魂与身体的融合进程有关。空间天赋可以，精神天赋为什么不行呢？她的精神天赋现在到了什么地步，她倒真的想试试看。

虽然阿玛拉认为露西塔根本不可能学会精神治疗术，但既然她表露了想学习的意愿，那就是对自己有所求。相比于挟恩求报，对方有所求的话，显然更容易配合，毕竟利益永远比良心给人的动力更大。

阿玛拉活了很久，早就明白了这个道理。她笑了起来，坐在露西塔旁边，表现出想长谈的架势："当然可以。不过，我已经回答了你一些问题，现在我也有一些问题想要弄明白，可以聊聊吗？"

露西塔不知道自己失去意识后是怎么来到这里的，她甚至不知道这是哪里，不知道为什么海里还有一群正常的人鱼。她所知的信息很少，但这时候为表诚意，她必须先回答阿玛拉的问题。她的疑惑有什么是自己能解答的呢？难道是……

阿玛拉拿出了那块镂空的银壳怀表："我想问问这块怀表的来历。"

果然！露西塔手里的怀表不见了，果然是被阿玛拉拿走了。浑身上下，如果说自己哪里和人鱼族有关系，也就只有它了。阿玛拉嗅到了史前人鱼王的气息吗？

说实在的，人鱼族的这些事她确实同情，但这不意味着她会多么在意怀表的事。从头到尾，她的目标一直是救出希薇特，现在又多加了个莉莉。如果说她还有什么别的目的，那就是顺便探索一下怀表里莫名的歌声。若能学到精神治疗术，去治疗希薇特和莉莉，怀表的秘密也就无足轻重了。况且……可能是那些人鱼孩子太活泼的缘故，她对这位人鱼王并无恶感。因此，露西塔回答得很爽快："好呀。"

"这块怀表是史前最后一位人鱼王阿克纳塔的旧物……"

露西塔将怀表的来历讲述了一遍。当然，两人还在互相试探的不信任阶段，阿玛拉没问的那些，她并不会多嘴去讲，比如怀表里的歌声什么的。讲了，暴露了自己的特殊，说不准还会给自己招祸。

阿玛拉听完，含笑点了点头，问出自己的第二个问题："你的两个朋友都被拖进了梦里，为什么你会没事呢？"

露西塔心里咯噔一声。她能说是因为怀表里的歌声压住了精神攻击吗？若阿玛拉到时候问："为什么就你能听见怀表里的歌声？"她要怎么回答？露西塔沉默了三秒，忽然惊觉，这三秒沉默足够阿玛拉断定她有问题了。

她抬头撞上阿玛拉含笑的眼睛。她有秘密，阿玛拉已经心知肚明。

阿玛拉没为难她，自己悠悠地开了口："你大概不知道，我们看到你的时候，你正举着这块怀表在叫阿克纳塔王的名字。"

露西塔：什么！！！被看见了，自己的事又能瞒多久？

"之后这块怀表开始唱歌，唱的是人鱼族流传了很久的祝愿曲。据说在史前人鱼族繁盛的时候，这首祝愿曲每天都会在王宫响起，宫廷乐队的演唱以它开始，也以它结尾。那是人鱼族最无忧无虑的日子。那天那些精神被污染的同类竟然出奇地没有继续发疯，围在那里听了很久。

"我们就趁机把你们三个带了回来。噢，对了，你晕过去不是因为被卷进了浪里——如果是那样你已经死了。你昏迷是因为精神力的枯竭。你叫醒了她，孩子。

"也许人鱼族的境遇跟你没什么关系，你当然有权利保持沉默。

至于为什么你能不受精神攻击的影响、为什么你能叫醒阿克纳塔王，对你来说也许不是什么大事，但对人鱼来说，对这里的每一个还在向往陆地、向往歌唱的孩子来说，这非常非常重要。"

　　露西塔抬头看过去。

　　"唱完那首歌，这块怀表就再也没有反应了。我不知道阿克纳塔王的真灵是否已经耗尽了，但我没办法叫她出来。它在我手里，就像一块普通的怀表一样。"阿玛拉双臂撑着蚌床，仰头望向水面，"孩子，你知道那种感觉吗？我们忍受了五百多年寂寞的深海生活，因为不能使用天赋能力，只剩下强韧的身体，从深海霸主沦为躲躲藏藏的丧家之犬，一条鲨鱼就值得我们举全族之力对抗。我们过着这样的生活，越来越多的族人难以忍受，走上了自毁的道路。我们快要被仇恨淹没了。有什么比永夜里的一点儿火光更加让人渴望吗？"

　　阿玛拉深蓝色的眼睛里隐隐泛起一丝雾气，很快又消失不见。

　　露西塔看着那块怀表："我不懂。就算阿克纳塔王在这块怀表里又能怎么样呢？就算她复活又能怎么样呢？诅咒已经存在了。除非解除诅咒，否则谁来统领人鱼们都没用啊。"

　　阿玛拉摇头苦笑："你以为我是期待一位王来带领族人们吗？我已经做了三百年的人鱼王，我亲自带领大家建了这座新的宫殿，建立了领地防御线，保存下人鱼最后的火种。说实话，就算当初的战神阿克纳塔王亲至，也不会比我做得更好。"

　　"况且，阿克纳塔王已经不可能复活了。"她伤感地看了一眼怀表，对上露西塔迷惑的眼神，解释道，"你不知道吗，孩子？与人类相比，长寿种拥有更强韧的身体、更长的寿命和强大的天赋能力，但神是公平的，好处不会全让我们占尽。长寿种是没有灵魂的，死后不会像人类一样还有别的可能性——你们混血种也是。这里面……"她迟疑了一下，道，"如果不是她的最后一点儿真灵，就是尚未消散的执念吧。"

　　"那您看到的希望之火，到底是什么？我不明白。"

"你知道人鱼是怎么被诅咒的吗？"

"历史书上有写，倒是看过。"露西塔一边回忆，一边谨慎地看着阿玛拉的脸色，小心地道，"阿克纳塔王的尸体被悬挂在诅咒祭坛上，人类刮下她的鳞片，剔掉她的骨头，收集她的血液，挖掉她的心脏，布置了六芒星诅咒仪式阵图——将心脏放在中间，鳞片、白骨和鲜血放在三个角上，就组成了诅咒人鱼族的必要要素。人类点燃盛满月桂精油的油灯，将表示祝福的香草烤干，摆放在祭坛的四周，以此欺骗神灵的感知，利用神的力量，对人鱼族施加了不可挣脱的诅咒。"

阿玛拉听到这些，神色有些阴沉，但还是勉强道："你知道为什么人类要使用阿克纳塔王身体的组成部分来完成诅咒仪式吗？"

"为什么？"

"诅咒仪式最重要的组成部分，就是诅咒对象的重要物品。这些物品越珍贵，和诅咒对象的联系越紧密，诅咒的效果就越强。"阿玛拉珍惜地摩挲着纯银的怀表壳，"解除诅咒也一样。自古以来，诅咒的解除都是一件非常困难的事。除了神灵眷顾、奇迹发生之外，要解除诅咒，必须使用施加诅咒时的那件物品——必须是同一件——才能反向布置消除诅咒的阵图。诅咒就像是制造了一把锁，这把锁的钥匙是唯一的、不可复制的。如果你不能砸烂这把锁，就必须用钥匙打开它。"

露西塔想到了精灵族的诅咒。精灵的镜湖凭借来自神灵的祝福砸烂了那把锁，而人鱼可没有镜湖。可惜人鱼们不能上岸，否则说不定可以借镜湖一用。但镜湖是孕育精灵之所，比较特殊，也不知道对人鱼会不会有用……

她把思绪拉回来，低头看阿玛拉手里的怀表："它就是那把钥匙？"

"也许是。"阿玛拉也不能确定，"如果它里面真的是阿克纳塔王的真灵或执念，如果她还没有完全消散，如果你还能把她唤醒……也许我们就真的有了钥匙。"

露西塔默然不语，半天才道："也许我可以试试。"

她大概能猜出为什么自己能把阿克纳塔叫醒。既然阿克纳塔的歌声只有自己能听见,出于某种她一直想不通的特殊原因……那么,自己也许能越过精神世界层,与阿克纳塔进行短暂的交流?但她之前表现出能听到阿克纳塔歌声的意思,并没有得到什么回应,因此也不敢确定是否能再叫醒她。

仿佛人鱼脱困的希望都落在了自己身上,露西塔感觉肩上仿佛背了一座山,竟然不敢看阿玛拉殷切的目光。

"不要太紧张,孩子。"阿玛拉看出了她的紧张,出声安抚道,"就算你真的叫醒了她,我们的诅咒也不是一时半会儿就能解除的。"

露西塔抬头问:"为什么?"

"因为人鱼不能举行解除诅咒的仪式。"顶着露西塔疑惑的目光,阿玛拉说,"你应该知道,仪式魔法是人类创造的,属于魔法的范畴。长寿种是不能使用魔法的。"

"但它只是这么称呼而已。"露西塔想起了自己看过的魔法入门科普书,问道,"不是说,仪式魔法是没有门槛的吗?不需要能感知魔法元素,也不需要探索什么知识和规则,任何人有相应的方法和材料就可以完成仪式。"

"那是对人类来说,孩子。"阿玛拉摇头道,"你以为我们没有试过仪式魔法吗?很多族人都试过,没有用。神灵不会在仪式上回应我们,甚至日常的祈祷都比那个所谓的仪式魔法灵验。我们猜测,这也许是因为长寿种没有灵魂。在仪式上用灵魂和神灵交流,对每一个人类而言,都很容易做到,但长寿种不行。至于你们——你们应该也不行。孩子,混血种跟我们一样,只有分散的真灵,没有凝聚的完整灵魂。因此,找到钥匙只是第一步而已。"阿玛拉苦笑一声,"至于去哪里寻找愿意替我们解除诅咒的人类,那简直遥不可及。"

"我可以,我有灵魂!"露西塔在心里叫道,但她当然不能说。她只是笑眯眯地道:"万一呢?或许之后我可以试试。你们没找混血种尝试过吧?万一产生区别的不是灵魂,是血统呢?我也有一部分人类血统呀。"

阿玛拉倒是有些意动。

露西塔心中稍定，对朋友的担忧都稍稍减弱了。若她能替人鱼族解除诅咒，之后不用自己学习精神治疗术，解除诅咒的人鱼就可以把希薇特和莉莉唤醒。她的目光落在怀表上。怀表里的歌声依旧隐约可闻，但声音又低了很多，不仔细听根本听不到。

她试探着叫道："你好？"

没有反应。

"你好，陛下？"

没有反应。

"你是人鱼王吗？"

依旧没人回答，缥缈的歌声倒是一直未断。

露西塔陷入了自我怀疑。目光触及阿玛拉有些怀疑的眼神，她更郁闷了。自己难道不能和阿克纳塔交流，之前都是巧合？

她想了想，复述了昏迷之前的话："阿克纳塔！"

她停顿了一下，下一句还未说出口，怀表里就传来隐约的女声。

那声音听起来很困倦，气若游丝："你叫我？"

露西塔和阿玛拉交换了一下激动的眼神，显然阿玛拉也听到了。这次的声音不是只在精神世界，而是来到了现实中！

露西塔确认道："你是阿克纳塔吗？"

对方犹疑了一会儿。等到露西塔和阿玛拉都开始怀疑的时候，她才犹犹豫豫地说："阿克纳塔……我，好像是？你再叫我一声？"

露西塔不解：嗯？这是什么奇怪的要求？

"阿克纳塔？"

"嗯。"阿克纳塔又答应了一声，喃喃自语道，"阿克纳塔……是了，我原来叫这个名字。"

她在这里沉睡的时间太久了，时间渐渐消磨了她的记忆。等到最后一丝关于自我的认知被消磨殆尽，她的真灵就会化作一阵风、一滴水、一片雪，消融在天地之间，那就是她的彻底死亡。时至今日，最后的时间已经快要到了，好在她重新听到了这个沉眠了五百多年的名字——她是阿克纳塔，五百多年前死去的人鱼王。

阿玛拉听到阿克纳塔的回答，一时间五味杂陈，胸中长出了一口气，闭了闭眼睛。她哑着声音求证道："陛下是料想到人鱼族会有今天，才特意在这块怀表里留下了后手吗？"

在祭坛上被分尸的人鱼王，早就料到自己的身躯会被用来施加诅咒，所以提前留下一缕真灵作为钥匙吗？

谁知阿克纳塔的声音茫然极了："你说什么？"

露西塔替阿玛拉插嘴介绍："先介绍一下，这位是阿玛拉陛下，现任人鱼王。"

"哦。"顿了顿，阿克纳塔一惊，"等等，你说她是现任人鱼王？"

露西塔点头。

"不应该啊，她这么弱，连我当初十分之一的精神力都没有，怎么当的王？怎么，我刚死，你们就改了选举标准？不靠打架了，是吧？难道是学那些弱小的人类，有德者居之？"

阿克纳塔是个暴脾气，一通连珠炮下来，露西塔和阿玛拉都蒙了。这位陛下看起来什么都不知道。

两人对视一眼，阿玛拉试图解释："陛下，您并不是……刚死，现在距离您去世，已经过去五百多年了。"

一阵静默。

"五百多年？！"阿克纳塔的声音听起来更茫然了，"我睡了这么久？也是，连自己是谁都差点儿忘了……"阿克纳塔自语了一阵，声音低落下来。

阿玛拉试探道："所以您留了一缕真灵在这里，是个意外吗？"

"啊，我想想……"那不是一段值得留存的记忆，却在她开始回忆的瞬间就跃进了她脑海里。

五百多年前的奥尔大陆，嘉兰帝国王都，镜宫广场。

苍白的太阳，雾蒙蒙的天空，灰压压的人群，六根石灰长柱直指苍穹，阿克纳塔一动不动地躺在高台中央。在她看不到的身下，一线血液正流入地面刻出的凹槽，形成一颗邪异的六芒星。就在不久前，这座高台上曾经锁着精灵王维尔蕾特。精灵王残存的血迹还未曾擦干，今天，它又迎来了新的殉难者。她不知道维尔蕾特的结局，但她很快就要迎来自己的结局了。

阿克纳塔已经只出气不进气，深蓝色的眼睛蒙上了一层阴霾，浑身的鳞片都失去了光泽，在长期失水后甚至微微发灰，蹭在地上落下一层层鳞粉。

那个披着黑色长袍的大巫走上高台，举起了那把特制的匕首，嘴里念念有词。"噗"的一声，匕首刺入血肉，她的视线顺着大巫的手下移，看到那双苍老的手从她身体里剜出一颗心脏。阿克纳塔喉咙里溢出几声喘息，居然低低地笑了。

"该死！你们……都该死！"

阿克纳塔咬紧了牙，鹰隼般的目光扫视过台下的人群，环住身子剧烈地颤抖了几下，停住不动了。在濒死之际，意识海反而是温暖的。温暖的真灵裹挟着她的意识，渐渐开始逸散。

不，不要……要那些人全都死！

她的意识开始横冲直撞，在温暖的真灵怀里也不肯融化，紧紧团在一起，试图冲出去。真灵似乎轻叹了一声，裹挟着她的意识一边上升，一边无可逆转地消散。

她看到了高台上的人鱼尸体，看到了广场上狂热的人群，看到了鱼鳞般的城市，看到了大陆上凄惶的族人……

茫茫大陆，找不到一处容身之所。

等等，那里！

一星银光闪过，怀表折射出幽幽冷光。那里是——她的一丝真灵！

那是五年前她送给女儿的一块怀表，她留了一缕真灵在上面，本意是想在女儿有危险的时候及时感应到。现在那缕真灵虽然和本体断了联系，但还未彻底消散。她的意识当机立断，冲进了那块怀表中。那一缕真灵原本即将消散，被她的执念强行稳固下来。

斗转星移，她渐渐忘记了过去，忘记了所有的牵挂，甚至忘记了自己是谁，只剩下一丝仇恨经久不灭。直到有人忽然喊她："阿克纳塔！"

那声音仿佛从遥远的虚空中传来，隐隐约约，却依然被她捕捉到了熟悉的音节。

阿克纳塔……好熟悉。她奋力地从睡梦中挣扎着醒来，向声音的来源处看去。一阵刺目的白光，她闭了闭眼睛。

记忆回笼，阿克纳塔的声音阴沉下来："算是个意外吧。"

阿玛拉正要说话，却被阿克纳塔打断了："你是现任人鱼王？"

"是，我是。"阿玛拉下意识地答道。

"我记得人类当初杀我，是要启动一场诅咒仪式。那个诅咒是什么？"

这个问题对阿玛拉来说真是满嘴的苦涩。她将五百多年来的诅咒，包括同族的堕落，告诉了阿克纳塔。

堕落者？想起她第一次醒来时见到的那些被海藻缠满头发、形容癫狂的族人，阿克纳塔胸中腾起一股郁气，几乎要咬碎了牙。人类、人类，阴魂不散的人类！她余怒未消，看着眼前这位弱小的人鱼王，语气烦躁地道："怪不得你这么弱。"

"我……"

阿玛拉久居上位，被劈脸嘲讽这么一句，一时脸上有些挂不住，但面对阿克纳塔，她的脾气丝毫发不出来。对面不仅是人鱼族五百多年前的祖宗，以脾气暴躁出名的人鱼战神，还是曾为全族殉难的牺牲者，而眼下自己还想再牺牲她一次。

她说："陛下，现在我们有一个解除诅咒的机会。"

阿克纳塔顿时领会了她的意思。关于诅咒仪式的知识，当初大战的时候就被人鱼族研究透了。以她自己的血肉为媒介生成的诅咒，唯有她自己可解。而她唯一剩下的，就是这被自己强行保下来的一点儿真灵。献祭它，自己死，全族活。

阿克纳塔沉默了一下，嗤笑一声："当初那些老巫婆搞这个诅咒的时候，没想到我还能留下点儿渣子，没死透吧？啧——"

阿玛拉听懂了阿克纳塔的言下之意。

这位史前的陛下说的是："可。"

阿玛拉偷偷松了口气，又觉得喉咙里堵了一口气，说不出话。阿克纳塔不关心阿玛拉心里那点儿别扭，干脆地问："谁来举行仪式？你去哪儿找个人类？"

"我想让她试试。"阿玛拉指着露西塔道。

"她？她是人类？"阿克纳塔一脸不可思议，"五百多年过去，人类已经进化到能在水里呼吸了吗？"

"不，她不是。"阿玛拉说，"她是混血种，有一部分人类的血脉，所以我觉得可以试试看，实在不行再找别人。"

阿克纳塔闻言，意味不明地看了露西塔一眼。那一刻，露西塔有种被看透的感觉，不自在地摸了摸鼻子。

阿玛拉吩咐族人开始准备仪式魔法需要的材料。这些材料在从前的人类世界也许很常见，但在不能施展仪式魔法的人鱼族里，每一件都需要临时采集。好在最重要的材料阿克纳塔的真灵已经有了，别的材料都很易得，因此阿玛拉倒是不慌。

布置仪式魔法阵图，通常需要满足三点要求。

第一，用海盐、精油等布置一个足够静谧和纯净的环境，好帮助施术者与神灵沟通。

第二，绘制一个具有灵性的魔法符号。生成诅咒的魔法符号是一颗尖锐的开口六芒星，解除诅咒则需要一颗对应的中正、平和的闭口六芒星。当初人鱼族遭受诅咒时，人类用阿克纳塔的血为六芒星填充了灵性。现在阿克纳塔没有了身体，好在真灵是分散的，她可以分出一丝稀薄的真灵激活六芒星。

第三，需要与神灵沟通的咒语。

这是人类总结的仪式魔法要素。据阿玛拉说，人鱼族无法施展仪式魔法的原因很有可能在于第三点。咒语只是表象，最重要的是要有一个能在灵界与神灵沟通的完整灵魂。

露西塔不置可否，只说试试。如果阿玛拉的猜测是对的，那她应该没问题。

海盐易得，只需要取海水晒一晒即可。人鱼们装了一些海水放在海中的礁石上，暮春的阳光灼热，只用一天就得到了足够的海盐。

精油也是。由于不拘种类，人鱼们直接取了海底的藻类研磨提取，用原始的办法提取出了一些还带着绿色杂质的海藻精油。

人鱼们在海底用石块绘制了一颗粗糙的六芒星。六芒星成型的一瞬间，线条间就产生了一种隐隐的联结之意。阿克纳塔分出自己的一半真灵，将其引入六芒星的线条中。六芒星微微一亮，随即黯淡下来。

完成这些总共用了两天。在这之前，露西塔将剩下的一支生命恢复药剂一分为二，喂给了希薇特和莉莉，维持她们正常的生命体征。

一切材料都很简陋，但神灵一视同仁，不会因为材料的贵贱而对许愿者区别对待。唯一可能出意外的就是露西塔。她不免感到些许压力，深吸一口气，踏入六芒星阵。

一切已经就绪，再也没有拖延的余地。阿玛拉手里握着怀表，闭了闭眼，低声道："陛下，人鱼族会永远铭记您的牺牲。"

阿克纳塔嗤笑："得了，别再被人打到家里就行。"

那块有阿克纳塔真灵的怀表被放在了六芒星阵中间。

露西塔踏入六芒星阵后，精油和海盐的香气顿时变得浓重，雾气翻涌而出，顷刻间就将她困在仪式阵里，与外界完全隔绝。在一片迷雾中，露西塔感到一阵眩晕。

一道人鱼的虚影从阵中央的怀表中升腾而起，柔和、淡薄的色彩随着水波微微摇晃着，使得她面目模糊，看不真切。人鱼红藻般的长发漂在水里，那红色比如今人鱼的发色看起来都要鲜艳，像一团燃烧到最后的火焰。她的鱼尾看起来强壮又灵活，湛蓝的鳞片上闪烁着微微的星光，像是夏夜的银河。

露西塔仰起头，喃喃道："阿克纳塔？"

阿克纳塔垂下狭长的双眼，看了看自己的双手："我出来了？"

她愣了愣，摸了摸自己的脑袋，又摇了摇自己的尾巴，最后似乎确认似的，甩动鱼尾来了个后空翻，恣意笑了起来。

"啊——在那块怀表里确实憋屈得慌。没想到，死前还能体验一把自由的滋味。"

露西塔动了动嘴唇，不知道该说些什么。四周都是迷雾，她看不见外面人鱼们的反应，面前唯有阿克纳塔。

按照现在的步骤，她应该开始念咒语与神灵沟通，献祭阿克纳塔的真灵。可这张会说会笑的生动脸庞仿佛在提醒她，这不是那块会唱歌的怀表，而是一个鲜活的生命啊！她的咒语无论如何都念不下去。

露西塔觉得自己像刑场上的刽子手，仪式咒语就是她手中的铡刀，随时都能收割阿克纳塔的生命——尽管阿克纳塔本就是个死人。

"你有很多秘密，露西塔。"阿克纳塔忽然飘到她身边，绕着她转了一圈，趴在她肩膀上探究地盯着她的眼睛，饶有兴致地笃定道。

露西塔一惊，对上阿克纳塔的眼睛，又顺着她的目光往下看去。不知何时，她居然也变成了灵体状态。不同的是，她的灵体虽然是透明的，但清晰、稳定。而阿克纳塔的灵体则在不停地向四周逸散，全靠她自己勉强支撑成形。这就是灵魂和真灵的区别吗？

阿克纳塔似笑非笑地睨着她。

露西塔定了定神，抬头辩解道："阿克纳塔，也许你不相信，但我真的不是人类。"

"别怕，我相信，我当然相信。"阿克纳塔笑了，"我对人类再熟悉不过了。如果你是人类，就是化成灰我也认得出来。"她话锋一转，"不过就算你是人类，我也不会把你怎么样的，这个仪式还需要你来完成。所以你不必害怕。"

露西塔叹了口气："我当然害怕，阿克纳塔。我害怕失去你这个朋友。"

"朋友？"阿克纳塔一愣，旋即又转了一圈，悬停在她面前上下打量，喟叹道，"那恐怕我们只能做一分钟的朋友了。我就要死了。"

"那就做一分钟的朋友。"露西塔伸出手。

阿克纳塔微愣，似乎发现了什么有趣的事，围着她转了一圈后伸手回握，"啧，能在死前交到一个朋友，倒也不亏。"

双手交握，两个灵体虚虚穿过彼此。片刻后，露西塔仍迟迟不念咒语，开启仪式。

阿克纳塔不耐烦了："露西塔，你在犹豫什么？"

"我……"露西塔深吸了一口气，看着阿克纳塔，"你现在后悔还来得及，我最后再问你一遍。"

阿克纳塔笑了，她仰头望向被浓雾包围的上空："就是不献祭，我仅凭这点儿真灵也存活不了多久了。"

"我明白了。"露西塔垂下眼睑，上前一步，"再见，我的朋友。"

她念诵道："永恒的创世之神盖娅，掌管万物的上帝，照耀世间的母亲，我祈求您的眷顾。我以阿克纳塔的真灵祈求您，祈求您收回五百七十六年前在嘉兰帝国王都镜宫广场上许下的精神诅咒。我祈求您将精神的权柄归还给人鱼，就如您掌握万物的权柄一般。我祈求断水重流，风暴止息，人鱼的时代重新到来，宁静、欢乐的颂歌飘荡于每一寸海域。我祈求您睁眼下望，回应我的呼唤……"

露西塔按步骤念完了咒语，睁开眼睛。阿克纳塔的身形在水里摇晃得更厉害了，被波纹震成了无数片，似乎随时都会碎裂。她隐约看到阿克纳塔解脱地笑了。

"再见，我的朋友。"

阿克纳塔的灵体陡然碎裂，随着海波四散流去。露西塔瞳孔微微瞪大，下意识地上前一步，伸了伸手，又黯然地停住。海水似乎有些冷。她抑制不住地战栗起来，紧紧闭上了眼睛。

这时候，意识中似乎传来一声隐约的叹息："你终于来了，我的孩子。"

露西塔一惊。这不是阿克纳塔的声音！但四周什么也没有，只有浮在她面前的一块怀表。

等等，怀表？露西塔盯着浮在她面前的镂空银壳怀表。它刚才不是在地上吗？这是什么情况？

露西塔谨慎地等了片刻，没发现什么动静，试探地伸手把怀表握在手里。怀表闪了闪，瞬间消失在她手心。

她疑虑重重地蹙起眉头，四下望去，却见浓雾在渐渐散去。很快，她就顾不得怀表的事了。

一道铺天盖地的金光斩浪而来，海水被分成两半，无边的深海仿佛变成了有壁的玻璃箱。金光在两侧海水中间驰行，仿佛要到世界尽头。

人鱼们惊慌失措，阿玛拉调度、安抚的声音淹没在此起彼伏的惊叫里。一个小人鱼慌乱间直撞向露西塔怀里。

"很抱歉，很抱歉，姐姐——"小人鱼抬头，慌忙鞠了几躬。露西塔一把拉住她，将她拉到了身边。

"小心。"露西塔摸了摸她暗红色的头发，抬头凝视着金光的方向。

那道金光分开海水之后，渐渐地往海里渗透。

小人鱼不小心触到了金色的光点，顿时大惊，正要拽着露西塔出声求救，忽然听到了锁链断裂的声音。她揉了揉脑袋，还以为是幻听，但很快她就有了惊人的发现——她的精神之海忽然剧烈地翻涌起来，无意识地向四周延伸。天知道，自从出生起，她的精神之海就像一片死海，没发生过半点儿波动！

无数变幻着的、纷杂紊乱的念头从四面八方汹涌而来，鲜活、自由的感觉令她几乎有些飘飘然。她收拢起四散的意识，松开露西塔的手臂，快活地转了几圈。四周的人鱼也是同样的反应，喜悦的情绪在深海这座颓圮的宫殿蔓延开来。阳光照进了这片昏暗的深海,湛蓝的波光甚至有些刺目。无数水泡上浮,珊瑚舒展,水草飘摇,远处传来一声畅快的鲸啸。那条束缚深海的无形锁链寸寸断裂。

阿玛拉深吸了一口气,含泪望向被金光笼罩的海面:"盖娅在上——"

不知是谁先起了头,平时一片死寂的深海里飘满了久违的歌声。人鱼是天生的歌唱家,歌声细腻、邈远,随着浪头一里里送出好远。小丑鱼在珊瑚下驻足细听,克拉肯海舞姬伸展着红色的细足随着海波飘舞。

阿玛拉来到露西塔身边,同她一起看着这一幕,感慨万千:"真不敢置信……克拉肯海从来没有这样热闹的时候。"

金光渐渐散去,海水合流,悠扬的歌声久久不散。

阿玛拉给了露西塔一个深深的拥抱:"谢谢你,你为我们带来了希望。你是我们永远的朋友,永远。"

面对阿玛拉忽然的热情,露西塔有些无措。待阿玛拉松开她后,露西塔才轻咳一声:"您客气了……另外,和我一起的朋友……"

"跟我来。"阿玛拉收拾好情绪,引着露西塔进入水晶宫。角落的一个房间里摆着两张蚌床,希薇特和莉莉分别躺在里面。

对于恢复了精神天赋的壮年人鱼来说,进行精神治疗是一件很容易的事。阿玛拉依次将手掌覆在两人的额头上,闭目沉吟片刻,希薇特和莉莉就有了反应。两人醒来后,听说了人鱼族的事,连连惊叹,也为自己后怕不已。

希薇特的关注点很敏锐:"混血种也能施展仪式魔法?不应该啊,我也试过,就没有反应。"

露西塔装傻打补丁:"可能是运气吧。说不定是因为我的人类血脉具有压制性的优势。你知道的,我另一半血脉的提供者是纯血人类。"

露西塔的血脉很清晰,母亲是镇上土生土长的混血种,另一半血脉来自一个纯血人类。他曾经在镇上跟露西塔的母亲一起生活了十几年,后来才有了露西塔。因此,希薇特和莉莉并没有怀疑什么,甚至觉得这个"猜测"很有道理，纷纷点头。

解决了海底的事，露西塔的视线穿过眼前的层层珊瑚和鱼群，望向很远之外的海面。几人会意，一同来到海面上，停在希薇特的船只所在之处。船只的残骸经过浪龙的冲刷已经七零八落，零散的木板和碎裂的风帆漂浮在海面上。

希薇特环顾四周，颦起眉头："那些堕落者呢？"

"也许……在那里。"

露西塔指向礁石背后。阿玛拉凑过来望了一眼，陷入长久的沉默。在那里，一片翻涌的泡沫浮在海面上。

阿玛拉想过将这些发疯的同胞囚禁起来，也想过如果其凶性大发继续伤人，她就出手清理门户。但万万没想到会是现在的场面。

一道模糊的影子似乎还未完全消散，并且看到了她们，朝这边飘过来。

待影子靠近，莉莉忽然惊呼一声："是你！"

几人看向莉莉，莉莉揉揉脑袋，解释道："她就是当初救了我一命，放我回家的那个人鱼。"

影子似乎也微微一惊，片刻后笑了："你居然活下来了，真是好运。"

莉莉感激地笑了笑："真的多亏了你。你这是……"

影子转了个圈，展示了自己正逐渐消散的灵体："如你所见。"

"困扰我们的诅咒已经解除了，对吗？"影子疲惫地叹了口气，"那道光射过来后，我们都经历了短暂的清明，想起了过去，也明晰了现在。但这只是暂时的。"

悬在人鱼头顶的刀锋已经不在，但那把刀曾经落下，沾染的血不会回流，被污染的精神也不会再恢复如初。

影子回头，望向那些泡沫："我们面前只有两条路，一条是在此之后继续混混沌沌地做一个疯子，一条是趁着当前的清明自我了断。结果就是这样。"

海面上这群疯子里的最后一道身影也在渐渐消散，化为一片泡沫，被涌来的海浪瞬间淹没。人鱼没有灵魂，生于大海，死于大海，一切又回到了最初的源头。

众人久久无言。

她们回到海底，水晶宫里一片歌舞升平。阿玛拉邀请几位伊尔塔特的客人留在这里听完这场音乐会，几人都欣然同意。

趁着众人狂欢之际，阿玛拉带着露西塔来到水晶宫最大的建筑藏书馆里。说是建筑，其实整座藏书馆完全依凭一处险峻的海底断崖构成，在石壁上掏出一些规则的洞窟就成了书架，不同种类的书籍分门别类地摆放在里面。放眼望去，怪石之间是一面巨大的书墙。

整座藏书馆用巨大的水膜包裹着，里面的空气很干燥，但传声效果不是太好，阿玛拉的声音模模糊糊："这里是整个人鱼族的历史，远不止五百多年。"

阿玛拉飘到第三层，抽出一本《精神术法大全》。她仔细翻了翻后，递给露西塔："承诺教你的精神治疗术，现在是兑现诺言的时候了。"

露西塔犹豫了一下："您只承诺了一种术法，不需要这么多。"

"拿着吧。"阿玛拉笑了，"你为我们做的，是这本书的价值远远抵不了的。"

这倒是，露西塔拿这本书也确实不心虚。她没再推脱，谢过后就把书装进了随身携带的空间里。

音乐会后，阿玛拉问起她们回去的事："你们的船都坏了吧？我们可以送你们去岸上，顺便拜访一下镇长，以后渔民们就可以到深海来了。"

露西塔和莉莉所带空间里的食物和淡水都还充足，几人在水里就像游鱼，靠这些物资游回去也完全没问题。但阿玛拉的邀请理由她们不好拒绝，也没必要拒绝，便答应了下来。

阿玛拉安排了一下族中的事务，然后点了几位下属跟着自己，与她们三个一同踏上归途。

回去的路上,再没有疯狂的人鱼拦路逞凶。小丑鱼和虾子在海草间穿梭,怪石与珊瑚立在海底,小鱼吐出的气泡慢悠悠地上浮。

她们就这样游了一天。晚上的时候,阿玛拉等人拿出随身携带的蚌珠,顿时映照得四面一片亮堂,水波的阴影投在脸上,影影绰绰。人鱼们排尽自己身周的海水,撑出一个气泡来供大家休息。露西塔拿出自己携带的煎鱼块、炸薯条和热汤分给大家。人鱼平日里都在海里捉鱼吃,长寿种身体强韧,可以维持三天进一次食的频率。今晚本来不必进食的,但大家都接了过去。

这是在海里很难见到的食物。人鱼们对水有着天然的控制力,可以通过建出类似藏书馆外的那种水膜维持一个干燥的环境,在里面生活、烹饪,体验人类世界的新鲜东西。但她们毕竟还是海洋生物,不喜欢长期生活在干燥的环境里,宁愿自己捉鱼吃。用油炸过的熟食有一种特殊的香味,在永远充斥着淡淡鱼腥味的海里异常吸引人。

美食当前,阿玛拉等人也不推让,纷纷接过,大快朵颐。这些食物几乎都是刚出锅的状态,热气腾腾的,还保留着表皮的酥脆。嫩白、爽口的鱼肉比起海里的活鱼,简直是天壤之别。

晚餐时间,大家埋头苦吃,谁也来不及说话,一片咀嚼声中偶尔响起几声毫不矜持的"好吃!"。露西塔一直紧绷的心弦舒缓下来。

这样的沉默里突然怯怯地响起一个又轻又细的声音,准确地传入每个人的耳朵:"陛下……露西塔姐姐,我也想吃那个。"

什么人?

众人往声音的来源处看去,一个红发的小人鱼从假山后探出头来。

说起来,露西塔还认识这个小人鱼。当初她刚醒来的时候,就是这个小人鱼第一个发现,叫来了她的小伙伴们;后来诅咒解除时,这个小人鱼撞到她身上,她还拉了一把。

阿玛拉头痛地扶住脑袋:"琳妮娅,你怎么跟来了?"

琳妮娅也知道自己这次调皮得过分了，怯怯地蹭过来，看一眼几个成年人鱼，又看看露西塔："我也想去岸上玩……"

事已至此，总不能再折返把琳妮娅送回去，一来一回又要多耽搁两天。阿玛拉的脸色很不好，万一她跟丢了，迷路了，怎么办？所幸碍于露西塔几人在，没把这个胆大包天的孩子按住打一顿。

更何况，琳妮娅这孩子比较特殊，她母亲是堕落者，她平日里由族人们一同养育，可以说是大家共同的孩子。阿玛拉对她是有一定抚养义务的。

琳妮娅低头看着手指，不敢说话。

露西塔伸手把她揽过来，打圆场道："没事没事，孩子嘛，爱玩是天性。"

她分了一盘煎鱼块给小女孩吃。

琳妮娅是小孩子，不经饿，一天没吃饭了，捧着盘子将食物吃了个精光，吃完还舔了舔手上的油星。最后，琳妮娅跟着她们踏上了返回小镇的旅程。

回到镇上，莉莉和希薇特先行与大家告别，回去休息了。经历了长时间的昏迷，她们的精神损耗都很大，这次估计要休整很长时间。告别的时候，希薇特眼神复杂地看了莉莉一眼。

露西塔看在眼里，抿嘴一笑。也许有些陈年旧结该随着真相大白而解开了。

经历全程的露西塔陪着"人鱼使团"拜访了贾文娜，奠定了两族友好的相处基调，次日贾文娜就向镇上公布了这一消息。这是后话，之后的事情就不需要露西塔参与了。她将人鱼们介绍给贾文娜后，就像莉莉和希薇特一样回到了自家的农场。

维尔蕾特听到院门的"吱呀"声，连忙丢下手里的书，掀开原书房——现在是次卧——的窗户，朝外面喊了一声："谁？"

"露西塔？"维尔蕾特连忙出去给她开房门,"你去哪儿了,现在才回来？"

劳顿了好几天,露西塔已经极其疲惫了。在外面时有一口气撑着,她还不觉得累,如今回到家,软乎乎的床褥、斜照进来的午后阳光和窗边半耷拉着头的瓶插百合,都熏得她昏昏欲睡。

她一边往卧室走,一边含糊地说了一句"等我睡醒再说",便一头栽倒在床上,裹着被子睡着了。

暮色沉沉。

在一片树木凋敝的森林里,一个身形瘦削的精灵捧着朋友的尸身,绝望地仰头望向天空。那一瞬间,她眼里映着干枯的枝丫和满天的群星,和湖底的维尔蕾特简直如出一辙——如出一辙地绝望。

天赋能力日渐微弱,繁衍能力几乎断绝,精灵们四处迁徙,即使在神灵庇佑的埃斯蒂山脉,也已经是强弩之末。随着朋友的死去,她已经是世界上最后一个精灵了。

露西塔走啊走,身周不知何时变成了一片死寂的深海,眼前则是一片血腥。疯狂的人鱼们已经彻底失去神智,变成了只会互相攻击的怪物。

一缕缠绕着海草的红色发丝漂来,她伸出手指环住那缕发丝,上面沾染着皮肉和暗沉的血。无尽的泡沫在海上翻涌,她脚下是颓圮的水晶宫。

荒芜的岛上,泥土里半埋着巨大的骨骼,白色的、暗沉的,布满尘土和蜘蛛网。岛上已经不见生命的踪迹很久了。

她仰头望去,看到的是人类的城池——被战火和哀号笼罩的大陆。

戴着王冠的国王愤怒地对着王国里的大法师叫喊:"魔法师呢？！魔法师呢？！让她们全部出去迎战啊！"

年迈的法师已经摘下了兜帽,灰白的头发在风里显得有些凌乱。她满是皱纹的脸上露出个苦笑:"陛下,仅有的四个魔法师已经在城墙上战死了,我们只能拿平民的身体去抵御进攻了。"

群山坍塌,江河断流,浅海干枯,火山喷发,洪水四起,瘟疫肆虐。

露西塔静静地立在高处,宛如神灵一般俯视着一切。大陆已经崩毁,生机完全断绝。

她伸出手去,试图接近那崩毁的大陆:"这是五百多年前那次大灾难吗?"

一个轻柔、邈远的声音在她耳边响起,仿佛一声低叹:"不,这是未来。"

露西塔一惊,扭头看去,身边不知何时多了一道模糊的虚影。

这道虚影立在山海之间,仿佛连接天地一样高大、巍峨,倏忽间就来到她身侧,如同一个温和、闲适的邻居。她看不清影子的脸,却能看到其银河一样的迤逦裙摆、头上环着的一圈纷繁春花,以及与大地、江河相融的蜿蜒长发。露西塔分明看不清影子的眼睛,却仿佛能感受到对方慈悲、怜悯的目光正落在她身上。

如果露西塔是此界土生土长的居民,一眼就能认出这样的形象属于谁——创世神盖娅。

但她是个缺乏常识的外来客。此时她下意识地退了一步,生出几分精神世界遭到入侵的警惕:"您是?"

盖娅不以为忤,将目光落在人间:"我是盖娅,此界的主人。"

即使露西塔不认得盖娅的形象,也知道盖娅的名字。就在前不久,她还在深海向这位神灵祈祷过。

与在一神教的信仰中成长起来的此界生灵不同,露西塔尽管不知道自己的来历,却莫名地对神灵缺乏敬畏。她闻言只是惊讶了一瞬,想了想问道:"您找我有什么事吗?"

"这个世界快要坍塌了。"盖娅凝视着下面正在喷发的火山,"这是第十次。"

露西塔瞳孔一缩:"什么?"

"我很苦恼,孩子。这个世界已经毁灭过九次了。"

什么?

露西塔大惊,却没有说话,静静地听着盖娅的描述。

"起初,我建立了很多世界层以容纳不同的规则,规则之间相生相依,就形成了这个世界。空间、时间、生命、精神,甚至颜色和气味,每一层世界的规则都是我深思熟虑后叠加上去的。最终这个样子,我很满意。后来,我有了我的孩子们。我把生命的权柄赋予精灵,把精神的权柄赋予水妖,现在似乎已改名叫人鱼了,把空间的权柄赋予巨龙。这些孩子的存在能替我梳理对应的世界规则,维持世界的稳固。不需要我的注视,世界也能一直运行下去。人类是我最后的造物,其寿命相比于别的孩子太短暂了。为了弥补,我赋予人类以灵魂。有了灵魂,人类尽管一开始一无所有,却有创造一切的可能,不仅能感知世界的构成元素,甚至能利用世界的规则。人类一开始虽弱小,一旦成长起来,却比别的孩子都要更强大。

"我的孩子们本该在这个世界上快乐地生活下去,世界层也会一直维持稳定。但是现在,我遇到了一点儿问题。"盖娅的语调有一种近乎天真的疑惑,"这些人类孩子似乎更喜欢杀戮,每次都会把精灵、人鱼和巨龙赶尽杀绝。"

露西塔的语调很微妙:"每次?"

"是啊。在那之后,生命、精神和空间世界层的规则就会失去调节,陷入紊乱,渐渐走向崩塌。再之后,它们会牵动整个世界的规则,使其像雪崩一样接连崩塌,也就是你现在看到的这个样子。

"我不明白,人类为什么要这么做?"

露西塔想了想:"相比起来,人类繁殖得很快,也许这个世界因此显得太拥挤了。"

"但这些孩子占领了那么多领土,却依然生活得不太好,"盖娅说,"扩张的领土并没有为其带来幸福。人类的智慧足够创造那么璀璨的文明,但是到最后,一个国家竟然只有四个魔法师。而她们创造出来的最广为流传的魔法,居然是窃取我的力量举行诅咒仪式。最后，强盛的人类所对应的魔法世界也总是变得摇摇欲坠，成为导致整个世界崩塌的最后一根稻草。"

露西塔垂目看去，回答她道："大概是因为一种叫阶级的东西吧。魔法的传承系于文字，都是能被垄断的。"

"总之，这是我预见的第十次毁灭。如果没有意外，也会是最后一次。"盖娅遗憾地说，"我没办法下手灭绝我的孩子们，只能在后面一直打补丁。收容濒临灭绝的孩子，反复恢复世界的生态，已经耗费了我全部的力量。我已经油尽灯枯，无力回天了。"

露西塔抿了抿唇。

"您找我来，是需要我帮忙做什么，对吗？"

"是的，你是个特别的孩子。"盖娅探究地看着她，"虽然不知道你来自何方，但你的灵魂误入这里的时候，我做了一个梦。"

"在我的梦里，即将到来的第十次毁灭被改写了，它变成了一片混沌，很不清晰。那是因为你，孩子。"

神灵无梦，盖娅的梦境实质上是一种对因果线的预知。露西塔的到来扭转了因果线，引起了盖娅的好奇，使其不由得开始关注她。但外来的灵魂与这个世界存在难以打破的壁障，盖娅一直难以接触到她。直到最近她借用解除诅咒的仪式与神灵沟通时，盖娅才与这个外来的灵魂建立起联系，降临到她的梦里。

露西塔的关注点却不在那里，反而问了个无关的问题："就连您也不知道我的来历吗？"

失去过去的感觉不太好受。对露西塔来说，这是她最在意的事。

盖娅沉吟："我见到你的时候，你正在群星中无意识地穿梭。你的来处是一颗蔚蓝色的星星，但我不认识它。没想到别的星星上也有人类的灵魂，真是不可思议。我甚至怀疑我创造出人类不是偶然。"

蔚蓝色的星星……露西塔的脑中传来一阵刺痛，零星的记忆片段飞速闪过，捉摸不住。

"你都不记得了，是吗？"盖娅说，"灵魂是可以承载记忆的，如果你没有记忆,很可能你是个死后的残魂。残魂离体的时候,记忆就已经随着身体的死亡而消散了。"

"谢谢您的解惑,这对我很有帮助。"露西塔点了点头,回到盖娅的问题上,"我不知道您的梦是怎么回事。事实上,我真的不知道该怎么帮助这个世界。"

"不用担心。"盖娅说,"你有一个最特别的地方。"

"什么?"

"你拥有我所有孩子的血统,还拥有人类的灵魂。等你的灵魂和躯体彻底融合后,你将能接触到这个世界所有的规则和权柄。"

这听起来实在令人心动,但露西塔并不十分意外。早先在镜湖边和维尔蕾特交谈的时候,她便对这样的真相有了几分猜测。

盖娅伸出虚幻的手掌,同露西塔的右手交握。露西塔顿了顿,没有躲开。神之手从她手里抽出一块怀表,是那块阿克纳塔曾居住过的、在海底的魔法仪式上消失在她手心的怀表。露西塔惊疑不定地仰头望去。盖娅打开怀表,向她展示里面排列着的四块光斑。

"在海里那天,我顺手将这块怀表改造了一下,它能为你显示生命、精神、空间和魔法四个世界层的稳定程度。绿色意味着最稳定的状态,红色则是最危险的,你可以根据其颜色判断这个世界的状态。"

露西塔从神的手里接过怀表,怀表瞬间化作一道流光,消失在她手心。

她有些茫然地轻声问:"然后呢,我该怎么做?"

"事实上,我也不知道。"盖娅怅然四顾,"我能做的只有这些了,孩子。之后这个世界会变成什么样,就随它去吧。我已经用尽了我的一切,也就不在乎结果了。"

"您……"

露西塔的话还没说完,一阵恍惚感袭来,无数水波似的条纹在她眼前晃动着,光线弯曲,万物虚化,最后如一片雾气一样消散了。

露西塔猛然睁开眼睛。窗外，夜幕上流淌着黯淡的星河，一痕淡月苍白得像是剪下来的指甲盖。后院墙上挂着的壁灯彻夜长明，昏黄的柔光映着满树盛开的萝花，满目星星点点的白，珊珊可爱。在春虫的低鸣声中，这个春夜显得极寂静。

她打了个哈欠，揉了揉眼睛，伸出右手，手心浮现一块银壳怀表。"咔嗒"一声，露西塔打开盖子，看到一片刺目的深红，代表生命和精神世界层的两块光斑的红色稍浅一些。这也难怪，她刚先后解除了精灵和人鱼的诅咒，今后如果没有意外，这两个种族将开始正常地繁衍生息，世界层应该也会渐渐稳定下来。露西塔胡乱想着，翻个身又睡了过去。

露西塔再度醒来的时候，天色已经大亮。她推门出去，见客厅的长桌上摆着两盘菜，一盘是芦笋，一盘是香煎吞拿鱼，还有一盅冒着热气的海鲜汤。这一觉她睡得太久，此刻闻到食物的香气，肚子就咕咕地叫了起来。

维尔蕾特正巧端着一盆洗脸水进来，见露西塔呆立在卧室门口，挑了挑眉："醒了？"

"醒啦，早。"露西塔点头，不可置信地指指餐桌，"你做的？"

"哪儿能呢。"维尔蕾特哼了一声，"在莉莉酒馆买的，用的私房钱。人家莉莉也是昨天刚回来，怎么就没像你一样赖床呢？"

露西塔理亏，讪笑着去了盥洗室。

直到晨光大亮，两人坐到餐桌前吃早饭时，维尔蕾特才开口问："休息好了？"

"嗯。"

"交代一下？"

"嗯。"

关于堕落的人鱼、消散的人鱼王和重获希望的人鱼族，露西塔将这五天的经历删删减减，"详略得当"地告诉了维尔蕾特。

末了,她看着维尔蕾特的脸色,讨饶地解释道:"我跟着莉莉出海是临时决定的,时间比较紧张,所以才没来得及告诉你。"

维尔蕾特听得神色微暗,怀念似的叹道:"阿克纳塔……虽然只见过一面,但也算是一位老相识了。"

她的目光穿透眼前的光影和窗子,不知道飞去了哪里。直到这一刻,露西塔才恍然惊觉,维尔蕾特在某种意义上和自己是相同的人:拥有无人见证的过去,在此孑然一身地生活着。以至于一个只有一面之缘的人,在维尔蕾特这里,"老相识"的身份都比所谓人鱼王的身份显得更加重要。

两人一时久久无语。

露西塔离开了五天,伊尔塔特的景色一如平常,但经历过那个梦,她心里悄然藏了很多秘密。

大陆上的文明永远吸引着来自森林和深海的生物们。当然,主要诱惑是食物。而精灵的史诗、人鱼的歌舞,也为伊尔塔特镇民的生活带来了不一样的色彩。

在各方面原因的推动下,一小撮人鱼从深海搬到浅海,做起了卖鱼的生意,以此和镇民们交换食物和各种新奇的玩意儿。一时间,人鱼们靠着镇民看稀罕的心理和"人鱼现捕的鱼肯定新鲜"的认知惯性,生意竟然奇好。希薇特的鱼店顿时冷清了不少。

希薇特不肯就这样丢失自己的生意,率先做出了惊人的举动:贴出告示招聘人鱼员工。要知道,在此之前,由于五百多年前的那场灾难,人鱼们很少长时间在岸上活动,愿意居住在浅海,已经是意料之外的事了。

但没想到,大概是希薇特给出的报酬太过丰厚,过了几天,真的有人鱼来应聘。对了,她丰厚的报酬是提供一日三餐、一顿下午茶和一顿夜宵,除此之外还有银币可以拿。对于希薇特来说,这样的报酬不算丰厚。但对于靠捕鱼卖钱,再去莉莉酒馆买食物的人鱼来说,这样的选择显然合算得多。

大约过了半个月，镇民们渐渐习惯了耳后长着鱼鳍的红发人鱼们在小镇上行走。鱼价也稳定下来，各类鱼肉开始更频繁地出现在人们的餐桌上。

人鱼的歌唱家们心思也活泛起来，开始将竖琴搬到广场上，在每个午后准时坐在会有鸽群掠过的广场弹琴唱歌。

最开始，人鱼们歌颂的是海洋和鱼群。来自深海的歌声时隔五百多年重新在陆地上响起，那歌声调子急促又激扬，仿佛帆船在海面上七天七夜的冒险。

广场上的孩子们听得入迷，周围的居民也纷纷推开窗户。后来，远处的人们也慕名而来。每个下午，广场上都会准时聚集起一堆听音乐的人。再后来，人鱼们作了新曲，有的关于夜莺，有的关于森林，有的关于草原上的樱草和篱笆上的悬铃花。听说，那个小人鱼琳妮娅凭借独具特色的歌喉，已经成了人们追捧的新星。

在这些表面的文化交流之下，还有双方高层拍板定下的知识交换。镇上有学识的居民几乎都被"征用"了，大家赶制着新的羊皮卷，抄写人鱼族的馆藏史诗放在镇上的图书馆里，人鱼族也在进行一样的操作。

到最后，精灵族的大祭司也加入了这一活动。镇上的学校里悄然出现了人鱼和精灵的身影……

当然，这一切并没太吸引露西塔的注意力。从那个梦里醒来之后，有了心事的露西塔依然按照原本的打算，做起了她的储物空间生意。毕竟天大地大，赚钱最大。

既然要贩卖，她就不能再用简陋的石头开辟空间了——尽管露西塔没什么生意头脑，但起码的产品包装意识还是有的。目前她开辟的空间还只能算是一次性用品，只有十几天的维持期限，猎人进一次山就消耗得七七八八了。因此，考虑到成本，她也没必要使用过于精致的容器。

综合考虑下来，露西塔决定选用贝壳当作空间容器。贝壳不仅易得，且比石头漂亮、精巧得多，穿孔做成项链，携带也非常方便。

露西塔在斯克洛特那里定制了一块木牌立在院门前，上面用梅子色的油漆写着"储物项链"的字样。

之后，她将刚来伊尔塔特时斯克洛特送的高柜摆在客厅的壁炉旁边，将做好的贝壳项链摆满了柜子。

这是一项新的生意，在此之前人们的认知里从未有过"空间容器"这种东西。尽管有贾文娜在广场上发放的储物石头打底，大家对它依然是一知半解。露西塔要想把这摊子生意做起来，首先要为自己创造市场。

她付了十枚银币，在莉莉酒馆门口贴了一张羊皮纸告示。

猎人朋友们，你们是否还在为打猎期间的猎物变质问题而苦恼？

菜农朋友们，你们是否还在为卖不掉的新鲜蔬菜的腐坏问题而头疼？

此外，一次吃不完的饭菜、宰杀牲畜所得的大量新鲜肉，总是需要我们花费许多银币用霜箱保存。

但从现在开始，这些问题大家都可以不必再苦恼！

最近，露西塔发现了一种可以让普通居民也能使用异次空间的方法，成本低廉，无须养护！

因此，露西塔的储物项链小店正式开张啦！

为了回报长久以来大家的照顾，露西塔农场决定送出一百条储物项链给朋友们使用。

从此，使用异次空间不再只是传说！

数量有限，先到先得！

只需要到露西塔农场领取即可，一人限领一条。

露西塔的主要目标客户还是猎人们。菜农和家庭用户需要的储存空间容量太大，她一时间还真的没法儿满足。但她的能力增长很快，市场迟早能扩大起来，现在先打广告做些准备也无妨。

居民们哪里见过这样的阵仗，顿时被"使用异次空间"这样的噱头砸晕了。

一时间，露西塔的农场竟然排起了长队，其中不乏精灵、人鱼的身影。好在她准备得足够充分。一百条项链，一条不多，一条不少，她足足准备了七天。

那些来领取礼物的客人离开前，露西塔总会说一句："正式商品三天后开始贩卖哟。"

至于为什么是三天后……不为别的，露西塔在短时间内做了一百条项链，已经被榨干了，急需充分地休息两天。

此时，精神治疗术就显得尤其珍贵。有了这个术法，她就能大大增强精神续航能力，一口气开辟更多的储物空间。

可惜的是，它是只有纯血人鱼才能学会的术法之一，难度极大。即使露西塔按照阿玛拉给的教材逐步分解操作，依然没能学会。即使能力成长得很快，她现阶段的精神天赋还是太弱了。

其实，她的空间天赋也一样弱。对于巨龙来说，二十升的空间容量几乎约等于零。只是由于混血种和巨龙的体积对比太强烈，才显得她的空间能力很有用似的。

至于自愈天赋……以她划破个口子都要集中精神努力一把才能自愈的情况看，要成长到像维尔蕾特那样连被贯穿的心脏都能修复的程度，简直遥遥无期。

顺带一提，维尔蕾特的心脏几乎已经长好了。最近，随着伤口的愈合，她的食量已经有了显著的下降，露西塔表示非常欣慰。

总而言之，露西塔的储物项链小店就这样开起来了。如她所料，来买的几乎都是精灵族的猎人。

对于菜农和其余邻居而言，尝过新鲜也就作罢了，二十升的空间容量还是很鸡肋的。

露西塔的储物项链定价十银币一条。这个价格对于猎人来说非常划算。一条项链挤一挤可以装好几只兔子，一只兔子就能卖十来枚银币。

有了它，猎人们能在山里待更长时间，将最开始的猎物用储物项链装起来，这些多存下来的猎物带来的利润远不止十枚银币。更何况，它还有一个霜箱难以企及的优点：便携。一个猎人进一次山，就要从她这里买走三四条项链。

精灵族出猎人，露西塔的经济状况一下子就好了起来。

很快到了月底，房子后面的萝花彻底开了。

第8章
王都的来客

露西塔刚来到这里的时候,后院的萝花树才刚走过余寒未尽的严冬,只有稀稀落落的几点新绿昭示着仅有的一丝生机。现在,暮春将尽,一串串雪白的萝花垂满了枝头,落蕊铺了一地,踩在脚下触感柔软,沙沙作响,碾出一阵破碎的甜香。

养蜂人已经酿起了萝花蜜,时不时会出现在奥萝拉磨坊的货架上。这蜜有种特殊的清甜,每到这个时候,家家户户都要囤上两罐子。节省的人家会一直存到冬天,在大雪封路的时候开封,在一片甜蜜里过完这一年。

萝花本身也是一种很难得的食材,只有在短短半个月的花期间能够出现在餐桌上,人们都非常珍惜。奥萝拉的磨坊就收购萝花,家里或者家附近种着萝花树的人家往往会捋下几篮子在磨坊寄卖。

露西塔家里的这棵萝花树已经很老了,据说是珊蒂奶奶小时候种上的。露西塔最近盯上了这棵老萝花树。

露西塔不会酿蜜,但萝花的食用方法多种多样,大自然珍贵的馈赠无论怎么吃都是难得的美味。比如萝花蛋糕、萝花饼、萝花……饺子?

露西塔挠了挠头。她有一些近乎惯性的奇怪常识,是在伊尔塔特从没见过的知识。那是……她的过去吗?

维尔蕾特已经爬到了树上,在森林中居住的精灵们爬树是一把好手。

她在树枝之间钻了一会儿,头上落满了花瓣。她向下探了个头:"露西,要哪一枝?"

狗头军师露西塔在树下指挥:"左边,啊,不对,是你左手边——对对对,就是你手上那枝!看起来比较新鲜。"

"没问题！"维尔蕾特换了个姿势，"嗬"的一声双手用力往下一压，就听得咔嚓一声，一根开满花的粗枝应声而断，哗啦啦地掉落在地上，带下来一阵花雨。

如是折了几根萝花枝后，维尔蕾特拍拍手跳了下来："你打算做点儿什么？"

露西塔神秘一笑："饺子。"

"什么？"这是一个陌生的名词，维尔蕾特一时没听清。

露西塔已经盘腿坐下，开始往小篮子里捋萝花，神神秘秘地一笑："是一种你没吃过的食物哟！"

最后，两个人捋了满满两篮子云朵一样的萝花，剩下的树叶也没有浪费，被捋下来喂给了小羊们。

露西塔做饺子的时候预留了送给邻居们的量，足足用了五磅羊肉，加了香料去腥的肉馅装了满满一盆子。露西塔准备了足够的香料水，全部倒入肉馅里一起搅打，直到肉馅吸饱了水，轻轻一晃仿佛充满了弹性。这样搅出来的肉馅才足够鲜嫩。最后，她把萝花倒进去，将花瓣和肉混合在一起搅打，取萝花的清甜、爽口，再用薄薄的面皮包上。她成为露西塔后这是第一次包饺子，但双手仿佛有惯性似的，越包越熟练，后面包好的饺子都是漂亮的船形。维尔蕾特也在一起包，但她比较富有探索欲，一会儿包成方形，一会儿包成三角形，桌子的一角摆满了歪歪扭扭、奇形怪状的成品。过了一会儿，她似乎有点儿心虚，就不包了，在一边观摩露西塔的手法。

露西塔乜她一眼："你包的这些过会儿单独下锅，我们自己吃吧，就不要送人了。"

维尔蕾特："嘿嘿……嘿嘿。"

将饺子下进沸水锅里，水开后用冷水点三次，饺子就几乎全部浮上了水面，看起来更鼓了。露西塔先煮了自家吃的，将维尔蕾特包的奇形怪状的一股脑儿倒进了锅里。饺子出锅之后显得更丑了，好在饺子的外貌不影响味道。

露西塔擀的皮薄，煮出来的饺子晶莹剔透，能隐约看见里面粉红色的肉馅。一口下去，油多肉满，鲜香的肉馅在嘴里炸开，汁水四溢，竟然嫩得有些弹牙。萝花的清甜糅在其中，中和了纯肉馅的腻味，令人胃口大开。

维尔蕾特一边吃一边哈气："好烫……好好吃！"

一盘热饺子下肚，露西塔的胃有一种久违的熨帖感。

随后，露西塔将剩下的漂亮饺子煮了，用冷水过了几遍防止粘连，用陶盘装了几盘子，给贾文娜、加西娅和艾琳等邻居送了过去。

送到莉莉酒馆时，露西塔吃了个闭门羹。大中午的，莉莉酒馆紧闭着大门，门边贴了一张告示，说明店主最早五天后回来。

露西塔心里奇怪，送饺子到杜兰妮家里时就顺带问了一句："莉莉去哪儿了，怎么酒馆都不开了？"

"啊，听说和希薇特一起出海冒险去了。"杜兰妮说，"她小时候就天天嚷着要出海。她当了那么多年渔人，还手把手教出来个希薇特，前几年不知道怎么的，突然要开酒馆。现在这酒馆也开得挺好的，前几天她不知道又抽了哪根筋，关了酒馆重新出海去了。啧，不知道怎么想的。"

露西塔了然。不仅莉莉对大海的心结解开了，这对师生大概也解开了先前的误会。她露出个附和的笑来："谁知道呢！"

杜兰妮家里做的是萝花饼，拿纸包了一摞给露西塔带走。露西塔送了一圈饺子，先后收获了晒干的萝花茶、萝花蛋糕、一小瓶萝花酱等。

这是个属于萝花的季节，居民们互相送自家做的萝花产品似乎成了一种习惯，而露西塔融入得毫无违和感。等她回到家里，就看见了客厅里闪烁着的传讯羽盒。

五张纸条上全是一通溢美之词，接着就询问饺子的制作方法。露西塔打了个嗝，瘫在沙发上快乐地晒太阳。

第二天上午，农场的院门就被敲响了。露西塔在浇菜，维尔蕾特刚戴好草帽，还没出门，就被两个小姑娘堵在了门口。

是人鱼小歌唱家琳妮娅和孩子王杰西卡。

杰西卡："维尔蕾特姐姐，你们家的萝花摘完了吗？需不需要帮忙呀？"

琳妮娅："今天你们还做饺子吗？"

维尔蕾特抽了抽嘴角："不用你们两个帮忙，下次姐姐们做饺子给你们送过去啊！"

琳妮娅："可是我家离得很远……"

杰西卡恨铁不成钢地瞪了琳妮娅一眼，对维尔蕾特道："姐姐，萝花的花期只有这几天，你们不赶紧摘一摘，很快不就谢了吗？"

维尔蕾特看了露西塔一眼，无奈地大声道："可是姐姐现在要去放羊了。小羊没有草吃，也会挨饿的。"

露西塔"扑哧"一声笑了。三双眼睛看过来，露西塔慢悠悠地浇完手边的菜地，起身道："会爬树吗？"

杰西卡眼睛一亮："会！"

"今天就给小羊吃摘下的树叶吧。琳妮娅负责给小羊摘叶子，杰西卡在树上折枝，咱们今天还吃饺子。"露西塔安排了一通，"维尔蕾特，你可以带着她们摘一些萝花吗？我去特蕾莎的面包店买一点儿甜品回来，好招待我们的小客人。"

维尔蕾特欣然应允。

露西塔拎着甜甜圈和松饼回来的时候，三人正在萝花树下忙得热火朝天。杰西卡人小，折不断粗树枝，就拿了把铜剪刀剪细枝。她在树上钻来钻去，满头满脸都是花叶，树下的维尔蕾特和琳妮娅也落了满衣的萝花。

琳妮娅先看见了露西塔，眼睛一亮就叫道："露西塔姐姐回来了！"

杰西卡噌噌地下了树。露西塔帮着一起把地上的枝条捋干净，留下满院的残枝残叶，领着几个人进了厨房。

除了饺子外，露西塔还开了昨天得的萝花酱，拿出酥皮萝花饼淋上一勺蜂蜜摆在餐桌上，松饼和甜甜圈也用小篮子装着摆在旁边，这一餐吃得格外甜蜜。

此后，琳妮娅和杰西卡经常过来玩。也不知道这两个姑娘是怎么凑到一起的，杰西卡才十岁，琳妮娅看起来已经十三四岁了，不管怎么算都是琳妮娅年长一些，可小人鱼就是像个跟屁虫一样听杰西卡的话。

大概是深海的生活太单调了，琳妮娅痴长几岁却没长一点儿心眼，总是直愣愣地横冲直撞，简直是天不怕地不怕的傻大姐。相比之下，杰西卡就机灵得多，甚至机灵过头了。在整个小镇的孩子圈里，她都是领头的那个，大的小的全服她。

大概是发现了露西塔的厨艺技能，两个姑娘常常待到饭点蹭顿饭再走。当然，她们也不白蹭，经常带一些零碎的食物或花草过来。

琳妮娅有时候会带一兜子鱼来。

人鱼虽吃鱼，但并不会费心给鱼分类。琳妮娅只知道"这种鱼好吃""这种鱼肉少"，也不分品种，什么海鲈、沙丁鱼、鲑鱼等，总是一股脑儿全拎过来。

有时候，她们也会跟着维尔蕾特去草原玩，顺便采几株魔药回来。露西塔将它们全都种在了自己的小药园里。

她们还会摘果子。初夏的野果不多，只有桑果、茅莓、蛇莓，露西塔会将它们烤成果派，热腾腾的，几人分着吃。

到了六月初，初夏来临，露西塔的药园初见零星绿意时，阿玛拉领着琳妮娅上门了。

"我想把这孩子寄养在你家。"

露西塔一惊。

从前琳妮娅住在深海王宫附近的育孤院里，像许多失去母亲的孩子一样，由整个人鱼族共同抚育。

随着人鱼们的重新登陆，琳妮娅就像五百多年前的先人一样，很快就迷恋上了大陆上的生活。她开始成日在伊尔塔特和新朋友们混在一起，在广场上唱歌，在森林里玩耍，每每直到深夜才回到附近的浅海。

可惜聚散有时，一个月的时间很快就过去了。阿玛拉在伊尔塔特待了一个月，处理了人鱼登陆后的种种外交问题，现在到了返程的时候，她需要回到深海坐镇。意外的是，琳妮娅却不愿意跟她回去。她忘记了，一个从出生起一直生活在寂静深海里的孩子，见识过陆地上的繁华后，怎会不流连忘返呢？

如果琳妮娅再小些，阿玛拉可以摆出家长的权威，强行将她带走。如果琳妮娅再大些，就可以自己一个人住在这里，也不必阿玛拉费心。可惜琳妮娅正处在天不怕地不怕的年纪，对一切都充满好奇，最擅长与权威作对，一意孤行，不听劝告。

面对叛逆期的孩子，阿玛拉劝了几天无果，也不敢硬将她带走。想来想去，阿玛拉想到了露西塔。

露西塔无可无不可。一方面，她帮了人鱼族那么大的忙，又收了人鱼族的《精神术法大全》，双方关系已经非常融洽，帮忙照看个孩子也不算什么。

另一方面，她也有一点儿私心。她在伊尔塔特的生活和谐而充实，如果她是真正的露西塔，有着笃定、真实的过去，在伊尔塔特有着天然的归属感，大概会感到很幸福。可她是一个没有过去的幽魂，即使有个同样被时代遗落的维尔蕾特抱团取暖，内心深处仍总有一丝掩藏在平静之下难以排遣的孤独和焦虑。有时候，她甚至会对自己存在的真实性产生怀疑。

农场里多一个生机勃勃的孩子，变得热闹起来，会让这里更像一个家吗？怀着不足为人道的一点儿期待，她牵起了琳妮娅的手。

"当然可以！我也很喜欢琳妮娅。"露西塔笑眯眯地说。

琳妮娅眼睛一亮，抱着她的手臂欢呼道："耶！我也最喜欢露西塔姐姐——"

女孩清亮的声音穿透春日的薄雾，惊起了树上栖息的飞鸟。

露西塔在斯克洛特那里订了一张小一些的橡木床，工期依旧是三天。农场没有多余的房间给琳妮娅睡了，好在主卧空间很宽敞，她打算暂且把琳妮娅的小床安置在自己的卧室里，之后再给她扩一个新房间。

其实扩建这件事在琳妮娅来之前，露西塔就有了一些打算。她刚来的时候，这座房子的墙板就已有陈年的霉斑和裂痕，需要修缮。维尔蕾特住进来之后，原本的书房被改成了次卧，房子的空间也变得紧俏起来。因此，露西塔本就打算用储物项链赚到钱后扩建一间新书房。现在琳妮娅来了，房间更加不够用了，她就顺势把扩建房子这项工作提上了日程。

截至初夏，附近森林里已经有了上百户精灵，其中有几十户都是闲散的猎人。她的储物项链在精灵族中间打开市场之后，一个月下来至少有二十几个猎人光顾了她的生意，还往往买去不止一个。再加上一些将其用在别处的散客，林林总总，六月时她居然有了五六百枚银币的收入，几乎顶上田里一整个春季的收成。

别的生意需要成本，可能算下来净利润也就一半，但露西塔的生意是不需要成本的，最多是她吃得多了一些。简直是无本暴利。

除此之外，阿玛拉将琳妮娅寄养在她这里，也给了一些寄养费。除了琳妮娅的床钱，还有两个月的饭钱，阿玛拉一并给了她五百枚银币。和自己的收入加起来，露西塔共有一千来枚银币的积蓄。

她把手里的积蓄清点完，敲响了建筑工杜兰妮的家门。露西塔在心里打了个样，也和维尔蕾特商量过，最终的打算是挨着现在房子的背面，在一侧加盖一条走廊，向后扩出两间房子。一间给琳妮娅当作卧室，另一间当作新的书房，这样就可以把现在客厅里那个不搭调的书架搬回书房了。

另外，现在正值收获的季节，她打算在后院再起一间单独的小房子，用作储藏粮食和工具，还可以在里面熏火腿。前院也需要另起一间房子，她打算把水井前的土豆地收完，就在这块地上建个小铺子。到时候，把储物项链摆在里面，这样就不必把陌生的客人迎进逼仄的客厅了。

最后，现在已有的房子需要换掉发霉、开裂的墙板，又是一项工作。

这样算下来，林林总总，可不算小工程，杜兰妮给出的工期是两个月。如果露西塔自己出木料，需要付给杜兰妮四百枚银币；如果木料也让杜兰妮包办，则一共需要五百枚银币。

此外，房子的装饰又是一笔支出。刷漆防蛀是其中一项，有些颜色特殊的漆很昂贵，比如需要用到朱砂的红漆，一桶五十银币，却还不够刷一间小房子的外墙。这样一来，整座房子重新上漆又需要两百枚左右的银币。

露西塔手里并不算特别宽裕，建房子的支出过多，令她有些捉襟见肘。因此，她打算自己准备木料。能省下一百枚银币为什么要浪费呢？

露西塔不需要买砍树的工具，工具箱里就有一把封了油的斧头，当初她刚来的时候清理院子还用过。木材资源也比较好找，农场后面就是一大片森林，甚至维尔蕾特扩建农场时砍下的树还在院子的角落里堆着。

她和维尔蕾特用一把斧头交替砍伐，砍了整整两天，这期间小羊都是琳妮娅出去割草喂的。维尔蕾特是长寿种，力气奇大；露西塔身为混血种虽然羸弱许多，但比起普通人类，身体素质还是极其优秀的。两人砍树的效率很高，只用了两天就砍出了足够多的木材，高高地堆在墙角。

请杜兰妮来确认木材的品质和数目没什么问题后，两人才算能歇了。她们付了一半的银币当作定金。六月上旬的最后一天，杜兰妮开工了。

露西塔和维尔蕾特休息了两天，又开始忙碌起来。春季种下的菜正是第一茬收成的时候，小羊过冬的草料也到了开始囤积的季节。在第一场暴雨来临之前，她们需要把最后一茬豌豆收完。

露西塔负责在家收菜，维尔蕾特则带着琳妮娅照顾小羊。当然，带琳妮娅出去也只是顺带带她玩。琳妮娅看起来很喜欢草原，每次都摘很多野花回来。露西塔把一簇簇三色堇插进了客厅的花瓶里，意外获得的珍稀魔药则被她种在了门前的小药园里。她先收完了井边的一小片土豆，好给杜兰妮的建筑工作腾地方。

由于储物小屋还没有建好，这些土豆被她暂时放在了储物空间里——露西塔开辟的空间容量极限已经到了三十升，那些土豆填满了四五条贝壳项链的空间。土豆是她种来自己吃的。另外的经济作物，门前的豌豆已经收了最后一茬，只剩下空荡荡的豌豆秧疲劳地缠在架子上，等待着被拆除。院后的萝卜也被拔光了，堆在厨房的角落，堆得高高的。新开辟的豌豆地正好迎来豌豆的第一次成熟，露西塔摘完这一次，还能再结两茬豌豆，碧绿的豌豆秧在夏风里微微摇曳着。

这些作物的收成和当初的估算差不多，甚至还要更多一些，不知道是不是维尔蕾特帮忙种植的原因。总之，全部卖到奥萝拉那里，露西塔赚到了预计的五百多枚银币，接近六百枚。

露西塔点了点手里的积蓄，除去预留的买实验器材的五百枚、建房尾款三百枚，她手里能动用的资产总共还有约五百枚。手里有了存款，比什么都有安全感。她看了看维尔蕾特简陋的本白色棉裙，大手一挥，决定给维尔蕾特和琳妮娅添置一些新衣服。

维尔蕾特不禁落泪。天知道她靠这条裙子和睡衣互相替换着穿的日子已经有两个多月了。琳妮娅也兴高采烈的。她喜欢颜色鲜艳的东西，染色的布料总是让她爱不释手。

于是，维尔蕾特有了自己的花边棉布衬衫和草绿色的大口袋灯笼裤，琳妮娅也穿上了樱桃红的新背带裤，快乐地去广场唱起了她的新歌。

六月中旬的最后一天，夏天的第一场雨来了。这场暴雨下了一整夜，透过窗户能看见泼墨一般的天上时不时亮起树杈状的闪电，伴随着一阵阵闷雷。雨点打在窗户上发出噼噼啪啪的响声，吵得人睡不好觉。露西塔半夜惊醒，翻来覆去，不知道过了多久才又不安稳地睡去。

第二天，门外的一切都湿漉漉的，桦树叶被冲洗得呈现出一片浓艳欲滴的翠绿，折射着清晨的阳光，一闪一闪，珊珊可爱。

蝉鸣隐约。

露西塔抬起头，枝叶掩映之间，清晨的太阳微微有些刺目。她眯起了眼睛。

夏天真的来了。

这个夏天与往常有些不同。

精灵们凭借种族天赋开起了种子店，许多新培育出来的高产良种在夏天这一茬播种期逐渐投入种植。加西娅的育种生意因此遭受打击，好在配制魔药的收益依然足够她的日常开支。

另外，猎人的陡然增多使得各式各样的肉类开始频繁出现在镇民们的餐桌上，往常难得一见的野獐子也变得常见起来。艾尔西娅裁缝店里皮制服装的比例也有了明显的上升。

更重要的是医疗手段的增加。外科医生斯塔夏的诊所变得冷清起来，在打猎、劳作中受伤的镇民更愿意去精灵的诊所接受治疗，哪怕稍微昂贵一些。而一些需要用药的疾病，人们也会更相信流传了五百多年的魔药配方，更多地去加西娅的魔药店。只有缺少对症魔药的一些疾病，人们才会到斯塔夏医生的诊所碰碰运气。

此外，人鱼族带来的变化也日益显著，镇上不仅出现了更丰富的海洋产品，还有了一些新的娱乐项目。深海的珊瑚、珍珠和色彩鲜艳的海螺出现在了艾琳杂货铺的货架上，更多的深海鱼类被加进了人们的食谱，甚至出现了新的香料和精油种类。还有精明的人鱼在海滩上开起了旅行社，深海旅游项目开展得如火如荼，客如云来。最值得一提的是，精神诊所在斯塔夏医生的外科诊所旁边开了起来。至此，伊尔塔特的医疗彻底完善，人们的身心健康都得到了足够的保障。

最近，镇民们的话题是人鱼们主办的第一届夏日音乐庆典。这场庆典的初衷是庆祝一切都向上发展的夏天，而人鱼们的庆祝方式是音乐庆典。庆典的举行时间被定在夏天的第一场雨后，即六月下旬的第一天。庆典占用了小镇中心的广场和广场四面的四条主干道，将会持续三天。比人还高的竖琴立在广场的高台上，台下四周摆放着各式各样的小摊。

出海回来的莉莉推出了午餐小摊，摊上摆满了食物，诸如轻薄如纸的生鱼脍、在烤网上滋滋冒油的烤云盘蘑、在低温霜箱里冰镇的大麦酒。热烟和冷烟混合在一起，小摊上食物的香气直飘出很远。

出海一趟，莉莉看起来容光焕发，似乎挣脱了无形的樊笼，动作都轻盈了不少，手舞足蹈地和来帮忙的希薇特描述着什么。希薇特会时不时笑起来，笑得肩膀一耸一耸的，脑后的单辫时不时滑到身前。莉莉笑起来的时候，一口标志性的白牙在阳光下简直闪闪发光。

艾琳的摊位上是各种有趣的小物件，如上了发条会发出笑声的小木偶、镂空雕刻的树根小夜灯、快速生长的异形盆栽（这一看就是混血精灵的杰作）等，是个小孩子们看了走不动、大人们看了钱包要受伤的神奇摊位。

此外，奥萝拉的香料、蜂蜜和初夏的新鲜水果也分门别类地摆放着。这个时候的水果多是桑葚、草莓、樱桃，它们积累了一整个春天的糖分，要比春天就成熟的水果甜一些。红的、粉的、紫的，鲜亮的颜色、饱满的形状，一看就甜美多汁，清凉解暑，路过的游客都要买上一些拿着吃。奥萝拉还是那副有些傲慢的样子，但看起来有些恹恹的，像是不胜暑热。

特蕾莎的糖果和蛋糕、加西娅精心培育的盆花，还有艾尔西娅制作的各种饰品，在广场周围三三两两地摆着。

台上没有话筒，扩音装置是租用活动中心的一种传声魔具。这种魔具的制作工艺也是从史前人类那边流传过来的，由艾琳用罕见的空心伞花木作为主材打造而成。在高台左右两边各摆放两个这种魔具，就可以把台上的声音传得很远。

第一个上台的人鱼，露西塔不认识，但看人们的激动程度，她大概是个有名的歌唱家。露西塔反思了一下：自己最近过于忙碌，忘记了享受生活。

她唱的是一首描述夏夜风暴和死亡的歌曲。女高音高亢激昂，具有强劲的感染力，将雨夜风暴的激烈、命悬一线的惊心动魄展现得淋漓尽致，调动了全场的气氛。在做买卖的、谈天的、吃零食的，全都被吸引过去，将目光投注到高台上。

整个广场都被点燃了，台下的人都随着节拍跃动起来，熟悉歌曲的歌迷甚至能跟着唱。露西塔也忍不住打起了拍子，心脏随着节拍咚咚地跳。

琳妮娅已经忍不住跳起来了，直嚷着台上歌唱家的名字，一脸沉醉："她是我的偶像！你知道吗？她还没到成年期就已经是全族最好的歌唱家了！"

琳妮娅自己也报了名，被排到第二十三个上台演出，估计要等到第三天了。

后面上台的是一位男歌唱家，据说是人鱼族出名的纯情玉男。他唱的是他的成名曲，婉转曲折，讲述了一个平凡男孩爱而不得、最终殉情的凄美爱情故事。据说这首曲子引起了广大人鱼少男的共鸣，曾火爆过一阵子，如今在伊尔塔特镇民和精灵族的男孩中间也广受欢迎，可见爱情是智慧生命永恒的话题。

露西塔不感兴趣，趁这个间隙去莉莉的摊子上买了三盘生鱼脍。刚才在一边她就闻到了这股清凉、鲜美的香味，嘴馋好一会儿了。莉莉不愧是开酒馆的，鱼脍切得薄如蝉翼。几乎透明的雪白鱼片堆在盘子里，浇上调好的料汁，撒上切碎的碧绿韭葱，一盘生鱼脍做得简直像艺术品。这一盘极考验刀工,能卖上五枚银币。

露西塔递给维尔蕾特和琳妮娅一人一盘,自己夹起一片,将颤悠悠的鱼片送到了嘴里。

嗯?怎么没有味道?

露西塔又吃了两片,终于接受了这个绝望的事实。失去味觉没有关系,她早有心理准备,但为什么偏偏是这个时候!鱼肉的鲜香气味直往鼻子里钻,她忍不住又开始分泌口水。还有什么比能闻到却尝不到更让人痛苦吗?

露西塔整个人都沮丧起来,将鱼脍给了维尔蕾特,她看起来吃得特别香。琳妮娅倒是反应一般,大概是因为在海里吃惯了生鱼,即使鱼脍做得好吃许多,她也对鱼的味道提不起劲来。

第二天,露西塔再不愿往广场去了。

广场上四处飘散着食物的香气,她去做什么,给自己添堵吗?维尔蕾特知道内情,也不强求她,自己装上一些银币,乐颠颠地带着琳妮娅出门了。

到了下午,露西塔闲着无事,先打扫了一遍小院,又整理了一番门前的小药园。大部分常见的魔药生命力都非常顽强,除了严寒的冬天,春夏秋三季都是随种随长。少部分稀有的魔药对生长环境比较挑剔,有的只在春天生长,有的只在冬季最冷的雪原盛开,有的需要在碱度和湿度较高的水边生长。

目前小药园的魔药还比较稀疏,种的魔药多半是琳妮娅外出玩耍时顺带采回来的,有春天种下的香兰子、莲柯草、十三节草和空心蓟。香兰子已经开出了紫色的碎花,垂软的花瓣包裹着黄色的花丝,像是含羞的美人面。入夏新种的魔药还是光秃秃的,有点儿蔫巴的样子,看起来还没适应水土。此外,后院的池塘边还种满了黑藜芦和海葱,连绵成一片鲜润的绿意。

露西塔用小铲子清理了一遍药园里的杂草,就听见琳妮娅远远地叫她。

"露西塔姐姐——露西塔……"

她拍了拍身上的土,起身稳住匆匆跑进来的琳妮娅:"怎么了?"

琳妮娅喘了几口气,才断断续续地道:"帕玛……帕玛来了。"

"帕玛?"露西塔想了想,"在广场上?"

琳妮娅点点头:"维尔蕾特姐姐说,你一直在等她带来一套实验器材呢,让我赶紧来告诉你。"

露西塔摸了摸琳妮娅的脑袋,从厨房里端出一杯水给她:"没事,别着急,帕玛会在这里待上好几天呢。"

等琳妮娅喘过气来,露西塔才带着她回到广场上。

帕玛果然在广场的角落摆了个摊位。尽管她的摊位摆在角落里,但还是凭借独一无二的新奇感吸引了许多客人。

人类在废墟上花了五百多年重建文明,发明了精密的机械怀表、带银质底托的宝石胸针、装在木匣里的金丝眼镜等,这些都是伊尔塔特凋零的工业生产不出来的东西。一些代代相传的工艺品更是如此。伊尔塔特人口稀少,掌握的手艺也十分有限,刻银、累丝、镶嵌等精巧的工艺都是大陆上的人类搞出的花样。这里的人们更注重"实用"。

当然,至于为什么在许多平民食不果腹的情况下,大陆上会发展出这样的奇技淫巧,则是另一个话题了。

总之,这些工艺品深深地吸引了没见过世面的镇民们,帕玛每一次到来都十分受欢迎。露西塔拨开人群,向帕玛打了个招呼。

帕玛抬头看见了她,热情地招呼道:"朋友,好久不见!"

露西塔笑吟吟地回道:"您看起来更加精神了。"

帕玛的生意很忙,露西塔没有多耽搁,和她约定了晚餐后送货上门就要离开。

她一低头,发现琳妮娅正蹲着身子快乐地看看这个看看那个:"哇!好神奇的怀表!露西塔姐姐,这块比你当初带到海里那块还要精致一些!"

露西塔无语,她现在理解那些带着孩子路过艾琳的小摊会绕路走的家长了。

她和琳妮娅约法三章:"只许选一样。"

琳妮娅忙不迭地点头。

付了四百多枚银币的尾款,露西塔终于拿到了她心心念念的精密天平和一套实验室器材。她把这些暂时放在了客厅走廊的大斗柜里,准备等书房建好一起转移到书房去。

当晚,露西塔就开始了她的第一次魔药配制实验。《魔药配制指南》上写给入门学徒最简单的方子是一种营养药剂的配方,这药剂对恢复体力、强健身体能起到明显的作用,通常用在久病初愈的人身上,恢复速度会肉眼可见地加快。

当然,她选取这个配方来进行实验,也有它需要的材料简单易得的缘故。像是香兰子花蕊、黑藜芦汁和空心蓟粉末,都是最常见的材料,她简陋的小药园里都有。香兰子花蕊可以直接采集。提取黑藜芦汁要稍微麻烦一些,需要剪下黑藜芦肥厚的叶片放在研磨钵里捣碎,然后过滤出淡绿色的汁液。制作空心蓟粉末则又要多一个步骤:将捣好的空心蓟糊糊放在坩埚里用油灯烧,烧成块状固体后再用研磨钵磨碎。准备好的材料用新天平称出配方中的量,放入装着半杯牛奶的烧杯里,煮沸后变成浅紫色的黏稠液体,一份营养药剂就配制完成了。其中,对补充身体机能最重要的成分是黑藜芦。书中描述说,这种生活在水边的常见魔药非常神奇,单独食用没有任何作用,但与空心蓟搭配起来就会产生大量的能量,帮助身体快速地自我修复……

据说,成功的营养药剂呈浅紫色,有光泽,是黏稠的流体,气味微酸,喝起来是酸酸甜甜的味道。露西塔晃了晃烧杯,对自己的成果非常满意,觉得这品相怎么也不像是失败作品。她本想尝一尝看看,又想到自己现在尝不出味道,只好先搁置起来,留待日后检验。她将营养药剂用试管封装起来,一共装了两管,插在试管架上。

庆典的最后一天有琳妮娅的演出，露西塔势必要去给自家孩子捧个场。

据说今夜庆典结束后还会有一场露天舞会，露西塔应景地穿上了自己初来时穿的那套最体面的棕色条纹套装，维尔蕾特和琳妮娅也换上了新衣服，一家人齐齐整整地出了门。狂欢的最后一天，广场上看起来更热闹了，大家都换上了色彩明亮的新衣，平时不修边幅的邻居们看起来也干净、整洁多了。

令人意外的是磨坊主奥萝拉的穿着。她穿了一条深绿色的吊带裙，那裙子无论是衣料还是做工都十分出彩，晃动的裙摆轻薄、垂顺，在一片朴实的棉衣里闪耀着柔和的光泽。这样的绿也是很少见的，浓而不暗，在人群里非常醒目，仿佛熠熠闪光的祖母绿。

露西塔有点儿惊讶地看着她，自语道："丝绸？"

"是的，那是丝绸，是她母亲留给她的礼服，布料出自人类的手艺。这样的布料很适合夏天穿着，整个伊尔塔特都找不出几件。"杜兰妮不知道什么时候来到了露西塔旁边。

露西塔疑惑地扭头看着她。

杜兰妮和她对视了一眼，补充了一句："她的母亲是上一任镇长，从小就爱出风头，大家都习惯了。"

露西塔的关注点却不在这里。她想起了奥萝拉对贾文娜的嘲讽态度，恍悟道："所以她……和贾文娜阿姨关系不好？"

杜兰妮耸耸肩："她们俩从小就关系不好。在贾文娜当选的那一届选举中，她输给了贾文娜，之后连面子情似乎都没了。"

"露西塔！很久没见你穿这套衣服了，很有人类世界的特色。"贾文娜一声笑语忽然插了进来。

露西塔回头一看，贾文娜和斯塔夏笑盈盈地结伴踱了过来。露西塔和杜兰妮两个八卦人士对视一眼，心虚地止住了话头。

斯塔夏和梅维斯一样，也是从人类世界搬过来的。这位外科医生出身优渥,是早年贾文娜外出游历时结识的朋友。几年前由于不堪战火喧嚣,她接受贾文娜的邀请来到了伊尔塔特。斯塔夏是个气质很疏离的金发女人,戴着一副金丝眼镜,眼镜下碧绿的眸子上仿佛凝结着一层薄雾。

她的穿着很考究。即使在酷热的夏天,她也没有像镇民们一样露出臂膀和小腿,衬衫和裤子的褶皱都整齐地叠着。她甚至还戴了一顶丝绸礼帽,右手拿着一根镶银手杖。

杜兰妮暗暗理了理稍显凌乱的上衣下摆,浑身不自在地压低声音对露西塔道:"每次见她我都觉得自己的穿着很不礼貌。啧,人类世界的'上等人',讲究个体面。"

露西塔失笑。这位斯塔夏医生似乎不怎么与人交往,在镇上深居简出,露西塔来了三个多月都没和她碰过面。打过招呼,几人就有一搭没一搭地聊了起来。

杜兰妮向来消息灵通,这时候说起了帕玛的事:"她这次来的时候,后面的马车上载了个人。似乎是个吟游诗人,听说了伊尔塔特的传闻,特地过来采风游览的。"

贾文娜有些忧心:"这几年外来者越来越多了。外面的战争还没停止吗?"

这种事斯塔夏最清楚:"联手吞下伊顿之后,吃尽好处的斯普林王国和文特王国展开了一场漫长的拉锯战,一时半会儿停歇不了。"

杜兰妮对这些"大事"不感兴趣,扭头往高台上看:"那个吟游诗人似乎上去凑热闹唱歌了。"

众人顺着她的目光望过去。露西塔的视觉失而复得之后,视力水平拔高了一大截,看得更远也更细微了。那是个看起来很随意的女人,暗红色的风帽垂在脑后,能看出风霜的痕迹。她穿的是一种老式的袍子,用料奢侈,层层褶皱在身周堆积起来,自然地垂着。她的金发有些干枯,散乱地垂在肩侧。此时她自然地垂着眼睑,看起来有些懒散。她的嘴唇微微发白,看起来有些干,唇纹很深。她的脸部线条很流畅，粗糙的小麦色皮肤一看就历遍了风霜，神态微微疲惫，但她身上那种野性到令人战栗的美依然令人心折。女人抱着陈旧的维勒琴，骨节分明的手指一拨，发出"铮——"的一声琴鸣。

这声音一听就出自弹琴多年的熟手。露西塔饶有兴味地听着——从她到来之后，在伊尔塔特还没见过这种琴。

维勒琴发源于人类世界，但最开始那些体面的音乐家都看不上它。后来，它由于便携性和出色的音域成为广大吟游诗人的不二之选。

在史前的盛世，一把维勒琴几乎是吟游诗人的标配。游历群山大川，途经列国小镇，将维勒琴的琴声传至整个世界。而灾后的人类世界由于文明的倒退和资源的争夺，人们贫穷得多，治安也很差。温饱尚且难以满足，几乎再没有人愿意花钱去听路边的诗人弹琴，吟游诗人生存的土壤就此消亡。

博学的镇民对罕见的维勒琴很感兴趣，不知内情的也对没见过的乐器产生了好奇，广场上的喧嚣声弱了下来。

在一片低低的嗡嗡声中，露西塔敏锐地捕捉到几个低哑的字："凯……西……"

她顺着声音看去，是斯塔夏。斯塔夏看着台上，平日里古井无波的脸上露出了一丝溺水般的茫然，浑身正不明显地发抖。这次，露西塔听清了从她喉咙里溢出的战栗的气音："凯尔茜。"

十三年前的最后一面，凯尔茜还是个举止优雅、风度翩翩的少年，做过最粗野的事大概就是陪她在原野上赛马，而现在……斯塔夏的喉咙像是被什么堵住了，战栗了半天，再也吐不出一个字。

台上凯尔茜的目光似乎也落到了斯塔夏身上。她脸上快速掠过惊讶的神情，接着露出一个几乎分辨不出的微笑。然后，她的右手蓦然拢住琴弦，停下已经溢出的前奏，调整了一下琴身，侧对听众，笑道："我换一首更应景的。"

一串低缓、婉转的琴音倾泻而出。这首歌有个滑稽、幼稚的名字，叫作《后院的悬铃花在笑》。它曾经是伊顿王都口耳相传的一首摇篮曲，为每个孩子送去快乐、安宁的祝福。那里的每个人都曾听着母亲唱着这首歌入睡，长大后再唱给自己的孩子听。

斯塔夏第一次知道这首曲子，是在十多年前那个午后。当时凯尔茜将她抱在怀里，像哄婴儿一样擦去她的眼泪，低低地为她唱完了这首祝歌。

她用当时还很清澈的声音认真地说："斯塔夏，我们和好吧。"

当时自己是怎么回答的呢？斯塔夏记不清了，她只记得阳光透过树叶间的缝隙在凯尔茜脸上投下斑驳的阴影，让她的神情在光影里变得模糊，只剩下一点儿微妙的柔和。那张光影里的面目仿佛是斯塔夏对人间最初的记忆，一直留在她脑海里。

"我们和好吧，"斯塔夏仰头看着台上风尘仆仆的女人，无声地说，"殿下。"

三十岁的斯塔夏医生作为纯血人类，正是风华正茂的年纪，但她似乎对旁人没什么兴趣，甚至从不和镇上的女人们在酒馆里聚众闲聊。在年长的镇民们眼里，她是个有些古板无趣的女人；而在小镇年轻人的眼里，斯塔夏医生的形象则光辉、神秘得多。

三年前她刚来到这里的时候，因为奇异的医术、出众而优雅的举止一度赢得了全镇年轻人的青睐。少年们对外来的城里人充满了好奇，排着队想做她的学生，也有捧着花束求爱的，皆被斯塔夏拎出了门，最后她索性闭门谢客。这让她看起来有些古怪，使人们更热衷于猜测她的过去。

有人猜测斯塔夏是个虔诚的苦修教徒，有人认为她是个克己守礼的绅士，还有人坚持认为她这个城市人看不上小镇淳朴的风物人情。众说纷纭，下了工的黄昏，酒馆里的女人们便会借着酒意咀嚼这些传言。酒后的女人口无遮拦，那些揣测有时候是粗俗的，有时候是放诞的，有时候是猎奇性质的，但统统都不对。

这种时候，斯塔夏往往就在酒馆的角落里百无聊赖地听着，带着微微的笑意，醉在窗边的一片暮色里。她并不介意人们对她的好奇和打探，相反，只要别来烦她，斯塔夏很能欣赏伊尔塔特的风物人情。镇上的少年有种生机勃勃的淳朴，像向日葵一样开得热烈。她们野蛮生长着，成群结队地探索世界。她们身上既没有大陆上穷苦人家养出来的愁苦，也没有上流社会权力场中浸淫出的冷漠，那田园牧歌般的诗情让她在这里获得了久违的平静。但她终究不来自这里，也终究无法属于这里，因此只得远远欣赏罢了——她的灵魂早已在十三年前被彻底焚毁，不曾留下一丝灰烬。

十三年前，伊顿王都斯塔兰德。

这一年伊顿王国玛丽二世迎来了五十岁诞辰。

国王的诞辰庆典将在七月举行，但在那之前，属国和四方受封的领主们都已经抵达王都，游走在公爵和亲王们的门庭之间。

众人千里迢迢赶来，当然不只是为了拜服在国王脚下，虔诚地恭贺一句"诞辰千秋"。暗潮在用葡萄和美酒装点的城堡里涌动，而晒得发蔫的鸟儿趴在树上，看到的只是一片太平的觥筹交错。

这些用大理石砌成的城堡里，几乎每天都会举行宴会，木桶里常装着吃不完烂掉的葡萄和蜜瓜从后门运出来，酒精和香粉的气味甜得发腻。

提琴和长笛的交响和似有还无的香气交织在一起，萦绕在一座座灰白的古老建筑里。柔绿色茑萝藤蔓掩映的窗子里，清丽的男子已经系上华丽的蕾丝喉结巾，套上华丽的鸟笼裙，正在水银镜前揽镜自照。几个小兄弟围在一起窃窃私语，脸色绯红地谈论着楼下清俊的少年们。

在少男们窃窃私语的时候，斯塔夏早已抓住机会偷偷溜了出去。与在大厅里长袖善舞、四处结交的姐姐不同，斯塔夏不是母亲选定的继承人，本人也并不热衷于权力，只一心扑在医学研究上，对大厅里各怀心思的交谈十分厌烦。更何况，她早就感受到了来自楼上的若有若无的窥视。

那些脑内空空的闺阁男子大概会因为美貌而被当作珍贵的财富，压轴出场，陪伴这些客人跳完最后一支舞，然后羞涩地接受绅士们的恭维，成为这场宴会最美的装点。可惜她闻不惯那些香粉的味道。

斯塔夏穿过垂满葱郁茑萝的长廊，来到开阔的后院。后院有一方小池塘，池边走廊靠墙一侧的小木亭下坐着一个读书的少年。她曲起一条腿，散漫地斜倚在靠墙的蔷薇篱笆架边。走廊垂下的茑萝被微风吹出一道口子，隐约露出少年的侧脸。她有一头象征着高贵的金色长发，以及狭长的碧绿色眼眸，正面无表情地望着树上的栖鸟。她的眼角微微向外挑了一个弧度，就像一只飞鸟纤窄的翅膀，凛冽又危险。

她浑身似乎笼罩着一层迷雾，引人忍不住前去探究。斯塔夏手里不断抛着的宝石胸针一时没来得及接，"啪嗒"一声摔在地上。她心里一惊，忽感心虚，正要转身离去，却听见少年冷冷地喝问："谁？"

少年鹰隼一样的目光锁住了斯塔夏。

斯塔夏也不慌，调整了表情，回身微笑："您好，我是赫伯里侯爵的次女，偶然来到这里，打扰您了吗？"

少年不冷不热地回答："那倒也没有，这里又不是我家，人人都来得。"

斯塔夏不以为忤，颇为自然地转过走廊，走到亭下："敢问您是？"

"这里的主人是我姐姐。"少年随意让出了一个位置，提壶给斯塔夏倒了一杯黑麦酒。

这座城堡的主人是国王的次女——克莱尔亲王。

斯塔夏有些惊讶地微微欠身："原来是凯尔茜殿下。"

当今国王育有三个女儿，长女已经被立为储君，次女成年后也已经封王，最小的女儿凯尔茜才十七岁，据说封王在即。许多人家都想推荐自家适婚男子的血统给她诞育子嗣，好与王族扯上一星半缕的关系。即使不成，也能与未来的亲王沾染一些桃色联系，吹一吹枕头风，很多事情就好办很多。但凯尔茜不像她那两个风流无数的姐姐，成年之后，除了母亲赐下的几个用来教导人事的男侍，她几乎再没碰过男人。母亲和姐姐问她，也只得一句"没有兴趣"。

当然，这是王族没有宣之于口的秘事。

在大众眼中，凯尔茜是个挑选性伴侣非常谨慎的绅士，许多闺阁男子甚至猜测她有一个一往情深却不能见光的爱人。一时间以凯尔茜为原型的虐恋情深话本广为流传，她反倒成了贵族圈子里的少男追捧的对象。她倒也不介怀。后院里长日无聊的男人杜撰出的一些风流事无伤大雅，她犯不着置气。

总之，苦恼于一些太不矜持的勇敢少男的求爱，凯尔茜在这种宴会上又躲了出来，熟门熟路地摸到二姐家的后院读书，谁知被这突然出现的莽撞少年打搅了。

她扫了一眼颇自来熟地喝着酒的斯塔夏，讶异地挑了挑眉。黑麦酒度数不高，但回味非常苦。在名贵的葡萄酒盛行的今天，几乎没人会喝这种平民发明的廉价酒液。凯尔茜小时候为了读书提神，喝惯了这个，以至于现在每次读书都要来一杯。眼前这人倒有趣，竟也喝得惯黑麦酒？

"你是赫伯里家的？叫什么名字？"她饶有兴致地开口问。

斯塔夏醉心于研究，凯尔茜沉迷于乐理，与王都这片名利场俱格格不入。两人一拍即合，在那个宴会不断的夏日成了朋友。

斯塔夏邀请凯尔茜参观了自己的实验室——是的，即使在王都仅有一处属于自己的房产，斯塔夏依然在这里孜孜不倦地进行她的研究事业。她总是偷偷跑去贫民窟为贫民治病，分文不取，只要一个"倘若不幸死亡，尸体归我"的承诺。

这种要求听起来实在邪恶，因此即使分文不取，她也经常会被虔诚的信徒打出来。很多人宁愿选择"纯洁"的死亡，好升入神的天国，也不愿把灵魂交到魔鬼的手里。

斯塔夏说得忐忑，凯尔茜却毫无顾忌地笑她："傻子，你偷偷去乱葬岗捡不就好了！"

青涩的"邪恶"医生摸了摸鼻子："总觉得要征求当事人同意才好。"

她一边认真地解释，一边给凯尔茜递她的试管，眉飞色舞地讲解起来。

有时候，看着凯尔茜兴致勃勃的眼睛，她真不敢想象这世上竟会有人愿意靠近这样古怪的自己，甚至能够理解她的兴趣，而不是把她当作怪胎一样防备。

这让斯塔夏几乎如在梦中。

在晨光洒满城堡不久后，斯塔夏总是熟门熟路地上门，把凯尔茜从满堆的乐谱中挖出来："快起来一起去跑马，都说好了的。"

凯尔茜苦着一张脸："不想去了，我马术不好，她们都私下笑话我。"

斯塔夏蛊惑她："我们去郊外，躲着她们偷偷练好，到时候一鸣惊人。"

"不去，我练不好，笑就笑吧。"凯尔茜干脆躺在地上闭着眼耍赖，"我睡着了。"

斯塔夏就闹她，在她的胳肢窝处一顿乱挠："哦？我来看看真睡着了？"

凯尔茜一边笑一边躲："困！困，我真的好困……"

无数个鸡飞狗跳的清晨，要么两人一起倒在床上睡回笼觉，要么以斯塔夏将凯尔茜拖出门为终结。

国王的诞辰终于来了。

王都的七月正是最热的时候，但这时水果积攒了半年的糖分，也正是最甜的时候。王宫的长桌上满是葡萄、蜜瓜和切好的菠萝，蜂蜜和迷迭香的味道萦绕着宫城，纯金的酒杯和汤盏随意摆放着，黄金烛台上彻夜燃着蜡烛，显耀着这个王国的辉煌和富饶。这里的每一个人，血管里流淌的几乎都是甜蜜的葡萄酒。

凯尔茜和斯塔夏各有各的古怪性情，都不耐烦应酬，于是拎着酒躲在王宫的庭园一角谈天。

斯塔夏意外地嗜甜酒，但酒量又不行，喝了一整瓶葡萄酒就有些头晕，躺在摇椅上阖目养神。

凯尔茜对她的酒量有些意外，贴心地没有吵她，把葡萄酒瓶放到一边，也有些微醺地趴在摇椅扶手上发呆。"凯尔茜殿下！"远处的侍从喊了一声，打破了这难得的宁静。侍从匆匆地跑过来，似乎有什么急事的样子。

凯尔茜一惊，抬头看去，随后将身上的外套盖在斯塔夏身上，随着侍从离开了。

斯塔夏是被一阵嘈杂声吵醒的。穿着铁黑色铠甲的骑士近卫军冲入了觥筹交错的庭园，在一片惊慌和狼藉中精准地制伏了一些斯塔夏眼熟的人，包括她自己。

她认出了拿剑尖指着自己的那人，正是平时跟着凯尔茜的贴身侍从杜莎，也是年轻一代近卫军里的佼佼者。

与凯尔茜混熟后，她与杜莎的关系还算融洽，此时还能顶着闪烁着寒芒的剑尖，大胆出声问道："怎么回事？"

杜莎没有回答，只是冷冷地扫了她一眼，威胁般地将剑尖送近一寸，几乎触碰到她的喉咙。

几位王女身边的贴身侍从都是从小培养的，她们的意思几乎可以代表自己效忠的主君。斯塔夏从未在杜莎身上见过这种眼神，心里一凉。她垂眸看了一眼自己喉咙上横着的长剑，抬起眼睑不死心地追问："凯——三王女殿下怎么了？"

喉咙处传来一阵刺痛。杜莎的剑再次往前逼近，在斯塔夏的喉咙上割开一道细细的口子，一丝血迹染红了那段剑锋。这是威胁和不耐的信号。

斯塔夏等了等，依然没有等到杜莎的回答。她闭上嘴不再问了，转而观察庭园里的情状。

近卫军抓人很明显是有目的的，她们并非什么人都抓，多数人只是受到了惊吓，此时被驱赶到了庭园的一个角落，面对庭园里狼狈的情景三五成群地窃语着。被压在骑士长剑下的几户人家则被慢慢地驱赶到庭园中间，被包围起来，包括斯塔夏自己。

她暗暗扫视了一圈，不见母亲和姐姐。她身边是新认识不久的公爵长女泽塔，公爵也没陪在她身边。细细数来，包围圈里的家庭似乎都少了一些人……那些人去做什么了？不管那些人干了什么，现在其亲眷被抓起来，要么是拿来当人质，要么是事败被清算。无论哪种情况，母亲和姐姐的安危都不容乐观。当然，自己也是，她看着眼前的长剑，苦涩地想。

太阳逐渐升高，渐渐到了正午。平日里这个时候，娇生惯养的贵族少君们都躲在大厅里和长廊下推杯换盏；如今在太阳下面暴晒，一个个如同霜打的茄子，一边出汗一边蔫着，甚至不敢拿出帕子擦一擦。有的人已经站不住了，脸色苍白如纸，看起来十分狼狈。

正在众人耐不住的时候，有人从前厅过来了。

"嗒嗒嗒……"是皮靴踏在地上的声音。

斯塔夏抬头，对上了凯尔茜闪着水光的冷漠眼神。她被那冰刀一样的眼神钉在了原地，攥着那件外套的手一时竟然不知道怎么摆放才好。她一片空白的脑海里闪过的第一个念头是，凯尔茜哭过。

凯尔茜刚刚把外套脱给了自己，她没有另换一件穿上，只单穿着一件雪白的打底蕾丝衬衫，在一片全套礼服的人群里显得格外醒目。但她的身形并不因衣着而显单薄，反而比刚刚离去时显得挺拔很多。

当然，此时没人会去挑剔这位王女的服饰礼仪，因为她手里握着一把长剑，剑尖上还淌着血。一滴一滴，滴在大理石铺就的地面上。

一时间众人都噤了声。

见着凯尔茜，杜莎欠身行礼，大声报告道："殿下，王宫里的叛军余党全在这里,不在宫里的也已经派卡兰带兵去逐门捉拿了。"

叛军?斯塔夏心里一凛,眼神落在了不断滴落的鲜血上,刺目的红色让她的太阳穴隐隐发疼。这是谁的血?

凯尔茜微微点头,"嗯"了一声,扫视了一圈惶惶不安的人群:"先关起来吧,我暂时没时间处理这些。"

杜莎应了,凯尔茜巡视了一圈就抬脚离开了庭园。

走到门口,她忽然又停下来,指着斯塔夏对杜莎补充道:"她单独关一间。"

杜莎看起来很不情愿,但还是秉持着骑士侍从的守则顺从地应了。除此之外,再无别的反应。

斯塔夏一边望着凯尔茜的背影,一边被满怀恶意的杜莎推搡着,随着人群被押进了王宫的地牢。

在此之前,斯塔夏从来不知道,王宫下竟然还有一座这么大的地牢。两边关押着的囚犯耳朵尖细,皮肤苍白,个个都是金色的长发,五官异常昳丽。有几个人的眼睛被挖了出来,一眼望去只有两个黑洞,直勾勾地对着外面。

斯塔夏打了个寒噤,脑海里浮现出一些史前的传说。在一阵阵充满怨毒的哀号声里,她被推进了自己的单间。

地牢里很湿很冷,只有墙上挂着的油灯提供的一点儿微弱光源。她将凯尔茜的外套垫在身下,缩在一个角落里。此后,她用了一个下午从狱卒的交谈里零零碎碎地拼凑出了事情的经过。

其实,自从母亲和姐姐频繁出入二王女的府邸,她就该有所警觉的。她们不是在进行普通的交际,也不是在争取那些零星的政治资源,而是在进行一场豪赌——支持二王女逼宫夺位,以此获得更高的爵位和更多的领土。她们选在国王诞辰庆典这一天动手。不知道她们具体做了什么,但现在斯塔夏被关在地牢里,已经说明了事件最终的结果。

她的母亲和姐姐生死未卜,但斯塔夏只觉得荒谬。这样的事,她们不仅瞒着自己，还冷眼放任自己今天进宫，置身于最危险的地方。她们可曾为自己打算过一分一毫？只因为自己是个沉迷于实验、让人丢脸的怪人吗？

而凯尔茜，凯尔茜……她会怎么想自己呢？她想起凯尔茜最后那个冷漠的眼神，缩了缩身子，只觉得更冷了。

"你在想什么？"凯尔茜的声音忽然响起。斯塔夏一惊，就看见身着军装的少年立在牢房门前，透过墙壁的缝隙冷冷地看着她。

斯塔夏在接触到凯尔茜冷漠的眼神后，惊喜的心情一下子就冷却了下来。

凯尔茜继续用带着讥讽的语气问她："在想你的母亲和姐姐有没有逃出去？"

"真是一个好女儿、好妹妹啊。可惜——"凯尔茜满怀恶意地看着她，"你献出自由和生命也要帮助的母亲有些不幸，已经被我一剑杀死了。"

斯塔夏愣住了。

她努力理解凯尔茜的意思，一时想大骂，一时想大哭，一时想解释说她真的不知情，但她最后什么都没有说，只是猛然冲到牢房的角落开始干呕。她呕了半天，什么都没吐出来，有点儿茫然地扶住墙立在原地。

凯尔茜轻轻地笑了："怎么，这种滋味怎么样？怎么到了自己身上就受不了了啊？你不是很得意吗？你觉得我好骗得很，稍微耍耍手段我就对你深信不疑，把你当作朋友——然后把我骗到庭园里陪你喝酒，好让你母亲趁机害死我长姐，害得我全家反目成仇，你怎么不得意了？"她越说越激动，一双眼里布满了瘆人的红血丝，狠狠地盯着斯塔夏，"安娜斯塔夏，你会有报应的。"

"我没有——"斯塔夏看着自己唯一的朋友对自己怒目而视，脑子里一片空白，嘴上下意识地反驳道，"我没有骗你，真的没有……"

"你现在用这一招已经没有用了。"凯尔茜说，"我会杀死你的长姐，然后把你……把你……"她说到这里忽然卡了壳，最后接道，"我会为长姐报仇的。你们谁也别想逃过。"

那个夏天，斯塔夏一直没再见过凯尔茜。她在那座地牢里又断断续续听说了王储身死，二王女兵败被幽禁，玛丽国王大恸，立凯尔茜为新的王储，大肆搜查剩余的叛党……直到天气转凉，斯塔夏在初秋时节被转移出地牢，住进了一座幽冷的庭园。

久居无光的地下，斯塔夏乍见天光，不由得眯了眯眼睛，险些落下生理性的眼泪。她转过头，余光似乎瞥见了一道穿着军装的挺拔侧影，在长廊尽头一闪而过。

她微微发愣。

搬进新园子的第二天，她在后院蔷薇架旁的长廊下读书。真巧，这里的后院也种着深红浅紫的蔷薇花。

杉树已经开始掉叶子了，脚踩上去会发出簌簌的声响。斯塔夏听到声音眯起眼睛，抬起了头。

"你姐姐逃回了赫伯里城。不知她用了什么手段，在王都的通缉令下依然继承了赫伯里的所有权，现在是新的城主了。"凯尔茜的神情和声音都有种疲惫的平静。她曲起一条腿，随意地坐在斯塔夏旁边："王都这边以你为质，逼你姐姐引颈就戮。你猜结果怎么样？"

斯塔夏的声音也很平静："她怎么可能会为了我赴死，你们太异想天开了。"

"嗯，是这样。"凯尔茜随意附和道，"现在时局不太平，母亲不想和赫伯里城彻底撕破脸，就没动你，暂时把你当质子软禁在这里。别哭。"

"我哭了？"斯塔夏抹了一把脸，触到一片冰凉的水迹。她茫然地看着自己沾染了泪水的手指。不想撕破脸……弑亲的血海深仇，还不算撕破脸吗？就算她不懂政治，也不至于被这样蹩脚的理由骗过去。她至今仍然没死，只能是一个人想要她活着。

她低声说:"你是这么久以来……唯一一个希望我活着的人。"

"是我错怪你了。"凯尔茜抽出自己的帕子递给她,"我当时失去了理智,说了很多伤人的话。我很后悔。"

斯塔夏抬起头。

凯尔茜顿了顿,拿着帕子生疏地为她擦了擦脸。"别哭了,斯塔夏。一个大女人,说出去让人笑话。"

斯塔夏本来只是无意识地落泪,听她这么一说,哭得更厉害了。凯尔茜叹了口气,揽过她的身子,将她的脑袋抱在怀里,低低地唱了一首摇篮曲。

新王储凯尔茜尚是没有实权的王女时,就是以音乐造诣著称的。她认真擦拭着斯塔夏的眼泪,却越擦越多。

斯塔夏的眼睛肿成了个桃子,一边抽噎一边发抖:"对不起,对不起,凯尔茜……"

最后凯尔茜把手帕放在一边,叹了口气,再次抱住了她。"斯塔夏。"凯尔茜双目失神地看着缠满藤蔓的走廊顶,声音轻得仿若自语,"我好累啊。从来没有这么累过。就这样吧,斯塔夏。"

是了,斯塔夏听到这首曲子是在这样的场景里,实在不是什么美好的回忆。后来她很不愿意回想这段经历,这个场景在她心里越来越朦胧,略去了背后的无数凄风苦雨,只留下那句轻盈的、被记忆修饰过的独白,仿佛说那句话的前一天两个无忧无虑的少年还在为一点儿小事闹别扭。

不是"我们和好吧",是"就这样吧"。

凯尔茜说:"就这样吧。我不知道该不该怨恨你,但我没力气怨恨了。"

那时候她是怎么回答的呢?她记得自己拽着凯尔茜的衣袖,哭得说不出话来,只知道胡乱点头。

"我杀了你的母亲,你怨恨我吗?"

斯塔夏的头点不下来了，她抱着凯尔茜的手臂不答话，只是不住地发抖。

凯尔茜的眼圈也红了："你的母亲和姐姐用你们带来的扈从骑士在王宫西面拖住了王储护卫队，让她们不能及时赶到保护我王姐。她们两个，我非杀不可。我长姐死的时候，身边只有四个侍从，有两个还临阵脱逃了。我二姐带着一整队士兵围住了长姐的冬青宫，亲手杀了我长姐。斯塔夏，真正的凶手是我二姐，可我下不去手，我杀了你母亲。你怨恨我吗？"

斯塔夏渐渐不再发抖了。半晌，她哭得沙哑的嗓子才发出低低的一声回答，却是答非所问："我母亲和我关系很冷淡。她和我关系很不好。我不如姐姐聪明，也不如姐姐懂得心计，更别说统御一方了。我只会做实验，混迹贫民窟，去乱葬岗扒拉尸体解剖。她说我是个怪物。"

"但是，"斯塔夏说到这里，深深吸了一口气，仿佛要掩饰自己的颤音，"我很想她。"

"是啊。"凯尔茜迷茫地说，"我也……很想我姐姐。我想我长姐，也有一点儿……有一点儿想我从前的二姐。"

从前长姐对她很严厉，会盯着她完成老师布置的课业，监督她练习骑射，像母亲一样一点一点地教她。从前的二姐是最懂她的人，支持她唱歌弹琴，研究乐谱，认真听她的音乐，还会不辞劳苦为她寻找心心念念的曲谱。但这些全都在不久前那个染满血色的夏天陡然断裂，世界开始向她显露出狰狞的模样。

凯尔茜弹琴的手如今握起了权杖，才发现权杖之下的路简直寸步难行。她忽然开始感激长姐从前的严厉。如果不是长姐押着她读书习剑，她不会那么快就配合母亲平定宫变，更别说上手现在这些冗杂的政务。而戴上这顶王储的冠冕，她要面对的远不止这些。

她看见了劳碌一整年却活活饿死的平民，冬夜穿着单衣冻死在街头的孩子、商贩，还有王宫之下彻夜哀号的失去双眼的精灵。与此同时，在同一座城市里，因吃不完而腐烂的名贵葡萄成桶地从贵族的府邸运出去，被倒进满是苍蝇的臭水沟。

还有……还有……

她抬头望去。远处的云层后面应该能看到一个塔尖的，但它数十年如一日地隐藏着。那是一座隐藏在异次空间的魔法塔，就矗立在王都的西南角，是只有大贵族们才有资格迈进去的地方。拥有魔法天赋的贵族能够踏入那里，从小时候开始接受培养，最终成为一个王国的定海神针。

但对成为王储后开始与魔法塔接触的普通人类凯尔茜来说，看到里面的景况后，实在令她眼前一黑。那些所谓的魔法师享受着超高的地位和待遇，成日却懒懒散散，游手好闲，时常到平民世界欺压平民，看上昂贵的宝石、漂亮的男子就抢回去，玩腻了又像破布一样丢掉，让活人在乱葬岗咽下最后一口气。整个国家的最后一道安全防线，那些超越人类肉体的非凡力量，就是这个样子吗？

凯尔茜几乎夜夜不能安枕。她对这斑斑的罪恶感到恶心，甚至产生了一丝自我怀疑："身为人类的我，身为贵族的我，背叛了姐妹感情、宽容仇人之子的我，我的血也是卑劣和肮脏的吗？"

偌大的王都——不，偌大的王国，给人的感觉就像是一个锈迹斑斑的齿轮，在污泥里费力而缓慢地转动着，轴承相接处时不时传来一阵阵类似破风箱之声的喘息。

她将下巴放在斯塔夏的肩头，卸了力气："斯塔夏，我快走不动了。"

意料之中，锐意革新的王储遭到了强烈的质疑。那些平日里恭敬有礼的贵族露出了其粗鲁、残酷的一面，不仅猛烈地抨击新政，甚至在攻击凯尔茜本人。有人斥责她不通政事，是个只会唱歌的孩子，警告她不要拿朝政当游戏；有人以她维护赫伯里家的余孽为由，揣测她参与了逼宫一事，试图给她泼脏水；甚至有人想游说国王释放被幽禁的二王女克莱尔，立为储君，废掉凯尔茜的储君之位。

凯尔茜变得越来越瘦，话也越来越少。她的身形还是很挺拔，腰间佩剑依然锋利，而沉重的王储礼服在她身上却逐渐变得空空荡荡。

她有时会顶着黑眼圈和满眼血丝来到斯塔夏的庭园，在客房睡上一天一夜，在暮色昏沉的时候醒来，披着影影绰绰的暖光喝一碗斯塔夏在实验之余给她煮的怪味肉汤。

斯塔夏曾笑问："不怕我在汤里下毒吗？"

凯尔茜也不在意，摩挲着薄陶的碗沿，疲惫地叹一声："随便你。"

就这样过了三年。尽管改革困难重重，凯尔茜遭受了无数明刺暗杀，但新政还是取得了一些成效。一方面，赋税有所减轻，饿死的人大大减少了；另一方面，平民的生命权得到了最基本的保护，至少贵族残害平民的行径有了些许收敛——在凯尔茜亲自为一个参与拐卖少男的伯爵实施绞刑之后。斯塔夏嘴上不说，心里却为她感到欣慰。

斯塔夏本以为事情会一直这样好下去，凯尔茜终将戴上最高的冠冕，成为万民爱戴的君主，重新振兴这个积弱的国家，在历史上留下她的名字，像开国君主赛琳娜一样。可惜神没有站在她们这边。

文特和斯普林两国的联军势如破竹，在565年踏破了伊顿王国边城的防线。

凯尔茜告诉斯塔夏："这个国家气数已尽。没人比我更清楚，我们的国防有多么疲弱。"

斯塔夏沉默良久，说："我要回去保卫我的家乡。"

赫伯里城不只有放弃她的母亲和姐姐，还有春天卖花的女孩、黄昏时热闹的简陋茶棚、葱茏的树和水草丰美的原野。那是她生命的源头，也是她无论走出多远都会永远眷恋的地方。

凯尔茜没有挽留她。这个时候，没人再关注一个无用的质子，所有人都在为自己的生命安全做打算。

斯塔夏没有什么要收拾的行李，只准备了一袋干粮，凯尔茜为她准备了一匹马。已经是深秋，黄昏时露水很重，晚风已经带了凛冽的寒意。斯塔夏只着一身单衣，身形看着有些萧索。

凯尔茜把自己的斗篷解下来，披在她身上，亲手为她系上带子。

凯尔茜瘦削的侧脸在昏黄的煤气灯映照下显出深深浅浅的阴影，碧绿的眼眸里摇曳着幽深、细碎的亮光。那是斯塔夏对凯尔茜最后的印象。

凯尔茜拄着长剑立在原地，对她说："我也要保卫我的家园了。"

斯塔夏点点头，骑上马离开了这座幽居三年的王都。远远地，她将那座血与繁花铸造的王都抛在了身后，以及那道身着蕾丝衬衫、手提长剑的瘦削身影。

世上的人，各有各的归宿。那时候，她已经准备好接受生死相隔的未来。

斯塔夏回到赫伯里城的时候，已经狼狈得看不出原本的形容了。好在她一路躲躲藏藏，没被军队抓去从军。一个多月过去，她眼见着枯黄的叶子从树上脱落，徒留下黑漆漆的枯枝。

斯塔夏抵达赫伯里城的时候，伊顿彻底迎来了冬季。干燥的北风吹起她鬓边的几缕碎发，斗篷帽上的雪白狐毛已经成了灰色，顺着风的方向不断招摇着。她将鬓发掩到耳后，抬头望着安然、威严的城门，皱起了眉头。

这座城太宁静了，在四起的烽烟里显得格格不入。

她证明了自己的身份，守卫让她在城门外等了一会儿，不久姐姐派人接她回家的车便到了。斯塔夏坐在辘辘作响的马车上，掀起帘子往街道两侧看去。冬季的街道冷清极了，行人低着头神色匆匆，气氛有些紧张，但比起外面被烧杀抢掠的城市已经好太多了。

她姐姐披着织花的黑斗篷站在厅门前，面貌一如既往，只是比三年前看着阴郁了许多，看起来更难以接近了。

斯塔夏满腹疑惑，见到姐姐的第一句就是问战况，却只得姐姐淡淡的一句："现在我们是文特人了。"

另一只靴子落了地。似在意料之中，但斯塔夏还是愣在了原地。

北风穿过厅堂，吹得人心都冷了。

"姐姐，你……投降了？"

"不然怎么办？"姐姐冷淡地回答，"为了你的一腔热血，把全城人的性命都填进去吗？伊顿已经要灭亡了，我为什么要为王都的杀母仇人守卫这个国家，为它陪葬？"

斯塔夏想张嘴辩驳，却说不出话。姐姐误以为她怕了，又缓了缓语气，生硬地安抚道："别怕，我割让了赫伯里城周边的村庄和小镇，留下了这座主城的统治权。到时候新王登基，靠这么繁华的一座城市，我们也能做个伯爵。就是不如以前风光，要委屈你了。"

斯塔夏恼火地道："我不稀罕这个！"

姐姐的脸色沉了下来。她们的关系早在三年前就有了心照不宣的裂痕，现在话不投机，更是剑拔弩张。两人不欢而散。

斯塔夏满腹的郁气压在心头，在自己的院子里踱步到半夜，第二天却发现自己出不了门了。

守卫一板一眼地传达城主的命令："城主说，她守城不易，请少君在家里好好休养，不要出去坏她的事。好好学习礼仪，不要再碰那些瓶瓶罐罐，以后出去净给赫伯里家丢脸。"

斯塔夏气笑了。她简直能想象出姐姐说这话时不耐烦的神情："把你那些东西扔掉，我可不想被人说赫伯里家出了个邪恶的魔鬼。"

这种时候，姐姐和母亲的面目真的如出一辙。

斯塔夏试过逃跑，试过摔东西，后来还发了疯似的割腕，都无济于事。她如同被困在浅滩的鱼，有力无处使，很快就消沉下来。关于这个冬季的记忆太单调了，斯塔夏回忆起来，只记得阴暗偏僻的庭园、白茫茫的大雪和她手腕上留下的一道道凸起的肉色刀痕。

她沉寂地生活了很久，直到来年春天文特和斯普林的联军占领王都后，才迟钝地从仆从嘴里听到消息。她手里的插花琉璃瓶哐当一声掉在地上，碎片溅了满地，隔夜的养花水弄湿了地毯。

斯塔夏哆嗦了一下。她拎起那个嘴碎的男仆的衣领，面无表情地逼问:"那王储呢?你知道王储的消息吗?"

男仆被这位少君冷森森的眼神吓住了,磕磕绊绊地回答:"听……听说失踪了。"

不是死讯,斯塔夏竟然有一点儿庆幸。

终于,姐姐自忖大势已定,将斯塔夏放了出来。

斯塔夏恢复自由的第二天就卷走了家里的一袋金币。她上马出了城,往王都的方向赶去。凯尔茜还没有死,斯塔夏要找到她。

她路过了各个城市的贫民窟,救治了一些人,解剖了一些新的尸体,对人体结构的认识更精深了。她就这样游荡了三年,偶然遇到了在外游历的贾文娜。

彼时贾文娜正处在镇长的试任期,接受了前任镇长的任务:出镇考察人类大陆的局势,同时为小镇带回一件令人满意的礼物。与她竞争的正是从小和她竞争到大的镇长之女奥萝拉。谁带回的礼物更受镇民的欢迎,能为伊尔塔特带来更多的新气象,谁就能成为新的镇长。贾文娜选择的礼物就是斯塔夏。

那是在余寒未尽的晚冬,斯塔夏刚替躺在贫民窟街边的一个女孩缝合完伤口,抬头就看见了眼睛亮晶晶地盯着自己的贾文娜。这个金发女人的衣着不算精美,却比一般的平民整洁、体面得多。她身上有一股贵族们没有的生气,以及斯塔夏几乎从未在旁人身上见过的宝贵品质:好奇心。

"一个奇怪的人。"她心想,准备绕道走开,不承想却被贾文娜缠上了。

斯塔夏不耐烦,贾文娜却锲而不舍。两人鸡同鸭讲,纠缠了半天,斯塔夏才发现,贾文娜感兴趣的不是自己,而是自己手里那把手术刀。她竟然在夸奖自己缝合人体血肉的行为很聪明。

天哪,斯塔夏这种魔鬼一般的行为,在此之前从未受到过一句肯定,哪怕是凯尔茜,也只是尊重她的爱好而已。

她迟疑地问:"你不觉得我缝合人的伤口……很血腥?"

贾文娜热情洋溢:"这简直是艺术!我从未想过人的伤口还可以用这种方式加速愈合。如果这个孩子没遇到你,再多的药物也不管用,对吗?"

斯塔夏沉寂已久的眼睛亮了起来。她说:"你果然和那些蠢——普通人不一样。"

贾文娜趁机开始推销伊尔塔特。她激情澎湃地游说了斯塔夏半个时辰,最后总结道:"我们需要一个像你这样的医生,来为受伤的猎人们治疗!我保证,大家都不会向你丢石头,更不会骂你是怪物,我们对医生非常尊重!"

尽管十分心动,但斯塔夏还是拒绝了:"我要找人,不能跟你去。"

最后,贾文娜百般游说无果,只得留下自己的联系方式,无比遗憾地带着斯塔夏赠送的一本人体结构医书回到了小镇。

这本书引起了镇民们极大的兴趣,甚至恐慌:"人类总是这样,什么都要去探索!谁能想到,人类居然会切开尸体探索人体内部的秘密呢?这会对医学界产生巨大的影响。"

同年,镇长竞争者奥萝拉带回的礼物水稻种子也在镇上推行开来,人们的餐桌上出现了糙米饭。可惜的是,人们对这种食物并不热衷。这时候面粉已经可以磨得非常精细,而水稻作为一种新的作物,并没有被发掘出很好的处理方式,因此仅仅有很少的人喜欢它。

贾文娜凭借那本埋没了近十年、具有划时代意义的破旧医书,力压张扬的奥萝拉,夺得了镇长的位子。

而斯塔夏在游荡了几年后终于心灰意冷,循着年轻时遇到的贾文娜留下的地址,骑着一匹瘦马摸索到了伊尔塔特。她隐去自己的过去,凭着一把手术刀在镇上开了一家外科诊所,日子过得平淡而宁静。

就在她几乎忘记那些过去的时候,这场夏日庆典又让她捡起了一切。原来有些记忆就在那里,只需要一个眼神,她就能记起相关的一切。她与那双微微上挑的碧绿色眼眸对视的瞬间,感受到了一种极其熟悉的压迫感。但很快,那压迫感就消失了,取而代之的是一片雾似的柔和。那是她同样熟悉的深邃和温柔的包容。

恍惚间她仿佛回到了十三年前那个盛夏。斯塔夏呆愣愣地立在原地,眼泪怔然而下。

凯尔茜的变化很大。昔日的闲散王女俊秀又沉静,长年穿着做工繁复的白衬衫,腰间带着一支长笛,金发柔软,像是神话里象征艺术的美少年。成为王储后,她变冷了许多,总是挺直脊背,长发束起,腰佩长剑,因杀了许多人,自带一股令人折服的煞气与威严。但无论什么时候,她总是体面、整洁、清傲而俊雅的,以前的斯塔夏在她面前才是总出格的那个。

现在凯尔茜变得散漫又放松,头发干枯,衣着随意,皮肤粗糙。除了习惯性挺直的脊背和风度翩然的举止,几乎看不出丝毫贵族的痕迹,简直像是十三年前出格的斯塔夏。相反的是,斯塔夏的衣着、举止都沉稳了许多,稳重的风度反而有了当初凯尔茜的影子。

时间真是个神奇的东西,它改变了一切,仅仅十年就能将那些过去模糊得如同隔世。但有什么是没变的,她们一个对视就知道了。

"那一刻,我知道,我们都不曾背叛过去的理想。神啊,你为我送来了我的过去,也许这是我生命中最后一次机会,我还能唤起我最初的灵魂,重新选择我的命运。这一次,我不会再忍受命运的摆布。"

这是夏日庆典的最后一天。

夜晚,广场上摆好了长桌,铺上了粗麻织的青色格纹桌布,裁缝细心编织的流苏跟着晚风晃荡着。

切好的西瓜块、一颗颗光泽细腻的紫李、少见的青色葡萄和加西娅专门用魔药粉培育出来的深红色的脆甜桃子——她命名为骑士果——分门别类地摆在桌子上,在薰衣草和百合花花束之间穿插放置,表面犹带着清洗后剔透的水珠,在跳跃的篝火下折射出绮丽的色泽。

这个晚宴只有水果和加热又冰镇过的壶装牛奶作为晚餐,而人们的注意力也并不在食物上。要知道,酷暑炎热,即使到了夜里,热腾腾的食物依然不如一杯冰饮来得更有吸引力。

音乐和舞蹈才是这个夜晚的主题。压轴的人鱼乐团早已在高台上奏起了温柔的夜曲,竖琴和提琴相和,长笛与牧人的口琴也加入其中——在某些方面,人们出奇地随性,并不讲究乐器的适配性。反正即使用许多种不同的乐器,也能演奏出同一首歌。

少男们早已掏出随身携带的镜子和唇脂,精心地在眼尾拉出花丝一般的红痕,然后在广场后的活动厅里换上缝了不知道多久、花儿一样的长裙。在他们留存不长的青春里,每一个这样的夜晚都值得精心绽放。

年轻的女孩们也早有准备,有的穿着史诗、传说里属于战士的骑士靴,有的套着史前的国王登基时穿着的华丽礼服。她们梳起了头发,戴起了礼帽,个个打扮得神气极了,只是看着就能想象到她们未来的绅士模样。还有女孩十分紧张地念念有词,一看就是要趁机向心仪的男孩告白了。

无数已经凋零的、正在发生的或者将要开启的爱情,都发生在这样的青春之夜里。这样的青春萌动,长辈们并不阻拦——即使是被认为幼稚的、错误的爱情,也有其存在的价值。这样,当她历经世事,仍能有一个纯洁男孩的面庞,如同白月光一样留存在她的脑海里,成为最值得珍视和回味的记忆。每个女孩都应有这样的青春,方不算辜负生命。

焰火升空,人流如织。斯塔夏和凯尔茜一个穿着松垮的长袍,一个穿着体面却陈旧的正装,跟着稍显不整齐的音乐跳起了久违的舞蹈。

十三年前在不知谁家的宴会上,她们也拥有过同样的夏夜。凯尔茜曾是斯塔兰德最负盛名的年轻音乐家,时常在宴会上为人们演奏舞曲。只不过那时斯塔夏不擅长跳交谊舞,总是躲在角落里安静地喝酒。后来凯尔茜看不过去,便拉着她在别人家后院的水池边练舞。那时大厅传出的音乐声隐约难辨,她们在星光下畅谈着对未来的一切美好想象——直到命运将这虚假的温情表象无情打碎。

而现在,没有了专业的乐队,也没有了华美的庭园,甚至连舞步都生疏了,她们却毫无顾忌地融入了跳舞的十几岁孩子之间,默契一如从前。

一曲结束,背着花篓卖花的小女孩见缝插针地凑到两人面前:"姐姐,买一朵吗?我这花和桌子上摆的花束品种不同,是在精灵的圣湖边采的,能带来好运呢。"

杜兰妮在一边听得咂舌,对露西塔道:"现在卖花都要这么会说话吗?过几天我也去那个精灵的圣湖边采点儿花卖。"

露西塔忍不住笑了:"我觉得行,这套说辞是永远不会过时的。"

果然,精明的前王储凯尔茜笑眯眯地按下了斯塔夏掏口袋的动作,伸出骨节分明的手递出两枚银币:"我要一枝香根百合。"

小女孩被凯尔茜柔和的笑迷得七荤八素,让她挑了一枝最大、最新鲜的百合,上面还带着夏夜颤巍巍的露水。

凯尔茜道了声谢,低头深深一嗅,低声叹道:"好久没见过这样新鲜的百合花了。"

说着,她把那支百合递给了斯塔夏,含笑道:"送你好运。"

斯塔夏接过百合,百感交集。如果一朵花就能带来好运,那她们最需要这朵花的时候已经过去了。

她忽然伸出双臂抱住凯尔茜,深深地闭上眼睛。这么多年过去,她已经许久许久不曾感谢过命运。

但如今,她说:"感谢命运。"

大片的焰火在夜空中炸开。

杜兰妮和露西塔坐在一旁的长椅上看热闹。

"见了鬼了，从没见过这城里人笑成这样。露西，你掐我一把——"

不得不说，这位建筑工不愧是小道消息最灵通的人，自来熟不说，眼睛也尖得很。

琳妮娅和维尔蕾特都在广场上玩疯了，而露西塔这边不过是独自坐下歇个脚的工夫，就已经跟着杜兰妮的解说围观了广场上的好几对情侣。

露西塔只觉得自己掌握了很多没用的八卦。

没人在意一个外来的吟游诗人留在了伊尔塔特，就这样住进了斯塔夏医生的家。

夏日庆典结束后，太阳依旧照常升起。夏季的播种计划被提上了日程。

露西塔没有在春天种下春小麦和水稻，那么在秋季来临之前她都没有种主粮的时机了。她选了番茄和垂藤瓜这两样蔬菜，花了两天和维尔蕾特轮流种下，算是将家里的田地又补满了。

夏天来临，不仅需要播种，贮存饲料的事情也被提上了日程。到了秋冬季节，牧草干枯，羊群就会失去稳定的食物来源，因此牧人们需要在夏天就开始为动物收割和贮存草料。最近她们去草原牧羊时都会带上镰刀、背篓和一条储物项链。

草原上的草种很丰富，像是紫花苜蓿、高丹草和三叶草，都是繁殖很快的优质草料。事实上，即使她们不懂羊爱吃什么，放牧的时候多看看也就有数了。这样每天放牧的时候割一些草料带回家，不出几天就攒了许多。

牧人们之所以喜欢选在夏天开始准备过冬的草料，最主要的原因是夏天有暴烈的太阳光。收割回来的牧草不能直接贮存，否则只会腐烂，而不是成为羊的储备粮。每到日光强烈的晴天，她们就会将陆陆续续收割回来的草料摊开铺在院子里晒。通常这种晾晒会从上午一直持续到临近黄昏的午后，晒到草叶就要脱落的时候，再将草料堆成垛继续晒,以免将草料晒得太脆。堆成垛晾晒会持续到草料的水分蒸发到一定的比例。这时候,拿起一把草轻轻晃动,若会发出沙沙的声音,并且叶子变得坚韧,在手中揉搓也不会碎,基本就可以贮存了。

她们的储物小屋才刚起了个地基,收回来的干草没处放,只得暂时堆放在院子里。一捆捆的草料用木头垫着,现在还只是矮矮的一层,但露西塔仿佛已经看到了满满一垛的草料。她们在新草垛上搭了一块油布,以作挡雨之用。

这时候夏日庆典已经过去了七天。露西塔起了个大早,照常从特蕾莎的面包店买回一条面包当作今日的早餐,顺便给琳妮娅带回了她最爱吃的水果糖,五颜六色的,分别用不同的水果汁制成。她买了足足半磅,满足地拎了拎,想着这些应该足够重新填满琳妮娅的糖罐了。

露西塔剥开牛皮糖纸,丢了一块草莓味的硬糖进嘴里,随后才想起来自己最近尝不出味道。她买糖时一直有偷吃的习惯,总也改不掉。露西塔对自己的行径无奈地笑了笑,但笑容还没扩散开就凝滞在了脸上。

露西塔小心地把糖块咬碎,嚼了两下,忍不住呕了出来。这是什么味道?腐烂的、酸臭的,直冲鼻腔。她干呕了两声,喘了好一会儿才缓过来,心有余悸地舔了一圈牙齿。

就是这个味道——瘟疫。

如果第一次闻到生命的气味是巧合,第二次看到湖底的维尔蕾特是运气,那么第三次听到阿克纳塔的歌声时,露西塔再也没法儿欺骗自己了。在失去某一感官、灵魂和身体逐渐融合的时候,她会穿透一些世界壁障,触摸到这个世界的某些真实。那是隐藏在世界表象之下、只有神的全知视角才能窥探的真实。

这块糖携带着疾病——一种会传染的疾病。露西塔仿佛听到了人类的哀哭,闻到了尸体的腐臭。

她火速又拿出一块糖拆开,这次只是小心地舔了舔。之后她就皱起眉头,将那块糖重新包了起来,放进口袋里。她茫然地拎了拎手上的糖袋，思索了一会儿，又打开了手上的面包袋。果不其然，面包也是一样的情况。

露西塔匆匆折回特蕾莎的面包店。路上，她隐约听到几个街坊在有一搭没一搭地聊天。

"听说梅维斯这几天病了，我去买兔子都是索菲亚接待的。"

"帕玛也病啦。人类的身体真是脆弱，感染个风寒就能躺好多天。"

"唉，我还惦记着她这次带来的那些小玩意儿呢。我女儿闹着要那个陶瓷做的八音盒，闹了好几天了，也没见帕玛出来摆摊。"

蝉鸣依旧，路边的老树耷拉着叶子。一片安宁之间，露西塔抿起了嘴唇，手心那块怀表所在的地方在隐隐发烫。

几个孩子追逐着从她身边跑过，发梢飞起的红色蝴蝶结像跳动的火焰。这样热情的颜色此刻看在她眼里，隐隐有种令人焦躁的不祥。

露西塔伸出右手，手中怀表表盘上代表人类所属的魔法世界层的那块刺目的红色光斑似乎又加深了，浓得像一摊凝固的血液。

特蕾莎的面包店一如往昔，玻璃橱窗里的面包和糖果散发着诱人的甜香，从小窗子里飘出来。时有客人进出，特蕾莎白白胖胖的脸上满是和气的笑容。

露西塔回来的时候，索菲亚正拎着一袋最简单的白面包踏出店门。

见到露西塔，她的眼睛亮了亮："露西姐姐！好久不见。"

"好久不见。"露西塔问候了一句，"听说梅维斯生病了？她还好吗？"

索菲亚的笑容一暗："你也听说啦。"

走近来看，索菲亚的气色似乎也不太好，有些恹恹的。露西塔不由得多问了一句："你看起来也有些不好。"

"还好吧。"索菲亚勉强道，"我的情况你也知道。倒是梅维斯……不知道生了什么病，看起来像是风寒，但风寒药剂对她不管用。她已经躺了好几天了，一天比一天差。"

想到索菲亚的情况，露西塔的心情更沉重了，不由得叹了口气：

"有什么需要帮忙的吗？你这样顾得过来吗？"

"还好，我母亲也搬过来帮我照顾梅维斯了。"索菲亚短暂地笑了笑，"可惜我们都不大会做人类的食物，只能天天从面包店和酒馆买饭吃。"

"喏。"她把刚买的色泽深红的黑刺李递给露西塔，"吃一个吗？刚在奥萝拉那里买的。"

露西塔本想下意识地拒绝，但转念间想到了什么，伸进袋子拿了一颗："谢啦。"她拿着那颗深红的李子，小心地啃破了一点儿油皮。

索菲亚见状笑了："放心，我尝过了，很甜，不酸的。"

露西塔点点头："确实很甜。"

索菲亚跟她聊了一会儿："你也喜欢特蕾莎做的面包吗？梅维斯也很喜欢。特蕾莎总觉得自己的面包最好吃，但对我来说，它真的太甜了，根本比不上莉莉酒馆的白面包。"她无奈地耸耸肩，"真不知道为什么大家更喜欢她的手艺。"

"大概是甜味能让人快乐吧。"露西塔顺口接了一句，目送索菲亚拎着几个袋子慢慢走远。

她扶着柱子呕了一下，悄悄将那颗李子丢进了垃圾桶。果然，不只是特蕾莎的面包店……瘟疫蔓延的态势比她想象的严重得多，但镇民们并不见有什么变化，生病的只有人类。梅维斯、帕玛……都是因为瘟疫才病倒的吗？

如果是这样，那么这里还有两个人类——斯塔夏和那个吟游诗人……巧得很，帕玛和那个诗人是最近仅有的外来人。

她又买了一块面包尝了尝，确定了自己买到的面包不是孤例，转身就往斯塔夏的外科诊所去了。她要看看最后的两个人类是否健康。

大白天的，外科诊所的木门上挂了一块"暂停营业"的牌子，风吹过来歪歪斜斜地晃荡。众所周知，斯塔夏的诊所和住处是同一个地方。

露西塔试探着敲了敲门。

门里传来隐约而沙哑的声音："谁呀？"

脚步声越来越近。有人从门后探出头来——是斯塔夏，只是这个形象有点儿不像她的风格。她的脸色看起来憔悴极了，领口有一边翻卷着——这在平日是绝对不会出现在她身上的事，杜兰妮还差不多。她的眉头无意识地锁着，声音沙哑得像是渴了几天："我生病了，有事请找加西娅吧，一般的问题她都能解决。"

露西塔眉头一跳。果然……

她一动不动地站在原地，仿佛不知道斯塔夏下的是逐客令："那么请问，那位诗人也生病了吗？"

斯塔夏眼瞳一缩。

"是的，这个病似乎会传染……"斯塔夏缓慢地说，"你是怎么知道的？我的邻居们都没生病。在我也染上一样的病之后，我就确定了这个病会传染，之后我们根本没出过门。"

"可惜早在你生病之前，疫病就已经传播开了。到现在，该生病的人都病了。"露西塔平静地向她陈述事实。

"怎么可能！左边的薇恩家好好的，右边的戴莉家也好好的，附近的人家全都好好的，我根本没有听说有什么病在传播！"斯塔夏瞪大了眼睛，不敢置信地道。

"是啊，混血种都好好的，只有人类会生病，这不是很正常吗？本来就不是同一物种。"

"混血种？什么意思？"斯塔夏露出了费解的神情。

露西塔也惊讶起来："你不知道？"

就算刚搬进来时不知道小镇的情况，在这里生活了三年也应该知道了吧？但是斯塔夏医生是个沉浸在自己世界里的研究怪，几乎游离在小镇交际圈之外。两耳不闻窗外事的结果，就是丝毫没有意识到伊尔塔特有什么不对劲。大家都说斯塔夏医生深居简出，是个十足的神秘人，原本露西塔还不觉得，这一遭她可算是领教了。

露西塔无奈地抚额。

"那么，您也是混血种吗？"远远地，一个隐约的女声从门内传来，打断了二人的交谈。

斯塔夏回身惊呼："凯尔茜！你怎么下床了！"

露西塔回答了她的问题："是的，我是。"

"那么，您不会被传染，对吗？"

"是的。"

凯尔茜说："斯塔夏，让她进来吧。"

斯塔夏愣了愣，打开了房门。"吱呀"一声，一束阳光从门口照进屋内，顷刻间无数灰尘飞散。斯塔夏和凯尔茜都下意识地眯了眯眼睛。

屋子里亮堂多了。也许是长年流浪伤了身体的缘故，同样是生病，凯尔茜看起来虚弱得多，简直形销骨立。但她勉力坐在那里，神色平和，竟然仍有一种淡淡的威仪。

这是一个来历不一般的神秘人，露西塔心想。

凯尔茜先开口，最先关心的却不是病情："整个镇子的居民都不是人类吗？"

露西塔想了想："梅维斯是人类。嗯，帕玛也是。虽然她不是镇民，但她确实生了病，现在在莉莉酒馆休养。"

意料之中的答案。

凯尔茜忍不住笑了，对斯塔夏道："真是神奇的经历。"

斯塔夏早就无力地趴在了桌子上，闻言忍不住偏头问："你怎么不惊讶？不会你也知道，就我一个不知道吧？"

"不是，我也是刚知道。"凯尔茜安抚她道，"刚来的时候看到精灵，我真的很惊讶。"

"我也是。"斯塔夏咕哝道，"但我没想到不止精灵和人鱼不是人类，原来所有镇民都不是……"

"还有人鱼吗？"凯尔茜颇感兴趣地道，"我对精灵的历史有一些了解，知道以精灵一直被抓捕和挖眼的经历，是绝对不会和人类和平共处的，所以对这里的情况有一些怀疑。"

"临死前能见识到这样的秘密，也不冤了。"斯塔夏叹了口气，恹恹地用双手支着额头。

露西塔突然问："能给我一管血吗？"

对于人类而言，这个要求是很唐突的，因为血液是仪式魔法施加诅咒的重要媒介。但斯塔夏身为镇上唯一的外科医生，并没有这方面的敏感，反而产生了一丝好奇："你想研究解药？我不记得你懂得药理啊。让加西娅来可能希望还大一点儿。"

露西塔不好说得太详细，含糊地道："她有她的办法，我当然也有我的办法。总之，试试看吧。"

露西塔所言非虚，斯塔夏心知肚明，给加西娅一管血不会有任何结果。加西娅不是靠分析血液和药理制作魔药的，而是靠世代相传的固定配方，和斯塔夏这种研究体系不一样。她已经意动，但还没来得及说什么，凯尔茜就已艰难地捋起袖子，伸出了自己的手腕。

露西塔第一次这样直观地观察人类的手。她的手腕白皙又纤瘦，看起来比混血种要柔弱得多。这不是那种健康的瘦，俨然是疾病造成的急剧消瘦，甚至连皮肤都变得有些松弛和粗糙。大块的腕骨凸出来，几条青紫色的血管分布在她手腕上，在白皙皮肤的对比下显得有些触目惊心。

斯塔夏先反应过来，慌忙起身："抽我的，我的身体状况好很多。"

桌子上的杂物都被她的动作带了下来，哗啦啦地撒了一地。

露西塔把它们捡起来，听到凯尔茜慢慢地道："慢一点儿，不要着急。"

斯塔夏胡乱地点头，踉跄着去医疗室取了自己的针头和试管。

露西塔毕竟不是医生，取血的事还是得让斯塔夏自己来。她究竟还是没取凯尔茜的血，右手拿着针管艰难地抽了自己左臂的血。

露西塔干巴巴地道："听说，医者不自医。"

"没听说过。"因为疾病和疼痛，斯塔夏额上起了细密的汗珠，却还有功夫抽出心神和露西塔插科打诨，"我这样的医生，这么多年我只见过自己一个,规矩当然是我定。要是我没死,几代之后我就是开山祖师奶奶了。"

在座的两位帮不上忙,只得干看着她这么干了。这趟拜访,露西塔得到了一管密封的深红色血液,留下了一个尽快给出结果的承诺,然后重新关上了那扇封闭了好几天的破旧木门。

"暂停营业"的牌子依旧微微晃荡着。

中

THE FARM
IN
IRTATT

伊尔塔特的农场

秋野姜 著

江苏凤凰文艺出版社
JIANGSU PHOENIX LITERATURE AND
ART PUBLISHING

第9章
沼泽的火焰

露西塔一到家，就把自己的小试验台搬到了客厅里。为了腾地方，连茶几都被她拉到了角落里。她很着急。虽然这场瘟疫对小镇没什么影响，但无论是梅维斯、帕玛，还是她新交的两位朋友，她都不希望出任何事。

而且，她还有更深一层的隐忧。如果疫病是帕玛和凯尔茜带来的，那么瘟疫的源头必然在她们经停的人类城市。扩散这样快的瘟疫，如果控制不住……

露西塔一想到那种后果，就忍不住头皮发麻。她打开怀表，那块代表人类世界的光斑颜色愈发深重了。盖娅啊……这个世界的灾难已经开始有预兆了吗？

除了斯塔夏的血，露西塔还拿到了斯塔夏试着配出来的几味药方。斯塔夏自己试着吃了几副，但时间太短，看不出作用，索性都让露西塔拿来研究了。

疫病发作满打满算才不到一个星期，斯塔夏原本以为是普通的风寒，用了两天的风寒药不见效，病症反而越来越重后，她才发现不对劲。她们的低烧一直降不下去，脑袋昏昏沉沉的，嘴里渐渐蔓延出一股铁锈味。

凯尔茜底子薄，病得更重，吃得越来越少，眼见地日渐消瘦下去。斯塔夏还能勉力支撑，见现有药物都不起作用后，她钻进实验室开始按照症状自己配药。

她原本是人类出身的医师，但来到伊尔塔特之后，对遍山生长的魔药也产生了莫大的兴趣。因此，她配药与加西娅不同，并不拘泥于配制的是普通药物还是魔药，而是根据药草的药性和功效，将两者混合起来研究。三年过去，她已经留存了整整一册的实验记录，也配出了一些简单的药物，自觉比加西娅售卖的魔药效果还要明显一些，只是缺乏大量的实验，不敢贸然给镇民们使用。

现在露西塔拿到了她的实验记录和药物样品，依靠自己味觉的便利，接手了药物检验的工作。露西塔将斯塔夏的血液分成数份密封起来，放在时间静止的随身空间里以保鲜。

"紫锥菊花瓣两片、水飞蓟汁一令、食盐半令、欧白芷叶一片磨碎……通过实验发现，欧白芷是很好的稳定剂，可使得药性不易流失，暂时不知原理……"

露西塔先试了斯塔夏给的几个方子，将配成的药剂同时加入不同的血液样本里，然后每隔一个小时品尝一次。连续品尝带有腐臭气味的血液已让露西塔的舌头发麻，整个胃都在泛酸水，一整天都没怎么吃东西。

好在到了第二天，有一份血液的腐臭气味明显减弱了一些。露西塔本打算开始研究斯塔夏给的实验资料，加减一些药材试试，谁知斯塔夏给的配方直接就有了一些成效。她不由得大喜过望，将这一消息传给斯塔夏。

斯塔夏并不意外。她的药方是对症配制的，有的加了镇痛剂，有的加了退烧药，各种症状对应的主药都被她试着做成了方子，有一些效果在意料之中。

如果让斯塔夏自己检验这些方子，一是缺人试药，二是一个个尝试时间来不及，恐怕还没等研究出眉目，她自己就先病死了。她不知道露西塔是怎么做到只用一天就粗浅地检验了药物效果的，但眼下除了相信露西塔，她已没别的办法。

不过，生效的配方让她有些意外。那是她附带配出的一个半成品，主药是龙牙草，主要针对胸闷、头痛的症状，是一个舒缓、镇痛的方子。镇痛药能治疫病吗？

斯塔夏一边自行配了这味药给自己和凯尔茜吃——凯尔茜的病情

实在拖不得了——一边传讯给露西塔，拜托她分析一下里面的药材，看到底是哪种在起作用。

露西塔依言将配方中的草药处理好，分开加入血液里，静置了一夜。

果然，生效的不是镇痛的龙牙草，而是一剂提纯用的材料：稗草。稗草是一味春天生长的草药，通常生长在干燥、空旷的草原上，繁殖较快，相对比较常见。但其药性一般，使用条件苛刻，有时候会被磨碎加入药液中，用来吸取杂质，提纯药性。斯塔夏的不少药方里都有稗草，之所以只有这剂药里的稗草起了作用，大概是因为其中的稗草经过了处理，是煮沸后才研磨的。

与此同时，露西塔发现之前加入镇痛药剂的那份血液又恢复了腐败的气味，仿佛那次缓解从未发生过一样。露西塔将这两个结果一同告诉了斯塔夏。斯塔夏的反馈很及时。果然，虽然昨天她们坚持喝了这剂药，但在微弱的好转之后，她们的病情依然没有恢复的迹象。

是稗草的剂量太少了吗？还是说，单单一味稗草，简单的处理不能发挥全部的药性，需要将它作为主药，再加以另外的辅助药物，激发它本身的药性？

斯塔夏拖着病体又进了实验室。在露西塔自己摸索着搭配了许多常见的稳定剂、提纯剂和催化剂依然无果后，斯塔夏又来信了，这次她给出了三个方子用来试验。

两天之后，露西塔成功地试出了可以彻底净化血液的药方。这时候已经是七月上旬，午后日光微醺，干燥的药田散发着莲柯草的辛香，杜兰妮在窗外盖房子的叮叮当当声听着竟格外悦耳。

露西塔坐在窗前飞速地写道：

亲爱的斯塔夏医生：

我要告诉您一个好消息，在您这次提供的三个配方里，那个加了晒干野苹果的配方的表现非常完美！

我想，您和您的朋友们这次应该都可以痊愈了。

您简直是个天才！用得着这药方的不只是我们，我想，它在人类世界也许能发挥极其关键的作用……

最后，附上确认过的药方：艾蒿、稗草、碎米荠、车前子、鼠李籽、荨麻和野苹果干。

它们的用量和处理方式，我想您应该都是清楚的，但请允许我将其再复述一遍，以防出错……

您满怀关心的朋友
露西塔

斯塔夏回信对她的快速试验表示了更加热烈、诚恳的感谢，只是其语言的得体程度让露西塔不由得怀疑信是凯尔茜代笔的。啊，一个神秘的人……

一天后，在斯塔夏表示她们有了明显稳定的好转后，露西塔带着药和方子拜访了梅维斯和帕玛。梅维斯平日身体强健，如今病了几天，看着精神差了很多，但意识还算清明，也能活动和交流。

她听说了原委，道了谢就干脆地喝了药，并收下了露西塔给的药方。索菲亚也谢了又谢，她母亲还想留露西塔吃午饭，可惜露西塔要赶着给帕玛送药，就婉辞了。

临别时，露西塔忍不住摸了摸索菲亚的头发，欲言又止。索菲亚早没了前几个月的活力，如今脸色看着越来越差了。两人交换了一下笑容，露西塔的笑意就渐渐淡了下来，转身拎着小药桶去了帕玛所在的莉莉酒馆。

索菲亚在门口站了一会儿，日光投下来，拉下一道迷茫的长影。

将药送给帕玛后，露西塔又去了斯塔夏家。这时候两人都还穿着睡衣，看起来刚醒不久。两天过去，斯塔夏看起来好多了，说话都有了一些中气。凯尔茜的精神虽然还是很差，但起码走路稳当多了，已不怎么打摆子。

露西塔本想叫她们躺着讲话，但斯塔夏和凯尔茜都不愿失礼，硬是坐在客厅同她交谈。两人还没养好身体，露西塔就急匆匆上门谈事情，劳动病人，本来是不太妥当的，但是她们心里大概猜到了露西塔的来意，脸上没有丝毫意外的神色。

露西塔只好长话短说："凯尔茜女士，我想您应该也清楚，瘟疫不会无缘无故地发生。而一种只传染人类的疾病，不大可能发源于伊尔塔特，对吗？"

凯尔茜果然丝毫不意外，大概是也想到了。

"你说得对。"凯尔茜缓慢地回答，说话还是有些费劲，"很有可能是我和帕玛女士带来的疾病，给大家添了麻烦。"

"这个倒不是问题。斯塔夏是您的朋友，整个镇上也只有梅维斯被感染了，而且现在有了解药，大家已没什么大事了。"露西塔宽慰道，"我今天来的目的，想必您也清楚。人类的瘟疫在伊尔塔特虽是小事，但在人类世界则会是一场恐怖的灾难。"

斯塔夏和凯尔茜显然早就想到了这一点，点头认同她的话。现如今她们研究出了解药，理应传播出去，也许能拯救许多本不该死去的生命。露西塔今天前来，主要是想和凯尔茜确定下瘟疫的发源地。帕玛来自周边的小镇，行动路线是固定的，如果周边发生瘟疫，消息早就该传到伊尔塔特了。这么久没动静，说明病源很可能是凯尔茜带来的。

露西塔措辞小心，但还是怕凯尔茜会介怀。毕竟她没有证据，这样的猜测就好似在指责凯尔茜是病原体一样，即使她没有这样的意思。好在凯尔茜在表现出的精明之余，竟意外地有包容和体谅之心，看起来反而是最关心人类世界安危的那个。她微微露出回忆的神色："我从北方的斯普林王国过来，沿着文特的边界一路南下，抵达这里，偶然乘上了帕玛的车。如果说哪里最可能有问题……那就是'文特明珠'格兰德。"

格兰德坐落在文特西部边境，与斯普林接壤，是一座远离政治中心但经济极其繁荣的城市。四面八方的冒险家、流浪者和大大小小的商人都常在那里停留周转。大贵族在那里设置商行，建立居所，冒险家在那里交易故事，在驿站寻求短暂的好眠。那里遍地是黄金和丝绸，煤气灯在市中心的城堡里彻夜闪烁。而在黑夜的另一面，无名的通缉犯和黑魔法师的传说也时不时在坊间流传，大清早出现在居民楼前的陌生尸体常常被清洁工面不改色地清理掉。那里迷人又危险。人们将它誉为"文特明珠"。

据凯尔茜说，来时路过的城市都很正常，不然她也不会没有防备。如果一定要说哪里有问题，那就是格兰德城。在凯尔茜动身前后，格兰德出现了一阵流行性风寒，但她当时以为是换季导致的，因此没太在意。

"这样啊……"露西塔揉了揉额头，有些理解了凯尔茜脸上的苦笑，"如果真是格兰德，就有些危险了。"

那儿几乎是整个大陆每日人流量最大的中转站。

七月的气温已经很高，连下了几场暴雨。

去年冬天下种的麦子已经黄了，南风卷来的空气里混合着热浪和麦香。大片的树上传来连绵的蝉鸣，正午和深夜的时候最是聒噪，扰人清梦。空气里都是湿重的溽热。

在这样的季节里，瘟疫会以惊人的速度扩散。而人类世界目前的医疗水准，足够应对这场灾难吗？

对此，斯塔夏很有发言权："不可能。那些愚蠢的所谓医生，要么拿一些家传的万能药方熬汤药给人喝，要么动刀子给人放血。如果你想指望那些人，那简直是世界上最绝望的事。"

凯尔茜补充道："你说的应该是贵族们的家庭医生。平民得了病，要么靠坊间流传的一些偏方治疗，要么就是硬捱。据我所知，那些偏方各式各样、稀奇古怪，很多步骤都有祈求神灵垂怜的意味。有的人甚至本来没多大的病，却被这些偏方害死了。"

露西塔想了想："目前我的意见是，过两天等你们身体好些了，我们就顺着凯尔茜来时的方向一路上行，回去看看有没有需要帮助的地方。你们觉得呢？"

斯塔夏看向凯尔茜："我随意。"

凯尔茜背过身猛咳了一阵，瘦弱的身子都快被咳散架了，好一会儿才缓过来。她有些触动地道："当然。只是没想到我们人类的事，您会这样热心。您的美德真令人动容。"

露西塔当然不会说自己从前大概是人类的事，更不会将世界的危机和怀表的指示说出去，只得赧然接受了凯尔茜的夸赞。

斯塔夏提出了一个问题："只是这个药方里的碎米荠和鼠李籽都是魔药，在人类世界中非常罕见。这么多年来，大面积生长魔药的地方，我只见过伊尔塔特。到时候，恐怕会出现药品稀缺问题。"

"大概是精灵在这里的原因。"露西塔想起了镇志里的内容，"精灵对植物有天然的亲和性，其长久居住的地方，出现稀有植物的概率会大很多。"

斯塔夏沉吟："我配制药方向来习惯优先考虑普适性，加之在外面行医养成的习惯，比较喜欢用普通药物，会用这两样魔药，是因为在附近实在找不到替代药了。或许出去之后能找到替代药。"

她们商量了半天，最终决定先趁着伊尔塔特的便利条件，提前准备好大量汤药，出去后再试一试人类大陆上别的常见药草，改进药方。

这时候，露西塔的空间能力就派上了用场。顺便一提，露西塔开辟的空间容量已达到了一百升，维持时间也已增长至一个月之久。五十升像是个关卡，在那之后露西塔开辟空间的精神消耗明显降低了很多，以至于空间容量的增长速度也有了明显的提升。从五十升到一百升，几乎只用了短短半个月。

为了这次的事，她暂停了储物项链小店的生意，把心力全部投入到了空间容器的制作中。

此外，药草的收集也是个问题。即使伊尔塔特生长的魔药数量很多，但药草毕竟是药草，都零散生长在山林间，并不是一朝一夕就能大量采集的。别说是魔药，就是普通草药，在镇上平时没有特意贮存的情况下，想在短时间里大量采购也几乎不可能做到。

凯尔茜提出可以公开高价收购，调动孩子们和猎人一起帮忙采集。可惜斯塔夏和露西塔都是穷人，出不起钱——确切地说，整个小镇没一个富人。富裕的资源已经足够镇民们过上衣食无忧的安逸生活，大家平日里就算有贮存习惯，贮存的也都是过冬的粮食，而不是冷冰冰的银币。

斯塔夏想过向加西娅求助，魔药店里一定有贮存的多余草药，但也碰了壁。露西塔和凯尔茜对此毫不意外。且不说精灵和人类之间有深仇大恨，加西娅不一定愿意伸出援手；就算她愿意帮忙，这样一个小镇魔药店又能有多少存货？加西娅还算好的，若是求到精灵和人鱼头上，人家只怕还要为人类的灾难拍手称快呢。

一筹莫展之际，露西塔翻开了人鱼王送她的《精神术法大全》。

> 通常，智慧生命的精神过于复杂，我们会从非智慧生命的精神入侵开始学习……我们先从小丑鱼开始。当你能转念间控制一条小丑鱼之后，你就可以尝试控制大一些的动物了，比如一头海豚，甚至一头鲸。要小心，尽管控制它们的精神十分容易，但食肉鲸的体形对我们而言还是有一定威胁的……
>
> 当你能够抵抗智慧生命的精神反抗，穿破智慧生命心中的精神迷雾，你再回头控制非智慧生命，会惊异地发现，你已经可以在它们的精神中植入属于自己的种子了。到那个时候，它们的精神就是你的精神，它们的眼睛就是你的眼睛，你甚至可以修改它们的生物本能……
>
> 当然，我想接下来这个阶段你也一定能猜到。控制非智慧生命的下一步，就是控制智慧生命。
>
> 要做到这一步非常困难，因为从这里开始，它将不仅考验你的精神控制力，还考验你的精神强度和稳定度。你需要在和智慧生命的精神拉锯中占据绝对的上风，然后将其意识抹杀……在此

期间，如果你的精神受到一丁点儿损伤，就算你成功地制造了一个傀儡，对你而言依然得不偿失，因为精神的损伤是不可修复的。

如果你在不能保证自身精神完整的情况下反复使用这一术法，你会将自己变成一个消耗品，最终陷入不可挽回的疯狂……

露西塔在书房久坐，陷入了沉思。当天下午，露西塔从门前的工具箱中拿出了她的长弓。她已经很久没进森林了，水杉和桐树的叶子都变得深密起来，但即使是从愈发狭窄的叶缝里穿过的光斑，也能晒得人睁不开眼睛。蝉噪不断，飞鸟时鸣，时不时有野兔的影子从草丛中掠过。

她的精神天赋一直在随着时间的推移而增长，只是慑于初次使用时加西娅的警告，她一直没有试验的机会。拿到这本术法书后，她寻到了新的试验办法。

现在，她的精神天赋似乎隐隐增长到了一个阈值……露西塔弯弓搭箭，瞄准了草丛后的一只灰兔。一支羽箭嗖地破空而去，灰兔哀鸣一声，渐渐渗出血来。她蹲在灰兔面前，心神一动就进入了灰兔的精神世界。果然，非智慧生命的精神世界是混沌和空白的。露西塔试着植入了一点儿精神暗示，并且很容易就将其留在了灰兔的精神世界里，与那片混沌快速地融为一体。

她将那支羽箭拔出来，伸出右手覆盖在灰兔的伤口上。一阵流光闪过，它的伤口以肉眼可见的速度愈合，只留下一片带血污的皮毛，昭示着伤口曾经存在。灰兔茫然地活动了几下身子，又钻进草丛里跑远了。

露西塔也不着急，揪了根草秆咬在嘴里，找了荫凉处就地坐下休息。不多时，那只灰兔就跑了回来，嘴里叼着一根鼠尾草，围着她转了两圈。她将嘴里的草秆吐掉，从灰兔嘴里抽出了那根鼠尾草。

鼠尾草的草叶上还带着清晨未干的露痕，深深浅浅的紫色花瓣簇拥在一起,气味微苦,拂在脸上柔柔润润的。她摸了摸灰兔的小脑袋,脸上露出了笑意。成了。

她隐隐有种感觉,这还远远不是上限。露西塔拎起长弓再次起身。

她又见到一只松鼠。这次她没有试图抓捕松鼠,而是在见到它的瞬间就探出了精神触角。小动物移动的速度很快,但再快也快不过心念——露西塔已经探入它的精神世界,再次植入了自己的精神暗示。松鼠"咕咕叽叽"地叫了一阵,往前一蹿,消失在林间。

松鼠为她带回了一颗鼠李。露西塔从松鼠的小爪子里接过鼠李,心里大约有了底。

她将长弓背在背上,随意地从林间穿过。兔子、松鼠、鹿和獐子,甚至还有曾经吓住她的黑熊,以及林间的大杜鹃和白鹤……小动物们忙忙碌碌,跟在她身后。露西塔看着自己手里的药草一点点地增多,心里满足极了。

她的主要采集目标是碎米荠和鼠李籽,别的药物采集一定数量即可,到人类世界应该也能搜集到,甚至能在药铺买到。

一个下午的时间,她带的那条一百升容量的储物项链已经被装满了。

傍晚,露西塔准备离开森林,身后仍跟着一群小动物。

她揉揉灰兔的小脑袋:"谢谢啦。过两天,姐姐就帮你们去掉精神印记。"

灰兔"叽叽"两声,蹭了蹭她的手,回头蹿进了草丛。其余的动物也四下散了。

第三天,露西塔采集到了足够的草药,就将小动物们精神世界中的精神暗示抹掉,全部放归了。

斯塔夏和凯尔茜虽然不知道露西塔从哪里弄来了这么多草药,但从她试药开始,两人就对露西塔的神秘有了心理准备,倒也没多问。

她们借了莉莉酒馆后厨的一口大锅,熬了整整一天,制成了五大锅汤药,全装进了露西塔准备好的储物项链里,足足装满了三条穿满贝壳的项链，提起来哗啦啦地响。

听着哗啦啦的贝壳风铃声，露西塔抹了抹脸上的锅灰，长长地舒了口气。

尽管异族对人类不太友好，但混血种的态度还算中立。听说救人的事后，贾文娜犹豫了一下，最终还是应了她们的请求，将镇上的公用马车借给了她们。

短短几天，她们就准备好了要用的一切，也收拾好了行李。

维尔蕾特本来对现今的人类世界有些兴趣，有意出去看看，琳妮娅更不用说了。露西塔也有意多两个人照应，但家里的房子还没建好，必须有人在家守着。两人对于失去一个优秀的厨子这件事表示十分沮丧。

维尔蕾特问她："什么时候回来？"

露西塔看了一眼已经堆得高高的干草垛和起了一半的房子，算了算，回答道："夏天结束之前吧。"

这个夏天还有一个多月，说长不长，说短不短。

维尔蕾特想了想："那个时候房子刚好差不多建好。"

露西塔点点头，抬眼望了望远处的群山："是啊。"

奥尔大陆曾经一分为三，被三个王国占据。

伊顿灭国之后，文特和斯普林分食了伊顿的领土。斯普林横亘在正北，文特盘踞在东南。整个大陆的西南角，则是少有人踏足的群山密林，中间有一些稀稀落落的小城和部落，独立在王国之外，坚持着古老的风俗和传统。帕玛就来自这片群山。

埃斯蒂山脉则在这片大陆的最南方，左邻西南群山，右接文特领土。山峦险峻，人迹罕至，没人知道这里藏着一座小镇，以及最后的异族。

文特的铁路和原伊顿的铁轨接上了头，这些年修修补补，在文特领土上纵横交错，已经初成规模。蒸汽火车在短短二十年间以惊人的速度兴起，高耸的烟囱中浓烟滚滚，几乎每个大城市的上空都会时不时响起汽笛的长鸣，成为人们生活中再常见不过的情景。因此，像是格兰德这样的经济中心，是一定会有火车经停的。

斯塔夏拿出了自己收藏的大陆地图——尽管经过十年的变化，它已经有些过时了，但还能将就着用。凯尔茜在文特经停的城市连起来是一条接近南北走向的曲线，她们用鹅毛笔在地图上打了标记：多多那城—厄里斯城—拉科尼亚镇—法洛斯城—格兰德城。如果沿着这条线路继续向北，就到了斯普林的领土。

她们驾车来到距伊尔塔特最近的小城，将马车暂时寄存在驿站（由于火车难以抵达每一座城镇，因此拥有火车站的城市都会有类似的存车服务），登上了北上的火车。每到一城，她们都会停下来考察一番，确认没问题之后才会登上下一班火车。

顺带一提，临走前她们用伊尔塔特的银币在镇民活动中心换取了一些银锭，踏入文特之后又在货币兑换商那里兑换了足够的通用银币。通用银币的正面印着头戴王冠的人像，也许是文特某一代伟大的国王，露西塔并不清楚。银币背面印着文特王国的徽章——一簇抽象的紫罗兰。

除此之外，她们还带了黑胡椒、迷迭香等香料，以备不时之需。要知道，香料在伊尔塔特就只是香料而已，但到了大陆上就是堪比黄金的硬通货了。

在人类世界，银币的购买力在某方面是很强的。即使是在物价较高的大城市里，一条面包的价格也就是一枚铜币。一枚银币能换取十枚铜币，也就是说，她们在这里能用一枚银币买到十条白面包。这在伊尔塔特是难以想象的事。

在这里，衣物也很便宜。不同于伊尔塔特，人类的染料已经发展得非常完善，更廉价的化学染料开始大批出现，传统的植物和矿物染料因成本昂贵和固色困难逐渐退出了中下层民众的日常生活，成了上等人追逐的某种"昂贵"的时髦……

工业化使得苎麻和染料的价格大幅降低，一件普通的外衣只需要五枚银币。即使是中产阶级置办的更体面、精美的着装，也不过十枚银币左右。

不过，水果的价格还是居高不下。除了贵族的私家园林，很少有农民愿意种植水果这种奢侈的食物。它们的成熟期长，且收成不稳定，因此产出很低。以梨子为例，一枚银币仅仅能买到两个优质的梨子，这几乎和伊尔塔特的物价持平，同时也几乎是一个缝纫工一天连续工作十四个小时的全部收入。

一言以蔽之，几位伊尔塔特的穷家伙行走在外面，竟成了生活相对奢侈的阶级。可惜的是，即使她们钱财富裕，生活体验依旧不算太好。

由于工业重新开始发展，糖和盐的供给量还算充足，普通的中产阶级已经能充分保证糖的摄入，甜面包、糖果和甜品已经成为货架上的常客。

只是香料实在太稀缺了。传说大灾难之前的时代，人们已经在遥远的森林和群山深处寻找到了一些稀有的香料，并通过三个世纪的培育，使得香料开始出现在平民的餐桌上，从奢侈品变成了一种价格稍高的必需品。可惜，香料的种子在大灾难中几乎消失殆尽。人们只能从遥远的群山和一些史前的遗迹中寻找新的种子，重新开启香料种植事业。

不幸的是，经历过一场大灾难后，这片大陆的土壤似乎变得不太适合大多数植物生长，粮食和果蔬的产量大幅下降，仅有的土地几乎全部用来种植粮食，剩下的分给了苎麻、棉花和油料作物，留给香料的种植空间变得极其稀少，香料逐渐沦为贵族才能享有的奢侈品。

也就是说，即使她们手里有钱，也无法在火车上买到带有香料的美味。甜面包和盐渍肉干已经是能买到的最好的食物了。至于用迷迭香、小茴香、丁香腌制的肉类和加了芫荽的蔬菜沙拉，简直想都不要想。

斯塔夏和凯尔茜都在人类世界游荡了多年，对这样的食物接受良好。

露西塔就难以适应多了。她踏上火车的第二天就恢复了味觉，此后味觉变得极其敏感，单调的盐和糖的味道已经让她的舌头有些麻木了。她从有记忆以来就在香料充足的环境里生活，乍然长时间吃不到香料，整个人都有些恹恹的。斯塔夏说她是"水土不服"。

用了一个星期的时间，她们抵达了格兰德的前一站：法洛斯城。

前面太久的风平浪静令她们都有些放松了。直到来到法洛斯城，她们才在车站附近的咖啡馆里听到零星的风声：

"听说格兰德……戒严……"

"……瘟疫……我有个亲戚……"

这个话题似乎很火，即使讨论的人刻意压低了声音，但议论太多，难免会传到她们耳朵里。

她们对视了一眼。凯尔茜抓了一把银币就跟着一个吃完午餐的人出去了。斯塔夏和露西塔坐在咖啡馆里，隐隐能听到凯尔茜的声音："大姐，跟你打听个事儿……"

不多时，凯尔茜带来了最新的消息。格兰德城已经近乎是一座死城了，瘟疫已辐射到周边的村镇。法洛斯城这两天也渐渐有人出现了类似的症状，但市政府将这件事压了下来，很少有人敢公开谈论。目前的格兰德许进不许出，没人知道是什么情况。

她们一个是不怕瘟疫的混血种，另外两个都是得过病的，并不怵进入格兰德。只是她们去买票的时候才知道去格兰德的火车已经停运了。她们商量了片刻，决定买一辆马车。

这个时候，从伊尔塔特带来的香料就派上了用场。马车的价格非常昂贵，一个钟头的租金就要四枚银币，买下一辆需要大几百金币。一磅香料的价格是一磅黄金，一磅黄金可以铸造二百五十枚金币。当然，收购的价格比正常售价要低一些，她们用两磅多香料得到了一辆破旧的瘦马车。

此外，进入"死城"，她们还需要做一些额外的准备。她们携带粮食和水很方便，也不必担心保鲜的问题，索性在法洛斯一口气囤了许多在空间里。露西塔在味觉恢复并加强后，精神强度又提升了一个阈值，空间能力也增长了一大截。当然，她没有时间检验自己空间的持续时间，只知道自己目前努努力，已经能开辟出半个立方的稳定空间。因此，囤货也变得更加方便。

在粮食之外，她们还每人准备了一把铁剑，存放在露西塔独家定制的长条形空间里。毕竟，灾难从来都是杀戮和动乱的养分。准备就绪，她们当天下午就出发了。马车的速度比蒸汽火车差得远，按原计划她们今天傍晚就能抵达格兰德，现在驾驶马车足足走到了半夜。

这一夜，她们是在野外休息的。夜深露重，好在是夏天，多穿两件外衣就足够抵御森林夜晚的寒气。凯尔茜的野外生存经验很丰富，点起了篝火防止狼群，马车就停在不远的地方。火焰噼里啪啦地响，照亮了她们的脸，有些凌乱的发丝跟着夜风悠荡。

在这样的篝火里，凯尔茜连声音都变得模糊而温柔起来："还冷吗？"

斯塔夏把手放在火苗边翻了翻，摇摇头。

露西塔："那个……这个火，好像不太热？"

两人奇怪地看过来，就见到露西塔已经将手指伸到了火苗上，食指被烧出了一层焦皮却一脸无知无觉。在火光下，女孩的发丝轻轻飘着，有些茫然的神情给这一幕增添了些许诡谲。她们绷紧了神经，谁都没有说话。

露西塔的神秘已不是稀奇事了，但见她当面显示出非人的特质，那种"非我族类"的警惕感还是难以避免地浮现在空气里。

露西塔看到手指被烧焦似乎也意识到了什么。她将手指缩了回来，躲在袖子里悄悄用了治疗术。皮肤涌动几下，手指恢复如初。

一夜无话。

第二天，晨雾未散时，沉寂了许久的格兰德城门前停了一辆马车。车上下来三个人，一个十六七岁的少年和两个三十许的青年。守城的士兵正昏昏欲睡,见有人来,惊得连忙探身往城墙下看。

凯尔茜叹了一声:"我不久前经过这里时,可不是这个样子。"

斯塔夏也见过曾经的格兰德:人来人往,城门前排满了车辆,汽笛声不绝于耳。现如今它却萧条得令人心悸。

她感叹了一句:"世事无常。"

两人感叹完,才发现露西塔一动不动地凝望着城楼,许久没有声响。

"露西塔?"

露西塔抬头凝望着眼前的岛屿。天色忽暗,巨大的白骨一半深埋在泥里,另一半交错耸立在她眼前,森森林立。白骨已然枯黄,布满了陈年的裂痕。一道道巨大的蛛网缠绕在白骨上,许多一人高的蜘蛛沿着丝线穿行其中。弹动蛛丝,似乎能隐隐听到嘈杂无序的琴声,或是龙骨发出的阵阵哀鸣。

再一晃神,又是一片寂静。四下无一处光源,仿佛无声的永夜。

"露西塔?"

露西塔猛地惊醒,对上凯尔茜和斯塔夏疑惑的目光,揉了揉额头。"没事,我们进去吧。"

城门大开,仿佛潜伏在夜里的猛兽张开了深渊般的巨口。三人牵着马车,消失在城里。守卫的吆喝声犹在回荡:"许进不许出,可别后悔!"

格兰德的建筑颇有种人文复古的风格,杂糅了四面八方的建筑元素。文特、斯普林甚至曾经的伊顿的建筑特征,都能在格兰德寻到一些影子。

宽阔的主街两边是灰白色大理石筑成的双层楼,黑铁雕花的铁窗紧闭着,横楼是洛可可风格,街心立着弹奏竖琴的神话雕塑——那是传说中掌管贸易和财富的神灵。远处有一座雪白的圆形穹顶,高耸在城市的云端,那是盖娅的神庙。

晨钟声从神庙的钟楼传来,穿透整座城市。就在这座圣洁的神庙脚下,路边的街道上躺着流浪者的尸体。它们躺在太阳下的阴影处,苍蝇在腐败的尸体上盘旋。

路上鲜有行人,仅有的几个也紧掩口鼻,神色匆匆。不远处,几个流浪者缩在街角,用疲惫的目光打量着她们。这些流浪者甚至已经失去了平日的谨慎——是了,感染了瘟疫的将死之人,还有什么可害怕的呢?

她们甚至咧出了微笑。虽然她们不知道这些衣冠楚楚的上等人为何突然来到这座死城,但这也许是她们距离这些上等人最近的一次。很快,这些上等人就会像她们一样,慢慢走向死亡。死亡啊——真是人间唯一一件,也是最后一件平等的事。

不,怎么回事?那个上等人走过来了。她想干什么?

流浪者埃珀有些慌乱地站起身,往后退了两步。大家的目光都锁在那个衣衫体面的黑发少年身上——她……她要和埃珀说话!这个上等人要搞什么把戏?

露西塔发现这里的流浪者有些胆小。她安抚地笑了笑,尽量轻柔地问:"请问一下,您知道旅馆怎么走吗?"

埃珀发现这个上等人的口音有些奇怪,不像是当地人。也许这是个误入的外地游客?是了,她还问旅馆在哪里呢!

她的眼珠子转了转:"尊贵的客人,您这可算是问对人了。埃珀对全城的道路都了如指掌,可以为您带路,只需要区区五枚……不,三枚银币。"

露西塔总觉得这位自称"埃珀"的大姐想宰她,按理说这个时候自己应该还个价,但她看了看埃珀透出青白的病容和褴褛的衣着,将到嘴边的话又咽了回去,默默当了这个冤大头。"好的,感谢您的热情。"她从兜里数出三枚银币,递到埃珀手里,"劳驾。"

埃珀虽没有说谎,但她没说的是,旅馆早已停止接待客人了。面对紧闭的旅馆大门,三人面面相觑。

埃珀有些心虚地堆着笑:"这……这……埃珀也不清楚啊。"

事实上,旅馆不开门,她们早有心理准备。瘟疫之下,连主街两边的店都关着门,何况接待游客的旅馆呢?凯尔茜对埃珀摆了摆手:"没事,我们自己再找找吧。"

埃珀一愣,嘴唇嚅动了一下,说:"您可以去东北角的贫民窟附近看看。这种时候,没有旅馆会营——不,我是说旅馆很有可能都是不营业的。贫民窟那边虽说您看不上,但这种时候只有贫民会出来劳作,寻找食物,也只有贫民的门能敲开。如果运气好,也许能找个地方借宿一晚。"

凯尔茜若有所思,点了点头。

看着三个上等人的身影越来越远,埃珀嘟囔了一句:"奇怪的体面人。"

她掂了掂手上的银币,试探地用牙咬下去,被狠狠地咯了一下。

埃珀也不嫌疼,咧嘴笑了,又把银币举高,放在太阳下面欣赏了一遍:"盖娅在上……真是银币啊。"

埃珀的提醒果然有用,她们溜达到了贫民窟。河边有不少瘦弱的洗衣夫三三两两地聚在一起,装了满盆的衣物在河边清洗。这里的人即使多数都生了病,也不得不撑起身子继续劳作。毕竟,不选择劳动就要选择饥饿,到时候这些贫民可能还没病死就先饿死了。

整洁的外衣、细腻的皮肤、富有光泽的头发和挺拔的身形,让三人在衣着破旧、身形瘦小的贫民窟居民之间显得格外引人注目。

刚走到河边,她们就吸引了洗衣夫们的注意。这是——那些主城区的上等人?上等人怎么会来这种地方?

贫民低声窃语着,时不时偷瞄她们一眼,但没人敢直接抬头盯着她们看。其实,她们的衣着风格比人们熟知的"上等人"朴实多了,举止行为也大有不同。那些真正的中产一看就知道她们的不同，但指望难以接触那个世界的贫民们来分辨其中差异，简直是做梦。

她们很容易就借到了房子。事实上，贫民窟的家庭只会缺少房子，不会有多余的，但面对银币的诱惑，谁都十分愿意和邻居们在逼仄的小房子里将就一晚。年长的和年轻的洗衣夫们抢着说话，一面忍不住迎风咳嗽，一面急切地推销自己的家。

露西塔犹豫了一下，选了一个看起来最干净、漂亮的少男，温和地问："你说，你家有水井和单独的厨房？"

少男激动的神色染红了苍白的病容："大……大人们，是的。而且我家非常干净！您愿意住在我家吗？"

露西塔点头："劳烦你带我们去看看吧。"

其余人遗憾地一哄而散。

上帝啊，怎么会有这么客气、这么绅士的上等人！她真的是那种拿鼻孔看人的上等人吗？少男整张脸已经红得像只煮熟的虾子，声音也不由得变扭捏了一些。他抿了抿唇，动作不由自主地柔顺起来，显出些少男独有的羞涩："好的，大人。"

露西塔并未注意这些。少男的家就在不远处，果如其言，是一间还算干净的平房。少男的母亲和舅舅见到露西塔拿出的银币，惊得眼睛都直了，忙不迭地道谢。一家人收拾了不多时就将房间收拾得整整齐齐，自己到邻居家借宿去了。一家子都病骨嶙峋的，走路都艰难，看起来实在让人不落忍。

露西塔转过身去，不知从哪里掏出一个水袋，递过去："这里面是治疗风寒的药，你们一人喝一些，或许会有些作用。"

母亲受宠若惊，接过水袋连连道谢。一家人小心地就着那只水袋，最小的女儿先喝，然后是领她们来的少男，最后是母亲和舅舅，一人一口将水袋喝空了。药物对贫民窟的人来说实在是太稀缺了，大街上的药铺从来都是给那些中产或者贵族准备的，贫民在疾病之下唯一能做的事就是挨。挨过去是好运，挨不过去是命运。

一家人暂时搬到邻居家之后,露西塔几人终于放松下来,整个上午都在屋子里休息。舟车劳顿,风餐露宿了一夜,她们实在是有些吃不消。午后,她们吃过自备的午餐,去隔壁请来了这家十来岁的小姑娘。

小姑娘叫作黛丽拉,一双眼睛咕噜噜转着,看起来机灵极了。"几位姐姐,有什么事叫我吗?"

面对不必小心照顾的皮实小姑娘,露西塔感觉相处起来轻松多了:"黛丽拉,现在感觉怎么样?"

说到这个,黛丽拉的小脸上立马迸出神采:"太神奇了,那药真的有用!"

露西塔笑了笑。

黛丽拉的脸色也确实比早上红润了一些——加了魔药的药汤,治疗人类还是绰绰有余的。

露西塔说:"你有很多玩伴对吗?"

"是的,我有很多朋友,姐姐。"

"姐姐托你办件事,办好了,这枚金币就是你的了。"露西塔掂了掂手上的金币。

黛丽拉的眼睛简直黏在了那枚金币上。她咽了咽口水,把视线从金币上拉回来,眼睛晶亮地望着露西塔:"姐姐要我干什么?"

"姐姐问你,整个格兰德的人都得了这种怪病,对吗?"

黛丽拉点点头。

露西塔想了想:"这样的药,姐姐还有很多。我只有一件事给你办。你去告诉大家来这里领药,好吗?"

黛丽拉听完,整个人都惊了。她不敢置信地问:"就这样?"

"是的,就这样。"

"然后,这枚金币就是我的了?"

"是的,黛丽拉。"

黛丽拉仍是一副不可置信的样子,一时间竟然不敢答应。

露西塔见状，又道："还有一件事。我看家里的水缸里没水了，你帮我们把它打满，好吗？我们几个都没有力气。"

黛丽拉这次放下心来。就是说嘛，这些有钱人娇贵得很，自己没法儿打水，需要雇人帮忙。

她拍拍胸脯，干脆地道："放心吧，只要您在这里住，我每天都来给您打水！"

她接下了那枚金币。露西塔还真不是在随便找活儿给黛丽拉做。她们带出来的药有限，要分给全城的人远远不够，需要用大量的水复熬和稀释。临行前，她们特意将药汁收得很浓，就是在为稀释做准备。稀释后药效会减弱很多，不过根据斯塔夏的浓度分析，要抑制疾病蔓延，缓释症状，还是绰绰有余的。

她们点起炉子，从隔壁的几家买来柴火，在这家门前支起了药摊，分发热腾腾的汤药。贫民中识字的不多，即使她们挂了"免费分药"的牌子，依旧有很多人不懂她们在做什么。好在黛丽拉的宣传很到位，附近的居民都知道了这里能免费领药的事。

对于生病的贫民来说，一日日衰弱下去，失去劳动力，几乎与等死无异。这种时候有免费的药物，大家并没有空间考虑药物是否有效，甚至是否有害——因为事情已经到了最坏的地步，不可能再坏下去了。何况，分药的是有钱的体面人，体面人又能从贫民身上图谋什么呢？

来领药的人渐渐多了起来，到了傍晚甚至排起了长队。露西塔她们为了防止药物不够，规定每人每天只能领一碗。至于她们是怎么确定有人复领的，只有露西塔清楚：她在每个领过药的人的精神外层都打了一个印记，以作标识。是的，她的精神天赋已经达到看一眼就能够穿透普通人的精神外层的地步了。

凯尔茜和斯塔夏依旧没问什么，她们只要知道复领的人被准确地揪了出来就足够了。

夏日天长，过了晚饭时间依然有稀落的天光，照出一道道佝偻的人影。药摊前的人渐渐少了。

这时候，露西塔注意到一个女人。这个女人有一头黑色的长发和暗绿色的眼睛，身形瘦弱，衣衫破旧，极其不合身。她腰间挂着一支骨笛，一深一浅地跟着排队的人缓慢前行。顺带一提，人们并没有排队的习惯，这支队伍是凯尔茜拎着剑强硬整起来的。

那个女人走到药摊跟前，端起她的破陶碗，用粗粝的声线低声说："谢谢。"

她抬起头的时候，暗绿色的眼睛震得露西塔一颤。

巨大的白骨之泽。

到处都是蛛丝，蜘蛛们奏响诡谲的琴曲。

永夜、尘土，这是个被时间遗忘的地方，连绵的蛛丝是它悠长历史的证明。

隐约的低鸣中，沼泽表面涌起黑沉沉的泡沫。

咕嘟、咕嘟——

泡沫破裂。

露西塔蓦然一晃神，就听得斯塔夏疑惑地问："你发什么愣呢？"

她没有答话，和那女人对视了一眼。她没看出什么东西。这是一张再平凡不过的脸，和周围的所有邻居一样，布满了风霜摧折、生活重压的痕迹。在贫民窟里，这样的人只要一个转眼就能被忘记。

所以，是幻觉吗？

露西塔望向女人离去的背影。

第二天，她们的院门是被强行破开的。

三人带着没睡醒的怔忡，看着拎着木棍的人群冲进室内翻箱倒柜，神色俱冷——是她们大意了。

以往平民不敢冒犯贵族，不是因为贵族天生尊贵，而是因为贵族有护卫队和骑士的保卫。只有暴力威慑才能保证绝对的权威。当下，中产们在城区里能安然地活动,主要依靠城市的治安。现在这两样都没有,她们仅有三个人,又手握救命的药物资源,不惹人觊觎才怪。

而对于贫民们来说,习惯了无止境的剥削和压榨,面对上等人的突发善心,第一时间升起的是警惕而非感激。与其等待这些上等人不知何时到来的阴谋,不如先发制人,趁城内治安崩溃、无人护卫的时候,把药物强夺过来。

闯入者们并不知昨天这几人发放的是什么药物,总之那些药物发挥了惊人的作用,那是贫民窟里从未出现过的奇迹。多少医生都止不住的疫病,把格兰德变成了死城的疫病,连城主那样的贵族都束手无策,竟然只需要一碗汤药就能缓解!

闯入者们四处搜寻无果后,渐渐将目光投到了她们三人的身上。

她们三人倒是不怵。且不说她们正年轻,身强体壮,对面的人却久病又瘦弱,看起来几乎一刮就倒。更何况凯尔茜剑术绝伦,露西塔是半个长寿种,敏捷、强健,就连斯塔夏都能靠精铁长剑勉强自保。

闯入者将她们团团围住。领头者双手握着木棍,目露凶光:"说,你们把药藏在哪儿了?"

无人答话,凯尔茜率先拔出长剑。这一个拔剑的动作,惊得众人退了两步。这群闯入者没有铁器,大多数拎的是木棍,有的看着甚至是晾衣竿,竿体经过多年使用都被磨得发光了。面对利剑,贫民永远有着最天然的畏惧。凯尔茜将长剑横在身前,一步也没有上前。

她正要说话,露西塔突然问道:"昨天你们领到药物了吗?"

领头人不知她问这个做什么,疑惑地点头。

"感觉如何?可还有用?"

领头人更迷惑了,只觉得被她牢牢地把着节奏,烦躁地道:"要是效果不好,老娘还会过来抢你的药吗?"

"可我们已经给你们发药了,你们为何还要抢呢?"

"谁知道你们这些家伙想干什么?你们能干好事?"领头人粗声粗气地说,"既然你们迟早要把药给我们,不如现在就给,也好让我们放心。"

这领头人终于说了句聪明话。

露西塔冷笑:"是给你们,还是给你?我们分药分得好好的,你忽然冒出来要抢,难道不是想独吞?我们分药,讲究公平公正,每人都有,你呢?你若拿了药,又会怎么分,让大家怎么信你?"

人群中响起嗡嗡声。

领头人一时语塞,强自嚷道:"不信我,难道信你一个外来的上等人吗?"

"至少,我们昨天可是分药分了一下午。"露西塔微笑,"每人一碗,不多不少,大家都是看在眼里的。只要排队就能领到。大家不妨用脑子想一想,是信我们,还是信她呢?如果今天谁还继续闹事,就免不了刀剑无眼了。你们本来能每天领一碗药好起来的,今天就把命交待在这儿也太可惜了。"

人群中的嗡嗡声更大了。突然,一个二十来岁的瘦小青年抱着她的晾衣竿夺门而出。她这一跑,又有几个人忍不住效仿,本就是临时集结起来的众人登时作鸟兽散了。

露西塔一脸可惜地对那个领头人道:"您瞧,大家的眼睛都是看得见真相的。真遗憾,您的药剂份额没有了。"

她的声音不大,却清楚地传到了每个人的耳朵里。逃跑的人暗暗庆幸,领头人却面如土色。

"贪婪的人总是要付出代价的。您说对吗?"露西塔意味深长地说,"其实我们也很怕一直被找麻烦……如果这样的话,恐怕我们真的不敢在这里逗留了。"

人群散去后,她们清点了一遍小院里被损坏的财产。一扇破旧木门、倒塌的水缸、打碎的破花瓶……她们把这些都记下来,折成银币双倍交给了小院主人的孩子黛丽拉,让她带给自己的母亲。

黛丽拉看起来有些替她们气愤,又有些为得了银币而高兴,脸色变换几次，终于还是得到银币的欣喜占了上风，咧开嘴忍不住笑了。

斯塔夏问凯尔茜："你那个时候拔剑想做什么？"

凯尔茜毫不犹豫地说："杀鸡儆猴。"

"……"

斯塔夏忽然想到，在伊顿灭亡前，王储凯尔茜就是以铁血手腕著称的。她最终完成了她想完成的一切，震慑贵族、维护法律、加强国防，甚至为保护无辜的精灵，出台了禁止残害精灵的法律。但能在短短三年时间做到这些，她手上不知道沾染了多少鲜血。

斯塔夏久久不答话，凯尔茜诧异地扭头。她抿了抿唇，踌躇片刻才开口："她明显是不怀好意……你怕我吗？"

斯塔夏摇了摇头。

"你总是需要在少数人的命运和多数人的命运之间抉择，哪怕这抉择本身就显得有些邪恶……但我知道，这不是你的错。"

这天下午，她们照例摆出了药摊，由露西塔和主人家的小姑娘黛丽拉照看。斯塔夏和凯尔茜去了主城区。

她们要去的地方是全城所有的药铺。据斯塔夏说，人类世界有很多普通的植物能够入药，它们的生长环境各有不同，是伊尔塔特所不能完全覆盖的——毕竟它只是个面积不大的小镇而已。

时至今日，人类世界的草药已经被发掘得差不多了。在格兰德这样的大城市里，药铺里通常就能买到大部分的草药。那是斯塔夏试图换掉当前药方里的魔药所需要的必要材料。

要知道，她们带的药是远远不够全城人用的，只能暂解燃眉之急。唯有斯塔夏研究出替代药方，才能看到彻底解决瘟疫的希望。

露西塔又见到了那个黑发碧眼的女人。在第三次见到白骨之泽后，露西塔将药摊暂时托付给黛丽拉，叫住了那个女人："女士，您好……"

女人疑惑地转过头来。露西塔也觉得自己有些唐突，但还是硬着头皮找话道："我看您没生病，是替家人领的吗？"

女人看起来有些不安："没生病的人……不能领药吗？"

"那倒不是。"露西塔连忙说，感觉自己像个强行搭讪的变态，好在对方不是个男人，"只是有些好奇，您是替谁带药的呢？"

女人低下头，像是想到了什么，露出一丝温柔的神情："是我的女儿。"

"这样啊。祝她早日康复。"露西塔干巴巴地说，再找不出下一个话题，只得目送女人渐渐走远。

斯塔夏和凯尔茜带回了很多种草药，好在大部分装在储物项链里，带在身上倒也显不出来。据她们说，还在营业的药铺几乎都有守卫保护，并且药物都是天价，看起来像是某些贵族的产业，在趁机发瘟疫财。她们动用了香料才换来这些昂贵的药材，路上还遇到了两拨想抢药的流浪者。幸好凯尔茜随身佩剑，她们才能安然地回来。

斯塔夏自己带来了一套实验器具，药材买回来后，她着急研究，一头扎进了房间里。

第三天，露西塔又见到了那个女人。

这次，女人并不是在排队领药。她手里拿着一支旧骨笛，就是她平日里挂在腰间的那支，吹奏着一首不知名的曲子，从药摊边经过。

小姑娘黛丽拉疑惑地喃喃道："安魂曲？"

"什么？"露西塔没听清，直直地望着那个女人单薄的身影。

"这是我们格兰德本地流行的一首曲子。在亲人或者爱人死去后，人们会在道路上吹奏这首曲子，希望亲人的灵魂能够早日获得安宁。"黛丽拉解释完，跟着哼了两声，突然发现不对："不是，好像是招魂曲……"

"那又是什么？"

黛丽拉咽了咽口水："就是字面意思。有的人希望死去的亲人依旧陪伴在身边……"

露西塔想起了昨天那女人回答"我的女儿"时那温柔的腔调，朝着女人离去的方向走了几步，忽然感到一阵眩晕。

依然是永夜的白骨之泽，露西塔对它已经有些熟悉了。

她微微眯起眼睛向前看去，远处有一点儿白光。

那似乎是一点儿火光，在微弱地跳跃着，看上去随时都会熄灭。

火光之下，陈旧的白骨裂痕和沼泽表面涌动的泡沫，都可见微微的轮廓。

咦，那火怎么……

这里没有风吧？她伸出手试图感受，却忽然想起自己最近没有触觉。所以，那跳跃的火焰……是因为有微弱的风吗？

她抬起脚想往那光源的方向走，去辨认风的方向和光的来源，眼前的景象却倏忽消失了。

拥挤的街道上只有排队的病人和女人远去的背影。

露西塔望着那背影，问黛丽拉："她是谁？"

"不太熟呢，是别的街区的阿姨。"黛丽拉乖巧地答，"好像她家就只有个女儿。"

"白柳皮、芸香、无花果、阿魏、龙牙草、欧白芷、牛膝草、缬草……"

低矮的土砖小屋里，油灯的微弱火苗在玻璃灯罩里跳跃着，斯塔夏的脸忽明忽暗，一排褐色的试管拉下淡淡的长影。牛皮纸做的方形标签贴了一排，上面是用深蓝色墨水写就的略显潦草的字迹，尾字母往往习惯性地拉出一条细钩。这是各种尝试中的草药试剂。

在这排试管的下面，还整齐地摆着一排装有暗红色浓稠液体的试管。每支试管里只装了浅浅的一点儿血，共有不到十支，与对应的药剂试管放在一起。这是感染者的血，是凯尔茜拿银币在城区的一个强壮的流浪者那里换到的。她们根本没考虑过在贫民窟里找受试者取血。采集血液在人们眼里是一项邪恶的活动，一旦被人发现，就坐实了人们隐约的怀疑——上等人施舍汤药一定怀有某种阴谋。因此，远离人群、无家可归的流浪者是最好的选择。

事实上，有史以来，血液和内脏在人类世界一直是非常忌讳的东西。那被认为是邪恶、神秘的领域，这种恐惧又被愚昧二次放大，使其成为不能触碰的禁忌。斯塔夏行医会被人们当作怪物甚至邪教徒，很大一部分原因就在于她总喜欢在人身上动刀子。而若要循着这一观念溯源，大概又要从史前说起了。

在史前的人类世界，尤其是末代，诅咒仪式魔法大肆盛行，血液和五脏，甚至贴身物品，都能成为诅咒的良好媒介。人们不仅用它们攻击异族，也用它们攻击同胞，以至于到最后几乎人人自危。

在已经完成工业化的城市里，人们前所未有地疏远了。

诅咒仪式的门槛实在太低了，你不知道与你发生摩擦的邻居，甚至与你擦肩而过的路人，谁会利用你的血液和物品制造诅咒，唯一能做的就是小心再小心，谨慎地处理每一处伤口，不给任何人拿到自己血液的机会。到了最后，甚至两性之间的亲密关系也受到了严重影响。由于信任危机，人们甚至开始恐惧性和生育这样的亲密行为，人口出生率连年骤降……

而在史前的末代图景里，这不过是冰山一角。

言归正传，即使诅咒仪式的传承随着其余的传承一起，在大灾难中几乎完全断绝，但人们对待血液和身体的谨慎，以及对神秘的恐惧，依然保存了下来，成为人类的文化特质之一。

就连凯尔茜用银币和流浪者换取这些血液的时候，对方也是怀着一种拿命赌博的心态同意的这桩交易——也就是说，她们买这点儿血用的是买一条命的钱。

斯塔夏使用这些血液时格外珍惜，每支试管里都只放了一点儿，露西塔品尝的时候也只敢用舌尖触碰。她又开始被瘟疫的腐臭气味熏得吃不下饭了，几天下去，整个人的精神都低落了。

最后，她们确定了两种效果明显的替换配方。

一种是用成熟的牛膝草和一枝黄花替换魔药，起作用的时间比较长，但药性比较温和；另一种药性比较烈，用了冲鼻的茉莉青黛嫩叶,以及野生黑樱桃和半边莲的汁液,成本更高一些。

斯塔夏在这两种配方之间犹豫不决,最终决定暂且都开始试用。毕竟,以格兰德只出不进的草药储量看,就算两种配方一起试用,也不一定能满足全城人的药物需求。再者,生病的人太多,即使她们一直在稀释带来的魔药药汁,也已经快要见底了。敲定方案后,斯塔夏和凯尔茜就去了主城区的草药铺。

她们已经在这条街上往返了几次,一开始还有不长眼的想抢劫,被凯尔茜制裁了几次之后,她们的路途就通畅多了。

露西塔则继续维持着她们的药摊。

今天,露西塔感到有些奇怪。以往这个时候,黛丽拉早就出来帮她的忙了,然后在日暮收摊的时候,兴高采烈地收下露西塔给的以银币计的酬劳。可今天直到太阳落山,露西塔也没见到黛丽拉。

她自己一人忙碌着熬药、分药的工作,无暇深想此事。一直忙到送出最后一碗药,她才思索起这件事。不仅黛丽拉没来,露西塔今天也没再见到那个在街上吹招魂曲的女人。是终于放下了吗?还是只需要吹够七天就可以了?她想起了那个巨大的白骨之泽,决定等此事结束后去拜访一下,弄清楚这个一直在勾引她的秘密。

说起来,斯塔夏和凯尔茜怎么还没回来……

露西塔思索着,就见街头出现一道人影。这时候夕阳已经完全落山了,只剩下绯红的云霞,在夜幕来临之前笼罩着一层薄红。露西塔看不清那人的脸,但能看到长长的人影投下来,显得有些瘦弱——是黛丽拉。

露西塔一边收碗一边问道:"黛丽拉?你今天去哪儿啦?这时候过来可没有报酬给你哟。"

半晌没人回答。她抬起头,见到黛丽拉已经走近,双眼红肿,脸上带着近乎麻木的茫然。

露西塔声气一噎,连忙问她:"黛丽拉,发生什么事了?"

黛丽拉举起右手,手里握着一支陈旧的骨笛。它已经明显发黄,表面光滑、温润,看起来是被人珍爱很久的旧物。

露西塔一惊:"它是……"

黛丽拉吸了吸鼻子:"她死了。"

"她是……"

"就是之前在街上吹这支笛子的阿姨。"黛丽拉一说话就有些绷不住眼泪,肩膀一耸一耸地,语无伦次地道,"她昨天晚上找到我,让我把这支骨笛送给你,感谢你的药让她的女儿多撑了一天,但太晚了。她说这是她最珍贵的东西了。她那个样子,我越想越觉得不对劲,今天一大早就去打听她的情况。我打听了一整天,好不容易打听到她家在哪儿,才发现她已经自杀了。我……"

露西塔被她一大通信息砸下来,一下蒙了。她理了一下,扶住黛丽拉的肩膀,安抚道:"别急,别急,这不是你的错。你告诉我,现在她的尸体还在家里吗?"

"嗯……好像还没别人发现。"黛丽拉打了个哭嗝。

露西塔当机立断:"别怕,带我去看看。这件事姐姐来处理。"

路上,黛丽拉的情绪一直很不好。这同普通的邻居死去还不一样。虽然是陌生人,但在她选择将最后的礼物委托给黛丽拉转交的时候,就和黛丽拉建立了某种联系。这样一个无亲无故的人,理论上,黛丽拉是唯一一个有机会阻止她死亡的人。但黛丽拉没能做到。这才是最让黛丽拉难以接受的地方:她下意识地把女人的死亡归咎到了自己身上。

露西塔一边劝慰黛丽拉,生怕这孩子留下什么心理阴影,一边因陌生人无常的命运和那未知秘密的线索断掉而感到有些沉重。对那个女人来说,她可能根本没想到黛丽拉会察觉出异样,并发现自己的死亡。而她竟然会找和露西塔一起分药的黛丽拉帮忙转交,可见她没什么值得托付的朋友,已经别无选择。露西塔跟着黛丽拉的指引,来到了一座整洁的小院。

这条街已经靠近主城区,房子比贫民窟的好很多,但仍然显得有些简陋。整座房子是用整齐的泥砖砌成的,有一个不大的小院子,木窗、木门,门口的花坛里种着几株粉蔷薇。院门虚掩着,露西塔推门进入,发现房门也没锁。

她用力一推,一股腐臭的气味扑面而来。露西塔咳了两声。好在她近来品尝那些腐败的血已经习惯了,咳过之后就定了定神,看见了趴在桌子上的女人的尸体。她依旧穿着那身破旧的短袍,面容青灰,坐在椅子上,双手握着刀柄,刀尖深深没入自己的腹部。大片的血已经凝固,她维持着那个姿势,看起来身体已经僵冷了。

自杀在这个时代依然是重罪。露西塔抽出那把刀,在水池里洗干净,放进自己的空间里。接着,她把女人的身体放平,清除干净自杀的痕迹后才起身。

这时候,露西塔注意到桌子上摆放着一只匣子。她抽开匣子盖,见里面有一叠描画精细的人物肖像。那似乎是同一个女孩的肖像,十几幅画,从童稚时期一直画到了少年时代。最后一幅肖像里的女孩十五六岁的模样,似乎站在风中,侧身回头,衣摆猎猎飞舞。少年留着齐肩的棕色短发,有着深绿色的眼眸,笑容明朗,生机勃勃。

这幅画的背面有几行深蓝色墨水写成的文字。从字迹的深浅程度来看,是新写上去不久的。

德尔菲娜,我的宝贝,妈妈好想你。

你在那里过得好吗?

最近我一直在徘徊,我不知自杀的人是否真的会下地狱,不能与天堂的你相见。

但我知道,你一定需要妈妈的陪伴,对吗?

不要怕,不要怕……

这些字下面还有几行斜着的字迹,比较潦草,但依稀能够辨认。

妈妈本想带着那支笛子去找你，给我们的小德尔菲娜吹家乡的曲子。但是，作为家里最后的财产，我将它送给了我们的恩人，是她的药使你在人间多留了一天。你知道的，我们要懂得感恩。

　　露西塔读到这里，看向黛丽拉手里的那支笛子。鬼使神差地，露西塔伸手道："给我看看它。"
　　这支笛子的表面实在温润，露西塔总觉得它似乎寄托了所有者的很多情感，才会被爱惜成这样。
　　笛身微冷，手指甫一触碰，露西塔就眼前一黑。

　　睁开眼，脚下就是咕嘟嘟冒着泥泡的沼泽，露西塔心头一凛，四下望去。她是第一次踏足这片沼泽，但在此之前她已经见过它无数次了。它仿佛隐藏在帷幕之下，亦真亦幻，偶尔会投射到她眼中，就像传说中的海市蜃楼。来到格兰德的第一天，露西塔就窥见了它的影子；而现在，她终于抓住了它。要知道，海市蜃楼最大的特性就是——即使你一时不能触及，但它确然是真实的。
　　她的双眼看到了近处参天的巨大枯骨。她的耳朵能听到枯骨颤动时隐隐的哀鸣，抑或那是蜘蛛弹动丝琴发出的颤音。她嗅到了淤泥的腥臭，在每一颗气泡爆裂时挥发出来，携带着腐朽千百年的骨血气味。融合后的所有感官都感知到了这个虚幻世界的真实，唯独剩下触觉——她仍然不知疼痛，不知冷热，抚摸着手边的白骨，无知无觉。
　　露西塔低头看了看自己的脚，才发现自己的双足已经陷入淤泥里。失去触觉让她对真实和虚幻的判断失去了把握。露西塔皱起眉头，一颗心失重般直直地往下坠，仿佛同她的双脚一起坠入了泥沼里，有种无处发力的憋闷感。
　　四下一片漆黑，即使是真知之眼，也只能让她看到黑夜里的模糊轮廓。黑夜里往往蛰伏着未知的危险，而她对它们还一无所知。
　　露西塔环顾一周，视线锁定了一个方向。在那个方向不知多远的地方，有一团微弱的光。那是一点儿柔和的白光，看起来不太稳定，摇摇晃晃的，似乎随时都会熄灭。在一片漆黑里，那点儿光引诱似的跳跃着，将它周围的白骨和沼泥都照出微弱可辨的轮廓。

有时候，不能怪昆虫的趋光性。向光是每个生命的本能，一点儿光对于在黑夜里的人来说，就像一滴水之于干渴的沙漠旅人，是绝对不会放过的希望。露西塔也不例外。

她把脚从泥沼里拔出来，扶住身边的白骨以稳住身形，朝那个方向一深一浅地走过去。路过的蜘蛛自顾自地编织着它们的网，没有表露出攻击意图。

为防万一，露西塔仍小心地不去触碰它们的蛛丝。更何况她感觉不到，万一不小心碰到了它们，自己却不知道——她可不想尝试那会有什么后果。对于未知的生物，人们总是会保留一丝基本的警惕。

露西塔觉得自己走了很久。作为黑夜里唯一的地标，那光源在她的视线里看起来并不太远，但真的要去找的时候，她才发现自己似乎永远都走不到头。

当然，也可能是她迷失了太久——四周的环境太单一，以至于她的时间感产生了一些偏差。她的鞋子里已经灌满了泥浆，小腿上溅满了污泥。她尽量不去想那些泥浆里都有什么。在这件事上，她甚至有些庆幸自己失去了触觉。

而让露西塔隐隐有些头痛和疲惫的，是周围白骨的不断哀鸣和蜘蛛弹琴的噪声。那声音隐隐约约，久久萦绕在她耳边，在满是腐臭味道的空气里简直就是一种精神污染，使露西塔的情绪变得疲乏、低落。疯狂会传染，悲伤和绝望也会，尤其是在这样几乎永夜的寂静里。但露西塔不能停下来，她只能一直朝着光源处走，那是她能看到的唯一希望。否则……该不会困死在这里吧？

为了摆脱噪声带来的情绪感染，露西塔开始强迫自己想东想西。她觉得自己已经走了至少一天一夜了，也可能是两天、三天……她不知道。找到光源就真的能看到出去的希望吗？也有可能只是自己的一厢情愿而已……

黛丽拉一个人在那个死了人的房子里，不会有什么事吧？

她现在应该已经回家了。还有斯塔夏她们，发现自己失踪了，她们会怎么样呢？会不会来找自己？

露西塔一边希望有人来找自己，一边又希望她们不要来送死。

"不，乐观点儿，露西塔，你不会就这么轻易地死掉。"她鼓励自己，"你还没找到自己的过去，也还没努力去改变这个世界的未来，这里不会是你埋骨的地方。"

她拖着沉重的脚步，一深一浅地继续往前走。在意志濒临崩溃的时候，她发现那光源变近了。

那是一团跳跃的苍白火焰，远远地倒映在露西塔漆黑的瞳孔里。她忽然充满了动力，一咬牙加快了脚步。

露西塔终于走近了。火光照亮了她的瞳孔，她立在原地，哑然失声。

那不是什么光，那是一个少年。一个赤足的少年在沼泽上方闭目静立，浮在空中，发丝和衣摆都飘荡在空气中。

有风？少年的衣摆飘荡着，苍白的火焰从她的双足开始往上燃烧，几乎把她整个都裹在里面，仿佛一场盛大的祭祀。

在无边的永夜里，她是唯一的光。

露西塔打了个寒噤。她明明没有触觉，甚至根本没有触碰到少年，但她看着那团火觉得很冷。

真奇怪，不是吗？火焰明明该是烫的。

露西塔看得入神时，少年睁开了眼。与少年对视的瞬间，露西塔忽然觉得她有些眼熟。

齐肩的短发、微长的瘦削的脸、微宽的瞳距、丰润的嘴唇，看起来无比生动、年轻的脸。

露西塔瞳孔紧缩。这不是……那个女人因病死去的女儿，画像上的姑娘德尔菲娜吗？

露西塔微张嘴唇，却没说出什么话来。

少年先开口了，声音朦朦胧胧的："你是谁？"

露西塔犹在震惊中，不由得反问道："你又是谁？"

"我吗……"少年被反问也不恼，反而陷入了迷茫中，"我是谁呢？"她喃喃道，"我是……我是……德尔菲娜。"

"我听说，德尔菲娜已经死了。"

"是的，她已经死了。"少年下意识地回答，忽又反问自己，"奇怪，我为什么要用'她'呢？"

露西塔眉心跳动，仿若引诱般追问道："那么，你究竟是谁呢？"

"我是——龙族之心。"少年忽然又闭上了眼，眉梢凝结了一片郁色，"我在龙坠之地出生，我是龙族之心。"

露西塔与少年对视，一晃神就被巨大的信息洪流扯入回忆当中。

"这里是最后的战场，龙族的最后一丝血统在这里断绝，巨大的尸体哀鸣着从空中坠落，血液染红了整片土地，直浸入地下三尺。空间的权柄就此失落，只剩下凝结出的一个我。

"因为族人灭绝，我失去了载体，携带着空间的本源在蒙昧中逐渐消亡。我被困在这里，看着喷发的火山如何将这些龙骨掩埋、人类如何在废墟上建起新的城池、巨龙的历史又是如何被遗忘的。

"你看，我在燃烧。这么多年过去，我也快要烧尽了。等我死去那天，这个世界的空间会彻底崩塌。那样的未来要不了多少年就会到来。

"最近，有个人类凭借昔日巨龙的一块骨头唤醒了我。我能感受到那块骨头上不带怨恨，也许那龙生前与那个人类是朋友——噢，我忘了人类寿命短暂，也许是她的祖先。

"我想看看她在做什么。你知道吗？她在试图唤醒她的女儿，一个已经死去的人。"

露西塔一直在跟着少年的回忆往前走，乍然听到这一句，不由得在心里默默接了一句："我当然知道。那位女士在街头吹了好几天招魂曲。"

少年显得有些迷惘:"活着,真的那么令人向往吗?"

"她的愿力太强大了,她让我看到了德尔菲娜。我开始对生命有了渴望。我也想活着,想要一双眼睛,想要闻到气味,想要品尝食物,想要离开这里,去看看这个世界。我不是必须困在这里的,没有人能要求我留在这里等待死亡,对吗?

"对了,死亡。我居然开始惧怕死亡。"

少年细细地抽了口气:"火焰烧在身上,开始有一点儿痛了。我想做个活着的生命,但我所知的人类形象,只有依托她的描述而产生的德尔菲娜。于是我变成了这个样子。现在看起来,你长得也差不多。眼睛、鼻子、嘴巴,都有。外面的生命也都长这样吗?"

露西塔一时竟然不知道该如何回答。少年幻化的模样和画像上的德尔菲娜一模一样,除了她的瞳孔是金色的。而露西塔以及外面的生命,当然和德尔菲娜长得不一样。但对于这位"德尔菲娜"来说,人类的长相区别就像她从湖里钓上来的第一条鲫鱼和第二条鲫鱼的区别——没有区别。

她顿了顿,最后答道:"是的。"

"真好。"德尔菲娜笑了,"按照你们人类的说法,她应该是我的'母亲',对吗?真可惜,我从来没见过我的母亲。"她叹了口气,"她塑造了我,给了我名字,给了我样貌,但我依然不能出去。空间的权柄已经失落了,我被这个世界的空间隔绝在外,永远触摸不到这个世界。她好吗?"

"触摸不到?"露西塔没有回答她的问题,反而反问了一声。仗着自己没有触觉,露西塔无畏地朝她伸出了手:"我能试试吗?"

少年笑着摇了摇头,配合地伸出了自己的手。双手相触,苍白的火焰顿时蔓延到了露西塔手上。无暇看德尔菲娜惊讶的神色,露西塔面容扭曲地"嗞"了一声,身子因为疼痛几乎痉挛。

德尔菲娜一惊,就要松手:"空间本源一旦开始燃烧,是无法熄灭的!"

露西塔因为疼痛脑海一片空白,只剩唯一莫名的念头:这火焰果然像它看起来一样冷,冰寒刺骨。她直接忽略了德尔菲娜的劝告,拉起她就向外奔跑:"活着吧,活着是一件很好的事。这个世界需要你。"

她们所过之处,火飞速蔓延开来,点燃了密布的蛛丝,点亮了整片沼泽。那些死后仍不安宁的哀鸣声渐渐平息,燃烧的蛛丝和食腐蛛化作一片黑烟散去——这些辛勤唱着挽歌的蜘蛛其实早已死去,如今留下的只是不肯散去的执念。它们遗忘了自己的死亡,辛勤工作,一如生前。如今它们都归于安息。巨大的痛苦和快意在露西塔的颅内升起,她闭起眼睛,一肘打碎了面前未知的壁障。

"哗啦——"这个世界的壁障完全碎裂,一个异界的人类灵魂打破了五感的屏障,终于来到了人间。与此同时,空间本源重新回到了人间,世界震了一震,很快又归于平静。

忙碌的人们不知何故,愣了愣便又继续自己手上的工作。只有露西塔知道,这个世界已经有哪里不一样了。

露西塔的灵魂来自异界的人类,这具身体甚至这个世界,都总是在隐隐地排斥她。因此,即使有着人类的灵魂,她却难以越过这层壁障接触魔法元素,只能使用身体本身的天赋力量。直至今日,她完成了五感的逐步融合,终于真实地降临到这个世界——确切来说,这才是完整的她来到这个世界的第一天。

一切都变得生动、真实起来。

一些模模糊糊的片段在脑海中闪过,完整的露西塔想起了过去那些丢失的记忆,不是关于"露西塔"的过去,而是属于她自己的过去。这些记忆在未知的时空里飘荡了太久,只剩下一些残存的感知,蜷缩在她精神世界的一角，可怜又倔强地证明着她的过去。

到底，她不是个毫无来处、没有家乡的人。她的来处，盖娅曾经提及的那颗蔚蓝色的星星，叫作"地球"。那颗星球的东方某地，是她的故乡。她是有着黑眼睛、黄皮肤的人类，那里的人类和这里的相差无几。

她的年龄大约和露西塔差不多，十六七岁。她死于一场车祸……

至于名字以及别的经历，都丢失在茫茫的宇宙里了。露西塔知道，这已经是她能想起的全部。她甚至能想起来那些记忆是如何被消磨和丢失的……至于那些确切丢失的记忆，失去即是永远失去。对这样的露西塔来说，模糊的前尘已经恍如隔世，唯有脚下的土地以及六个月来的经历，才是塑造现在的"她"不可缺少的一部分。

德尔菲娜离开龙坠之地后，面对这个全新的鲜活世界显得极为兴奋，飘浮在露西塔周围，好奇地东看看西看看。她原本的身体就是空间本源本身，现在还没烧尽的空间本源越过世界屏障，降临在真实世界，重新与世界本体融合，德尔菲娜的意识就失去了凭依。

露西塔定了定神，透过五感能接触到的各个世界层观察她浮在空中的形貌。最终，露西塔得出一个惊人的结论：德尔菲娜现在是个灵魂体。一个没有经过孕育的，从空间本源里产生的，被一位母亲用愿力硬生生塑造出的灵魂。这简直是伟大的创举！

见露西塔将注意力放回自己身上，德尔菲娜停下来，兴奋地说出自己的诉求："我……我想见见我的母亲，可以吗？"

母亲？露西塔想起那个女人，才注意到床上那具尸体已经不见了。那个匣子也不见了，空荡荡的桌面已经落了一层灰尘。露西塔一惊。

这是……几天过去了？带自己来的黛丽拉去哪儿了？

她在这座房子里粗粗查找了一遍，到处都干干净净、空空荡荡的。厨房的面粉袋不像是正常用空的样子，像是被人倒空的，地面上还残留了一些面粉。再搜查下去，就没什么收获了。

露西塔推开客厅通往庭院的大门，德尔菲娜紧张地紧随其后。前院有一口水井和一个简陋的木秋千。

转到后院，这里种了一棵椴树，看起来是有些年头的树了，要仰起头才能看到树梢。只是这样视线又会被太阳烫到，露西塔只得眯起眼睛。现在正是七月，是椴树最好的花期。层层枝叶在太阳下显出细碎的晦明变化。椴花开了满树，重叠的黄色花序间飘出蜜汁一样的芳香。真是个适合长眠的好地方，不是吗？

树下立着一块青灰色的石碑。露西塔蹲下去分辨石碑上的刻字。正面刻着一行肃穆的字：德尔菲娜长眠于此。愿她安息。在"德尔菲娜"之后，有一行歪歪扭扭、看起来像是拿石块后补上去的字——"与她的母亲希瑟"。土地湿润，是有人刚翻过不久的状态，还没压实的土屑被太阳晒成了干粉。

"希瑟"这个名字勾起了露西塔一些回忆——在那个匣子里的德尔菲娜肖像画上，每一幅的右下角都署着这个名字。希瑟——德尔菲娜的母亲，在客厅自尽的女人，为女儿画了一匣子肖像的人物画家——被人埋在了这里，和女儿在一起永远长眠。

会是黛丽拉吗？拿走了这里最后的粮食，拿走了那匣子画，安葬了希瑟女士。

露西塔捻了捻被晒干的土块，暂时止住了思索，对不明所以的德尔菲娜解释道："如你所见……你的母亲已经死了，和原本的德尔菲娜一起。我很遗憾。"

德尔菲娜皱起眉，抚了抚胸口："好奇怪，这里有点儿发堵。"她压下那点儿莫名的感觉，说："我还没见过她。"

"是啊。"露西塔轻抚石碑，"但她很爱她的女儿。"

"爱？这就是人类的爱吗？活着那么好的事都能放弃。"

"也不全然。"露西塔斟酌了一下语言，审慎地告诉这个雏鸟般的德尔菲娜，"像这样深的亲情羁绊，在人类世界中也是非常非常少见的。所以你看，是她创造了你，而不是别的母亲。"

德尔菲娜似懂非懂。

又逛了一圈，确认这座房子里已没有什么遗漏的东西，露西塔关上院落的大门，离开了这条街道。

德尔菲娜跟在她身后："你去哪儿呀？"

"我去找我的朋友。"

"你的朋友在哪儿？"

"在前面。"露西塔敷衍道，转头问她，"你跟着我做什么？"

"那我去哪儿呀？"德尔菲娜反问道，接着朝巷子里的一个流浪者喊了一声，"你好！"

流浪者看着自言自语的露西塔，面露恐惧：天，格兰德现在不仅有瘟疫，疯病也开始传染了吗？

德尔菲娜没得到回答，露出个意料之中的神色："你看，别人看不见我。只有你能看见我，听见我说话，我不跟你在一块儿，多无聊呀。"

露西塔一时语塞。

德尔菲娜又问："我能认识你的朋友吗？"

"她们又看不见你。"

"噢，也对……"

露西塔的身影消失在巷子口。

回到租住的黛丽拉家时，露西塔敲门，出来开门的居然是黛丽拉的舅舅。露西塔始料未及，不由得愣住了："您好？"

男人也愣了。过了一会儿，他反应过来，慌张地连连道歉："对不起……对不起，恩人，我们以为你们不住了，就搬回来了，我们这就搬出去。"

露西塔止住他的动作："没事。我的两个朋友去哪儿了？"

"这？"男人露出不解的神情，"三位不是一起出去的吗？"

露西塔面露诧异。

"舅舅，我来跟露西塔大人说！"黛丽拉大概是在屋里听到了声音，急忙忙地跑出来，把舅舅推回了屋子，"您去做饭吧，我都饿啦。"

舅舅一见黛丽拉就笑眯眯的，连声答应着，把地方腾给了自家已经能主事的小姑娘。

黛丽拉拉着露西塔进了她自己的卧室。这是这家唯一的一间次卧，但也非常逼仄，几乎下不去脚，露西塔就和黛丽拉坐在了床边。黛丽拉还没坐定，就神神秘秘地压低声音，一脸兴奋地问："您是魔法师吗？我那天看到您'嗖'的一下就不见了。"黛丽拉手舞足蹈地比画给她看。

以前的露西塔不能说是魔法师，但现在她还真算得上。在人类灵魂完全降临后，她已经能完全接触魔法世界层了，抬手就能驱使基础的魔法元素，只是还没来得及学习先人们探索出的一些法术。

当然，她忽然消失的原因和魔法半分关系也没有。但露西塔没有解释太多，含糊地应了一声，以加深自己在黛丽拉面前的神秘感。没有对神秘的向往更能封住一个"中二"小姑娘的口了。

"所以，"露西塔继续自己的问题，"你见到我的两个朋友了吗？"

黛丽拉摇了摇头："那天您消失之后，您的两个朋友也一直没有回来。大家都觉得几位是分完了药，不会再回来了。您找不到她们了吗？"

露西塔的神色凝重起来。她向黛丽拉道了谢，问起另一件事："希瑟女士是你安葬的吗？"

说起这个，黛丽拉咽了咽口水，表情变得不自然起来："是啊。"

露西塔还要说什么，就见黛丽拉钻到盖着破棉絮的床下，一边咕哝着"稍等"，一边寻摸了半天，最后灰头土脸地扒拉出一个匣子，就是当初那个装满德尔菲娜肖像画的匣子。

黛丽拉说："您消失了，我不知道该怎么办，最后壮着胆子把她埋在了后院，和这位德尔菲娜葬在一起。这个匣子，我本想一起埋下去的，但又觉得这些画很珍贵，埋了可惜，就拿回来藏在了这下面。现在您回来了，它们应该由更能妥善保管和欣赏它们的人收藏。也许，它们在您手上能重见天日，让所有人都能发现它们的美。"

露西塔不是什么能"欣赏它们"的艺术家,也不是藏品无数的上等阶级,但以她的力量和在人类世界可获取的财力,做到这些确实不难。

考虑到身边的德尔菲娜,她还是把它们收了起来:"向你保证,我会妥善保管的。"

一位魔法师不至于为了这点儿事生出贪婪,更何况露西塔在黛丽拉眼里是一位善良的魔法师。小姑娘如释重负地点点头。

露西塔转而又问:"她们家的面粉是你拿走的?"

黛丽拉的脸顿时红了,支支吾吾:"我……我已经向希瑟女士告罪过了!反正那些面粉没人拿走也是要坏掉的,我也只是物尽其用。"

露西塔只是确认一下,并没有责怪她的意思。对于居住在贫民窟的人来说,一袋精面粉就是一家人几乎一个月的口粮。人只有解决了基本的温饱问题,才会考虑道德、廉耻这些维持秩序的东西。对于贫民而言,要考虑这个还差得远,因此贫民总是学不会排队,总是在争夺资源,为了鸡毛蒜皮的小事大打出手。贫民贪婪不是因为出身,而是出于生存的基本需求。主城区的大人们认为这是低劣的基因在作祟,然而若把那些人放到这样的环境里,恐怕会表现得有过之而无不及。

黛丽拉没有贪下这一匣子珍贵的纸和画,已经足以说明她的品德。要知道,天然颜料是非常珍贵的东西。不论画本身的水平如何,光是一幅色彩丰富的油画,就足以让一位试图附庸风雅的暴发户买回去装点门庭。

露西塔抱着匣子踏过门槛,回头冲黛丽拉笑了笑,大步走了出去。少年在午后的阳光里投来温和的目光,漆黑的瞳孔因染上暖融融的光晕,成了隐约的琥珀色。

后来黛丽拉成长为一方统帅,也见过一些传说中的高贵魔法师,但她再也没有见到这个午后露西塔回头时那样包容、近乎慈悲的浅笑。

露西塔的下一站是悬铃街32号药铺,也就是斯塔夏和凯尔茜最后去的地方。像很多拥有正式名字的街道一样，悬铃街是主城区的主干道之一。在这样的街道上开起来的店，主人可以说是非富即贵——毕竟在格兰德能出头的人家，在整个文特也差不到哪儿去。

她沿着萧索的街道找过去，最后停在一处气派的红砖建筑前。门口的石牌上刻着"32号"，另一处立着的高大木牌上刻着"普丽玛薇医院"。"普丽玛薇"是个典型的爵位称号。

这家称为"医院"的大药铺此时像街上其余店面一样紧闭着大门，唯一一处不同就是，它门前立着一个带剑的守卫。

露西塔试探性地走近，面对守卫冷漠的眼神露出微笑："这位大姐，请问下现在还能在这儿买药吗？"

守卫挑剔地打量了她两眼，发现她衣着还算体面后态度稍稍缓和，但还是几乎只拿鼻孔看她："不能，现在关门了。"

露西塔笑容不减："那什么时候开门呢？"

"不一定。"

眼看着进不去，露西塔犹豫了一下，出言打探："前几天，您见过两个金色头发的姐姐来这儿吗？"

此言一出，守卫的瞳孔微微一缩，目光锁定了露西塔一瞬。旋即，守卫若无其事地道："没有，不记得了。"

露西塔答应了一声，露出遗憾的表情，悻悻地转身离开。刚一转身，露西塔的眼神就沉了下来。那守卫的反应不对劲……

露西塔转过这条街，就寻了个流浪者问："劳驾，请问普丽玛薇家在哪儿？"

流浪者的眼神锁住她手里明晃晃的银币，咽了咽口水，道："普丽玛薇公爵住在王都，咱们的城主也是普丽玛薇家的，城主府在茑萝街42号，是全城的中心。我知道的就这么多了。"

露西塔点点头，将手里的银币抛给她，突然一个翻身躲过一剑。

那位流浪者已经吓得抖如筛糠。整条街的流浪者都开始匆忙逃窜，很快这条街就空了。露西塔立在街心，一手拎着从空间里拔出的长剑，一手微微聚拢，从空气里抓出一团红色的火元素，视线从四周的四个骑士身上扫过。

"正好试试最近新掌握的力量。"露西塔微微笑开，"各位，谁先来？"

四个骑士一时被她的架势唬住，惊疑不定地交换了一下眼神，随后几乎同时动身，提着沉重的黑铁剑劈了过来："一起上！"

如今旧贵族势微，商业兴起，她们作为骑士的贵族荣光已经没落，自然不会有"以多欺少有违骑士精神"的想法。现在的骑士，不过是出身足够的阶层选择的一种体面职业罢了。

露西塔不会用剑，但她有超强的感知力和足以跟上感知的矫健身体，两者都远超人类能达到的程度。她一边后撤躲过两道剑锋，一边拿长剑将另两处攻击挡开，同时还能分心将左手的火元素揉成一团火球，朝右前方的一个骑士扔了过去。火球贴上骑士的左胸铠，铁制的铠甲顿时被烧红，"滋滋"冒出白烟。

骑士痛得脸都扭曲成了一团，但她无暇顾及自己的伤势，惊呼着往后撤退："是魔法师！"

普通人是看不到魔法元素的，她们一开始看到露西塔左手摆出奇怪的手势，还觉得十分不解。直到这团火球被释放出来，骑士们才明白过来。竟然是魔法师……

文特有两座魔法塔。一座是爱普莉塔，即春之塔，以文特开国君主的名字命名，矗立在文特王都；另一座是曾经的赛琳娜塔，即月之塔，位于原伊顿王都，现在被占领那里的贵族们换了个同义名字，叫新露娜塔。新露娜塔附近的大贵族聘请了有名的魔法师来此，并开始招收学生。春之塔距离这里千里之远，月之塔倒是和格兰德城只隔了两座城市，塔中出身的魔法师很有可能游历至此。

问题是，有机会进入魔法塔学习魔法的人，都是鼎鼎有名的大贵族。尤其像露西塔这样抬手就能释放火球的魔法水平，比她们曾有幸见过的还要高出一大截。这次踢到铁板了！

几个骑士惊疑不定,面面相觑,最终被烫到的那个咬牙问道:"是我等冒犯了。请问阁下的姓氏?"

露西塔心中疑惑,不知她们何出此问。她认真想了想,其原身的姓氏和珊蒂奶奶应该是同一个,农场书房的书籍扉页上有写,叫作"卡梅伦"。她莫名地给出了回答,对方看起来像是有点儿犹豫。露西塔乘机问道:"该我问了。你们把我的朋友弄到哪里去了?"

一个没听过的姓氏。骑士们顿了顿,没有回答她的问题,而是又举起了长剑。这次的攻势凶狠起来,看起来已不再有活捉的打算,竟是要置她于死地:"得罪了!"

如果她出身不好,只是碰巧学会了魔法,当然再好不过;如果她是某个她们未曾听说过的大贵族后裔,那么就算她不计较她们先前的攻击,待知道她那两个朋友的遭遇后,也必然会找城主甚至城主家族的麻烦。如此,不如一不做二不休……要怪,只能怪她出门不带卫兵!

露西塔不解地扭开身子,淡绿色的风元素自她脚底升腾而起。看在骑士们眼里则是,她凌空一跃就跳出了她们的包围圈。露西塔有点儿不耐,右手一捞,拎着被烫伤那人的衣领飞到了路边店铺两层楼的屋檐上,立定后问她:"回答我的问题。我的朋友被你们弄到哪里去了?"

那被烫伤的骑士被拎着领子举在空中,吓得慌忙抓紧她的手臂,脸都憋成了猪肝色:"阁下饶命!我们也是奉命行事,不关我们的事啊!"

"再多说一句废话,我就松手了。"

"别别别!我说,我全说!"那人道,"她们就在……就在城主府!还活着!"

露西塔重重一拧眉:"还活着是什么意思?"这是最差的形容了吧……

"城主……城主大人只是想求您的朋友帮忙治病,原本没想伤害她们的!"

人在恐惧中有时候会很难组织好语言,那骑士显然也没有被绝境逼得头脑清明,说话颠三倒四的。露西塔不耐,探出了自己的精神触角。

自从加西娅教训过她之后,除了之前在森林里对动物们用过精神天赋,露西塔再也没动用过它。如今,这位骑士很荣幸地成为第一位人类受试者。露西塔突破她因慌张而显得混乱的精神外层,探入其精神内部,其间未遇到一点儿阻碍。

骑士的内层意识紧紧地缩在角落里,因恐惧而微微发抖,显得有些可怜。露西塔感觉自己要留下精神暗示似乎轻而易举,但要抹除骑士本身的意识应该还是有些困难的,一个不慎可能会反噬自身。她没多做什么,只读取了骑士的记忆。

读取记忆是一件不太容易的事。人类的记忆之海的容量是惊人的,从学步的幼儿期到最后一刻的记忆,都可容纳。也许有些事你不记得了,但它依然存在于你的记忆深处。如果按照记忆的时间轴走,每一个片段都看一遍,那么可能骑士今年多少岁,露西塔就要看多少年。

因此,在浩如烟海的记忆中,要学会分辨哪些是近期发生的、哪些是当事人印象较深的,这些记忆碎片都会清晰一些,色彩也较为鲜明。如果你的精神足够敏锐和强大,就能够在烟灰色的记忆之海中准确地将这些碎片打捞出来,进入这些记忆所在的场景。

露西塔回忆着人鱼族赠与自己的那本《精神术法大全》的内容,从骑士的记忆之海中打捞出了一些犹带亮光的鲜活碎片。那骑士的记忆之海受到了惊扰,涟漪阵阵。这些碎片刚被打捞出来,握在手上还湿淋淋的。露西塔闭上眼睛就见着了当时的场景。

记忆中的视角有点儿狭窄,骑士当时似乎在城主府正院守卫,正好见到斯塔夏和凯尔茜被"请"进来的情景:两个骑士一前一后守着她们,身侧还有一列共五名骑士护送。斯塔夏与凯尔茜一开始是受到礼遇的,与城主在正厅谈论着什么,后来双方似乎不欢而散。

到了第二天,这两位客人就不再被允许外出了。骑士见到城主进入过客人的房间一次,出来的时候脸色阴沉,那之后她们就被转移到了地牢里。今天是她们被关到地牢的第二天。

露西塔的脸色沉下来，跳下来将骑士扔到一边，提着剑往城主府赶去。

德尔菲娜不知什么时候回来了，在她身边碎碎念道："我去茑萝街42号看过了，你的两个金发朋友被关在地底下，那个瘦一点儿的好像受伤了。"

露西塔差点儿把德尔菲娜忘了。她是灵体，可以飘到任何地方。没想到刚才德尔菲娜竟然替她探路去了。

露西塔道了谢，确认道："瘦一点儿的？"

"嗯。"

那就是凯尔茜了。她流浪多年，又遭逢大病，看起来确实比常人瘦削，需要好好休养。受伤……

"严重吗？"

德尔菲娜不确定地道："可能……有点儿严重吧。"

露西塔握紧了剑，点点头表示知道了。

茑萝街42号，城主府。

守门骑士迪蒙远远地看到一个人提着剑杀气腾腾地走过来，一个激灵就绷直了身子。

来人看起来还是个十六七岁的少年，深黑的卷发随意地低低扎在脑后。她穿着宽松的衬衫和马甲，提着一把半人高的黑铁重剑，脸上似乎结了一层冰霜，那双漆黑的眼睛看得人心里直打怵，看起来气势汹汹、来者不善。她果然在城主府门前站定了。

露西塔抬起剑尖指着守卫迪蒙："要么，你让开让我进去；要么，叫你们城主滚出来。"

迪蒙的腿都软了。天寿了！她只是个见习骑士，刚上任没多久，没见过血的啊！在现在街上没人的格兰德，守门几乎是最轻松的活儿了，为什么偏偏她这么倒霉？

她强撑着道："没有第三条路吗？"

露西塔不语，往前逼近一步。

迪蒙咽了咽口水，抽出随身的长剑，指向露西塔："骑士是不会后退的！"

露西塔"哦"了一声，重剑一挑，就将迪蒙的剑挑落在地："现在你失败了，可以后退了。"

长剑落在地上发出"嘭啪"的声响，转了两下才停住。

迪蒙愣住，眼睁睁地看着露西塔堂而皇之地走进城主府。愣了一会儿，她才扯着嗓子喊道："救命啊——有人闯门！"

德尔菲娜在露西塔耳边喋喋不休："城主府共有五十三个骑士，可能有些外出的没算上。有三支队伍在前院和客房附近巡逻，每支队伍有五个人。后院有个很大的训练场，更多的骑士在那里训练。说实在的，那个训练场和前院之间有条捷径……"

露西塔看着眼前把自己围住的一圈持剑骑士，说："现在知道了。"

德尔菲娜一转眼也注意到了眼前的情况，顿时失声。顿了顿，她问："这么多人，你行吗？"

"试试。"露西塔模棱两可地答道，左手中已经出现一团火球。

操控魔法元素也是会损耗精神的，以她现在的精神强度，并不能支撑多久。更何况，在这么多人围攻下，她能不能分神操控魔法元素还是一个问题。但露西塔并不着急，魔法元素并非只有火，魔法的潜力是无穷的，风、土、水、火都可利用。实在不行，她还可以驭风飞到高处。又或者，看看能不能在地上变出一道裂缝？

若要做到后者，需要的精神强度极高，以她现在除了基础理论几乎什么都不懂的状态看，根本不可能完成。当然，仅仅靠魔法和非人的躯体自保还是有些不保险，露西塔还有别的盘算。且不说她继承了精灵的治疗术，受伤能够自愈；她还继承了人鱼族的精神天赋，能够控制人的精神，而这也是她目前最依赖的。虽然现在她还做不到"群控"，但谁说她就一定需要"群控"呢？

露西塔看着出现在骑士后的城主，与对方相视一笑，各怀心思。

骑士们渐次分成两列，向来人低下了头。

这是个典型的老式贵族，三四十许人，留着一头金褐色的短发，身穿一件带橘色领的墨绿色轻礼服外套，束了一条羊皮腰带，腰带上佩了一把镶满宝石的长剑。她越过众骑士走到露西塔身前，两名贴身护卫各自向前一步，牢牢地将她护在中间，警惕地盯着露西塔。

"别这么紧张。"这位普丽玛薇城主笑道，"这是我们的魔法师客人。"

露西塔挂念地牢里的两人，尤其凯尔茜还受了伤，无暇跟她纠缠，于是好言道："我无意与您为敌，请现在放了我的朋友，之后的事才可以慢慢商量。"

城主却一点儿都不着急："你是哪家的孩子，怎么跟着卡伦家的那位祖宗跑到这儿来了？"

露西塔没听懂她在说什么，露出迷惑的表情："你认错人了吧？"

"都这个时候了，怎么还不肯承认呢？姐姐又不会真的把你们怎么样。"城主嗤笑一声，"你不认识卡伦家的安娜斯塔夏，那你来找我做什么？"

露西塔沉默了片刻。她想起来了，传闻中，斯塔夏好像确实出身于文特的某个贵族家庭……

见露西塔不说话，城主露出个果然如此的笑容，竟然套起了近乎："你是哪家的妹妹？是在月之塔学习的魔法吗？说不定我们还是亲戚呢。"

眼见着这位城主扯东扯西，露西塔生出一种危机感。她已经意识到，因为自己会魔法的事，自己已经被对方当作了大贵族的后裔。那么，如果这位城主真的有诚意，现在就应该放了斯塔夏她们，而不是和自己在这里扯东扯西。所以这位城主唯一的目的，就是套出自己背后那个并不存在的家族的名称，好方便她灭口之后扫尾！与其道歉可能不被接受，一下子得罪两个大家族，更好的办法难道不是趁她们没有护卫，悄无声息地把事情解决了吗？

"我姓卡梅伦。"露西塔回答道，"是你祖宗家的妹妹。"

没等城主反应过来，露西塔的剑就劈了下去。

普丽玛薇的贴身护卫反应很快，两人齐齐迈进一步，抬剑横挡："小心！"

城主猝不及防地连退几步，稳下身子，神情阴鸷下来："这样不懂礼貌的孩子，到时候你家里找上门来，也怪不得我还手了！"

回应她的是一片连绵的剑光。露西塔浑身不设防地站在林立的盔甲和盾牌之间，显得尤其单薄、脆弱，一眼看去尽是突破点。剑光从四面袭来，每一道都伴随着一阵微弱的风声，清晰可辨。露西塔耳朵微动，一个后空翻，踩着剑刃跳出了包围圈。她漆黑的双眸望向众人，剑锋的移动在真知之眼里变得清晰又缓慢。

攻势稍缓后，交错的剑锋又一次袭来。有些攻击的角度很刁钻，露西塔缺乏战斗技巧，避之稍晚，侧脸被划出一道浅浅的血口。她眉头微皱，再下手的力道就重了很多。她穿行于锋刃之间，横剑挡开攻击，顺势抬脚往骑士的胸口踹过去。她的剑仿佛只是防御的工具，几次剑锋都架到了人的脖子上，又微微一偏，将人饶过。倒地的骑士全是被踹飞的。

几回下来，骑士们也看出来她没下死手，颇有点儿有恃无恐的样子，在地上挣扎一会儿就爬起来，举着剑继续往上冲。一个红发骑士抹了把脸，爬起来往她的后背刺过去，一边大笑道："这小鸡仔是没见过血吧——"

话音未落，露西塔就回身刺来。那骑士还没回过神，露西塔的剑就穿透了她的腹部，血花溅在大理石砖铺就的地面上。她看着回过头眸色冷淡的黑发少年，双眼瞪大，嘴里发出"嗬嗬"的声音。露西塔收剑，那人顺势慢慢软倒在地上，不再动弹。

一时静默无声。前几次剑锋掠过脖颈的记忆回到每个骑士的脑海里，恐惧开始蔓延，没人再敢出剑。在被完全压制的时候，她们的勇气来源于露西塔的仁慈。气势一被中断，面对一个明显强大得多的敌人，骑士们冷却下来的头脑开始恐惧死亡。

露西塔的长靴踩过灰白的石砖，缓缓前行。

不知是谁先退了一步，骑士们开始纷纷后退。她们看着这个闯入者微微垂眸，旁若无人地开始擦拭她的剑刃。她脸上那道细细的伤口缓缓地渗出红血，显得尤为醒目。

众人之后，城主的脸色阴鸷，低头对身边某个侍从说了什么。侍从一边听一边点头，随即就要转身离开。一把长剑忽然破空而来，深深地插进侍从脚前的石砖里。那侍从大骇，转身回望，露西塔已经凭风而起，一个翻跃落在了城主背后，单手扼住了城主的喉咙。

普丽玛薇城主被迫仰着脖子，整个人都被露西塔挟着。少年收紧的袖口上还残留着方才溅上的血液，侍从看在眼里，一时不敢妄动。

这时，露西塔方才转过头来，对着那侍从扬了扬下巴："你要去地牢把她们带出来当人质？"

侍从哪里敢承认，吓得抖如筛糠，不迭地摇头。

露西塔也不在意："那你现在去吧。把她们带出来，我考虑下把你们城主放了。"

侍从稍一踌躇，露西塔就收紧了手。普丽玛薇的脸顿时涨红，发出"唔唔"的声音。

众人都经历过露西塔的毒打，谁也不敢怀疑她那只手的手劲。而以其孤身闯入不见惧色的气魄，以及其尚且不明但定然极贵的出身背景，即使城主自己也不敢肯定，露西塔是不是真的敢下杀手。

露西塔的手微微一松，城主就用沙哑的嗓音低喊道："咳咳……快去！"

凯尔茜出现在露西塔眼前的时候，是被人架着出来的。她雪白的衬衫上血迹斑斑，衣服多处残破，神色看起来十分萎靡，几乎已出气多进气少了。

斯塔夏的情况稍好，看不出有什么伤势，只是形容憔悴。看到城主的那一瞬间，她眼里迸发出一种极其强烈的仇恨光芒。看到露西塔时，斯塔夏整个人松了口气，随即一看庭院里的情况，又忍不住为她揪心:"露西塔!"

飘在一旁的德尔菲娜深深地吸了口气,几乎不敢看露西塔的眼神。露西塔的手无意识地捏紧,手背上青筋外露,掐得手里的城主直翻白眼。她低低地从喉咙里挤出三个字:"都让开。"

侍从们松开了两人被反剪着的双臂,凯尔茜一个踉跄险些跌倒,斯塔夏连忙扶住她。露西塔挟持着城主在前开路,斯塔夏和凯尔茜随后,互相搀扶着跟上。

人群浩浩荡荡地跟到门口,露西塔喝退大队的骑士,只允许一个侍从跟上来,安排后续出城的事。城主要反驳,被露西塔一句"我想杀你,多少人跟着都没用"给噎了回去。

露西塔要了一匹马,由斯塔夏和奄奄一息的凯尔茜同乘。一直等到了城门口,目送她们走远许久,露西塔才又为自己要了一匹马,随后松手放开了城主。

她一边上马,一边回头道:"感谢您的护卫陪我练剑。练了几轮,我现在觉得用剑熟练多了。希望下次还能有机会跟您的护卫切磋。"

说完,不管城主咬牙切齿的眼神,露西塔上马出城,徒留下一阵烟尘。

形容狼狈的城主立在城门前,面对着城外茫茫的山野眯起了眼睛。没弄清楚这位自称姓"卡梅伦"的人的来历,这件事就不算完。

露西塔在来时的森林里找到了斯塔夏二人。

这片森林位于格兰德和法洛斯城中间,是她们原路返回的必经之路。之前她们露宿时在这里发现了一处较深的山洞,露西塔一路找过去,果然在山洞里发现了她们。

发现斯塔夏的时候,她看起来很紧张,举着剑全神贯注地盯着洞口。看见是露西塔,她才松了口气,挂着剑顺着洞壁坐在了地上。

露西塔看向了一边昏睡的凯尔茜,伸出手指探了探她的呼吸——还好,一时半会儿死不了。而死不了的外伤,露西塔都能治。她低头检查了一遍凯尔茜的伤口。只能说斯塔夏不愧是外科医生，已经简单地给凯尔茜处理了伤口，包扎用的布料虽然是从衣服上撕下来的，但看得出很是整齐。

露西塔伸手要拆凯尔茜伤口上包扎的布料，被斯塔夏紧张地按住："你干什么？"

露西塔不知该如何解释，只得将手指覆到自己有一道刀痕的左脸上，片刻后再拿下来，给斯塔夏看自己恢复完好的皮肤。

"……就是这样。"露西塔说，"我试试帮她愈合伤口。"

斯塔夏呆住，看着露西塔解开凯尔茜伤口的动作，不由得问道："你……到底是什么人？"

没错，伊尔塔特的镇民都是非人类，也存在精灵和人鱼，但没有一个像露西塔这样，长着人类的外表，却同时拥有这么多匪夷所思的特质和能力。

"老实说，我也不知道。"露西塔手上动作没停，平静地回答。

凯尔茜伤得很重，身上有好几处深可见骨的刀口，还有一刀扎在腹部，除此之外皮肤也有多处严重的损伤。

这是露西塔第一次使用治疗术来治疗这么重的伤势。等她悉心疗愈完所有的伤口，浅一些的已经直接生出粉肉，很深的那些也止住了血，组织大幅度愈合起来。这是露西塔目前能做到的极限了。凯尔茜的伤口太多，她做完这些，神态明显疲惫下来。

"快给她喂一些吃的。"露西塔嘱咐道，"我只能激发她身体里的能量帮助她愈合，消耗的这些能量都是她自己的，需要赶快补充。"

"噢噢。"斯塔夏慌忙应道，从随身空间里拿出一罐子加了甜菜浆的浓汤，装到小碗里一勺一勺地喂给了凯尔茜。幸好这一串寒酸的贝壳项链没被那些人抢走，一直在她们身上。凯尔茜正是靠空间里的食物时不时补充能量，才能撑到现在。

待一切收拾清楚，露西塔才问起她们的遭遇。

斯塔夏的神色沉下来："我们原以为她请我们是想要治病，所以虽然她派出的那些骑士态度不好,我们还是无可无不可地跟着去了。谁知道,她却跟我要治疗瘟疫的药方,说是要拯救格兰德。我告诉她还没研究出来,要再过两天,观察下几种药方的效果。她不肯相信,就开始进行人身威胁。那个时候,我就知道,她的目的不简单。也许是笃定我们出不了那个门了,她很快就暴露了自己真正的目的——她要靠这个药方重振普丽玛薇公爵在军方的权势。你知道的,斯普林和文特两国的关系近年一直不太好……一种能够大规模传染的瘟疫,虽然致死率不高,但若被握有治疗药方的不轨之徒利用,会有多么恐怖,你能想象吗?她疯了。"

权势真是一种能蛊惑人心的东西。它能使黑的变成白的,丑的变成美的,错的变成对的,卑贱的变成尊贵的,老人变成少年,懦者变成勇士,也能使十年前战场上骁勇无匹、誓要打破旧世界的普丽玛薇将军的后裔,变成今天这样面目全非的东西。

"本来我只是出于自身安全考虑,才握着那两个有待最终试验的药方没说。但知道她的目的以后,我就知道,我一个字都不能吐露。凯尔茜是被用来威胁我的人质,才成了这样……但我还是没有说。"斯塔夏说到这里低下眼眸,抚了抚凯尔茜的额头。

梦中的凯尔茜似乎经历了什么不好的事,皱起了眉。

斯塔夏的声音有一丝颤抖:"露西塔,也许你不懂,人们已经经不起第二次战争了。"

露西塔沉默。她对人类世界的现状了解不多,但她知道的是,这个世界确实已经经不起波折。

"那格兰德的民众怎么办?"

"可惜药方的最终测试还没完成。"斯塔夏说,"保险起见,我觉得如果要给出一个药方,就给牛膝草和一枝黄花那个,药性温和些,风险比较小。可惜,要怎么把药方送出去,让它传播开来,不被普丽玛薇家垄断,又是一个问题。尤其是我们现在连城都进不了了。"

露西塔闻言,若有所思。"我出去一下。"她说。

山洞外，日光穿透深林，深夏的叶子浓密又鲜艳，均是温带和热带特有的阔叶。

凯尔茜伤势缓和后，喝了几乎大半罐子的甜汤，终于在黄昏时悠悠转醒。山洞里已经点起了鳀目灯，摆在几个角落，暖黄色的光线充盈着这片狭窄的空间。斯塔夏捏着根鹅毛笔在灯下写着什么，灯光映照着她挺俊的侧脸，显得神态安宁。

凯尔茜的嘴唇动了动，声音沙哑："斯塔夏？"

斯塔夏一惊，手指一抖，深蓝色的墨水就洇在了她手里那片树叶上——是的，她正在树叶上写字。

她顾不得许多，急忙来到凯尔茜身边，摸了摸她的额头，然后如释重负地松了口气，声音有点儿低沉地哽咽道："你醒了。"

凯尔茜仿佛知道她在想什么，反手握住她的手："没事的，斯塔夏。没事的，如果是我也会这样做。"

这声安慰仿佛开了一道水闸，斯塔夏的眼泪在眼眶里聚集了半天，此刻再也存不住了，滴落在凯尔茜的手背上。凯尔茜有些发烧，感知失灵，一时分不清那眼泪是灼热的还是冰冷的。

"对不起，我……"

凯尔茜没让她继续说下去。她笑了笑，艰难地摇了摇头："……斯塔夏，我好冷啊。"

斯塔夏被截断了话头，忙不迭将凯尔茜裹在怀里。凯尔茜的骨架很大，此刻又瘦了一圈，嶙峋的骨头被斯塔夏抱着，只觉得硌得慌。斯塔夏觉得她脆得很，轻轻环着不敢用力。凯尔茜找了个舒服的位置，将脸偏过去埋在斯塔夏怀里，闭上眼睛，似乎又睡着了。斯塔夏就维持着那个姿势，一动不动。

返回的露西塔站在山洞门口，一时不知道该不该进去。

德尔菲娜在她耳边好奇地问："你怎么不进去？"

露西塔不知道怎么回答，索性没有搭腔。

谁知德尔菲娜见她不理,有些慌乱地试探道:"露西塔?"

"怎么?"

"吓死我了,我还以为你也听不见我说话了。"

没想到德尔菲娜这么敏感,露西塔张了张嘴,一时无言。她忽然意识到,当世界上只有一个人听得见、看得见自己,也是一件很寂寞的事。某种程度上,这处境倒和自己有些相像。

"对不起,"露西塔说,"以后我都会回答你的。"

德尔菲娜没想那么多,很大度地挥挥手:"没关系啦!"

大概是露西塔在山洞口站的时间有点儿久,嘴里还咕哝着什么,斯塔夏终于看见了她。她站在暮光下的山洞口,身形模糊,背后似乎跟着一大群飞鸟。

是的,是飞鸟。斯塔夏惊异地看过去,唤了她一声。

露西塔摸了摸手上的一只小小的红襟鸟,说了些什么。那红襟鸟在她身边盘旋了一圈,拍拍翅膀落在了山洞口的一棵低矮的酪梨树上。露西塔走了进来。

斯塔夏抬起头,神色惊异:"红襟鸟?"

"介绍一下,"露西塔指着洞口五角枫上落满的群鸟,微微笑道,"这些朋友是会为我们分发药方的信使。"

斯塔夏张大了嘴巴,她垂眸看着自己手中写满字的叶子,眨了眨眼睛。凯尔茜的瞳孔里也闪烁着微光:"真神奇。"

靠着空间里的食物和水,她们在这里停留了两日,大堆的树叶被鸟儿搜罗来,被她们写上珍贵的药方。

微微泛红的枫香叶,深绿、厚实的酪梨叶,大片的黄绿交杂的桐树叶,以及一簇一簇的七叶树叶子,这些树叶上写满了深蓝色的纤细文字,密密麻麻,在灯光的映照下反射着微弱的光泽。她们想将药方传播开来,但又缺乏纸张,就想到了这个办法,把药方写在了树叶上。恰逢这个时节这片地域到处是完整、漂亮的阔叶。

第三日傍晚,露西塔放下笔,捡起一片枫香叶看了一遍,然后以征询的语气对斯塔夏道:"或许,这些应该差不多了?"

斯塔夏点点头。

露西塔没有耽搁,抱着一捧树叶来到了山洞外。群鸟盘旋着,各自衔了一片叶子,呼啦啦朝天上飞去。露西塔闭上眼睛,意识附着在一只红襟鸟上,俯瞰着这片深红浅碧的森林。

576年七月底,群鸟在日暮时分出现,降临瘟疫下濒死的格兰德城。它们衔着写满了神奇药方的树叶,在格兰德各处的上空丢下,在这座灰色的城市下了一场深红浅绿的叶雨。这是人们已经多少年没闻到过的森林的气味。

群鸟盘旋着发出回巢的低鸣,随即四处散去,迎着暖融融的烟霭和流岚,消失在远处的山林里。

这一天被后世称为七月奇迹。

流浪者埃珀正躺在茑萝街的街角歇息。她用上次给人带路赚到的银币过上了能吃饱的日子。每天吃最便宜的粗麦面包,几枚银币甚至足够她一个月不再挨饿。而一个月后呢?

瘟疫之下,恐怕那时候她已经病死了。这样倒也不错,起码做了个饱死鬼。

这时候,她刚吃了一片面包当晚饭,正躺在新买的薄褥子上休息,忽地从晚霞中飞出一群乌压压的飞鸟。她惊异地扬起头,就见大片大片的新鲜树叶从暮光里飘落下来,恰巧有一片落在了她脚边。群鸟撒完树叶,很快就盘旋着离开了,埃珀却望着天边的烟岚出神地看了很久。

她捡起脚边那片深红的鸡爪槭叶,上面密密麻麻地写满了深蓝色文字。埃珀是认得字的,早年她的母亲教过她,在她还没成为流浪者的时候。

瘟疫治疗药方

　　艾蒿叶汁一令、稗草粉末半令、车前子花瓣两片、成熟荨麻叶一片、野苹果干半令、成熟的牛膝草根一根、一枝黄花花苞一个，其中，稗草在研磨前需要煮沸晒干。将上述药物混合在一起，加入半升水熬煮至药液减半。

　　注意：稗草粉末要在加水煮开后再加入。

——医生安娜斯塔夏·卡伦

　　埃珀深褐色的眼里颤动着不敢置信的光芒。药方！上帝啊，她并没有被放弃，对吗？

　　她从内衣袋里翻出小心保存着的两枚银币和三枚铜币，朝隔壁悬铃街的普丽玛薇医院走去。如果能活着，又有谁愿意死去呢？

　　茑萝街42号，城主府。

　　普丽玛薇盯着手上那片泛黄的树叶，脸色沉得能滴出水来，几乎要把叶缘捏碎。周围的侍男战战兢兢，连大气都不敢出。

　　她沉默良久，终于忍不住重重地将乌桕叶拍在桌案上，从齿缝里挤出几个字："卡梅伦……"

　　她此前已经派侍从在书房的贵族谱系里仔细地查过一遍，在文特几百年的历史里，贵族们更迭过几代，但从始至终都不存在"卡梅伦"这个姓氏！自己垄断药方的计划就这么被一个不知来历的小姑娘给毁了。更有甚者，她握有这样的药方，居然直接用这种方式将药方公之于众！那个卡伦家的小姑娘居然也肯？

　　为今之计，只有……普丽玛薇眯起眼睛，将手里的树叶揉皱，摩挲着自己手上金色的家族戒徽。

　　无数的树叶落到了大街上，落到了中产家庭后院的水缸里，落到了贫民窟泥泞的土地上。人们惊呼着推开房门，捡起掉落的树叶仔细端详。识字的读到一半就惊呼出声，喜极而泣；不识字的则拿着树叶敲开了受过教育的邻居的家门。无数在绝望中浸淫已久的人推开家门，朝药铺拥去。

西边的森林里，露西塔伸出手掌，胸口长着橙红色羽毛的红襟鸟顺势落在她手心，小小的一只，歪着头看她。

斯塔夏立在旁边，看着可爱的小鸟，也不由得露出会心一笑："我和凯尔茜商量过，等此间事了，我和凯尔茜就不回去了。"

"怎么？"露西塔有些诧异地看着她，"伊尔塔特不好吗？"

斯塔夏摇摇头："但我们是人类。"

"梅维斯也是人类。"

"那不一样。"斯塔夏说，"她无牵无挂，而我……和凯尔茜，在这个世界都有放不下的东西。"

"什么？"

"我们本可以有更好的医学，人们却依旧生活在依靠迷信和经验治疗疾病的蒙昧中。我研究了半辈子这个，却不能让人们过得更好，那我研究它还有什么意义？为了老死以后带到坟墓里吗？我要留在这里，不管在哪里都好，做我该做的事。"

露西塔眼神微动："值得尊重的选择。所以，凯尔茜跟你一起？"

"不，我也有我要做的事。"

凯尔茜扶着山壁走了出来，打断了两人的谈话。

露西塔回望她，微微诧异："洗耳恭听。"

"你们不好奇，这座城里现在正发生着些什么吗？"

顺着凯尔茜的目光，露西塔望向格兰德城的方向。

人们聚集在药铺和医院的门口，而医院大门紧闭，守门的卫兵手里握着冷冰冰的剑，剑尖对着平民，用冷漠的口吻说："艾蒿十金币一令，稗草十金币一令，车前子和野苹果干二十金币……数量有限，先到先得。"

人群静默了一瞬，顿时哗然。这样的价格，比起平时几乎翻了几十倍！

对于中产阶级来说，这样的价格虽然难以接受，但咬咬牙仍能支付得起。凭借庄园租金、工厂利润以及体面的职业，中产们每个月大约能收入上百来枚金币。吃上几剂药，也不过是用空一个月的收入。

但对于贫民来讲，即使是经济状况稍好些的，如在工厂里做工的，收入也不过每日一枚银币上下，都是用铜币结账的，有些人甚至连金币的影子都没见过。如果是正常价格的药物，贫民中的多数人拼拼凑凑，咬咬牙还能买两剂。而现在，或许不吃不喝攒一年，贫民才能攒够几十枚金币，用来抓一剂药吃。

而对贫民们来说，攒钱几乎是不可能的任务。即使是最便宜的面包也需要一枚铜币，粗麦面包虽更便宜一些，一枚铜币两条，但连麦壳都去不干净，吃在嘴里只会把嗓子拉得干疼。要想吃饱吃好，每天一枚银币的收入几乎都是转手就消失。这样的收支比例，指望贫民手里有积蓄，几乎是天方夜谭。

体面的中产们虽然不满，但还是挤到了前面，掏出钱袋准备付账。也许这是中产们一生中唯一一次和又脏又臭的贫民挤在一起，但此时中产们脸上除了隐约的愤懑，还有一丝庆幸和微妙的优越感。一项权利，得到的人越少，越能制造这样的优越感。看啊，只有中产们能付得起足够的金钱，在危难来临之际购买到自己的生命权！

也许是亮晃晃的金币刺伤了人们的眼睛，本来散散落落站在医院门外的贫民们慢慢聚集到了一起，冷眼看着前方喜滋滋进门的上等人和"铁面无私"的守门卫兵。

人群最前面的是那个在十里贫民窟都算得上有些威望的工会会长爱尔珂，一个满头金发乱糟糟、如同不修边幅的狮子一样的中年人。

一位抱着药匣喜滋滋走出来的女士刚迈出大门，冷不丁抬头对上爱尔珂雌狮一般冷漠的眼神，不由得打了个寒噤。她别扭地低下头，抱着匣子匆匆挨着墙离开了。

被拦在外面的贫民依旧嗡鸣着,人们像一壶逐渐升温的水,渐渐焦躁起来。终于,不知是谁的声音突破众人的私语,回响在暮色昏沉的街心:"反正怎么都是死,跟你们拼了!"

这声音尖细,如同一根银针破空而来,刺在灼热的空气里,发出"叮"的一声。接着,水开了。

蒸汽顶开了壶盖,滚烫的开水涌了出来,"滋滋滋"浇灭了炉火。人群沸腾。

"我们这么多人,还打不过这十几个吗?反正买不到药也是死,还不如拼一把!"

"姐妹们上!砸烂这个门,她们不给,我们就抢!"

……

工会会长爱尔珂一颗心沉入谷底。她知道,这是最适合冲上去的时候,错过这样的时机,等人们理智回笼,再想让其跨越阶级恐惧去反抗这一切,难上加难。这种骨子里的恐惧和避让已经深入每个贫民的血液,那是贫民们一出生就被世界教导的东西——驯服。

因此,尽管人们没做好准备,尽管一切突如其来,尽管大家手无寸铁,冲上去注定会有很多人牺牲,她还是高举手臂,在身后众人的瞩目下高呼道:"我们早就受够了!上,我们自己救自己!"

她们和城主紧急派来的一支护卫队扭打在一起。面对众人的愤怒,即使护卫队的骑士们全副武装,还是不敌人海战术,被夺下长剑揍得生死不知。

当然,死伤不可避免,对手无寸铁的贫民而言更是如此——不少人被剑砍中,当场气绝;有的缺胳膊少腿,血流不止,和那些生死不明的骑士一起躺在路边。骑士们的剑不知道被谁捡去了,她们制作精良的盔甲——那可真是值钱的东西——也被人扒了下来,只剩下柔软的亚麻做成的常服,浑身上下都失去了防护,无一幸免。

而进入药铺的人在满柜子的药材面前却开始扭打成一团,药材掉了满地,在人们脚下被碾成粉末或翠绿的汁液。众人姿态之生猛,几乎看不出是生了重病的人。要知道,需要药材的人很多,但药铺的药材是有限的。她们没有提前确立足够有效的分配制度,会产生这样的争端实在是意料之中的事。

好在她们还有一个足够有威望的领袖——爱尔珂。爱尔珂拖着病体爬到柜子上,双手拢成喇叭状,向下声嘶力竭地喊:"大家停一下,停一下!这些药材我们统一管理,按照病人的需求分配,谁的都不会少!再打下去,药材就全被踩烂了!"

爱尔珂多年积威,大家多是愿意信服她的。更何况,刚才也是爱尔珂率先带领大家冲锋的。她身先士卒,不像有任何私心的样子。人们慢慢停了下来,都愿意听她继续说。

在过去的十几年中,爱尔珂是最坚定的工会会长。那些工厂主的胁迫和利诱都没有使她倒戈,她始终在为工人争取实际的利益。当然,工人的诉求有时有用,有时没用。一些引起人们强烈愤慨的诉求会被折半兑现,一些"太贪心"的要求总是不了了之。毕竟就算工人吵得再凶,权力依然在那些工厂主手里。除了通过工会"闹事",工人已没有别的办法。

而这一次是有史以来最激烈的一次"闹事"。她们已经做好了接下来被城主责难的准备,针对她们的各种政策又会收紧,就像工厂主每次让出一点儿利后又会故态复萌甚至变本加厉一样。但这次爱尔珂说:"我们必须自己组织起来。"

这是爱尔珂此前被拦截时就已经打好的腹稿。

药材从哪里来?从周边的山林采集,在自家药田种植,去附近城市购买。这么多人需要药材,而现有药材明显不够用,就算再优化资源配置也是不够的。因此,在统一分配的同时,还需要想办法开源。这一切都需要组织。当然,这个组织很松散,还是临时的,目前只依靠爱尔珂的信用维持,只是一时之计。爱尔珂说着,心里已经开始谋划长远的发展。

凯尔茜说:"愤怒能让人获得一时的力量,但不是长久之计。贫民靠愤怒可以活过这一次,但一样会死在下一次荒谬的压榨和凌辱中。当然,有组织是好事,但若一个组织连自己想要什么、该怎么去要都不清楚,最终只会被打散,成为贵族脚下的又一摊污血和功绩。她们不是第一个,也不会是最后一个。"

露西塔冷不丁地问她:"你是什么人?"

凯尔茜微微一愣,旋即笑了。"是我的自我意识过剩了。人类世界原本有三个国家,十年前灭亡的那个叫伊顿,是我的故国。我的母亲是玛丽二世,我是她的第三个女儿,在国破前做了三年王储。"说完,她有些不好意思地笑笑,"那时候,凯尔茜这个名字传得还是挺远的,人们还给我起了一些绰号。我以为我不隐瞒自己的名字,你会知道是我的。"

斯塔夏插嘴:"血腥王储。"

"闭嘴。"凯尔茜只觉得大为丢脸。

斯塔夏笑了起来。

爱尔珂从来没有这么烦闷过。

自从她们攻击护卫队、抢夺药材以来,城主已经调来了三拨护卫惩戒她们。

一开始,她们凭借着抢来的铁剑和装备,以及一条道走到黑的决心,接连打退了那些人,盘踞在贫民窟,看起来似乎在日益壮大。由于药物得到了充分公正的分配,瘟疫很快被控制住,局面渐渐稳定下来。随着身体好起来,人们的生产、生活也逐渐回到了正轨。但只有她知道,自己快要走到绝路了。

那些护卫队只是表面行动,城主不会做那么蠢的事,三番五次白白折损自己的人。爱尔珂编制的临时领兵小队,那些壮实、聪明的小队长都遇到了不同程度的利诱。城主给她们提供了一条回头路:任命她们为临时骑士,让她们拥有体面的职业,从此过上截然不同的生活,再也不用提心吊胆……

更何况,她们中的许多人都是工厂的工人,包括她自己。失去了工作,她们很快就变得更加贫困,这片被选为基地的贫民窟此刻仿佛成了囚禁她们的囚笼。

人心浮动。

格兰德城近邻,法洛斯城。

斯塔夏在暗黄色的牛皮纸上写下最后一行字,将信纸折起来放进信封里。凯尔茜在一旁帮她烤好了暗红色的火漆,倒在信纸封口处。斯塔夏取下自己的家族戒徽,重重地压在火漆上面。火漆冷却后,斯塔夏收起戒徽,信封上的圆形印章呈鲜艳的红色,印着的是卡伦家族的家徽——一钩弯月、几点繁星。

"这样就好了。"斯塔夏递给露西塔,"我用家族的名义给王都春之塔中的一位导师写了推荐信。你可以将它和自己的申请信一起寄出,之后可能会得到去春之塔学院学习魔法的机会。"

露西塔把信珍重地收到储物空间里,认真地道谢。她确实对魔法塔很感兴趣,不知相比五百多年前的魔法书,现今的魔法发展到了什么地步。

斯塔夏摇摇头:"这是我唯一能为你做的了。"

尽管不知道为什么非人类也可以拥有魔法天赋,但这样的怪事很显然就在露西塔身上发生了。考虑到全大陆最优秀的魔法系统教学在魔法塔,斯塔夏拿出了自己从家里偷出来的家族戒徽——姐姐估计以为它丢了,大概早就打造了一枚新的——替露西塔写了一封推荐信。

要知道,魔法塔是只有贵族后裔能进的地方,而斯塔夏的姐姐这些年混得风生水起,俨然已经恢复侯爵身份和领土,成为文特国王的股肱之臣了。

八月，风声渐紧，爱尔珂也添了衣服。毕竟，这是她最后一次穿这件外套了。这是母亲给她做的，她很珍惜，缝缝补补穿了十年。

她紧了紧外套，低声喃喃："妈妈……"

在她眼前的，是弥漫着血腥气的绞刑架。在台下的，是半个月前同她一起抵抗护卫队的邻居和朋友们。她看到了黛丽拉。黛丽拉紧紧地盯着她，握紧拳头，眼里有若隐若现的火焰。爱尔珂安抚般对她笑笑，又环视别的同伴。她们眼里有惋惜，有愧疚，也有庆幸。有的人不敢看她，不忍地闭上了眼睛。

而爱尔珂脑中最后的念头却是："闭上眼睛也没有用。下一个，就是你。"

鲜红的血转为暗红，绞刑架上又添了一缕冤魂。日光从南移向西，渐渐疲败下来。

格兰德城入夜，明天又是新的一天。

格兰德城重新开放了，新闻流转到了法洛斯城。

"你为什么不帮她们？你可以的，我知道。"斯塔夏握着今晨的新报，抿唇问露西塔，眼里满是困惑。

"我帮不了。"露西塔叹了口气。

"为什么，你明明……"

"你是说帮她们抢夺药物吗？可是她们自己就会抢夺，而且她们夺过来了。"

"但是她们最终失败了！"

"有了我，她们依然会失败，最多撑的时间久一点儿。"

"但……但是……"

"还是，你是说，帮她们杀了城主和工厂主？"

斯塔夏一时语塞，说不出话来。

"我做不到。"露西塔说道。

斯塔夏眼睛一瞪，刚要反驳，露西塔就话锋一转："我只能杀掉普丽玛薇,无法杀掉城主。你明白吗?"

斯塔夏颓然地跌坐在椅子上。

凯尔茜走过来:"只有她们自己能杀掉城主。"

而她们失败的原因,是她们目前还没想到杀死城主的办法。

"至于如何杀死城主……"凯尔茜抬眼望向远方的街道,"斯塔夏,这是我们的事。"

在法洛斯盘桓十来天后,凯尔茜休养得差不多了。露西塔放下心来,向斯塔夏和凯尔茜辞行。两人没有挽留,她们大约也知道人类世界对伊尔塔特人来说实在没什么吸引力。

德尔菲娜叽叽喳喳:"你家很远吗?那地方美不美?"

"很远。"露西塔在火车站走着,仿若自言自语,周围的人陆续投来异样的眼光,她却不甚在意,"很美,那是全世界最美的地方。"

"真的?!"

……

第10章
丰收与冬眠

德尔菲娜是第一次坐火车,看什么都感觉很新奇,一路上东瞧瞧西看看,在露西塔耳边喋喋不休。

露西塔一边耐心地答话,一边吃她的早餐——一杯牛奶和一块甜面包,面包里夹了一片熏肉和一团奶酪。这是一顿足够昂贵和美味的早餐。周围的人早已经离她三尺远了,过道另一边的几排旅客还时不时偷瞄她一眼——一个总是在自言自语的富裕的怪人。

露西塔注意到了,还跟德尔菲娜开玩笑:"前后左右的人都被吓跑了,我看起来很吓人?"

德尔菲娜摇摇头,认真地反驳道:"怎么会,你看起来很正常。"

露西塔被噎了一下,发出一阵惊天动地的咳嗽。

她的视线越过车窗,望向火车沿途经过的群山和平原。空间世界层有所稳固之后,世界的裂痕大约得到了修补,空气中的魔法元素显而易见地变多,露西塔觉得连呼吸都舒服了许多。而窗外那些山林和农田,不知是否是错觉,她总觉得比来时更茂密了一些。

事实确实如此。

此时正是一些水果的收获季节,苹果和梨子沉甸甸地挂在果树上,葡萄缀满了连绵的架子。早起的园丁呼吸着鲜甜的空气,在自己的王国里巡视一圈,满意地搬着大筐开始采收。

最近半个月里,果子的长势极其喜人,个儿大又饱满,红的、黄的、紫的,色泽鲜艳,每一个都象征着亮闪闪的银币。这样好的收成,十年也未必能见一次。

麦田里的麦穗已经开始泛黄,麦秆开始微微地低头——那是被饱满的麦实压出的弧度。晨风卷着花粉和水雾从麦田上拂过,麦浪起伏，如同麦田四面连绵的群山。快要到丰收的季节了。

露西塔打开手中怀表的盖子，代表着魔法世界层的那块光斑由深红色变作了有些淡的橙红，看起来顺眼了很多。另外，代表空间世界层的那块光斑已经恢复为黄绿色，看起来有点儿丑，但比起漂亮的橙红色，还是令露西塔安心许多。当然，和代表精神世界层与生命世界层的那两块柔绿色光斑是不能相比的……

群山草木葱茏，山烟升腾。火车头拖动着长长的烟气，长鸣回荡在山间，久久不散。

露西塔花了一周的时间回到了伊尔塔特的邻城蒂罗尔城，这里也是她第一次去伊尔塔特时下火车的地方。

蒂罗尔城位于大陆的西南角，和那些独立于王国之外的原始部落一起，零零散散地分布在埃斯蒂山脉的尾部。仅有唯一一列老旧火车会穿过群山抵达这里，成为这里连接外界的通道。与上次不同的是，露西塔脖子上戴了一串五颜六色的储物项链，没有再拎上次那个棕色的木制手提箱，打扮看起来也随意了很多。她已经完全融入了这里。

露西塔先下了火车，又回身去拉德尔菲娜。她这一怪异的举动使得周围的旅客频频侧目，不少人刻意绕过了她。露西塔也不觉得尴尬，快活地转了个圈，呼吸了一大口群山间的小城清新的空气，随即拉着德尔菲娜出了车站。

露西塔一边问路，一边摸索着往小城的邮局走去——是的，伊尔塔特未与外界连通，是没有邮局的。要想寄信，蒂罗尔城就是最近的寄信地点了。邮局是一座漂亮的红砖房子，墙上挂着垂满了白花的吊兰。粉紫色的绣球花不知被谁剪下来插在了吊兰盆里，此刻已经失了水，呈现半枯萎的状态。露西塔抓住门环，敲了敲邮局临街的那扇大窗户。

"谁呀？"一个戴着贝雷帽的金发少年推开了窗户。见到露西塔，她打量了一下，问道："你要寄东西吗？"

露西塔点点头，拿出自己包装好的推荐信和申请信，叠在一起递过去："我要寄到文特王都维克托黎去，具体地址是知更街49号春之塔。"

生活在这里的少年对外面的魔法塔没什么概念，照例问她："收件人的名字？"

"春之塔特级教授阿斯特丽德。"

"你的名字？"

露西塔顿了顿："安娜斯塔夏·卡伦。"

少年抬头看了她一眼，在信封上写了些什么，然后伸手道："邮票需一枚银币。"

真是熟悉的物价。伊尔塔特的银币已流通到了周边，对周围的物价产生了一些影响，最显著的就是银币的明显贬值。在人类大陆待久了的露西塔有一点儿适应不过来，肉疼地掏出一枚银币递了过去。

少年接过银币，指着她的信封道："你的寄信地址应该写你家的地址，而不是邮局的地址。这样，你该怎么收到这位阿斯特丽德的回信？"

"我家不在蒂罗尔城。"露西塔说，"这一来一回大概需要多久呢？我可以自己来取。"

少年算了算："半个月吧。"

"还有别的事吗？"

"没有了。"

露西塔话音未落，少年啪一声关上了窗户，将墙上挂着的干枯绣球花震掉了两瓣。

真是……有个性的孩子。

露西塔摸了摸鼻子，拉着德尔菲娜离开了。

德尔菲娜在后面问她："接下来我们去哪儿？"

"去取我们的马车。"露西塔解释道，随后来到了城门寄存马车的驿站。

马儿被照料得很好，皮毛油光水滑，正低着头嚼着新鲜的草料。

露西塔满意地付了剩下的租金，翻身上马，后面拖着被涂成樱草黄色的空车厢。她双腿一夹,马儿就跑了起来。

回伊尔塔特要经过一片人迹罕至的森林。这个时节,森林的灌木中生长了一丛丛的野玫瑰,已经打了花苞,在葱茏森郁之间摇摆,显得生动极了。野生的蓝莓、云莓和黑加仑都长出了酸涩的果实。再过十几天,它们就会长成甜美、饱满的浆果,一部分成为鸟儿的口粮,一部分熟透后落在无人到达的野地里,甜美的汁液在泥土里腐烂,成为花朵和藤蔓来年的养分。露西塔熟悉的兔子和松鼠,以及埃斯蒂山脉特有的黑色椋鸟,时不时从林间掠过。

德尔菲娜趴在她肩头,指指这个又指指那个:"这个是什么鸟?哇,快看,这朵花好漂亮,你能去摘一朵吗?兔子!有兔子!"

在德尔菲娜的吵嚷下,她们途中摘了满捧的野玫瑰、半黄不黄的枫叶和酸涩的沙棘果。原本半个下午就能走完的路程,她们走了整整一个下午,直到日薄西山才抵达伊尔塔特。

"德尔菲娜。"

"嗯?"

"你知道吗?你不说话的时候显得特别高冷。"

"什么是高冷?"

"……"

露西塔将马车拴到了镇民活动中心门前的大树上,抱着一大捧野玫瑰穿过鹦鹉街,在刚刚亮起的鲸目灯光里敲响了农场插着门闩的大门。

"笃笃笃……"

"谁呀?"维尔蕾特清亮的声音远远地传来,小木屋的窗户上随即映出一道模糊的人影。接着她推开窗户看了一眼,见大门前站着一个人。那是个束发的少年,穿着草莓红的上衣和群青色背带裙,抱着一捧什么东西,身形熟悉极了。

"露西塔!"她急急地叫了一声,"噔噔噔"转身离开窗边,打开客厅的门,沿着前院的小路跑到大门前取下了门闩。

露西塔把手里的野玫瑰递到她怀里:"送你。"

维尔蕾特猝不及防地接了满怀的花,深深吸了一口:"是北边森林的玫瑰吗?"

"嗯。"露西塔说着指了指一边的空气,"介绍一下,这位是我们的新朋友,德尔菲娜。"

维尔蕾特愣了愣,神色迷茫地与露西塔对视。

"呃……"露西塔咳了咳,"也许你看不见她,但她正在同你打招呼。德尔菲娜,介绍一下,这位是我的朋友,维尔蕾特。她是一位精灵。"

德尔菲娜热情地跟新朋友打招呼:"你好呀!"

新朋友虽然听不见她说话,但在接受了露西塔的介绍后,还是对着空气笑着挥了挥手:"你好。"

露西塔说完,环顾一周:"嗯,怎么没见琳妮娅?她这么早就睡了吗?"

维尔蕾特摇摇头:"她今天去找杰西卡玩了,在杰西卡家睡。"

"那么明天回来,她会看到一个惊喜。"露西塔笑眯眯地说,随即迈进院子,回身将门闩重新插上。

院子已经焕然一新,豌豆架上爬满了豆秧,时不时能看到小小的豆荚挂在藤蔓之间。她走时尚稀疏的药田已经被种满了,还多出了许多新的魔药品种。露西塔在昏暗的光线里能隐约辨认出的有月见草、金盏花和苏木。

金盏花正在盛放,雪白的单瓣金盏在门口的鲲目灯光下显得尤为秀洁。水井边上,新起的小房子在薄暮里显出模模糊糊的轮廓。露西塔绕到院子后,萝花已经完全看不见了,满树深绿色的椭圆形薄叶片在晚风里摇动着。树荫下的池塘里,鱼儿摆摆尾巴荡起一片片涟漪,在室外的灯光里折射出一片碎金。

羊圈里的小羊已经睡了,露西塔蹑手蹑脚地靠近。小羊睡得很沉,横七竖八地趴在一起,看起来比她走时长大了一圈。唯一没变的就是篱笆上缠绕的悬铃花,大片的火红花朵低垂着,葱茏可爱。

夜色渐深。

露西塔摘下自己的贝壳项链放到茶几上，和两人互道晚安，回到了自己的卧室。

德尔菲娜是灵体，不需要卧室，在任何地方都能休息。她好奇地在农场内外转了一圈，最后将灵体悬停在药田里的金盏花丛旁边，在来自远处森林的夜莺的隐约啼鸣中沉入一片甜梦。

次日，在鸡鸣中醒来的时候，露西塔还有些茫然。

在床上翻了个身后，她微微睁开眼睛。看见窗台上摆着的失水的百合花，又越过落了灰的窗子看见后院的萝花树，她才意识到自己已经回家了。

从什么时候起，自己已经把这里当作家了？

迷迷糊糊的露西塔无暇去想这样的问题，翻了个身，裹着松软的被子又睡了个回笼觉。再度醒来的时候，已经日上三竿了。露西塔惬意地伸了个懒腰，洗漱一番便摸去厨房找吃的。

她在厨房里翻来翻去，却只找到一块剩下的干面包。她正在怀疑人生时，维尔蕾特进来了："那块面包是我没吃完剩下的，准备用来做鱼饵。"

露西塔迷茫："没有吃的吗？"

"有哇。"维尔蕾特耸耸肩，把手里的一枚储物贝壳递给她，"这里是我和琳妮娅花钱请莉莉帮我们一次性加工的面包、豌豆尖、鹿肉和番茄汤，总共花了一百枚银币。我和琳妮娅已经吃了一个多月了。"

维尔蕾特的话音里隐隐带了一点儿凄凉，露西塔果然良心一痛。

"不仅如此，"维尔蕾特无情地递出第二枚贝壳，"我们的钱缩水了一半，只剩二百枚银币了。"

这个倒是在露西塔的意料之中。她们的家业积累才刚起步没多久，既需要放羊，又需要种田，但她们一没有成熟的绵羊，二没有足够的田地，所以这两项必要工作目前都看不到短期收益。不过，它们却占据了维尔蕾特几乎所有的时间。因此，要想再靠打猎、捕鱼开源，对维尔蕾特来说时间上确实有点儿捉襟见肘。最后收入不敌支出，资产缩水不可避免。

再者说，如果她们会做饭，还能节约一些生活成本。可惜她们一个是厨房杀手，一个还是个孩子，想吃点儿新鲜的只能去酒馆。长此以往，可不就是花钱如流水。

不过，露西塔并不沮丧。她回来了，劳动力又充足起来，只要继续自己的储物项链生意，钱很快就会赚回来的。她接过维尔蕾特递过来的食物，坐到客厅的餐桌边慢慢品尝起来。

不得不说，莉莉的手艺真是一绝，面包煎得金黄酥脆，加上脂香四溢的烤肉和热腾腾的浓汤，一餐下来很是熨帖。一口肉下去，露西塔长久没接触香料的舌头几乎可以辨别每一粒香料的香味，迷迭香、百里香、墨角兰、胡椒和肉混合出一种异香，她险些咬到舌头。别的不说，就为了这口吃的，她也哪儿都不想去了。

维尔蕾特坐在她旁边，有一搭没一搭地说："中间我们收了一次豌豆，赚了二百枚银币。现在这块地里的豌豆再收一次就要考虑下一茬种什么了。"

"到时候看看吧。"露西塔对种田不算了解，届时还要再请教一番镇上的邻居才行。

维尔蕾特点点头。

这个时候，琳妮娅从门外跑了进来，满头是汗，头发都跑乱了："维尔蕾特姐姐，我起晚了，现在我们去放羊——"

她跑到客厅见到正吃早餐的露西塔，声音戛然而止。在庭院里飘来飘去的德尔菲娜看热闹似的跟在后面飘过来，绕着琳妮娅好奇地细细端详。

"别这样看别人，不礼貌。"露西塔说了一句德尔菲娜，女孩悻悻地退开，坐到了高脚茶几上，两只腿不住地晃荡着。

琳妮娅有点儿蒙："露西塔姐姐？"

"哎，我回来啦。"露西塔笑着起身，给了琳妮娅一个拥抱。

琳妮娅还没回过神："你刚刚在跟谁说话？"

"是我们的新朋友。"露西塔笑眯眯地回答，"过来，德尔菲娜。"

德尔菲娜飘了过来："她们都看不见我，你介绍什么呀？"

"不行，是朋友就要介绍一下。以后大家就都住在一起了。"

露西塔假装听不出德尔菲娜的沮丧，对琳妮娅说："也许你看不见她，但她就站在你面前哟。这是德尔菲娜。"

她又对德尔菲娜道："这是琳妮娅，来自深海，是一个人鱼。"

听到人鱼两个字，德尔菲娜才有点儿高兴起来："我还以为，精灵和人鱼都已经灭绝了呢！当时龙族灭亡的时候，精灵和人鱼已经濒临绝境了。"

琳妮娅看向维尔蕾特，收到维尔蕾特肯定的点头后，才确定露西塔不是在和她开玩笑。她忽然就兴奋起来："哇！好酷！她现在在哪儿，在和我说话吗？"

德尔菲娜笑了，忍不住又绕着琳妮娅转了一圈。

"对呀。"露西塔理了理琳妮娅的头发，"她在和你玩呢。"

露西塔抬头望向晨露已晞的庭院，暗暗叹了口气。德尔菲娜……要永远这样下去吗？

院子里早已天光大亮，昨夜露西塔看不清的房子现在完整地映入眼帘。院前的水井附近是一间红色坡顶小木屋，红瓦整整齐齐地码放在屋顶上。而组成房子墙壁的木板刷的则是以黄木樨草为主材制成的一种柳黄色清漆，颜色比起樱草黄显得更淡，明度却更高。

小屋刚刚落成没多久，木门上还挂着竣工时用来庆祝的金黄色樱草花环，此时花环看起来已经是半干枯的状态。

小屋临街的那面墙上开了一扇横格松木窗，窗子边对称挂着两盆洁白的吊兰。这样，她们就可以通过这扇窗户直接做成储物项链的交易，再不济也可以把客人让进院子里，进入小屋挑选，好歹算是和居住的正屋隔开了。维尔蕾特已经把当初斯克洛特送的高柜从客厅搬到了这间小屋，目前货架上还空空荡荡的。

露西塔把院子前那块写着"有事外出，暂停营业"的牌子翻了个面，将一列梅子红的漆字"储物项链"朝外，摆在了大门边。前院新种的豌豆已经结了嫩嫩的豆荚，这种状态是可以直接采摘做菜吃的。再等上一星期左右，豆子完全成熟，就可以摘荚脱粒，又是一种美味的食材，也是她们用来贩卖的主要产出之一。

露西塔走到后院，发现后院又被维尔蕾特向后扩了一圈。像许多人家的农场一样，这里位置偏僻，背靠森林，天然拥有便利的扩地条件。新垦出的土地还没种上东西，羊圈的面积倒是顺着新扩的地又增了一些。

后院的另一边是一间储物小屋，依旧有着红坡顶和黄色的墙面，不同的是窗户很密集，通风极好，屋顶还有一个漂亮的圆砖烟囱。走进去看，里面铺着一层密实的青色地砖。两垛晒好的草料囤积在角落，那是给小羊准备的过冬食物；一个火炉紧挨着屋门所在的那面墙壁，里面还很干净，只有一小堆灰烬，应该是试用时点的火；屋子的另一角设置了一排圆木横杆，似乎是专门留出来挂熏肉的。

她们居住的大房子后面紧挨着又新起了两间屋子，从后院看得更清楚。琳妮娅的新卧房紧挨着露西塔的卧室，另一间是维尔蕾特的新卧室，原来的书房又恢复了原本的功用。一条户外走廊绕过厨房和维尔蕾特的卧室，直抵后门边维尔蕾特卧室窗外的户外小阳台，连通前门和后门。

老屋破败的墙壁得到了修缮，刷了一层橙红色的明漆，配上重新修过的青瓦屋顶相得益彰。两间新卧室的窗台都很宽阔，延伸出的部分放置了几盆刚养不久的白鸢尾，还没有打苞，但绿油油的叶子招人极了。

露西塔背上羊圈边的大背篓，将镰刀放进自己的空间里，打开羊圈，赶着羊出了门。

"我放牧去了！"

露西塔招呼了一声，琳妮娅和德尔菲娜的声音几乎同时响起："等等我，我也要去！"

维尔蕾特推开窗户："下午带点儿菜回来好吗？"

"没问题！"露西塔答应着，心里已经开始盘算晚餐的食谱了。

琳妮娅蹦蹦跳跳地走在前面，德尔菲娜跟在她身边，对小镇充满了好奇，时不时发出"哇"的惊叹。

露西塔看在眼里，含笑道："琳妮娅，德尔菲娜就和你走在一起呢，你要向她介绍一下咱们这里有哪些好吃的、好玩的吗？"

琳妮娅兴奋地点点头："嗯！"

一个小姑娘一边走一边叽叽喳喳地念叨着什么，身后跟着露西塔和五只小羊，从街上招摇过市。邻居们见状纷纷露出会心的微笑，和露西塔打招呼。

"回来啦？"

"明天营业吗？"

……

露西塔一一回应。路过特蕾莎的面包店时，露西塔买了两块酸奶酪和一条热面包放在空间里，充当琳妮娅的午餐——尽管空间里还剩有莉莉做的烤鹿肉和小半桶番茄汤，但吃腻了这些的琳妮娅实在是不想再吃了，因此它们现在全是露西塔的专属食物。露西塔倒是很乐意享用。

这时候的牧草不如春天的鲜嫩，纤维变得更加密集、粗硬。好在它们生长得足够茂盛，露西塔割起来倒是方便很多，一镰刀下去就是一把。露西塔挑挑拣拣，割了一上午，背篓就被各种草料填满了。其中最多的是高丹草，还有一些紫花苜蓿。露西塔没有将它们区分开，准备一起拿回去晾晒。

到了中午，她给琳妮娅准备了酸奶酪和热面包，自己则取出了番茄汤和烤鹿肉，坐在她们经常坐的那片树荫下享用了各自的午餐。

阳光懒洋洋的，树荫下草地柔软，装着牧草的背篓被随意地放在一边，琳妮娅躺在一处树根边呼呼大睡。

露西塔枕着胳膊，随意从身边的草地上揪了一片草叶，意识沉入，在这片纤薄草叶的空间里加了一些自己凝出的空间节点，撑出一个更大的空间来。这是一个一立方大小的空间，足以将整个背篓塞进去。她将草叶随意揉碎，扔在一边，看向德尔菲娜。

德尔菲娜眼神亮晶晶地飘过来："你刚才使用了空间的力量，是吗？"

露西塔看着德尔菲娜金色的瞳孔，心里一动，缓缓地点了点头。

"你现在依然能感觉到空间的力量吗？"露西塔用手肘支起身子，望着德尔菲娜的眼睛。

德尔菲娜不假思索地点点头："当然，我可是空间本源。"

露西塔若有所思："但你的身体，也就是空间本源，不是在离开龙坠之地后就与世界融合了吗？"

德尔菲娜解释道："我生来就理解空间之力，这和身体在不在无关。"

露西塔坐了起来，身体前倾，与德尔菲娜面对面："那你现在能使用空间之力吗？"

德尔菲娜不知她为何这样问，但还是抬起手随意拉出了一个立方形的独立空间，但它很快就在现实世界的空间压强下崩散了。

露西塔透过空间世界层，看到了这个空间从产生到消亡的全过程。

她忽地直起上身，扶住德尔菲娜的肩膀，声音里带着难以抑制的兴奋："那么，你为什么不试着给自己做一个身体呢？"

德尔菲娜露出迷茫的表情。

露西塔向德尔菲娜讲述了自己的构想。要知道，德尔菲娜原本的身体就不是人类的，而是由空间本源幻化出的一个人类外形而已。也就是说，德尔菲娜的身体全由空间之力构成。那么，既然她依然理解空间规则，拥有能够掌握空间之力的力量，又对自己的形貌有全面的认知，还有过以纯粹的空间之力为躯体的体验，理论上是可以为自己创造一具像从前一样的躯体的。到那时候，即使她只是拥有人类的外形,也可以做很多现在做不到的事。比如,被看见、被听见、被触摸,以及和露西塔之外的人拥抱……

露西塔手舞足蹈地向她描述着这一构想,德尔菲娜越听眼睛越亮。她一面点着头,一面伸出手指在空中磕磕绊绊地画了一个简陋的火柴人。说简陋,其实也很不得了,毕竟这个火柴人是立体的,还在德尔菲娜的操控下走了两步,之后才慢慢消散。

露西塔看呆了。她看清了德尔菲娜画出火柴人的全过程,才算理解了什么叫与生俱来的空间理解力。

一般来说,开辟空间都是依托一些既有的稳定空间进行的,以便规避世界空间的挤压,保证空间的稳定存续。露西塔的储物项链就是基于这样的原理制作而成。像德尔菲娜这样直接在世界空间里建造新的空间,通常会在四周空间的压强下立刻崩散。德尔菲娜的这个火柴人虽然也崩散了,但露西塔看到了稳定存续的希望。

露西塔开辟空间时需要排空原有空间的空间节点,强行把自己凝出的空间节点置入其中。对于世界结构来说,她开辟的空间就像是水流中挡路的鹅卵石,是一块明显的异物。但德尔菲娜没有改变世界原有的空间结构,而是试图在原空间结构里进行节点的删减和移位,形成一个嵌入原空间内的形状。这些节点不是固定的,会顺着德尔菲娜指引的方向变换位置,这就形成了火柴人在"走动"的感觉。事实上,构成火柴人的每一个空间节点在它活动的过程中都经历了无数次移位,就像一股水流在相异流势的河流里,每一秒都在和河流中的水互相交换。这尚且是一个构成不完整的火柴人。那么,如果是一个完整的人形呢?

不愧是空间本源……

对于德尔菲娜来说,她在龙坠之地生出人形的那几天,也许就是这样在空间中存续的,此时才会这样熟练吧!露西塔仿佛醍醐灌顶,眼里异彩连连。

德尔菲娜显然也看到了希望,抿了抿唇,露出希冀的神色。这次，她闭上了眼睛，开始认真起来。

夏日的午后很少有风，通常只能见到静止的树和缓行的云，太阳让一切过曝失真。但此时有微微的风，草叶瑟瑟摇摆，还有露西塔的发梢、衣袖和刘海。德尔菲娜的虚影映在露西塔的眼里：短发微微摇曳着，裙摆被风荡起些微弧度。她闭着眼睛，双手却准确地在面前的空间里勾画着什么。

首先显形的是一整个身体，是刚抽条不久、未完全发育的少年身形，高一百六七十厘米；接着是将将凸起的乳房、有点儿圆润的小肚子、修长的上身和略有点儿短的双腿。她有修长的脖颈、圆润的头颅和一双属于艺术家的骨节分明的手，这很符合她母亲的期待。她的母亲——原本的德尔菲娜的母亲——总是希望她继承自己的旧业，做一个有名望的画家。

接着需要细化五官。德尔菲娜给自己描摹了一张年轻的脸：微长而瘦削的面部轮廓、微宽的瞳距、丰润的嘴唇。她还给自己画了齐耳的栗色短发，穿上了木耳边白衬衫和沾着油彩的深褐色中长裤，以及似乎走过很多泥泞道路、磨光了毛的棕色旧短靴。

这样的装束原不属于她，是她的母亲握着那支骨笛不断地祈祷时脑中真正的德尔菲娜的样子。而现在她继承了这一切，这些意象就与她紧紧相连。唯一与原本的德尔菲娜不同的地方，在于她有一双金色的瞳孔。她全身上下都是另一个人的影子，只有这双世间独一无二的眼睛昭示着她已经死去的真相，那是龙族腐烂在史书上的过往辉煌。

德尔菲娜的手指在人影的嘴角微微一划，就引导着她露出了自然的微笑。人影没有崩散的征兆。德尔菲娜又控制着人影走了两步，走得很稳。除了感觉走路时总是能带起微微的风，旁的看不出丝毫问题。

德尔菲娜没有睁开眼睛，只是用有点儿模糊的声线不确定地发问："露西塔？"

露西塔"嗯"了一声，说："做得很好，和你一模一样。我看着呢，没事，去吧。"

德尔菲娜点点头，抿了抿唇，虚无的身子往前一栽，就沉入了新的身体里。一片水波似的光晕荡开，德尔菲娜睁开了眼睛。那一刹那，真切来到世间的这双金色瞳孔让露西塔微微一震。德尔菲娜尝试着走了两步，似乎不是很习惯这个新造的虚幻身体，不小心崴了一下，跌在地上。

"哎哟。"她拍了拍手上和膝盖上沾染的泥土。

露西塔笑了。她听到的是从空气里传来的真切的声音，而不是像往常一样来自另一重空间的模糊声线。

她一边笑着，一边俯身伸出手："欢迎来到真实世界，德尔菲娜。"

琳妮娅醒来时，一张陌生的脸占据了她全部的视线。

"啊——"她惊叫一声，伸出胳膊就要把德尔菲娜推走，结果胳膊却穿过德尔菲娜的身体推了个空。

"我都说了，叫你不要靠那么近。"露西塔优哉游哉地吐出嘴里叼着的草叶，评价道。

"我只是好奇嘛。"德尔菲娜摸摸鼻子，"是活的人鱼哟。牙齿是不是尖尖的呢？耳后有没有鱼鳍呢？"

琳妮娅惊恐地看着德尔菲娜，正要问露西塔，德尔菲娜就自我介绍道："你好呀，我是德尔菲娜。"

"德尔菲娜？！我怎么能看见你了？"琳妮娅惊讶地张大嘴巴。

德尔菲娜冲她露出个高深莫测的微笑，坏心眼儿地道："你猜。"

临近日暮，她们要赶在太阳落山之前回到镇上。露西塔赶着羊，特意绕道去了一趟希薇特的店里，花高价买了一条冰冻的深海鲽鱼，又到艾达的店里买了一些养殖的山豚肉和一壶牛奶。这和她最近的口味偏好有关。

人类世界的蔬菜和水果都还不错，唯独肉类由于缺乏香料，别提多没滋味了，有的甚至连腥味都去不干净。她最近馋肉快馋疯了，而这种症状恐怕要持续一段时间。

晚餐是清蒸鲽鱼和香煎肉饼，以及热牛奶。鲽鱼不怎么需要处理，天然的肉质就足够滑嫩弹牙，细腻又有回味。露西塔将鲽鱼蒸好后撒上切细的葱丝，浇上一勺滚烫的热油，香味就随着滋滋的油焦声溢了出来。接着是做肉饼。这次肉饼的原料不便宜，是艾达最近刚开始出售的养殖山豚肉。

　　要知道，从前的山豚肉都来自梅维斯在山里猎到的野山豚，没有经过处理，吃起来一股腥臊气。这两年，专研动物养殖的艾达想了一招：将那漫山跑的公山豚给骟了养起来。这样养了三年后，第一批被骟的公山豚终于出栏了，肉质和野山豚的对比起来果然没了那股腥臊气，吃起来口感干净不少。人们顿时发现了山豚肉这一滋味的妙处。和别的肉类比起来，它最大的优点就是油脂丰富，烹饪时滋滋地响，吃起来别提多香了。

　　养殖的山豚肉很快风靡全镇，可惜目前只有艾达那里有售。物以稀为贵，买这几磅肉让露西塔肉疼极了。但是艾达能垄断的日子并不长久，人们已经知道了那个秘密：骟了的山豚才是好山豚。想必不久的将来，这种食材很快就会占据镇民们的餐桌。

　　言归正传，眼下这点儿昂贵的山豚肉，露西塔用的时候好不珍惜。她将葱花和一些配菜拌入肉中，拿烫了一半的面团包馅饼——这样能将面团的延展性发挥到极致，包出皮薄如纸、弹牙多汁的馅饼来。

　　最后热一热牛奶，大家今天的晚餐就做好了。

　　不管是久未尝香料的露西塔，还是下了一个多月馆子的维尔蕾特与琳妮娅，这一餐都吃得十分满足。至于德尔菲娜，她的身体就是虚的，人类都触摸不到，更别提享用食物了。好在她还没有味觉，对食物也没什么欲望，这时正挂在后院的萝花树上凝神屏息，观察鸣蝉呢。

　　蝉鸣在白天显得聒噪，在寂静的夜里连绵一片，反而衬得夜晚格外平静。人们熄灭了鲤目灯，渐次进入梦境，不知疲倦的德尔菲娜散去白天维持的空间身形，飘浮在萝花树下进入沉眠。又是一夜好眠。

　　在这样可爱的夏夜，一切仿佛都在走向苏生。

快到秋天了，最近她们都在忙着割草和晒草。她们一轮一轮地将草料晒得质地坚韧，拎起来抖动时有沙沙的声响，然后将这些草料堆到储物小屋里。草料下面垫了几根横竖交错的细木条，木条上面还铺了一层油布，将干草和地面隔开，以防返潮。之后，她们将草料整理成粗细相近的一束束，就地取一根较长的干草将它们捆起来，再码放到之前的干草垛上。好在她们只有五只小羊，需要的草料并不多，又陆续收集了两垛就足够了。

居民们尝到储物空间的甜头后，听说露西塔回来了，一传十、十传百，客人又陆陆续续地开始上门。

露西塔现在已经能轻松地开辟一立方米的空间了，相比原本二十升的，容量翻了五十倍。此外，空间的稳定度也增强了许多。容量和使用时长提升了，价格也跟着水涨船高，小店的客户范围扩大了不少。

她根据不同客户的需求刻了块价格表放在小屋前。

二百升容量的贝壳项链，售三十银币一条。这款项链的定位是小型霜箱的替代品，可以基本满足独居者或二人家庭的生活需求。

五百升容量的贝壳项链，售五十银币一条。这个容量比目前一些大型霜箱还大些，一方面可以满足大多数多人家庭的需求，另一方面还可以供猎人进山时贮存猎物用。这么大的空间可以装得下一整头切割好的鹿，外加一些诸如兔子、獐子之类的猎物。除此之外，进山的时候还可以用来携带新鲜蔬菜、面包和汤，免得日日在森林里吃烤肉和四处搜罗的浆果。

一立方容量的贝壳项链，售一百银币一条。它装得下好几头切割好的鹿，几乎是专门为深入森林数日的猎人准备的。除此之外，菜农、屠户和渔人等贩卖需要保鲜的产品的商户，几乎也都能用到它。

目前她开辟的空间稳定度已经很高，空间的持续时间也很长，因此很难通过试验准确地测量。就是露西塔愿意去测，意义也不大——在进行试验的几个月时间里，她的空间能力说不定又会翻几倍。顺带一提，在打破世界屏障后，她已经能深入各个世界层，也理解了其规则，不再受天赋的限制。表现在能力上就是井喷式的增长，且目前还在持续增长中。因此，露西塔只能根据自己开辟空间时的感觉估算空间的持续时间。

要作为产品出售的话，这个估算一定要保守，只能低不能高。她感觉自己开辟的空间维持四五个月不成问题，容量越小的空间越稳定，这个数值只会更高。保险起见，她在产品说明中都标注了三个月的使用期限。

此外，露西塔考虑到贝壳容易损坏的特性，用在售价几百银币的商品上难免会让人担心，于是又推出了一项定制服务。人们可以拿各种喜欢的物品当作载体，请露西塔定制储物空间，价格和普通贝壳项链的相同。

随着价格的提高，人们果然对用易碎的贝壳作为载体有些担心，开始自带物品来定制储物空间。一开始，人们带来的物品稀奇古怪，有八音盒、花瓶、蜂蜜罐等，杂七杂八，最多的还是木雕的手工艺品。

后来，木匠斯克洛特看到了商机，使用自己做木工的边角料刻了一批简单的木制摆件，打出"空间载体"的招牌开始售卖。很快，因为价格低廉、大小适中，且不易损坏，这些摆件风靡全镇。人们都乐意先用几枚银币在斯克洛特那儿买一个摆件，再来露西塔这里定制合适容量的储物空间。

而猎人那边的市场又是另外的光景。猎人们带来定制储物空间的物品往往是兽牙。兽牙在猎人那里通常有很多储备，同样有便携、不易损坏且美观的特点，即使不做空间容器，挂在脖子上也是勇敢的象征。现在兽牙项链能开辟出储物空间来，对猎人而言简直是再好不过的消息。

现在露西塔开辟空间已经游刃有余，不会再有刚开业时因数量过多而力不从心的感觉了，即便是供应整个小镇的需求也没有问题。此外，露西塔的定价也很合理。

拿小型霜箱举例。霜箱制作起来并不难，售三十银币一个，和露西塔的小型储物空间定价持平。但不要忘了，霜箱里种植的霜心草是需要养护的，每个月要投入十枚银币的成本。此外，霜箱越大，每月的养护成本就越高。对比起来，露西塔开辟的最少能使用三个月的储物空间一个卖三十银币，分摊下来每个月的成本也就十枚银币。此外，霜箱只能使食物腐败得缓慢一些，但储物空间里的时间是完全静止的，完全没有腐败的风险，甚至能原样留住食物的热气和状态。再加上便携性，露西塔的储物空间全面胜出。

因此，露西塔这次营业没多久，霜箱的市场便全面凋零；储物空间的市场则很快成熟起来，几乎家家户户都开始使用露西塔的储物空间。

原本贩卖霜箱的艾琳倒是并未受多大影响，反而因为人们对各种摆件的需求增长而小赚了一笔。至于霜箱，这东西的贩卖周期真的很长，而整个小镇的人口并不多，买一个霜箱就能用很多年。因此这门生意对艾琳来说更像是添头——对她而言可有可无，对小镇而言需求不大但很重要。现在露西塔推出了储物空间，艾琳就跟着改了一下霜箱的定位。

客人们有时候会和露西塔说起这件事："真想不到，霜箱这东西竟然也会被时代淘汰。"

露西塔不置可否。她能开辟普通人也能使用的空间，完全源于她自己的神躯特性。除她之外，近来很多有空间天赋的龙族混血也开始尝试开辟普适性的空间，但无一人成功。

某种程度上，她把越过世界层的能力用在制作霜箱的替代品来赚钱上，似乎有点儿拿牛刀杀鸡的感觉，但她不在乎。至于霜箱……其实它才是真正具有普适性的产品，只消想办法降低其养护成本，就有大范围普及的希望。

做起这门生意后，半个月以来，露西塔每天都有几百枚银币的进账，经济上一下子宽松了。她们在家里囤积了许多养殖的山豚肉和羊肉，糖、香料和蜂蜜的储备也变得充裕起来，伙食变得更加丰盛，大家也肉眼可见地因为美食开心起来。不过，她并非每个月都能收入这么多，等过了这阵子，下一次收入高峰就要等到三个月后了。

露西塔趴在窗台上记账，时而托腮思索。到那个时候，她开辟的空间说不定已经可以维持六个月甚至更久，慢慢成为人们的固定资产。而露西塔并没有随着空间稳定度的增强而逐渐涨价的打算。

归根结底，银币只要够用就行了。她的初衷也只是想在方便大家的同时，让自己过得轻松些，而不是借此牟取暴利。更何况，这种依靠她一个人的产业，某种程度催生了人们在创造力上的懒惰，对文明的发展来说并不是一件好事……

她放下账本，给花浇了水，"吱呀"一声关上了贩卖小屋的门。暮色四合，灯火已经渐次亮了起来，维尔蕾特还在药田里兴致勃勃地给草药松土。

前两天她们刚收了一茬魔药，有苏木、白藜芦和下种较早的褐色金盏花。她们将其晒干后拿药箱装了起来，以待之后按需取用。现在这一茬药中已经有了秋天的品种，刚下种不久的银莲花才发了芽，维尔蕾特每天都要看一遍，简直视其如宝贝。

露西塔叫了她一声："吃饭啦。"

晚餐是熏火腿片炒青蒜苗、清蒸青蟹和两块覆盆子派，配汤是熬成沙的绿豆汤。炒菜和一些汤类，都是露西塔按照记忆里的口味做出来的，因得到了一致好评，她也就自然而然地延续了这习惯。

熏火腿是在奥萝拉的磨坊买的。这种熏肉其实买不到太多，因为冬天来临时每一家都会自己熏，很少有购买需求，磨坊自然而然也不会准备太多。熏火腿炒出了底油，配着堪堪断生的绿油油的青蒜苗，简直是最完美的搭配。

青蟹一人一只。这时候还不是吃蟹的时节，但偶尔剥上几只，鲜美的蟹肉品尝起来还是十分惬意的。

绿豆汤在霜箱里冰镇过一个小时，已经成了带点儿冰碴的沙质——是的，艾琳加大了霜心草的种植密度，使霜箱内部的温度进一步降低了。露西塔踩着夏天的尾巴买了一个，用来冰镇食物和制造冰块。

至于覆盆子派，则是露西塔准备的夏季限定小点心。夏末不比秋天，没有大面积的作物可收获，但季节的馈赠依旧足够令人惊喜。

树林里的各种浆果在夏季结束之前终于矜持地成熟了。熟透而掉落在地上的野玫瑰果和金黄色的云莓、沙棘果、蓝莓、黑加仑和覆盆子，没有人采收，唯有栖息在林中的鸟儿能充分地享用这长达数天的盛宴。当然，那些甜美的果肉和汁液更多地留在了地上，成为蚂蚁的口粮和植物们的养分。

猎人们有时会从山里顺道带回来一些，有多的就会卖给奥萝拉的磨坊。托露西塔开辟的储物空间的福，今年猎人们带回来的浆果尤其多，而且到人们手上的时候全都是新鲜的。这两块覆盆子派上不仅有覆盆子，还有蓝莓和云莓，圆滚滚的浆果有一半露在外面。

露西塔先烤了金黄、硬挺的派壳，之后用鸡蛋和牛奶熬成的酱将派壳填满。那些酱里加了很多蜂蜜和糖，放在霜箱里冷却定型后就成了细密、爽口的布丁内馅。

冰镇过的覆盆子派和绿豆汤，甜蜜与清爽，交织成了夏天的滋味。

食物摆满了餐桌，琳妮娅已经洗好手，乖乖地从书房出来了。

她最近在自助学校报名了精灵族的打猎课程，每天都和一群年龄各异的同学去森林里打猎，每天都会滚一身泥土和草叶回来，衣服换洗得格外频繁。而对什么都很好奇的德尔菲娜，当然不会错过这样一个围观精灵狩猎的机会，一并跟着去了。

有人的时候，她以灵体状态跟着大家，没人的时候则现出身形和琳妮娅一起玩。像琳妮娅这么大的孩子，对于神秘的朋友几乎没有抵抗力。有了德尔菲娜的跟随，她就像有了一个不为人知的很酷的秘密，每天都兴奋得不得了。伊尔塔特没有来自人类世界的食不言的规矩，琳妮娅和德尔菲娜在餐桌旁你一言我一语地讲述着狩猎时的趣事。没人捧哏,她们两个互捧,都能说得兴致勃勃。

琳妮娅说起了她的带队老师黛西。

"黛西?"露西塔敏锐地捕捉到这个名字。

"对呀,黛西老师是精灵族的战士,她特别特别厉害……"琳妮娅接道,露西塔的思绪却有些飞远了。

如果她没记错的话,黛西正是索菲亚的母亲。想到索菲亚,露西塔的心情就有些沉重。她上次遇到索菲亚还是一星期前在莉莉酒馆的时候,她看起来又瘦了,精神状态也比露西塔去格兰德之前更差了。大家用了好几个月的时间为她的逝去做准备,犹如钝刀子割肉,不知这样的分离与遽然分离哪个更好一些。

索菲亚的命运从她十年前跟着那个男骗子离开之后,就再也没和"幸福安宁"搭过边儿。被囚禁、追杀,命悬一线;遭遇诅咒,化作夜莺,险些失去自我。到生命的最后,她似乎迎来了美好的结局,但一切都来得太晚了。

露西塔至今仍记得刚恢复人形的索菲亚那个有点儿伤感的笑容:"我的真灵要耗尽啦。"

青春少艾的孩子,却要目送自己走向死亡。

从某方面可以说,露西塔的预感成真了。她前一晚刚想到索菲亚,第二天就接到了传讯羽盒传来的来自梅维斯的白色信笺:

露西塔:

你好。

很遗憾地通知你,我的朋友索菲亚于昨夜零点三十三分离开人世。

葬礼将于九月一日举行,邀你参加。

你的朋友

梅维斯

这一天是八月三十日。露西塔看了看窗外的云，又看了看后院已经不再开花的萝花树和索菲亚曾坐过的沙发，感觉脚步有些虚浮。

四月共饮的情景犹在眼前，她第一次觉得，时间过得这样快。她还没见识到这里冬天的雪，却已经永远失去了和一位朋友共同浴雪的机会。

精灵是草木之钟灵，按照远古的习俗，每个精灵死后都要埋在森林里的大树下，回归草木的怀抱。

索菲亚被葬在了安息森林深处一棵开花的老椴树下，临着一汪深绿色的湖水。湖边开满了鲜洁的白鸢尾，湿润的花瓣仿佛能吸收掉周遭一切杂音。白鸢尾的花期很长，能从烈日炎炎的五月开到萧瑟的深秋。依树傍水，花草葱茏，这里是个很适合安眠的地方。

葬礼是寂静无声的，只有脚步踩在落叶上发出的窸窣声响，仿佛昭示着这首夏曲的尾声。树上的蝉依旧不合时宜地鸣叫着，叫得人茫然无措。

精灵是没有墓碑的，人们在索菲亚的葬身之处放了连绵的花束和果实。等到来年，湖边的白鸢尾蔓延到这里，会生长得更加茂盛和美丽。

每个人都有自己的祭奠方式，琳妮娅带来了她的口琴，为这位相处不多的精灵邻居吹奏了一曲安魂曲。露西塔则端来了一碗萝花酒——那是奥萝拉在春季萝花开放的时候酿上的，在夏末时开封，香甜、清冽的酒香能飘出好远。她将这碗酒浇在了那片土地上，让其渗入泥土里，为索菲亚践行。

精灵们将索菲亚赤身埋葬在土里，祈祷她重归自然；混血种送来了怒放的雏菊和百合，堆放在她的埋葬之处，以使她在地下做个香甜的梦；而梅维斯在手臂上缠绕了一条黑纱，挽起了散落的长发，这是人类世界比较典型的葬礼礼仪。她以人类最庄重的礼仪参加了这场葬礼，尽管那些礼仪在这里无人知晓，以至于她显得有点儿特立独行。

好久不见，梅维斯看起来更孤僻了，有了明显的黑眼圈，深黑的眼眸上覆着一片捉摸不透的雾气，视线落在脚下的鸢尾花丛中。

人们渐次离去，只有黛西依然盘膝坐在树下，头颅微微垂着，身形一动不动，仿佛要在这棵树下坐化，与满目的绿意交融在一起。

梅维斯看着黛西的背影出神，露西塔看着梅维斯手臂上缠绕的黑纱和飘动的头发。两缕碎发垂在梅维斯颊边，风吹过，发丝微微触碰到了她的眼睫。从头到尾，露西塔都没听到梅维斯说话。

露西塔忽然想到，对梅维斯来说，索菲亚不仅是挚友那样简单，她还是唯一一个见证过梅维斯的过去的人。而现在，她的过去随着索菲亚的死亡一起被掩埋了。

过去啊……

露西塔仰头看向被四面的树梢遮挡着的天空，在浓密的枝叶之间，天空显得那样旷远。

八月已经结束了，天气转凉，西风渐起，吹落了院前的金盏花。露西塔把剩下的浆果整理出来，混在一起晒成了果干。

果干的糖分浓缩在又薄又皱的浆果皮里，捧一捧在手里，流下去时哗啦啦响；溅落在箩筐里，是五颜六色的一堆。蓝色的、橘黄的和石榴红的，明亮地交杂在一起。抓几粒吃到嘴里，齁甜，但比特蕾莎的糖果要美味一些。

露西塔估摸着自己的回信该到了，准备动身去蒂罗尔城取信。从早上她起床开始，天色就很阴沉，浑浊的灰云低低地压下来，天与地似乎前所未有地接近，压得人心情都有点儿低落。

大概是因为将雨的返潮，空气里弥漫着一股咸腥味。琳妮娅动了动鼻子，想喝鱼汤了。

早餐照例是露西塔掌勺，维尔蕾特整理。露西塔用切碎的迷迭香、百里香和海盐腌了三条小鲫鱼，煎成两面焦黄后再捞出来，就可以从鱼肚子上的花刀里看到奶白色的鱼肉了。充分煎制是鱼汤煮成奶白色的关键。

配菜她选的是酸萝卜干，切碎后用大量油炒香，再加水煮开。等到萝卜汤咕嘟咕嘟冒泡泡的时候，再把煎好的鲫鱼放进去。露西塔就地取材，还倒了点儿萝花酒进去，以起到去腥增香的作用——葡萄酒家里也是有储存的，但葡萄酒太甜了，大麦酒又容易起沫，相比起来清冽一些的萝花酒正合适。接着全程小火炖煮即可。

为确保鱼汤的细腻，露西塔煮了一会儿就把鱼整条地捞了出来，去头、去大刺，然后放在石臼里碾碎，才又放回汤里继续煮。这样煮出来的鱼汤是浓稠的奶白色，口感细腻又厚重，鲜香无比，捧起碗就能大口地喝下肚。

早餐吃得熨帖，露西塔伸了个懒腰，揉了揉眼睛。维尔蕾特在森林里长住过，看天气很有经验，提议道："带着蓑衣去吧，今天可能要下雨。"

露西塔从善如流地点点头——这样的天气任谁看都觉得要下雨。她从珊蒂奶奶留下的老衣柜里翻出了蓑衣和木屐。这些雨具放在现在的人类社会已经有些过时了。合成橡胶已经问世，因为防水特性，它被一部分人用来制作雨衣和雨鞋，受到了广泛好评。在那些大城市里，新式的雨衣和雨鞋已经投入生产，成为合格的中产家庭必备的日用品。

当然，在很大范围内，蓑衣和木屐依然是渔人和猎人们广泛使用的雨具，甚至十分被人珍惜——在伊尔塔特，当然也是如此。好在露西塔有随身空间，带上这些并不麻烦。她甚至还带了一些早晨剩下的鱼汤，打算就着熏火腿和蒜香面包当午餐。

马车当然是没有的。镇上唯一的一辆马车是镇民的公共财产，上次贾文娜因考虑到她们要做的事才借给了她们。镇上的人很少外出，等闲不和人类打交道。外面那些独立小城因散落在山间，还维持着工业时代未曾来临时的许多风俗，相对比较封闭。

也许小城中的老人们模模糊糊地记得深山里有个伊尔塔特镇，但那些老人都保持着对神秘的敬畏，不会多打听——除了帕玛，她家是世代往返伊尔塔特做生意的行商。

尽管如此，镇民们依旧对人类的地盘讳莫如深。露西塔不想暴露自己要学习魔法的事，也没什么理由和贾文娜借马车，索性就自己走着去了。混血种身体强健，步履轻快，再加上露西塔可以操控风元素，凭风而动，因此一个来回差不多也就是一天的时间，倒也不算很远。

德尔菲娜没有跟着去。最近她和琳妮娅成日泡在学校，跟着学了很多外面的知识，也狠狠地补了一下自己的常识。两人好得一刻也分不开。阴云四垂，天地相接，深林中古树林立，黑压压的树梢几欲刺破这沉闷的穹天。枝叶将仅有的一些光线遮挡得严严实实，林中显得更暗了。

泥土有点儿潮湿，空气中依旧弥漫着挥之不去的腥气。灌木枝头的浆果几乎已经落得七七八八，矮一些的野玫瑰依旧盛开着，红襟鸟飞得很低，焦躁地停靠在灌木枝头。

露西塔深一脚浅一脚地踩在林间小路上，心情前所未有地平静。她已经很久没有这样安静地独处了。

露西塔打开手中的怀表，刚开始时那些刺目的深红已经全不见了，现在颜色最深的代表人类世界的光斑也不过是橙红色，大概是空间世界层的重归稳固为人类续了命。

代表精灵、人鱼的光斑已经是柳芽一样的嫩绿色，看起来生机勃勃。实际上也是如此，精灵和人鱼已重新建立起自己的家园，重新发展出灿烂的文明和生生不息的人口不过是时间问题。代表空间世界层的光斑是最干脆的，自从空间本源重新融入真实世界后，深红的光斑立刻变成了黄色，并且还在随着世界的稳固和植被的迅速生长而逐渐变浅。

是件好事——露西塔所能想到的也不过是这句话了。她并不是这个世界的原住民，虽然阴差阳错地让这个世界发生了一些改变，还莫名担负了所谓拯救世界的责任，但有句话她一直没来得及告诉创世神盖娅——这跟她有什么关系？

她的过去不在此处，因此在这个世界缺乏归属感；她没有欲望，无所求也就没有焦虑感。这个世界是被原住民自己毁掉的。自己的家园，如果自己迷醉在黑夜的美梦里不肯醒来，不敢去保护，甘愿做权力者的奴隶，甘愿容忍破坏者的肆虐，最后只能依靠外来者拯救，那它只会第二次、第三次毁掉。

格兰德城的贫民站起来反抗了，拿到了药物。即使最终失败，反抗的火种也种在了每个人心间。这一星火种，在茫茫黑夜里比什么都重要。人们会产生渴望，对自由和尊严的渴望，那渴望足以让人们冲破一切，而不是一次又一次地等着救世主来投喂，像嗷嗷待哺也嗷嗷待宰的羔羊。

她把玩着自己的怀表，忽地将它收起来，嗤笑一声。她会出于恻隐之心拯救遇到的人或事，就像遇到了瘟疫会带着药方去帮助格兰德的人，但不会为了一种不属于自己的责任而停下脚步。她要做的事情还有很多，这个世界她还没有好好看过。

魔法啊……文特王都维克托黎，又会是个怎样的地方呢？

雨意憋了很久，天色发黄，空气闷热，但雨水就是迟迟不落。露西塔穿过森林，敲响了邮局的窗户。

熟悉的金发少年拉开了窗帘，不耐烦地喊道："谁啊？"

"我来取信。"

少年拉开抽屉，在一堆或雪白或暗黄的信笺里翻了半天，抽出一封牛皮纸信交给她。

信笺上落着深蓝色的花体署名，末尾字母的长长一勾显得潇洒极了。少年把信给她后，顺便打开门把窗前的一盆杜鹃搬回了室内，还提醒了她一句："快下雨了，你带蓑衣了吗？"

"谢谢提醒，我带了。"露西塔笑了笑，点点头就戴上帽子离去了。

少年怀疑地看着浑身上下没背一个包的露西塔，咕哝了一声："带了？她放哪儿了……"

回去的路上，骤雨忽降，憋闷了一天的空气终于畅快地流动起来。露西塔找了个屋檐披上蓑衣，换上木屐，继续往森林里走去。

这片森林很大，她从黄昏开始走，一直走到入夜。雨一直没停，林中老树的树叶被急促的雨水冲洗着，急急地摇摆着。她看不清路，四肢时不时会被荆棘划拉一下，有一次还蹭伤了脸颊。露西塔压低了蓑帽，沉默着从灌木丛之间穿过。

她的衣摆从一朵野玫瑰上拂过，野玫瑰颤颤巍巍地晃了几下，落下几片花瓣。露西塔若有所觉，停下身子回头看去。她顿了顿，俯身掐下那朵玫瑰，别在了蓑衣下的领口。这场雨不好渡过。

"这样，好让你多开几天。"

雨势越来越大，没有稍停的意思。天上没有月亮，也不见群星，只有泼在人间的雨幕溅起的水烟，笼罩着四面的远山和森林。

鳇目灯怕水，小镇街上的路灯都被浇灭了。好在街边的商店橱窗默契地没有灭灯，幽幽的灯光透过一扇扇玻璃窗，照亮了满是积水的石子街。强烈的雨声掩盖了所有的蝉鸣和莺啼。露西塔压低了蓑帽，又拢了拢自己的蓑衣，蹚过主街，拐到了家门前。农场的院门前几天已经被她从栅栏门换成了封闭的两扇木门，门前挂了一只黄铜铃铛，敲一敲，声响就能透过夜色传出很远。

她不急不缓地敲了几下，维尔蕾特模糊的声音就由远及近地传来："来了。"

院门被打开又重新关上，露西塔匆匆走到屋檐下，将滴水的蓑衣和蓑帽放在了门口的走廊下——这条不久前加盖的走廊很是派上了用场。她攥了攥头发和衣服上的水，走进客厅。

路过客厅长桌上的花瓶时，她抽出了花瓶里已经失水的百合，将自己在路上遇到的粉色野玫瑰插了进去。玫瑰花湿漉漉的，花瓣上还残留着些许雨滴。

洗了个舒适的热水澡，露西塔换上有点儿皱了的棉睡裙，趿拉着拖鞋来到了书房。一切收拾妥当，她从空间里抽出了那封信。

这封信来自文特王都维克托黎，落款是她寄信的那个教授阿斯特丽德。信封是漂亮的牛皮纸，封口的暗绿色火漆是一只鸟的形状，鸟嘴里衔着不知名的枝条。露西塔用小刀破开信封，取出了里面的东西：一封有些分量的褐色底的泥金函件、一枚红宝石徽章和一张叠好的洒金的雪白信纸。

露西塔摩挲着被压进纸面的细碎金箔，若有所思地展平了信纸。什么地方会将金子用到信纸上？

春之塔……不知是否如传闻一样强大，但奢靡程度已足以从这张信纸上窥见一二。那里是整片大陆的权力中心之一。

致勇敢的安娜斯塔夏·卡伦女士：

您好。

我很荣幸能收到您的来信。在您十几年都杳无音信的情况下，我几乎以为您是个伪造卡伦家戒徽的骗子——若非您提及与我少年时代游历伊顿时鲜有人知的友谊。

这封信来自蒂罗尔城，您竟然在南部那些独立城邦之间落了脚。

这真是不可思议的事。您知道的，南部那些城邦由于散落在深山，封闭、愚昧又落后。每个王国征伐的脚步都会绕过那里，寻求在资源更丰富的平原发展。

那种地方，恐怕只有工业时代来临之前的冒险家和吟游诗人们会前去探索吧！这样独特的行为在当今已经很少见了，我真敬佩您的勇气。

当然，除此之外，我依然想衷心地替您的姐姐劝告您，姐妹之间没什么不能解开的结。我前几年出去采风时路过赫伯里城，见到了您的姐姐，她看起来很是思念您。

"很委婉、圆熟的措辞。"露西塔在心里默默评价道，"可惜这封信没有被送到斯塔夏手上。她大概也并不热衷于与您寒暄，将推荐信给我的时候就没有要看回信的意思。"

她接着看下去。

  接下来让我们说一说您的那位表妹,那个申请进入春之塔求学的小姑娘。事实上我们都知道是怎么回事,卡伦家可没有一个姓卡梅伦的亲戚。

  但……她的申请信实在是完成得太优秀了!真想知道您从哪里找出了这样一位天才!如果您代表卡伦家投资这位卡梅伦少君的话,那可真是独具慧眼的选择!

  春之塔本来不收平民,但我们破例为小卡梅伦进行了投票。不出意外,赞成票占了多数。

  春之塔将接收露西塔·卡梅伦为577年的新生,她需要在明年春季三月之前来春之塔报到。

  随信附入学邀请函一封、春之塔火系徽章一枚。

露西塔并不意外。

她在申请信里主要分析了火系魔法的几种释放原理,以及相应的应用方向,包括自己的实操报告。当然,考虑到那些贵族的身份,她隐去了一些在工业领域的应用设想,将分析重点放在了攻击技巧上面。

由于她并不确定目前人类将魔法发展到了什么程度,和伊尔塔特收藏的史前魔法书上的记载有什么不同,她试探性地将几种有些技巧的简单法术包装成自己的"偶然发现",想看看魔法塔那边的反应。

根据魔法塔的回应来看,人类的魔法传承确实经历了某种断代。对于露西塔丢出的法术设想,魔法塔的人对其中几种给予了肯定,表示它们与当前阶段普遍使用的法术有些相似;对另外几种,那些人则表达了溢美和惊叹,称赞它们是"充满灵光的创举",比如通过在狭窄空间中控火制造爆炸。

如果说单纯的设想是纸上谈兵,露西塔的实操报告一方面增强了自己的论述力度，另一方面则向魔法塔证明了一件更重要的事：她是个没有老师就能自行唤醒魔法天赋，甚至创造、使用魔法的人。即使在人才济济的春之塔里，这样的天赋也是非常罕见的。而对露西塔本人来说，操控魔法元素的感知流派魔法，她并不太需要专门进修。

与需要不断练习才能增强元素感知能力的人类不同，她的五感已经能穿透世界的每个层级，能准确感知空中飘浮着的每一种魔法元素。在这方面，她几乎只需要练习如何掌控、如何使用元素即可。她的精神力有多强，就能驭使多少魔法元素，几乎看不到瓶颈。

所以，露西塔想去魔法塔学习的并不是感知流派的魔法，而是另一种几乎绝迹的魔法：研究流派魔法，尤其是时空魔法和精神魔法。

这些通过将极致的知识转变为力量的魔法，由于其依赖知识的特性，开创者和继任者都留下了很多传世的书籍。可惜的是，在史前的灾难中，这些书籍大多数都遗失了。伊尔塔特留有小部分的史前藏书，魔法塔那边也有一些，还有一些大概藏在某些贵族的藏书阁——即使大多数贵族都不懂得魔法，更别说学习了，但这依然是其彰显身份的工具之一。露西塔最感兴趣的正是这些书籍。

申请通过，她放下了心，拿起那张褐色底的泥金邀请函细看。这是一张厚厚的卡纸，表面细腻、光滑，是露西塔来到这个世界之后见过的质量最好的纸张。

邀请函四边都用樱桃木包了起来，整封函件的内容都由加了金粉的深蓝色墨水写成，左上角用金箔印着鸟衔枝条的徽标，左下角印着深红色的圆形章，写着"爱普莉魔法塔·王都"的字样。

顺带一提，函件使用的字体并非贵族们日常通信经常使用的花体和圆体，而是一种兼具神秘和华丽的字体，有点儿像是史前一度流行的哥特体。她大概读了一遍，函件大意是经过考核，春之塔决定接收露西塔为火系的下一届学生云云。

然后，她看了下那枚红宝石徽章。徽章的主体部分是纯金的，宝石底托上雕刻着精细的缠枝花纹，顶端的宝石质地清澈，只简单地打磨出了几个面，在鲤目灯的折射下显得足够熠耀。露西塔满足地欣赏了一会儿，就将它们整理起来收到了抽屉里。

窗外的雨依旧没有停歇的意思，惊雷隐隐，偶尔有闪电照亮窗前茂密的萝花树。露西塔拉了拉木窗的窗闸，确定窗户关紧之后，打了一杯水浇灭了书房的壁灯，提起一盏铜框玻璃夜灯离开了书房，回到卧室。

这是夏天的最后一场雨。

雨后陡然降温，秋天姗姗来迟。

栗子花已经谢了，结出了小小的青涩栗实。森林里，火红的枫香叶和鸡爪槭落了满地，还有被最后一场暴雨打下来的青黄的桐树叶。叶上的水滴辨不清是雨水还是早秋刚下的晨露。

海风变得清爽起来，已经微微有些干燥。街边商店门口的花坛里换成了黄灿灿的波斯菊和粉成一团的秋海棠，早晨起来，叶子上还挂着一层白霜。鸡鸣刚起，商店的门就陆陆续续地打开了，新鲜的麦香从特蕾莎的面包店传出来，炊烟次第从或红或青的烟囱里冒出来。

街上渐渐有了人声。小镇慢慢苏醒了。

每到这个时候，奥萝拉的磨坊总是最忙的。要知道，这是春小麦成熟的季节，麦田里已经是一片金色的麦浪，人们正弯着腰在田里收割今年的粮食。谁家的小女儿举着画笔在一边一本正经地写生。凑过去一看，母亲的草帽画得像太阳，舅舅的镰刀画得像月亮，姐姐的花环盖过了脑袋，哥哥红扑扑的脸蛋儿像抹了两坨番茄酱。人们哄地笑开，水流似的四散而去。

人们收获粮食，露西塔的储物空间生意又火了一把，让人们免去了不知多少搬运麦子的体力活儿。人们两手空空地去了奥萝拉的磨坊，又两手空空地离开，无数的麦子就在磨坊磨成了细面粉，磨坊的水车不分昼夜地转个不停。山上流下的山泉水被运转的水车溅到人们的脸上，用手指一抹，寒意沁人。果园里的秋梨都成熟了，森林里火红的野苹果也落到了地上,不知被谁家的孩子拣去填饱了肚子。

第一批秋季的果实在奥萝拉的磨坊上架了,去买早餐食材的露西塔抓住时机买到了最新鲜的果子,踏着晨光将它们拎回了家。最新鲜、漂亮的黄柠檬,不烤几个派简直对不起秋天。她守着烤炉的时候,琳妮娅带着一束金黄的麦穗跑了回来,将麦穗插到了走廊上的花瓶里。这样一进院门就能看到客厅门边窗台上那束弯着身子的麦穗,像是沉甸甸的丰收。

秋天来了。

一入秋,天气就一天天地转凉了。

每天早上,露西塔都会解开几捆干草用来喂羊。此时草原上的牧草都已经黄了,她们不再把羊带出去放牧,而是圈养在了羊圈里,每天晚上都要打扫一遍羊圈。

这一茬绵羊几乎已经长成,这个时节全身都覆盖了一层黄褐色的羊毛,绵密而卷曲,摸起来非常柔软。它们白日里喜欢咩咩地聚在一起,嘴巴微微上翘,眼皮子耷拉着,两只柔软的耳朵从茂密的毛发里伸出来,看起来有点儿呆呆的。养熟了,被人摸它们也不躲。

再过一阵子,就是剪羊毛的时机了。

最后一茬豌豆已经收完了。露西塔做了几瓦罐豌豆炖羊肉——羊肉是买的,而非来自她们辛辛苦苦养好的羊——给邻居们分了一圈,自己留下了两罐子,当作夜宵来吃。

豌豆粒还有点儿生嫩,混着羊肉小火慢炖,豆子和肉都炖得极烂,浸润在漂着油星的汤汁里。不说肉和豆子,光是将干了的白面包撕开就着汤汁吃,都能吃得极为满足。这是她们最近最爱的一道菜。她们现在手头宽裕了,收获的一百多磅豌豆没有全卖掉,足足留了二十磅存在储物空间里,随用随取。

院子里的豌豆架空了,第二天晨起结了一层白霜,豆秧耷拉下来。她们花了一上午的时间清理了这些豌豆秧——老掉的豌豆秧,她们将其整理好当作难得的新鲜草料喂给了后院的绵羊，也算是给它们改善了一下伙食。接着她们拔掉架子，整理好放进储物小屋，剩下的就是光秃秃的裸地了。

农场的前院看起来不大，但后院在不断扩充下已经变得很广阔了，耕地面积也大了一倍有余，整个翻下来并不轻松。她们用了两天时间松好土，就又是一大片新地。有了种植经验，又请教了擅长种田的邻居，露西塔自信满满地在后院种上了冬小麦，也就是大多数人家都会种植的主粮。前院的土地，水井一侧除了贩卖小屋的占地之外，其余田地都被种上了药草。在前院的另一边，她种了萝卜和菠菜，这两样是秋季为数不多的时令蔬菜。

一整个九月，露西塔都在收粮、卖粮和种粮中度过。踩着九月的尾巴，露西塔摸索着开始给绵羊们搭建过冬的羊舍。现在后院的羊圈是露天的，这个时候天气微凉，绵羊还受得住，到冬天就撑不住了。为了防止绵羊生病，建羊舍还是非常必要的。不过盖羊舍和建人类住的房子标准不同，只要足够结实即可，对外观和技艺的要求不高。因此露西塔就没劳动杜兰妮，而是在吉娜奶奶的砖窑买了一车青砖，和维尔蕾特摸索着自己建。说起来，维尔蕾特建房子竟然比露西塔看起来还要靠谱一些，大概是因为她整个夏天都是在观摩杜兰妮叮叮当当的劳动中度过的。

买了几袋子石灰和泥浆作黏合剂，向杜兰妮借了一点儿简单的工具，她们就似模似样地垒起一排砖墙来。因黏合剂较简单，为了加固羊舍，露西塔特意将砖块垒了两层。羊舍不高，甚至有点儿低矮。她们用木头、泥浆、稻草和瓦片糊成了屋顶，再加一扇木门，整个羊舍就建好了。瓦片是夏天建房子时没用完剩下来的，木门是修缮房屋前客厅的老门，这次全被她们从储物小屋拖出来用上了。漂亮的红瓦、整齐的青砖，羊舍和储物小屋隔着池塘相对，几乎占了后院一小半的面积。

露西塔将绵羊们赶到漂亮的羊舍里，将原本的羊圈拆了，干燥的栅栏木头都被搬到了厨房当柴火用。忙完羊舍的事，九月已经过完了。

十月开始，绵羊彻底成年，身上的羊毛更浓密了一些，可以着手剪羊毛了。第一次剪羊毛，几人笨手笨脚的。露西塔和维尔蕾特两个大人并没有比琳妮娅一个孩子剪得更漂亮，小羊身上一块一块不均匀地秃着，可怜极了。

至于德尔菲娜，竟然也上手剪了两刀——她是用空间之力操控剪刀完成的。尽管剪得歪歪扭扭，露西塔还是对她的空间操控力感到震惊，并在接下来的一段时间里不停地效仿练习，这是后话了。

剪下来的羊毛不太多，毕竟只有五只羊。她们将羊毛收集起来送到艾尔西娅的裁缝店，称重后定做了一件树莓红的兜帽短斗篷。这是给琳妮娅准备的，毕竟在只有一件的情况下，孩子应该最先受到照顾。秋收时节已经快要过去了，十月是囤积粮食、养秋膘准备过冬的时候。

人们的收获满满地堆在自家院子里，粮食和谷物堆成了小山，水果和植物的根茎摆在桌上的陶盘里。猎人们在狩猎之余也开始一车一车地往家里搬运木柴。丰收庆典会在十月末举行。在这之前，人们会制作各种各样的食物来犒劳自己一年的辛苦，同时为庆典做准备。露西塔在走廊下的大箩筐里抓起一把红茶，任由它们在指缝间滑落。这两个箩筐前不久才用来晒了干浆果，此时又被拿来晒红茶。

"差不多晒干了。"

晒干的茶叶还需进行萎凋、揉捻、发酵、干燥等数个步骤，最终包成茶包以备冲煮。除了煮水喝外，红茶还可以用来烤一种时令点心：红茶饼干。将茶叶碎搅进加了茶汁的饼干液里，烤干后的曲奇饼表面分布着焦糖色的茶叶碎，不仅看着诱人，吃着还特别爽口，"咔嚓咔嚓"响，茶汁冲淡了黄油点心的油腻。琳妮娅最近带着自己的饼干小包出去玩，下午回到家的时候饼干袋都是空的。

红茶饼干最近成了小镇最受欢迎的饼干，人们纷纷效仿，甚至面包店的特蕾莎也来打听配方。露西塔很乐意将配方分享给大家——事实上也不难，并不比普通饼干的烤制步骤麻烦。在那之后，红茶饼干成了摆在特蕾莎面包店货架上的商品,正式进入了人们的生活。红茶饼干风行起来后,露西塔就不必自己烤了,每天都能在特蕾莎店里买到新鲜的,成为琳妮娅最近心安理得最爱的零食。

露西塔将制好的红茶收起来,继续她的囤粮大计。秋天要晒的除了这点儿有些奢侈的红茶,更多的是小鱼干。这个时候有风,有太阳,还有大量尚未因寒冷而蛰伏的鱼儿,且它们正是一年中最肥美的时候。专门晒干货的筅筐又一次派上了用场,露西塔甚至开始觉得,这是她在艾琳的杂货铺买的最实用的东西。

巴掌大的小鱼摆满了筅筐。它们都是处理好的,已去鳞掏胆,还在盐水里腌制过一段时间,之后控干水分,两面抹满了粗盐才铺在筅筐上晾晒。将筅筐放在走廊下,甚至不必怕太强烈的阳光,省去了用来覆盖鱼干的鱼帘。每三天露西塔就可以晒好一筐筅的小鱼干。这样足足晒了半个月后,她将晒好的鱼干穿起来挂在厨房,满眼都是沉甸甸的收获。

春日的笋干、夏日的浆果干、秋季的红茶和鱼干,四季积累下的鲜、甜、咸味食材,有的囤积在袋子里,有的穿起来挂在墙上,都被留在即将来临的冬天慢慢品尝。松鼠们囤积了足够的松果和栗实,就能够在自己的树洞里等待严冬了。

及至十月下旬,秋收和囤粮都完成得差不多了。森林彻底变成了橙红和金黄色,一圈圈地晕染开来;群山仿佛都被一层馥郁的浓雾笼罩着。这种时候,金色的森林里有种树格外显眼——无患子。无患子开始大量挂果,一簇一簇的无患子是青色的小果实,沉甸甸的,拿在手里有些压手。

这种果实在伊尔塔特非常受欢迎,因为它是天然的清洁剂,拿在手里搓一搓就能起沫。春天用皂荚,秋天用无患子,已经成为人们每年的清洁习惯。尽管这些年工业肥皂逐步流入伊尔塔特,但对人们来说,皂荚和无患子都足够多,工业肥皂并不像外面那样不可或缺。每到无患子大量挂果的季节,人们就会抓住机会,使用天然的馈赠做一次大扫除。这也是为冬季的来临所做的准备之一。

露西塔家也不例外,她们跟着镇民们一块儿,将自家房子里里外外清扫了一遍,包括厨房墙壁上的油污乃至窗棂的缝隙。之后的好几天,整座房子里飘满了无患子的清香。

在这样的香气里,丰收祭典将近。

一颗颗成熟的栗实掉落在森林里,有的被松鼠们捡去藏到树洞里,有的被路过的猎人和来玩耍的孩子们捡去拿回家,但地面上的栗实太多,松鼠们搬不完,猎人和孩子们也捡不完。板栗是一种非常香甜的果实,这是人们早就领教到的。这时候人们已经整理好自家的粮食,忙碌了大半年终于清闲下来,就会成群结队地进山捡栗实。

露西塔神神秘秘地向琳妮娅许诺:"我会用板栗做一种特别好吃的食物,保证在丰收祭典上让你在同学面前有面子。"

琳妮娅果然兴奋地要去约玩伴杰西卡一起捡栗实:"我保证捡得比你多!"

维尔蕾特看着琳妮娅兴冲冲的背影:"这孩子怎么还是这么好骗,说什么信什么。"

露西塔将拳头抵在下颌上咳了咳:"我这是哄她,不算骗。"

露西塔话音未落,落后一步的德尔菲娜一个猛子飘到琳妮娅后面,大声打小报告:"我都听见了,她们是哄你玩呢!"

清脆的声音在街心远远地回荡,两人一个跑一个追,很快就消失在街角。

露西塔往后拢了拢头发,莞尔一笑。

露西塔还真没有骗人。

本来准备在丰收祭典上拿出来的红茶饼干被琳妮娅带出去分给小伙伴,一不小心流行起来,这下她真的要考虑做点儿别的带到祭典上去了。

现在是家家户户结伴到森林里捡栗子的季节。栗子磅蛋糕开始出现在特蕾莎面包店的货架上，一颗颗开口的烤栗子被大人装在孩子的零食小包里，沙沙的肉质，天然的糖分，比糖果还要甜。

家家都在熬煮栗子酱，那是种略成沙质的褐色浓酱，甜度可以通过控制白砂糖的用量自己把握。每一家熬出来的栗子酱，浓稠度、火候和甜度都不相同。人们暗暗攀比着，要是谁家的栗子酱熬得好吃，小孩子们一窝蜂进来讨，那这家人真是走路都带风。

琳妮娅兴冲冲地去找杰西卡一起捡栗子，闲着无事的维尔蕾特找出了长弓去安息森林里打猎。露西塔数出足够的银币带着出门，在街上转了一上午回来，补满了家里的糖罐、奶酪罐与香料罐，又带了几个新的空罐子回来。这些新罐子是用来装栗子酱的。

熬好的栗子酱除了直接蘸点心吃，露西塔还有别的打算——打进奶油里做成栗子奶油，再做成蛋糕。蛋糕松软，奶油香甜，栗肉沙沙的，所有孩子们爱吃的东西组合在一起，一块铺满栗子奶油的蛋糕，谁能说它不比红茶饼干来得令人期待呢？

琳妮娅和露西塔足足捡了三天的栗子，装了满满两罐，一颗颗又大又漂亮。

露西塔将做好的栗子酱搅进蛋糕液里烤、搅进奶油里打发，又将捣碎的栗子泥夹在烤好的深褐色蛋糕坯里，夹了满满的一层。这些栗子之前用糖水泡过，碎成泥并不会变得干涩发苦，反而顺滑、甜香。最后，露西塔一铲子铲起栗子奶油，颤巍巍的一坨在木铲上抖了两下，就被糊在了蛋糕坯表面。只用木铲子是抹不平蛋糕面的，索性露西塔也没执着于抹平，只是均匀地在蛋糕坯上抹了一层，将整块蛋糕包裹起来，最后在上面点缀了一颗完整的棕色大栗实，旁边点缀几片小小的紫苏嫩芽。

琳妮娅："哇——"

露西塔催促她切开尝一尝，琳妮娅绕着蛋糕看了几圈却下不去刀。

"太漂亮了！"她念叨着。

最后，这块蛋糕还是大半进了琳妮娅的肚子。甜而不腻的蛋糕坯和奶油都散发着浓浓的栗香，撑得她半夜皱着小脸敲露西塔的门："露西姐姐，我太饱了，睡不着。"

露西塔感到好气又好笑，点起客厅的灯，扒出魔药筐忙了好半天，给琳妮娅配了一剂消食的魔药。淡紫色的药水酸酸甜甜的，一管下去很快见了效——魔药的效用与普通药草是不能放在一起比的。

总之，栗子蛋糕的风波很快就过去了。琳妮娅记吃不记打，还是整天念叨着要露西塔给她烤蛋糕。露西塔充耳不闻。

维尔蕾特最近捡起了自己种族的老本行：狩猎。她不愧是擅长狩猎的精灵，这几天猎到的熊皮和兔皮噼里啪啦在客厅一堆就是一大片。将这些皮毛送到艾尔西娅的裁缝店，裁成衣服也不过是一个星期的事。

除了没有实际身体的德尔菲娜，她们还一人得到了一双柔软的兔皮靴。染成纯黑色的皮子被细细地打磨出光泽，脚踝处仿照人类世界的设计钉了一枚银扣，穿上后神气极了。顺带一提，上次琳妮娅的羊毛短斗篷已经做好了，不大的一件，火红色，披在琳妮娅身上十分合适。艾尔西娅还贴心地在斗篷的帽子尖上缝了一个雪白的小绒球，随着琳妮娅走路的步子一晃一晃的，煞是可爱。

刚收到新衣不久，她们就要准备过冬的棉衣了。她们三个和别的邻居不同，都是今年才来到这里的，每一季的衣服都要现做。好在她们不是普通人类，身体并不像脆弱的人类一样畏惧寒冷，因此准备棉衣的进程也不紧不慢的。露西塔买了许多棉花，参照艾尔西娅手绘的设计图册订了一件深蓝色的泡泡袖棉服——这是给琳妮娅的；她和维尔蕾特的棉衣则是简单的黑色长斗篷，穿着站在夜色里都看不见的那种。

十月末，人们将迎来一年一度的丰收祭典。这是个正经祭祀创世神的节日。

伊尔塔特的镇民不像只能借助教义与传说接触神灵的人类，超长的寿命使得镇民们了解的知识更多，对神灵也越发敬畏——那不是被

• 324 •

一个象征符号所驯化的盲目敬畏，而是对盖娅本身的感激。精灵和人鱼族里，那些从史前存活下来的老人曾向年轻人讲述当初的神迹。

那时大地开裂、山峰倒塌、河水断流，只有神国的花园埃斯蒂山脉依旧明净、葱绿，满眼生机。在异族即将被人类赶尽杀绝、因灾难濒临灭绝时，创世之神、伟大的母亲盖娅将所剩不多的异族引至神的庭园，让其在这条山脉下落了脚。从此，埃斯蒂山脉从神国降落，失落在大陆的边缘，与山外的平原相隔了无数重山脉，只与附近的独立城邦偶有往来。

因此，对于埃斯蒂山脉的异族来说，不需要什么教义与经文，也不需要代神灵行走世间的教母，大家心中只有创世神盖娅本身，也只有最朴素的敬仰，一直维持了这许多年。每到秋收的时候，人们就会献上丰盛的祭品，装在漂亮的马车上，绕着小镇行走三圈，以感激神的庇佑与馈赠。

在伊尔塔特，为了迎接丰收祭典，每一家都有自己的任务。露西塔是今年新来的，当然不可能被分到准备祭品这样重要的任务，她的任务是准备装饰品。相当一部分镇民的任务都是这个。

人们三三两两地在森林里采集丰收祭典上用的花束。吉娜奶奶打了几个黄铜风铃，露西塔给铃铛缀上了用树脂封住的火红枫叶。

琳妮娅在忙着给花束打蝴蝶结，尽管看起来有些歪歪扭扭的——德尔菲娜在空中用空间之力操控得都比她打得好。至于维尔蕾特……维尔蕾特左右看看，放下正在灌水的花瓶，溜到厨房里第三次从栗子酱罐子里舀了一勺来吃……

在悠闲又忙碌的秋后，丰收祭典终于到了。

祭典的中心依旧设在镇民活动中心的广场上。马车停在祭坛的旁边，车篷的四角垂着黄铜铃铛，一串被树脂封住的火红枫叶垂在风铃下，随着马儿的动作摇晃着，颤出一串串清脆的声响。马脖子上挂了一个大花环，大波斯菊、秋海棠、月见草和杜鹃花热热闹闹地聚在一起，都是秋季森林怒放的颜色。

按照以往丰收祭典的惯例，广场上摆了左右两排长桌。各式各样的蛋糕、鲜花饼、冰镇的清冽梅子酿和萝花酒、浇着枫糖浆的松饼、果脯和甜茶，颜色各异，冷的、热的、浓的、淡的，看起来都那样甜蜜。带着露水的野姜花穿插其间，像蝴蝶一样，鲜洁、雪白、迎风挺秀。热闹的波斯菊和秋海棠茎秆稍矮一些，连绵地摆在长桌上，鲜艳夺目。

这些桌子上摆放的节日点心是每家最得意的一道，而露西塔的栗子蛋糕毫不意外地又获得了大家的青睐。仅仅是卖相，褐色的奶油就比平日司空见惯的纯白鲜奶油看起来更加诱人和甜美，更何况顶端那颗栗子分明地提醒大家：这奶油颜色不同，是因为加了栗子酱。切开来，绵密的栗子泥夹心和松软、甜蜜的栗子味蛋糕坯都足够令人惊喜——露西塔把栗子融入了蛋糕的每一个地方。每人一小块，栗子蛋糕很快就被分完了，来晚的人只能望洋兴叹。

琳妮娅笑得脸都僵了，不由得停下来揉了揉自己的脸颊。露西塔以为她消停了，谁知到了大家投票选择最喜欢的点心时，栗子蛋糕的高票领先又点燃了琳妮娅的兴奋。她仗着身形小，频频灵活地挤到计票板最前面，最后甚至让露西塔举着她看，惹得孩子们纷纷效仿。要知道，这种要求对身为混血种、身体素质极佳的居民们来说，简直像吃饭喝水一样简单。

最后，栗子蛋糕毫无悬念地夺得了秋季点心比赛的冠军。琳妮娅挥舞着胳膊欢呼雀跃。在一片喧哗声中，年长的女人排着队将祭坛上的祭品码放到马车上。

有晾了许久的结了霜的甜蜜柿子饼、蒸熟的圆滚滚的南瓜，以及外皮又焦又皱、淌出糖分的大个儿烤红薯；还有鹿肉、獐子肉和山豚肉，都是选的小只一整个地烤的，掏空的肚子里塞满了柠檬、苹果和香料，以至于外皮也不发干，烤得脆又肥。

必须提一句，今年人们发现了让山豚肉变好吃的技巧，也被大家算作了神的恩惠，于是骟了的小山豚被摆在了肉类祭品的正中间，以凸显人们的感恩之情。今年收获的所有种类,包括苹果、梨子和萝花酒,甚至最大个儿的萝卜,都被选出一个摆在了马车里。祭品满满地码放好,马车就开始缓缓地移动。没有人骑马,贾文娜走在前面,牵着马车绕着小镇行走,人们热热闹闹地跟在后面。路上经过的人家,门前都各自摆着自家的小桌子,上面也放满了食物,每一样都有一些,任由经过的人们随时取用。这是自伊尔塔特成立之时就流传下来的一种象征团结和分享的风俗。

到了今天,人们已经不再为生存危机而整日惶惶不安,也不再因为垦荒未久而缺衣少食。人们过得丰润、富足,但团结和分享的习俗依然被保留了下来。每年的秋日祭典都会维持这一风俗。

露西塔将自家客厅的木制长桌搬了出来,桌子上摆满了盘盘罐罐。剩下的栗子,她又取出一些拿来炖了栗子鸡。栗肉的质感与水果、蔬菜不同,不算清爽,反而是闷闷的,有一点儿"钝",不清也不浑的那股木香和肉类再搭配不过了。

鸡腿不柴,汤汁丰盈,炖得极烂,栗肉的口感沙沙绵绵的。除此之外,还有晒干的浆果和小鱼干、红烧山豚肉、韭葱萝卜汤,香味交缠在一起,闻起来就觉得幸福。

人们吃吃停停,穿过鹦鹉街,走到了小镇与西面安息森林的交界处。琳妮娅肩头坐着德尔菲娜——她这次幻化成了一只红襟鸟。露西塔拉着琳妮娅,与维尔蕾特并排走着,耐心听琳妮娅讲述她最崇拜的箭术老师黛西的英勇事迹。

忽然,露西塔的眼神微微一凝,落在安息森林的某一处。

"怎么了?"维尔蕾特作为唯一一个智商跟得上露西塔的家人,第一时间发觉了她的异常。

露西塔又回头看了一会儿,才把目光收回来,摇摇头:"没事,看花眼了。"

维尔蕾特抿抿唇。

绕行第二圈的时候,露西塔路过家门口时和几人交代道:"我去一趟盥洗室,你们不要等我了。"

琳妮娅和德尔菲娜懵懂地点点头,琳妮娅还非常懂事地挥挥手:"那你快去吧!"

维尔蕾特欲言又止,拉过琳妮娅,冲露西塔点了点头。

门前的食物已经下了一半多,露西塔绕过门前的桌子,在房子里翻箱倒柜地找了半天,最后找出一瓶橙花精油。她又装了一些细盐、白砂糖,接着从药箱里拿出一束干枯的稗草。重新关上院门后,露西塔穿过空荡荡的鹦鹉街,来到了西面的安息森林。她走得很快,人群刚过去不久,一时半会儿回不来。

露西塔没有走平日被人们踩出的小路,而是扒开荆棘艰难地前行。直到她脸上都是来不及愈合的细小伤口,她还是没有看到尽头。露西塔一时有些后悔没带镰刀来,一时怀疑自己是疑神疑鬼。她又耐着性子往前走了一段,面前才豁然开朗。

她面前是一座更高的山,山势险峻,飞湍清凉,凉意直扑到脸上。瀑布下是一条横绕山顶、蜿蜒而下的溪流。溪边红叶遍地,红叶中间有一只火红的狐狸,几乎与天地间的颜色融为一体。漂满红叶的水是山的头发,而火红的狐狸像是山的发卡。

是了,就是她,方才在安息森林一闪而过的火红的影子。

见到狐狸的第一眼,露西塔脱口而出的竟然是:"所以红皮毛是秋天的保护色吗?"

不知怎的,她从狐狸的眼里读出了一丝无语。

露西塔笑了笑,从空间里拿出了自己带来的东西——橙花精油、细盐、白砂糖。它们被装在小碟子里,分别摆在露西塔的周围。最后她拿出了干枯的稗草,指尖随即起了一束火焰,将稗草点燃。

稗草从根部徐徐燃烧,一丝白烟袅袅,模糊了露西塔的视线。在一片橙花的气味里,露西塔感到微微的放松,接着视线清晰了起来。

狐狸依然蹲在她面前,之前那一瞬间的人性化情绪似乎是错觉,它的眼神又变得懵懂而纯真。露西塔与狐狸目不转睛地对视了几秒,狐狸摇了摇蓬松的大尾巴，一个转身就跃进了森林深处。

露西塔望着狐狸消失的方向，嘴唇翕动。

"永恒的创世之神盖娅，掌管万物的上帝，照耀世间的母亲，我祈求您的眷顾。

"我以人们的秋收祭品祈求冬天的雪。

"我祈求这个冬天，大雪覆盖田地，好让来年的麦粒更加饱满。

"我祈求这个冬天不太寒冷，牲畜们不必再瑟瑟发抖，罹患疾病。

"我祈求……

"我祈求您降临在我的面前，像五个多月前在布满金光的海域那样。"

话音一落，露西塔眼前的场景变得扭曲起来。盖娅朦胧的声音仿佛很远，又仿佛贴在她耳边："孩子，你找我有什么事吗？"

"没事，"露西塔的声音隐含笑意，"只是看到母神冕下真的会出现在秋日祭典上，觉得有些不可思议。您变成狐狸的样子也非常可爱。"

盖娅接受了夸赞。她没有羞赧的概念，反而感觉人类的这种夸赞有些奇妙——从没有孩子和她这样说话。当然，露西塔是个异界旅客，并不是她的孩子，她总是忘记这一点。

盖娅解释了一句："那是我的孩子们给我的礼物。有时候我听到孩子们的歌声，会来这里看一看。这些孩子看起来很快乐，要是别的孩子也一样省心就好了。"

"别的孩子……"露西塔盘膝坐在地上，撑着双臂仰头望天，仿佛那是盖娅所在的地方，"明年，我就要去拜访您别的孩子了。"

"我很高兴你愿意拯救我的孩子。"

"拯救？"露西塔的声音有一些微妙，但她并没有继续这个话题，而是说，"您看起来情况有些不太好。"

"我啊——"盖娅低叹一声。

那叹息久久回荡在山林之间，仿佛风的低语。

"我的时间不多了。"盖娅说,"这也许是我的最后一个秋天。"

"我很遗憾。"露西塔垂眸,扫视群山下缤纷的森林和炊烟,"您后悔吗?"

后悔吗?盖娅没有说话。

祂不知从什么时候醒来,醒来的时候,世界处于一片混沌和寂静中。祂漫无目的地游荡着,那时候,时间和空间都是虚无的,直到祂在百无聊赖下创造了第一个"生命"。

一连串的未来从祂眼前掠过,光影婆娑,如一道惊雷照亮了这个如鸡蛋一样的星球。气体开始流动,起风了。

空间撑开天地,时间汇流成河。祂在时间长河边行走,打捞起一片片可见的未来碎片。

一开始,未来是单一的、确定的。生命会枯亡,于是祂编织出生死枯荣的规则,使生命繁衍。

世界太寂静,于是祂编织出光和声音,动物的嗥叫遍布大地。

终于,祂给出了最珍贵的东西:智慧。

那一刻,时间的长河乍然大亮,无数种未来的碎片汹涌而出,在河流里拥挤地漂浮着,光怪陆离。

盖娅意识到,"智慧"让祂最得意的孩子们继承了足以改变世界的能力——创造力。

创造力让那些孩子无须祂的赐予,就足够为自己创造一个繁衍生息的美好家园。

不过,这还不够。

盖娅将生命的权柄赋予精灵,将空间的权柄赋予巨龙,将精神的权柄赋予人鱼。最后,祂将最具有创造性的魔法的权柄给了人类。

祂最终将世界的权柄完全交给了那些孩子,满心期待祂的孩子们会带来什么样的创造。要知道,比起巨龙和精灵们动辄五百年的恒久寿命,人类不到百年的寿命显得尤其短暂,因此获得了惊人的繁衍速度。持续不断的新鲜血液会给人类的创造进程带来无限的可能性。

盖娅看着自己的造物,满意地进入了疲惫的浅眠。

谁知,一觉醒来,一切并没有按照祂所设想的发展。世界已经被祂的孩子们搞得千疮百孔,人类甚至在用仪式慢慢地窃取祂的力量。

盖娅迷茫了很久。

祂想过降下洪水,让火山喷发,清空这块画布,让一切重来。而当那只毁灭的巨手降落下来,最终却停在了一个小女孩哭泣的脸颊上。那触感是柔软的、温热的,细微的血液在皮肤下流动。盖娅第一次体会到了所谓的"怜悯"。

"祂"沾染了人性,变成了"她"。从此无穷变成有尽,不死不灭的神躯被卷入了枯荣轮回,她明了了自己的"生",也预见了自己的"死"。

盖娅无奈地叹息,一次次地梳理混乱的世界秩序,收容生灵仅存的火种,然后看着文明继承凋零、失落,继而重蹈覆辙。但她终于快要走到尽头了。

她后悔吗?

盖娅听到露西塔的问话,欲言又止,最后答非所问地说:"多次的毁灭和重来,人类的五千年,于我而言也只是短暂的一瞬。但这是我做过的唯一一件事,尽管它看起来像是一次失败的创作。"

"不一定,这次还没有到最后呢。"露西塔随口说,"也许您的孩子们这次会变得更加聪明。"

"看来会的,在你到来之后,我确实看到了一些好的变化。"

说起这个,露西塔回过头,黑白分明的眼仁里倒映着清秋的湍流:"您对我的期待是什么?"

"在我看到的无数未来里,只有你来到这里的那个未来让世界有了延续下去的希望。你能拯救这里,露西塔。"

露西塔耐心地听她说完,才不疾不徐地开口:"我知道您也许全知全能，我也相信您看到的未来是真实的。"

她不知道盖娅在哪里，视线在周围绕了一圈，最后直直地落在清旷的碧空远处："但是，很遗憾，我对做不辞劳苦的善后者没有兴趣。"

盖娅微微吃了一惊，视线似乎在露西塔身上转了一圈，最后说："你是个胆子很大的姑娘。"

露西塔毫无顾忌地仰头问："那么，您会杀死我吗？"

"噢，孩子。"盖娅似乎听到了什么笑话，"当然不会。"

"我只是没想到你会拒绝。毕竟不管你从哪里来，你现在都在这个世界留下了，不是吗？"

最后一句话，盖娅说得非常笃定。身为这个世界的主人，她比谁都清楚，露西塔的灵魂已经彻底穿过世界壁障的阻隔，与这个世界融合在了一起。也就是说，某种意义上，露西塔已经是这里的原住民了。为什么有人会不愿意保卫自己的家园？她不明白。

"我很希望这个世界会变好，只是您太为难我了。"在神探究的眼神里，露西塔说，"如果谁要自取灭亡，靠别人拯救是没有用的。"

最后，她一锤定音："之后我恰好有些事要到外面去。如果我恰好遇到，我当然会做一些或许符合您心意的事。"

露西塔伸出手掌，银壳怀表浮现在掌心，苏生与危险的气息交织在一起，这个世界正处在变化之中，未来还是一片迷雾。

她的视线穿透层层红叶，落在山下的红瓦和炊烟上："毕竟，这里那么美丽，如果就此消失，确实非常可惜。"

盖娅沉默下来。

半晌，她轻叹了口气："自取灭亡……你说得对。我创造了一个失败的作品，不能强求你来为我修正。做你本来想做的事吧，命运的事就让它归命运。"

"孩子太多总是会打架的。"露西塔随口安慰道，"您给孩子们的筹码太多了，人性可经不起这样的考验。"

"人性？"

"嗯，意思是，如果那些孩子能毁灭世界，就一定会那么做，只是时间早晚的问题。"

"或许你说得对。"盖娅若有所思，慢慢沉默下来。

红日西沉，一阵西风忽然吹过山林，红叶发出簌簌的声响。露西塔若有所觉，伸出手去，只触碰到一阵西风的尾巴。她怅然收回手，望向西面的远山。那远山微茫，如同凝了一段暗紫色的烟霞。

神暂时离开了。

露西塔收回目光，揉了揉额头，沿着小路一步步下山去。到了山下，已近黄昏。

丰收祭典这天晚上十分热闹，广场上人影攒动，一年一度的露天舞台剧将在这里举行。人们吃过晚餐，舞台剧就开场了。

今年，贾文娜镇长特意请来了人鱼族最受欢迎的艺术团，上演被人鱼族视为经典，但在大陆上鲜少表演过的大型舞台剧《鸽子花下》。

故事讲述了勤劳、贫穷的凡人姑娘希瑟与水神膝下的神男布鲁克的凄美爱情——为了合宜，剧团将水神改成了陆地上的丰收之神。

丰收之神的小男儿布鲁克被凡人希瑟的美德吸引，芳心暗许，偷偷来到人间帮助希瑟做家务，还偷来母亲的黄金、珍珠和宝石送给她。很快，一切就被聪明的希瑟发现了。希瑟为布鲁克的美貌深深地着迷，立刻接受了美丽的神男，两人坠入了爱河。在布鲁克的帮助下，希瑟的法术练习变得非常顺利，一跃成为城中最强大的勇士。然而，好景不长。由于惊人的美貌，布鲁克在下凡前早已被战神恋慕许久。战神发现了布鲁克爱上别人的事实，一怒之下弯弓搭箭，将布鲁克射杀。

布鲁克死去的地方后来长出了一棵鸽子树。每到花期，鸽子树都会开满雪白的鸽子花，代表布鲁克宁死也要追求自由爱情的忠贞美德。

希瑟因为爱人被射杀大为悲恸，苦练法术，最终以人类之躯打败神山的三重守卫，来到战神面前，逼得理亏的战神不得不道歉，并献出自己三支金箭中的一支，在创世神盖娅的帮助下使布鲁克复活。希瑟也凭借勇气得到了盖娅的夸奖和丰收之神的认可、祝福。从那以后,希瑟的田地年年都会结出饱满的麦穗,她和布鲁克过上了幸福、快乐的生活。

一个皆大欢喜的圆满结局。

据说这个故事是从史前的人类那边流传过来的。现如今人类的戏剧和诗歌都已零落、断代,将这个故事保留得最完整的竟然是人鱼。

《鸽子花下》作为经典的爱情颂歌,因表达了人类对勤劳、勇敢的赞颂和对美好生活的朴素向往,经久不衰。

舞台上的少男生得极为漂亮,音乐通过空伞木这种天然扩音器响彻广场的每个角落。人们载歌载舞,孩子们提着星星点点的小橘灯四处乱窜。

露西塔的注意力却在神话上。她问杜兰妮:"人类那边的神话体系中,除了创世神盖娅,还有别的神灵吗?"

"人类喜欢编造传说,给创世神的座下编出了一堆下属神。"杜兰妮说起这个很有些不屑,"可以理解,人类没有接触过神,因为无知产生了一些想象罢了。"

露西塔点点头。看来,在人类世界,魔法的失落已经持续好几个纪元了,对盖娅的了解程度竟然这么低……

她也了一眼高台,提着长桌上的酒壶,坐到了梅维斯和维尔蕾特中间:"今年剩下的葡萄酒,喝吗?"

梅维斯最先把自己的酒杯递了过来。露西塔扭头与她对视,才发现梅维斯眼睛里已经起了一层迷蒙的薄雾,微微泛着红色。露西塔顿了顿,给她倒了半杯,回头看维尔蕾特,用眼神示意道:她喝醉了?

维尔蕾特耸了耸肩,随后也将自己的酒杯递了过来。清冽的酒液淋入银杯里,带着深秋的寒意,入口醇甜。她抿了一口,问露西塔:"你今天去做什么了?"

露西塔也不避讳,给自己倒了一杯酒,半开玩笑地眨眨眼:"说得酷一点儿,或许应该叫'觐见神明'。"

"是什么事?"

"我向神明许了个愿,希望来年丰收。"

维尔蕾特"哦"了一声:"来年?你来年不是要到大陆去吗?"

一个有点儿尖锐的问题。露西塔摸摸鼻子,声音一虚:"是啊。"

"我曾经的家也在那地方。那里曾是森林,但现在大概是人类的城池了。"维尔蕾特意味不明地说了一句。

露西塔扭头看她,精灵的目光映在摇晃的酒杯里,垂着眼眸看不清神情。

这是她见过维尔蕾特感情最外露的一次。

"哦,这葡萄酒可是难得的佳酿呢。"露西塔笑起来,一口把自己的杯子喝干了,"你说下大概的位置,让我想想它在哪儿。我在斯塔夏医生那里看过完整的大陆地图。"

"大概是北方吧,因为那里紧邻着雪山。"维尔蕾特断断续续地思索着,一边起身抓起酒壶给自己倒酒,"那片森林就在雪山下。到了冬天,大雪封山,大家缩在房子里不出门的时候,老音乐家就会在窗子边吹起长笛,鼓舞人们勇敢地度过冬天。"

维尔蕾特又喝了一杯酒,长长地叹了口气:"那时候,年轻的精灵从不知死亡为何物。"

露西塔慢悠悠地和维尔蕾特干了一杯,眼神有点儿涣散地思索:"啊,让我想想,那是斯普林北部的城市。那座城市似乎距离别处很远,叫阿尔贝加——霜白之城,雪景还挺有名的。"

"你去大陆,会去那里吗?"

露西塔本想摇摇头,低眸看了一眼维尔蕾特,又改了口:"也许吧。"

"那我也想跟你去。"维尔蕾特慢慢地吐了口气,仰头望向树梢间的月亮,"露西,我有点儿想家。"

"我也有点儿。"露西塔顺口接了一句,枕着双臂仰躺在广场边的草地上,微醺似的眯起眼睛,"不过也只能想想了。"

维尔蕾特也跟着躺了下去:"我告诉你,我家那边的森林比现在这片安息森林大得多,整座雪山周围的森林都是精灵的领地,光是猎物就吃也吃不完。在被青铜圣杯选中,成为王储之前,我每年都是秋狩比赛的冠军……"

她望着挂在树梢的明月,此间的森林依旧美丽、富饶,在秋夜的烟霭下如同笼了一层薄纱。然而,她日思夜想的故国又在哪里呢?

维尔蕾特渐渐收了声。不知何时,梅维斯凑了过来,盘膝坐在一边。

"再讲讲你们故乡的事吧。"大概是酒意醉人,梅维斯的嗓子有点儿哑了,脸上也浮上了一层酡红。她用那双困着水色的眼眸低望着维尔蕾特,眼里浮现出一丝恳求。她说:"所以,一个精灵,原本可以那样快乐的,是吗?"

露西塔忽然惊觉,梅维斯肩头没了那只夜莺后,看起来实在有点儿空空荡荡的。

维尔蕾特摇了摇头。

在一片醉意中,她们的意识渐渐模糊。四下人声不绝,琳妮娅快乐的笑声传出很远,恍如来自世界的另一端。

秋天栽倒在一坛葡萄酒中,就这样戛然而止。

祭典后气温明显降了下来,没过几天,人们就在北风里穿上了薄棉衣。

秋初种下的萝卜和菠菜已经完全成熟了。顶着冷霜完成最后一轮秋收,大家陡然闲了下来。

白昼的时间明显缩短了很多,刚到晚餐时间,天色就已经完全暗下来了。

露西塔从屠户艾达店里买了两整头山豚,又叩响精灵们的小屋买到了一整只野獐子,这就是她们为冬天储备的肉食。

维尔蕾特一见大块的肉,眼睛就亮了:"你要熏肉吃吗?"

露西塔眨眨眼睛。

刚入十一月,即使下了小雪,天气逐渐干燥起来,也还未太寒冷。露西塔买到的肉都是艾达和精灵猎人帮忙处理好的，只需要洗一洗，擦干后就可以直接腌制了。她将一整罐粗盐和碾碎的胡椒、杜松子、香叶混合在一起作为腌料，细细地给每一块肉都抹上。

两头山豚加一只獐子，一大半的肉都被切得整整齐齐的装在了木箱子里。露西塔将一块木板压在肉上，又搬了块大石头压在木板上面，以将汁水充分压出来。肉充分地浸泡在满是腌料的汁水里，会更加入味，也不易腐败变质。这样腌出来的肉经过足够的后期处理、熏制，是可以直接生食的。

剩下的几大条抹满粗盐和香料的里脊，露西塔直接放在了大罐子里，倒了一半麦酒进去腌制。这是她准备的腊肉。比起伊尔塔特传统的熏肉制法，这种腊肉做法是她记忆里的。腊肉虽然不能生食，但制作周期要短得多。这样分成一快一慢两批制作，她们一整个冬天都有吃不完的肉了。

在熏肉腌制好之前，初雪就过早地来了。在人们眼里，须得下一场雪，才算初冬的开端。

今年的雪来得尤其早。刚进十一月，有些秋海棠和晚菊还未谢尽，无数色彩还算鲜妍的花朵被猝不及防地压在一层薄雪之下，慢慢地凋落。

到了冬天，昼短夜长，家家户户都在休息。学校也不再开课了。琳妮娅闲不住，每天都跑到木匠家里找小伙伴杰西卡一起玩。她和杰西卡最近迷上了一种新的游戏：捕鸟。

在雪地里撒上一些白桦树种子、坚果和夏季晒干的浆果，用小树枝支起纱框，来觅食的燕鸥或海鹦如果不够聪明，就会被她们盖在纱框底下，叽叽喳喳焦急地叫个不停。纱框里的鸟儿叽叽喳喳，纱框外的孩子围过来嘀嘀咕咕，直到看得满足了，才肯掀开纱框将鸟儿放出去。鸟儿展开翅膀飞出去的时候，常常引发一阵拍手和大笑，惊走林中的狐狸。

露西塔和维尔蕾特这几天经常出入森林，折了许多松柏枝回来，陆陆续续地堆到储物小屋的火炉边。这是在为熏肉做准备。

熏肉要在木箱子里压着浸泡整整一个月,但露西塔的腊肉只需要腌制七天就可以从腌罐里取出来晾晒了。在晾晒之前,要将豚肉表面的腌料洗得干干净净的,以防做出来的肉太咸。

在建造储物小屋的时候,她们就托杜兰妮做了几排木头架子。她们给肉穿上钩子,在木架上挂了一整排,开始晾肉。等上七天,肉的表面会完全晾干,用手一摸有点儿发硬,就算是晾好了。

接下来是最关键的一步:烟熏。熏肉用的木料,她们就地取材,主要以松柏枝为主。除此之外,维尔蕾特还砍了一些橡树、榉树的枝条,托木匠斯克洛特刨出一些木屑来,也是熏肉的绝佳木料。露西塔点燃火炉,在小小的火苗上压了一些松柏枝,顿时冒出一大片浓烟。她们在火炉上方的烟雾里挂上腊肉,咳嗽着关上了储物小屋的门。

冬天十分清闲,露西塔每日的工作就是打扫庭院,给大家准备食物,其余时间则足不出户,窝在燃烧的壁炉边看书。壁炉的火在冬天基本不会熄灭,人们在秋天准备那么多木柴,就是为了这么一个温暖的冬天。

在火边埋上几个土豆和红薯,烤熟后用铁钳拨出来,滚烫滚烫的,剥开皮就可以直接吃。红薯被烤得表皮破开,流出蜜糖一样金黄的糖汁;土豆软糯极了,滚烫的时候直接入口就足够香甜。

当然,如果你喜欢的话,可以去厨房拿点儿盐和香料撒上去,别有一番风味。露西塔和维尔蕾特一人窝在沙发的一个角里,琳妮娅则抱来自己的小毯子,铺在壁炉边的地毯上午休。

这几天,她们清闲下来,注意力转移到了书房里的藏书上。维尔蕾特一头扎进《面包的烤制技巧》里,自觉厨艺进步不少,又开始在厨房尝试烤面包,依然以一炉黑炭作终。

每天下午,露西塔都会准时点燃储物小屋的火炉,用带着松柏清香的白烟给肉熏上半天。

一周之后，腊肉就熏好了。熏好的腊肉是深褐色的，拿起来重量轻了许多，表面有些坚硬，少许金黄的油脂顺着肉上的纹路流淌下来。露西塔把腊肉挂回墙边的木架上，挂了整齐的一排，一个冬天都不会腐坏，可以随吃随取。

整理好储物小屋，露西塔取了一块腊肉掂了掂，满意地关好门，把腊肉拿到了厨房清洗。正巧，窗台上的一排蒜苗长成了，今晚的晚餐就是蒜苗炒腊肉。又是惬意的一天。

到了十二月，传统的熏肉也腌好了。在盐水里泡了一整个月的熏肉非常咸，要洗得干干净净，把腌料都去掉。接着是一样的流程：穿绳晾肉，晾到干硬、颜色变深后开始用烟熏。

熏腊肉剩下的松柏枝有些不够了，她们懒得再进山，就从用来烧壁炉的柴火中挑拣一些出来，像橡木、樱桃木、杜松木等比较干的木屑都可以用来熏食物，各种木屑熏出来的风味都不相同。熏肉需要的烟熏时间比腊肉要长很多，每天熏一个下午，要足足熏大半个月，熏完之后还要静置半个月，让油脂充分渗透。

十二月底，腊肉所剩无几的时候，熏肉恰好完成了。大量的熏肉在储物小屋挂了好几排，足足能吃上大半年。切开一片来，能看见明显的雪花纹。腌制过的肉颜色比较深，是漂亮的薄红色，浓缩了一整个冬天的寒冷与悠闲。叠起来装盘，无论是做冷盘，还是放在面包、三明治里，抑或是煎烤着吃，都是令人难以拒绝的美味。

也许是丰收祭典时露西塔的祈福起了作用，今年的雪下得尤其频繁。整个十二月经历了好几场雪，十二月底最大的一场雪连下了两天一夜，封住了人们的房门。

那些在森林里迎着雪开放的一簇簇金黄的结香和苋葵花，一眼望过去已经完全被雪覆盖了，连松柏的绿意都看不见。好在窗台上的那盆圣诞玫瑰放在房子里面，此时仍有挺立的枝茎、雪白的花瓣和嫩绿色的花蕊，依然不谙世事般隔着玻璃窗与窗外的大雪相望。

火苗噼里啪啦地响着。壁炉边的露西塔放下手中的书,看向窗外。这个冬天,她把书房里的书都扫荡了一遍,从《豌豆种植指南》到《仪式魔法分析》,从《弓箭的发展史》到《伊顿的建立》,终于对这个世界建立了完整的认识。她跪坐到沙发上,透过窗户看向远处的群山。

天与地之间除了白色,再见不到旁的颜色,雪光反射进她的瞳孔有些刺目。太阳在群山之后似乎努力攀爬了很久,但最终败下阵来,颓然地露出一点儿微弱的金光,斜照着山下黑压压的树枝。

露西塔给窗户扒开一道小缝,冷风夹着雪粒顿时蹿进屋来。她在外面的窗台上抓了一把雪在手上,揉成一团,砰一声扔进了维尔蕾特的衣领里。

……

"露西!"

露西塔眼睛一弯,笑了起来。

第二卷

◆ 破雾 ◆

第11章
放逐之船

在瑟瑟的雪声中,伊尔塔特翻过了这一年。又是新的春天。

露西塔来到这里有一年整了,这具身体也长了一岁,算是正式十八岁了。尽管按照伊尔塔特的寿命计算方式,她依旧是个未成年的孩子,但今年露西塔不再是去年那个看什么都陌生的孩子了——嗯,她自己坚持这样认为。

经过半年的增长,她的储物空间已经达到了五十立方米的容量。那样大的一个空间,她心念一动,空间节点就会被她操纵着迅速重组,眨眼间就能成型。此外,空间的稳定性也越来越好了。她在秋天开辟的一批空间到现在依然能稳定使用,没有崩散的意思。至于维持的时间极限,到目前为止,已经彻底难以测定,只能靠感觉估算了。到了这个地步,露西塔已基本上不怎么关注自己空间之力的增长状况了。

她在最后秋收的时候免费为卖出的商品扩充了一次容量,又升级了一次稳定度,怎么说也能维持个一年半载的。这样自己离开后,大家依然有空间容器可以用。

除此之外,她的精神控制力也有了显著增长。最明显的变化是,她在森林里行走,一眼就能攫取一只小动物的心神。从前她没把握完全抹除生命本身的意识,但现在只要她想,她就可以瞬间完成一只动物傀儡的制作。当然,她并没有这么做。拿弑杀来做自己的能力实验,即使对象是动物,也是一件有些令人难以接受的事。

至于自己对人类精神的控制力,她就更难以了解了,因为连触碰实验她都没再做过。窥探别人的情绪和秘密是不太道德的,在很早以前加西娅警告她之后,露西塔就再也没随意对别人伸出过自己的精神触角,格兰德城的骑士卫兵除外。这样的事,只能等再次遇到那种问题再验证了。

自愈和治疗能力,她也一直没有试验的机会,但另一种能力则悄然生长了出来——生命天赋。简单来说就是,她目前和普通精灵一样,既能进行治疗,也能催发植物生长或使植物提前枯萎了。

究其原因,大概是原本混血种的天赋能力太微弱,所以往往只能表现出一种能力。露西塔本来也符合这个规律,但随着她打破所有世界壁障,成为一个融合了各种种族特质的"新物种"后,她直面了世界的所有真实结构,也打破了血脉的限制,通过理解"生命"的权柄,强行获得了生命天赋。目前来看,这个能力虽然还很鸡肋,但发展潜力是很大的。别的不说,索菲亚当初未成年便能催生藤蔓当作群攻的利器,露西塔这种直接把握能力本质的,成长上限只会更高。

随着天赋的不断增强和魔法能力的不断提升,露西塔似乎渐渐摸到了一些规则。这些力量的根源是什么呢?她总觉得脑海中有一丝灵光,想去捉时又总是捉不到。

露西塔凝眉沉思许久,在本子上记下新的疑问,然后合上了今天的日记本。她抽开钱箱,点了一下自己的财产。

她目前的积蓄几乎全是靠储物空间生意赚来的。只是去年下半年,储物空间就为她赚到了足足将近两千枚金币,伊尔塔特市面上流通的金币几乎有一半流到了她这里。好在镇上的金银矿储量都足够丰富,贾文娜在确认露西塔不会让金币再流到小镇市场上后,又加铸了一批钱币。

目前,露西塔的储蓄几乎相当于一个状况很不错的中产家庭一年的总收入了。这在人数稀少、丝毫没有工业气息的乡下小镇上,简直是不可思议的收入水平。当然,在伊尔塔特,这么多钱币意义并不大,大家依旧吃着一样的面包,喝着一样的麦酒,不要钱似的在肉类上撒满香料,甚至衣服的材质都没什么区别。"体面"在伊尔塔特毫无意义。

露西塔花了一枚金币在吉娜奶奶的熔炉里将她的金币全都打成了金条，预备到大陆上同那些货币商人兑成大陆上的流通货币。她这次出去，并不打算在家里留钱币，因为大家都要跟着一起出去。

维尔蕾特阔别大陆五百多年，还是有些想回去看看的，尤其挂念故国。琳妮娅对陆地生活很满意，对回到深海丝毫不感兴趣，兴致勃勃地要跟着露西塔出去冒险——和从前闹着出去的索菲亚有些相像。露西塔只能感叹好在自己不是当年索菲亚遇到的那个男骗子，并下决心之后一定好好教琳妮娅长点儿心眼儿。

而德尔菲娜还是个刚破壳没几个月的"好奇宝宝"，对于出门这件事，她是全家最热衷的，看起来比琳妮娅还要迫不及待。

只是这样一来，家里的田地和小羊就没人照看了。露西塔将种着冬小麦的田地托付给了梅维斯。剩下的一栏绵羊，她想了又想，还是有些舍不下，一时间犯了难。这一去归期不定，活生生的几个小家伙，她们正经养了一年，怎么好托付给别人？更何况，琳妮娅给每只小羊都取了名字。尽管名字取得有些草率，比如长得壮的那只叫壮壮，皮毛白的那只叫大白……但既然有了名字，它们就和别的羊不同了。

露西塔犹豫了好几天，终于想出一个办法——租船出行。

她在山外最近的工业触角蒂罗尔城打听了一番，退掉了买好的火车票，去城西码头买了一艘小型蒸汽轮船的船票。

这里地势偏僻，坐船的人不多，船票不太好卖，因此船上还有许多空间。露西塔和船长商量了一下，单独给小羊订了一间船舱，又足足加了十枚金币，才获准将自家的五只羊带上船。另外，这艘小船并不直达王都维克托黎，只到法洛斯城。她们还要在法洛斯城的码头中转一次，才能到王都维克托黎。不管怎样，小羊的问题算是解决了。

然后是维尔蕾特的外貌问题。不说她的尖耳朵有多么明显，仅仅是她看似普通的金发碧眼、白皮肤，都和有相同特征的人类有难以忽视的分别。人类很少能生出这样狭长、通透的眼睛，也鲜见这样生来耀眼、无杂色的金发，甚至连维尔蕾特的皮肤色调都不是白皮肤人类中的任何一种。

这个时候，你会发现精灵真的不是长了尖耳朵的人类，而是一个完全不同的物种。若维尔蕾特顶着精灵的面貌出去，很快就会把普通人类吓得四散而逃，还会引来觊觎精灵宝石的知情人，继而成为整个王国追捕的对象。

好在人鱼族有一种幻形术，可以自由地变换形貌——人鱼能幻化出双腿在大陆行走，用的就是这种幻形术。这是每个人鱼生来学习的第一种术法，也是露西塔获得《精神术法大全》后学习的第一种术法。幻形术的原理是通过催眠自己的潜意识，以达到欺骗规则、改换事物形貌的作用，通常用在自己身上。如果要在别人身上使用，就需要对别人进行催眠。

琳妮娅自告奋勇，将维尔蕾特按在沙发上，低头盯着她的眼睛说："放轻松，姐姐。"

维尔蕾特眼睛一眨不眨地回望着琳妮娅认真的脸，心里不免觉得有些荒谬。普通人的精神世界尚且是等闲不得擅入的禁区，更何况一位经历过战争的精灵王。如果放在五百多年前，谁想进她的精神世界催眠她，简直是天方夜谭。但如今，她却对一个认识不到一年的小女孩敞开了精神世界。尽管她的精神力"雌厚"得多，有一千种方式在感觉到危险的时候切断联系甚至反噬琳妮娅，但仅仅是敞开精神世界这件事，依旧具有相当大的风险。

她弯了弯嘴角。

琳妮娅被这个笑打断了思绪："姐姐，你笑什么？"

维尔蕾特咳了咳："没事。"

她放开了防备，庞大的精神力如潮水般涌出，险些将琳妮娅那点儿飘摇的灵光淹没。先是耳朵，再是头发和肤色的微小修改……琳妮娅熟门熟路地在她的精神海中找到了关于外貌的意识，熟门熟路地掩盖它们，重新雕琢。

不知过了多久，只听她轻巧地说了一声："好了。"

维尔蕾特睁开眼睛,瞳仁的颜色已经变深了许多,樱桃木边的全身镜里映出一个金发碧眼的普通人类。她对着镜子扬起了唇角,镜中人对她露出愉悦的微笑。

接着到了与镇上的朋友们辞行的时间。露西塔有要辞行的大朋友和年轻朋友,琳妮娅也有自己的交际圈,维尔蕾特则去了一趟森林,和大祭司塞西莉亚交代了一下。几番临别聚会之后,一月过去了一半,启程的日子也到了。启程前夕,露西塔伏在书房给斯塔夏写信。

亲爱的斯塔夏和凯尔茜:
你们好吗?
时间过得真快,距离上次分别已经半年了。有时候,我会有些想念你们。
很快,我就要去魔法塔学习了。同在大陆上,以后也许会在维克托黎相见。
如果要寄信给我的话,可以寄到春之塔去。之后如无意外,我会在春之塔停留很长一段时间。如果我有事离开,也会定期去那里检查我的信件。
祝你们的心愿早日达成。

你们的朋友
露西塔

她满意地抖了抖鹅毛笔,将自己的信和斯塔夏那位在春之塔的教授朋友阿斯特丽德的信件一同装进了信封,用伊尔塔特的金币当作火漆章,给信封封上了口。

伊尔塔特铸造的金币正面刻着被花藤缠绕的利剑,与人类世界流通的金币大为不同。凯尔茜也许还辨认不出,但斯塔夏在这里生活了三年,对这个图案一定再熟悉不过。这样可为露西塔的身份增添可信度，某种意义上起到了个人印章的作用。她印下那枚淡紫色的火漆章，心里想着有时间要刻一枚独属于自己的章才行。

第二天一大早，天边刚露出一点儿鱼肚白，报时的鸡都还没睡醒的时候，露西塔农场的住客们已经全起床了。她们将清理好的房子上了锁，里里外外又检查了一遍院子才挂上小院的门闩，转过门前的小路，走到了鹦鹉街上。身后，篱笆上的悬铃花依旧火红地开着。

三人一魂都不是普通人类，就连最小的琳妮娅，体力也非常惊人。她们靠双腿越过群山，抵达蒂罗尔城时，连气都没喘一下。她们脚程很快，抵达时才刚过午餐时间。

街上的行人不多，不知谁家窗台上的猫有点儿蔫蔫的，在阳光里眯着眼睛，慵懒地卧在铁窗后。露西塔熟门熟路地绕到邮局，将昨夜写好的信寄了出去。收信人的地址写的是法洛斯城的驿站，那是她与斯塔夏和凯尔茜分别的那座城市，也是两人暂时落脚的地方。

在邮局工作的依旧是那个有个性的金发少年，开窗看到露西塔，她已经有点儿熟悉了："又是你？"

她看到露西塔身后拖家带口，甚至还赶着几只绵羊，不免多问了一句："你要出远门了吗？"

"是啊。"露西塔点点头，随口问道，"这家邮局是你开的吗？怎么每次来都是你一个孩子在照看。"

"当然不是！我倒是想呢！"那少年用一种"你好傻"的口吻说，"我在给我姨妈帮工。"

露西塔点点头。

那少年又问起来："你们这是要去哪儿啊，连羊都要带去？"

"维克托黎。"

"天，这么远！"她叫起来，倒也很有分寸地没再打听她们要去干吗，而是低头从窗台上一盆开得正盛的茉莉上掐了一朵下来，递给露西塔，"这个送你。一路平安。"

那是刚开不久的虎头茉莉，雪白的花瓣颤颤巍巍的，花头不大，花茎也很纤细。露西塔很给面子地将花别在耳后,用耳后的发卡固定了一下,看上去显得有些奇怪。她摸了一下头上的花瓣,笑起来:"谢谢。那么,再见。"

蒂罗尔城的码头非常小,还是由旧木头建成的,踩上去吱吱呀呀地响,总觉得有点儿不安全。

在蒸汽轮船问世之前,这座码头一直是渔人出海打鱼用的。打通与外界的航线之后,人们在旧码头的基础上进行了一些适应性改动,就形成了现在的码头。此后便陆续有一些载客的蒸汽船往来,稀稀落落的,停靠在码头附近。

滚滚黑烟不断从船上锅炉的烟囱中冒出来。一声长长的鸣笛后,又有一艘轮船到岸,不知是客轮还是货轮。

拎着或木制或皮制行李箱的旅客们大概是蒂罗尔城穿得最好的一拨人,身穿双排扣大衣、平顶礼帽,皮质长靴。年轻者戴帽子的少一些,编辫子的、绾发髻的多一些;年老的女士更讲究些的,还戴着磨片眼镜,金银丝从眼镜腿垂下来,挂在脖子上。有的人行色匆匆,看起来是谈生意的商人;有的像是旅客,拖家带口的,行路较悠闲一些。只是总的来看,这码头的人流量都可以用"稀疏"来形容。

露西塔一行人赶着咩咩叫的羊群进来后,顿时吸引了整个码头若有若无的目光。体面人不会发表什么刻薄的言论,只是优雅地捂了捂鼻子,隐晦地打量这群"衣着奇怪"的牧人,然后不动声色地绕行。

可惜,在场的三人一魂,谁也不在乎这些眼神,只是赶着羊尽量靠边走,以免堵住旁人的路。她们是算着时间到达码头的,那艘"姜花"号小型蒸汽轮船已经准时停靠在了码头,打开了舱门。

检票员见到露西塔赶着一群绵羊,已经惊呆了,一时间想不起先例,竟然不知道要不要放行。毕竟,养殖的活计都是那些农场主甚至其雇佣的牧民们做的事。而别说牧民,就是多数的农场主,也难买得起几枚金币一张的船票,能咬咬牙买一张下等舱的火车票就是极限

348

了。况且，就算真有农场主来坐船，打扮体面还来不及，谁会赶着一群羊来啊？

检票员傻在了那里，还好船上的水手眼尖，远远地看见她们，叫了一声："她们的羊买了票的，叫她们上来吧！"

检票员迟疑地点点头，让过身子，看着露西塔赶着羊群踏上甲板，嘴还没合上："上帝啊……"

船舱里的乘客见着这群羊路过，纷纷捂着鼻子躲避，有的已经冲船员抱怨了起来。船员也知道小羊即使洗得干干净净，也依然是不体面的，味道也招人嫌。可谁让她们想要那十枚金币呢？反正她们的船也很少能坐满，索性在甲板下层给小羊单独留出一间船舱，也好把它们和多数乘客所在的客舱分开。

她们一边道歉，一边将小羊赶进下舱。露西塔检查了一遍下舱的环境，算是放心地关上了门，打算等船员们走了再单独进来喂食。毕竟，如果让船员们看见她凭空变出来草料，真是怎么都解释不清楚了。

安置妥当后不久，一声鸣笛，轮船就缓缓开动了。黑烟在头顶大团地涌现，又消散在空气里，猎猎的风张满了船帆——是的，这艘蒸汽船还是有点儿老式的船只，并未完全淘汰船帆。

露西塔站在甲板上，长衣和颈间的红色方巾被风吹了起来，长发也被吹得有点儿凌乱。她往耳后掖了掖碎发，望向远处水烟中有些朦胧的埃斯蒂群山。

正是万物复苏的时节，万山新绿，候鸟衔枝，风烟逡巡。那座山后的镇子、这座破旧的小城，都随着船只离岸而渐渐远去。前方一片水雾，水天一色，不辨方向。

汽笛声划破了迷蒙的晨雾。在法洛斯城的碎石码头附近，零零散散的船只在晨雾中若隐若现。

晨雾未尽，城市刚开始慢慢苏醒，街上少见行人，但码头上已经提早热闹起来了。卸货工来来往往，趁着早起的时间为一家人多挣一天的晚餐。码头不远处有许多面包店和酒馆,大门紧闭着,门外有阳伞、小木桌和整齐的木门廊,玻璃橱窗里摆着香甜柔软的面包。尽管卸货工们天天从这里经过,但大多数商店的门都不为这些人敞开,而是只欢迎那些坐船抵达这里的体面旅客。

门里门外,是两个世界。

无数河流的支流在此交汇,就像无数人的生活分明泾渭分明,在这里却仿佛短暂地交叉在一起,显得十分繁荣。

小小的"姜花"号停在了法洛斯城码头边。一名水手站在甲板上,在还有些凛冽的晨风里朝码头边的卸货工头挥手喊道:"嘿,丽达!"

卸货工头慢半拍似的擦擦汗,转过头来,看见熟悉的"姜花"号就笑了:"梅格!好久不见。"

"姜花"号来往于法洛斯城和蒂罗尔城已经好几年了,常年在船上的水手在法洛斯城码头也都有了几个相熟的朋友。下船卸货时,分别已久的几个姊妹会在酒馆小酌一杯。如果什么时候喝飘了,也许还会有额外的船票、卸货优惠票掉落。

待乘客下得差不多了,一群羊"咩咩"叫着从甲板上排队走了下来。

一个卸货工手上的袋子"啪嗒"掉在地上。她有点儿呆愣地侧过身去,给小羊让路——即使被震惊了,她残存的理智仍然记得给船上的乘客让路这条准则。要知道,这年头坐得起船的,都不怎么好惹。

于是小羊们就这样一路畅通无阻地在码头上逛了一圈。码头上鱼龙混杂,但露西塔她们依旧吸引了众多若有若无的目光。赶着羊的几个人衣着奇异,看起来像是从异国来的,不像是乡下的农民和牧民。大概养羊是什么奇怪地方的风俗吧——基本没出过城、识字率也不高的卸货工们只能这样猜测。

行商们见多识广,依然猜不透这到底是群什么人:说是贵族,却没有随从;说是中产,却赶着羊群;说是贫穷的农民,却有种仿佛坐拥四海的气韵。

她们在售票处买了转船的票，就一直在码头边面包店外的阳伞下坐等到了中午——面包店不许小羊进入。

一天中太阳光最强烈的时候，正是卸货工们短暂的休息时间。这时，她们得以放下肩上的货物，三三两两地找个阴凉处坐下歇脚。

贩卖黑面包和发酵干饼的少年们背着竹筐来到码头上，迎接她们每天交易量最大的一桩生意。这些孩子的面包和发酵干饼都是自家做的，敲起来有点儿梆硬，口感也不太好，好处是用料实在，且比码头边本就简陋的面包店还要便宜一点儿。相当一部分贫穷的卸货工会因为这点儿差价而选择她们的食物，更多的会在那些专门面向卸货工的酒馆里享用一顿滋味更足的午餐。卸货工们一拥而上，那些装着面包的竹筐很快被一扫而空。少年们收获了可怜的铜币，而工人们获得了廉价又足以饱腹的食物，两相得宜。

人来人往之间，忽然不知谁喊了一声："巡查员来了！"

这一声仿佛在沸腾的人群里滴了一滴油，人们噼里啪啦地四散开来。那些孩子一哄而散，还没收到的铜币都不要了，背起竹筐撒腿就往外跑。一时间人仰马翻，几枚亮晶晶的铜币掉落在晒干的土地上，荡起细微的灰尘，但很快就又被卸货工旁若无人地捡走。

一个身形有点儿瘦弱的女孩子没跑太远，就被闻讯而来的巡查员堵住了。她脸上露出惊惶的神情，连汗也不敢擦，战战兢兢地从口袋里摸出几枚铜币并一把皱巴巴的纸币，递过去："大人，这是我今天赚到的全部了。"

这种纸币是新王践祚后不久发行的，面值细化到了"苏"，一枚铜币为十苏。这给贫民之间铜币以下的交易带来了便利，人们自行创造的交易方式很快规范起来，开始统一使用这种纸币。

可惜的是，它在中产及以上的阶层推行得并不顺利。王权式微，新货币的效力并不能使大贵族们心悦诚服地接受，使用旧的金属货币依旧被看作体面的象征。

巡查员接过点了点，露出勉强的神情，正要说些什么，神色忽然僵住。默了默,她摆了摆手,用生硬的语气说:"你可以走了。"

女孩抬起头来,不明所以间反应倒是很快,急急地鞠了一躬,撒腿就跑。

等到女孩跑得不见踪影,巡查员才揉了揉脖子,露出迷惑的神情。

在无人注意的街角,女孩停下步子,一边喘息,一边从口袋里掏出剩下的三枚铜币。奇怪了,今天那个大块头怎么没追根刨底,搜她的身呢?她攥紧手里的钱币,脸上不自主地露出个微笑,加快了步子。

露西塔收回目光,斜斜地倚在阳伞下的椅背上。她原想把巡查员收来的钱还回去的,只是那样未免太反常,会吓着那孩子,就只将那孩子放走了。刚刚愤怒起身的琳妮娅坐回了自己的位置,朝她眨了眨眼,露出个"我都懂"的表情。

露西塔摸摸她的头发,柔和一笑。见琳妮娅重新拿起桌子上的烤甜菜,露西塔转过头去,问旁边拼桌的一位老女士:"阿姨,您知道巡查员是干什么的吗?"

这是个头发已经半白的女人,穿着整齐的风衣外套,戴着圆片老花镜,旁边靠着一根镶银手杖,银片在漏进来的太阳光反射下显露出柔和的色泽。她正慢慢切着盘子里的一块熟肉,闻言转过头来:"巡查员?"

她不紧不慢地抬头看了忙乱的码头一眼,继续切她的肉:"你是说哪些'巡查员'?是那些廉价面包店雇用的,还是码头管理人员手下的,或者是自己乱窜来自封的呢?"

露西塔哑然。

老女士倒是打量了她们一番,挑眉:"第一次出门?"

露西塔点头:"嗯。"

"年轻的孩子们总是对这个世界充满好奇。"老女士说,"我十六岁的时候也出于好奇离开了家,用了十年时间周游大陆。"

她仿佛来了谈兴:"你一定会想,蒸汽火车或轮船用半个月的时间就能将你从大陆的一头送到另一头，为什么我会花费整整十年？"

琳妮娅从露西塔的身后探出脑袋来："是呀，为什么呢？"

德尔菲娜的灵体盘坐在餐桌上，维尔蕾特也饶有兴趣地看过来。尽管精灵王的年龄是这位女士的不知多少倍，但总有她不够了解的事物，尤其在一个她并不属于的时代。

"因为那个时候还没有蒸汽火车。"她给出了一个意料之外的答案，在几人有点儿呆滞的神情里哈哈大笑，"骗你们的！因为我也总是有很多问题，它们让我不得不停下。"

"什么是巡查员？"老女士喝了一口有点儿冷掉的红茶，"什么是荆棘红？什么是精灵宝石？愚人船在何处？群鸦塔又在哪里？这个世界就像维克托黎中心那座举世闻名的佛罗卡特古堡，百年前的木造建筑看起来恢宏壮丽，走近却会发现上面都是虫眼，仿佛碰一碰就会倒。"

听到精灵宝石的时候，维尔蕾特的眼里现出一丝冷光，但很快又消散开去。

"尽管……到最后你发现你什么都改变不了。年轻人总是过高地估计自己对世界产生的影响。就像我，最后也只是坐在这里喝下午茶，逗一逗你们这些初出茅庐的年轻人罢了。"

老女士放下茶杯，搅拌勺碰到杯壁，发出清脆的声响。她转过头与露西塔对视的一瞬间，那双宝石一样钴蓝色的眼睛上凝了一层幽深的雾，仿佛寒冬黎明的玻璃窗结了整夜的霜花。

"您看起来对这个世界失望极了。"露西塔总结道。

"而你们依然抱有相当大的期待。哦，对于你们这样的孩子来说，这毋庸置疑。"

"倒也不是吧。"露西塔想了想，"我们只是出门旅行而已。至于别的？当好一个观众就是了。"

"我真不知该说你是清醒还是麻木。"

"也许我只是头脑简单。"

"噢，孩子。"老女士失笑，"好吧，也许我真的老了，跟不上这一代人的想法了。"

"依旧感谢您的忠告。"露西塔微微欠身。

"每个大人对孩子都有这样的义务。"

老女士不再说什么，起身结了账，拿起她的手杖慢慢走远了。

法洛斯城的特产是烤奶皮和糖浇卡维萨。烤奶皮是卸货工和纸盒厂的工人们也能奢侈一把的便宜点心，在码头附近的面包店随处可见。经过发酵烤出的奶皮微微泛着酪黄色，表面皱巴巴的，散发着浓郁的奶香味。糖浇卡维萨是一种经过烹制的肉饼，由羊肉糜和牛肉糜打成，里面加了洋葱和莳萝碎，最后浇上现熬的珍贵枫糖浆，最宜趁热吃，不宜打包和隔夜，是体面的商人和上等家庭餐桌上的常客。

琳妮娅爱上了这道糖浇卡维萨，于是维尔蕾特交代她到码头边看起来最干净的那家餐馆打包了几份特色食物，偷偷装在了空间里——有空间在，她们不必担心枫糖浆会冷掉。琳妮娅抱着满当当一袋子食物"噔噔噔"地从餐馆里跑出来时，她们要等的"白鹳"号也到了。

"白鹳"号在歌罗河上行驶。歌罗河是文特境内最长的河流，发源于南部，半个维克托黎都坐落在歌罗河上，是四方抵达王都最主要的航道。

这时候轮船的抵达时间并不太准确，买票的时候，她们最多只能知道"白鹳"号今下午能到，无法知道准确的时间。

好在她们没有等太久。

这时候阳光已经弱了一些，行走在码头上的人们已经能拉下明显的人影。很多年后，卸货工丽达仍旧记得这一天——在一片金色的世界里，那一行人迎着光踏上了前往歌罗河的船只。噢，还有那标志性的羊群。

那是一个新时代的开启。

歌罗河曾经并不叫歌罗河。在文特获得战争胜利、吞并伊顿的时候,国王为了庆祝国家的胜利,为这条斜穿大陆、拱卫新都、养育了无数黎民的河流重新命名,名之"歌罗",意为"荣耀"。从此,这条大半在文特境内的荣耀之河成为四面连通文特王都维克托黎的交通要道。

在战争时代,它为文特运输物资,起到了举足轻重的作用;到了和平时代,它是重要的贸易通道,无数黄金和丝绸经由歌罗河运往王都,成为爱普莉王宫和林立的城堡里那些宴会上的装点。而对于生活在这片大陆上的平民来说,歌罗河作为大陆上目前最大的淡水河之一,养活着沿途两岸无数的城市、小镇和乡村,是当之无愧的"母亲河"。诗人们咏唱她,作曲家们歌颂她。在维克托黎中心那座恢宏的音乐厅里,那首名为《歌罗河上的黎明》的曲子已成为传世的经典,无论演奏多少次,人们依旧会闭目细听,感受音乐的美妙。

"白鹳"号在歌罗河上行驶了近一个星期,越往北去,春寒越重。二月南方已经万树爆青,北方的冬季却仿佛还未完全过去,早晨起来还能看到舱室的窗子上凝结的薄冰花,用手一抹就成了一摊水。船快要抵达维克托黎了。

露西塔紧了紧身上的外套,推开房门,走上甲板。此时晨雾正浓,周围水烟茫茫,隐约能看见岸边沉睡的城市和被迷雾笼罩着的远山。白鸟点水,水声欸乃。

露西塔深深吸了口冷气,料峭的寒风让她彻底清醒过来,下意识地揉了揉眼睛。站了不多时,她见着远处似乎有一艘船在靠近。露西塔的注意力被那艘小船吸引了过去,盯着看了一会儿,直到它彻底进入视线,才看清那是一艘小小的、破旧的木制单桅船。

她一时有点儿迷惑。要知道,在歌罗河这个交通要道上,最先进的轮渡不断往来,就算是帆船,也是体积比较大的三桅船和双桅船。但眼前这艘船不仅体积看起来不太大,样式也非常老旧,更像是乡镇中的渔民捕鱼、垂钓用的。

渔民怎么会在歌罗河上捕鱼?

在一边整理船锚的水手替她解答了疑惑："这不是渔船,是往返于这几座城市的愚人船,我们看到都会绕道走。"

"愚人船是什么?"

"嗐,顾名思义咯,船上的人要么是傻子,要么是疯子。精神病院装不下,就给放到这艘船上到处漂。船上的人时不时会在哪座城市停留一下,弄一些食物什么的,就这样活着。"

"啊,这样?这样能活多久?"

"活不了太久的,城里人很多自己都吃不饱,哪里能白给那些人那么多吃的。"水手闲聊般说着,随后放下手中的船锚,冲船尾的同事吆喝一声:"等等,马上就来!"

忙碌的水手继续投入她的工作。

露西塔望着那艘船,上面没有舵手,甲板上也不见人影,一眼望去像是史前传说中的幽灵船,穿过迷雾缓缓游荡到她眼前。船工大概早已抛弃了这群可怜的疯子。

这时候的风是有些柔和的西北风,愚人船跟着风顺着水流向南漂去。好在"白鹳"号是有人驾驶的,小心躲避之下倒是没发生撞船的危机。

两艘船交错而过时,露西塔疑心自己听到了隐约的清唱。她的目光望向漂远的单桅船,落在那间有些简陋的船舱上。舱门口垂着破破烂烂的皮帘子,即使两船相距最近的时候,也看不清船里的情形,只有一团模糊的人影。但她确然听到了有点儿沙哑的阴沉的低唱,仿佛年迈的老人晚餐后的围炉讲述,声音渺然,又渐渐明晰起来。仿佛游荡着的五线谱从船舱里升腾而出,一个个音符粘连在五线谱上,在空气里摇曳着,又随着风和空气渐渐消亡。

在露西塔耳朵里,"声音"在某种维度上是可以具象化的。那歌声很低,实在传不了多远。露西塔伸出手想去触碰,手指将要碰到五线谱的时候,它却完全被风吹散了。她收回手,捻了捻指尖,又回望了远去的愚人船一眼。

宽阔的河面上，晨曦未出，水烟迷离。愚人船消失在水烟里，渐渐地看不见了。

她低头问刚出来呼吸新鲜空气的琳妮娅："你听见了吗？"

琳妮娅眼里闪烁着晶亮的光："当然！"

人鱼的听觉是最灵敏的，琳妮娅"噔噔噔"地跑回船舱，去拿她的纸和笔："虽然没有听全，但我能听出来，这是一首非常精彩的作品！"

忙碌的水手重新绕到了船头，露西塔叫住了她："愚人船里只有疯子，没有别的人吗？"

"原本是有的，大人。"工作再一次被打断，水手有些许不耐烦，"原本船上都是有船工的，但是谁愿意和疯子待在一起呢？很多船工拿了政府的雇佣费后，将船开到远处，就搭载别的船回到了岸上，神不知鬼不觉，也没人会查这样的事。现在船没人掌舵，也只能在这儿漂着。或许，指望那些疯子自己掌舵？"

水手笑起来。

露西塔抿了抿唇。别的她不敢肯定，但刚才唱歌的人不太可能是个意识混沌的疯子。进入她耳朵里的是一段尽管低沉却清晰、完整的旋律，满怀着歌唱者的情绪，忧愁、迷茫、向往、痛苦，仿佛来不及越冬的椋鸟在雪地里望向天空的最后一眼。

> 它死在来年春天降临之前，
> 新生的椋鸟辗转唱着哀悼的歌，
> 在第二个冬天降临之后，
> 依旧歌颂着北风和树间大雪。
> ……

她低低地哼唱了一遍，又看向愚人船消失的方向。被放逐的疯子，会唱这样的歌吗？

一天后，她们抵达了此行的终点。

维克托黎不愧是世界上最繁华的城市之一，相比同样繁华的格兰德，它的建筑风貌显得更加整齐有序、威严厚重。上次露西塔去格兰德的时候，正是瘟疫肆虐的大萧条时期，因此从严格意义上来说，这是她第一次看到人类城市的繁华图景。

不同于格兰德有些杂糅的建筑风格，维克托黎的建筑风格非常统一，表现出明显的巴洛克倾向。这里多是两三层的横排平拱楼，有的已经换成了砖木结构，有的依旧以洁白的大理石作为建筑主材，具有优雅的装饰线条和紫荆纹铁窗。精巧的小型人像雕塑安插在凸出的柱顶和平台上，瞳孔上贴着金箔——露西塔隐约怀疑这与自远古流传下来的巨龙崇拜有关。

这与书本上的维克托黎给露西塔的印象不太一致。那座二十年前还在被称颂的庄重、朴素的城市，现如今修修补补，增添了无数繁杂的装饰，已经看不出本来面貌。

能依稀看见旧日光景的，也就是那些高耸的教堂和修道院了——在低矮、连绵的建筑之间，不时出现的几座高耸的哥特式或罗马式建筑，是创世神的教堂或住着修男的修道院。高高的尖拱、门廊上的座钟，给整个天际线增添了一种跳跃的韵律感，又仿佛教义中的清规戒律，庄严地镇压着人间的欲望。

街道已经十分宽阔，但还是难以避免地拥挤，罪魁祸首就是中间那辆公共轨道马车。轨道马车急促地响着铃，那是大多数小商人和职员最主要的交通工具，蒸汽火车也不能替代。小型私家马车是贵族和大商人们的出行工具，坐在马背上蹬着骑士礼靴的往往是贵族女子，她们在陪同车内的兄弟或长辈逛街，或者是去哪一座城堡参加舞会。

马车之间夹杂着便宜得多的人力车，这种车辆的客户主要是那些财力不够却又需要维持优雅的落魄贵族男子。同是男子，有的坐在人力车的后座上，有的却和那些满身臭汗的女人一样在日头下拉车。他们需要趁年轻贩卖自己的力气，甚至因此锻炼出一身肌肉，不得不牺牺掉最重要的美貌,成为年轻人的恋爱活动中被剩下的那一批。

平民们在街道上扮演的角色正是如此。上等人在这里挥金如土,下等人在这里维持生计。道路两旁分布着贫民们维持生计的摊子,木制的小推车上摆着木板架,有卖花的、卖菜的、卖面包的、卖糖果的……

会在这样的小摊前停留的,除了从轨道马车上下来的职员们,就是同样勉力维持生计的工人们了。

有马匹在街上行走,露西塔的五只小羊也就不那么显眼了,多数人看一眼就会收回目光,充其量也就疑惑一下这卖羊的穿得还挺讲究。

真的有人凑过来问:"这羊怎么卖?"

露西塔摇摇头,一边解释说"不卖",一边拉着最小的琳妮娅扎进人流,一路问旅馆的位置。

维克托黎最大的旅馆在玛瑙街11号,门楣上钉着大型椭圆木牌,上面用规范的花体写着烫金的店名:白珍珠旅馆。

它不愧是维克托黎最大的旅馆,经营范围十分广泛,上至专供给大商人的高级套房,下至招待贩夫走卒的低矮单间,都有不同的服务提供,成功地让当地人提起旅馆就会想到白珍珠。当然,这样的旅馆给职员和商人们住一住还算足够,东城区那些真正的王公贵族则不屑投来一个眼神,毕竟消费水平有巨大的差异。

正常的中产阶级,一个单身女子一年用不到五百枚金币就可以过得很舒服,但五百枚金币在真正的特权阶级那里只是一套一次性裙子的价格。据说白珍珠旅馆在东城区有一家专为贵族服务的分店,装饰得极尽奢华,在贵族圈子里广受好评。这都是外话了。

总之,牵着羊走进去之后,露西塔才发现此处果然名不虚传——这家旅馆居然有专门的后院和畜栏安置她的羊!当然,那看起来更像是封闭的马棚。据服务生说,这里是专门安置客人马匹的地方,但平日里大生意不多,这里也就一直有空位。

解决了住宿问题,已经是晚餐时间了。白珍珠旅馆的前厅就是一处足够精致的酒店，在劳顿数日之后，她们决定稍稍奢侈一把，在这里享用她们来到维克托黎后的第一顿正餐。烤羊排、蘑菇汤、春季特供芦笋沙拉……餐刀划盘的声音沙沙地响着。

在一片寂静里，薄红的夕光大片地透过玻璃窗，洒落在她们的餐桌上。

门外人流依然熙熙攘攘，没卖掉的新鲜蔬菜开始打折，水盆里新鲜鱼儿的动作变得缓滞，也被挂上了打折的牌子。专挑这个时候出来买菜的家庭煮夫们结伴挎着菜篮子出了门，家里远的小贩们则开始收摊。

夕晖即将收尽，一切还在涌动着。在这座城市的各个地方，无数幸福的、更多痛苦的，都在此刻一一发生。

这里是维克托黎，被荣耀之河拱卫着的胜利之城。

住在旅馆并不是长久之计。露西塔拎着自己的钱袋子，通过服务生和旅馆老板打听到了一位靠谱的房屋中介。维克托黎的房屋市场中，比较普遍的还是贫民窟那些低矮的平房，或是市中心老楼中的合租房。那些面向中产们出租的洋楼和别院，通常情况下行情并不算好，因为中产们的生活水平更加稳定，租一座房子往往能住数十年不挪窝。因此，这个定位的房屋中介也很不好做。

见来了生意，中介热情极了，马上向露西塔介绍了手里的几套房子，但她都不太满意。

首先，她需要一个足够宽阔的院子。她们来自深山、原野和大海，如今住到城市里，虽说楼房住着新鲜，但也不能连个院子都没有，打开客厅就是户外的大街小巷。长久下去，她们会憋坏的，尤其是琳妮娅这个孩子。

其次，她们的房子必须邻近街道，最好通着一处铺子。虽然她们若不浪费手里的钱，花上一整年应该没问题，但坐吃山空可不是个生活的好选择。开源不仅是维持生活的需要，对于维持家庭的活力、提供社交需求、引入一些变化也很有好处。

当然，靠近市中心就最好了。在出行大多依靠公共轨道马车的王都，从城南郊走到城北郊需要几个小时的路程。距离市中心太远，则会大大影响生活的便利。

但事实上，这些要求在某种意义上是矛盾的。开着街边铺子的小商人通常并不富有，因此很难在寸土寸金的维克托黎市中心买到一座宽敞的小院；那些拥有独立院落的基本都是庄园，拥有者基本都是大商人和贵族们，又没必要打通这样一家临街小商铺。

中介犯难了很久，最终在纸堆里扒拉出一张委托函，有点儿犹疑地递过来："您看下这个。"

露西塔接过，和维尔蕾特一起展开看了看。

这座房子在维克托黎六条主街之间，位于荆棘街和蔷薇街交叉口，铺子门面向南北方向的荆棘街，编号是荆棘街21号；另有一扇院门面向蔷薇街。院落是个大约十米长的靴子形，房子共两层，砖木结构的罗马式建筑，最上面还有一间临街的小阁楼。铺面不大，就是标准的临街小铺面，但对露西塔来说已经足够了。

她有些意动，叠起那张纸，不免问道："这样的院子，人家也肯租？"

中介摸了摸她因嗜酒而显出的红鼻头，讪笑："您是不知道，这院子后边就是蔷薇街13号，是一座废弃的公墓，原主人嫌不吉利不肯住，才低价出租的。可巧最近行情不好，就一直压在我手上。"

露西塔似笑非笑："是吗？那倒是我们捡便宜了。"

"可不是嘛！"中介一拍大腿，"那您看，咱们什么时候去看看房子？"

"就现在吧。"她们左右也没事，只着急安家这一桩。

"好嘞！"中介爽快地答应，忙不迭去内室找荆棘街21号的钥匙。

眼见中介进屋了，琳妮娅才瞪圆了眼睛小声说："露西姐姐！"

露西塔安抚地摸了摸琳妮娅的头，微微一笑。她和琳妮娅都有精神天赋，中介是个普通人类，她们很容易就能窥探到中介真实的想法。事实上，那座房子的原主人是因为总听到公墓里有人声，又找不到搞鬼的人，折腾了两年熬不住了，才索性把房子租出去，换一处地方住。琳妮娅会因中介的隐瞒感到不安，但露西塔并不忧这些。

对她们而言，这些神秘领域的东西远比一些人情世故上的纠纷简单得多，也有趣得多。如果这座房子是因为产权纠纷之类的事才低价出租的，露西塔反而要考虑考虑要不要接手了。当然，就算心里能接受，现在捏住了房子被隐瞒的缺陷，到时候该讲的价还是要讲的。

公共轨道马车按照次数收费，一次只需要一枚银币就可以从城南坐到城北，和只坐一站的价格是一样的。荆棘街21号并不远，她们只坐了两站，在荆棘街20号的站牌边下车，走两步就见着了那家废弃的铺面。

铺子没什么特别的，和临街的所有铺面一样，门前立着两根灰色的石柱，低矮的台阶上方是两人宽的街边前廊。门楣上的牌子是旧的，结着许多蛛网。方形的木牌上刻着"珊莎的花店"，又用白色的乳胶漆沿着刻痕涂了一遍。

中介掏出黄铜钥匙将店门打开，登时荡起一阵灰尘。她一边咳嗽一边拿手扇风，领着几人进了屋："您瞧，长时间没人来了，但是铺子还是非常整齐、结实的。"

确实，两侧是整齐的货架，深处是一个柜台，柜台后有一扇精致的木门，看起来没什么不好的地方。木头的裂纹也并不明显，褐色的漆浆也不见如何脱落，想必擦一擦就会光亮如新。露西塔不动声色地"嗯"了一声，目光落在柜台后的木门上。

"这扇门通往后面的院子，进去左手边就是庭院的大门，对着蔷薇街。"中介注意到露西塔的目光，找出另一把小一点儿的钥匙将那扇木门打开，"几位可以进来看看。"

穿过店铺进入庭院，眼前的景色陡然开阔。看起来，关于庭院面积，那封委托函倒是没说谎。中间铺设着石子路，内侧是一片花圃，左边大门旁的一大块草坪上种着一棵老椴树，另一边的草坪上种着一片灌木。

这座房子大概已经很久没人打理了，无论是花圃里的名花，还是小道旁的良木，都已经枯死了。草坪上的杂草疯长着，蒲公英长出桀骜不驯的长茎和金色的小花，整座庭院只有那棵椴树依旧维持着最后的优雅，在早春微冷的暮光里开出一树单薄的嫩叶。

沿着石子路走进去，是两层的住宅房。从它略显庄重、严肃的建筑风格和朴素的青石石料来看，房子的建筑历史至少已有十年。窗子是带卷木纹的黑铁细框窗，窗顶尖尖的，玻璃上蒙了一层灰，看不清里面的情形。

住宅里面的家具都是现成的，拿粗布盖着。她们掀起看了一圈，没发现什么明显的破损和老化。

一楼的客厅非常大，客厅左侧是一间宽敞的书房，一扇窗子对着蔷薇街；客厅右侧是公用盥洗室和厨房，厨房的窗子对着院子里的花圃。楼梯是双向的，就在一进门的壁炉后面，直通二楼。

二楼是主要的生活区域，除了一间盥洗室、一间琴房，以及尽头的一间仓库之外，走廊两侧还设置了四间卧室。露西塔眼前一亮，推门而入。

德尔菲娜飘在后面："四间卧室，可以留出一间做客房了。"

她未幻化出身体的时候，只有露西塔能听见其灵体说话的声音。露西塔闻言摇了摇头："德尔菲娜，我们没有用来做客房的卧室，第四间卧室是你的呀。"

"我？"德尔菲娜惊异地指了指自己，"我不需要卧室，你知道的，我根本不需要睡觉。就算是休息，随便飘在哪里就可以了。"

"那你新买的长笛放在哪里？你亲手做的风铃放在哪里？你捡到的贝壳放在哪里？"

"放在我的空间里呀。"德尔菲娜一挥袖子，"你看，我自己开辟的空间特别大，可以装很多很多的宝石和水晶。"

最后一句暴露了一点儿龙族的本性，露西塔失笑。

"这样，你岂不是随时都可以离开家了吗？"她解释说，"德尔菲娜，我觉得这个世界上需要有一个地方是属于你的，哪怕它只是一间小房子，哪怕你事实上并不需要它。伊尔塔特那座房子即使扩建后房间还是不够，但现在不一样了，对吗？"

露西塔说到最后，有点儿不好意思地咳了咳："啊，我不会在自作多情吧？"

"当然不是。"德尔菲娜转了个圈，化作人形落在地上，眼睛亮晶晶的，"你说得对，我确实需要一个房间来摆放我的小贝壳，还要挂我的风铃。"

两人相视而笑。

"看来对于'活着'这件事，我要学的还有很多呢。这感觉真是不赖。"

楼下的维尔蕾特看着院子里枯死的植物，涌动的生命之力已经按捺不住要复苏它们了。

琳妮娅则一头扎进琴房，研究起"钢琴"这种新鲜的乐器。每个人都对这座房子很满意，接下来就要靠露西塔谈价格了。

酒糟鼻中介看她们都是年轻孩子的模样，看什么都要摸一摸，新奇得很，不免狮子大开口，带上铺子，一年直接要价一百五十枚金币。

但对于中介要价的合理性，露西塔从她的情绪中是能窥探到的。城中一座普通的庭院，一年租金要八十枚金币比较合适，再加上店铺，一百枚金币上下是比较合理的。考虑到这座房子"闹鬼"的历史和难以出手的行情，露西塔直接将价格压到了一年八十枚金币。

中介还想再辩论几轮，露西塔直接抛出了公墓闹鬼的事实。

中介的脸色变了又变："原来您在找到我之前就看上这里了，做了详细的调查是吗？"

露西塔笑了笑，不答话。

"行，遇上懂行的了。"中介咬咬牙，也不再多说什么，以八十枚金币一年的租金出具了租赁协议。

露西塔给的价格也并没有压太狠。对于一座有闹鬼历史的房子，这个价格还算合理，而中介也急于将它租出去，毕竟能赚一点儿是一点儿，于是两人迅速达成了共识。

维尔蕾特和琳妮娅负责回白珍珠旅馆拿回留在那里的随身物品，露西塔和化作人形的德尔菲娜先开始打扫这座房子，打算先扫出卧室住进来。

忙活到黄昏，露西塔找到了煤气阀门。唰一声，这座沉寂了几年的破败建筑亮起了所有的煤气灯，灯光透过灰蒙蒙的玻璃照亮了庭院里干枯的花草。对于这座住宅来说，这是个久违的美妙夜晚——对于露西塔她们也是一样。

第二天，大家晨起就知道是个好天气。

当早春的太阳穿过二楼的玻璃窗时，维尔蕾特推开了卧室的窗子。她伸了个懒腰，探出身子环顾一圈，穿着睡衣就纵身跃了下去。她一下落在了窗下的花圃里，荡起一阵枯叶，挂在她纤维疏松的棉纱睡裙上。

接触到厚实的土地，维尔蕾特呼出一口气，穿过花圃向外走去。生命之源穿过她脚下的土地，从维尔蕾特双脚经过的地方向四面辐射，不知名的春意在整个庭院荡开。植物的枝茎一寸寸变柔软，暗绿替代枯褐，丰盈替代干瘪，挺拔替代佝偻。

花圃里的斯塔兰德粉蔷薇们抬起了头，原先枯死在枝头的干瘪花朵被新生的花蕾顶下来，大朵地掉落在泥土里，很快腐化成泥。灌木丛很快被新生的嫩叶填满，在晨风里沙沙地摇晃着。草坪上抽出茂盛而杂乱的草条，有高的蒲公英、矮的点地梅，路过的蝴蝶惊异驻足。

"好了。"她揉了揉额头，有点儿无奈地道，"今天需要好好整理一番了。"

这是忙碌的一天，她们将楼上楼下，包括屋顶凸出的小阁楼和庭院连接着的店铺，都清扫了一遍。

到了傍晚，露西塔敲开了住在蔷薇街12号的邻居的大门，求借一把园艺剪刀。邻居看着她年轻的脸，犹豫了一下才期期艾艾地问："您是新搬到那座公墓旁边的旧园子了吗？"

露西塔点点头。

"我劝您早点儿退租吧，那个园子……"邻居神神秘秘地左右看了看，"据说闹鬼呢。"

"盖娅会保佑我的。"露西塔表现出一个鲁莽年轻人该有的表现，满不在乎地接过邻居递来的剪刀，"感谢您的慷慨和提醒。"

邻居自觉提醒一下已经仁至义尽，叹了口气，关上了门。

她们自行修剪了花圃和草坪，又列出了一串必需品，诸如蜡烛、木炭、厨具和餐具之类，打算明天去市场采购一番。一些掉漆的木制家具，也需要找工匠来修缮一遍。除此之外，这座房子已经基本焕然一新了。

她们的厨房用具目前还不完善，晚餐是在餐馆买的。

晚餐在黄昏时候开始，她们围在客厅的方桌边，品尝了具有维克托黎本地风味的奶油面包、熏煮火腿和撒满干酪的蔬菜饼。除此之外，微酸的奶油甜汤也很不错。

和各色香料都很丰富的伊尔塔特相比，人类世界的食物口味有一点儿单调，大概是糖和盐在调料中最常见也最便宜的缘故。在制糖工艺因为工厂的诞生而大幅成熟后，甜味成了人类餐桌上必不可少的一味。

维克托黎作为人类世界的中心之一，饮食中自然少不了非常有代表性的甜味。人们把砂糖做成了方形的糖块，装在精致的琉璃小罐中，不管是热汤还是咖啡，都要往里面加一块。露西塔也入乡随俗地买了一罐方糖。

这是一种很新鲜的饮食体验，也是一顿甜蜜的正餐。饶是如此，露西塔的目光还是落在了壁炉上方的香料罐上，开始期待早日把厨具、餐具采买齐全。

在她们将一切准备停当、彻底安置好之前，春之塔的开学日先到了。开学日印在春之塔寄来的入学邀请函上：二月十五日。

想到入学，露西塔脑海中下意识地浮现出人山人海的热闹场景。

但这种场景并没有出现。当她照着市内地图找到位于维克托黎最东面的山岭中、编号为知更街49号的春之塔时，塔前非常冷落，连个守卫都不见。这是她第一次直面魔法塔。代表着人类目前最高力量、被贵族垄断的神秘地界，和她推断的形象完全不符。

这是一座几乎通天的高塔。最底层直径约达半百米。它背靠低矮、连绵的春醒山，位于王都附近的郊区，四周都是贵族们的私家庭园，一路上都见不到行人。

不同于王都趋向华丽的主体建造风格，它依旧古拙、朴实，通体由青石建成，连缝隙都是整齐而严密的。几排窗子零散地开在塔身上，都是平实的石方窗，不见一点儿装饰。

看得出来，这座建筑已经很老了，石面斑驳，满是风霜的痕迹，摸一摸甚至能蹭下一些风化的石粉。露西塔甚至怀疑这座塔是史前建成的，是大灾难中的幸存物。

她站在厚重的石门前，有一些茫然。这扇石门看起来就非常厚重，拍打产生的微弱声响能把门叫开吗？她表示深深的怀疑。

绕着塔观察了一圈，露西塔发现塔身的侧面挂着一只铃铛，看起来还比较新，应该是近十年打制的。她想了想，伸手去够那只铃铛，还没够到，知更街48号的铁门忽然开了。

露西塔循声望去，见一个十五六岁的褐发姑娘探出半个身子，遥遥地问她："这位……少君，您是来春之塔学习的吗？"

露西塔还是第一次被叫"少君"。

她颇有些不适应地回答："我叫露西塔。请问这里是春之塔吗？我该怎么进去？"

"好的，露西塔少君。"姑娘有些惊讶地改口。

露西塔一时竟不知道作何反应。大概，"少君"在这里是一种普遍的敬称？

按照魔法学徒莱斯莉的经验,来春之塔正式求学的都是大贵族的后裔,见到后先叫一声少君是最不会出错的做法。尽管这位少君既无仆从,又开口不言姓氏,她很疑惑,但还是没敢多问。莱斯莉是一位子爵的继承人,她家世不足,又缺乏魔法天赋,在春之塔里并不是学生,而是那些大人物的魔法学徒——说得好听些的仆人。

即使是做仆人,也是许多小贵族家庭抢破头的机会。在这里,魔法学徒不仅能接近王国权势的顶端,窥得神秘的魔法力量的一角,如有通过学习使天赋觉醒的,甚至可以和亲王之子成为亲近的同窗——这是一条通天之路。

莱斯莉就是这群学徒中的一个,负责在门口接引新来的学生们。她毕恭毕敬地向露西塔介绍:"爱普莉塔本身是教授们搞研究、授课的地方。您要入学,需要从这里进,这边的金刺李庭园才是初级班的学生住宿和学习的地方。我是负责迎接您的学徒。此外,在进来之前,我方便看一眼您的邀请函吗?"

"当然可以。"露西塔特意提前把邀请函从空间里拿出来,放在了自己的棕色手提箱里——她刚来到这个世界时在火车上继承的财产之一。此时她打开箱子,取出自己的邀请函递了过去。

那箱子的简陋程度让莱斯莉皱眉。她还是第一次见到打扮和装备如此简陋的学生,一时间忍不住怀疑:这真是位"少君"吗?

她隐晦地仔细检查了一遍那邀请函,确认没问题后才挂上笑容将露西塔请进去。她记得有些家族喜欢放自家孩子出去冒险历练,这位少君大概只是格外节俭和不拘小节吧。

露西塔跟着莱斯莉进去,才发现这座金刺李庭园大得惊人。

左侧是连着群山的整齐、优雅的密林,以及整洁的石子路和华美的喷泉,主楼前有座洁白的大理石雕塑,看起来是创世神的形象。花坛里满是修剪得整整齐齐的灌木,不知名的花草因还未开花,一眼辨别不出是什么品种。长廊和罗马式的石质长楼看起来有点儿年头了,偶有衣着华美的少年抱着本书从某扇门中出入。

不知从哪一间房中传出一阵竖琴合奏，在庭园内久久回荡。

莱斯莉饶有兴致地朝音乐传来的方向看了好几眼，眼神都快移不开了。那确然是很动人的音乐。

露西塔注意到，随口问莱斯莉："您喜欢音乐？"

莱斯莉一惊，一时说不清是为自己走神还是为露西塔的称呼感到恐慌，连忙道："怎敢当'您'字！请直呼我的名字即可。我确实很喜欢音乐，实在抱歉。"

"这样啊。"露西塔对称呼不怎么在意，入乡随俗，人家让怎么叫就怎么叫吧。她忽然想起来一段旋律："我听过一首很不错的曲子，只是不知道曲名，能不能帮我听听看？"

"乐意为您效劳。"

露西塔细细回忆着歌罗河上愚人船里传出的那首曲子，低低哼唱了两句。

它死在来年春天降临之前，
新生的棕鸟辗转唱着哀悼的歌，
……

露西塔唱着，见莱斯莉的神情变得有些微妙。她停下来："你知道它的名字吗？"

莱斯莉不知道想到了什么，咬咬牙笑道："原来您喜欢这首歌。它叫《越冬鸟》，是五年前一位叫弗兰卡的平民音乐家创作的作品，只不过现在被封禁了。不过，如果您喜欢，当然是没问题的。"

"封禁？"露西塔疑惑，"为什么被封禁？"

莱斯莉露出有些惶恐的神情："请您别再为难我了，您若想查证，多的是办法。您这样的大人物沾染这些不会出事，但我不一样。"

被一直当作大人物的露西塔张了张嘴，没说出辩解的话。她意识到自己问了一些敏感的问题，在这些事上，大人物的身份或许可以作为某种保护色。

越冬鸟……她看向林间初春迁徙而来的候鸟，若有所思。

穿过垂满凌霄花的长廊，露西塔被莱斯莉引到了东面的海浪纹大理石矮楼里。在二楼，她未来的老师，也就是给她回信的阿斯特丽德教授，正躺在摇椅上晃悠悠地等着她。

与她所想的不一样，整个二楼都没有办公厅，而是装潢华美的大平层。客厅的门敞开着，深红的织花地毯铺满地面。与她通过信的阿斯特丽德正躺在壁炉边的摇椅上等她，壁炉里的火光照亮了这位教授的侧脸。

阿斯特丽德看起来四十来许，戴着一副水晶磨成的金丝眼镜，镜片下是一双氤氲着烟波蓝的深邃眼眸。她的暗红色头发明显是被一刀剪成了齐肩长，在脑后用深蓝色的丝带随意地束起来。从面貌特征来看，她应该是起源于东南方、曾赫赫有名的人种肯林特人的后裔。

这位年轻的教授看起来和城区里那座大学的正经老教授们截然不同……她随意地躺在摇椅上抽着雪茄，甚至见客都穿着一身松垮的丝质睡袍，整个人看起来惬意而松弛。

露西塔默了默，一时不知是否应该礼貌地避让出去，让这位教授换一身衣服。

阿斯特丽德掐灭了手中的雪茄，从烟雾缭绕里站了起来，没等露西塔开口就问道："露西塔？"

大概是刚抽过烟，她的声音有一点儿喑哑。

露西塔点点头："是的。您好，阿斯特丽德教授。"

"真是个稚嫩的孩子。"阿斯特丽德饶有兴趣地打量着她，"我像你这么大的时候，还在为如何凝聚那些恼人的火元素而发脾气。真没想到，泥土里也能诞生出这样的星星。"

"也许是因为那里并不是泥土，而是丰饶的花园。"露西塔不软不硬地刺了一下。

阿斯特丽德也不恼，反而笑起来："很有个性。那么，我能有幸见到这座丰饶的花园里最亮的星星为我展示一下火元素的操控吗？"

"如您所愿。"露西塔没有谦虚和推托。

对于阿斯特丽德来说，她来自一个名不见经传的姓氏，是个不知来历的平民，能一跃成为魔法塔的学生，与王亲贵胄成为同窗，唯一的凭依就是她的申请信。

至于斯塔夏那封推荐信，只是让露西塔的申请信获得了一个被打开的机会而已。露西塔靠申请信上自述的惊人魔法天赋和令人拍案叫绝的理解力，打动了春之塔几乎大半的教授，成功获取了入学邀请，那么她就必须表现出与申请信上所写相称的能力。她自己也深知这一点：这是一场小小的考试。

壁炉里的火烧得很旺，干柴噼里啪啦地响，房子里暖和得令人直想冒汗。阿斯特丽德穿着单薄的睡衣，露西塔却裹着两层厚外套，还戴着一顶报童帽。她伸出右手，五指微拢，指尖朝向壁炉时，壁炉里的火熄灭了。

"我觉得屋子里有点儿热，稍等会儿再给您点上。您的房子也该通通风了，叫新鲜空气进来点儿。"她解释道。

在阿斯特丽德探究的眼神里，露西塔思索了一下："要不，我给您表演一下这个吧。"

她的手指在空气里游移着，指尖带出一串火苗，细长的火焰悬浮在空中燃烧。

在阿斯特丽德逐渐凝重的眼神里，她在空中用火焰画了一朵精心绘制但看着还是有点儿僵硬的百合花。

"我不太会画画，应该还行吧。"露西塔说，"您看还有别的要求吗？"

阿斯特丽德眨了眨眼睛，那朵火花依然浮在她眼前。

上帝在上！她从未见过有人表现魔法元素操控力的方式是画一朵这样的花……但是，如果这件事让她自己或者她的同事们来做，真的不一定做得到。

这需要极其精微的魔法元素操控力,而她们一般根本用不到这样精微的操控力——无论是操控火球还是火雨,或者最困难的火焰叠加。这些常见的火系法术原理经过不断延伸,衍生出一整本法术书,但里面见不到任何对火元素操控精微度的要求。而她……天哪,她操控火元素画画就像在用一支普通的笔在纸上画画!

好在阿斯特丽德没有表现得太失态,稳住声音问出了她最关心的问题:"你是特意练习过精细控火吗?也许你没有经过系统的学习,不知道我们的大多数法术对精微度没有要求,最重要的其实是火元素的强度。你可能把路子走偏了。不过没关系,以你的天赋,要走上正确的路是很容易的,今后我会仔细教你。"

"强度吗?"露西塔深思片刻,在阿斯特丽德正要出言安慰时,伸出左手搓出一个火球。

阿斯特丽德下意识退后了一步。她看着眼前的少年右手上不停地出现火球,并重复地将左右手的火球融合在一起。眼见着那团火球从微弱的暖红色变作越来越炽烈的黄白色,阿斯特丽德连呼吸都轻了:"露西塔……你现在慢慢出去,让它到庭园里再爆炸……"

露西塔意犹未尽地停了手,在阿斯特丽德的注视下慢慢地把手中的火球拆开。

阿斯特丽德眼看着那团大火球被分解成许多朵小火苗,然后渐渐在空气中无声无息地烧尽,许久无言。

"这样可以吗,教授?"露西塔看着熄灭的火苗,为消耗的火元素感到一阵心疼。

尽管自然元素都是可源源不断地再生的,但她刚才几乎抽空了这座房子里甚至房子外面所有的火元素,她以前从未这样消耗过。她一个人消耗是没什么,但如果千千万万的人都在消耗它,甚至会威胁到元素平衡。对魔法强度的追求,和对元素平衡的维护,大概是两条背道而驰的路。

露西塔微微凝眉,短暂地思索了一瞬。

阿斯特丽德听到露西塔平淡的问话,几乎以为她是在嘲讽。

火焰叠加原理的学名叫作"叠焰",仅有少数资深魔法师能掌握这一技能。这一原理延伸出的魔法几乎都具有超强的破坏力,即使是制造火焰的主人也拿它毫无办法。也就是说,它或早或晚都会爆炸。至少在这个世界五百多年的魔法发展史里,没有人能处理叠焰后的火球。但露西塔凭借极精微的火焰操控力将它重新分解开了,这简直让阿斯特丽德怀疑露西塔是在故意嘲讽她方才说的"对精微度没有要求""把路子走偏了"这样的话。

当然,这都是小事。不管露西塔是不是在嘲讽,天才的傲慢都是足以被原谅的。

阿斯特丽德很快就将这件事抛下,转而低头按住了露西塔的肩膀,眼睛里闪动着惊人的火光,语调高昂,几乎压不下来:"露西塔,你是真正的天才!"她的语速逐渐加快,"听我说,你的天赋会让你成为维克托黎,不,是整个大陆最强的魔法师。你会成为像上一任国师那样伟大的人,成为文特最强,然后我们会拥有北面那些斯普林人占据的领土。而我,而我……而我是你的老师。天才的老师,阿斯特丽德。"

她开始来回踱步:"春之塔会是养育你的温床,你会回到正确的道路上来的。天哪!我真要好好感谢斯塔夏!"

眼看着这位教授越来越激动,露西塔不得不出言打断她:"阿斯特丽德教授,所以我被春之塔正式接受了,是吗?"

"当然!没有人会拒绝你的,露西塔!"

"那么,我想学习任何魔法都是可以的吗?"

"嗯?"阿斯特丽德停下了脚步,转身疑惑地问她,"任何?除了火元素,你还感知到了别的元素吗?"

这是事实。不用感知,自从她打破所有世界壁障以来,这个世界对她已没有秘密,她天然能亲近所有元素。她没有回答,反正这个问题也用不着回答,因为她想学的并不是操控别的元素的感知流派魔法，而是研究流派魔法。

"什么？"阿斯特丽德一愣，"研究流派魔法？"

阿斯特丽德倒吸一口凉气，自言自语道："你的想法还真是奇特。"

她确认道："你说的是春之塔根本没人学也没人教，甚至没有相应的资深魔法师做教授，只是作为学生的一门无用的兴趣存在，只有图书馆的故纸堆里封存着部分相关资料的那个研究流派魔法？"

原来它有这么多前缀吗？露西塔本来挺坦然的，现在都被阿斯特丽德这强烈的反应搞得尴尬起来，但她依然在阿斯特丽德殷切的目光下点了点头。

"哦，不——"阿斯特丽德揉了揉眉心，"算了，你还有很长时间可以慢慢考虑，但愿你能尽快放弃这个天真的想法。也许你听说过很多研究流派魔法铸就的辉煌，但过不了多久你就会发现那是个谎言。"

"现在，露西塔，"她说，"让莱斯莉带着你去安排住所吧，你会喜欢这里的。"

露西塔摇了摇头，歉意地道："很抱歉，但我不打算住在金刺李庭园。我最近搬过来了，住所距离这里并不远。"

这是小事，阿斯特丽德并不在意："按照你的计划安排就好。"

"还有最后一件事。"在离开之前，露西塔问道，"我来的时候经过了西边那座布洛福德图书馆，那里存放的都是与魔法相关的藏书吗？"

"是的，那应该会对你有很大的帮助。"阿斯特丽德对她很有耐心，"你平时可以去看看。"

"感谢您，阿斯特丽德老师。"

"叫我斯丽德就好，不用这么客气。"

临走前露西塔让壁炉里的火重新燃了起来，在阿斯特丽德满意的目光里带上了门。她迎面遇上的是莱斯莉依旧温和、谦逊的微笑："我带您去看看您的教室，露西塔少君。"

按照春之塔的教学安排，学生入学后的第一年并不会直接学习魔法，而是要先学一遍魔法通识课。露西塔拿到了誊抄在几页牛皮纸上的课程表。

这里的学习任务并不重。通识课里包括魔法的起源、魔法分类学、魔法原理概述等几门基础的必修课程，除此之外还有谱系学、历史分析，甚至音乐、美术等贵族的常规教育。春之塔的学生可不希望自己在这里上了几年课后变成与政治和艺术脱节的乡下人。

本来露西塔的水平已经到了中级班甚至高等班的程度，但阿斯特丽德考虑到她没有受过系统的魔法理论教育，想给她补全这一课，就没有安排她直接升入高等班，而是让她老老实实地跟着初学者学习入门知识。

露西塔对这样的安排也非常满意。正好，她也想看看人类在这个时代研究出的魔法理论到了什么水平，好和她已有的一些知识进行对照。

入学手续差不多办完后，露西塔对这里有了比较完整和笼统的了解，上午也过去了。

第一天学院没有安排课程，于是露西塔今天的金刺李庭园之行很快就宣告结束。婉拒了莱斯莉的再三挽留，露西塔独自走到街区的尽头，乘上了下午的公共轨道马车。

莱斯莉收回目送露西塔的视线，将庭园的大门重新关上。真是个奇怪的人，她想。

露西塔回到家时，正遇见石匠在院门左边的草坪上工作。那片草坪原本光秃秃的，只在靠门的石子路旁种了一棵椴树。此时砖石结构的羊舍已经起了一半，拴在树上的群羊正好奇地围观。露西塔进来时，绵羊们回过头来冲她"咩咩"地撒娇。她揉了揉离自己最近的大白的毛脑袋，朝石匠点头示意，就迈进了家门。

家里的木制家具已经请木匠修补好了，琐碎的生活用具也慢慢地添置了起来。一块暗蓝色的方形织花地毯被铺在进门处的壁炉前，客厅的长桌上刚铺了油性的红格桌布。银烛台被摆在餐桌的中间，果盘里放着几枚红透的圣子果，看起来孤零零的——这里的水果实在太贵了。

一阵熟悉又陌生的曲调从楼上飘下来。

露西塔一愣，看向维尔蕾特。

"是琳妮娅，她摆弄那台钢琴两天了，刚刚终于能弹曲子了。"

是她们在歌罗河上听到的那段旋律——《越冬鸟》。

那旋律是不完整的，显然琳妮娅也只是在弹她们听到的那一小节，但依旧非常动听。

与伊尔塔特的音乐特有的宁静、浪漫感不同，这首曲子的音节跳跃相对急促，高昂时仿佛荆棘鸟死前的哀鸣，低沉时又如同漆黑夜晚的落雪声。

这种变化和丰富的情绪深深地迷住了她们。或许这就是人类的音乐吗？露西塔决定找几本人类世界的乐谱看看。

二月是一切苏生的季节，春之塔的课程也在这时候开始了。

春之塔的魔法传承历史从三百年前开始，但塔中收录的最古老的魔法书可以追溯到大灾难前的时代，其理论之深奥，是当世的魔法师难以理解和企及的。

当世的魔法比起那些书中描绘的盛景，已经显得太过落后。而人们不知道的是，魔法是一代一代衰落的，五百多年前的那次衰落并不是第一次。现在这些宝藏被一些大贵族攥在手里，只允许几个或愚笨或还算聪明的有魔法天赋的"大人物"进行可怜的研究。

"魔法的起源"这门课程，露西塔认真听了两节，就发现魔法的传承断代和研究停滞的问题非常严重。

人类知道魔法元素在天地间恒定和再生的特质，却不知道使用魔法会对它们造成损耗；人类懂得感知流派魔法的觉醒需要足够的天赋，却不知道有灵魂的普通人经过锤炼灵魂，一样可以使微薄的天赋显现出来。人类所知的一切，都像是从古代零落的典籍中拼凑而来的。

"魔法分类学"就更糟糕了。人类甚至直接忽视了研究流派魔法和仪式魔法，所谓的"魔法分类学"只是在讲感知流派魔法中关于土、风、水、火四类元素的分类。每个人对各类元素的亲和性都是不同的。理论上来说，感知流派的魔法师对每种感知流派魔法都有亲和力，但由于亲和性的不同，一般会选择一种元素进行修习，这也是到了中级班分院系的依据。在这方面，露西塔已经天然达到了那些魔法师修炼的终点，因此许多入门时很难理解的东西，她都可以直触本质。

露西塔听了两天课，得出一条结论：春之塔最宝贵的东西都在那座收藏了许多史前典籍的图书馆里。与其听后人总结和二次传达的这些"二创"浪费时间，她还不如去找一手资料自己琢磨。于是露西塔扎进了图书馆里。

研究流派魔法的相关书籍收藏在图书馆罕有人至的最顶层。据阿斯特丽德说，对研究流派魔法感兴趣的人都将它当作业余爱好。但从这几排书架落灰的程度来看，似乎没几个人的爱好是研究流派魔法这种东西。长年无人借阅，图书管理员清洁的时候难免疏忽，竖着的书籍上落着灰尘。书架上的擦拭痕迹很明显，但许多没有清洁到的死角都落着一层厚厚的灰。

露西塔抽出一本，荡起的灰尘呛得她直咳嗽。她小心翼翼地翻开因老化而过于脆弱的纸张。这是一本关于精神魔法起源的书。与人鱼王送她那本操作简单的《精神术法大全》不同，这部人类撰写的作品里包含了大量关于精神本质的思考与转述。

关于精神魔法的创始者，书中依旧语焉不详，只说是传说中某位精神科医生的研究成果。创下这样惊人的成就却没有留下姓名，露西塔推测这位创始者的时代可能在更早之前。或许魔法已经历过两三次甚至更多次的灾难断代，才使其名字磨灭在历史的长河里。

她没再深究这个，继续往下翻看。精神魔法将人的意识分为表层意识和深层意识，最表层的意识表现出来就是人们的行为。

那位医生之所以研究精神魔法，是因为她在试图催眠自己的患者时，不自觉地问出了很多与患者的外在表现不符的状况。露西塔发现，该书的作者显然也是一位精神科学者，她在行文间对这位医生创始人严重违反职业道德的行为表达了强烈的不赞同，但慑于这位创始者的权威，在后文的思考中她反而开始自我怀疑。

既然意识可以被催眠，那么它可以被修改吗？可以被操控吗？那位医生的思维发散开来。经过二十多年的实验，她取得了一些成果，从中领悟到了一些被忽略的真理：精神的存在本身就具有无穷的力量；只要经过一定的自我暗示训练，就可以将自身的精神力量实质化，并对周围的事物产生一定的影响；如果两个人的精神恰巧共振了，那么，一种不借助外物、瞬间完成的催眠就发生了。

那位医生为了追求她的真理设计了很多实验，其中不乏反人道的精神虐待等，成功地击溃了一些人的意识，将那些不幸的受试者送入了精神病院。在丑闻被曝光之前，医生发表了那部对魔法界产生巨大冲击的著作《另一种魔法的发现》（已遗失），正式宣告了精神魔法的诞生。

其成就和罪恶使得普通人对她的评价毁誉参半，但在垄断魔法的上流社会，她几乎被赞美成了人间的缪斯。几世代以来，非常荒诞的一幕在魔法学界不断上演。

从事精神研究的医生或是研究精神魔法的那些后来者，往往会不遗余力地对这位精神魔法开创者的劣迹加以批判；不断吹捧这位开创者、掩盖那段罪恶历史的反而是感知流派魔法的研究者们。

尽管因元素感知力弱而去研究精神魔法的人如过江之鲫，但能稍有成效的寥寥无几。几个世纪后，人们开始怀疑精神魔法的强度甚至真实性。研究流派魔法总是在灾难之后或一段历史之初显现出惊人的生命力，随后又随着知识的垄断无可挽回地走向衰落。看样子，现在也是其衰落期。

露西塔看了满脑子的学界纠纷，好不容易才提取出一些零零碎碎的研究流派魔法原理。她将这本《浅议精神魔法的起源》放了回去，并沉痛地意识到自己选错了书。

她在书架上扒拉了一会儿，看中了一本《精神魔法原理解析（初级）》，打算把它抽出来。无奈这本书塞得死紧，她捏住书角使劲往外一拉，一摞书哗啦啦地掉了出来。

她顿时一惊。要知道，这些书都是不知多少年前的，能保存下来殊为难得，书页都脆得不得了，这一摔……她小心翼翼地把地上的书捡起来，抚平后放回原处。

放书的时候，她发现书架后面横卡着一个皱巴巴的小薄本。

露西塔没多想，以为是管理员整理书籍的时候不小心塞差了，把它折在里面了。她捏住边角把它抽了出来。结果抽出来一看，它不像一本印刷书，倒像是一本笔记。

她饶有兴趣地翻开了它。这个本子并非本就这么薄，而是前面一小半的纸页都被撕掉了，留下明显的纸边。露在第一页的是一篇日记。

572年10月13日　阴

　　弗兰卡在附近城市的巡回演出票今天开售了，英格丽德她们兴致勃勃地约我一起去抢购，我却提不起兴致。弗兰卡已经被禁止在维克托黎演出了，她不得不到周边的城市巡回演出。

　　不得不说，这不是个好兆头。这次毫无理由地禁止她在维克托黎演出后，那些人就会停手吗？

　　我不这样认为。那些人害怕弗兰卡的歌声！

　　朋友们为什么能这样乐观呢？我总觉得有些事要发生了！

　　……

"弗兰卡"是个熟悉的名字，露西塔的兴趣提了起来。这不是那天来接她的学徒莱斯莉口中那个创作《越冬鸟》的音乐家吗？

她正要翻开第二页，这排书架正对着的顶层大门"吱呀"一声开了。露西塔一惊，抬头望去。

被扬起的灰尘在打进来的阳光中游弋，那个脸上一直挂着温和笑容的学徒莱斯莉静静地站在门口，逆着光，看不清神情。

露西塔悚然一惊。她眨了眨眼睛，看到莱斯莉又重新挂上温和的笑容，谦恭地走进来："今天图书馆轮到我值班。刚刚我在楼下整理书籍，听到楼上有书掉落的声音，就赶紧过来看一眼。您没事吧？"

莱斯莉言笑晏晏，仿佛刚才是露西塔自己眼花了。

露西塔又眨了眨眼睛。莱斯莉看起来一切正常，但浑身上下又透着一股反常。如果硬要说哪里有问题，就是她的解释实在太多、太完整了。这样反而显得她有些慌乱，或者说在掩盖什么。

露西塔的视线顺着莱斯莉的目光缓缓下移，落到了自己手里捧着的笔记本上。

莱斯莉说："真不好意思，这里的书放得太紧了，才会发生这样的事情。我来收拾一下，您请先去看别的书吧。"

说着，她就要把那本笔记从露西塔手里抽走。

露西塔笑眯眯地躲开了莱斯莉伸来的手："这本就不用拿走了，我还要看呢。说起来，你怎么知道它们掉落是因为这里的书放得太紧，而不是我不小心呢？"

莱斯莉一顿，讪笑道："我经常……不，我有时候也会整理这里，偶尔注意到了，但并没太在意。是我工作的疏忽，实在非常抱歉。"

"开个玩笑。"露西塔一笑，拿着那本笔记就要走，"那你先忙，给你添麻烦了。"

"没有没有……"莱斯莉看露西塔抬脚就要走，忽然想到了什么，急急地喊道，"露西塔少君，那本笔记的编码是多少，如果您要借阅，我帮您登记一下。"

"编码？"露西塔顿步，玩味地把玩着手里的笔记，"它没有编码。"

"这样啊。"莱斯莉似乎松了口气，"可能是哪位少君不小心遗落在这里的呢。您把它给我吧，我来送到失物招领处。"

"可我对它很有兴趣。"露西塔看到莱斯莉的脸色霎时变得苍白，依旧不好意思地笑了笑，"我先把它拿走看一周再还过来，好吗？"

"这样……这样不太好吧……"莱斯莉犹豫。

"它这么重要吗？"露西塔故意露出个茫然的神情，"或者，这该不会……是你的吧？"

"怎么可能？！"莱斯莉干笑两声。沉默了一下，她说："既然这样，那您就把它拿走吧，还请过一段时间还回来，也许丢了它的少君很着急呢。"

"多谢。"露西塔眨眨眼，把那个本子收到了自己的小包里，俯身捡起地上散落的书，"一起整理一下吧。"

"不不……怎么能让您亲自整理……"

一片书页的喧哗。

深夜，荆棘街21号二楼。

露西塔坐在自己的书桌前，木匠打好的特质灯托上放着鳗目灯，发出的光比煤油灯亮得多。她小心地翻开那个皱巴巴的薄本子。

572年10月22日　晴

果然，果然！

那些人抓捕了弗兰卡！

可笑，弗兰卡唱颂歌的时候那些人形容她是天生的夜莺，现在她却变成了"受到魔鬼蛊惑的异端"！

弗兰卡的曲子已经全面被禁了，书店下架了她所有的曲谱。那些人竟然还号召我们把家里保存的曲谱都拿到广场上一起烧掉。

我不敢出去，因为广场上那场火还没烧尽。

人们在欢呼……就连她的乐迷也在一起欢呼！

母亲啊，这简直就是末日，我的末日。

噢，我居然在叫我的母亲。她今天早上才搜出我保存的曲谱，让仆人拿到广场烧掉……她终于有机会名正言顺地处理我这些"乱七八糟"的玩意儿了。

我又叫她做什么呢？

今后还会有弗兰卡这样的音乐家吗？

……

572年11月20日　小雪

今天和我一起上音乐课的那个姐姐告诉我，据小道消息说，弗兰卡疯了。

是真的？那个永不服输、在台上喊着她要唱到死的女人，她疯了？在这段被封杀和拘禁的日子里，她到底遭受了什么？

我不敢想象。如果这样有着钢铁般意志的女人都会疯掉，那她一定遭受了非人的精神虐待。

她还能活着出去吗？

572年11月23日　阴

今天我看到了那则公告。

弗兰卡三年前就疯了，她受到了魔鬼的蛊惑，她的灵魂已经不再属于她自己，不再忠诚，也不再受到庇佑……

那些人打算用这种说辞骗谁？

可笑，我还以为她真的疯了。

现在是要做什么？准备强行把她送到精神病院去吗？

572年12月11日　晴

弗兰卡皈依了上帝……

那些人说弗兰卡被感化，所以用生命向创世的盖娅赎罪了。

太可笑了。我那群蠢朋友居然真的相信。

那些人杀死了她,她死了!

她死了!(这里有一道很长很深的划线,纸张有几处明显的凹凸不平。)

神啊,如果您的目光还在世间停留,拜托您看看这个无望的世界吧!

弗兰卡死了?露西塔微微凝眉,想起歌罗河上那段低沉但能听出优越嗓音和饱满情绪的歌声。那段歌声甚至能在声音世界层化为实质,化作五线谱在空中停留片刻。怎么,唱歌的人不是弗兰卡吗?

露西塔摩挲着纸面。

这段日记的书写时间从五年前的十月跨到十二月,只有薄薄几页。看笔迹和口吻,笔记的主人年龄不是很大,至少还处在母亲权力较大的监护之中。也许莱斯莉不知道,她的演技真的很拙劣。这本日记很有可能就是莱斯莉的,就算不是,和她也有脱不开的关系。

本子剩下的页面还很多,上面全是一些散乱的曲谱,作曲人署名都是弗兰卡,看起来是誊抄本。露西塔翻了翻,果然翻到了《越冬鸟》。据说,这是弗兰卡传唱度最高的曲子之一。

露西塔将《越冬鸟》誊抄下来,敲开了琳妮娅的门,眨眨眼睛道:"送你的。"

"哇——"琳妮娅惊喜地叫了一声,搂住露西塔的脖子转了个圈,"是那首!是我们听到的那首!谢谢露西姐姐!"

露西塔笑着摸了摸琳妮娅柔软的发顶:"这是一首美好的曲子,你会喜欢它的。"

这本日记的视角不太清晰,内容也有很多语焉不详的地方。关于弗兰卡的生死、来时那艘愚人船与愚人船上的歌声,以及其间的联系,露西塔总是放不下。那段飘到她面前的五线谱,如同沾染了不知名的魔力，引着她一脚踏进了茫茫大雾中。

露西塔来到了维克托黎最大的精神病院。

春之塔的校徽是她能敲开精神病院大门的唯一敲门砖。这块敲门砖很有用，能拿到它的人至少都是侯爵的直系后代，而且是前程十分远大的后代。尽管露西塔并非精神病院院长见过的任何贵族，也没有高贵的姓氏和任何家徽证明，但一枚校徽甚至可以让院长惮于质询这些。

露西塔先细细地问了愚人船的事。

据船工说，愚人船上的"船客"都是精神病院放不下的人。这种说法并不准确。

精神病院院长是个黑发种族的女人，见露西塔同样是黑发，倒是有些亲切感。她看起来四五十许，鬓角已经长出了白发。据她解释，愚人船最开始是一种脱胎于宗教仪式的流放方式。

最开始，人们认为"灵魂被魔鬼腐蚀"的异端，即使死后也无法进入神的神国。为了拯救那些异端，激烈点儿的办法是用火将其烧死，温和一些的，就是将其放逐到大海上，让海水洗涤其灵魂。

"当然，"院长笑着说，"这都是史前遗留的一些传说，现在人们已经摆脱愚昧，进入了科学的国度，当然不会再相信这一套说辞。"

在魔法的世界谈科学……露西塔心中腹诽。

院长继续说："现在的愚人船更多是一种遗弃手段。在精神病院生活需要疗养费，很多家人付不起，或者无法长期支付。当家人无力支付，又不肯将病人接回家时，精神病院会在征得市政府许可后将人交给过路的船工，让病人自生自灭。您怎么会问起这个呢？"

院长说起"自生自灭"时礼貌性地露出不忍的神色，但看起来并没什么情绪波动，转眼就继续笑盈盈地和露西塔搭话。

"路过歌罗河时见到过。"露西塔敷衍过这一遭，以"查找朋友家中长辈的信息"为理由，提出想去精神病院的资料室看看。这一理由的真实性看起来需要核查，但院长没有过多询问就给她打开了资料室。

露西塔独自走了进去，婉拒了院长的陪同。

按照日记本上的描述，弗兰卡被捕后，曾经在这里住了一个月。关于她生平的信息太少了，监狱的信息又比较难获得，几乎算是私营的精神病院资料室是一个比较好的调查口。

这里的资料是按照时间排序的，露西塔按照顺序翻过去，很快就定位到了五年前的资料，在最里面的铁架子上。

一间资料室存放的资料是有限的，看这些资料的存放位置，露西塔毫不怀疑，她再晚来几个月，这段时间的资料就会被销毁，为新的资料腾位置。她很快就找到了当年十一月的住院记录和弗兰卡的资料袋。露西塔抽取资料袋时，一张陈旧的缺角信纸掉了出来。她捡起来，小心地展开来看。

才短短五年，信纸上的墨水已显得有些淡了。她隐约看出这是一篇手稿，大概是被整理资料的工作人员夹在了里面。

一切都快要结束了。
……
梅诺丽娅，梅诺丽娅，我就要死了。
到了这个时候，我的恩师，你会原谅我吗？
你教给我的，正直、勇敢、心怀悲悯，我从未有一天遗忘过。
我创作了自己感到满意的作品，却没有成为你的骄傲。
我多想知道，在你眼里，被赶出郁金音乐厅的我，是令你蒙羞的败笔吗？

母亲，你总是想让我回到正确的轨道上，但我一直……
母亲，好好活着，母亲，我恳求你。
恳求你依然怀抱着那珍贵的财富——快乐——快乐地活下去。

德莱拉，我的妹妹，我总是希望你更勇敢一些，但现在从我的下场看，我的生活经验也许确实不能让你过得更好。

……

昨天下了大雪，像去年一样，但比去年暖和一些。

雪后的夜空星星真多，从这扇窗户看，就像倒映在银河里的这座城市的灯火。

我想写一首曲子，让我最后写一首曲子。

……

梅诺丽娅，这首曲子是我最满意的作品，但它不会到第二个人手里了。

梅诺丽娅，我不想，但我也许要把它带到坟墓里了……

露西塔翻过信纸，背面是经过反复涂抹的乐谱。她仔细辨认着，读出了乐谱的标题——《星火》。

露西塔的唇齿咀嚼着它，微微战栗。此时，信纸上的五线谱似乎和歌罗河上飘在空中的五线谱重叠了。尽管是不同的旋律，但作曲人沉重又饱含希冀的心绪几乎如出一辙，同样令人熟悉。两首曲子韵律仿佛，余韵悠长。

忽然，架子后传来开门的声音。

露西塔回头一看，进来的是个矮小的中年女人。她有一头红色的短发，身子习惯性谦恭地微弯着，看衣着像是这里的护工。

她看见露西塔手里的信纸，瞳孔微微一缩，但很快恢复了常态："这位大人，打扰了，我来取一份文件。"

露西塔注意到她的神情变化，多问了一句："您是这里的护工？"

女人摇摇头："不，我是负责存档的资料员。"

"这里的资料都是您整理的吗？"

"是的，大人。"

"您在这里工作多久了？"

女人神色不变："十来年了吧。"

露西塔微微颔首表示了解，看着女人神色自然地取了一份文件，出去时还贴心地重新掩上了门。

那本日记，露西塔保存了整整一周。直到觉得琢磨不出什么了，她才带着那本日记再次找到了莱斯莉。莱斯莉的精神看起来不太好，眼下有着淡淡的黑青，但和上次见面的慌张情态比起来，今天她看起来平静多了。

今天莱斯莉没在图书馆值班，她直接带露西塔进了自己的住所。学徒的住所比学生的要简陋很多，卧室和客厅加起来也不算很大。她点燃壁炉，给露西塔倒上热水，从糖罐里夹了一块糖进去："住处简陋，还请您不要介意。"

露西塔没有和她多客套，上来就直奔主题，拿出那本日记道："我今天是来还书的，莱斯莉同学。"

继"您"的敬称被莱斯莉拒绝后，露西塔又换了一种方便的礼貌叫法，但今天莱斯莉显然没有心力纠正称呼上的问题。

她神色不变地接过那皱巴巴的旧本子："好的。"

露西塔没有急着走，继续说："你知道弗兰卡的事吗？"

她本以为莱斯莉不会回答，没想到她居然松了一口气似的，十分顺畅地答道："她曾经是一位还算有名的音乐家，作品以瑰奇、浪漫著称。后来她犯了罪，不过据说她已经皈依上帝，进入了神的国度。"

"非常严谨的答案。"露西塔说，又问了那个她曾经问过的问题，"你知道《越冬鸟》为什么被封禁吗？"

莱斯莉抿了抿唇："露西塔少君，我哪里得罪过您吗？"

"所以这本日记真的是你的，对吗？"

"没有证据的事，请您不要污蔑我。"

"污蔑"在这里是一个很微妙的词，莱斯莉用它，代表她其实知道日记里面写的是什么。她言语上依然在抵抗，但基本已经破罐子破摔了。

"我没有要给谁定罪的意思，莱斯莉。"露西塔的语气软下来，徐徐道，"事实上，我也不是什么大贵族家里出来的少君。我的姓氏非常普通，我来自南部的一个小镇，能来到这里只是因为我很强。"

露西塔伸手拂灭了壁炉里的火，莱斯莉呆住。

她眼睁睁地看着露西塔拉着自己的手，倏忽进入了一个无色无味的世界，整个世界都跳跃着转瞬即逝的音符。

"这是声音世界层。"露西塔的声音从旁边传来。莱斯莉回头，顺着露西塔指的方向看去。

桌子上，在那本日记本里记录的乐谱上，连绵的五线谱在不断涌现又消失的无数声波里跳跃着，映衬着没有色彩的单薄世界，显出几乎永恒的稳定。

莱斯莉的声音充满了不可置信："你是什么人？"

不要说春之塔最厉害的魔法师，即使是课本里所能描述的理论上最高层次的魔法，也无法编织出这样的纯音世界。

"总之，是不会定你的罪的人。"露西塔安抚地说，同时翻开那本日记，里面居然夹着一张信纸。

莱斯莉脱口而出："这页不是我写的。"说完，她意识到自己承认了什么，抿了抿嘴。

露西塔不以为意地笑了笑："我知道。"她拿起那张信纸，给莱斯莉看它的背面。

那一瞬间，金色的音符连绵地涌动着，承载着交织的痛苦和希冀，扑入莱斯莉的眼帘。

她喃喃地念道："……星火。"

莱斯莉从书架上抽出一本《文特当代音乐史》，翻了几下，摊开在某一页。

"弗兰卡早期的作品以大胆、瑰奇、浪漫著称，每一部介绍当代音乐家的说明性书籍都绕不开她的名字。后来她的谱子被禁了，书上的介绍就开始逐渐将她边缘化，现在是这样的。"

露西塔顺着莱斯莉手指的方向看去,那一篇短小的介绍没有配照片,被塞在那页的角落。

一个神秘人物——弗兰卡。

她曾在年轻时遭受蛊惑,变成了一个令人畏惧的疯子。直到死前最后一刻,弗兰卡的忏悔让她的灵魂得到救赎,她获得了真正的宽容,从容赴死,选择最后的安宁。

就像故事中的沼泽天鹅一样,她在黎明的太阳升起前,化作了石碑前虔诚的玫瑰。只要心是忠诚的,神始终会宽恕我们。

我们难以找到关于她的记载,但她那首《致卢修斯》开启了当代浪漫主义音乐的先河。我们猜测卢修斯是她的某一任恋人。

这篇介绍的最顶端,用猎奇的语气写着一行字:"青年的夜莺,中年的疯子,死前的信徒。"

莱斯莉的语气凉凉的:"很多人知道这是不真实的介绍。但再过最多十年,假的就会变成真的,弗兰卡也将彻底失去她的名字。"

露西塔重新点燃了壁炉。在噼里啪啦的火焰声中,莱斯莉微垂着头颅,声音平静地向露西塔讲述了她见过的弗兰卡。

弗兰卡师从当代著名音乐家梅诺丽娅,在十年前凭借一首《致卢修斯》跻身音乐界。

《致卢修斯》首次演奏于侯爵小男儿的成人礼上。当时弗兰卡即兴演奏了这首温情的舞曲,献给正式进入社交界的维克托黎"明珠",让他成了那一年维克托黎最受追捧的美人。弗兰卡也因此获得了一张上流社会的门票。

而这仅仅是个开始。她的大胆令人称奇。在传统音乐家们的侧目下,她打破一直以歌颂宗教、王权和神学为正统的音乐传统,首次从人本的感情出发,创作了一系列基于欲望的作品。超强的感染力使她为无数音乐爱好者所青睐,浪漫的乐曲首次登上了郁金音乐厅的舞台。她随即成为当代最负盛名的年轻音乐家,成为郁金音乐厅的常客,成为以瑰奇、浪漫的音乐风格著称的"王都夜莺"。

按照这样的趋势,她本来会成为音乐史上浓墨重彩的一笔,甚至会被王室邀请,成为荣耀加身的宫廷乐师,作为浪漫主义音乐的创始人名垂青史。但这一切都在那个大雪封城的冬天被中断了——她演唱了新曲《越冬鸟》,在当年郁金音乐厅的最后一场音乐会上。

如果《致卢修斯》代表着弗兰卡音乐生涯的璀璨开始,那么《越冬鸟》就是她陨落的前兆。《越冬鸟》是她第二个创作时期最具代表性的作品,发行于六年前那个奇寒无比的冬季。

那时候,莱斯莉十二岁,从小听着弗兰卡的曲子长大。一切发生的时候,她还非常稚嫩。

工业的火焰在大陆上熊熊燃烧,在战争中获胜没几年的文特王国以超高的速度发展起来,糖和牛奶出现在中产阶级的餐桌上。但与世界最新的文明打交道的工人们,依然会因为缺乏御寒的棉衣冻死在街头。

那个冬天实在太冷了,人们遭遇了频繁的雪和无休止的风,以及多少年不得一见的极端天气。夜里,尸体和轨道马车产生的粪便一起,被清洁工人收拾起来。第二天早上,人们看到的依旧是广阔的路、明媚的太阳和繁荣的城市。

弗兰卡以来不及南迁越冬、困在北方风雪里的一只椋鸟的视角,歌唱了那个冬天,写了椋鸟的挣扎、绝望和最后的死亡。如果单是这样,那也还好,音乐厅里的听众只会感叹这位音乐家美好的善心。

但她还唱了别的。她唱了那大雪是如何严酷,又是如何靠雪花的美丽迷惑新的椋鸟留在新的冬天,还唱了椋鸟最后的冲锋和最后的绝唱。自由之火、生命之火,在已死的躯体上蔓延、燃烧。那是椋鸟无望的越冬,也是工人们无望的越冬。

据莱斯莉的日记记载,那是少年时期的她第一次在郁金音乐厅见到那样鸦雀无声的景象。这位"王都夜莺"第一次没有收获潮水般的掌声，而是久久的沉默后礼貌性的稀落反馈。

那也是莱斯莉最后一次在音乐厅见到弗兰卡。上等人不会斥骂，也不必责难。手握权力的人甚至什么都不用做，只是表达出一些委婉的不满，弗兰卡就再也没能进入郁金音乐厅。

她的音乐生涯似乎中断了，但这位以大胆著称的音乐家并没有妥协。当她的大胆不再能给大人们带来愉悦时，这样的大胆就变得刺目。

弗兰卡没有停止创作。她写了更多的歌，那些婉转、激烈的曲调飞出了郁金音乐厅，从大提琴和竖琴的琴弦下来到了吟游诗人的维勒琴和口琴下。那些复杂、华丽的技巧不再频繁出现在她的作品里，取而代之的是动人的朴实和痛苦。

粮食丰收却被掠进城堡库房，果园和高楼被"大人物"占据，孩子病死在贫民窟……这些都出现在其创作中。弗兰卡的名字也飞出了城堡和园林，从衣香鬓影的交谈里来到了担负重轭的泥沼中。

园林会倒塌，泥土却能永存。

越来越多的人开始唱弗兰卡的歌，那些温顺如羔羊的人，眼神也发生了微妙的变化。

只知道音乐和美酒的愚蠢贵族们仿佛忽然精明了起来，在这件事上表现出了超强的敏感度，对弗兰卡下了第一道禁令。之后就是无休止的追捕、污蔑和封禁。

"你觉得五年就可以让人们忘记一个人的名字吗？"莱斯莉说，"很不可思议，但我见过，是可以的。足够的权力甚至可以篡改羊群的记忆。没有人再记得她了，包括我在内。没有人想成为第二个弗兰卡，所有人都三缄其口。她的曲子被烧尽了，我们的记忆就是那些乐谱最后的栖息地。等我们这些人全死去了，历史不会再记得曾有一个弗兰卡。"

暴力比不上文明，却可以摧毁文明。人们从痴愚中逐渐产生智慧，放牧者却更愿意选择蒙昧。整个世界就是一艘巨大的愚人船，人们被笼罩在大人们玩弄的谎言里，无从逃脱。

年轻的莱斯莉靠在椅背上，此时的她看起来既不谦卑，也不恐慌，仿佛摘下了一层又一层的面具，露出最底下疲惫的脸庞。五年前莱斯莉满身都是愤怒的尖刺，五年后她正值盛年，却被柔软的和风与繁花摧折了腰，一腔勇气被消磨殆尽。只剩下这本被悄悄藏起来的纪实日记和誊写的曲谱，被她藏在图书馆几年没人来一次的区域里，徒劳地幻想着若干年后能够被人发现。

但这一天到来得太早了，早到目前一无所有的莱斯莉看起来要付出沉重的代价。她做了整整一周的心理建设，最终决定坦然接受这一切。

无言的静默如水一般流淌。

露西塔把那本破旧的日记往前推了推："收起来吧。"

见露西塔把足以摧毁她的证据推向她，莱斯莉露出了疑惑的眼神。

"信纸上这首最后的曲子，你也可以誊写下来。"

莱斯莉张了张嘴，把那个熟悉的本子握在手里，神色复杂。

莱斯莉果然很喜欢音乐，她的住处就放着一架珍贵的钢琴，看起来日日都擦拭着。露西塔按了下琴键，弹出一个突兀的声音，随后抽出了琴凳。

"听我家妹妹说，钢琴是一种音域很广的乐器，值得尝试。"露西塔眨眨眼睛，"我是否有这个荣幸，做这首五年前的新曲子的第一名听众？"

莱斯莉一惊，慌忙要去关窗："您……"

"怕什么。"露西塔眉眼微弯，"没有人听过《星火》的旋律，不是吗？"

莱斯莉反应过来，沉默了一下，终究被《星火》的谱子吸引，坐在了琴凳上。

"见笑了。"她微微欠身，按下了第一个琴键。

"咚——"

五年前的囚徒在夜空下谱出的曲调，被封存在那页也许永不能见天日的纸上，五年之后重新流淌。

　　精神病院院长的话在露西塔耳边重新响起："灵魂被魔鬼腐蚀的异端，即使死后也不能进入神的神国。为了拯救……将其放逐到大海上，让海水洗涤其灵魂。"

　　谁说那些人是疯子？这是谁的判决，是神灵，是国王，还是哪个荒谬的真理？

　　恍惚之间，弗兰卡的身影似乎从钢琴上缓缓升起。露西塔仿佛看见最后那夜的星辉映在弗兰卡的瞳孔里。这个面目模糊的女人眼里折射出光芒，穿透五年的时间长河浮现在露西塔眼前，那是从曲调中就能解读出的坚毅和理性。永恒的弗兰卡、被记载为堕落者的弗兰卡……她是否还活着？

　　星子的光总是黯淡的，但在最后的夜里，微茫的星光也能沸腾。如果传递的炬火熄灭，就用怒火将它重新点燃。露西塔仿佛能听到她的声音——

　　去做时代的海浪冲不走的顽固岩石，去做永不被感化的异端，去握起生锈的铁剑，如果没有，就用血肉铸成的双手去推翻古老的城墙。

　　我只能用已经嘶哑的喉咙歌唱，但愿这歌声能穿越重林传到你的耳旁。

　　我将死在黎明之前，但我的听众、千万里之外与我素未谋面的同胞——

　　愿你活着，愿千万个你从蒙昧里苏生。

　　"真可惜。"露西塔抚摩着琴架，靠在一边叹息道，"这样的宝藏，在那间资料室里沉寂了五年多。"

　　"不止吧。"莱斯莉说，"它还会一直沉寂下去的。"

"如果我想……"露西塔的眼里闪烁着莫名的光,"把它传播出去,会怎么样呢?"

"您会收获一座监狱。"莱斯莉耸了耸肩。

"就没有例外吗?"

莱斯莉听出了露西塔的认真,忍不住疑惑地看向她:"您为什么能这样勇敢?"

她已经知道露西塔没有什么高贵的姓氏,那么掺和到这种事里简直就是自寻死路。一个与此事毫不相关的人,看起来也没表现出什么特别的愤怒与共情,难道仅靠一些兴趣就足够驱使她把自己置身于危险之中吗?

露西塔看着莱斯莉疑惑的眼神,安抚地笑了笑:"不要拿那种看战士的眼神看我。对你来说很危险的事,对我来说不一样。你知道的。"

她语焉不详地暗示一句,莱斯莉几乎瞬间就想到了刚才"另一个世界"的体验。据她之前说,她能来到魔法塔只是因为她很强,莱斯莉还以为那只是天赋很高的意思。现在想来,也许她确实拥有一些常人不能企及的力量。

这样的认知一旦清晰起来,莱斯莉顿时觉得与露西塔刚刚变近一点儿的距离又被无限拉远。面对一个不知底细,甚至不知是不是同类的人……这样的未知总是会带来恐惧。

莱斯莉咽了咽口水,点了点头。

露西塔并不在意莱斯莉怎么看她,她也没有和一个人类抱团取暖的意思。严格一些说,露西塔是这个世界独一无二的物种。她看到的世界和任何人都不一样,而她早已适应了这种无法摆脱的孤独感。她耐心地重复了一遍她的问题,毕竟对于人类世界的各种潜规则,还是本土人类比较熟悉一些:"所以,有什么例外吗?不用去监狱一趟的法子。"

莱斯莉犹豫着说:"除非……您拥有一个高贵的姓氏。"

"我没有。"露西塔说了一句两人都清楚的废话。

"那么，或许您可以过几年再说？等成为中级魔法师后，您可以获得伯爵的荣誉爵位。到那时候，只要不惊动上面的大人物，您的行为出格一点儿也没人能管到您。能关住弗兰卡的市监狱无权收押您。以您足以被破格录取的魔法天赋看，成为中级魔法师想必用不了多少年。"

不错的提议。

露西塔"嗯"了一声，觉得大为可行："魔法师还有等级之分吗？我该怎么考呢？"

"嗯，考场就在旁边的知更街49号，就是您来时见过的那座塔，春之塔。"

"什么时候考试？"露西塔来了兴趣，俯身问，"我现在能去考吗？"

莱斯莉被眼里放光的露西塔吓了一跳："任……任何时候都可以。春之塔延续了史前的开放习俗，对任何勇于攀登魔法高峰的人，都会予以鼓励和接纳。"

"开放习俗"对现在的春之塔来说就是个笑话。露西塔心中淡哂一声，不忘答谢："谢谢告知。"

莱斯莉不确定地看着她的神色，犹豫道："您只需要敲响塔侧的黄金铃铛，就会有人为您开门的。您真的……现在就要去考试吗？我不得不提醒您一句，尽管您的天赋非常优秀，但要成为正式魔法师并非您想象的那样容易，更何况中级魔法师……"

作为一个魔法学徒，莱斯莉试图给出建议的举动是有点儿冒险的。很多少君会为此不快，而她们一个皱眉就足以影响莱斯莉后面的学徒生涯。她会说这么多，属实是相信了露西塔的品格。露西塔感谢了她，但仍旧一意孤行地决定去考试。

莱斯莉不好再多说什么，叹了口气。

许多人敲响过挂在春之塔门口的黄金铃铛，但来来去去，这个国家数得上来的正式魔法师依旧寥寥无几。

577年三月，露西塔做了这一年敲响黄金铃铛的第一人。

"当当——"随着铃声的回荡,石门缓缓移向两侧。

一只鹦鹉拍打着翅膀,受到惊吓一般落在了鸟笼上,发出一声突兀的鸣叫。二楼的窗子忽然被人推开,一个头发灰白的老人探出脑袋,往下问了一声:"谁?"

露西塔不得不提高声音:"我来考试,请问是在这里吗?"

老人打量了她一圈,嘀咕了一声"陌生的面孔",点头道:"你上来吧。"

露西塔一踏进塔门,背后的石门轰然阖上。她眼前一黑,接着室内的灯就亮了起来。习惯了昏暗的煤气灯,露西塔被这无瑕的亮光一照,惊了一惊,环顾四周。

四面的石壁上伸出熟悉的石制灯托,黄幽幽的光线稳定地照出重叠的人影。比起煤气灯,它显得更亮、更稳定,也许也更安全,是露西塔记忆里最喜欢的光线。这是鳇目灯!

老人正从室内楼梯上下来,见露西塔盯着墙上的灯托看,于是笑着解释道:"这是远古流传下来的一种魔力灯,是用特殊的材料制成的。"

她的语气里有一种隐约的骄傲。露西塔站在空荡荡的塔底中央,与楼梯上的老人对视。

坦白地说,她不太符合露西塔对人类魔法师的想象。露西塔在伊尔塔特看的书都是史前留下的魔法书籍,对魔法界的介绍也停留在史前的风俗上。三角水晶眼镜,层层叠叠、用料朴素的魔法袍,镶嵌水晶媒介的魔杖……书中描述的魔法师们通常维持着简朴、神秘的作风,以示钻研魔法的研究精神,以及其与世俗不同的身份。如果从这个角度来看,面前这位老人实在是无一处像个正经的魔法师——她与古老和典雅两个词压根儿不搭边。她的衣着看起来没什么特别的,大衣是在外面的成衣店随手就能买到的,款式是租住庄园的中产们最常穿的。尽管她乱糟糟的卷发已经全白,身形却看不出佝偻,看起来像是随时都能提笔指点江山的样子。如果不是她手杖上镶嵌的大块纯净紫水晶,露西塔根本想不到那根朴素的手杖就是书上描写的极尽华丽的魔杖。

比起露西塔入学以来见到的老师和同学，她看起来实在简朴得多。露西塔怀疑，这位老女士现在拎起帽子去菜市场买晚上的菜，在大街上也不会显得突兀。

如果露西塔了解春之塔的学生之间流传的基本常识，就会知道这是春之塔年迈的守卫者兼测验员多伦，已在春之塔作为测验员任职四十多年了。

据说她年轻时在春之塔学习后，主动放弃了家族的继承权，将一生都奉献给了研究魔法材料的事业。多伦女士对提高魔法强度没什么兴趣，但她凭借超高的研究天赋重现了史书上描绘的一系列魔法用具。这种不需要点燃就能持续发光的魔力灯就是她最得意的作品之一。因此，尽管只是一个驻守在二层的守卫者虚衔（因为理论上魔法塔不需要守卫者），她却获得了春之塔上下一致的尊重。

露西塔："您好？"

"你好，孩子。"多伦站在楼梯台阶上说，"上来吧，我们来二楼考试。你要考什么级别的魔法师？土、风、水、火中哪个系的？"

哪个系对于露西塔来说都是一样的。考虑到她现在是火系班的学生，她随口答道："就火系吧。"

多伦因这一措辞多看了她一眼，但也没说什么。

"你的院系是火系？"

"是的。"

"你的名字？"

"露西塔。"

"我需要你的全名，小少君。"

"啊，是露西塔·卡梅伦。"

"卡梅伦？是新兴的家族吗？看来我已经跟不上这个时代了……"

露西塔跟着多伦上了楼，眼前一下子亮了起来。二楼开了两扇比较小的窗户，天光穿过狭窄的窗面照射进来，那种不见天日的压抑感顿时去了不少。

　　这里的房间按环形排布,中间留出一个宽阔的空间,铺着深蓝色的织花地毯,地毯上放着一座石雕。石制的塔身、古朴的墙壁、青石地面和石雕……室内环境朴素,很显然那织花地毯是后来铺上去的,和四周很不搭调。四面的墙壁上挂了一圈鳀目灯,发出荧荧的光。

　　多伦介绍道:"这是创世神盖娅的雕像。不知道你的信仰是什么,魔法塔多年来始终坚持原始的地母崇拜。"

　　露西塔点头表示了解。这是露西塔进入人类世界以来第一次看到盖娅的雕像,看起来和真实的盖娅形象有很大的不同,但这似乎已经非常难得。她想起市中心教堂里盖娅神像中盖娅的卷发、手里拎着的人造武器长剑,以及她座下十二位从属天使的乱七八糟的传说,就觉得眼前的雕像真是不错。

　　多伦女士领着她推开了正中间的一扇门。

　　"这是我的研究室。"她随口介绍道,在背后的书架上翻找着什么。

　　这间房并不大,光是书架、置物架和实验桌就几乎把空间占完了。桌子上是全套的实验器材,有五颜六色的粉末、煤油灯、装着液体的烧瓶和试管,看起来非常凌乱。

　　"不要乱动,这些东西很危险。"

　　多伦女士一边埋头翻找,一边头也不回地提醒她。终于,多伦女士找到了什么。那是一本精装的牛皮册子,用牛皮绳仔细捆扎着,看起来还是崭新的,没有多少磨损的痕迹。

　　她将册子展开,翻到空白页:"写下你的名字。"

　　露西塔接过吸饱了墨水的鹅毛笔照做。

　　"然后我需要用你的印章登记。拿出独属于你的系徽,每个人的系徽都是不一样的。"

　　原来还有这样的讲究?

　　露西塔假装从口袋里掏东西(这有点儿不够优雅的动作再次让多伦女士对她侧目),实则从随身空间里翻出了那枚系徽,就是和邀请函一起寄给她的红宝石徽章。徽章背面的底托上绘制着卷草纹，中间点缀着细碎的花朵。

多伦看了一眼，了然地道："你没去工匠那里定制自己的徽章吗？你们这些孩子通常不太喜欢学校给单独设计的图案。"

露西塔摇摇头："能辨识身份就够了。"

她就着多伦女士烧熔的暗蓝色火漆，将自己的标识印在了登记页自己的名字旁边。登记完后，出研究室右拐，多伦推开了一扇漆成暗红色的陈旧木门，这里就是进行火系考试的场所。

灰尘扑簌簌地落了多伦一身。她咳嗽了两声，随口嘀咕道："这扇门也该换新了。"

意料之外的是，这间房从外面看着狭小，里面的空间倒是很大。石室的最里面放着一张简单的办公桌，中间是一个圆形的雕花石台，看不出用的是什么石料。只是它通体纯黑，却在阳光下反射出微红的光泽，星星点点的光晕在其间流淌，显得神秘而华丽。

多伦抽出抽屉，从里面取出一盒分门别类的矿物。

"一直以来，我们都用最简单的方式测试火系魔法师能操控的火焰强度。最近我在研究如何复原记载中能直接测试元素浓度的装置，但还没有明显进展。"

多伦说着，在露西塔跟前摆了一盒五颜六色的矿物。

"通常，最直观的测试，我们主要看你控制的火焰能达到的温度。这同时考验了你能调动火元素的浓度和你对元素的控制能力。如果你能够调动足够多的火元素，并且将它们尽可能地叠加在一起，火焰所能达到的温度就会不断升高。是的，叠焰对于初学者是一件很难的事，但如果要成为具备攻击力的正式魔法师，这一技能是必须掌握的。

"不过，"多伦端出一小匣金条，放在石台旁边，"你的考试内容在这里。这是一些金条，是你的考试材料。入门魔法师的考试难度不高，黄金就足够为难你们了。你需要不断地尝试熔化这些金条，直到你不能再调动元素之力为止。如果能成功在半小时内熔化五块金条，你就获得了成为正式魔法师的资格。"

好豪横！露西塔心想。

"……完事之后，熔化掉的金子归我吗？"

多伦疑惑地看了她一眼：春之塔的学生，考试前不去想怎么过关，反而在眼馋几块金条？这是真实存在的吗？

理论上讲，它们是废弃的考试材料，需要重新收集起来熔成新的金条。但对于一个月也难有一次的考试，每次耗费三两块金条，这点儿损耗压根儿无人在意，通常会被多伦随手收集起来当作实验的研究材料。

多伦没遇到过这样的要求，一时卡壳，最后说："如果你通过了，当然可以。"

说完，她自觉十分机智——临时设置一个条件，就不用担心那些学生为了金条不停地来考试了。她当然相信春之塔的学生不屑这么做，但这里除了学生还有学徒……当然，她面前这个贪婪的学生是个例外。

她咳了咳："如果你没有别的问题，那我们可以开始了。"

这种考试对于露西塔来说很容易。她看了看多伦女士摆在石台中心的那块金条，想了想，又从匣子里抓了一把出来，一齐堆到石台中间。

多伦劝道："不是没有人这么做过，但事实证明，平均下来，这样耗损的精神力会更多，有的人最后甚至一块都……"

她慢慢消了音，看着露西塔弄出一大团火焰扑在石台上。不过须臾之间，金条就软化下来，"吱吱"淌出液体。

多伦再眨眼，就见大量液体开始往外淌，甚至连那经年稳固的石台都开始出现熔化的迹象。

"可以了，露西塔，你已经通过了。"多伦女士有点儿慌张地开口阻止露西塔，"再这样下去，测试台会被你烧坏的！"

露西塔觉得有点儿可惜，但她是个不愿毁坏公共财物的好孩子。

她悻悻地把火焰收起来，看着一摊熔化的金水又渐渐凝固，然后看了看剩下的金条："那可以给我换个考试场地吗？"

多伦抹了一把汗，重复道："你已经通过考试了，露西塔。"

"但我的考试时间还没有结束。"露西塔眨眨眼，指指那靠近高温石台、有点儿焦黄的金条匣子，"我还能熔化更多。"

多伦女士愣了愣，终于对接上露西塔的脑回路，立刻说出了露西塔最想听的话："这些考试材料全部属于考生，这是再合理不过的事了。"

真是意外之喜。露西塔脸上不好意思地抿嘴一笑，老实不客气地道了谢，手却很快端起小匣子，打算一出门就放到自己的空间里："所以我现在是正式魔法师了？"

"是……是的……我从未见过像你这样年轻的正式魔法师。"多伦还没从刚才的冲击中缓过神来，一边笑着摇头，一边叹道，"真是岁月不饶人啊，我们这一代彻底老了。初级魔法师的正式徽章，我们需要请工匠加工，三天后你可以来取。现在，你可以来选择一个喜欢的图案……"说着，她推开门就要出去。

露西塔却站在原地一动不动："那么我现在能进行中级魔法师的考试吗？"

多伦怀疑自己听错了："你说什么？"

露西塔又重复了一遍。

多伦神色复杂地看了露西塔一眼。如果是普通的孩子，刚考过初级考试就要考中级，她肯定会斥责一番：好高骛远、异想天开，天赋再高也是走不远的。毕竟，魔法是一种需要反复研究、练习，才能逐渐熟练掌握的能力。

目前中级魔法师考试最常见的考生是中年人，四十岁往上考中级属于正常，三十多岁的就是难得的人才了。这批人中的大多数会因优秀的魔法能力留在春之塔，成为教授级别的人物，最后攀登高级甚至资深魔法师的高峰，挑战难度最高的领域，用另一种不依靠家族的方式获取荣光。露西塔的现任老师阿斯特丽德就是留校的年轻教授中天赋最好的一个。

考取中级魔法师意味着会获封伯爵衔，考取高级魔法师则是侯爵衔。至于资深魔法师，整个文特历史上只有一个，就是三年前病死的国师。作为王国的最高武力，前任国师不仅受到君王礼遇，还重权在握，被授公爵衔，死后葬入王室的墓园，甚至被追封为亲王。

事实上，对于大贵族们那些没有第一继承权的孩子，如果有魔法天赋，这是一条很好走的路。每个家族都只有一个人能继承爵位，但只要学习魔法并通过魔法师考试，就能在有限的人生里不断攀登更高的爵位——这实在是再幸福不过的事。

也正因此，贵族们才会牢牢地握住魔法的学习权不放手，非侯爵以上的直系后代都不能进春之塔；若生在伯爵的门庭就要看天赋了，天赋差些的或者没有天赋的，只能和子爵甚至女爵的后代一起在春之塔做学徒，为自己和家族谋划一份前程。

现在，才十几岁、刚入学的露西塔说要考中级魔法师，多伦本该斥责一番并拒绝的，但她张了张嘴，最终什么也没说。从刚才露西塔险些将石台都熔了的表现来看，她好像……还真的能通过中级魔法师的考试。

露西塔看了一眼有些灼烧痕迹的石台，诚心地给了个建议："另外，我觉得你们是不是应该换一个坚固一些的测试台？这台子的损坏率应该挺高的。"

多伦想反驳，但看了一眼石台上的烧痕，默默闭了嘴。这间考场是火系考试专用的，通常直到高级魔法师的考试强度都可以满足。

石台的原材料是星芒晶，是一种高级附魔材料，也是魔法实验中常用的材料，熔点高达四千摄氏度——哪怕是资深魔法师，也要费点儿功夫才能使叠焰达到这个温度。按理说，这样简单的一场考试是不会对测试台造成任何损伤的……但在赤裸裸的现实面前，她再辩解就会显得有点儿苍白了。

多伦打量着露西塔。她活得太久了,每日泡在自己的实验室里,与世隔绝,很少与人打交道。这是她这么多年来第一次主动观察一个人。那种被称为对人的"好奇心"的东西,再一次在她胸腔里燃起,让她想走出春之塔,看看几十年后的世界。

现在的孩子都是这样的吗?她醉心研究的这些附魔工具,是不是已经有些过时了?露西塔操控的叠焰温度几乎可以熔掉这石台,而多伦甚至没看到这个孩子有多么努力地调取火元素、多么精心地一层层叠焰——她只是简单地搓了个火球,然后就熔化了一切。

多伦听说优秀的高级魔法师经过反复练习,充分理解火元素燃烧的结构和原理后,是可以做到瞬间完成叠焰的,但她目前还没见过。第一次见到这样的场面,竟然是一个不满二十岁的孩子展示的……

此时多伦已经很难描述自己的心情。她肯定了露西塔具备进行中级魔法师考核的资格,并针对测试台给出了解决方案:"放心用吧,损耗不算在你头上,是正常的考试损耗。我保证在石台熔化之前,你的考试材料就熔化完了,不会对成绩有影响。"

不用赔钱,露西塔当然没什么不同意的。多伦从抽屉里取出了另一个匣子,里面放着颜色各异的晶石。这些天然的结晶矿物不像黄金,熔化了就真的改变性质了,只能成为废品。

露西塔不解:"晶石不是很好的魔法媒介吗?用来考试是不是有点儿浪费?"

没见过世面的露西塔很难不关注这些昂贵的魔法材料,并为这样的浪费感到心疼。多伦第一次遇到关于金条归属、关于浪费的问题,全是露西塔问出来的。

她对露西塔很有耐心:"这些晶石是做魔杖镶嵌水晶时剩下的边角料,留着也没什么用的。"

说着,她将那些晶石倒了出来,果然大小不一,颜色也不够纯净。

多伦这次有经验了,把一匣子晶石一股脑儿倒在了石台上:"这是五磅茜云晶,你熔化剩下的,我会称量三次。在半小时内熔化十盎司算考试通过。"

说完,她嘱咐了一句"等等",就匆匆出了门。

露西塔靠在墙上,看着多伦取来了一瓶不知道是什么的绿色喷雾,正对着墙壁猛喷:"中级考试需要留影存档。"

露西塔问:"这是什么?"

"你不知道?"多伦一愣,随即想起露西塔刚入学,涉及中级考试的事估计都不太清楚,便解释道,"这是留影胶,一种特殊的魔法用具,喷涂完就有记录影像的功能了。等过几天它干了,就可以撕下来折好存档,涂抹上特殊的药水后可以放映。"

有趣的发明,是伊尔塔特没有的东西。

"是您自己发明的吗?"

"是的,它是我的研究成果之一。"多伦不好意思地笑笑。

除了获得一些尊重外,这类发明并不能额外带给她什么东西。魔法塔慕强,她并不能因这类发明在魔法塔寻找到自己的价值,而魔法本身又对普通民众保密。

露西塔由衷地夸赞道:"您的创造力真是令人惊叹。这样的成果,埋没在魔法塔里太可惜了。"

多伦笑了笑,没说什么。

考试过程和考试结果都毫无悬念。露西塔轻而易举地搓了个火球,一边心疼,一边将石台上的晶体熔了。她琢磨着熔得差不多了,就没再继续。毕竟天然晶石不比黄金,熔化后不可恢复,还是节约一点儿好。反正熔十盎司就算通过,全部熔完了也还是通过,并没有什么不同。

对露西塔来说,这也是个很好的检验自身可操控的火焰强度的机会。事实上,她可操控的火焰强度基本上代表了这个世界的火焰能达到的温度极限。而她这次留心控制的是,既要让火焰的温度超过茜云晶的熔点,又不像上次那样达到测试台的熔点。显然,对于自己在心里默默定下的这个规则,她执行得很完美——石台没有再次熔化,只是留下了一些漆黑的灼烧痕迹。

多伦被打击得麻木了，甚至觉这一结果在意料之中。收拢起石台上剩余的茜云晶后，她抬头与露西塔对视，一时间没有说话。

果然，露西塔有些意犹未尽地说："我听说中级魔法师授伯爵衔，那高级魔法师呢？"

多伦回答："授侯爵衔。"

"那么我现在可以试试吗？"

意料之中的问题。

"当然可以。"多伦凝视着她，脚底泛起一股凉意，"但高级魔法师的考试需要五位高级魔法师同时在场，同时留影存档，以备查验。请您稍等，我去楼上问问几位高级教授有没有空。"

露西塔点了点头。

多伦一开始的震惊显然已慢慢沉淀下来，她开始思考得更多。她看露西塔的眼神有了一点儿隐晦的戒备，甚至有一种不是在看同类的感觉。这样的眼神，今天上午露西塔刚从莱斯莉那里收到过。

显然，久居魔法塔的多伦知道一些异族的事，所以面对明显超出人类能力范畴的现象，她才会想到这一层。但露西塔并不慌，她既没有精灵耳，也没有人鱼尾，更没有龙角什么的，她的原始形态就是人类的形态。

高级魔法师会更厉害一点儿吗？她靠着墙壁托腮想着。

多伦并没有让露西塔久等。从不知几层的塔楼上下来的不止五位高级魔法师，而是将近十人，乌泱泱的。露西塔怀疑今天恰好在魔法塔的高级魔法师都下来看她考试了。

成为一个高级魔法师有多难？

在文特几百年的历史里，春之塔只有一架子的高级魔法师档案。据多伦整理资料时的模糊记忆来看，最年轻的高级魔法师出现在上上一任国王在位的时候。魔法师夏洛特在三十六岁那年成为高级魔法师，这是一百多年来都无人能打破的纪录。但现在，一个不到二十岁的孩子要来攀登这座高峰吗？

这本来是没人会相信的,但就在刚才,她以远超中级的水平获得了中级魔法师的头衔。这个消息已经足以轰动春之塔,没有人会再以看待正常人类的眼光看待她。

露西塔感觉到隐约的怀疑视线在她周身逡巡。她没有在意,越过众人,目光落在了阿斯特丽德脸上:"老师。"

阿斯特丽德苦笑:"也就现在还能当得起你一声'老师',实际上我什么都还没来得及教你呢。唉,可真是……"

阿斯特丽德对露西塔的叠焰技巧记忆尤深。不过,因为没有进行直观的温度测试,她只知道露西塔能熟练叠焰,已具备正式魔法师的水平,却不知道她的魔法强度这么恐怖。此时她甚至疯狂地想给老友斯塔夏写信,询问这孩子的事。说好的只是个有天赋的孩子呢?!

露西塔知道阿斯特丽德的话是什么意思。如果露西塔通过了考试,那么此时她的谦虚是再合适不过的应答;如果露西塔被查出来跟脚有问题,那么这话也能让她暗暗与露西塔撇清关系。

本就是刚认识不久的师徒,露西塔也没真把她当老师,只是礼貌性地问候一句,其实并不在意她的立场如何。

众人对露西塔出身的疑虑,其实并不是太站得住的。在这个圈子里,有个众所周知的秘密——只有人类才能学习魔法。由于大灾难等原因,人类对于史前的历史知道得并不多,对异族也有点儿缺乏了解,才会产生这样的疑虑。只要之后多加查证,这些人就会知道露西塔绝对不会是异族。拥有魔法的露西塔在伪装人类这方面还是非常靠谱的。

她微微欠身,开始了她的表演。高级魔法师的考试材料是莹空石,这也是火系院子里的雕塑材料。它的质地类似水晶,却极珍贵,有着极高的硬度和熔点。每一位追求魔法强度和叠焰技巧的火系魔法师都将撼动莹空石的结构作为最高的目标。至于资深魔法师,对大多数人来说则是有点儿不切实际的梦想了。

这一切在露西塔开始表演后都被打碎了。高贵的高级魔法师们在石台边围了一圈,眼睁睁地看着这个十几岁的孩子随手搓出一团火焰,一层层地叠焰，莹空石开始以肉眼可见的速度慢慢失去光泽。她甚至不需要思考，不需要调取的过程，也不需要费心维持叠焰的稳定性。

这些已经是阿斯特丽德观摩过的，她的心情倒是比同事们平和一点儿。但最大的问题是，这个孩子为什么可以这么长时间地持续叠焰？！调取火元素不需要精神力吗？她才多大，有魔法天赋说得通，但纯靠积累的精神力为什么也这么强？总不至于她搓火球就像搓泥巴一样，根本不需要耗费心神吧？

不得不说，某种意义上，阿斯特丽德猜到了真相。但她并没有足够的想象力支撑自己这一天马行空的猜测。

莹空石完全熔化后，所有人都静默了。

一个瘦高的女人推了推眼镜，声音都放轻了："斯丽德，你们火系的魔法这么好修炼吗？"

阿斯特丽德道："不是，也不是……"

最先反应过来的居然是多伦。她咳了一声，参着胆子打破了沉默："各位大人，露西塔少君——噢，露西塔大人的考试……"

结果很明显，众目睽睽下，没有一个人提出异议。露西塔就这样成了高级魔法师。

至于资深魔法师，理论上讲并不是一个可以被授予的头衔，文特也没有人有资格组织资深魔法师晋级考试。这个名号更多是约定俗成的一种叫法。只有实力得到了所有人的公认，才能坐上那个魔法界最高的位子，成为一举一动都能影响国家的大人物。

当然，露西塔并不知道这些，她对人类给魔法师划分的等级几乎一无所知。因此，在意犹未尽地问了一句"还有更高等级的考试吗"，得到否定的答复后，她总算是消停了下来。

按例，她会获得侯爵的荣誉头衔，但不会因此而获得什么领地。来自春之塔的魔法师勋爵们的较量不在于领地的大小，也不在于军权和政权的争夺，而在于绝对个人实力的强弱——魔法师勋爵们获得实权的方式也主要来自于此，通俗来讲就是，比谁的拳头更硬。

一个高级火系魔法师能轻易炸掉一座宫殿，一个高级风系魔法师能制造恐怖的龙卷风，一个高级土系魔法师能制造恐怖的地裂，一个高级水系魔法师能引发洪灾。某种意义上，尽管这些人没有那么多食邑和可供差遣的部下，所获得的和所影响的都仅仅来自个人，但其想要的东西鲜少有得不到的。渴望权力的人会在政坛上行走，与掌握世俗权力的领主们交友；醉心研究和渴望变强的人可以在魔法塔里享受供奉，荣光长存。

随着那堆莹空石的分解和熔化，这一切都摆在了露西塔眼前。在这些垄断权力的高级魔法师纷纷点头之后，多伦女士拿出高级魔法师确认函让其依次在上面印下了自己独有的深红色火漆勋章，并一式两份，一份郑重地封存，一份交给了露西塔。

今日之后，文特王国的荣耀石碑上将刻上一枚新的家徽，新的姓氏或许还将出现在议会上。这枚家徽也将被刻在露西塔的侯爵勋章上，成为她的身份证明。

多伦女士向她询问家徽之事时，阿斯特丽德还以为露西塔作为斯塔夏推荐的平民，会选择彻底和卡伦家族绑在一起。

意外的是，露西塔没有这么做。她没有家徽，思索了片刻，索性伏在实验桌上拿纸笔给多伦现场画了家徽——不是任何图案，只是"LUCITA"几个字母。

这出乎所有人的意料。即使她是想直接在家徽上刻字的任性孩子，正常思维下也应该刻她的姓氏，而不是一个孤零零的名字。也许她是自恋型人格，想将自己的名字镌刻在家族的历史上；又或许这只是天才的古怪……总之，这些在露西塔的爵位面前都是小事。

她的家徽还没刻下，国王也还未下发封爵的授勋书，但这位年轻的、前途无量的准勋爵已经被在场所有人纳入了考量之中。是拉拢、中立、还是疏远？她与卡伦家族是什么关系？她会在政坛上最近的暗潮中产生什么影响？

众人各怀心思，众目睽睽下只是客套地恭喜露西塔，谁也没上前说话。也许无数考量在这一刻都在暗中涌动着，但露西塔对这些事毫无兴趣。她向多伦女士道了谢，收好她的高级魔法师确认函，径直下楼离开了这座巍峨的塔楼，任由背后的恭贺声掉在地上。

现在她拿到了护身符，可以去做想做的事了。

下午三点的轨道马车今日早到了十分钟，还好考试结束得早，露西塔正巧赶上了这班车。

今天回家早，她甚至有闲心拐到菜市场买了点儿难处理的大菜，打算给朋友们做一餐家乡的味道。最近她们快被无休止的甜汤和甜面包折腾得糖分过敏了。

尽管如此，露西塔还是到东城区附近买了一块苹果奶油蛋糕。在北方这些大城市，水果虽说比伊尔塔特昂贵不少，但好处是有了稳定的种植产出。不像在伊尔塔特，几乎完全靠森林和季节的恩赐。

另外，这些大城市有很多蛋糕店，那些比较昂贵的店铺，烤出来的蛋糕很多都比家乡特蕾莎的面包店味道更好——露西塔一直怨念特蕾莎的甜品做得黄油味太重，蓬松度也不够。东城区这家的蛋糕不仅口感很不错，还不会太甜，很得露西塔和朋友们的心意。

回到家时，迎接她的是断断续续的琴声。琳妮娅最近已经弹得很熟练了，很少有这样磕磕绊绊的情况。

露西塔问："她这是在学新曲子？"

在壁炉边翻书的维尔蕾特眨眨眼睛："估计是她的小伙伴在弹呢。"

露西塔顺手把买到的食材放到厨房，随口问："是哪家的孩子？"

"都是一条街上的，姬玛律师家的、店主夏洛特家的，好几个，我也认不太全。"

"她倒是熟得快。"露西塔说着脱下外套挂在楼梯边的衣架上，上楼敲响了琴房的门。

开门的是琳妮娅。琳妮娅穿着维尔蕾特的高靴、露西塔的黑色斗篷外套，手里拿着露西塔当初眼盲时用的盲杖，打扮滑稽极了。见到露西塔,她有些心虚地笑道:"露西姐姐,你回来啦?"

在琳妮娅背后,坐在琴凳上的是个有点儿瘦小的女孩,穿着洗得发白的棉布衬衫。见到露西塔,她有些紧张地停住了手,从琴凳上站了起来。屋子里有四五个孩子,都穿着有点儿奇怪的衣服,有大裙子,还有围裙和床单,不知道在做些什么,此时都纷纷停了下来。

露西塔有点儿不明所以:"你们在做什么?"

"我们在演舞台剧呢。"不知是不是偷穿衣服的原因,琳妮娅看起来有点儿害羞地把露西塔往外推,"哎呀,姐姐,你不要看啦。"

露西塔看了一眼坐在窗台上看热闹的德尔菲娜透明的身影,扑哧一笑。这孩子还不知道自己干的事早就被德尔菲娜从头看到尾了。

露西塔环顾四周,看着这群打扮得奇奇怪怪的孩子,把自己肚子里那句"你想开音乐会吗"吞了下去,眼睛晶亮地扶着琳妮娅的肩膀,问道:"你想做音乐剧吗?就像在家乡的夏日庆典和丰收祭典上那样?"

钢琴边的女孩一惊,右手下意识地按在了琴键上,发出"咚"的一声惊响。

到了晚餐时间。露西塔炖了加了自带香料的咸鲜鱼汤,原料是歌罗河下游的特产虹鲷。虹鲷肉质紧致而鲜嫩,鱼刺也很少,是很受欢迎的春季鱼类之一,唯一的缺点就是有些贵。

对于今天有一匣子黄金入账的露西塔来说,这个缺点似乎也不是什么大事。她兴致勃勃地捣鼓了一桌子的菜,点上桌心的装饰性银烛,痛快地享用久违的美餐。

鲜鱼汤是琳妮娅最喜欢的汤品之一,但今天琳妮娅无暇顾及它。她拿着露西塔递给她的誊抄的曲谱,手指无意识地打着拍子,脑海中回放着露西塔白天讲述的那个故事:"……就这样,弗兰卡死去了,她的歌声也在人间绝迹。"

好的音乐能传达足够的力量,从这个角度看,《星火》是一首令人惊艳的作品。琳妮娅从小在音乐里长大,但这样打动她的音乐几乎是平生仅见。

露西塔的反复提醒言犹在耳:"这首曲子不太受一部分人喜欢,因此可能会给你带来一些危险。当然,现在这种可能性很小,而且我也不会让你们出任何事的。但是,我还是想提醒你一下,亲爱的……如果你想演唱它,你要向你的朋友们说清楚。"

纸上的音符交织、跳跃,鳆日灯的辉光照亮了琳妮娅蔚蓝色的眼睛。

这厢在享受惬意的晚餐,那厢足以震惊政坛的一则消息在疯狂流转:新的高级魔法师、新的侯爵,年仅十八岁、前途无量的政坛新人,来自一个没人听过的姓氏,南部平民……在今天诞生了。

无数人的目光投向这个在大贵族们看起来有些简陋的小院,荆棘街21号每天都有陌生人路过。

这当然瞒不过荆棘街21号的租户们敏锐的眼睛。露西塔不必说,健康状态下的维尔蕾特也拥有惊人的天赋能力,一朵花、一棵草都是她的眼睛。此外,无论是隐匿状态的德尔菲娜,还是精神触角极为敏感的人鱼琳妮娅,都很容易便发现了这一切。露西塔简单地解释了一下情况,大家纷纷表示理解,毫无障碍就接受了,然后继续自己的日常活动。

她们处在这一锅沸水里,看起来闲庭信步,丝毫不受影响。弱者总是容易被一点儿风吹草动吓到,露西塔很是理解,并且以宽容的胸怀包容了这荒诞的一切。只要不过界,随便那些人怎么折腾。

荆棘街21号的租户们生活一如往常,而露西塔的家徽也终于制作好了。一星期后,她等来了国王的召见。

这听起来是难得的荣耀,也将是露西塔踏入政坛、开始影响这个国家的前奏。许多人都在暗暗地等这一刻,以评估露西塔的政治价值。而露西塔当天吃过早餐,披上平日穿的外套就出了门。

门前的使者磕磕绊绊地表达了想要她换一身正装的诉求,被她一句"我觉得我的衣服很整齐"噎了回去,又陪着这位连自己的马车都没有的新侯爵等了十分钟的公共轨道马车，在车里挤了半个小时，终于脸色发青地抵达了王宫。

以露西塔的视角看，国王看起来不如她想象的那样威严。她对这个世界的认知几乎全来自去年冬天读的一堆书。书里说国王如何威武、英明云云，给露西塔造成了一种过于美好的幻想。以至于她看到面前这个有点儿虚胖、有点儿矮的国王时，脸上不由得露出一丝错愕。

她环顾四周，三位戴着侯爵勋章的高级魔法师在国王身前的椅子上坐着，正谨慎地打量着她。露西塔不清楚的是，这是国王的亲信，为守卫国王而来。

通常情况下，国王召见大臣，大臣上殿是需要解剑的。但魔法师不需要武器就可以造成伤害，因此在召见魔法师时，国王需要绝对忠心的魔法师护卫来保证自己的安全。她只是注意到自己名义上的老师阿斯特丽德不在其中，因此对这三位魔法师并不感兴趣。

国王问了她一些基本的问题，露西塔自诩回答得还算礼貌和详尽，就是不清楚为什么国王看起来脸色有点儿不大好。

她接过自己的魔法师戒徽、勋爵戒徽和镌刻在黄金书页上的家徽，诚恳地道了谢，拿着自己的东西离开了王庭。不管怎么说，"卡梅伦侯爵"的名字已经刻在了荣耀石碑上，露西塔现在做事就自由多了。露西塔满载而归，还免费参观了美丽的王宫，感到很满意。

拿到了这些"证明"，琳妮娅的音乐剧筹办起来就顺利多了。就像伊尔塔特的夏日音乐庆典一样，她们的舞台剧演出将会是露天的，表演给街道、广场上的所有人看，不需要门票，也不需要高深的演绎门槛。

琳妮娅担心过自己凑不齐小演员，也担心过场面冷清，但从没担心过自己是否有资格站在舞台上。每个人都有资格欣赏，同理，每个人也都有资格表达——这是刻在伊尔塔特居民意识里的共识。

据琳妮娅说，原本她的小伙伴们都很喜欢这曲子，但听说有危险后，响应者寥寥无几。露西塔那个样式特别的家徽被挂在门口后，大概是给琳妮娅的朋友们提供了十足的安全感，她游说小伙伴们就容易多了。

总之，初夏来临后不久，在蔷薇街13号废弃的公墓前，她们已经搭建好了舞台。整个荆棘街都知道这里会有一场不需要门票的音乐剧表演。

蔷薇街13号的公墓历来没什么好名声，露西塔她们现在租住的住宅主人就是因13号公墓闹鬼被吓跑的。况且，闹鬼的事并不是12号原住户的一家之词，附近好几家邻居都隐约听到过什么，都有点儿怵这个地方。

露西塔她们倒是不怵这些，只担心一样——舞台搭在这里，很可能会赶客。但这也是几经考虑后的无奈之举。

维克托黎寸土寸金，大面积的户外场地本就稀少，更何况要想将舞台搭在人流量较大的地方，就需要靠近市中心，更是没有足够大的场地。她有侯爵的身份在，也不是不能用城中心的广场举办，但这会引来整个王城的注意，只怕琳妮娅和那些小演员受不了这样的压力。琳妮娅本就还是个孩子，小演员们也都是临时招集的，就是个草台班子，能独立排演一场舞台剧已经很不容易了。

此外，租一座空旷些的园子也不是不行，但园林和殿堂都是这出剧真正的观众不敢涉足的地方。这也是露西塔没有把场地选在郁金音乐厅的原因。思来想去，蔷薇街13号公墓居然是个十分不错的选址。

场地的搭建费用并不高，露西塔没要求什么金碧辉煌、尽善尽美，只请木匠和石匠在公墓临街部分的草坪上搭了临时的台子。这里的墓碑断的断、倒的倒，早已和草木生长在一起，而真正的墓早在公墓宣告废弃的时候就被人迁走了。

她们毫无负担地砍掉了杂乱的灌木，整平了土地，清理出一块尚算整洁的草坪，算是容纳观众的地方。台子没什么好布置的，木匠制作了一块巨大的木板立在台后，琳妮娅的朋友——夏洛特家的小姑娘——在上面绘制了一幅简单的星空水彩画。

一切看起来都很简陋，但很快就变得不一样了——维尔蕾特趁着夜色，偷偷在舞台边撒满了春夏季的花种。种子不是什么值钱的东西，在花店里只需几枚铜币就能买到。但在维尔蕾特手里，种子会生发出万千种可能。

嫩叶初开的七叶树间，西移的月色照在她金黄的头发上，草叶拂过她沾满了露水与泥土的赤裸双足。身为主掌生命之力的前精灵王，她走过的地方，繁花可甘于就死，又可立时从土里抽芽。每当皮肤贴近土地的时候，就是维尔蕾特最惬意的时刻，惬意到她会想起在更北方的森林里，双脚踩在铺满白雪和枯叶的林间土地上时寒冷而柔软的触觉。公墓里长年堆积的无数枯叶窸窣摇晃着，慢慢融入泥土里，化作源源不断的生命之源，流入新芽的枝茎和花蕾。

花开无声，但当无数花蕾同时打开，花瓣之间沙沙的摩擦声清晰可闻，像有低回的风穿过。维尔蕾特不比露西塔，在漆黑的夜晚也能凭借极度敏锐的视觉视物，因此她提了一盏提灯来。那灯盏里倒满了月见草精油，暗淡的灯火在玻璃罩里摇曳着，沉醉其中，感觉旁边楼上传来的聒噪练琴声都舒缓了许多。

维尔蕾特提着灯回到了自家的庭园。她赤足踩过柔软的地毯，在楼梯的转角处见到了身子一半被鲤目灯照亮、一半隐在墙后阴影里的露西塔。

露西塔手里拿着个喷壶状的小瓶子正要下楼，被维尔蕾特撞了个正着。露西塔嗅到了维尔蕾特穿过草丛时沾染的湿润露水的气味，与她相视一笑，低声道："这会是一场完美的音乐剧。"

"你说得对。"

"晚安。"

向回卧室的维尔蕾特道过晚安后，露西塔擦身过去，下了楼。她手中拿的是从多伦女士那里讨来的留影胶，她准备将它喷在舞台背景板上试一试。

总之，在这个不为人知的奇妙夜晚之后，孩子们来到这里，都被满眼的花海吓了一跳。

这里不仅有野花，如三色堇、天竺葵、五色梅、火红的旱金莲和星星点点的百万小铃，还有名贵的紫罗兰、雪片莲和大朵的银莲花。低矮的蓝花亚麻星星点点地铺在草坪上，花叶上盈满了昨夜的露水。

那些喜阳的、喜阴的、喜旱的、喜湿的、顽强的、脆弱的、高的、矮的、稀疏的、细密的，从未想过它们可以在一片草地上共存的，此刻一齐凑出了满眼的葱茏和鲜妍。

这葱茏如同初夏的云霞，足以装点国王的宝座。但在此时，在无人眷顾的荒园里，它们装点了孩子们简陋的舞台。一侧立着木板画的临时木台、矮草连绵的观众席，以及周围满目的葱茏，这就是音乐剧的所有场地布置了。

露西塔本以为观众不会太多，以为大多数人会把它当作孩子的胡闹。看到人们成群结队地等候在舞台前，甚至开始堵塞路口的时候，她才意识到，在这座城市里，这样的表演是非常出格的。

露天、开放、免费，以及简陋的布置和不大的场地，哪一项都和高雅的音乐剧搭不上边。这样免费的热闹足以吸引人们在结束了一周的忙碌后享受片刻的闲暇。

也许是因为超出时令的葱茏花木，也许是因为小演员们的年龄，又或许是因为看起来很像样的演出服装，总之，来看热闹的许多都留了下来。在音乐剧开场之前，她们获得了足够多的观众。

音乐剧就这样拉开了序幕。

出乎露西塔意料的是，琳妮娅搬到台上的钢琴并不是自己用的。弹琴的是那天露西塔看到的坐在琴凳上的瘦小姑娘，她紧紧绷着脸，不知是紧张还是严肃。而琳妮娅泰然地立在舞台上，在已经流畅得多的琴声里，流水般的声线逐渐汇入洪流，涌入大海。她唱起了《星火》的第一节。

是啊，露西塔几乎都忘记了——即使无数种乐器在时间的洪流里逐渐问世，人鱼们弹竖琴、吹长笛，但在音乐领域，人鱼们最珍贵的宝藏依旧是其歌喉。即便人鱼们不使用精神天赋，那声音也足以使远古的人类痴迷地跌入海里，留下无数诡谲的传说。歌声将人们卷入那个将夜的黄昏，空气浑浊，偶有闷雷炸响，四角湿沉的垂云将落未落。那闷雷压在胸口，仿佛千万年来压在肩头的重担。

对琳妮娅来说，那是无形的、摧垮她的家庭、笼罩她童年记忆的、挥之不去的诅咒阴影，是不断的死亡和堕落，是坠入海底的暗淡的鱼鳞，是浮在水面上的、最终化作泡影的水沫。

对人们来说，那是码头装卸的沙袋，是人力车生锈的车杆，是工厂里十年如一日的浓烟和尘雾，是将人们的脚步和生命一起留在街头的北风，是丰收年岁里干瘪的肚皮，是一代代人被剥夺的求知欲和蒙昧的眼睛，是那些连墓碑都没有的茫然的生和茫然的死。

演出者是邻居们平日相熟的孩子们，小的十二三岁，大的十六七岁。她们穿着在裁缝那里定制的不算精致的演出服，表现出了露西塔从未见过的、极其丰富的情绪。孩子身上有种还未经驯服的大胆，时代的伤口还没被风霜磨到结痂，还没对痛苦和不公失去触觉。她们是新的、稚嫩的，伤口还能流出血，嘴巴还能发出声音，心脏还能跳动，还能动情地哭，也能放肆地笑。所以，在这样的时刻披上演出服，她们不再是平日里那个靠谱的裁缝的女儿、那个捣蛋的插花师的妹妹、那个腼腆的纸盒工人的孩子。干渴的心灵捉住愤懑的音符，荡入剧中的世界。

露西塔倚在墙壁的角落，仰头看着琳妮娅的影子，在歌声里感到一阵眩晕。有什么强烈的东西在扩散。她直起身子，一个转身消失在墙边的空气中。无人注意。

她穿进了声音世界层。在这里，歌声化作实质，岩浆一样的质感掩盖了四下所有的窃语，如同飞溅的瀑布、轰然炸裂的蒸汽锅炉，声浪慑人。于是，远处高塔上传出的钟鸣到这里也只得化作颓然的废墟。

但不是，不是这里。

露西塔穿过黏稠如实质的声波，踏入了气味世界层。花朵是有香味的，开满荒园，香气驳杂而浓重。但除此之外，还有一些别的气味。

叶子是有气味的，枝干是有气味的，新生的植物满含生命所需的水分，潮湿的气味叫人鼓噪的心安静下来。此外，还有人们身上的汗腥气、口袋里硬面包粗糙的麦香味，以及台上小演员们落下的泪水中盐分的气味。它们在四面八方涌动着，宣示着这世界无数生命的鲜活。

但仍不是，不是这里。

她拨开无数的气味，来到精神世界层。刹那间，无数痛苦在这个世界涌动着，在某一时刻与她的心脏共振了。露西塔捂住心脏，踉跄了一下。是这里，是人的精神！

精神世界在沸腾，使她在表层世界都有所感觉。

她惊魂未定地回头去看，无数的意识在那一刻汇聚成一股洪流，仿佛能冲垮世上的一切堤坝。

万籁俱寂。

她匆忙转身，一脚踏入人间。这时候，琳妮娅正在重复唱第三节的高潮部分。

> 我们要丰收，我们要自由。
> 快打碎那温床里的谎言，在这即将灭亡的时候。
> 向前！向前！
> 你看那太阳将会升起，在黎明之后……

人群中爆发出一阵山呼般的喝彩。小演员们依次登场，第三幕开始了。

露西塔从未见过这样的景象。此前，精神世界的无数心智体一直静静地停留在那里，互不干扰，像是一个个在休眠的坚硬的茧。虽然这些心智之茧内部有东西在不断地流转、变幻，但它们都被牢牢地包裹在心智体内部。

在露西塔的认知里，精神世界应该是永恒安宁、永恒死寂的。那么，为什么会出现刚才那样大规模的振动？

露西塔扶着墙壁闭上眼睛，沉入自己的心智体，动用自己的精神天赋，从表层世界去感知自身周围的精神波动。她已经很久没有使用自己的精神天赋了。

自从打破所有世界壁障之后，她总是在各个世界层之间任意穿梭，直接察知表层世界之下的真实。如果一座花园已经为你敞开，谁会再努力地爬上院墙，去够那些生长在墙角的零星野花？就像有一盏灯摆在面前，你就不会甘于继续在黑夜里摸索一样。有了直视真实的能力后，与生俱来的天赋被彻底取代，被她遗忘在脑后。

因此，当她试着探出自己的精神触角时，才发现自己的感知力已经如此灵敏。这片存在于她感知中的精神宇宙早已被她遗忘，此刻却让她大吃一惊。

与她在精神世界层所直面的振动相互印证了——她感知中的精神宇宙也已经不再平静。在她以前感知到的精神宇宙中，与她相邻的每一个心智体都像一颗死寂的行星，在无垠的宇宙里飘移，包裹着一个人心灵里所有不为人知的秘密和情绪。心智体外部有坚硬的茧壳，内部是一团混沌的意识碎片和潜意识，完全封闭，因此才能抵御外来的催眠和感染，在宇宙里安全、稳定地漂流。

只有具备足够的精神力穿透茧壳，再穿过其内部的一团混沌，最后才能抵达真实、清明而脆弱的心智体，就像从前的露西塔所做的那样。

但现在的情况是，如果让露西塔做个比喻的话，茧壳孵化了。人的心智体不再是固缩自守的茧，只能在被牵引的命运里容忍和防御，而成了开始散发能量的恒星，开始影响无垠的精神宇宙。那些秘密和情绪在不断翻滚，向外溢出一段段具有冲击性的长波。她被无数发光的星星包围着，无数精神长波在振动，然后在某一刻发生共振——炽烈的光线炸开，顿时淹没了露西塔自身小小的心智体。

"自由、自由——"

露西塔匆忙从精神宇宙中抽身，睁开双眼。她抹了一把脸，已经是冷汗涔涔。

如果换作刚来到这里的她，恐怕此时已经迷失在那汇成一股的精神洪流里了。她扶着墙壁，目光扫过舞台上正声情并茂地念白的演员，环视四周。在一阵阵眩晕里，喧嚣的人声传进她的耳朵，仿佛失真。

不，不应该是这样的。一直以来，心智体只是心智体而已。不管是被比作星星还是茧，本质上它只是一团虚无的、被摆弄的意识碎片。普通人是无法进入精神世界层的，更不会像具有精神天赋的人鱼那样用自己的心智体去影响别人。

因此，理论上说，只要露西塔没有遇见同样具有入侵意图的精神天赋者，她在精神宇宙里应该是绝对安全的，而不是像刚才那样，被一群普通人无意识发出的心念感染。屈指数下来，除了具有精神天赋的人鱼外，这个世界上能对她造成精神影响的似乎只剩下掌握精神魔法的魔法师。总之，无论怎么数，都不会数到一群没有精神天赋的普通人类头上。

等等！精神魔法……

几段相关描述忽然跃入她的脑海。

也许很难想象，但事实证明，人的心智是具备力量的。我不是说修辞手段里那种虚无缥缈的力量，而是像风和火焰一样，能对实体产生影响的力量。某位伟大的医生——我们暂时称她为无名医生——发现了它，并将它归为一种和风系、火系一样的魔法，称其为精神魔法。学习这种魔法，并不需要与生俱来的自然元素亲和力，唯一需要的是智慧和灵感。灵感使你感知和运用那种力量，智慧使你拆解和认识那种力量。

可惜的是，无名医生留下的成果已经在上次大灾难（这段文字来自不知哪段历史中，这里的"上次"指的更不知是哪个"上次"）中遗失了相当一部分，后世的研究者中再没有像那样的天才，对精神魔法的研究遭遇瓶颈，陷入停滞。

……

精神的存在本身就具有无穷的力量。

只要经过一定的自我暗示训练，就可以将自身的精神力量实质化，并对周围的事物产生一定的影响。

如果两个人的精神恰巧共振了，那么，一种不借助外物、瞬间完成的催眠就发生了。

在春之塔学习的这段时间里，露西塔阅读了不少关于研究流派魔法的新书，但始终不得其法。对于精神魔法强调的"普通人的心智也具有力量"这一说法，她曾在精神世界对着许多静止的茧研究过，但它们始终处于静止状态，看不出丝毫的活性，更别说影响周围的精神环境了。但现在，她似乎隐约有些明白了。

第三幕的故事仍在上演，演到了可怜的主角面对颗粒无收的田地，不得不忍受凄风苦雨。人们渐渐沉寂下来，间或有几声忍不住的抽泣。

趁着人们的情绪还不太强烈，露西塔再度进入了精神世界层。

这时候精神世界已经再度沉寂下来，像往常一样，似乎刚才那剧烈的振动从未发生过一样。心智之茧稳定的时候看起来一如既往地内敛，似乎看不出有精神波外泄。

但露西塔已经感受过心智体爆发的能量波动，此时她察知到了更多的东西。她接近其中一个心智体。

这是花店店主夏洛特的心智体。露西塔的精神触角围绕着夏洛特的心智之茧转了两圈，没有做任何侵入尝试，而是试图在她的心智体外围感受她释放出来的情绪。

在重重茧壳的包裹下，外泄的精神波与正常释放的精神波相比十分微弱，甚至超出了能够被正常捕捉到的范围，以至于已经对精神波足够敏感的露西塔也忽略了太久。

但现在露西塔已感受过一次精神波爆炸，熟悉其频率之后，再去捕捉那些微弱的精神波就容易多了。她的精神触角丝丝缕缕地攀上夏洛特的心智之茧，通过反振力感受其外泄的精神波，一种微弱而清晰的情绪——夹杂了惊喜、愤怒、痛苦和无奈的复杂心绪——就这样通过夏洛特的心智之茧被露西塔捕捉到了。

她知道，自己只需沿着这条精神通道给予心念上的反馈，就足以对夏洛特进行催眠或打击。又或者，她什么也不做，只是在夏洛特的心智体里转一圈，就可以了解这个人的情绪和思想，神不知鬼不觉。面对一条能直达对方心智体的精神通道，很少有人能抵抗这样的诱惑。

露西塔对这样的精神通道并不陌生，她的眼睛看过太多的真实，早已不再有普通人的窥私欲。但当初创造精神魔法的那些人成功搭建起第一条精神通道之后，能忍住去挖掘、去察知、去改造的欲望吗？

在历史书上，研究流派魔法不仅是冷门，风评也不太好，缘故大抵就在此。掌握精神魔法的魔法师们拥有超出现实维度的、不能为普通人甚至普通魔法师理解的、禁忌性的强大力量，因此能做到的事情也更多、更诡谲和难以捉摸。未知本就会带来恐惧，更何况在巨大的失范诱惑下，这些魔法师还剩下多少坚守品德的人还真不好说。若非精神魔法的入门门槛极高，大部分传承又已断代，恐怕早已和仪式魔法一样，成为被明令禁止的魔法之一。

那些被封存在春之塔图书馆的研究流派魔法书籍，已吃灰吃了不知道多少年，才被露西塔捡起来，通过一些只言片语和侧面描绘显现它的面貌。探寻、感知、捕捉、反馈……属于异族的精神天赋与人类创造的精神魔法，原理看似截然不同，深究起来，在此刻的精神世界看起来却毫无差别。

"精神魔法的基本原理就是精神共振。"人类不像人鱼那样，能够直接运用精神天赋进入别人的心智体，捕捉其精神波动，因此人类想出了别的办法。要知道，每个心智体外泄的精神波都是不同的。

沉入、分析、调整，使自己的精神波与感应到的目标精神波频率趋近一致，直到发生共振，波动猛然增强，就可以趁机穿透对方的茧壳，侵入其心智体，达成自己的目的。刚才发生的精神波爆炸，正是因为人们的精神在那一刻产生了强烈的共振。相同的愤怒、相同的渴望、相同的痛苦，乘着同一首歌的高潮，日照雪崩一般呼啦啦地苏醒。精神波爆炸了。

这就是精神魔法产生影响的过程。

"人类的智慧啊……这真是穷则思变的典范。"露西塔慨叹一声。

至此，精神世界层的秘密已经悉数被露西塔领悟。

那些从前隐匿着的、架构整个精神世界层的规则线一条条浮现出来，世界结构在她眼前变得明晰。

她刚想凑近研究一下那些规则线，伸出的手就被突然出现的盖娅紧张地按住了："别，露西塔，这些规则不能乱碰。"

露西塔抬头。

神的手是没有触感的，露西塔只觉得手背上贴了一层湿润的水汽，五根手指都被轻柔地禁锢在原处，移动不得。

"我只是想看看，不会乱动的。"露西塔解释道。

"是我太紧张了。感应到你的闯入，我不得不过来看看。这些规则的架构方式对于这个世界来说很重要。"盖娅说，"这一层空间，数万年来从未有过闯入者。"她神色复杂，"这么快就领悟了世界规则，果然是你。"

领悟世界规则吗？露西塔看着这个世界层里纵横交错的规则线，隐晦地打量了一眼盖娅的神色。关于规则的权柄，是唯一的神明的领域。这领域理应不容冒犯，对治下的生灵永恒封闭，而现在……

她冒犯了神的领域，拥有了与神抢夺权柄的可能，但神看起来并未动怒。

露西塔并未因此放下戒心。神不喜不怒，也许下一刻就能温柔地拂灭她的生机。

露西塔在心底默默衡量了一番。

神洞见一切真实，她也洞见一切真实；神掌握世界规则，而她如今也闯入并且触摸到了精神世界的规则。也许现在的她可以利用精神世界层的规则稍加抵挡？

她暗暗警惕地注视着盖娅，忽然发现一个事实：盖娅的身形比她上次所见更加虚幻了。这个发现让她吃了一惊。

她知道盖娅自从沾染了人性，就一直在走向衰竭。但按照神的时间单位来说，盖娅距离衰亡理应还有数百年。而现在，距上次见面不到半年，盖娅的身形就明显虚幻了不少。露西塔不知道按照这个速度，她距离衰亡还有多少时间，但那时间一定不长。为什么会这样？

露西塔这么想了，也这么问了："您看起来不太好。"

"我很好，孩子。"很奇怪地，盖娅没有像上次一样坦承，而是带了一点儿安慰似的，又说，"你很好，孩子。"

如果说第一个"很好"是强自安慰，那么第二个"很好"就是欣慰的夸奖。盖娅是在夸奖露西塔懂得安慰自己吗？

露西塔不明所以。

盖娅似乎是从附近的水域上来的，头发蜿蜒地连接着歌罗河，就连刚刚接触露西塔的手背时都氤氲了一层水汽。她自觉已对露西塔进行了提醒，没等露西塔回答，就消散在精神世界里，徒留下纵横的规则线冰冷地交错在露西塔眼前。

露西塔的疑问没有得到解答，只能徒然担忧盖娅的健康状况，一头雾水地望着她离开的方向。

露西塔离开了精神世界层，回到现实中。

琳妮娅已经唱到了最后一段。

> 穿过金黄的麦田，穿过轰隆的机器。
> 我们站在一起……

掌声不绝于耳，不知是谁发泄的吼叫掺杂在人声里，荒园中一片沸腾。

不远处的街角响起一阵清脆的掌声，在嘈杂的人群里丝毫不引人注意。但露西塔的听觉实在过于灵敏，她下意识地循着声音望了一眼，听见鼓掌的人在和面包摊前的小贩搭话："你听过这首歌吗？"

"没有。"小贩摇头。

"你觉得这首歌怎么样？"

"好。"小贩用袖子抹了把眼泪，"就是感觉过会儿歌唱家就要被抓起来了。"

"是啊。"鼓掌的人接过小贩的话头，叹了口气，发出一声嗤笑。

露西塔一惊，这个声音她太熟悉了。歌罗河上那段《越冬鸟》的旋律，那段让露西塔和琳妮娅始终不能忘怀、充满力量的曲子，正是出自这个音色！

她忍不住打量起那个人：乱糟糟的棕色短发，依稀能看出剪裁不错的外套上打了好几个补丁，还有那粗糙的、已经显出风霜的沟壑的脸；她的脸部线条很硬挺，看起来就像长年板着脸一样，乍一看不是个好惹的角色。那人从口袋里摸出几枚铜币，珍惜地点了点后递给面包小贩，换取了一大袋粗糙的黑麦面包。

似乎感受到了露西塔的注视，那人忽然抬起头，朝这边看过来。露西塔没有躲闪。两相对视，露西塔发现她瞳仁的颜色和头发的颜色如出一辙，是幽深的深褐色，浮着未知的雾气。

露西塔一眼撞了进去，一时愣神。那一瞬间，她似乎透过那双眼睛看到了一场大雪，抑或是一片未知的宇宙。对视的时间似乎有些长，那人一惊，匆匆地转身就要走。她熟门熟路地七抹八拐，到了一处无人的巷子后似乎松了口气，脚步慢了下来。

但普通人怎么甩得脱露西塔？露西塔走在她身后，笃定地叫了一声："弗兰卡。"

她霎时顿足，回身望过来。看见露西塔出现在身后那一刹那，她猛然抱着面包袋往前飞奔。

果然是她，果然是她！露西塔心中一动。

弗兰卡跑得再快，也比不上能在空间世界层不断穿梭的露西塔。

她再次拦在弗兰卡面前："我不是来抓您的，事实上那首歌就是我找到的！您居然真的还活着，太不可思议了！"

不知是相信了露西塔的话，还是发现了怎么跑都跑不过她，而她看起来又不太危险的样子，总之弗兰卡停住了脚步，戒备地望着露西塔。她怀里的面包不堪颠簸，有几个掉在了地上。

露西塔俯身把面包捡起来，拍拍上面沾染的土，重新递给她："给你。"

弗兰卡默不作声地接过，没有反驳说自己不是弗兰卡。她弗兰卡顶天立地，从不愿意改名换姓，以别人的名义活着，尽管这在某些时候显得十分愚蠢。弗兰卡就是弗兰卡，无论活着还是死去。不过，艺术家多少都有些执拗，弗兰卡这份小小的坚持倒也可以理解。

露西塔的双眼发亮："您是一位伟大的音乐家！所有人都说您死了，我真的一度为您感到遗憾。真想知道，您是怎么活下来的？"

怎么活下来的？弗兰卡没有答话，抿紧了嘴唇。

这一切都要感谢精神病院那个大姐。那时候，她被打成背叛神灵的疯子，关在暗无天日的精神病院。一开始弗兰卡猜测那个大姐可能是自己的歌迷，或者是出于别的目的想帮自己的好心人，总之她给了弗兰卡一切她能给的优待。她会给弗兰卡的食物里偷偷加肉，会时不时地询问弗兰卡的需求，为她偷偷找来纸和笔，以满足她的表达欲。她那样沉默、忠厚，为了弗兰卡这个陌生人，不惜冒着风险做一些她以前从来不做的小动作。

弗兰卡本以为那是自己人生中最后的满足。她接过纸笔，在夜深的时候趁着无人巡逻，坐在窗边借着星光开始写自己也许永不能见天日的绝笔书。天河上群星闪烁，天河下万家灯火，相互辉映，同样纷繁，同样夜夜依旧。写着写着，她把那张纸翻到背面，写下了人生最后一首曲子。那时候，她绝望地想，如果这首曲子能保存下来，她甘愿即刻就死。

那时候弗兰卡怎么也想不到,那位大姐居然能为她做到那种地步。法庭的人要给她注射针剂,让她就此消失在精神病院,那位大姐听到了风声,策划了夜晚换班的事,偷偷地将她放了出去。

她那时候问:"那您怎么办?"

大姐拿出一根草绳:"我会说,我送饭的时候被您袭击,钥匙被抢了,被您用编了不知道多久的草绳绑在了这间疗养室里。"

确实,那间房子说是疗养室,其实不过是铺着干草的牢狱,要干草确实有很多。险死还生,她的心脏跳得厉害,伸手接过了那根草绳。

"为什么帮我?"

大姐无声地吸了口气,低下头说:"您这样的音乐家,就应该活着呀。"

活着……是啊,活着。

也许是那个大姐平日里给人的憨厚印象太深刻了,所有人都没对她产生怀疑,弗兰卡成功地在她的策划下逃出了精神病院。

她的时间只有这一夜。天亮之后,事情败露,城门会立刻封锁。她连夜逃到了码头,但身无分文的她上不了任何一艘船,除了那艘破旧的愚人船。她接过船工手中的船桨,重重一荡,小船就驶离了岸边。

从此世界上没有了音乐家弗兰卡,只剩下流浪者弗兰卡。路过消息不那么灵通的村镇时,她靠唱歌卖艺换取食物和零星的钱财;有时路过城市,她会将换取的钱财换成耐存的面包。几年过去,维克托黎早已忘记了她这个人,她路过这里也会上岸来贮存一些必要的食物。

眼前的露西塔问她:"您是怎么活下来的?"

这个问题,弗兰卡不会回答半个字。她反问道:"是您找到的《星火》?"

"是的,是我。"

"您是在哪里找到的?"

"精神病院资料室,它在您的病历里夹着。"

弗兰卡露出思索的神情,向她微微欠身:"感谢您找到了它。演出很精彩,歌唱者唱得也很好。"

"那您——"

"我要走了,朋友。"

"您去哪儿?仍旧去那艘船上吗?"

弗兰卡直起身子,瞳孔微缩。她没有想到,在准确地叫出自己的名字之后,眼前的少年竟然还知道自己的居所。

露西塔知道说出这样的话必定会引起弗兰卡的警戒心,但她想发出邀请,还是想再确认一下:"如果我知道的没错的话。那样的住所对健康的影响很不好。如果您愿意,我家里还有空的客房,我家的孩子甚至很乐意多一个会作曲的老师。又或许,您可以留在这里,或者某座城市里,我可以先借一点儿钱给您。"

弗兰卡皱眉:"我是通缉犯,你不知道吗?"

"我知道,但对我来说那没关系。"露西塔眼神灼灼,"相信我,我能保护您。"

这个衣着普通的少年能夸下这样的海口,底气来源于哪里?弗兰卡想起露西塔刚才鬼魅般的步伐,自以为心中恍悟。她曾出入过王都最高贵的音乐厅,接触过天潢贵胄的世界,知道这世界上有一种叫作魔法的神奇力量。所有超自然的力量都被一知半解的弗兰卡归到这一类里面,因此她默认露西塔是个出身极好的贵族少君。

"为什么要这样做?"她问。

她没问出声的是:我和你不是对立的关系吗?我在动摇你,我在质疑你,我在反对你啊!

"把自由的薪火传下去是每个智慧生命的义务。而拥有力量的人如果能够承担,就应该承担更多的责任。在我看来,您就是一缕自由的薪火。"

露西塔没有意识到弗兰卡那个问题的真正意思,给出了字面上非常完美的答案。当然,露西塔最关心的和这些毫无关系,她只是出于最原始、朴素的感动,想要留住一位令人惊艳的艺术家,不使她昙花一现罢了。只不过这样的话说出来,未免难以令人信服。

弗兰卡摇了摇头。她谈不上信不信露西塔,也对这位她心目中的贵族少君的提议毫无兴趣。

"谢谢您的好意,但我有自己的路要走。"

"去哪里?"

"任何地方。"

"做什么?"

"唱歌呀。"弗兰卡对她露出今天第一个笑容,看得露西塔一愣。看那笑容,她看起来轻松极了,不像是个四处流亡的通缉犯。她抱着那袋面包从露西塔身边走过。"有缘再见,朋友。"她说。

露西塔凝望着弗兰卡的背影,深深出了一口气。

音乐剧散场,琳妮娅再一次成为四方街坊之间有名的小歌唱家。她们顺顺利利地完成了演出,一直不见有人来干涉,于是非常满足地决定接下来的几天多演几场。

暮色将至,人群也散去得差不多了。打扫完场地,露西塔从舞台的背景板上撕下来一张巨大的透明薄膜。

琳妮娅仰着头吃惊地问:"这是什么?"

露西塔眨眨眼睛:"待会儿你就知道了。"

维尔蕾特帮露西塔将客厅的餐桌搬开,将留影胶在地毯上摊平。它看上去有点儿简陋,但还能凑合着看。露西塔给留影胶喷上特制的调色剂,不多时,音乐剧的影像就显现了出来。

这个调色剂似乎没做好,整个画面有些发灰,但清晰度是足够的。薄膜铺在地毯上,有些地方凹凸不平。德尔菲娜见大家看得为难,非常干脆地拉出一道平滑的空气墙,将那张留影胶严严密密地贴在了上面,十分平整。这样如果还有不平整的地方,那就一定是露西塔喷涂不够均匀的原因。

露西塔一边琢磨着下次喷涂时面积要小一些，缩放好比例，一边拉着大家欣赏琳妮娅在舞台上的风姿。除了没有声音、不能调整视角外，一切都很完美。画面非常稳定、清晰，远近的景色都很清楚，立体感也很强。留影胶留影没有焦距这一说，画面是虚幻的，相当于复现场景的一种小魔法，和在现场看的视觉效果差别不大。

至于没有声音的问题，琳妮娅很快就给出了解决办法："可以录制唱片配着放。"

自从来到人类世界，对于人类创造的乐器和便利性机器，琳妮娅早已富有研究精神地探索了一遍。所有问题都完美解决后，露西塔的目的也达成了一大半。之后只需要好好研究一番，这出音乐剧将会传遍王都，甚至传遍周围的城市。中产们可从不吝啬购置这些时髦的玩意儿。

至于魔法工具的外泄，露西塔可不关心。且让某些人气急败坏去吧，反正没人打得过她。到时候留影胶流传起来，多伦女士声名大噪，她发明的其余小玩意儿说不定也可以流传出去。除了大人们会不满意之外，所有人都会很开心。

露西塔美滋滋地计划着，第二天就动身去春之塔找多伦女士商量了。现在露西塔进春之塔已不再需要考试了，可谓是长驱直入。有了侯爵的邀请和担保，加之心中早就燃烧着的隐秘欲望，多伦几乎没怎么考虑就答应了。

离开春之塔后，露西塔去旁边的金刺李庭园找莱斯莉。关于弗兰卡还活着的消息，她一定很希望知道。左右这在那些大人那里早就是公开的秘密，多一个莱斯莉知道也没什么。

到了莱斯莉的居所，露西塔一打听才知道，莱斯莉已经退学了。露西塔才几天没来，竟发生了这样大的变故，登时吃了一惊。

莱斯莉的邻居看到她，试探地问道："您是露西塔大人吗？"

得到肯定的答复之后，那学徒交给她一封信。信封上封着火漆章，是莱斯莉的家族徽章，可见是没有拆封过的。

"我是莱斯莉的好友。"她说,"她离开前嘱咐我说,如果您来找她,就把这封信交给您。"

露西塔点点头表示知晓,拆开了信封。

亲爱的露西塔少君:

您好!

我听说了那场音乐剧,那真是绝妙的主意!《星火》终于没有明珠蒙尘,如果弗兰卡女士知道,一定会很开心吧。

您是个值得敬佩的人,尽管您身上充满迷雾……但我依然非常向往能成为像您一样自由而勇敢的人。

六年前的我曾经非常痛苦,愤世嫉俗。现在,我几乎已经忘记了当初的理想,为了做好家族的继承人拼命地挤进春之塔,尽管我丝毫没有魔法天赋。

那个日记本是我最后的执念。我曾希望它被人找到,但这一天来得太早了,早到我还没有做好准备,我害怕失去我的一切。但现在我忽然明白,我本不需要做任何准备。

感谢您翻到了它,那是它的幸运,是《星火》的幸运,也是我的幸运。您让我想起了六年前的自己。有些东西,你以为你早已忘记,但其实它就在那里,只等着哪一天你将它重新唤醒。

现在,它醒了。

露西塔少君,我不是个有天赋的人,不管是在魔法上,还是在艺术上。我不够强大,不够聪明,有很多事情您能很轻易地做到,我却只能赌上我的血肉之躯。唯一值得庆幸的是,我身上还剩下最后一点儿可怜的美德:勇敢。它还在。

现在,我要去找我的路了。祝福您,也希望您能祝福我。

您谦卑的
莱斯莉

露西塔深吸一口气,将信纸装了回去,摩挲着信封。

"祝福你,莱斯莉。"

她向那学徒道了谢,大步离开。

第12章
腐朽花园

　　露西塔用留影胶记录下的第一份影像,已经被她们挂在了房子西侧临街的山墙上,面向路人不断地播放。人们给它起了个美丽的名字,叫作"银河之幕"。大约是因为在日月的辉光下,它偶然折射出的粼粼波光给了人们美好的想象空间。

　　来自伊尔塔特东面克拉肯海岸的海螺摆放在阁楼的窗台上,人鱼的歌声回荡在每个白昼,与山墙上放映的音乐剧应和着,成为蔷薇街的一道奇景。

　　听闻此事的人们纷至沓来,这一带的人流量有了显著增长,喜得周边的小贩成日见人就笑。留声海螺是从伊尔塔特镇上艾琳的杂货铺买的,制作配方来自古代流传下来的魔具书,鳇目灯和传讯羽盒的制作工艺与其同出一源。简单来说,这种东西的制作并不难,所需的材料只有居住过软体动物的海洋生物壳、煮沸的同源海水、溶化的食用金、青金石粉、蛇蜕和蒸干的荨麻。经过反复浸泡、打磨、上色,就可以改变生物壳的性质,留下它在神秘世界中留声、传声的那一丝微薄特性。

　　对于伊尔塔特的人来说,小镇的面积足够小,而人们的寿命又足够长,因此大多数情况下并不需要用留声海螺来记录声音,它在艾琳的杂货铺是长年吃灰的。没想到,到了人类世界,它却起到了意想不到的作用。除了琳妮娅同小伙伴分出去的留声海螺,陆续有商人夯着胆子敲开露西塔的大门,询问留声海螺是否出售。

　　对此,露西塔的答案是:很快。

　　闲下来的露西塔开始整理她的店铺。她倒不是为了贩卖留声海螺才着手店铺的事宜。事实上,早在来人类世界之前,她就思考过在这里开源的事。

最后,露西塔的打算是贩卖种子。

世有精灵,植物的产量在生命之力的培育下可以不断增长。在伊尔塔特,土地肥沃,物产丰富,作物的产量达到原种的三倍——这是与其耗费的地力保持平衡的合适产量。但深山之外,在赶走精灵之后,人们依然年复一年地在贫瘠的土地上种植着产量极低的粮食,一次虫害、一次洪灾或一次不期然的干旱,都足以让一整年的收成化为乌有。本该活着的人,死去了千千万。

所以她想,来自伊尔塔特的种子在这里会是很好的商品。

这是一个多月来她们第一次着手开源的事。货架、柜台都是现成的,她们只是从木匠处定制了一块写着"露西塔种子店"的木牌横在门楣上,再清扫一番,种子店就准备好了。

露西塔没有像刚开始在伊尔塔特做生意时那样打广告,横竖她现在不太缺钱。她在店里忙碌了一整天,把该放的东西都放在了相应的位置。直到太阳欲落,金红的火焰从天边一直烧到门前的台阶上,露西塔才意犹未尽地停下,满意地环视自己的新王国。

角落的货架上摆放了一整架的留声海螺,每只海螺都足有一只手大。它们全都在青金石粉里浸染过,呈现出神秘的莹蓝色,凸起的纹理在日暮里折射出鱼鳞一样的金红。

这些海螺里暂时都只录了《星火》一首歌,每次播放完都有介绍作曲者和演唱者的念白:"作曲:弗兰卡。谨以此歌献给我的老师,献给生存在阴云暗夜下的我所有的同胞。演唱:琳妮娅。伴奏:富兰克林……"

据琳妮娅介绍,富兰克林是她目前最亲近的小伙伴之一。琳妮娅对录歌这件事很感兴趣,打算过一阵子再录一些歌进去,那就是之后的事了。

店铺中间的两排货架上都摆着袋装的种子。露西塔借鉴了加西娅种子店的摆放模式，大袋的种子依次摆放在货架上，种子袋上各缝着一块彩色的尼龙布，上面用墨水笔写着对应的种子类别。

小麦、水稻、黄豆、花生等粮食类的种子最多，放在最醒目的地方，全是她们从伊尔塔特带过来的；土豆、豌豆、萝卜、苾菜、番茄等蔬菜种子单放了一排。此外，店里还有伊尔塔特独有的花种，如圣诞玫瑰、山桃、蓝羊茅和点地梅。

种子的质量检验往往需要大半年的时间，露西塔新店开张，生意并不好做。她挑了些种子种在花盆里，用自己出镇前刚觉醒不久的生命天赋将它们催生，并特意腾出一个货架来摆放这些瞬息果实累累的植物。

颗粒饱满得惊人的小麦、鼓鼓的豆荚和压弯枝丫的反季果实，颜色各异，色泽艳丽，陈列在单调的店铺里格外有冲击力。此外，双头玫瑰、绣球花和白边茶花披着略显黯淡的暮光，枝叶在穿堂风里窸窣作响。整个店铺看起来奇异、温柔，富有生机。

露西塔的种子定价并不高，一磅种子仅需要两枚半铜币，也就是二十五苏。换算下来，只需五枚银币就能买到二十磅种子，满足一户人家一整年的耕种需求。

这个价格较之普通种子的市场价来说翻了三倍左右。不过，由于人们早就懂得为来年的耕种留种，市面上很少能见到贩卖种子的，因此种子的市价并不高。即使翻了三倍，五枚银币对于贫民而言也并非过重的负担，差不多是一名裁缝工工作五天的纯收入。而一名码头的卸货工靠贩卖力气，一天就能赚够一袋种子的钱。

露西塔无意扰乱市场，让自己的正常交易变成无偿赠送，但她也确实没准备在平民身上赚取自己所需要的花费。她真正用来充实自己钱包的产品，既不是预备卖给中产阶级和商人们的留声海螺，也不是要卖给贫民的种子，而是打算贩卖给足够富裕的贵族们的储物空间。

开业第一天，她们把花盆里馥郁葱茏的反季鲜花和作物都搬到了门口。层层枝叶相叠，象征丰收与繁盛的叶浪拂过，仿佛这里是传说中永无饥馑、永远开花的神国。露西塔的种子店正式开业了。

第一位客人是一个衣着考究、神色严肃的棕发青年。她步入店铺后，看见露西塔自己坐在柜台后面，显然吃了一惊，顿了顿才欠身行礼道："卡梅伦勋爵，日安。"

青年的礼仪和衣着特征都过于明显，以至于对人类礼仪不怎么熟悉的露西塔也能看出其来历：一位体面的管家。露西塔的店铺开业了，一直关注她的大人们终于按捺不住，想从这里试探一二。

自从有了爵位，露西塔行事一日比一日大胆。这不只表现在露西塔身为侯爵却开了一家小小的种子店，还在于她端出来的令人惊异的反季作物。有魔法师猜测她蓄养了宝贵的精灵以催生植物，有的猜测更大胆，认为她再次开创了魔法界的先河，掌握了一种新的研究流派魔法——生命魔法。两种猜测同时歪打正着。

露西塔不关心这些人在想什么，左右第一天就有人傻钱多的冤大头上门，这生意不做白不做。她和善地笑了笑："日安，您需要点儿什么？"

这位不知是谁家的管家，一时间没想到露西塔真的做起生意来了，卡了一下壳，随即表现出高超的应变能力："我……我需要一点儿土豆种子。"

露西塔从善如流，就要起身去给她称量种子。管家岂敢劳动一位与自己主人平起平坐的大人物，又哪里见过露西塔这样的侯爵，慌忙道："我自己取即可，不敢劳驾。"

说着，她凑到货架旁边，努力辨认着袋子上的字母，试图找到装着土豆种子的袋子。忽然，管家的视线透过眼前稀疏的货架，落在了后面一排靠墙的架子上。那上面摆着的，不就是最近相当神秘的留声海螺吗？

露西塔已然到了她跟前。

管家也不找土豆种子了，顺势指过去就问："这是——"

"这是留声海螺。"露西塔依旧和善，"我看最近大家对它挺感兴趣的，于是做了一些出来，卖个新鲜。您也对它感兴趣吗？"

"当然！"

听到"卖"字时，管家的眼睛亮了亮。没想到，她受命前来试探，竟然还有意外之喜……这样神奇的宝贝，这位露西塔大人不但容自家孩子随意地分给玩伴，竟然还大剌剌地摆在简陋的货架上像卖菜一样售卖！她有点儿急切地问："请问勋爵大人，这些海螺也是可以唱歌的吗？"

"确切地说，是留声和传声。"露西塔笑着随手从空气里取出一只硕大的海螺递过去，"您可以先看看。需要我为您放一首曲子听听吗？"

管家咽了咽口水，目光紧紧地落在露西塔取出海螺的那只手上。她张了张嘴，竟然没说出话来。

"啊，有别的客人来了，您可以先看看，需要什么都可以说。每一样商品都有标价。"露西塔看着一个十来岁的小姑娘一脸懵懂地走进门来，朝她一笑，随即不容置疑地把手里的海螺塞到管家手里。

露西塔一直担心开业后那些真正可爱的客人会被接踵而至的贵族探子吓跑。事实也正如她所料，门外的体面人跃跃欲试地想进来，而被种子吸引的农民都渐渐被吓走了。

好在还有"不会看眼色"的孩子就这样看不清形势地闯了进来，递过来一枚浸着汗水的银币："姐姐，我想买黑麦种子。"

露西塔笑盈盈地接过："你好，我们这里没有黑麦种子，你看普通小麦种子可以吗？"

这个笑容直接让管家将即将脱口而出的"放肆"憋在了嗓子眼儿里。即使女孩年龄小，也知道普通小麦的种子要比黑麦种子昂贵。

她犹豫了一下："我妈妈说，让我用一枚银币买八磅黑麦种子。我们买不起小麦……"

"哇，好巧！"露西塔惊讶地说，"我们今天开业打折，一枚银币刚好能买八磅小麦种子呢！"

女孩眼睛一亮，犹犹豫豫地道："真的？那我可以买八磅小麦种子吗?"

"当然可以。"露西塔用手捧出好几捧种子放在砝码秤上称量,如是几回,才道,"不多不少,正好八磅。"

女孩反复看了几眼秤上的数值,道了几声谢,就拎起了露西塔给她装好的种子包。八磅种子对于一个十来岁的孩子来说过于沉重,女孩拎起来一步一喘,走得很是吃力。

露西塔眨眨眼睛,把她拦下来:"你是我们今天的第一位客人,还送一个小礼品。"

尽管已经拎不动了,但听到"礼品"两个字,女孩还是停了下来,有些期待地抬头看着露西塔。

管家在心里暗暗摇头:穷人总是这么贪婪!

露西塔听到管家的心声,微微一哂。她从自己的空间里取出从前做空间容器剩下的贝壳,心念一凝,就做了个几立方大的小空间出来。她把简陋的贝壳递给期待之色微褪的女孩:"滴一滴血上去,它就属于你了。"

十来岁的女孩不懂得血液的重要性,听到露西塔的要求,十分懵懂地伸出手指。露西塔不知道从哪里拿出一根针,在她的小指肚上扎了下,一滴血珠渗了出来。

露西塔把女孩的手指按在贝壳上,刹那间,女孩的神色逐渐凝固,接着有些恍惚地翘起了嘴角。她急切地抬头,看向露西塔,看见那张一直平静而温和的脸上流露出些微鼓励。

女孩眼眸微闭,瞬息之间,她手里八磅重的小麦种子就不见了。那一刹,两束目光都紧紧地落在露西塔身上,一束溢满毫不掩饰的惊喜和激动,另一束隐晦而小心,隐含着难以言喻的恐惧。

女孩掩住张大的嘴巴,直白地惊呼:"您是……您是来拯救我们的神灵吗?"

"嘘——我不是。"露西塔眨眨眼,比了个噤声的动作,摸了摸女孩的头发。不知道这孩子脑补了些什么,总之她憋红了脸,使劲地点头。

将一步一回头的女孩送出门后，露西塔折身回来，目光重新落在了管家身上。

管家咽了咽口水，声音短促而发紧："勋……勋爵大人，能否容我斗胆询问，请问您刚才使用的也是魔法吗？"

露西塔凭空取出一只海螺给她的时候，管家将那些自己不太了解的能力全部猜想为新的研究流派魔法。直到露西塔索取那孩子的血液，才终于唤起管家震惊之下的恐惧。管家不是不懂事的孩子，她知晓仪式魔法曾造成的种种灾难，对血液的恐惧几乎是不可磨灭的。在她的认知里，血液代表着邪恶。

她忽然想起，研究流派的魔法虽说以强大和神秘著称，但名声一直都不太好。那些以折磨人心为乐的精神魔法师，那些利用时停、空间转移进行盗窃和刺杀的时空魔法师，以其禁忌性的强大在人们的认知中烙下了不可磨灭的印象。

露西塔是个超出人类范围的天才，掌握着许多传说中的魔法工具。她在管家眼前使用空间之力，游刃有余，举止看似谦逊，实则是目空一切的嚣张，好让人们都吃不准她的极限在哪里。这样恐怖的她施展力量的时候，居然会用到人的血液……

这可不是什么好消息。管家心想，从前大人们总是在探究她的力量有多强，没有一个人想过，这个势单力薄的年轻侯爵没有其想象得那样浅薄无知、盲目嚣张，反而充满了危险。管家在心中暗暗苦笑。

空间之力算魔法吗？露西塔模棱两可地回答管家："算是吧。"

算是？所以，那果然是研究流派的魔法吗？！想到露西塔刚才的动作没有刻意隐瞒的意思，管家参着胆子试探地问："您方才给那孩子的贝壳……"

"啊，那个啊。"露西塔总算有机会推销自己的储物空间了，她只觉得做生意真的好难，"如您所见，那是一个储物空间。在储物空间上滴上自己的血液，就可以成为它唯一的无法更改的主人。储物空间支持定制，任何物品我都可以改造，标准容量暂时是十立方米。"

管家听得一愣一愣的。

露西塔看了一眼陆续踏进店来的第二位、第三位不知底细的客人，笑得更加和善了："一个空间一千金币，每天仅限定制一个，先到先得。"

"您刚才不是才免费送——"这话下意识一出口，管家就赶紧截住话头，"是的，我知道了。"

天，谁给她的胆子来质疑一位危险的侯爵？！可这位侯爵做起生意来也太熟练了，让她那一瞬间几乎忘了对方的身份，下意识地就想讲价。

见管家如此乖顺，露西塔不禁一乐。她没想到当贵族还有这种好处，做生意别人都不敢讲价，属实是意外之喜。一千枚金币可以是她一年的花销，也可以是大人们给自家小男儿新买的一条宝石项链。总之，这个价格并不算昂贵。

露西塔是靠开辟空间起家的，现下制作这样的储物空间根本不需要费神，须臾即可完成。一天一个名额，不过是怕自己眨眼之间就加工好，客人会觉得钱花得不值。

露西塔心情愉悦地扫了一眼店门。门里的、门外的，让她来数数有多少冤大头在排队。她一边数着，一边漫不经心地接过管家的话头："嗯，刚才免费送了一个。我送出去的礼物，它在哪里，我每时每刻都很清楚。我希望它能安稳地待在那孩子手上。"

露西塔抬眼巡视了一圈冤大头们，倚在柜台上说："您觉得我这个简单的愿望能实现吗，阁下？"

"当然，当然！"管家对露西塔已经是一级警戒的状态，哪里还敢有二话。

双方达成共识。露西塔对自己的谈判技巧满意极了。

到了日暮时分，露西塔关店，总共收获了五千枚金币的定金。一方面，她觉得自己这笔钱相当于白赚的；另一方面，前来打探的各家来客花一千枚金币获得这么多信息，还即将拥有一个无比神奇的储物空间，也觉得是无比划算的买卖。

开业第一天，宾主尽欢。

东城区石楠街12号，德魏莱堡，书房。

一位头发半白的女士从女儿手中接过一只流光溢彩的蓝海螺，在女儿的指引下将海螺浸入书桌上装满盐水的旧鱼缸里。她深深吸了口气，听到海螺里传出一声声清唱。

我们要丰收，我们要自由。
快打碎那温床里的谎言，在这即将灭亡的时候。
向前！向前！
你看那太阳将会升起，在黎明之后……

女士满是沟壑的脸上神色复杂，仿佛整颗心都同这海螺一样浸泡在盐水里，被周围尖利的水汽紧紧攥住，皱皱巴巴地缩成一团。

"确实很像她的风格……"她喃喃地说。

她似乎陷入了某种感怀的情绪里。细细的风吹动书页，女儿不知什么时候悄悄离开了，书房里只剩下人鱼的激扬歌声，在空荡荡的房子里回荡。到了最后，是琳妮娅低沉的念白："作曲：弗兰卡。谨以此歌献给我的老师，献给生存在阴云和暗夜下的我所有的同胞。"

听到那个熟悉的名字后，所有的疑虑终于尘埃落定。她深深地闭上了眼睛。再睁眼时，她面前的书桌上静静地放着一封整齐的信笺。

女士大惊，四下望去不见人影，只有大开的窗户和细细的微风。她迟疑片刻，慢慢展开了那封信。信纸破旧而脆弱，上面的笔迹凌乱极了，背面还有涂抹严重的曲谱。那是弗兰卡的笔迹。

梅诺丽娅，梅诺丽娅，我就要死了。

到了这个时候,我的恩师,你会原谅我吗?

你教给我的,正直、勇敢、心怀悲悯,我从未有一天遗忘过。

我创作了自己感到满意的作品,却没有成为你的骄傲。

我多想知道,在你眼里,被赶出郁金音乐厅的我,是令你蒙羞的败笔吗?

……

"不是,不是的……你是我的骄傲。"她沙哑地轻喃着,"你是我的骄傲,弗兰卡。"

时隔六年,她终于重新喊出了那个名字。梅诺丽娅将头埋在双手里,肩膀不停地微微耸动着。夕晖透过落地窗舔舐着她已显佝偻的肩膀。

入夜。

外城区13号,一座破旧的木屋里,一灯如豆。

头发干枯的女人脱下工服搭在椅背上,拿出她卷了边的本子,嘀嘀咕咕地涂涂画画。

"这里错了一个音……看来昨天离得太远了,有一些音没太听清。啦啦啦……"

她一边思索,一边复盘似的轻轻哼唱起来。

"穿过金黄的麦田——穿过、穿过……"

她听说荆棘街的音乐剧很久了,那首每天都会播放的曲子《星火》催促着她去荆棘街附近一遍一遍地听,并靠纯粹的听觉记录乐谱。

在很早之前,音乐的传播并不依靠留声海螺,而是靠人们口耳相传。真正的音乐会在传播中表现出无穷的生命力,就像蒲公英的种子,风一吹,就能满世界地扎根。

《星火》在工会中传唱着,飞速在外城区蔓延开来。自由和反抗的旋律点燃了人们眼中沉寂已久的情绪。痛觉被重新传送到大脑,心脏开始重新跳动。

这些都不是露西塔所关心的了。她将弗兰卡的手稿送还给了她的老师,让它免于明珠蒙尘。她没有辜负在歌罗河上听到的那首触动她心灵的曲子,这样就足够了。

留声海螺很快风靡整个维克托黎。在职员和商人的舞会上,泡在海水里歌唱的留声海螺成了时髦的象征。《星火》传遍了这座城市。那个六年前在神前"赎罪"而死的音乐家似乎从未离去,用依旧愤怒的曲调再次向世人宣告她从未皈依。

弗兰卡是永不被感化的异端。

魔法工具接二连三地进入世人的眼帘,在留声海螺、留影胶之后,多伦女士的名字流出春之塔,飞入千家万户。此外,一家产量极高、可反季种植的种子店也成了一件奇闻,传入郊区的大街小巷。

在露西塔明白地警告了在店里逡巡的各家探子后,种子店终于平静下来。没了那些体面人在店里晃荡碍事,真正的客人被门口挂满果子的反季作物吸引,开始陆陆续续地上门。

太阳照常落山。

露西塔掂了掂各类种子袋,估算了下卖出的数量,然后把依旧满满的稻种袋子单独拎了出来。和在伊尔塔特的待遇一样,稻种在这里无人问津,甚至没人知道这是什么种子。她打了个哈欠,揉揉额头,提着那一袋稻种回到了自家庭院。这些种子,她只能自己先种一部分了。等结出大米来,可以做成食物在店铺里售卖,好推广下稻子。

露西塔环顾四周,院子一半被花圃占去,种满了斯塔兰德粉蔷薇,另一半是树、草坪、灌木和羊舍。暮色笼罩下,到处都满当当的,已没有种植稻子的地方了。

露西塔想了想,推开大门,朝院子后面那座公墓走去。上次她们演出音乐剧时只使用了公墓最外围的一片空地,并不曾深入。暮色四合,荒芜的藤蔓缠绕在断裂的石碑和生锈的残缺铁栅栏上。天边烟霭流岚，残阳西移，时有倦鸟归巢。

四下很静。在这样的寂静里，露西塔听到了一声清脆的"啪啦"——是玻璃杯掉在地上碎裂的声音。

随着这声音传到她的耳朵里，风不再流动，云也停了。烟霭散尽，流岚止息，河流在她脚边淌过，四面一片虚无。她看见无数幻影从眼前闪过，最终那声反复回响的碎裂声将她完全包裹。

露西塔回身，看了眼最后一抹疲惫的夕晖与公墓残垣，旋即失去了视觉。

混沌中渐渐透出暗淡的光线，有些炫目，露西塔闭了闭眼睛。再度睁眼时，她的脚踩到了坚实的地面。

她眼前是一座城堡和夏夜的庭园，脚下是一条窄窄的石子路，周围的灌木茂盛得能遮住人影。萤火虫像星星一样挂在树丛之间，柔绿色光晕暗淡而稳定，花木香气带着湖水的潮湿萦绕在庭园里。路边是一眼小湖，半开的蓝睡莲紧紧贴着水面，湖面倒映着来自城堡亭台的灯火，静止的波纹染了一层暗金色的光晕。

城堡是罗马式的古雅长楼，穹顶极高，一排比人高的玻璃落地窗排列过去，灯火照得整个庭园都染上一层蒙蒙的亮光。窗子后面是觥筹交错的剪影，盛开的长裙在舞池里摇曳的剪影仿佛拓印在了窗子上。

风停云住，橙黄的圆月被纤柔的云丝簇拥在一碧的遥天。

露西塔伸手，试图去捉一只萤火虫，却什么都没有触碰到。所有的场景都是虚影，才会像拙劣的水彩画一样静止在原地。她见过所有的世界层，但这里让她感到了久违的陌生。

露西塔试图在其中寻找到真实的世界。她逐次穿过声音世界、气味世界、精神世界、色彩世界、空间世界……她在万千世界层之间几乎迷了路。所有的世界层，以及构成完整世界的所有要素和能量，都是静止的。她凝眉捻了捻触了个空的手指，抬脚往前走。

她穿过脚下的石子路，穿过横跨水流的小石桥，又走过一道矮门,一切都似乎没什么变化。很常见的贵族庭园布置,以露西塔多来自书本的对人类世界的浅薄了解,实在看不出什么异常。

城堡的大门是敞开的,门口的侍者穿着整齐的马甲微微躬身,看起来正在恭维一位正在进门的绅士。即使是一穿而过的虚影,露西塔还是下意识地绕过了她们,好像她们仍和她在同一个维度上一样,以这种多此一举的行为给自己带来没用的安慰。大厅里的人并不多,颜色各异的华美裙摆以及姿态优雅的美貌少男和贵夫们实在赏心悦目,珍珠和五颜六色的宝石在灯火里闪着耀目的光辉。她满怀疑虑地绕过舞池,快走到大厅中央的时候,终于发现了一丝不对劲。

金红色的织花地毯上有一摊玻璃碎片,从大块的残骸能看出它曾经是一个精美的玻璃杯。猩红的酒液一半浸染了地毯,另一半停滞在低空中,呈现向地上泼洒的趋势,溅出的酒滴像浓稠的血。

一些玻璃碎片也凝滞在低矮的半空,像是接触地面后又被弹起来的,与溅起的葡萄酒混在一处,有种破败而荒诞的美。旁边的一个黄裙少男惊恐地看着酒杯摔碎的地方,就好像那里曾经站着一个人——那人夺走了他的酒杯,并且摔在了地上。少男受到惊吓往这边看过来,也许他还没来得及反应,时间就静止了……

露西塔顺着地毯往前走。再往前是大厅的中央,一层层楼梯向上延伸,直到大厅高处,看不清上端的情况。

她拾级而上,上到一半时,大厅高处的景象便显露出来。

一个披着深红色披风、身穿铁铠的中年女人手按一柄长剑,占据了这一层的视线焦点。她神色严肃,不怒自威,站在靠近左侧出口的位置,正低头和一个美丽的少男说着什么。那个少男穿着深绿色的丝绸长裙,层层叠叠的裙摆上缀着清澈的绿宝石,金色的长发散落在肩头,瘦削的肩膀处皮肤白得发光。他神态温顺,微微抿着唇,双手交叠,含蓄而雅致。

尽管露西塔不懂得欣赏少男,但一个毋庸置疑的事实就摆在那里——这绿裙少男是整个大厅最美的明珠。柱边手握长剑的骑士们隐晦的目光也都投在这少男身上，一旁簇拥着他的那些少男和侍男都显得暗淡无光。

如果这是一幅画，中年女人和绿裙少男就是画面的中心。人们的视线、不同的衣着，都引导着欣赏者第一眼的注意力。露西塔的注意力也第一时间被这个焦点夺去了，随后才移开目光打量周围。于是她终于看见最中间的宝座上坐着一个穿着灰扑扑马甲的女人。

女人的一切都与这座大厅格格不入。她戴着发旧的皮质小帽，穿着同色的旧马甲，皮靴的鞋头上沾了许多灰尘，一道深深的折痕横在中间。宝座的扶手下面放着一个小型的橡木工具箱，看起来年头已久，使用者很是珍惜，上面的漆面都包了浆。女人很年轻，三十来许模样，用帽子罩着脸仰躺在主座上，浑身散发着疲惫的气息，似乎在做一个不安稳的梦。

她浑身上下都与这个座位不匹配，但露西塔仅疑惑了一秒，注意力便被别的事物夺走了——女人倚在座位上的身体似乎往下小小地滑动了一下。幅度很小，但得益于露西塔超凡的动态视力和周围永恒静止的映衬，它在露西塔的眼里被放得无限大。

露西塔瞳孔一缩，开始正色打量这个女人。露西塔仔细观察才发现，她的胸腔在缓慢地起伏，尽管不太明显，但那代表了绵长的呼吸。

露西塔已在这个无声无息、永恒静止的世界待够了，对时间的流逝几乎已经失去了感觉。这种浮萍一样找不着任何坐标的感觉实在太糟糕了。

眼前的女人看起来几乎是唯一的"变化"。她是活的，她是"运动"的！她一定是非常特殊的，她身上也许就藏着这个世界的秘密。也许她很危险，但在这个虚幻的世界里，露西塔没办法发挥任何主观能动性做出哪怕丝毫的改变。如果眼前只有一条路，那么她终究都是要走的。

露西塔几乎是毫不犹豫地伸手试探，拍了拍她耷拉着的手背："你好。"

在她的预想中，唤醒这个人也许不会太容易，大概需要什么特殊的办法。令露西塔意外的是，自己几乎刚一碰到女人的皮肤，她整个人就弹了起来。

露西塔心想："……好吧，大概是我话本看多了。"

女人见着露西塔后忽然凝住，对着她愣了很久。

那神色太复杂，少经世事的露西塔很难看懂。于是，在片刻的卡顿和犹疑之后，她直接当作什么都没看到："您好？"

这一声仿佛什么开关，女人从胸腔中长长地吐出一口气，倚在了靠背上。

露西塔没有作声，等着女人开口。女人张了张嘴，却半晌都没有发出声音。她似乎调试了半晌，嘴唇上下碰了几下，最后发出一个古怪的声音："……你……好。"

这声问候的语调起伏有些模仿露西塔的意味。露西塔心中涌起一个荒诞的猜测。

"请问这是什么地方？"她一边接过话头继续打听，一边拨开一道缝隙，站在原地窥探精神世界的情况。

果不其然，在精神世界中，这里是一片由死寂的心智体构成的黯淡星河，只有一颗星星依然在缓慢地转动。那颗星星看起来异常庞大，相比正常的心智体，它转动时存在明显的凝滞，像一个衰老、朽坏的齿轮。

她的精神触角缓缓凑近那个心智体。虽然它看起来非常庞大，由许多冗杂的心念组成，但露西塔凑近才发现，它已经很衰老了。它的茧壳已变得脆弱，以至于不断外溢的精神波比常人要强烈得多。但仔细辨别，露西塔的触角所及之处，尽是灰暗和绝望。在这个似乎被时间遗忘的精神世界里，它的持续转动像是一个奇迹。

抛出问题后，露西塔静默地等了好一会儿，女人才艰难地组织好语言："这里是……芬黎帝国，圣城埃尔纽……伊里斯大将军的宅院。"

露西塔终于听到自己熟悉的知识点了。

芬黎帝国的历史要追溯到两百年前了。这个帝国曾统一大陆，维持了一百年的强盛统治，最后在末年衰微，被三家诸侯分食，形成了斯普林、文特和伊顿三个王国。埃尔纽是芬黎的圣城，帝国最强盛的时候立都于此。至于伊里斯，则是帝国一位赫赫有名的将军，生前身后，无数人为她立书作传。露西塔对这个名字简直再熟悉不过了。将军伊里斯活跃的时间大约在帝国立国之初，最强盛时，她身上的光环叠了一层又一层，最后却因为与国王互相猜忌而死于一杯预料之外的鸩酒。

那么，这个时代应该在大约三百年前。怪不得她的心智体庞大、驳杂得异于常人，原来已经聚集了三百年的心念。露西塔的猜测得以验证。

她是个被困在这里的活生生的人。虽然不知为何这里的时间静止了，她却好端端地清醒着，只是她已经在这个寂静的地方关了太久，以至于她的语言系统都开始退化，只能艰难地说出一些破碎的词句。

这次轮到女人发问了："你……是……什么人，怎么会……进来……这里？"

"我也不知道。"露西塔略过第一个不太好回答的问题，诚实地道，"我只是听见了一声杯子摔碎的声音，下一秒就掉到了这里。"

杯子……女人目光微垂，从座位上站起来，往前走了几步。略过数层向下的台阶，从那个破碎酒杯中溢出的一半红酒依然静静地悬停在低矮的空中，像是猩红的血液。是的，太久了，久到她都忘了正常的世界是有重力的，正常的杯子破碎后会落在地上，而不是像这样停滞在空中。她对这样的场景习以为常了。杯子破碎那年，是什么时候来着？她又陷入了迷茫的思考。

三百年前，芬黎帝国，圣城埃尔纽，伊里斯城堡。

这一天是伊里斯将军的小男儿的十六岁成年礼，过了这一天，他将正式踏入舞池，成为埃尔纽社交界最美丽的明珠。伊里斯将军为这个饱受自己宠爱的小男儿举行了一场盛大的成年晚宴,年长者期望借此与大将军搭上话,年轻者则开始暗暗打这位伊里斯小兄的主意。

伊里斯家历代男士的美貌都是出了名的,据说以这一代的这位伊里斯小兄为最。无论是毫无杂色的金发、光洁如雪的皮肤,还是他据说堪称一绝的竖琴弹奏技艺,都使他当之无愧地成为最受欢迎的恋人和最适合孕育后代的人选。在他挽着母亲的手出场的时候,晚宴的气氛达到了顶峰。

那时候瓦伦蒂娜与这些毫无关系,毕竟她只是一个碰巧来府上送定制座钟的钟表匠。她是整座圣城手艺最好的钟表匠之一,从业数十年,王公贵胄都在她这里定制钟表。借着上门送钟表的机会,她这双眼睛见过无数府邸的后花园,但伊里斯城堡她还是第一次来。她很重视这次机会,为这只座钟付出了许多心血,甚至自己贴钱也要把它打造得尽善尽美。

伊里斯将军是帝国一人之下、万人之上的人物,如果她的继承人伊里斯少君对瓦伦蒂娜的钟表满意,她或许可以将伊里斯家发展成自己的长期客户,这样自己的身价又能上抬不少。假以时日,她说不定还有机会进入王宫,成为御用钟表匠……

瓦伦蒂娜美滋滋地想着,跟着少君的贴身女仆穿过这座宅邸的后花园,抵达伊里斯少君的书房。路过宴会大厅时,那些隐隐约约的赞美声传到她耳朵里,让她不由得有些好奇,想要看上一眼。那可是有着"帝国明珠"名号的美人呢……

她当然没有那么做,稳重的瓦伦蒂娜是个合格的生意人,十分懂得谨慎这个道理。她只是小心地将精心制作的小座钟放到了少君的外书房,在女仆的注视下仔细地完成调试,然后谦逊地跟着女仆的指引原路返回。一切原本都很平常,但引路的女仆突然被一位从大厅出来的男仆匆匆叫走了,本该原路返回的瓦伦蒂娜迷路了。

这不能怪她,只能怪那时天太黑了,距离大厅越远,光线越昏暗,况且伊里斯家后花园的道路实在太过曲折、复杂。总之,她在那座后花园里转了好一会儿也没能走出去。

几乎所有的仆人都去大厅和厨房支应了,她在后花园里一直没见到人,就连想问路也不能。瓦伦蒂娜借着月光看了一眼自己新研发的连秒针都还没装的半成品腕表,已经晚上八点了。她似乎已经很久没听到人声了,也没有听到风的流动。她心里隐隐有点儿焦躁,于是咬了咬牙,决定循着大厅的亮光找过去。

一切变化在路上露出了端倪:不动如钟的树和花、静止的湖中涟漪,还有不再飞舞、闪烁的萤火虫。她早该意识到的,但她似乎下意识地忽略了这一切异样,直到她抵达大厅门口的长廊。

这里是瓦伦蒂娜从来没资格踏足的地方,庄严、古雅,随意撞着一个都是顶顶可怕的大人物。但现在大人物们仿佛雕塑一样凝固在原地,脸上的笑靥诡异地凝滞着,叫瓦伦蒂娜心里发毛。她打着哆嗦往前走。

推开大厅的门,所有的一切都像静止的默片。舞池里那些停驻在空中的飞扬的裙摆,叫她终于不能再继续欺骗自己的感官。"完了,瓦伦蒂娜,你一定是在做梦。"她欲哭无泪,一屁股蹲坐在地上。

瓦伦蒂娜再也没能走出去。那些她从前好奇的、憧憬的,不敢抬眼去看的一切,此时都像雕塑一样摆在这里,由她尽情欣赏。这里有金黄的古老座钟,她一直想拆解了它们学习远古的技艺;有名贵的窖藏葡萄酒,把她的身家全卖了也难得一瓶;有传说中皇室传了三代的"风蔷薇"——一枚粉钻石胸针,大刺刺地别在皇室王男的衣领上;还有她曾好奇过一瞬的"帝国明珠"——最开始确实摄人般夺目,但一座静止的雕塑欣赏久了也不过如此。所有的一切都是虚幻的,她伸手触碰不到任何实物。瓦伦蒂娜在最开始的慌乱、恐惧中度过了不知多久,静止的时间是不知疲惫的。渐渐地,她终于冷静下来,开始寻求逃离的办法。

她开始检查这座庭园。她发现的第一点是:她被关在了这座庭园里面，无法外出。以围绕庭园的一圈缠满蔷薇和藤蔓的铁栅栏为分界，不知名的空气墙阻挡在那里。这里变成了一个独立的空间，她犹如困在浅滩上的贝壳。这个认知让她更焦躁了。

虽然庭园面积很大，但在空间上被困远比在时间上被困给人的束缚感强烈。作为浅滩上被困得明明白白的贝壳，瓦伦蒂娜很是颓丧了一段时间，之后才慢慢振作起来，仔细搜查这座庭园。

慢慢来吧，她安慰自己，反正不必吃喝，也不会衰老，自己有无尽的时间来想办法离开这里。因为时间充裕，她的搜查极为仔细，就连墙壁的花纹她都要凑近观察一番，看看有没有什么玄机。这是最笨的办法，但她一直忍着搜了很久，越搜越慢。不知是她的细心和毅力真的值得惊叹，还是她在恐惧搜查完毕后令人绝望的结果。但这样搜下去，还真被她搜到了一点儿东西。

那只伊里斯少君定制的座钟——她来这里的原因——静静地摆在书房的书桌上，秒针一直在顽强地走着，发出"嘀嗒嘀嗒"的声音。瓦伦蒂娜无比珍惜地伸出手，手指竟没有像往常一样穿过座钟的幻影，而是真切地触摸到了冰冷的金属。她顿时把它抱在怀里，喜极而泣。

她以为这是她成功逃离的开端，但在那之后，她的搜索和各种办法再也没有出现任何进展。这种沉寂一直持续了不知多久，后来她已经没有心力去计时了，只知道抱着那只"嘀嗒嘀嗒"的座钟发呆。

第二次转机是时间的暂时波动。那时她正躺在大厅中间看永恒不变的月亮，忽地听到了嘈杂的声响。瓦伦蒂娜一个打挺站了起来。她结结巴巴地还没来得及说出一句话，一切又重新静止了。

她茫然地仰头望月。从前无比熟悉的云丝排布好像发生了一点儿变化？瓦伦蒂娜的认知太有限了，眼睛能看到的也太少了。作为一个普通的人类，她没有从这次突然的变化中获得任何信息。

但在那之后，她对这个世界的感知仿佛更敏锐了一些——也或许是这个世界的稳定性变差了，以至于她能时不时地在空气中见到一些来自别的世界的虚影。

她隐约认知到，困住自己的这个空间正在不知何处飘着。有时候，它会遇到一些别的空间或者……世界？世界交叠之际，她所在的空间似乎会变得不太稳定，她才会感知到与其交错而过的别的世界。

这一度让瓦伦蒂娜非常绝望，因为这意味着她所在的空间也许完全不会再恢复运转了。不过那个时候她也产生了隐隐的期待：这些交错而过的浮光掠影有一天会不会离她足够近，让她抓住什么搭乘上去，离开这里呢？即使不能，这些变幻的浮光掠影也能让她感觉到一点儿久违的生气，带来一点儿自己还活着的感觉。

当然，这里时不时的时间波动依然会让她生出自我麻痹式的期待。每次这里卡顿一下，时间出现瞬间流动的时候，她就会幻想时间恢复的光景。当然，无论怎样，这些都只是无谓的幻想而已。这里的一切都是虚影，也就意味着她几乎无法做任何事，主观能动性被完完全全地憋在手里，使人窝火。

后来她终于发现了一件自己能做的事。也许希望很渺茫，但至少是一丝机会。偶尔的时间波动是她可以触摸世界的唯一机会，如果同一时间发生了世界的重叠交错，她就可以趁机做些什么来吸引与此重叠的世界，或许可以引起什么东西的注意，获得拯救？

瓦伦蒂娜等了很久，终于等来了一次时机。时间波动的一瞬间，世界恢复运转，外界的投影降临，她眼疾手快地夺过大厅中央那个小兄的杯子，几乎是孤注一掷地朝那片外来的虚影扔了过去。

"啪啦——"

那杯子直接穿过虚影，砸到了一堵看不见的空气墙上，然后弹到地上碎成了一片片。旋即时停，弹起的碎片在空中凝滞，又恢复了难以触摸的虚幻状态。

是有点儿用的，也许是有点儿用的——瓦伦蒂娜激动地想。虽然只是依靠杯子，但她用流动时间里的物品成功地触摸到了另一个世界的边界！它会对别的世界产生什么影响吗？

她不知道。她没有机会验证。这次的试验像是最后的挣扎，瓦伦蒂娜在后续的等待中日益颓丧,疲惫如同潮水一样将她淹没。

她不再努力了。那只一开始"嘀嗒嘀嗒"作响的座钟没了动力,很久之前就停摆了,被她放在自己的工具箱里,如同溺水的人珍惜地保存着最后一根稻草。但她同时心知肚明,那只是稻草而已。

瓦伦蒂娜坐在空荡荡的主座上,低头望着静默的一切,宛如末路的国王巡视她的疆土。她不知疲倦,在这里睁眼,在这里浅眠,在这里仰头望天上的月亮,在心里描摹云的形状,然后在时间发生波动后再次观察新的云形。这是这个世界上仅剩的最后一丝变化,也是她仅存的人生活动了。一个人不以什么为锚点,真的会在这里疯掉的。现在,她从前那些希冀和疲惫一同消失了,心如止水,不再起半点儿波澜。

如果露西塔在一开始时来到这里,她会惶恐又害怕;

如果露西塔在她不断想办法离开时来到这里,她会欣喜若狂;

如果露西塔在她陷入疲惫时来到这里,她会有种解脱的快感——

但现在露西塔来了,她只是惊了一下,抬起眼皮,在慢慢思索如何发音之后,学着对方的语调打了一声招呼:"……你……好。"

杯子破碎的时间,瓦伦蒂娜已记不清了,但那绝对是很久以前了。真是有趣,原来她的最后一次尝试起到了作用吗?

瓦伦蒂娜慢慢地问:"你……从……哪里来?"

"三百年后。"露西塔给出了一个她计算出的时间,"我来自芬黎帝国灭亡两百年后,伊里斯时代过去约三百年后。"

"芬黎……居然一百年就灭亡了吗?"

外界的消息让瓦伦蒂娜惊讶了一瞬。毕竟她活着的时候,芬黎还是大陆上唯一一个帝国,处于刚建立不久的强盛期。生活在盛世的钟表匠总以为,芬黎看起来更包容、更有生机,应该比上一个王朝延续得更久。但世事如此,谁又能预料呢?

瓦伦蒂娜思及自身,有些微的感伤。自己在这里,竟然比芬黎活得更久了。到了如今,自己的归处又在哪里呢?

她对自己已经不抱希望,但还是好奇地问了一句:"你来到这里,知道怎么出去吗？"

露西塔摇头："我不是主动进来的。"

见瓦伦蒂娜有点儿懒洋洋的，露西塔多问了一句："您这里的情况，能否与我讲一下？"

"我是个钟表匠，是来送钟表的。"瓦伦蒂娜简单地说，"在回去的路上我迷路了，之后不知道为什么就变成了这样。我什么都不知道。"

"一切都很正常？有什么特殊的情况吗？"露西塔追问。

从玻璃碎片来看，这个钟表匠曾试图用杯子砸开什么，而那声音真的传到了她的耳朵里。钟表匠一定知道什么，才会做出某种相对正确的尝试。

"特殊的情况……"瓦伦蒂娜打开了她的工具箱。

工具箱里放置着的是她送来的钟表。这只钟表几乎凝结了她前半生的所有心血，用了她珍藏多年的一块来自极北的冰白橡为底座，金丝掐出的表盘上镶嵌着整整十二枚澄澈的海蓝色圆形宝石。时隔多年，宝石依旧辉光熠耀，湛湛如新，像是骤然凝结的十二滴海水。

这是一组鼎鼎有名的宝石，名叫"十二月之海"，是伊里斯家族的藏品，或者说是开国时期的战利品。伊里斯少君亲手将它们交给了瓦伦蒂娜，希望她能将它们镶嵌在她定做的钟表上。瓦伦蒂娜完成了这个交代，但这只座钟到最后也没有与伊里斯少君会面。她的手漠然地拂过宝石，来到钟表的雕花尖顶上。

因工艺有限的缘故，整个表身唯独那里使用了硬度更高的黄铜十字细钉，将钟身与外部装饰配件相连。也唯独在那里，她们能看到时间在表身上留下的证据——一圈细密的铜绿。

她指着那圈铜绿说："时间静止之初，它还是一只崭新的钟表。"

这只座钟似乎被时间规则遗弃了，在周遭的一切都静止的时候，它自顾自地流淌在时间里，未尝有一刻停止老化。如果说她的工具箱免于被时间禁锢是由于被她随身携带、时刻与她同在一处，那么这只放在伊里斯少君书房的钟表又凭什么是特殊的那个？她想不通，她已经放弃去想了。

露西塔看着眼前的座钟，摸了摸它的指针。它早已随着时间的流逝而停摆，指针静默着放弃了日复一日的晨钟晚祷，袖手观察着时间之河。

忽然，黄金指针因为她的触摸轻轻颤了颤，像是从大梦中惊醒的蝴蝶扇动了下翅膀，扰动出一圈细微的涟漪。这一丝扰动像是滴入沙漠的一滴水，骤然蒸发，却像是提醒一般，叫身在其中的人忽然意识到沙漠的炎热。

露西塔似触电一般缩回了手。她颦起眉头，若有所思。须臾之后，她起身慢慢向外走去。

穿过衣香鬓影的舞池，她推开大厅的门，又来到花园中。她的脚踩在地上，如同踩在云端，一步一步，不急不缓，似乎一边在思索什么，一边巡视着她的王国。

这里本是一片时间的沙漠。时间遗弃了这里，人来到这里就像上岸的游鱼，只能在永恒不变的枯涸里坐待窒息。直到一滴水落下来，微薄、可怜、瞬间湮灭。但对于沙漠来说，这一丝异样太过明显，以至于她瞬间就捕捉到了它。那是从三百年前的指针上传来的、这片空间仅存的一星时间之力。

时间的规则于她而言并不陌生，但只有此刻，在时间枯涸的世界里，这一丝时间之力触碰到她的手指，才终于向她传达了时间规则的真实。就像她来到真空中，于是终于理解了空气。

后花园里是油画一样模糊的云丝、淡月、树丛和树丛间定格的萤火虫。露西塔伸手轻轻摘下了一只淡绿色的萤火虫，停顿片刻，松开了手指。

在瓦伦蒂娜震惊的目光里，萤火虫缓缓飞离，越飞越远，最后隐入了模糊的树丛深处。她慢慢闭上了眼睛。而在某个混沌的视角里，一双蒙昧的眼睛颤了颤，缓缓睁开。

露西塔从时间长河里站起身。无数的可能性在这条河里穿行而过，偶然在某个交叉口打了一个回环的结，某一种可能性就在此终结。在这个庞大的视角里，瓦伦蒂娜所在的空间不过是时间长河里一个小小的结点，不是第一个，更不是唯一一个。这片空间唯一的特殊之处不是瓦伦蒂娜，而是那只钟表。

她垂眸观察这个时间结。在这里，那只钟表隐隐约约，似乎要与时间融为一体，是这片时间沙漠里唯一的绿意。

它由天地的钟灵——陨星的残骸——反复打磨、提纯而制成，因而以凡物之身产生了一丝时间之力，甚至使得它的创造者瓦伦蒂娜也对时间的规则有了一定的亲和力，甚至在一场时间打结而停止的灾难里得以幸存。只是不知道对她来说，清醒是一种幸运，还是一种残忍？

露西塔轻轻拨了拨，解开了那个小结。缠绕了许久的一个空循环回到正轨，除了在时间废墟里度过了三百年的瓦伦蒂娜，一切似乎都没什么变化。

时间便又顺着往前流去。云丝浮动，萤火游弋，奢靡的音乐重新从大厅里传来。

一位女仆见着呆立在宴厅之前的瓦伦蒂娜，急急地跑过来："嘿，不是让你回去吗？你怎么走到这里来了——咦，你什么时候把这座钟又带出来了？我会替你转交少君的，她今天没空见你……"

瓦伦蒂娜呆立在那里，没有说话。不知是时间的骤然恢复让她一时分不清虚实，还是慑于方才眼帘里那骤然纷飞而起的萤火虫和那闯入者平静、幽微的漆黑眼眸。

那一刻，她觉得自己和这片花园几乎合为一体，俱成了那人眼里被翻阅的一本书。莫名地闯入，又莫名地离开，却叫自己这寂寞的三百年转眼就成了一场惊醒的噩梦，泡沫一样碎裂了。

露西塔不关心瓦伦蒂娜的想法，见没再出什么问题，便不再管了，顺着时间的流势向前走去。她一边走，一边低头辨认着。

瓦伦蒂娜这个结被修正了，她自己所在的时间点，她一时却找不到了。

一条时间线可以从世界在盖娅手里诞生之初开始,一直流到不知多少年后的未来,直到盖娅预言中的毁灭,河流归于干涸。在露西塔眼里,只有自己所在的这条时间线,尽头不像盖娅所说的那样灾难四起,而是被一团烟雾笼罩着,看不真切。这就是盖娅所说的那个因自己的到来而逐渐看不真切、产生希望的未来吗?

总之,由于时间线过长,她对时间单位的把握也失去了方寸。仅仅稍微走了一会儿,无数信息洪流就冲刷得她险些心智迷失。露西塔深觉这样不是办法,干脆停下来,来到了岸上。

堤岸不知是什么组成的,踩在上面一团湿冷,露西塔往四周看去,俱是一片混沌。她盘膝坐下。

如果说此时有谁能帮她,大概就是母神盖娅了。她并不太慌,此刻她在时间之外,一切对她而言都是静止的。届时等来盖娅,回到家里,她还可以回到来时的时间点上。

总之,此刻唯一人一河而已。河流奔往时间的尽头。

露西塔不言语,就见无数的森林由绿转白,大海潮汐往复,星河旋转,日月往来。在过去的时间里,她并未见到长寿种的影子,大概是时间线往前推移的长度还不够。她只见到人从土里生长出来,生机由盛转衰,最后又化作尘泥,埋葬在华美的坟墓和颓圮的荒野,不见踪影。

每个人的一生都惊人地相似,都在不知是主动抑或被动地忙碌着,像蚂蚁一样,留下了灿烂一时的工艺和科学——这些东西的辉光会稍微长一点儿,也使世界的面貌在时间线的推移下发生了缓慢的变化。

当然,也有战争。从这个视角来看,那些亲历者眼里威风凛凛的将军和国王,那些光耀时代的伟大人物,也不过是有些幼稚的玩具小人而已。大多数人仿佛是一个模子里刻出来的,一批一批地短暂地存在着。

她忽觉出一种深重的悲哀,眼底滚下一滴眼泪来。眼泪坠入河流,荡起一朵小小的水花,很快消失不见。时间线急速推进,她的视线落在芬黎帝国一个干旱的夏天。人们欢快地奔进雨里，用一切能盛装水的容器接雨，然后欣喜若狂地奔进麦田里。

露西塔看着人们度过了一个丰收的季节。而后，这一年的丰收似乎并未对大部分人的生命历程造成什么影响。生灭不由人。

这个被她观察的国家依旧像历史上许多类似的帝国一样崩解了。她放慢速度稍稍辨认了一下，这是芬黎帝国诞生后的另一条时间线。在这条线上，芬黎存在了数百年，最后四分五裂，连年征战，并未分为三个稳定的国家。

脱离了时间规则的束缚，露西塔就这样在时间之外看了很久。无数念头在时间长河里被冲刷着。

直到高山化作平原，平原裂成大海，火山死亡，江河干枯……露西塔才恍然意识到，她所看过的时间早已超过了短短的几百年。

她动了动身子。这里属于时间和空间之外的领域，没有灰尘，也没有蛛网。她将视线抽离，忽感疲惫难言，脑中一片茫然。现在的她经历过千百年时间流的洗礼，心智早已十分稳固，不再需要盖娅的帮助了。她找到自己原本所在的那条时间线，只拨动了片刻，就见到了她拎着稻种来到废弃公墓前的那个黄昏。熟悉又陌生的烟紫色暮光依旧。

她深深地吐了口气，沉入水中。一片亘古的死寂过后，她再睁开眼，看到的便是熟悉的自家庭园后墙和街道。夕阳的余晖一直燃烧到她脚下。

露西塔丢下手上的种子袋，坐在墓园前半埋在土里的大石块上，望着脚下的斜晖久久无言。她已经忘记了自己要干什么，观察了一会儿种子袋才慢半拍地想起来，然后慢吞吞地步入墓园深处。

即使天色已晚，夏园里积攒的暑气依旧没有散尽，一片不得疏散的湿热之间飞虫蒙蒙。茂密的狗尾草划过她赤裸的脚腕，但混血种皮肤强韧，草叶划过没有留下任何痕迹。

她蹲下身子，伸手覆盖脚下的泥土，生命之力渐渐聚集于她掌下，周围的野草肉眼可见地开始枯萎。

露西塔刚掌握生命之力没多久，还处于只知其然而不知其所以然的阶段，对生命力的掌控非常不稳定。这是她掌握生命之力以来第一次试图影响植物的枯荣，效率难免有些低。摸索了半天，她终于清理出一小块五米见方的空地，随后又凝聚水元素将它灌溉成了一片水田。接着，她打开自己的种子袋，决定先播一些种子试着催熟。

稻种需要她先催出细芽，形成秧苗，随后才能在田里插秧。插秧的过程用不了魔法，露西塔只得认认真真地每隔一段距离栽下一棵秧苗，弄得两只手沾满了泥水。接触土地的感觉令人非常安稳，力量在她的血管里奔腾。在流动的生命力的浸润下，思维有些迟滞的露西塔渐渐找回了真实的感觉。这感觉是"活着"。

活着是一件很好的事，她曾对某个人——对德尔菲娜这样说过。去触摸，去感知，去为丰收欣喜，为不公愤怒，去听别人叫自己的名字——

"露西塔！"

这声音从她头顶传来时，露西塔还有些恍惚。这个陌生又熟悉的名字让她的心一动，随后才反应过来指的是自己。她下意识地抬头望去。

紧贴着墓园的那面山墙上方，自家二楼的某一扇窗户里探出一个熟悉的脑袋来。那人眼眸里如同卧了一泊翠湖，金色的发丝垂在肩头："你在做什么？"

这情景似曾相识。曾经也有一个人从二楼的窗子里叫她的名字，一样的翠绿色眼眸和一样的浅金色头发，那是她到伊尔塔特后遇见的第一个人，代表着她的来处、她的开端。

伊尔塔特街上那一排爬满藤蔓的木窗在她脑海里一闪而过，她旋即意识到，在她的心里，伊尔塔特已经是她的来处。

露西塔看着维尔蕾特，心里微微一暖，正待回答什么，就见维尔蕾特抬脚一蹬，从二楼的窗子里跳了下来。

"小心！"露西塔一惊，连忙左右看了两眼，没见到人才放下心来，"被人看见你就完了！"

"不碍事。"维尔蕾特随意一笑，目光落到脚下，"种什么呢？"

"稻子。"

"稻子？"维尔蕾特疑惑地重复了一遍，"就是你说的那种果实很不错的谷物？"

"算是吧。"露西塔肯定了她的形容词。

"这样啊，你种稻子做什么？"

维尔蕾特随意地蹲下来，一边问着，一边将手掌贴紧地面。须臾之间，生嫩的秧苗生长起来，茎秆从中间抽出，顶端开出雪白的稻花；细碎的花瓣枯萎，生出青涩的稻壳；随着稻秆的弯折，稻壳渐渐鼓起来，露出金黄的色泽，在露西塔眼前捧出了一团柔和的稻香。

维尔蕾特拍拍手站起来："我记得你之前说过想吃稻米。你是在哪里吃过吗？"

"嗯……在梦里吃过吧。"露西塔眨眨眼睛。

维尔蕾特不是傻子，但就像过去一样，她很有分寸地没有多问。谁还没有不愿吐口的秘密呢？

五米见方的一小块试验田，她们共采收了十来斤稻谷。伊尔塔特的居民没有种植过稻子，因此也没有现成的改良版种子，产量还说不上高。十来斤的量，还是在未脱壳的状态下称量出来的。露西塔将它们装进空间里，打算明天去附近的磨坊用石磨来脱壳。

"走吧。"她们一前一后离开了墓园。

墓园中那一小块孤零零的试验田里倒着一茬稻秆，周围的野草看起来有些蔫巴。

这些野草方才还很精神，绝不是被太阳晒蔫的，而是缺少生命力导致的暂时性萎靡。强行抽取土地里的生命力将植物快速催熟的结果就是这样。如果竭泽而渔，就会对世界的生息结构造成难以恢复的破坏。这一点和使用魔法的隐患是共通的。也正因此，精灵们更愿使用生命天赋培育优良的种子、赶农时和防止自然灾害，而非用天赋一茬一茬地将粮食催熟，不断消耗土地的生息。

当然，其中也有伊尔塔特群山中资源丰富、粮食充足的原因。

她们回到家里，不见院子里逗羊的琳妮娅，也不见平日坐在门前椴树上的德尔菲娜。露西塔喊了一声，听见琳妮娅的应答从二楼隐隐约约地传下来，还伴随着一阵叮咚哐当的声响。露西塔疑惑地道："她在二楼做什么？"

维尔蕾特解释道："今天下午她收到一幅画，是她的朋友——可爱的小骑士伊莎贝拉——送给她的肖像画。关于这幅画应该挂在哪里，她计划了半个下午。"

"噢？"露西塔抬脚就往楼上走，"画得怎么样？她这是要挂在哪里？"

"应该是走廊上。据说她的朋友们告诉她，把肖像画挂在卧室里，晚上起夜会害怕——月光照着模模糊糊的肖像，听起来确实有点儿可怕。你还别说，人类怎么能创造出这么多可怕的鬼故事，真是闲着没事找刺激……"

露西塔看了她一眼。不用说，维尔蕾特又在废寝忘食地看话本了。

"挂在走廊上，晚上起夜经过就不会害怕吗？"露西塔失笑，转过楼梯口就见琳妮娅正站在小木梯上，捏着一把小锤子叮叮当当地敲钉子。梯子下面是一个满当当的工具箱，可惜这会儿被打翻了，钳子、扳手和铁钉散落在地上。

"我晚上起夜不经过这里！"琳妮娅闻言，头也不抬地接道。

露西塔看了一眼，还真是——挂画的地方并不在琳妮娅的卧室和盥洗室之间，她难免一乐。

德尔菲娜飘在空中，正用空间之力帮琳妮娅按着画。见露西塔来了，她矜持地回过头，瞳孔亮得泛出闪闪的金黄光泽："露西塔，我记得我也有肖像画！"

露西塔愣了愣，才想起来德尔菲娜指的是什么——人类德尔菲娜的画家母亲的那些作品。

说起来，那些肖像画让德尔菲娜来保存或许更加合理一点儿。毕竟，她和人类德尔菲娜有同一个母亲，身上带着另一个德尔菲娜抹不去的痕迹。

"你想看看它们吗？"

"当然！"德尔菲娜立马点头，一激动连手上的画框都松了。刚钉了一颗钉子的画框立马歪斜下来。

琳妮娅咬牙："德尔菲娜！"

"啊！不好意思——"德尔菲娜立刻回过神来，扶住画框把它重新摆正。

纸张到底还是脆弱的，暴露在空气里会很快老化，天然颜料的氧化也很难避免，因此露西塔一直将画匣保存在自己的空间里。

不再管她们的打闹，露西塔绕过梯子，把画匣放到了德尔菲娜房间的置物桌上。

人类德尔菲娜的那些画像，风中的德尔菲娜、雨中的德尔菲娜、书桌前的德尔菲娜、花园里的德尔菲娜，大笑的、惊讶的、做梦的……对于露西塔来说是蒙尘的藏品，对她的朋友——现在的德尔菲娜——来说，也许就是一份羁绊。几乎同在世间无牵无挂，制造羁绊有多重要，露西塔很能感同身受。

露西塔表达了今晚不想做饭的意思，请维尔蕾特到酒馆买一些晚餐回来。维尔蕾特没有多问，欣然应允。露西塔回到自己的卧室，关上房门，躺在床上。对于她的朋友们来说，这是十分普通的一天，对她来说却已经很疲惫了。

她的视线落在天花板上，时而左右游移，不知在想些什么。然后，她顿住了。

露西塔的床边放着一个小小的书架，上面堆着她从春之塔的图书馆借来的一些有关研究流派魔法的书籍。此刻，在那堆书籍里，她敏锐地捕捉到几个烫金的字，那是一个她熟悉的名字：瓦伦蒂娜。

她一下子坐起来，抽出那本书。褐色的精装封面上赫然印着一行花体字：

最强大的研究流派魔法：时间的力量

露西塔翻开了那本书。

书的扉页上是缠绕着藤蔓的圆形文字框。无论是脆弱、泛黄的纸张状态，还是文字古老的花型特点，都昭示着这本书历史久远。

扉页上有一张黑白肖像，露西塔一眼看去如这本书的作者名字一样眼熟。她在与自己相关联的久远记忆里略一搜寻就想起了这个人是谁——曾经被困在时间节点里的前朝钟表匠瓦伦蒂娜。

时间魔法作为研究流派魔法"时空魔法"的分支，仅在天才的创始者布兰奇在世时存在过一个世代，之后就再没人能接触到它的门槛，以至于很多人认为那只是一个传说，不承认它作为时空魔法的分支地位。

露西塔曾在春之塔的图书馆里翻阅了浩如烟海的研究流派魔法典籍，可以肯定的是，在有史以来的记载中，不存在第二个掌握时间魔法的人类。至于这些书，是她亲自一本本地登记后从图书馆里借出来的，她不可能有这本没听过的书。

瓦伦蒂娜……她摸索着扉页上模糊的肖像，微微打了个寒噤。瓦伦蒂娜将那只镶嵌了"十二月之海"的座钟打磨到了极致，甚至因此接触到了时间规则的门槛，在打结的时间线里幸存了下来。

而现在，露西塔把这个领悟时间规则的钟表匠从凝固的时间里放了出来，因此这条时间线就被改写了。存世的不再是普通的钟表大师瓦伦蒂娜，而是因三百年的禁锢而顿悟的时间魔法师——一代辉煌的传奇。

露西塔坐在床边的书桌前，翻开了这本书的第一章。

瓦伦蒂娜的生平非常传奇。

三十岁以前,她一直守着自家破旧的钟表铺,因精湛的手艺美名远扬,一度敲开贵族生意的门槛。

据传她在日复一日与钟表打交道的过程中领悟了时间的力量,并在伊里斯小兄的成年晚宴上施展了那种神奇的力量,用小范围的"时停"阻止了著名的刺杀事件,从此成为国王的座上宾。

刚成年的帝国明珠伊里斯小兄被她的智慧折服,苦苦追随,最终与瓦伦蒂娜结成了一对轰动一时的恋人,并且让这位大魔法师难得地保持了好几年的专一。

也许是伊里斯小兄的外貌与天赋太盛,瓦伦蒂娜的几个女儿不仅外貌胜过母亲,而且表现出了超过母亲的超凡才华,取得了不菲的成就与地位;也许也是因为伊里斯小兄的凡人基因,几个孩子都没有继承母亲的魔法智慧,时间魔法在瓦伦蒂娜之后再次断代。

此外,据说瓦伦蒂娜的信仰非常奇怪。她在三十岁以前像绝大多数普通人一样信仰母神盖娅,但三十岁成为魔法师后她便放弃了原有的信仰,书房中常年挂着一幅肖像。那是一个打扮非常普通的年轻女孩的肖像,她有着典型的黑色眼眸和黑发,像是来自南方某个民族。

旁人问起,瓦伦蒂娜却说:"我也不知道她的名字。但她给了我启示。"

瓦伦蒂娜一直活到了六十岁。

成为魔法师后,她的地位扶摇直上,但性情变得十分古怪、冷漠,等闲不掺和政坛的事,甚至为此几度拒绝了伊里斯小兄的表白。直到这位贵族小兄最后与家族断绝关系,她才接受了这位美人。

在人生的最后几年里,她开始走出她长年待着的书房和钟表屋,用王室赠送的财物大兴庙宇,名为"无名神殿"。最大的一座矗立在曾经的芬黎帝国的中心,最终毁于战火。无名神殿里摆放着曾给她启示的那位冷淡的黑眸少年的雕塑。

据传,瓦伦蒂娜的遗言与恋人们、女儿们都无关,她在最后的时间里反复喃喃着:"也许我终于又要见到您了。"

至于她会见到谁,大多数人认为是曾给予她启示的无名神祇,但也有另外的猜测,诸如年轻时的恋人之类,不一而足。

露西塔这一晚都没出门。晚餐时间,维尔蕾特亲自上来敲门,也被她委婉地拒绝了。维尔蕾特的脚步声渐渐远去,露西塔在昏黄的光线中点起鲤目灯,就着灯光翻开下一页。

在创始者布兰奇之后,瓦伦蒂娜进一步完善了时间魔法的体系。除了最著名的"时停"魔法之外,短暂的时间回溯、时间减速和加速等魔法,她都在先辈的研究基础上进行了长足的改进。她甚至在五十岁的时候触摸到了一丝预知的力量,但她看到的是重重迷雾。露西塔的手指停在了"迷雾"这个词上,久久未动。

翻完这本书已经是夜半,露西塔却不觉得饥饿,也没有睡意。

手心的怀表隐隐发烫,四块代表主世界层的光斑中,代表生命和精神世界层的光斑呈现莹润的深绿色,甚至隐隐有了融合的迹象;空间世界层在龙族之心停止燃烧后就逐步稳固,其光斑如今也呈现出喜人的稳定的青碧色;代表魔法世界层的光斑虽说依旧是刺目的橙色,但似乎比从前浅了一些。是因为时间魔法有了发展吗?

莹莹的灯光照着露西塔的侧脸,她的眼睛里倒映出颤动的光团。她看了一眼西移的上弦月,在隐约的蝉鸣里倒头躺下,将脸埋在枕头里。

在沉沉的夏夜,她又来到了那条河流旁边。逝水滚滚,露西塔忽然懂得了盖娅的痛苦。每一个瞬间都诞生着可能性,又消亡着可能性。一旦某个节点发生改变,就会推演出完全不同的结局。就像露西塔无意间放出了瓦伦蒂娜,时间在那里转了个弯,走向了完全不同的结局。也许有很多人因此不复存在,也有很多人获得了幸福。因此神祇只得无情,不涉世间事。

她顺着河流的流势向前望去,水流在可见的尽头倏忽断裂,只有她所在的那条时间线隐隐约约延伸出去,隐在一团雾气里,不可触及。那是时间的尽头。

露西塔有很多问题。这里有千千万万的可能性,但为什么只有她的可能性仅见一条?

"可能性有很多,但你只有一个。"盖娅的声音忽然出现在她耳边。

露西塔一惊,抬头望去,却没见着人影。

"您在哪里?"

"我在任何地方。"

露西塔神经一紧。她忽然意识到,神无形无貌,非虚非实。在神所创造的世界里,她凭依自己创造的山川鸟兽出现;而在虚无中,她无所凭依,也就无所不在。这个认知让露西塔产生了一丝不安感。

但露西塔没有显露出来,只是问道:"您的话是什么意思?"

"我创造了这个世界,所有生命都是我的孩子,但你不是。你不属于我能推演的可能性,你就是真实的你,是唯一。"

露西塔顿时明白了。所以,她在哪里,她的时间线就是哪条,它随着自己的时间推移向前走,任何人都无法窥见,也不会有另外的可能。从她来到这里开始,某条时间线上多了一个露西塔,从此它的一切都变得扑朔迷离,所有分裂出的可能性都归于迷雾。

"所以,我改变了瓦伦蒂娜的命运,这条唯一的时间线就发生了细微的改变,而不是分裂出一条新的。"露西塔讲述着自己的猜测。

盖娅点头。

露西塔将手指伸进冷冷的时间之河里,向前拨弄着细小的波浪,眼神却看着时间尽头的方向:"所以,正因为不可推演,我所在的时间线才不会直接在尽头断裂,而是有了未知的可能。"

"是的。"

"就像一场游戏一样,它会怎样,取决于我的选择?"她陡然从水里抽出手,激起一圈圈涟漪。

她的眼睛里闪烁着兴味盎然的光:"我知道了,我会好好玩这场游戏的。"

夜半，露西塔陡然睁眼，从床上坐起来。

上弦月依旧，蝉鸣依旧，天气燥热。她打开卧室的窗子，夜风涌进来，吹干了她额头上细密的暑汗。

她的肚子开始咕咕地叫。这个时候，她才意识到，自己好像很久没有吃东西了。

她摸了摸饥肠辘辘的肚子，提着一盏煤油灯蹑手蹑脚地推开房门，点燃走廊的壁灯，轻手轻脚地下了楼。

橱柜里还有一些晚餐。因为维尔蕾特买的是三人份的，变成了两人吃，恰巧剩下了一人份的量。露西塔摸了摸，煎五花肉是冷的。

露西塔想了想，干脆打开了厨房的灯，把冷掉的五花肉重新放进锅里煎出一圈焦黄的肉边，还煸出了一点儿油，香气伴随着油烟溢了出来。她连忙关上厨房的门，打开窗子散味，同时将肉片盛出来，撒上她们储存了很多的黑胡椒，又撒了一点儿在此地很珍贵的迷迭香碎。

菜篮子里的青菜看起来还算新鲜，不知道是不是今天中午买的。总之，对于露西塔来说，中午之前的事都是几百年前的事了，实在记不太清楚。她揪了两片罗马生菜的叶子，洗干净后裹着自己煎香的肉片吃了一顿，又从她们专门带来的小霜箱里拿出一瓶冰镇的麦酒，咕嘟咕嘟倒满一杯，一饮而尽。

吃饱喝足，露西塔的眼皮便开始打架。看着还没收拾的锅碗瓢盆，露西塔的良心与困意交战了两秒，最后困意占了上风。她决定明天早上起来偷偷收拾。

但事实证明，没有人可以在周末的早晨早起，尤其是在熬了半夜的情况下。第二天的露西塔是被进入厨房的维尔蕾特的喊声吼醒的："露西塔——"

还在梦中的露西塔烦恼地用被子蒙住头，揉了揉眼睛又睡了过去。

直到恼人的日头透过窗子照在她脸上，露西塔才睁开惺忪的眼睛。

院子里的粉蔷薇被太阳晒得水分都蒸腾了，花叶萎靡地垂着，馥郁的花香弥漫在空气里，透过窗缝探进她的卧室。露西塔掀开被子打了个哈欠，坐了起来。又是新的一天。

由于她早晨赖床，今天种子店开门有些迟。她打开店门的时候，一位不知来自哪家的年轻红发女仆已经在门口急得团团转。

随着年久的木门"吱呀"一声打开，门口的女仆顿时凑了过来："卡梅伦勋爵，日安！我代阿塔伊德少君向您问好！"

露西塔的记忆已经模糊得差不多了，根本不记得女仆口中这位少君是谁，只好猜测着问道："您是来定制储物空间的吗？"

女仆一愣，赔笑解释道："勋爵阁下，我是来取我家少君前天向您定制的储物空间的。是一枚镶嵌着紫水晶的戒徽，您还记得吗？"

露西塔当然不记得这种在她眼里不知多少年前的小事了。她想了想，让出一个身位："您进来吧。"

女仆诚惶诚恐地进了种子店。露西塔从后面的柜子里摸出三枚戒徽：一枚由黄金锻造，戒面上镌刻着一只闭目的夜枭；一枚镶嵌着一圈深紫色的水晶，戒面圆润，阳刻着一簇半开的蔷薇；最后一枚看起来有些黯淡，通体用黄铜打造，缝隙处已现难以清理的铜绿，戒面上刻着交叉的双剑，细蛇缠绕其上，此外别无任何花纹。

女仆的目光落在第三枚戒徽上，瞳孔微微一缩。她是管家的女儿，不是那些没见识的愚蠢男仆，平日迎来送往，对各家族的徽章了如指掌。这是权倾整个文特的将军家族普丽玛薇公爵家的戒徽。是的，如果她没看错的话，这枚戒徽属于普丽玛薇老公爵本人，而非哪位少君。

象征着整个王国几乎一半权势的戒徽就这样被露西塔大剌剌地拿在手里，叫女仆顿觉如芒在背。她的目光快速掠过三枚戒徽，落在第二枚水晶戒徽上。

"这枚就是我家少君的戒徽。"说着，女仆从口袋里掏出一个暗蓝色的硬纸信封，"这是我家少君交代我来取戒徽的委托函，还请您过目。"

露西塔随手将委托函放下，拿起那枚紫水晶戒徽。只消拿手一摸，她便知道这枚戒徽内部还未开辟空间，还是一片混沌的原始状态。她拿在手里微微握了握,才在女仆带着些微紧张的谨慎目光下摊开手掌,将戒徽递过去:"喏。"

女仆不知道戒徽里的空间是露西塔当场开辟的,敬畏地双手接过。她看着手里似乎非常神奇的戒徽,忍不住再次确认道:"我们少君只要滴一滴血上去,就可以打开里面的空间吗?"

露西塔微微点头,把剩下的两枚戒徽收了起来。

"感谢您的慷慨!"女仆敬畏地深深行礼,"待我带给少君,阿塔伊德家会再次为您献上丰厚的谢礼!"

"这就不用了,已经银货两讫。"露西塔微微皱眉,一边婉拒,一边将女仆送出了门。

倒不是露西塔不爱财,金币能买到美味的食物、优良的乐器和精妙的工艺品,是舒适生活必不可少的东西。只是她目前靠开辟空间赚了一阵子快钱,积攒的金币几乎堆满了小房子一般的空间,实在不缺这样的东西了。何况来自政客的礼物并非单纯的谢礼,感谢是假,拉拢是真,令人烦不胜烦。她索性全都拒之门外。

送走了不待见的客人,种子店清静下来。眼看着日头越来越大,街上人流越发稀疏,门前的摊贩生意也逐渐冷清。卖面包的、卖鱼的、卖蜜薯的,还有红鼻子的打酒人,三三两两地坐在街边商店外的木棚下躲太阳。

遮阳木棚的选择也是有讲究的,她们通常会聚集在贩卖粗面包和麦酒的酒馆外面。酒馆的客人多是走南闯北的商人和旅客,勤恳的邮差和纸盒厂的工人也会在中午下工的时候聚在一起谈天,大谈自己年轻时的荒唐事。太阳最烈的时候,鲜少有客人会坐店门外的桌位,这就给附近的商贩留下了简陋的位置。

酒馆的老板往往睁一只眼闭一只眼,懒得驱赶这些人。至于一旁的鲜花店、书店乃至律师事务所,门前则摆放着鲜妍的盆花,整洁、精致的门廊往往叫人望而却步。

从店铺的属性来看,露西塔的种子店应当是商贩聚集的角落。可惜店门口的花开得太灿烂，又时常有衣着体面的人往来，周围的商贩因此也就很少敢在这里停留。

她在店里捧书坐了一会儿，抬眸看见门前的丛花开得热烈，不由得凝视了一会儿，然后低头翻出了抽屉里的园艺剪。

花盆里的种子是随便撒的，许多都不是应季的花，甚至春天的红樱草还可怜地开着。她剪了几枝斯塔兰德红蔷薇和向日葵，以及几枝小菊和红豆子，束在一起捧了出去。

酒馆门口的餐桌中间总是放着一个花罐，但常年疏于照顾，里面已经很久不见花朵了，瓶口只有干涸的水痕。小贩们被太阳烘烤得有些蔫了，围在桌边三三两两地搭着话。

忽然，一道阴影覆了过来。大家一抬头，一捧花闯进视线中，被来人插到了桌上的花罐里。

"家里的花开得好，过几天就败了，不如大家分一分拿回去吧。"露西塔笑着插嘴道。

几人面面相觑了一刻。见她语气随和，衣着普通，那走街串巷、见多识广的打酒人先"啧"了一声，凑上去看："这花的品种不普通吧？斯塔兰德产的种子？"

露西塔其实不太懂花的品种，只是隐约知道一点儿，此时不免惊奇道："您还对花草有研究吗？"

打酒人摸了摸自己的红鼻子，笑容里竟有几分不好意思："我妹妹是子爵府上的园丁。"

这在这片儿摊贩的交际圈里不是什么秘密。气氛活络起来，鱼饼摊的摊主问："这会儿剪了花，也撑不到下午带回去啦。可惜。"

她是真的觉得可惜，这样的花如果能晚上回去前再剪回家，就能养在瓶子里多开两天。一枝花能将整个房子照亮好几天。

露西塔闻言，顺手拎起桌上的水壶掂了掂，竟是空的。她耸了耸肩，卖蜜薯的那个年轻姑娘立刻明白了她的意思，跑到酒馆里要了一罐水，端回来倒进花罐里。花枝浸泡在水里，摆在遮阳棚下，好歹是可以新鲜到晚上的。

露西塔往酒馆里望了一眼,酒馆老板也正好看过来。露西塔对上一双栗色的瞳仁,眸光柔和,微带笑意,酒馆老板似乎并不介意她们用了她闲置的花罐。于是露西塔悟出一条新的生意守则:和气生财。

鱼饼贩从自家摊位上拿了一碟鱼饼凑过来,给大家分了分。露西塔回去取了厨房里昨天剩下的一筐冷藏生菜和一篮浆果干。这样热的天气,冷食吃下去比什么都熨帖。她坐在角落兴致勃勃地听她们谈论这条街上的八卦,像一个求知似渴的孩子。她们一直从去年格兰德城的瘟疫事件讲到了纸盒工家的伊莎贝拉最近辍学的新闻。很快,午休时间就要结束了。太阳最烈的时候过去,人们的工作渐渐回到正轨,人流眼看着要多起来,众人纷纷起身去忙自己的生意。

在人群散去之前,露西塔成功地送出去整整一袋子水芹种子,惬意地伸了个懒腰。水芹的种植周期很短。她们把种子拿回去,从下种到收获第一茬,只需要两周的时间。到那个时候,她们就会发现,这些种子有多么神奇。她的种子店就会热闹起来。这是她第一次怀着更大的目的主动地对世界制造一些影响。

有什么能比种子传播得更快吗?只需要收获一次,聪慧的农民自然就会自己留种。新种子会一传百、百传万地向四周辐射出去,最终彻底替代旧的种子。她会保住这个时代生息的火种,以徐徐推演试验,找出最终的解法。

露西塔喝了几盅麦酒,有些微醺,踏入自家店门的时候脚步都有些飘。她看到被自己剪得光秃秃的花枝,停下脚步,伸手拂过蔷薇茎。生命之力顺着枝茎涌动,枝顶冒出一个小小的淡红色花苞,但它被花萼牢牢地包裹着,怎么也不得动弹。露西塔尝试再三,也没能让那个新的花苞开出花来。

她颓丧地垂下双手,踏过了门槛。

生命之力啊……她只能感知,只能靠自己原始的、血脉中自带的天赋和亲和力去牵引它。露西塔在这个阶段徘徊了许久,始终不知道该怎么掌握这种力量,这让向来在感悟力量方面顺风顺水的她尝到了一点儿挫败感。她坐在门槛上,一只手臂支着下颌,一边用酒后昏混的脑袋思索,一边小鸡啄米似的点着头,昏昏欲睡。

午后的阳光实在太惬意了。无论她在哪里,在伊尔塔特还是维克托黎,无论门前所过之人的境遇如何,夕阳总是这样,以一大片具有穿透力的金色光芒暖融融地包裹住她,像是婴儿沉睡的摇篮。

露西塔在这里酣甜地睡着,觉得熟悉又陌生。待醒来之后,勇敢的心又会像从前一样,指引她孤身跋涉,去攀登神祇的国度。

随着送出去的水芹种子长出嫩生生的第一茬叶子,露西塔的种子店门口开始有更多的人探头探脑。

同样的种子却能长出茂盛得多的菜苗、成倍的粮食!如果有什么能让人们跨越阶级差异带来的恐惧,那一定是关乎生存的利益。

维克托黎的客流量不是人口稀少的小镇可以相比的,露西塔在店里忙了几天,第一次感受到接待客人也变得令人烦躁起来。眼看到了晚餐时间,她才送走最后一位戴着旧布帽的老婆婆。她环顾四周,盘算着招一个学徒来帮忙。

向晚的风有些湿漉漉的,没了白日里的干燥,在厅堂间打着旋儿,吹得人心境也平和下来。

拨开门前摇动的三角梅,琳妮娅和德尔菲娜抬着一块门牌走了进来。她们最近在跟着花店女儿的家庭教师学习绘画知识,早就盯上了自家光秃秃的门牌。夏天的门牌怎能不用树莓的汁液调成的颜料来装点?

门廊顶部的三角梅开得热烈,簇拥在墙壁角落,沿遮阳棚的边缘垂下丝缕细藤,荡开一片深粉色。火红的天竺葵簇拥在廊下,和燃烧的夕阳相接。角落里的虎头茉莉举出并枝的雪白花头,暮色流淌其上,为这唯一的冷色镀上一层光晕。

夜色渐渐倾泻下来。露西塔循着伊尔塔特的惯例,将铺子里的鲸目灯点亮,灯光从窗子里透出去,照亮归人的路。窗后纷繁的色彩与花朵，看起来融在灯光里，像是彼岸的神国。

刚下工的琳希停下脚步，盯着那光看了一会儿，忍不住凑近。窗子后是一组被细细清理过的货架，种子被随意地装在颜色各异的布袋子里。袋子上用颜料画着稚拙的图案，麦穗、花朵、蔬菜……看起来像是孩子的手笔。

稍下面的一层货架上有一株淡金色的夏菊，将开未开。透过货架的缝隙向内窥探，店铺里洒满了均匀、柔和的亮光。那光澄澈又清冷，不像是煤气灯发出的。

一晃神，她似乎对上了一双金色的眸子。琳希一愣，再一转眼，那双眼睛已经不见了。她呆呆地看着这扇窗户，怅然若失。

德尔菲娜单手虚举着浇花壶推开店铺的后门，然后拨动空间，随意将浇花壶转了个圈，搁在了窗台上："琳妮娅，刚才窗户外面趴了一个奇怪的人。"

琳妮娅正在羊舍搂着她最亲近的大白蹭它的羊毛，闻言说："谁呀？"

德尔菲娜摇摇头："不认识。"

琳妮娅把手里最后的草料喂给大白，关上羊舍的门："人类有时候是会很奇怪，不用在意啦。说起来，你那盆夏菊好像快开了吧。"

说起这个，德尔菲娜笑了："我觉得明天就能开！刚才特意又去浇了一次水，花苞都打开一半了。"

琳妮娅拍了拍手上的草屑，似大人般感慨道："真不容易，看来还是种夏菊比较适合你。"

德尔菲娜认同地深深点头。她对花花草草有种特别的喜爱，春天刚搬过来时就开始种花，但种什么死什么。她从春天种到夏天，连狗尾草都尝试过，愣是没一株能活下来的。

要知道，她是空间的女儿，自身算不算生命都难说，生命亲和力更是为零，种植植物对她而言本就是一件难事。维尔蕾特和露西塔要帮她种，都被她倔强地拒绝了。种到现在，眼下这株顽强的夏菊算是她硕果仅存的宝贝。

晚餐之后，庭院里的灯次第亮了起来。

黑铁笼子罩着的户外灯立在庭院里的小路拐角处，这些灯本来是接着煤气的，现在被她们改装成了鳀目灯。在夏夜的暑气里，院子里的光显得有点儿雾蒙蒙的。

在连绵的夏虫声里，月色大片地投进院子里。她们熄灭了室内的灯，披上外套，捧着温热的米浆啜饮着，围在餐桌旁观看维克托黎诞生的第一部电影。

多伦女士有了露西塔的支持，得到了嗅觉灵敏的商人的青睐，将银河之幕——最初的留影胶——推向了普罗大众。

琳妮娅的音乐剧是用银河之幕记录的第一部作品。随着银河之幕在中产阶级中的风靡，琳妮娅凭借昳丽的面孔和动人的歌喉成为这个夏天的风云人物。维克托黎的报纸说她"像是来自古老国度的精灵"，维尔蕾特指着报纸不可置信地评价道："为什么人类五百年之后笨了这么多？到底你是精灵，还是我是精灵啊？"

总之，第一部音乐剧让琳妮娅声名大噪，只是碍于她是侯爵家的孩子，鲜少有人敢上门打扰。

这让商人们看到了商机。在夏天最热的时节到来之前，第一部真正能称为电影的商业化作品《薇薇安的庭园》被搬到了银河之幕上。

此时的银幕像唱片一样，每一张都记录着一段单独的影像，给它增添了宝贵的收藏价值。大概是亲身参与了推动时代发展的过程，她们对第一部电影充满了兴趣。多伦女士在《薇薇安的庭园》上映前送了一张银幕过来，此时被她们摊在了餐厅的墙壁上。

不同于以往情绪夸张、饱满的歌剧，《薇薇安的庭园》首次以剧情为主，讲述了一个贵族青年少年时期的珍贵回忆。

薇薇安是远近闻名的年轻律师，拥有古老的姓氏、体面的工作和不菲的薪水。电影从她的回忆开始，逐渐切入了少年薇薇安在大家庭里无忧无虑地生活的画面。

对于少年来说，世界的每个角落都充满了神秘感。十三岁的薇薇安每天下午都会在政治课后到庭园里散步。这里属于每个人，也属于少年薇薇安。

她会在西边栅栏的蔷薇丛后撒下细碎的谷子。她知道有一只红襟鸟每天都会来这里，在她离去后不久便招引来同伴，躲在花丛后成群地享用这些为它们准备的午后茶点。

庭园位于郊区，周围是别家的猎场。曾有一只受伤的兔子来到这里，被她和她的朋友收留在花房后的角落里。她们为它做了个临时的小窝，在里面垫了很多棉花。她还央求管理花园的园丁阿姨帮忙看顾那只兔子，后来它养好了伤就不见了。

随着她渐渐长大，年少时写的情书、与笔友往来的信笺、与朋友在森林深处迷路时摘下的野百合，都被埋在了庭园的大树下。

她长大了。潇洒的美少年从长廊深处走来，音乐从小调渐渐转沉，镜头从庭园大门上枯萎的藤蔓上转过，落在一把生锈的铁锁上。

母亲和阿姨们相继离世，姊妹们逐渐离散，这里最后只剩下一把生锈的铁锁。庭园的门牌上写着"出租"的字样。

庭院现在的主人是薇薇安的某个姐姐。她成了一位不知名的探险家，循着年少时的梦想离开陆地，在辽远的大海上航行，至今杳无音信。

最后，只剩下青年薇薇安在这座城市的某座住宅里游荡，某个黄昏忽然忆起少年的辉煌岁月。

失落的大家庭、失落的亲情纽带、失落的自然之歌，这是一部让露西塔感到惊艳的电影。

鉴于此地往昔的剧目风格，她以为这部电影会沿袭剧院里音乐剧那种以音乐和舞蹈为主的表现形式，会有宏大的主题和严肃的氛围，但结果大大出乎她的意料。

不知是创作者嗅到了自由的气息，被点燃了沉寂的欲望之火，还是本就闪着光的星星终于遇到了属于自己的天幕，但毋庸置疑的是，这位创作者是个天才。

显然，创作者属于典型的落魄贵族（非如此，也没有足够的资源培养出一个富有成熟表现力的艺术家）。她的目光停留在那些辉煌的、理想化的生活里，但这部影片传达出了一个足够宝贵的信息——创作者的聚焦点在"人"本身。那些私密的、属于某个人的无足轻重的心事被郑重地搬到了银幕上，用音乐、舞蹈和精美的画面去渲染，向世界宣告："我"很重要。我要你看见我，看见我燃烧的心脏、我精神的归处、我亲密接触过的自然、我魂牵梦绕的故园。

"时代要变了。"露西塔轻声说。

室内的灯被打开，琳妮娅乖乖地放下自己喝空的米浆碗。

"到睡觉时间了，小女士。"露西塔揉了揉琳妮娅的头，把她赶上了楼。

德尔菲娜依然在为她的花焦虑，她决定今夜不再栖息在院中的七叶树下，她要在店铺里守着她的夏菊花苞入睡。

将一切收拾妥当后，露西塔顶着湿漉漉的头发，披着夏季的睡袍，端了一杯甜米浆坐在门前的台阶上，与维尔蕾特坐在一起。

她观察了一刻维尔蕾特的面色，笃定似的问道："你的伤已经完全好了？"

维尔蕾特弯弯眼睛，喉咙里发出几声"哼哼哼"似的傻笑，颇有心虚之色："嗯。"

"我记得你说过，你想回你的故乡看看，是吗？"

维尔蕾特的笑意微微淡了下来。

"我当然很思念我的家乡。"她说，"我的伤势已好全，这几天我正准备同你告别。"

"这几天？告别？"露西塔微微一愣，旋即意识到了什么似的，看着她的脸色试探道，"我原本以为，你是希望大家陪你一起去的……没想到，这么急迫吗？"

闻言，维尔蕾特抿了抿唇，矜持地微微颔首："其实也不着急。如果你们想一起去的话——随时欢迎。"

露西塔笑起来："嗯，大家都很想一起去，非常想。感谢陛下给我们这个接近您故乡的机会！"

维尔蕾特"扑哧"一声笑了。

六月中旬的月亮悄悄西移，在七叶树后洒下清辉，让人分不清地上是月色还是灯光。四面的灯已经熄尽，只剩下这座称不上大的庭院还彻夜发着亮光。

踩着夏天的尾巴，她们把秋装早早就裁好了。

去年接回家的小羊们已经长大，产出了成年后第一批羊毛——每一只羊都有二三十磅羊毛的产出，比去年秋季的产量要大得多。时常洗澡的小羊们毛发干净而富有光泽，蓬蓬的一大袋子羊毛被送到裁缝铺过秤时，连裁缝都惊叹这些羊毛的质量。

在化学染料里浸泡过后，它们被制成了三件过膝的兜帽斗篷，内层缝制有宽大的口袋，围起来可以将身体严密地包裹住，暖和极了。维尔蕾特的斗篷是钻蓝色的，露西塔的是低调的深棕色，小琳妮娅的则是明亮的秋葵黄色。剩余的羊毛被织成了围巾，还做了一块窄长的绿纹地毯，放在琳妮娅的床边。

不同于色彩柔和的天然染料，化学染料色彩鲜艳，富有侵略性，且上色牢固、均匀，使衣物看起来崭新而富有城市气息。再蹬上牛皮鞣制的小靴子，现在她们在外表上几乎彻底融入了这座城市。

到了七月，新一茬的野孩子如同过去那些孩子一样，不听姐姐们的劝告，多次在黄昏时去蔷薇街公墓"探险"，却都没有发现什么奇怪的动静。这片公墓在露西塔一家人搬来后变安全了许多，那些酒杯破碎的声音和歌舞宴饮的嘈杂声似乎再也没有出现过。

于是，过往的那些传闻很快便被人们当作了以讹传讹。

人群的记忆是短暂的,总是这样。

毫无意外地,墓地成了孩子们捉迷藏和野游的最合适场所。

露西塔远远地看着街上追逐的孩童,弯了弯眼睛,合上手头那本《最强大的研究流派魔法:时间的力量》,起身接待她的客人:"您需要些什么种子?"

种子店一天天热闹起来。一茬茬蔬菜试过水后,人们终于把目光投向了主粮。成熟的稻米被露西塔脱壳后蒸制成了颗粒晶莹的米饭,有时候配菜和肉粒炒一炒,有时候捏成饭团,作为大量购买种子的小赠品。如是送了半个月,米饭软糯、细腻的口感获得了广泛的好评。

在一些报社职员下班后登门询问米饭的售卖方式时,露西塔货架上的稻种终于进入了人们的视线。在最适宜播种的季节,那些有足够的资本试错的小贵族和富农最先在自家私田里试验了露西塔的稻种。

这天,露西塔遇见了一位有些特殊的客人。

这时已经是傍晚,平日里露西塔早已经关店去准备晚餐了,但最近客人太多,她关店的时间就晚了一些。刚给门前的丛花剪了枝,她就见一个有点儿踟蹰的女人在门口游移。

她放下园艺剪:"您要买些什么吗?"

女人犹豫了一下,点了点头。她穿着洗得发白的帆布外套,扣子已经掉了两颗却都没来得及缝补,有些窘迫地揣着前襟。

"您说,几个月前的留声海螺?"露西塔看了一眼柜台,摇了摇头,"留声海螺已经没有存货了,很遗憾。"

说完,见女人神色晦暗,她好心补充道:"您若是想听《星火》,可以去多伦女士的剧团,每次的入场券仅需五枚铜币,只是环境差一些,与郁金音乐厅不能相比。"

见她脸色仍然为难,露西塔又说:"蔷薇街荒墓里的柱顶上有一枚,每天中午会准时播放《星火》,您也可以去那里听,不需要门票。只是没有座位,而且有些诡异的传闻。"

大约是见露西塔说话和气,女人有点儿不好意思地开口解释道:"我是……想寄一枚留声海螺给我的朋友……是很重要的朋友。"

露西塔微微挑眉。

女人挠了挠头,追问道:"所以,以后还会有新的留声海螺上架吗?我可以预付定金。"

她一边说着,一边在自己口袋里摸了两下,摸出一把铜币来。她往外掏铜币的时候,带出了一个拆开的信封。单薄的信封飘落在地上,露西塔下意识地俯身去帮她捡。

电光石火间,迪丽斯呆立在原地,全身的血液几乎都要冻结了。她慌忙一同俯身,要从露西塔手里抽走那封信,但手里的钱币一时没拿稳,噼里啪啦地掉了一地,滚到露西塔脚下。迪丽斯的大脑一片空白,一时不知道该先捡信封还是先捡钱币,维持着弯腰的姿势怔了两秒。最终她从露西塔手上抽走了那封信,重新妥帖地装到自己的口袋里:"……多谢您了。"

露西塔恍若未觉,继续蹲下去帮她捡散落的钱币。迪丽斯也一同蹲了下去,埋头沉默地捡着,仿佛不敢与露西塔对视。

露西塔一边收拢钱币,一边状似无意地问道:"您是要送给来信的这位朋友吗?"

迪丽斯吃不准她有没有看到信封上的字迹,咳了咳才回答:"是啊。"

露西塔微微沉吟:"友谊的确值得细心维护。这样吧,我这里还有一枚留声海螺,原本是自己珍藏的,就送给你吧。希望你们的友谊长长久久。"

看着神秘的年轻老板从柜台的抽屉里取出一枚流光溢彩的海螺递到她手里,迪丽斯只觉得浑身轻飘飘的,像做梦一样。她拿着它走出店门后又回望了一眼这家花木葱茏的神奇种子店。想起年轻老板那仿佛能看透人心的漆黑眼眸,她不由得深深吐了口气,捂紧了口袋里的大海螺,转头离开。

迪丽斯走后，太阳也要落山了。露西塔关上了店门，开始准备今天的晚餐——鸡茸蘑菇汤。

她一边切着蘑菇粒，一边回想着刚才那个女人的面容。即使她很快就把信封拿了回去，但以露西塔超凡的视力，看清上面的名字轻而易举。

收信人的名字是迪丽斯，而寄信人的名字——深蓝色的墨水笔迹和熟悉的飘逸弯钩——是露西塔曾经许多次在试管标签上、在信件末尾看见过的署名：安娜斯塔夏·卡伦。

把用黄油炒香的蘑菇粒倒进热腾腾的汤锅里，盖上盖子后，露西塔坐在门外的餐桌前开始写信。

亲爱的斯塔夏医生：

近来可好？也替我向凯尔茜女士问好！

上次写信还是春天的时候，转眼夏天就要过完了。时间过得好快，而我关于你的记忆还停留在法洛斯城的艰难时光。

我在春之塔上了一阵子课，对当前的魔法发展水平有了了解，此后便几乎只读图书馆珍藏的一些远古文献——整座魔法塔最有价值的东西也就只有这些了。这些瑰宝沉寂在那座人迹罕至的图书馆里，实在令人感到可惜，我想它们应该发挥自己应有的价值。

两个月前，我获得了一本珍贵的曲谱，那简直是天才的创作，和人鱼们的音乐风格截然不同。我想人类会喜欢的，你也会喜欢的。很遗憾不能将曲谱的创作者介绍给你认识，她离开了维克托黎，并且在王权所在的范围内都只能隐姓埋名地活着。唯一一件令人高兴的事，是这本曲谱已经被琳妮娅演奏并妥善保存。

我本来用留声海螺录了曲子，想随信寄给你。但我没有这么做，这涉及另一件事，也是提醒我写这封信给你的原因——我遇到了你的朋友。

你最近向维克托黎的朋友寄过信，是吗？她叫迪丽斯，是一个看起来很沉稳的姑娘。也许你们在做一些事情,我觉得那是一些好事。她想在我这里买一枚留声海螺送给你,我就索性把我自己留存的那一枚送给了她。我想用不了多久,你就会收到她的信件和礼物。

随信附上一份完整的乐谱。

你会喜欢的,那枚海螺会带着伊尔塔特的海风,带着珍贵的友谊和激动人心的乐曲来到你身边。

很快,春之塔已经不能带给我什么了。在不久的将来,也许我会和我的朋友们一同北上。如果有机会的话,期待与你再次相见。

祝福你,斯塔夏医生。另外,请代我转达对凯尔茜的祝福。

汤锅里的鸡茸蘑菇汤已经翻滚起来。露西塔收了笔,折好信纸装进信封里,用自己的戒徽印上了火漆。有条不紊地整理好信件后,露西塔盛了一勺汤浅尝了咸淡,然后将热汤倒进汤盅里,扣上了盖子。

最近她们有时会吃一些米饭,但毕竟种植面积不大,催生也消耗地力,食用次数屈指可数。露西塔摘了一把院前的欧芹和已呈深绿色的芫荽,从陶碗里捞出腌制好的浅水黑虾仁做配菜,炒了一盘海鲜炒饭。这就是大家今晚全部的主食了。

夏末潺热,食欲缺乏,清淡些的汤熨帖一些。现在正是寒瓜下藤的季节,家里的人都不是脆弱的人类,没有养生的概念,露西塔取出霜箱里存着的寒瓜,给大家各切了一大块。每个人的寒瓜上都插着一柄银勺,冷气凝成实质,从红色的瓜肉表面直往上蹿。餐后,几人一人抱着一块寒瓜,在门廊下听维尔蕾特兴致勃勃地在向大家讲她新看的话本。

这时候的话本大多还是大团圆的结局,维尔蕾特讲述着"浑身长着刺、尖嘴獠牙的史前人鱼神"如何满足女主角的愿望,女主角又是如何被贪婪裹挟……

人鱼本鱼琳妮娅笑得仰倒在台阶上,被寒瓜甜蜜的汁水糊了一脸。

夏天就要结束了。

下

THE FARM
IN
IRTATT

伊尔塔特的农场

秋野姜 著

江苏凤凰文艺出版社
JIANGSU PHOENIX LITERATURE AND
ART PUBLISHING

第13章
群鸦之塔

天气转凉,盈满昨夜晚露的夏蔷薇被一场突如其来的秋雨打得七零八落。羊舍里的大白"咩咩"地叫得急促,混合着雨声,听得人心里直打鼓。露西塔穿着雨鞋,单手给请来的师傅打着油布伞,牙齿无意识地嚼着手指的关节,眼睛不住地往羊舍里看。

"露西塔……"琳妮娅不自觉地揪紧了她的衣角,喃喃地唤了一声。

露西塔摸了摸她被斜飞进伞下的雨丝浸得半湿的头发,又忍不住扭头轻声问旁边的师傅:"劳驾,大白它……现在的情况没问题吧?"

师傅是个四十来岁的中年人,神色沉稳,让几个年轻人看了就觉得有安全感。此时她微微点了点头,不厌其烦地再次轻声重复:"大人,小羊才刚露出两只蹄子,看起来胎位很正,别担心,等上两刻看看。"

露西塔搂着琳妮娅点头,但仍忍不住想往羊舍里探头。

这几只羊本是露西塔买来繁殖挣钱的,结果羊还没长成,露西塔就不再缺钱了。她便一直把它们当作伙伴好好养着,每隔几日就要洗一遍澡,雪白的羊毛别提多精神了。

待几只羊长成后,露西塔才后知后觉地想起绝育的事。她找个时间去了一趟附近的养殖场,请来了这位师傅,将公羊给骗了,也好让它的寿命更长些。谁知刚骗了没多久,琳妮娅就发现大白状况不对,问了养殖场的师傅才知道,大白已经怀了崽了。这一下可把几个年轻人难住了。

维克托黎不像伊尔塔特,既没有老道的邻居教你如何接生,也没有闲人把羊的养殖知识编纂成册以供学习。她们简直是一筹莫展,只能花钱请养殖师傅来教。请来的这位师傅名叫简,原本是乡下的羊倌,不知接生过多少小羊,经验丰富得很。虽说维克托黎以奇冬山羊为主,养殖师傅没见过大白这样来自南部的卷耳绵羊,但分娩原理都是相似的。索性报酬丰厚,养殖师傅也乐意赚这笔外快。

一来二去,到了初秋,大白眼看着就要分娩了。露西塔她们没接生过小羊,再怎么学习,心里还是不免犯嘀咕,连夜里睡觉都要睁着半只眼。今晨琳妮娅发现大白早上反常地没有吃东西,立刻意识到情况不对,急得耳后的鱼鳍都冒出来了。她一溜烟跑到简家里,几乎是把人从床上拽起来的。

几人都没吃早饭,维尔蕾特从霜箱里拿出两个宝贵的桃子给简当作早餐,也有点儿焦躁地立在走廊下等。唯独德尔菲娜无声无息,悄悄地停驻在大白身边,替它竖起一道空气墙,挡住从后窗飘进来的雨雾。

绵羊分娩的时候最忌受惊吓。她们几个远远地在羊舍外面不敢靠近,连说话都轻轻地,只能越过门窗往里望。见大白独一个躺在里侧的角落里,身下已经渗出血色的羊水,看得琳妮娅心都揪紧了,恨不得上前去帮它。

简原本有些畏惧这家人的权势,但相处日久已慢慢放松下来。她见状甚至又多嘴提醒了大家一遍她早已嘱咐过的话:"如果它能自己分娩,最好还是不要影响它。沾染了人味生出来的小羊羔,也许母羊会不认它做孩子。"

琳妮娅抿了抿嘴唇,点点头。

不多时,露西塔紧攥着的手指忽地一松。就在这座院落里,一个、两个、三个……维尔蕾特、琳妮娅、简和她自己,加上五只羊,不算空间之体的德尔菲娜,一共九颗跳动的心脏,"咚、咚、咚"震动着她的鼓膜。

在某一瞬间,一个新的、微弱的震动声来到这个世界,加入这座庭院里的共振。血液从神秘的心脏里泵出,一瞬间无数生机死去,又有更多生机奔涌而来。在一片被雨打湿的蔷薇花瓣离开花萼的一刹那,万种声音一并消失,露西塔瞪大了眼睛。

德尔菲娜的影子从羊舍的窗子里飘出来,一把抓住琳妮娅的肩膀，现出身形，兴奋地道："很平安！是一只小羊！"

花瓣混着雨水落在泥土里。露西塔下意识地去看简的反应，这个向来沉稳的棕发女人此时后退了一步，看着突然现身的德尔菲娜，脸色微白，说不出话来。露西塔又去看德尔菲娜。德尔菲娜心虚地咧了咧嘴，竟然又一寸一寸地缩回了空气中，身形再度消失。

再看简——她慢慢地合上张开的嘴巴，下意识地躲开了露西塔的眼神："大……大人。"

"简女士。"

露西塔叫了一声，简下意识地抬头看她，撞入一双深黑色的瞳孔。湿沉沉的气泡、咸腥的空气，继而是深不见底的大海，不知从何处传来的音波层层荡来。

"忘掉它……忘掉它……"

露西塔从简的记忆之海里捞出记录德尔菲娜方才情状的记忆碎片，拿手轻轻一捻，那碎片就化作了细碎的光点，落入记忆之海里荡起细密的涟漪。简的瞳孔渐渐失焦，倒头睡了过去。露西塔眼疾手快地托了一把，将简暂时安置在客房里。待她醒过来，就会忘记刚才看到的一切。

露西塔回到羊舍时，几人正在观察大白的情况。大白正在温情地舔舐它的孩子。那是一只颤巍巍的小白羊，依偎在母亲的怀里，看起来可怜极了。

琳妮娅细细地观察着小羊羔："是只小母羊呢。"

维尔蕾特用在火上消过毒的剪刀把脐带剪开，一边整理一边笑："这么多年只会打猎，没想到有一天能在这儿给羊接生。"

她说着顺手把剪刀递给露西塔。半晌，没人接过，维尔蕾特疑惑地抬头："露西塔？"

露西塔如梦初醒，应了一声，接过剪刀转身去清理了。

维尔蕾特若有所思地摸了摸下巴。

小羊的名字是琳妮娅取的。因它有与母亲如出一辙的雪白皮毛，叫作"云"。露西塔把手掌贴在小羊脖颈处，温热的触感从手心传到她的四肢百骸。

秋意渐浓，花园篱笆边的野花渐次在霜风中瑟瑟地点染开来。石碱草开花了，星子一样藏在草丛里；靛青色的蓝钟花和紫瓣黄芯的龙胆，叶片上总是挂着一层冷冷的白霜。

在维克托黎，至少是在附近这几条街道，除了夏洛特的花店门口摆着的大朵翠雀和金红花，几乎见不到人工栽培的花朵。野花从路边的墙角一团团地钻出来，勉强给这里添了一点儿稀薄的秋意。

这几日家里添了一个小小的新生命，大家的注意力一时间全都转移到它身上了。光是琳妮娅一天就能跑五次羊舍。

本该是丰收的季节，种子店却反常地繁忙起来。络绎不绝的客人纷至沓来，登门的不再是衣冠整齐的养花客，而是那些满面风霜的底层人。麦子和水稻的种子以肉眼可见的速度卖出去，露西塔心里刚有了一点儿猜测，就见到了一张略微熟悉的面孔。是种子店的第一位客人，那个得了她一个贝壳空间的小女孩。

小孩子蹿起个头儿是很快的，才过了半年的时间，这孩子就比上次见面时看着更高、更壮了。她还穿着春季初见时那件打了两个隐秘补丁的口袋衫，怀里抱着一个竹篮。女孩有点儿不安地四下看了看，见到那些同样衣着简陋的"同类"后，很显然放松了一些。

女孩这时已经知道了店主的名字："露西塔姐姐，上午好！"

露西塔也有点儿意外，朝她眨了眨眼："又见面了。"

那孩子掀开篮子上盖着的纱布，露出几条粗制的碱水面包。

在露西塔有些疑惑的眼神里，她把篮子递了过来，眼睛亮晶晶的。

"您的种子实在是太——神奇了！那些麦粒真的……真的很饱满，我家的收成足足是往年的三倍还多，所有人都惊呆了！我告诉大家是在您这里买的种子。"说到这里，她觑了一眼露西塔，没看到不高兴的神色才继续道，"这是……这是我舅舅用它们烤出来的面包，让我过来送给您！"

露西塔眼睛一弯，没有拒绝，伸手接过。当初她只收一枚银币就卖出八磅小麦种子，本就带着帮忙的意味。加上送出去的那个贝壳空间……露西塔本是举手之劳，并没想过从生存不易的人手里获得什么回报，但收到意料之外的认真的谢礼，还是让她整个人的心情都好了起来。

这些面包用的面粉看起来磨得非常精细，没有沙砾，就连麦壳也很少见。面包体是焦黄色的，触感比较硬实，似乎发酵得不太好，但能看出用料很扎实。

麦香的味道她一向很熟悉。小麦从一粒埋在土壤里的蕴含着生机和无限可能性的种子，靠着水和土壤里的养分生根，用细嫩的幼芽顶开泥土，见到了第一缕日光。一棵麦苗的长成蕴含了无数次微不可见的死亡与新生。它与整个世界交互，跨越了无数个世界层，最终将遇到的阳光和雨水都杂糅成沉甸甸的麦粒，向这个世界散发出成熟的信号。它们被研磨、碾压、发酵、烘烤，最终成为露西塔手中篮子里装着的礼物。

动物的心脏就在它们自己的身体里，那植物的心脏在哪里呢？它们无处不在。这是麦香，麦香里翻滚着土壤的脉搏。那脉搏似乎与露西塔的脉搏共振了，"生"的洪流就像她血管里流淌的血液。

露西塔端着篮子微微顿住。关于"生"的那扇门就在她眼前，仿佛只隔着一层玻璃纸，却虚无缥缈，难以触摸。

她压着微哑的嗓音，蹲下身子恳切道："妹妹，你叫什么名字？"

"凯特，我叫凯特。"

"小凯特。"露西塔重复了一遍，"谢谢你的面包，我很喜欢。能带我看看你的麦田吗？"

荆棘街种子店今天发生了一些财物损失。不靠谱的店主上午突然离开，久久未归。贫穷的客人们面对无人看守的货架，尽管不敢在这样的大人物店里明抢，仍各自默契地顺走了一满口袋种子。

此后，那些人惴惴不安地过了一个星期，都不见有人追责，不禁放下心来，一如既往地感慨起店主的仁慈。这件事成为街头巷尾的又一桩谈资，这是后话了。

这时候，一大一小两个人正沿着生了青苔和早霜未褪的墙根，顺着穿过长街的风的韵律，一路穿过横七竖八的简陋小巷，从城东北侧的小门到了郊外。

有别于城南森林和庄园错落的优美景色，这里是一片开垦过的平原。贵族连绵的私田和城郊农民的田产分布在这里，风吹作响。背着麦捆的农人从她们身旁经过，汗腥味混合着麦子干燥的香气。

没有人理会这个陌生的闯入者，农民的每一分钟都很宝贵。在宝贵的晴天里，这些人要收割整个家庭一年的劳动成果，借着秋风正好的时机在麦场脱粒扬壳，再在道路上摊平晒干，好将麦粒贮存起来。在来年秋天到来之前，这些麦子就是这些人换取粮食、布匹、缴税，以及安身立命的全部依靠。这个时节，没有什么是比收粮食更重要的事。

今天是个难得的好天气。尤其是失去高墙和老树的遮挡，太阳光无遮无拦地照耀万物，在麦芒上闪烁、跳跃，像随风涌动的金色河流里深藏着的熠耀群星。

不知从何处流浪而来的吟游诗人（在这一职业早已大规模消亡的今天，仅存的吟游诗人显得很是落魄）在田埂上抱着破旧的维勒琴弹唱，用语晦涩，曲子也是人们从未听过的。贪食的蓝鸽子落在不远处的稻草人上，歪着头一动不动，似乎能听懂似的。

收获的麦子、偶然的音乐、贫瘠的土壤和恰好的曛风，恰巧构成了一个灵性环境。尘粒落在她的耳廓上，露西塔的感知触角变得前所未有地敏锐。她脚步不停，感知触角从脚下的土壤向四面延伸而去，在某个地方终于感受到一阵强有力的生命力，然后她陡然睁开眼睛，向生命涌动的地方看去。

在大片的麦田中间，有块麦田的长势尤为喜人。四周的麦子稀疏得可怜，从贫瘠的土地里奋力结出直挺挺的穗子。那块麦田里的麦子则顺着风势微微垂着头，显得那样金黄、饱满和丰茂，仿佛神曾在这里落下过一个吻，于是麦子疯狂生长，在秋雨来临之前将这里变成丰收的乐园。它就像是这片田野上……一块美丽的斑鳞。

那来自她卖出去的那些种子，那些蕴含着生命之力的小小的珍宝。最近种子店的客人骤然倍增，大概也是拜此所赐。

耳畔，凯特正指着那片与众不同的麦田道："那是我家的麦田，姐姐，我妈妈和舅舅都在，我带您过去……"

"不用了，凯特，谢谢你。"露西塔从眩晕的脑海里分出一分闲念，婉拒道，"我在这附近走走就好，你先回去吧。"

凯特不明所以，但仍听话地点了点头，沿着长长的田埂回到了自家的麦田，站定后远远地朝她挥了挥手。

露西塔同样挥手示意，凯特才不舍地转过身子，继续帮长辈收麦子。

露西塔沿着田埂继续走，感知触角一路向前推进，最终在那块特殊的麦田处盘旋。如果说四下贫瘠的土地和稀疏的麦子难以扰动土壤里的生命之力，以至于它们深藏在下面沉眠，像埋藏在深海里的冰山。那么那里就是一汪不断更迭的泉眼，生的气息不断地顺着根系上涌，在时间的锤炼下凝结成珍贵的果实。就连周围沉寂的生息，也在逐步形成的生机落差下被隐隐调动起来，向中间那块特殊的麦田流淌而去。有了落差，就产生了运动；有了运动，就会被轻易地捕捉到。

她延伸而出的感知触角，从某种意义上来说，又何尝不是另一种根系？她将生命之力结成相互联结的网，从土壤中汲取养分，继而选定一颗被遗忘的种子，灌注其中——一棵麦苗从她踏过的土地里破土而出，迅速地生根抽芽，结穗转黄，在风里同其余的麦子一起微微摆动。

她回过身来，将那棵麦子从土里拔了出来，拿在手里刚要细看，就听到一声呵斥："喂！你是谁家的，怎么偷拔我家麦子？"

"呃……"露西塔一愣，刚要开口说什么，忽然又听到一个声音。

"咦，这个孩子……好长的生命周期，怎么看不到头……"这声音粗哑而苍老，隐隐约约传入露西塔的耳膜，一种被窥视的感觉骤然激得她浑身绷紧。顺着被窥视的方向，露西塔猛然回头，往右看去。

人们在低头劳作，风静日暖，看不出任何异常。她的目光一直向远处望去——右边最远处，挨着果林的一块麦地里种着稀疏的大麦，中间立着一个显然是精心编制的稻草人。

稻草人头上缝着一顶破旧的灰帽子，身上的外套已经破了几个洞，布料显现出风化的痕迹，过长的袖管耷拉在潦草的臂膀上，顺着风的走向微微晃荡着。她紧紧盯着稻草人的头部——在常人的视线难以看清的距离里，她凭借极其敏锐的视觉看见那些稻草整齐地扎在一起，鲜少露出麦茬来，结成还算光洁的表面。

露西塔正处于感知力极强的状态，此时仿佛着了魔似的，盯着稻草人看了一会儿，忽地把手里的麦子丢给质问她的人，来不及理睬对方的牢骚似的嘟囔，敷衍了几句"抱歉"就拔脚往右边的麦田里走去。

走到麦田与果林的边缘处，她随意找了一处树荫，靠着树干屈腿坐下来，眼睛一眨不眨地盯着几米开外的稻草人。田地的主人犹疑地看了她两眼，见她坐在树下不动，便也不去理睬，继续低头收麦子了。

今天的风并不大，稻草人一动不动。蓝鸽子与乌鸦早已经不怕它，大胆地三两停在它的肩头，只有田地主人来驱赶的时候才懒懒地暂时飞离。

露西塔盯着它并不存在的眼睛，出声问道："是你吗？"

无人回答，仿佛露西塔得了臆想症。

露西塔若有所思，随意收回半条腿，把背后束起的头发拿到胸前，仰靠在树干上，养神似的微微阖上了眼睛。

一阵涟漪荡过，她回头看了一眼自己的睡颜，从另一个世界里站了起来。

精神世界像往常一样，一片寂静与虚无，只有漂浮的心智体散落其中。在那些不断闪烁的星辰之间，稻草人依然原样立在露西塔眼前。它似乎被忽然出现的露西塔吓了一跳，有点儿慌乱地往后跳了两步，微微偏过身子，躲避她解剖似的逼视。

露西塔垂在袖管里的手指里悄悄结出一团意念之线，无声无息地向稻草人延伸而去。须臾之后，感受到意念之线反馈给她的熟悉波动，露西塔的眼睛微微一亮：这是一个心智体。

她上前一步，重复问道："你……是谁？"

一阵沉默过后，露西塔听到一个熟悉的苍老嗓音："孩子，你看得见我？"

稻草人没有五官，露西塔听不出她的声音是从哪里发出来的，但听起来的确是刚才那道有些粗哑的声线，甚至微微带了点儿维克托黎本地底层人的口音。

露西塔点了点头，目光灼灼："很难想象，这个地方会有一个漂浮的灵魂存在。"

"灵魂……噢，可以这么说。"稻草人感叹地笑笑，"那我就是一个灵魂吧。"

"嗯？"露西塔挑眉，但没继续问下去，而是兴致盎然地伸出了手，"我叫露西塔。请问您的名字是？"

"我的名字，啊……"稻草人似乎思索了片刻，犹豫地给了一个答案，"乔罗娜。"

"乔罗娜。"露西塔重复了一遍，然后试探着问，"听您说……您可以看到我的生命周期？可以问问是什么缘故吗？"

可惜乔罗娜不是维尔蕾特那样坦荡的旧王，也不是德尔菲娜那样懵懂的白纸，她声音温柔地回答："那么我可以问问，你为什么能看到我吗，孩子？"

露西塔那双向来无往不利、真挚而具有欺骗性的漆黑瞳仁败下阵来："好吧。当然，作为交换……"

于是乔罗娜回答："我生来就能看到万物生命轮转的周期。你和所有人都不一样。我看过的人类，寿命最长也就七十年左右，而你的寿命很长，非常长。你是人类吗？"

还没敷衍地答上两句，乔罗娜就又开始套话。露西塔腹诽着，好胜心被激起，当然不肯被轻易套出来，故而反问道："啊？生而可见，那您是什么时候诞生的呢？"

话刚出口，露西塔就意识到自己说漏嘴了。对自己是不是人类的问题避而不答，本身不就证明了对方的猜测吗？

乔罗娜了然地笑了笑，注意到露西塔有些懊恼的神色，声音中多了一层和蔼的笑意："好了，好了。让我想想，孩子。"

她的声音渐渐变得有些飘忽，似乎陷入了回忆："那好像也是一个秋天……"

乔罗娜的记忆始于四十多年前。

那时候城北的居民更多一些，田野里人来人往，到处是腾起的烟尘和沾满衣服的麦芒，农民远远的喊声无遮无拦地震动着她的灵魂。

联立着的砖瓦房、树下踩影子的稚童、南去的候鸟，碧空如洗，一地金黄，风起天末。地力在人间涌动，甘美果实与土壤的联系被镰刀切断，等待着不久的将来进入人类腹中。

生机更迭之间，隐约的声和色摇晃着，她的灵魂在这浪潮里初次获得了感知，懵懂而茫然。直到一只瘦弱的蓝鸽子试探着停在她的肩膀上，豆子般的小眼睛懵懂地盯着她瞅。"这个小东西很虚弱。"她没来由地产生了这样的念头，于是心中一动，定了定身子，不再随风摇摆。

鸽子在她身上啄了两下，见这"人"始终不动，于是大胆地落在麦田里，啄来一颗麦粒，坐在她的肩头慢慢享用。而乔罗娜自心生怜意的那一瞬间，一切声和色都在她眼里明晰起来。

稻草人长出了一颗心，进而有了心智。她生在枯荣交替的浪潮里，万物涌动的生机都落在她的眼里，一览无余。

停在她肩膀上的蓝鸽子在她的纵容下吃饱了，安逸地梳理着羽毛。乔罗娜看着它，眼见着它虚弱、枯竭的生机渐渐充盈起来，度过了这个难挨的坎，回到了它正常的生命轨道上。

她看着一茬一茬的庄稼生长和成熟，看着老树发芽，看着孩童长大，看着冬眠的田蛇到春天开始游走。万物的寿命都有终结之时，在那之前，蝼蚁在它们的轨道上缓慢爬行，行星一次次划过，留下它们的轨迹。而被困在这方寸之间，即使她的感知能扩散到方圆几里的田野上，年复一年的轮回还是让她有些生厌了。

"这块田地那时的主人现在大约已经入土了。"乔罗娜看向旁边的一个心智体，它属于此刻正在她身旁劳作着的女人，"现在她的孙女继承了这块地。万幸，这块地两次传承转手，我的容器，或者说身体，一直幸存了下来，没有被清理掉。大概是见我的身体一直奇异地保持完好的缘故吧。"

这和德尔菲娜有点儿像。露西塔暗自思忖，她们两个一个生于空间，一个生于枯荣，都是天地自然孕育的灵体。

"到你了，孩子。"乔罗娜说，"现在来告诉我，你为什么能看得见我？"

露西塔组织了一下语言："您知道这是哪里吗？"

乔罗娜四下看了看，一时间不知道如何形容这个她司空见惯的世界："我想，这里是灵魂的宿所？"

"差不多吧。世界有很多层面，这里是世界的层面之一，容纳世界上所有会思考的……心智体。"露西塔说，"作为一个灵魂，也就是心智体，如果我没有猜错的话，您出生的地方应该就是这里。"

"所以？"

"我恰好对这个世界层比较熟悉。"露西塔眨了眨眼。

一番问答下来，双方都有所保留。乔罗娜见多了精于讨价还价的农人，说话总要留上三分；露西塔占着巨大的信息优势，交谈起来倒也应对从容。

露西塔觉得自己已置身于生命轮转的秘密之前，只消轻轻一推，就能推开那扇虚掩的门。她轻声问,仿佛怕惊扰了什么真理:"那么……您看到的世界是怎样的?"

乔罗娜说:"这是第二个问题。这次,你准备用什么秘密来交换呢?"

"您需要什么?"

"呵。"乔罗娜轻笑一声,"口气好大的小姑娘。我要什么,你都能办到?"

"但请一说。"

乔罗娜挑了挑眉。

"躯体。"她的声音里带着微妙的嘲弄,"我要一颗温热的心脏,我要会流血、会衰老、会活动的身体,我要离开我脚下这块站了四十多年的土地,去看看每年从我头顶南飞的雁会落在这世界的哪个地方。你能办到吗,小姑娘?"

稻草人的语气里隐含着一丝微妙的攻击性。与初生不久即入世的德尔菲娜不同,乔罗娜从诞生伊始就被自己稻草制成的躯壳困在这里,几十年来一动不动。一个有欲望的灵魂被动忍受多年寂寞,怎会不生出怨望?

露西塔没有理会乔罗娜的情绪,沉默思考。在废弃公墓那场音乐剧后,她认识了心智体,掌握了精神的权柄,对灵魂领域的理解也更深了一层。

乔罗娜的诉求其实有一种手段可以办到——完整剥离她的心智体,将其注入一个天然的生命容器中。若是普通的生命,心智体是不能独立于躯壳之外的,恐怕在剥离的瞬间就会消散,但乔罗娜不同,她生来独立。而天然的生命容器……只要抹掉一具躯壳里原本的灵魂就好了。

露西塔摇了摇头,这是一个有效的手段,但很邪恶。她可以退而求其次,等一具因意外新死不久、尚未衰老的躯体,如果乔罗娜不介意的话。在这片田野上,将会有很多鸟儿无法度过这个寒冷的冬天。

此外，德尔菲娜如果想……

露西塔的思绪有点儿飘远了。她定了定神，把飘远的思绪拉回来，沉吟着点头："可以。"

"你说什么？"乔罗娜有些怀疑自己的听力。

"可以。我可以为您办到这件事，但是需要一点儿时间，以及缘分的出现。"露西塔重复道，"如果您不介意变成一只鸟儿或一只兔子，甚至一只田鼠的话。我会为您寻找合适的躯体，但您要知道，心智体与生命容器的结合是不可逆的，您没有第二次机会。我为您找到的躯体衰老之日，就是您的消亡之时。"

乔罗娜的呼吸粗重起来。如果露西塔一口答应，乔罗娜反而会有所怀疑。眼下有了限定条件，她顿感踏实多了，仿佛两只脚都踩在了地面上——噢，忘记了，她没有脚。她深知这对她来说是多么宝贵的机会，若错过了，她可能只能等着若干年后灵魂自然消亡。

"成交。"乔罗娜一口应下，生怕露西塔反悔。

事关重大，露西塔再次向她确认："值得吗？如果没有躯体，保持现在的灵魂强度，您还有好几百年的时间。"

乔罗娜心情正好，闻言忍不住笑得更开心了，连声音都舒展了许多："当然，自由无价。"

"那么，成交。"露西塔一锤定音。

乔罗娜松了口气，说："我最远只能看到方圆几里的地方，视线甚至出不了东面那片私家果园——"

"嘘——"露西塔打断乔罗娜的描述，上前两步，"让我借您的眼睛一用。"

"眼睛？"

"嗯，眼睛。"她说着伸出手掌，试探着覆盖在乔罗娜虚幻的前额上，"让我看看您看到的一切。"

乔罗娜顿了顿，没有躲开。露西塔闭上眼睛，沉入乔罗娜的心智体，试图捕捉她灵魂振动的频率，直到抓住那一瞬间的共振。

仿佛鱼游出海，海鸥破云，云散日开，她拨开世界的海平面，睁开了眼睛。

生息往复，江海奔流。东边的果林在七年前栽下，眼下生机正盛。叶子落了，生息仍在不断地往果实里流去，积攒成饱腹的累累糖分。田边溪侧的卤蕨和香简草舒展开枝叶，它们的生命已经走完四分之三，到了盛放的时候。这场盛放之后就是晚霜里的凋零，生机难续。

风吹得和缓，上万朵麦穗一齐摇动。无数逸散的生机顺着风扑到人的脸上，又向远方流去，与森林、江海和人的呼吸一起起舞。

循环往复，永无休止。

生机不只在土壤里，也不只在生灵中，生机……它们无处不在！那层难以打破的壁障陡然碎裂。露西塔的灵台开阔起来，南飞的雁群发出清朗的啼鸣。

她低眉看向脚下的大地。

在这片土地上劳作着的女人今年正好四十五岁，其生机像午后的太阳，尽管已经过了最强烈的时候，依然不辞劳苦地散发着热量。她的心脏泵出血液，流入四肢百骸，那是她的生命中枢。生机顺着呼吸从她身体里流走，每一秒都让这个女人距离死亡又近了微不可见的一段距离。而她交换青春所得到的，是下一年一家人的饱食，以及她的血脉和下一代的延续，生生不息。

这就是乔罗娜每天所见到的吗？露西塔低叹一声。一切盛衰皆入眼中，也难怪她会生出寂寞与怨望。

她闭上眼睛，重新沉入精神世界。

"谢谢，您的世界，我是说生命的世界，很奇妙。"在乔罗娜有些期待的注视下，露西塔踌躇着说，"我答应您的事，也许不用等了。"

乔罗娜："什么？"

"也许，我知道该怎么为您创造一具躯壳了。"露西塔的声音中隐隐带着笑意，"您想变成什么？"

出乎露西塔意料的是，乔罗娜回答："鸽子，我要做一只鸽子。"

"鸽子？"露西塔讶异地重复，"您不想做人，甚至传说中的长寿种吗？事实上，那并不是不可能办到。"

乔罗娜摇头。她困在这里时，观察过一代又一代的人类，对那种生活早就失去了向往。她说："我想要一双翅膀，想飞到哪里就飞到哪里。"

这是一个相对简单的请求。露西塔回答："那么，您会得到您想要的。"

与植物的根系不同，动物的生机枢纽在于它们的心脏。通过与乔罗娜的共感，露西塔获得了生命世界层的视野，生机在整个世界中的分布尽数被她收入眼底，成为"可观察"的状态。就像此时停在她头顶树枝上的蓝鸽子——

她仰起头，与低头梳理羽毛的鸽子对视。鸽子的心智体的构成非常简单。它歪着脑袋茫然地看了露西塔一秒，继续梳理它的羽毛去了。

露西塔没有移开眼睛，鸽子的身体倒映在她黑白分明的瞳孔里。坚硬的是骨骼，柔软的是组织，流动的是血液，包裹身体的是羽毛，相连在一起则是容器。容器并不是"密封"的，而是每时每刻都在与外界生机进行交换，这种交换维持了它"活着"的状态。

她的大脑在高速运转，生机的规律被无限解构，一直解构到最细微的地方，一切规则都化为有形的线条映入她眼中。

露西塔伸手，从空气里抓取了一团流动的生机。她以生机为线，以生命之力为牵引，编织出了一团相同的容器。直到最后一笔连接起来，这团完整、独立的生机终于开始流动。最困难的一步设想完成了。

露西塔松了口气。接着，她从视觉世界蘸取颜色，在触觉世界塑造质感，从声音世界攫取了一段啼鸣，又为它编织出一个完全贴合的空间。

最后，她回到精神世界，对乔罗娜伸出手掌。"跟我来。"她说。

触手的是一束被捆扎好的稻草，有些粗粝地摩擦着她的手掌。她紧紧握住乔罗娜的"手"，推开精神世界的大门。霎时间天光大亮，现实的太阳刺入她的眼眸。

露西塔举起掌中隐约能看出蓝鸽子形态的那团虚影，递到乔罗娜眼前："它会是您的身体。"

乔罗娜好奇地抬起手，试图去抚摸那团小小的鸽影。在她触碰到鸽影的瞬间，生机仿佛感受到了扰动，荡起一圈涟漪，一股吸引力从中传来。乔罗娜还没来得及说句什么，便消失在露西塔眼前。

与此同时，露西塔手中的鸽影试探似的动了动翅膀。它歪了歪脑袋，发出"咕咕"的声音，继而忽然惊醒似的扑腾了几下，倏忽间振开双翅，冲破周身的迷雾，化作实体，降临人间——它掉在了地上。

"扑哧。"露西塔忍不住笑出了声。

蓝鸽子懊恼地从地上爬起来，抖了两下翅膀，重新酝酿了片刻，乘着刚起的西风，一口气飞到了一棵老苹果树最高的枝上。

露西塔看着它停在树枝上，算是放下心来。她渐渐收了笑意，撩了撩被风吹乱的碎发，眯起眼睛回头看去。

起风了。

在蓝鸽子彻底容纳乔罗娜的灵魂、化作实体的一刹那，这阵风忽然从西而起，吹得掉落在田埂上的麦秆都缠绕着飞起来。飞鸟从林间惊起，野兔从树洞里仓皇地蹿出来，干燥的尘沙弥漫在风里，在日头依旧、不见云翳的天气里显得有些诡异。

露西塔低眸看着自己的手掌。就在刚刚，它们创造了一个完美的生命容器。在蓝鸽子展翅开始与这个世界的生机进行交换的那一刹那，世界也为这陌生的生机来源所惊动了。

以这只蓝鸽子为干扰源，生命的世界层被她撬开了一道口子，无数闪烁着的法则显现出神秘的魔力，似有若无地吸引着她。世界为她打开了一条令人难以拒绝的道路，而她正走在这条路上。

露西塔会拒绝吗？她细细地看着自己的掌纹，忽然笑了一声。她当然不会。

这风来得奇怪，在人们惊异的议论声中，没人发现田埂上的吟游诗人不知何时已经收琴起身。

露西塔注意到那人在风里渺渺的身形,心中忽然浮现一个猜测。她下意识地往前追了两步,只见那诗人毫无所觉地收起琴向西走去,走了两步便渐渐消失在田埂上。

露西塔停住脚步,不再追了。那是久未谋面的母神盖娅!

她扭头问刚刚落在她肩膀上的蓝鸽子:"在您眼里,那个吟游诗人的生命周期是什么样子的?"

鸽子歪着头,"咕咕"了两声。

乔罗娜熟悉的沙哑嗓音在精神世界响起:"吟游诗人?什么吟游诗人?"

"您看不……算了。"露西塔刚想反问,又瞬间了然。盖娅现身,她竟然指望旁人能看得见,也是昏了头了。

参悟时间的规则之后,她就再也没见过盖娅。

如今,她已经迈出创造生命这极具侵略性的一步,在掌握世界规则的领域越走越远,甚至惊动了现实世界——西风为此平地而起。

对此,盖娅是什么态度呢?

她刚刚以吟游诗人的身份出现,演奏了庆祝丰收的琴曲,帮助露西塔进入了生命轮转的感悟状态。露西塔望着她消失的方向,久久地沉默。

直到蓝鸽子同她告别,不回头地向南飞去,露西塔才抬脚离开。身后,在她踩过的土地上,溢出的生机催发一棵棵鼠尾草破土而出,迎风摇摆。

露西塔回到种子店的时候,已经是午后了。

露西塔看到店里明显少了许多种子,挠了挠头,将店面清扫了一遍,关上店门,回到后院。

最近大概是南方有什么动静,王都禁卫军开始招募士兵,训练量也加大了很多。维尔蕾特对人类的弩箭很感兴趣,这几天日日一大早就去城西的训练营，猫在训练场旁边的树上观摩，还不知道从哪儿搞了一些图纸回来研究。

精灵对弓箭的热爱仿佛是刻在血脉里的。而琳妮娅因为离开伊尔塔特，中断了一个学期的课程。眼看着气温降了下来，露西塔和琳妮娅商量了一下，索性交了一份学费，把她送到玩伴埃米丽那里，与她一起跟着家庭教师学习历史、文学和术数。关于人类的历史与文化，对于琳妮娅而言也是足够新奇的知识——当然，对于德尔菲娜也是一样。

总而言之，天色未晚，维尔蕾特在训练营还没回来，琳妮娅和德尔菲娜还没下课，家里一个人也没有。没吃午饭的露西塔只得自己觅食。

她从空间里取出一些丁香、肉桂和草果，补满了厨房的香料罐，然后从空间里取出一条封存的新鲜鲽鱼轻车熟路地蒸上，又在袅袅的烟气里蒸上两条面包和一盆稻米。

一方面是地理位置偏北的缘故，另一方面土地产量也不高，维克托黎的秋季蔬菜并不是很多。基础的肉类供给一如往常，但蔬菜只有简单的土豆、萝卜、圆葱和卷心菜之类。

当然，贵族的食物远不止这些。南方的各色蔬果长年通过专门的蒸汽火车被运到上城区，紫茄子、青蒜和珍贵的灯笼瓜总是在恰当的时节出现在贵族们的餐桌上。

平日里露西塔犯懒时会到上城区的商店里高价买一些不常吃的蔬菜解解馋。今天她在回来的路上拐到上城区，却被告知断货了。

近来，从南方来的列车行程总是不太稳定。她悻悻然作罢，自己从空间里翻出一包反季的豌豆种子，撒在自家花园里催熟，然后将采下的豌豆并一块鲜嫩的鹿肉一起炖了。

忙碌完这一通，夕晖的火焰已经燃烧到了门廊前。露西塔坐在廊下的摇椅上，一时想着禁卫军扩充的事，一时想着南方的列车屡屡停运，总觉得有些不安。

凯尔茜的名字已经隐约传到了她的耳朵里。那些在政府或事务所工作的体面邻居偶尔会在午后的聚会上窃窃私语,那些声音便顺着声音世界层清晰地传入她的耳膜。凯尔茜……来历不明的叛军首领之一……

她拧眉思索,考虑着要不要再写一封信探探情况。正在这时,小院面向蔷薇街的那扇大门处响起了一阵清脆的门铃声。

"谁?"她一边发问,一边出门去看。

维尔蕾特翻墙像吃饭喝水一样,德尔菲娜是灵体,能飘进来给琳妮娅开门,谁会去敲那个几乎没人敲过的门铃?

门口站着个穿着深蓝色制服的邮递员。这个朴实的中年女人看起来有些局促,额头上隐约能看见因奔波而渗出的汗水。她的斜挎包是瘪的,看起来一天的工作快要结束了。见着露西塔,她看起来更局促了,双手往前递出手里的信件:"勋爵大人,这是……这是您的信件。"

露西塔看着女人潦草的金色短发,忽然想到自己离开蒂罗尔城时,邮局那个金发妹妹曾送给她一朵虎头茉莉。

蓝色的衣服与红色最相配。她从门边花圃的秋蔷薇里选了一朵开得正好的红蔷薇,手指一折将它掐下来,一手递给面前的邮递员,一手接过信件,对她笑了笑:"谢谢,祝您愉快。"

女人也情不自禁地跟着她露出腼腆的微笑,接过那朵红蔷薇,插到自己胸前的口袋里,再三点了点头才转身离开。

露西塔一边关上大门,一边低头拆信。信件的落款是一个她有点儿熟悉但似乎不认识的名字:薇薇安。来信地址是维克托黎西城区蓝钟街11号。

露西塔在找裁缝做斗篷的时候曾经路过蓝钟街,那是一排联排独栋小屋,是中产者的一处聚居地。

她怀着满脑子的疑惑展开了信纸。

致卡梅伦勋爵大人:

您好!

我是加斯特律师事务所的职员薇薇安·西泽。我想您并不认得我，或许我的另一个身份会让您稍有一些熟悉感，我是第一部银幕电影《薇薇安的庭园》的创作者。

冒昧来信，向您致歉。

怪不得这个名字让她有一种熟悉的感觉！继《薇薇安的庭园》之后，相继有几部精彩的作品被搬上银幕，但作为第一部正式的商业作品，它有着无法相比的流传度。

在琳妮娅的《星火》之后，只有这位薇薇安准确地感受到了《星火》传递出的哀悯，看到了它投注在最底层人身上亲切的关注，并捉住那一丝照进人心的辉光，创作出了叩问人心的作品。

"一个十足敏锐的艺术家，"露西塔心想，"她会有什么事情呢？"她继续往下读。

我的猜测可能是一种冒犯，但请您原谅我这个举目无亲、命不久矣的人。如果不是因为罹患了严重的结核病，并于近日得知仅剩一星期不到的时间，我断然不会寄出这封冒犯的信件，因为我还有一生的时间用来探索。

请您垂怜一个将死之人的好奇心和崇拜之情。

我听闻您有一家神奇的种子店，所售种子可以结出产量几倍于普通种子的作物。我听闻留声海螺是您的造物，听闻您因惊人的魔法力量一夜之间跃升为国王的座上宾。我听闻您的后花园上演过一场绝佳的音乐剧，在那里，各个季节的繁花一夜盛开。

坊间流传着关于您的各种传闻。其中，说您是神使、神在人间的代行者，是最普遍的猜测。所有人都认为您会为这个国家带来希望，不与贵族来往只是出于神使的清高。

那么，是这样吗？

大概不是的，是吧？——再次请您原谅，我没有冒犯的意思。

看到这里，露西塔淡哂一声："一个有点儿自傲的艺术家。"这位薇薇安对神秘很感兴趣，并且自以为猜测到了一些真实，并流露出了一丝掩藏不住的得意。某种程度上，她不仅敏锐，而且有足够匹配这份敏锐的聪明。

您对大人们甚至国王不屑一顾。您眷顾民众，启发民众思考，这对国家的稳固毫无好处。

我只能认为……您的目的是毁灭这个国家。

露西塔眯起了眼睛。

是那些人横征暴敛，终于将神灵激怒了吗？

去年是一个灾年，相继暴发几次小型瘟疫，不少田地被荒草淹没；因疾病和饥饿而死的人，尸体被一车车地运到城郊的赫洛伊克塔下，秃鹫和鸦群在那里盘桓不去。

我听闻，瘟疫的发源之地格兰德曾一度成为一座死城。也是在格兰德，奇迹第一次降临这片大陆，您的名字也第一次出现在世人口耳之中。

乘着那场瘟疫，南方动乱迭起，甚至最近开始影响到了抵达维克托黎的列车运行。恕我冒犯地猜想，那或许也跟您有些关系吗？

"和我好像没关系。"露西塔挠了挠头。

现在，您来到了维克托黎，文特的政权中心。

留声海螺、神奇的种子、一夜开花的场地、一步登天的勋爵……

我知道有种叫作魔法的神奇力量，它被垄断在上等人的世界里，成为其心照不宣的秘密。我也知道您以惊人的魔法力量封爵列侯，强硬地将"银河之幕"推向普罗大众的视野之中。

毋庸置疑，"银河之幕"是魔法产物。我最近认识的新朋友——您大概也认得，就是出身于魔法塔的多伦女士——正是它的创造者。感谢她的银幕给我的机会。我实现了我一直以来想表达的东西，并且让我的庭园开放在每一处银幕所在的地方。这也是我们成为朋友的契机。

从她的口中，我了解到了一些魔法常识。"银河之幕"是魔法产物，但留声海螺和您的种子不是，对吗？

您拥有一种在人类认知之外的神秘力量。通常，人们会将认知之外的力量称为神迹，那么请容许我暂时这样称呼它。我试图通过查阅文献资料来确认您的来历。

今年整个夏天，所有工作以外的时间，我几乎都在帕斯特资料馆里度过。我从最古老的史前文献开始翻阅。五百多年前的大灾难中保留下来的珍贵资料，您知道的，在文特，恐怕帕斯特资料馆就占据了八成。

我花费了几乎所有的积蓄来探索这件事——毕竟，这是我一生中最后的好奇心了。很遗憾的是，尽管有载的神话传说浩如烟海，我依然没有查到您的来历。

露西塔心中暗道："……可其实我才十八岁。所以你查那些古老的文献，无疑是做了几个月的白工。"不过，她会查到伊尔塔特吗？

她将信纸翻到下一页。

但我注意到了另一件事。在一本史前流传下来的《纺织工艺的变迁》中，提到了一种"莱特织机"，说它是从"史前"流传下来的，相关资料恰巧于"大灾难"中幸存。这种织机奠定了当代纺织机器原理的基础。

那么，这本史前的书籍中所提到的"史前""大灾难"，指的是哪个史前、哪个大灾难？

露西塔的指尖停在"史前"两字上，对这位聪明而大胆的薇薇安女士产生了一丝好奇。她是一个纯粹的人类，生在金字塔之下的人群中，从小就被蒙上了求知的眼睛，更别说拥有像自己一样得天独厚的天赋。

有关这个世界的秘密，一直被垄断在大人物和长寿种乃至神灵手中。但她依靠敏锐的知觉和旺盛的求知欲，生生从被淹没的真相里撬开了一道口子，然后大胆地通过这封信将问题抛给了露西塔——她眼里最有可能解答其疑问的人。

> 带着这个问题，我把那些书籍仔细地看了一遍。
>
> 它们互相印证了一个事实：在世界发展的历史上，不止一次发生过毁灭文明的大灾难，这些灾难看起来总和战争相伴而生。我们难以界定它们发生的周期和间隔，历史学家的相关研究总是把它们当作一个无足轻重的历史议题，毕竟我们的世界眼下看起来一切都好，火山爆发和洪水肆虐听起来离我们是那么遥远。
>
> 但我想并非如此，灾难也许很近了。坦白来说，南方的战火眼看着就要烧起来了。在这个时候，您带着神迹来到人间，这很难不让我心生焦虑。异象频现，和平看起来就要离我们而去。
>
> 我听起来像是一个疯子，是吗？其实，写下这些文字的时候我在想，也许它刚寄出去，今晚我躺在床上的时候就会发现您忽然降临我的床头，审判我试图窥探神灵之罪。比如，剥夺我的灵魂，禁止我再入轮回之类？
>
> 开个玩笑，请原谅我的冒犯。
>
> 我不是神的信徒，也不知道您的目的，不知道您是想拯救还是毁灭世界。我这即将结束的一生，只想以此微渺之躯探索我的疑问，追求我的真理，所以才有了这封妄诞的信件。
>
> 最后，请容我问最后一个问题：这场战争会给人类带来毁灭性的灾难吗，像历史上一样？

求知啊……自己不正是为了"求知"才离开了伊尔塔特,踏入人类世界的吗?

在某一瞬间,她甚至仿佛通过薇薇安的眼睛,看到了眼前这个动乱迭起的蒙昧时代。谁能忍受自己头顶的天空,从生到死都蒙着一层厚厚的幕布?

露西塔沉默了一会儿,把信件妥善地折起来,收在自己的空间里。

这时,维尔蕾特忽然从蔷薇街一侧的院墙外翻进来,拍了拍她的肩膀:"嘿!想什么呢?都发呆了。"

露西塔吓了一跳,扭头嗔道:"啊呀!你翻墙怎么都没声音?"

维尔蕾特气息微喘,目光发亮,举起手腕晃了晃手上的石英手链——那是露西塔给她做的一组空间容器。

露西塔挑了挑眉,顺势问道:"有什么好东西给我看?"

维尔蕾特手腕一抖,手中就出现了一沓牛皮纸,举至露西塔脸前晃了晃:"喏。"

"什么?"露西塔心里有了点儿猜测,伸手接过。

果然是一叠军用弩的图纸。牛皮纸上的图是用羽毛笔精心绘制的,笔迹纤细而笔直,整洁、复杂,赏心悦目。她翻看了几张,看向维尔蕾特。

精灵王得意地解释道:"我细细看过了,和我们现在用的弩很不一样。虽说射程要短一些,但人类的计算能力发达,设计精度要比我们的高出一截。届时加上我族特有的附魔手段吸取生命力,再按照我们的使用习惯改造一番,又会变得不同。"

五百多年来,踩着史前遗留的文明,人类在某些领域的研究已经相当先进,蒸汽火车在百年前就开始在大陆上穿行;而另一方面,拜魔法师在武力上绝对的统御所赐,人们在凡俗武器上的研究几乎一片空白,五百多年来依然依靠着长剑和盔甲进行战斗。

至于精灵族，则情况尤甚。在生命天赋加持下，几乎所有的武器改造都是围绕天赋能力进行的。超自然力量的恩赐，既是幸运，也是禁锢。

因此，弩的出现让维尔蕾特眼前一亮，几乎瞬间就被它迷住了。她日日流连在禁卫军的军营里，近日甚至还从兵器库里顺了一把弩出来解构，每天睁开眼就抱着她的弩研究。即使被囚禁了五百多年，连骨头都要开始生锈了，旧王的骨头里流淌的还是好战的血液。

露西塔把图纸还给她："从去年下半年开始，人类大陆就已经不太平了。"

"是啊。"维尔蕾特应了一声，若有所思。

"我们冬天就启程吧，去霜白之城阿尔贝加，你的故乡。"露西塔有些忧心地说，"离开阿尔贝加后，我们就回埃斯蒂山脉去，怎么样？这里已不再是可久留之地，起码将琳妮娅和德尔菲娜两个孩子送回去。"

维尔蕾特应得很爽快："那你呢？你有什么打算？"

露西塔不说话了。两人交换了一下眼神，漆黑的眼睛与翠绿的眼睛中俱沉积着深色，似乎心照不宣地各自有了秘密。

两人交谈间，德尔菲娜和琳妮娅踩着暮色回来了。

见德尔菲娜渐渐现出身形，露西塔立时放下了心里的种种考虑，忍不住笑着唤她的名字："德尔菲娜！"

德尔菲娜正和琳妮娅讨论白天的课业，茫然地抬起头："露西姐姐，怎么了？"

露西塔眼神灼灼："你想有副身体吗？"

德尔菲娜一瞬间以为自己听错了："什么？"

露西塔重复了一遍，解释道："今天我们种子店亏了钱，是因为我跟一个小妹妹去了她家的麦田，结果我遇见了一个稻草人……"

她简单地将自己领悟生机流动规则的前因后果描述了一遍，隐去了盖娅的出现和自己对精神世界的掌握细节，最后总结道："你也是一个独立的灵体，我可以为你创造一副真正的身体，有血有肉，会生长和衰败，也会疲惫，需要休息……"

德尔菲娜听着眼睛渐渐地亮了。

露西塔话音未落，伴随着琳妮娅的"哇"声，德尔菲娜忍不住弯起了嘴角，先说出的却是："祝贺你，露西姐姐！"

维尔蕾特眸中带笑，若有所思。生机流动的规律……

身为得天独厚的精灵，她生来就能跨越世界层，抵达生命领域。不同的是，她所见到的生机都具有固定的属性，并没有交互流动、互相转换的趋势。新芽的生机是绿色的，柔和而稚嫩；老人的生机是灰色的，稀薄而不够稳固，还时常有生机逸散……

生机因流动而可塑造，这就是更深一层的真实吗？

维尔蕾特一边思索着露西塔方才的描述，一边听见她笑问："你想成为什么？精灵？人鱼？如果是巨龙的话，也不是不行，但我需要去一趟格兰德，回到你诞生的地方，分析一下巨龙的骸骨……"

露西塔还未说完，德尔菲娜就摇了摇头，坚定地说："人，我想成为人。"

人……啊。露西塔眨了眨眼睛。

"为什么？"

"我的母亲是人。"德尔菲娜眼含期盼地说，"她呼唤我活过来，所以我从龙坠之地醒来。我是她的女儿，我是德尔菲娜，我应该是人，对吗？"

露西塔没想到会是这样的答案。她与维尔蕾特对视了一眼，后者微不可见地摇了摇头。

"也许你说得没错，"露西塔说，"但这是一件大事，一旦选择就不能更改了，你要考虑清楚。人类的寿命仅有短短的七十年，而你是空间之子，你本能永存，亲爱的。"

"我……"

"不必着急，德尔菲娜，你可以慢慢想。"露西塔柔声打断了她的话,"这个决定对你来说很重要,非常重要。"

德尔菲娜有些迷惘地立在原地,看向琳妮娅。琳妮娅睁大眼睛回看过去,看起来比她更迷茫,两个半大的少年面面相觑。

露西塔笑了笑,一手揉着一个脑袋,将两个妹妹带进了客厅:"咱们先吃饭。"

晚餐时间照例是一天中最惬意的时刻。

秋季的傍晚是有些干燥的,蝉鸣已经听不着了,落叶在风里发出沙沙的声响。整条长街的联排房屋次第亮起了微蒙的煤气灯,街景被框在客厅临街的窗子里,仿佛长河上漂着数不清或远或近的纸船,载着人世的愿望悄然明灭。

琳妮娅照例眉飞色舞地分享她今天的见闻。听着她带着埃米丽偷偷溜到上城区爬墙看花结果不小心被园丁逮住的冒险经历,众人不一会儿就将餐桌中间热腾腾的鹿肉豌豆羹扒了个干净。

此前一家人在园子里谈话的时间有些久,鹿肉羹一直拿小火煨着,有些煨过了头,舌头轻轻一抿鹿肉就能化开。豌豆被焖得沙沙的,和肥瘦适中的鹿肉混在一起,解了些肥腻,又给唇齿间留下了一丝清香的后味。将几大勺羹搅和在蒸得洁白晶莹、软糯弹牙的稻米里,汤汁将黏在一起的米粒都化将进去,再拿勺子一抄,细细地嚼着,连舌头都能香掉。

加葱蒸过的鲽鱼"刺啦"一声浇上热油,表面的鱼皮和葱碎都被烫得微微焦黄。香味被这么一激,就顺着乱窜的热气溢了出来。鲽鱼肉质鲜嫩、紧致,几乎没有腥气,通常不需要多余的调味和烹制,仅是拿来清蒸,将本身的香味激发出来就足够鲜美。即使是在克拉肯海众多的海产中,鲽鱼也是最受欢迎的鱼类之一。

熨帖的食物治愈了一天的繁杂思绪。汤足饭饱之后,天色已经暗了下来,琳妮娅和德尔菲娜一起上楼做今天的家庭作业。露西塔和维尔蕾特来到庭园里,给小羊投喂今天的晚餐。

暮色笼罩着两人隐约的身影,风紧了。露西塔紧了紧身上的斗篷,一边抚摸着小羊的脑袋,一边蹲下身子把手里的草料喂给它。维尔蕾特有一搭没一搭地给她递草料。

"我得找个机会和德尔菲娜好好聊聊。"露西塔起了话头,语气忧心忡忡,"我早该发觉的……她竟然真的把自己当作那个女人死去的女儿了。"

"那孩子……"维尔蕾特微不可闻地叹了一声,"她还没有形成'我'的概念,就先被灌输了属于'她'的自我认知。"

德尔菲娜生于空间之中,因感于人类对女儿的思念而苏醒。在苏醒的时候,"德尔菲娜"就是她接收的认知的全部。她的名字、她的外貌、她目前对自己身份的认知,似乎都是按照人类德尔菲娜复制过来的——或者说,她一直把自己当作那个死去的德尔菲娜。某种意义上,那个母亲通过这种方式"复活"了她的女儿。

但这是不对的。德尔菲娜的记忆从龙坠之日开始,经历了龙血浸染战场、空间塌陷和龙骨腐朽,再到龙坠之地的那场无边的大火,跟随露西塔离开那里降临人间,从头到尾的来历都清清楚楚,与死去的人类德尔菲娜并无牵扯。人类之爱赐予了她灵魂,但这是一个完全新生的灵魂。

若非今天问起她,露西塔根本料想不到德尔菲娜的自我认知竟然有这么严重的偏差。她似乎分不清"我"与"她"的分别。

"难办了。"露西塔苦笑。

"听说人类有心理医生?"维尔蕾特想起了弗兰卡曾居住过的地方。

"指望那些人?"露西塔揉揉额头,"还不如指望琳妮娅来得靠谱,好歹她是正经具有精神天赋的人鱼。"

"她并没有精神疾病,她只是……"维尔蕾特斟酌着用词,"她只是太年幼了。"

"是啊,她的记忆可以上溯到五百多年以前,但她真正产生情感也就是一年前的事。她看起来适应得足够快,以至于我们都忽略了她在某些方面无人教导,依然像个婴儿一样稚嫩。"

"慢慢来吧。"维尔蕾特安抚似的说,"我们不是人类,我们的时间还有很多。"

露西塔手上的草料被吃干净了。她拍拍手站起身来,听到维尔蕾特似笑非笑地说:"接下来聊聊你的事情。"

露西塔一愣:"我?"

"是啊,你。"维尔蕾特走到房门前的长廊下,屈起一条腿侧坐在石制长凳上。

晚餐后,她就把束发的带子解了下来。黄昏的风把她的头发吹乱了,她翠绿如夜湖般的眼睛盯视着露西塔,叫露西塔不自觉地心虚起来。她虚点了点下巴,朝对面的石凳示意了下:"喏,坐。"

露西塔没有坐在她对面,而是坐在了与她同侧的石凳上,中间隔了一根石柱。她倚在石柱上,维尔蕾特看不清她的身形,只得背对着她说话。

维尔蕾特轻笑一声,没有说什么,问:"接下来你有什么打算?"

露西塔松了口气。

"秋天结束之后,把种子店整理清楚,先陪你回一趟你的家乡吧。"露西塔无意识地掰着指头数着,"然后回伊尔塔特去,琳妮娅和德尔菲娜需要一个和平的读书环境。嗯……你呢?你有打算吗?"

"又扯开话题,露西塔。"维尔蕾特气笑了,"你自己想想,这几句话你在饭前是不是就跟我说过一遍?"

"呃……"露西塔被问住了。

"算了。"精灵忽地嗤笑一声,"你有很多秘密,我知道,我从来没问过。你以为,我不知道和我朝夕相处的这个人,来历神秘的露西塔、琳妮娅、德尔菲娜和我的朋友,你以为我不知道你在干什么?你以为我不知道你是谁?"

这声声质问如同晴天中的惊雷炸响在露西塔耳边,她被惊得微微一怔。

"维尔蕾特……"她缓了缓神,迟疑地开口,"我并不是有意瞒你什么的，只是……"

她的话还没说完，就被维尔蕾特打断了。

"我知道你想说什么，我也没有怪你的意思。"她说，"每个人都有自己的秘密。你的秘密，我从一开始就在见证，后来我也大概知道了些什么，这都无所谓。但你现在的状况不太对，露西。"

露西塔一怔："怎么了？"

"我可能是生活在这个时代的唯一一个史前生物。"维尔蕾特换了个话头，摆出一副长谈的架势，"因此，别人知道的、不知道的，我都多少知道一点儿。大灾难暴发的时候，镜湖在虚空中漂流……那位收拢了剩余的遗民，划出埃斯蒂山脉给异族居住。你见过世界崩散的景象吗？"

"一切都很慢。"维尔蕾特抬头看着天上的圆月出神，"没有声响，最后的遗民惊恐的面孔定格在某一个碎片里，是黑白色的……对应的颜色碎片不知道飞到哪里去了。虚空也经历了一场巨大的动荡。过了很久，我才缓过来，发现神在将那些碎片重新拼凑起来。创口被神抹平，高山重新拔地而起。"

维尔蕾特的声音越来越小，似乎怕惊动什么似的。

她缄默了片刻，将那段略了过去："然后你来了，露西。见到你的第一眼，我就知道你有四族血脉，还有灵魂，是异类中的异类。你从虚空中把我打捞起来，我就知道——我就知道，"她重复道，"如果这个世界需要某种契机，那会是你。世界重组之后，神将我所在虚空里的碎片打捞起来，惊异地发现了一个幸存者——神看了我一眼，把我安置在埃斯蒂森林。幸存的遗民开始创建自己的新生活，伊尔塔特在我的身侧建立。

"前些日子，有一个傍晚，我不知道你去了哪里。"她说，"在那座废弃公墓里种稻子的那个傍晚，你抬头看我的第一眼，眼神和神的如出一辙地冷漠。那天之后，你变得有些沉默和冷淡。有时候我们虽在热热闹闹地玩闹，却觉得和你距离很远。"

"我现在能不能问你……"几百岁的精灵王微不可闻地呼了口气，才说，"现在的你，是谁？"

露西塔一时间没有回答。她垂眸看着自己的双手，手中的掌纹清晰可见。风、土、水、火、时间、空间、精神、生命……

细碎的光团在她手掌中闪烁，只消她轻轻一握，似乎就能握住世间的权柄——但那双手依然红润、生动，血液在皮肤下面流动，贴上石柱能感受到自己体温的反馈。

她说："我是露西塔，我没有变。"

"希望你能一直记得你的话，露西塔。"维尔蕾特最后的话意味深长。

晚霜覆上了深绿的蔷薇叶，夜风忽至，枝叶扶疏，吹散了这番谈话的结尾。

掌握了"生"的规则后，露西塔开始着手整理种子店的事。

她在屋后废弃的墓园中心清理出一片空旷的土地，库存的种子被群鸟衔着撒落在那片土地上。

地力涌动，万物枯荣。高树上刚破壳的雏鸟在一片浓郁的生机中早早睁开了眼睛，刚打苞的秋樱犹豫着舒展花瓣，鸡爪槭靠近主干的那一半倏忽间红了叶子。种子破土而出，发芽开花，结出果实，继而凋谢在地，腐化成泥。

新的种子无声地掉落在地上，被群鸟衔起，飞上一碧的遥天。长途飞行的鸽群翻山越岭，做她的信使；从西北到东南的季风起于天际，捎带着生的消息。

就在这样寂静的夜里，希望的种子以维克托黎为中心，水波般一圈圈扩散至这片大陆上的山林和原野间。待来年春天它们破土而出的时候，会开启一个丰收的时代。

剩余的种子被露西塔收拢起来，用袋子满满地装起来，挤在店里的货架上，以低廉的价格出售给这座城市里来回奔走的农民。种子店客如流水。

除了打扮简朴的农民，时不时还有外地商人上门大量地收种子。露西塔也不在意，店里更没有出现过种子库存告罄的时候。她没有拒绝贵族购买那些种子以用于其私人土地，而看起来似乎没有尽头的库存和露西塔毫不顾忌动武的习惯，也让那些人打消了收购并垄断这些种子的想法。

　　几日的忙碌之后，露西塔终于清闲了下来。午后光线柔和，照在庭院的门廊前。

　　这个时候正是午饭后，露西塔一边拿餐刀切割着在霜箱里放了一夜的云莓派，一边在心里默默算着秋天剩余的时间，筹划着种子的供应量。

　　种子虽分发下去了，但这还远远不够。如何避免世界重复崩散的结局，露西塔一直在摸索，但眼前仿佛总有一层迷雾，让她看不清楚。

　　她是在"拯救"，还是在"毁灭"？薇薇安曾在那封来信中这样问她，其实她自己也不清楚。一直以来，她一直有些隐忧，不知道自己所做的一些自以为正确的尝试会将结果导向何方。

　　想到这里，露西塔意识到今天似乎是她收到那封信的第三天了。薇薇安·西泽，那个以凡人之身试图窥探世界秘密的女人，一个将死之人，将迸发着灵感和求知欲的妄诞灵魂邮寄到了露西塔的面前，让她几乎从中看到了跋涉在探索之路上的自己。

　　也许被问的人仍在迷惑，提问的人却有答案呢？

　　露西塔踌躇了片刻，起意拜访。

　　午后的维克托黎被短暂的安宁笼罩着，和风曛日拂过这座城市，路边的落叶轻轻翕动，视线所及皆是明媚，仿佛不见一丝阴影。三两小贩在阴凉处休息，不时遇到几个挎着篮子或背着包的客人，还价的声音听起来都低了三分。在这短暂的疲倦时刻里，踩着银扣短靴的露西塔从街上走过，也只得了路边寥寥几人漠然扫过的视线。

　　西城区蓝钟街比荆棘街看起来更整洁一些，大约因为这里是名副其实的中产聚居地吧。道路上少见小贩的身影，行人往往穿着整齐的丝质衬衫和精心保养的皮靴，看起来都有一份足够体面的工作。

漂亮的联排房屋由红砖或岩石砌成，小阳台上摆着精心栽培的茶梅、桔梗和卡特兰，路两边是一水儿的卷草纹黑铁大门和连通了煤气的球形路灯。当然，这些漂亮房子里的体面住户大多只是这里的租客，每年要向上城区的房东们缴纳足额的租金。

露西塔一路留意着门牌号，停在了11号的门前。这是一座不大的双层独栋建筑，门窗紧闭，栅格窗上爬着稀落的茑萝，一半开着零星的火红色碎花，还有一半已经干枯，颓然地在细细的风里摇晃。

露西塔仰头看去，二层左侧能看见一个小露台，摆着几盆星子一样的紫桔梗和一个旧画架，画架上还有一幅没上完色的人像画。露台的另一边晾着三两件衣服，看起来是有人住的。

露西塔摇了摇门前的黄金铃铛。

不多时，二楼的一扇窗子被打开，一个穿着白色丝质衬衫的金发女人扶着窗框朝外探出头来，撞上了露西塔的视线。

露西塔拢了拢自己的尼龙薄斗篷，抬头暗自打量着这个女人，眉目不动如山。女人似乎先是茫然地思索了一瞬，忽地想到什么似的，瞳孔微微一缩。她微微朝露西塔点头示意，然后离开了窗子。

接着是一阵下楼梯的窸窣声和越来越近的脚步声。随着"吱呀"一声，露西塔正面看到了薇薇安·西泽。

这是个身形瘦削的女人，浅金色的短发随意地梳到一侧，灰绿色的眸子前架着金丝眼镜。她的脸色看起来很不好，脸颊瘦得都有些凹陷了，眼下是一片浓重的深青色。她穿着一件单薄的衬衣，扣子被一丝不苟地系到了最上面，外面匆匆披了一件深蓝色的条纹外套，像挂在衣架上似的挂在她瘦削的身子上。

如她在信中所言，结核病已经摧毁了她的身体。这副身躯落在领悟了生命的露西塔眼中已经千疮百孔、残破不堪，如风中之烛，难以为继了。其实，即便不用生命之眼去看，单看她一步三喘的情态，就知道她的健康状况糟糕到了什么地步。

大厅的门一开,大概是乍见了风,女人便不住地咳嗽起来。缓了好一会儿,她才算是站稳了,一步步挪到大门前,迟疑地确认道:"您是?"

她看起来太虚弱了,露西塔说话都不禁柔声细语起来:"冒昧来访,西泽女士,我是露西塔·卡梅伦。"她向女人伸出手。

女人的神色微微一亮:"是您。"

她伸出手与露西塔交握,露西塔只觉得握了一手的骨头。

薇薇安引着露西塔进门:"您叫我薇薇安就行。老实说,我曾想过您也许会来,但我没想到是以这种方式。"

薇薇安说起话来像是漏风的风箱。

"像正常人一样规规矩矩地敲门吗?"露西塔会意地开了个小玩笑,"也许我还算懂礼貌?"

"是的,坦白说,这让我放松了一些。"薇薇安顺着她的话说。

薇薇安给露西塔的感觉和信中一样大胆。在她于人类世界封爵列侯之后,每个和她说话的人都带有三分畏惧和忌惮,就连国王都会斟酌言辞。她已经很久没有被这样正常地对待过了。这让她恍然意识到,与琳妮娅不同,来到人类世界后,她已经很久没有交过新朋友。

薇薇安将她引上楼:"久病在床,精力有限,一楼很久没有清扫了,还请见谅,到二楼说话吧。"

露西塔点头。

"真没想到您居然这么年轻。"薇薇安说着突然想到了什么,自顾自地笑了笑,"啊,也许我说了蠢话,您这样的……存在,大概只是看起来年轻?"

露西塔眨了眨眼睛:"事实上,我十八岁,大概比您的年龄要小一些。"

这次薇薇安是真的惊讶了。她惊异地注视着露西塔的眼睛,在得到认真的肯定眼神后,忍不住偷偷上下打量了露西塔好几眼。不得不承认的是，尽管露西塔有着不符合她年龄的沉稳和力量，但她的眼神和形容确实仍是年轻人的样子。

"我很难想象。"薇薇安吸了口气，恍惚地说，"这个世界比我想象的还要神奇。"

露台上有一组木制的圆桌椅，薇薇安用它来待客。

尽管露西塔一再表明不需要，她仍从书房拎来了银茶壶，仔细地为露西塔倒了一杯塔兰红茶。茶水弥漫的热气在薇薇安的眼镜上熏出了一层薄薄的雾气。

这次露西塔看清了画架上未完成的人像，是薇薇安自己的画像。画上的薇薇安穿着棕色正装坐在圆桌边，圆桌上放着茶具和一张简陋的大陆地图。她探究的目光看向对面，仿佛穿过画纸看到了露西塔的眼睛。

注意到露西塔在看画像，薇薇安解释了一句："一幅自画像。我的时间不多了，也不知道能不能在离世之前画完它。"

"您的画工很精湛。"露西塔真心实意地赞美道，"没想到您还有这样的才能。"

"谢谢。"薇薇安并不把这样的夸奖放在心上。她靠着椅背微微闭目休息了一下，才开门见山地问道："您今日为何而来？为我解惑，还是审判我的冒犯之罪？"

露西塔弯起眼睛："我为您而来，薇薇安。"

"什么意思？"

"您真的很聪明，而且您问的也不是什么特别的秘密，说实话。"露西塔说，"我想认识您。"

薇薇安很意外。她直起身子："不是什么特别的秘密吗？"

"嗯。"露西塔想了想，说，"我可以回答您的问题。南方的战火应该算不上跟我有关系。我没有想毁灭某个国家。我不是神的使者。还有，最后，这场战争是否会带来毁灭性的结果——"在红茶袅袅的热气里，她诚恳地注视着薇薇安的眼睛，"如果不做任何干预的话，也许会的。"

阳光和煦，薇薇安遍体生寒。

"为什么？我不明白。自然那么伟大，以人类今日的足迹，探索得还很浅薄。这种程度的战争怎么就能摧毁它？"

露西塔耸肩："因为某些历史遗留问题，目前的世界各层在强度上非常不平衡，某些部分太薄弱了，甚至一直看不到发展壮大的契机。整个世界维持着微妙的平衡，本就处于比较危险的状态。而某位的仁慈又使她给出的权力太多了。人们因欲望而互相倾轧，却不知道这会带来怎样的灾难性后果，以至于我不得不考虑回收那些权力。"说到这里，她像是忽然想到了什么，眸中忽然迸发出某种异彩，"回收！是的，我可以回收……"

薇薇安听得一头雾水："某位？指的是……"

"就是盖娅，同您的猜测一样。"露西塔肯定道。

"那您……有什么打算？"薇薇安下意识地捏紧了手中的茶杯，审慎地发问。

"目前已经做出了一些努力。"露西塔的掌心浮现出一块怀表，表中的四块光斑中，三块都呈不同程度的绿色，仅有一块还呈橙色，处在危险期，那是人类所代表的魔法世界层。

薇薇安看不懂，露西塔也没有耐心事无巨细地解释。她看了一眼就把那块表收了起来，继续总结："我在人类世界都做了什么，您也都知道。"

她给了人们足以饱食的优质种子和治疗疾病的药方，把歌颂自由的音乐从故纸堆里扒了出来，把高塔里的魔法工具推广到了平民中间。她告诉人们什么是自由、什么是野望，然后给了人们追求自由的资本。

"但是太慢了，这些能带来的改变太慢了，以至于我根本无法观测结果。"露西塔恳切地说，"我认为这会带来好的变化，但事实可能并不会像我想的那样发展。从您的视角来看，您甚至认为我要毁灭这个国家。"

薇薇安试图反驳:"但按照这样下去,确实是……"

"您说得没错。"出乎意料的是,露西塔干脆地点头肯定。

"什么?"

"南方的战火和我关系不大,但照我这样做下去,这样的战争是迟早的事。"她说,"所以某种程度上,你说我要毁灭这个国家,也不能说是错的。人类本来有很强的力量,但很多人都不知道。它们被垄断在高塔之内,你们只得一代代地忍受欺凌和饥饿。大人们有了力量,就不许你们创造。您说多伦女士是您的朋友,那么我指的是什么,您应该很清楚。"

"您是说……魔法?"薇薇安的声音轻极了。

露西塔点头。

"如果不是那些高塔把魔法禁锢在里面,人类所在的这一层世界不会薄弱至此。"她说,"不破不立,如果不下一场大雨洗掉那些陈旧的冠冕和腐朽的荣耀,新的希望就永远不会生长出来。这场战争是最后的机会了。如果新的世界不能就此建立起来,那么这层脆弱的世界可能会直接毁于战火。战争的走向至关重要,所以我们必须做一些干预。"

薇薇安何其聪慧,露西塔把话说到这份儿上,很多东西她自然就意会了。

她重复道:"我们?"

"对,我们。"露西塔漆黑的眼眸恳切地注视着她,"我需要您的建议,薇薇安。"

薇薇安没有与她对视。她的眼神微微放空,落在露台外被阳光照耀着、似乎毫无阴霾的街道上:"原来是这样……"

"薇薇安?"

"我也能拥有魔法吗?"薇薇安忽然发问。

"嗯……当然。"

薇薇安挑眉,看着露西塔不说话。薇薇安期待的眼神,露西塔有点儿顶不住,于是手中出现了一本精装的《感知流派魔法入门》。这本是她在伊尔塔特的藏书,来自奶奶珊蒂的书房,属于再印本,原本藏在伊尔塔特的公共图书馆里。

她把书递给薇薇安:"喏,暂时借你。"

"谢谢。"薇薇安没有拒绝,伸手接过。"其实谁会赢得战争的胜利并不重要,"在接触这些秘密之后,薇薇安的眼眸亮得惊人,瘦削的骨头似乎都要为这迷人的秘密燃烧起来,"重要的是,在毁掉腐朽的高塔之后,怎么阻止新的高塔建立。"

露西塔:"只要有人能掌握绝对的权势,就必然会有新的高塔出现。"

薇薇安:"那就不要让任何人掌握绝对的权势。"

露西塔眉心一跳。

薇薇安:"听起来是很难。您也做不到吗?"

"我不知道。"露西塔说,"也许我有一点儿头绪了。"

薇薇安半开玩笑似的说:"其实有一个很简单的办法。只要确保掌握绝对权势的是您,分配权势的也是您,这样就可以了。"

露西塔笑:"您不用拿这种话试探我,薇薇安。"

薇薇安伤感似的叹道:"我只是想让每个人都能快乐地生活,不再有时代的不幸发生。"

"那您的愿望真的很难实现。"

两人相视一笑。露西塔心里有了底。薇薇安手里握着那本《感知流派魔法入门》,心中感到前所未有的清明。

"为了感谢您的借阅,"薇薇安慢吞吞地起身,"我为您弹奏一首曲子吧。"

"谢谢。"露西塔从善如流,"我可以点歌吗?"

"不行。"薇薇安干脆地拒绝,"我的时间不多了,弹一首少一首。我就要弹它。"

"什么?"

"《薇薇安的庭园》。您会喜欢的，我觉得。"

薇薇安抱起她的大提琴，露西塔坐在圆桌边，是她唯一的听众。

今天的阳光格外和煦，大片的光洒落下来，整个露台似乎都被金色的梦笼罩着，连人心都变得柔和了。薇薇安抱琴的身形拉下长长的影子，秋日半枯的茑萝瑟瑟地颤抖着。她笑起来，笑意模糊。

这是当初那部同名电影的插曲，作曲者和电影的创作者是同一个人，眼下就坐在露西塔面前。她形销骨立，神情温和，那微醺似的感伤叫露西塔不由得深深动容。

与电影的主题相似，这首曲子写的是她回不去的少年时代。彼时的欢聚、热闹的大家庭在时代的洪流里离散，远隔山海，弥留者只能徒然地表达思念。

大提琴的声音低沉如夜幕里汩汩的溪流，如同一个迟暮的声音在缓缓讲述一个过去的故事，如同被裁剪着的蝴蝶标本，簌簌落下死去的生命组织。

"那一定是一段动人的时光。"露西塔说。

"是的，那是。"薇薇安回头看向光来的方向，不知道在怀念什么。

一曲终了，她整理好情绪，回过头看露西塔："所以，会有那一天的，对吧？不再有离散、和平而快乐的一天。"

"会回来的，那样的年代。战火终将熄灭，我们会有更好的和平。"露西塔直起身子，一字一句慎重地说，"我向您保证。"

薇薇安仰头笑了："谢谢您倾听我的遗愿。"

露西塔张了张嘴，想说点儿什么，最后却什么都没有说。

分别的时候，薇薇安不方便活动，没有送她。

露西塔下楼梯的时候，薇薇安忽然在楼梯上喊了她一声："如果我今天没有生病……"

露西塔回头。

"如果我并非只剩几天的生命，你会告诉我这些秘密吗？"薇薇安问。

露西塔动了动眉梢，回答道："我今天没有对您说一句谎话，薇薇安。我的答案是，不会。"

薇薇安没有感到意外。

她说："不管你是不是人类，不管你是谁，希望你快乐，露西塔。"

"……谢谢您，我会的。"

露西塔没再回头，重新关上了这里的大门，将这座独栋房子留在了阴影里。

薇薇安的时间不多了，露西塔一直都知道。

趁着这几天秋种，客流量最大的时候，她把种子店的事情处理得差不多了。在这个天气阴沉的黄昏，她又收到了一封邮件。送件人依然是那个熟悉的邮差，露西塔照例折了一朵红蔷薇给她。

邮件依然来自蓝钟街11号，是那本她借出去的《感知流派魔法入门》。

她心里一沉，翻开那本书看。书里夹着一张笔记纸，上面的字迹看起来有些虚浮，但依稀能看出主人刚俊的书法功底。

露西塔：

谢谢，牵着晚风拂过桔梗花的感觉很不错。

我很遗憾我在最后几天才进入这个世界，但短短的一瞬已经足够美丽。

真希望所有人都能感知到那样的美丽，我们原有无数种可能性。

你单方面的朋友

薇薇安

露西塔心里一沉，几步之间便将城市的空间折叠起来，霎时间落脚在蓝钟街11号对面。

这次大门是开着的，几个戴着羽毛帽、拎着手杖的黑衣绅士在那里进进出出，其中一个还在本子上记着什么。

露西塔心里一沉。她走上前去，问那个正在写字的中年女人："这里以前的主人是我的朋友。请问这是在……"

那个女人抬起眼皮看了她一眼："你是西泽的朋友？"

露西塔点点头。

"你不知道她去世了吗？"女人微带讶异地问，"就在前天，因结核病去世的。怕传染，遗体都不好处置。好在她一早和律所说好了，留了点儿处置费，她的几个好心同事才帮着请人将她的遗体运出城了。"

露西塔这才发现，女人手里正一条条记录的，是这座房子里所有值钱的家具。书桌、衣柜、琴架、壁灯，一件件地被记录在薄薄的小册子上，这就是薇薇安一生留下的仅存的痕迹。

"这是……"

"无主之物，政府会收回这些东西，将它们拍卖掉，所得的款项会用来建造孤儿院或者疯人院之类的慈善机构。剩下的空房子，还要还给房东。"女人见露西塔衣着体面，耐着性子多解释了一句。

她张了张嘴，最后说："她的遗体，会被运到哪里？"

"从城东门出去，在东南边你能看见一处森林，人们会将这些带有传染病的尸体运到森林深处去。"

"……谢谢。"

天色一直阴沉沉的，将雨未雨。在露西塔有点儿茫然地徒步走到家门口时，大雨毫无预兆地浇了下来。

露西塔茫然地立在院门前，被兜头浇了一身。她愣了一下，抹了一把脸上的水，忽然想起都入秋这么久了，天气怎么还像夏天一样诡异，雨说下就下。

忽地一声惊雷炸响，伴随着闪电，将这条昏黄而泥泞的街道照亮了一瞬。

她如梦初醒，"噔噔噔"地跑到客厅，匆匆从进门处的衣帽架上取了自己夏末时定制的钴蓝色斗篷披在身上,又从门厅的架子上取了一盏带玻璃罩的鳇目风灯,提在手上照明,推开院门就跑了出去。

路边的老树反射着朦胧的水光,大雨摧落了一地半青半黄的树叶。雨中的街道格外寂静,偶有穿着雨衣、雨鞋的路人匆匆而过。雷声隐隐,满地的水洼倒映着模糊的灯光。

城东门很好找,她匆匆将空间折叠了两下,眨眼之间就出了城门。再往南去,就是一片方向难辨的森林。

这片森林名叫德缇丝森林,意为"遥远之森"。古老的独立城池总是如此,不知是不是巧合,城南总会有一片或大或小的森林,贵族们的狩猎场所通常会设置在这里。当然,维克托黎也不例外。因此,围绕着森林的边缘,分布着一带贵族的庄园。

或许那些为这里的贵族服务的赶车人可以轻易辨清方向,但露西塔不行。德缇丝森林被越下越大的雨雾笼罩着,朦胧的水烟凝聚在森林的上空,树杈状的闪电从远端延伸而来,看起来仿佛没有尽头。露西塔再次折叠空间,朝森林的方向跨了两步,顷刻间就站在了森林的边缘。

接下来的路就要靠她自己走了。

那个书记官说得不清不楚,只说人们会将遗体运到森林深处,并没说会怎么处置,而她一时间蒙了,也没来得及细问。是将尸体烧成骨灰埋到这里,还是直接将尸体整个地埋到森林深处?再或者连埋也不肯埋,直接丢弃?

在格兰德制止瘟疫的时候,路过格兰德和法洛斯中间的城池,她曾见过那些被丢弃在森林里的尸体。它们的宿命就是喂饱秃鹫,甚至一些饥肠辘辘的野兽。

想到那个一丝不苟的女人可能会落得那样的下场,露西塔就感到难言的凄冷。她往下拉了拉兜帽的帽檐,提着风灯慢慢地往深处找。

若是平时有月亮的夜晚,还可以根据月亮的位置辨认方向。可惜这样的雨夜别说月亮了,连夜枭的叫声都听不见,一切都被惊雷和大雨声覆盖。

她埋头向前走了数百步，忽觉不对：四周的生机变得越来越薄弱。可即使用生命之眼看去，除了生机异常薄弱外，也看不出别的异常。浓烈的窒息感围绕在露西塔周身，她又往前走了一段，终于开始觉得危险，不再往前。

生命的触角从她脚下伸出，穿破四周的土壤，与植物的根须绞在一起。那些根须里的生机在扰乱她的感知。

就像当初定格的伊里斯城堡中唯一的时间之力一样，现在这块地生机断绝，只有露西塔的心脏在规律而顽强地跳动着，像是永夜之地里唯一的一盏风灯。生命的触角继续朝外探索，直到她忽然意识到一丝异常。虚无能感知到吗？

没有的东西，怎么会被她的触角感知到？所以，她感知到的那些与"生"相违背、令她有窒息感的气息，并不是虚无。那是——死！

那是万物沉寂之处，是堆叠起的皑皑白骨，是熄灭的音容和心智体，是肉体死亡之所，也是灵魂死亡之所。一缕缕黑气缠绕在她的感知触角上，顺着末端一直流淌到她的心脏。

进入生命世界层后，她一直隐隐感受到的那层壁障轰然碎裂，纯粹的安宁假象被打碎，腐朽、衰竭和枯萎带着腥气扑面而来。它们与"生"交织在一起，最终填满她感知中另一半空白的地方。生中可以死，死中亦可生，相互融合、相互转化，最终成为完善的、可以不断转化的生命规则，被她握在手里。

现在她可以探测到哪里是死气堆积的地方了。全新的生命触角顺着她足下的土地朝四周百里的密林延伸而去。由于她刚掌握死气，运用得还不太熟练，力量随着延伸出去的触角逸散开来，百里森林瞬间枯萎。

露西塔吓了一跳，连忙稳住心神，用生机将逸散出去的死气置换回来。于是新芽萌生，森林又瞬间变得葱茏，重新被连绵的大雨打成湿沉沉一片。

她一直探测到德缇丝森林的边缘，都没能发现哪里是死气聚集之处。露西塔拧起眉：不对！她心中一动，踏入死亡的世界层。这是她第一次来到这里，现实里葱茏的森林在这里变成了光秃秃的死枝，仿佛经历了一场火灾似的，黑漆漆的，直刺夜空。大雨从现实世界浇到这里，天上依旧没有月亮，但——

水雾迷蒙中，露西塔看到前方矗立着一座尖顶的漆黑高塔。群鸦在绕着塔尖盘旋，还有一些静静地落在四周的树枝上。它们没有黑漆漆的羽毛，只有一身老旧的白骨，一双双猩红的眼睛透过夜幕静静地盯视着她。

高塔之后，无数静默的墓碑林立，仿佛难以驱散的死魂，叫人看了心里发怵。

露西塔拉了拉帽檐，提着手里的风灯向高塔走去。

到了塔前，似乎早知有客人来访，报信的乌鸦刚开始聒噪地叫喊，塔门就打开了。

那同样是一个穿着兜帽斗篷的女人，只是她浑身的衣物都黑漆漆的，看起来已经年迈，静静地站在石阶上。两相对视，惊雷划破长夜，雨水从露西塔睫毛上滴落，在她脸颊上不住流淌。

她每向前走一步，土壤中的生机便顺着她的脚步被她牵动着。生命的世界层中，无数规则坍塌又重建，而那权柄正握在露西塔手上——

"冒昧来访，女士。"少年笃定、清冷的嗓音在雨水中失真。

女人的声音低沉而沙哑："客人从何处来？"

几缕浅金色的发丝垂在女人的肩膀上，从那不见血色的下半张脸看，她已经有些年纪了。夜风夹着雨点忽地斜打下来，她的兜帽被微微吹动。

露西塔的眼神陡然一凝，上前一步。似乎是受了惊，树上的骨鸦忽地拍拍翅膀纷纷离了枝，发出刺耳的叫声，四散而去。露西塔盯视着她，似乎要透过兜帽看清女人的脸。她动了动嘴唇，说："伊尔塔特。"

女人立时吃了一惊似的，声音里多了些急切："你说，你说你来自哪里？"

"伊尔塔特，我来自伊尔塔特，女士。"

女人沉默了几息，侧了侧身子："请进来坐坐吧，客人。"声线喑哑，如出自破败的风箱。

露西塔拾级而上，木门再度"吱呀"一声关上。塔顶上盘旋的骨鸦再度落了下来。木门前的两盏油灯被玻璃稳稳地罩着，在风雨里渺渺地跳跃。

屋内的陈设看起来很简陋，只有一张木床、几把木椅、一张工作台和一张树桩斫成的圆桌。圆桌上铺着线织的粗花毯子，中间放着一个发黑的黄铜烛台。蜡泪已经堆了厚厚的一圈，还剩一小截短蜡在烧着，不时发出噼啪的灯花声。

杂乱的工作台位于靠墙角的位置，上面有几盏还算干净的油灯。油灯虽不曾点亮，但看起来光洁、整齐，有微微的磨损痕迹，一看就是常用的。桌子内侧并排放着几瓶五颜六色、性质各异的液体。靠内的桌角处放着一台天平、几个研钵和一叠凌乱的木板，还有刻刀、斫刀、猎刀，一张长弓挂在旁边的墙上。另一侧的墙壁边，石铸的壁炉里还有一小团微弱的火焰在顽强地燃烧着。

女人往壁炉里添了几根柴，看着火慢慢地烧旺，然后坐在了自己的床沿，指指桌边的木椅道："坐。"

露西塔顺势坐下。大概是感受到露西塔的目光落在了工作台上的瓶瓶罐罐上，女人低声咳了咳，问道："你是怎么到这里来的？"

此地处在死亡的世界，确实不好找。

"您能在这里安身，我当然也有我的法子，大概是缘分吧。"露西塔不欲在此事上多说，"我在找我的一个朋友，误入了这里，多有打扰。"

"噢？人类朋友？"女人饶有兴味。

"是，人类朋友。"

"从伊尔塔特出来的人,现在竟肯与人类交朋友?"女人的声音明显有些冷了下来。

露西塔马上顶回去:"您一个精灵都能在人类的地盘生活,怎么倒问起我一个混血种来了?"

早在门口时,风吹动她的兜帽,露西塔就看见了她隐在兜帽下的尖耳朵,因此才以"伊尔塔特"作答。

女人抬手摘下了兜帽,阴沉地道:"你以为我想待在这里?"

露西塔看着她的面容,喉头一堵。像所有精灵一样,她有着金色的头发和尖尖的长耳朵,但那披散在肩头的金发乱糟糟的,看起来已很久没有修剪过了,而耳朵则缺了一只。一条黑色布条蒙住了她的眼睛,看不清里面的情形。此外,有别于正常精灵的是,她的面容像声音一样苍老,皮肤皱得像沟壑纵横的树皮,几块老年斑已经爬上了她的脸颊。

露西塔愣了愣,才找回自己的声音:"您这是……"

她第一次见到这种显现出老态的精灵。与人类不同,长寿种的寿命长达五百年,且成年之后其外貌不会再发生任何变化。长寿种的身体素质比人类要强得多,因此即使衰老,衰退的也只是天赋能力,或者身体机能和力量。但即便退化到最后一刻,也不会出现像人类那样体现在外貌上的衰老。那么眼前这位精灵……

有点儿怕刺伤对方,露西塔小心地重复道:"您——这是怎么回事?"

女人脸色阴沉:"没什么。当初逃离伊顿的地牢时伤了身体,这是留下的后遗症。"

"伊顿?那是十一年前的事了?看您没有回埃斯蒂山脉的意思……"露西塔心生疑惑,出言试探。

对方黯然一笑:"物是人非,故人都离散了,我一个人回去还有什么意思?"

露西塔动了动嘴唇,欲言又止,最终什么也没说。从魔窟里逃出来却不回家,孤身留在人类世界过这样的日子,还不知为何进入了死亡的世界层，与死去的鸦群为伍……疑点重重，并不是一句"回去还有什么意思"就能解释的。但即使有隐情，也是她的事，露西塔与她无亲无故，最多算同乡人，不好多问。

此时露西塔更关心薇薇安尸首的下落："我感到很遗憾。请问您见过我的朋友吗？"

"是活的朋友，还是死的朋友？"

女人说话直，露西塔不适地微微皱眉，没多说什么："她已经亡故，我来找寻她的尸身。"

"我就说嘛。"女人不以为意，似乎不知道自己说话多么刺耳，"我没见过活人来此，死人倒是见了不少。"

露西塔再忍："那您这两日有没有见过一个金色短发的女人被扔到这里？她看起来三十多岁，比我稍微高一点儿，比较瘦，可能戴着眼镜，如果眼镜没被那些人扒下来的话。"

女人挑眉冷笑："我看不见，你没看到吗？"

露西塔噎了一下。她当然看到了，只是对方没说，她未免抱着一丝渺茫的希望："那您这两日有发现新的……新的尸体吗？还麻烦您为我指路，我自己去辨认也可以。"

"啊，这倒是有。"女人摩挲着手指，似笑非笑。露西塔的目光顺势落在她的手指上，发现她的小指缺了一节。

她不忍地收回目光，看着眼前的女人站起来，像是看得见似的，熟门熟路地绕到壁炉右后方的走廊里，推开沉重的木门，声音渺渺："都在这后面。"

露西塔心里一惊，起身跟上。

那后面不是房间，而是室外。奇的是，门外没有下雨，几圈黑压压的枯树向远处延伸出去，中间围着一片大小不一的墓碑，有的是用石头刻的，有的是用木板刻的，歪歪扭扭，密密麻麻。时而有几团暗绿色的火焰飘浮在枯树之间，看起来冷森森的，让露西塔想起了龙坠之地的尸骨上燃起的冰冷火焰，不免后背发凉。

夜空是一片静谧的蓝，惨白的圆月挂在黑漆漆的树杈上。夜枭惊起，那些白骨做的乌鸦却不见了。鬼使神差地，露西塔抬起头，看见女人的半边脸映着月色，另外半边脸隐在黑暗里，叫她心头一跳。

"林子里有秃鹫，还有猛兽，这些尸体就那样堆在那里始终不好。"女人说起话来，打破了诡异的气氛，露西塔的心半落回了实处，"何况只有得了传染病的人，尸体才会被运到这里来，堆得时间久了，夏天这么热，容易滋生瘟疫。我就将尸体都埋了。"

露西塔一面听女人解释，一面小心地走近细看。穿过那扇木门的瞬间，她察觉到一阵空间涟漪荡过。露西塔对这种空间涟漪再熟悉不过了。她心头重重一跳：这又是一层空间，或者世界！

怪不得连雨都没有了。现实世界的大雨在每个自然的世界层都存在。这里是哪里，怎么会这样特殊？

她细心感受了一番，空气里仍然弥漫着一阵阵死气，没发现与先前的死亡世界层有任何分别。露西塔谨慎地看了一眼老精灵友好的神情，再细细观察眼前的景象。

墓园的中间是一片湖，看不清湖水的颜色，只觉得在月色里，粼粼的湖水也是黑色的。那湖水里泛着浓浓的死气。露西塔刚感知到这种力量，感觉还很模糊，但那股气息实在是太强烈了，她想忽视都不行。旁边林立的墓碑上刻着意义不明的数字，歪歪扭扭。

露西塔走近观察："这是……"

"这是尸体下葬的时间。"女人说，"我不认得这些人，只好以这样的方式区别身份。这两天下葬的在那一排。"

露西塔一边暗暗地注意着女人的动静，一边顺着她指的方向挪过去，想要辨认一番："您下葬用了棺椁吗？还是就那样直接葬下去的？"

"啊，我是……"

女人温暾解释的话还没说完，一根藤蔓冷不防地从地底冒出来，卷住了露西塔的脚踝。露西塔还来不及反应，就被那藤蔓猛地一甩，"哗啦"一声扑进了墓园中心的湖中。

湖水轰然四溅。

漆黑的水滴溅到女人伸出的手掌上,慢慢地在她掌中腐蚀出几个小洞,露出森森的白骨。她微微地笑了,手掌渐渐愈合,嘴里轻轻地呢喃道:"吃吧,混血种可是难得的补品……"

正在此时,一阵急促的敲门声响起。

女人眼神一凝,从意外之喜中醒过神来,匆匆戴上自己宽大的黑色兜帽,穿过木门来到房内塔门后,声音温和:"请问是哪里来的客人,为何到此?"

门外声音渺渺:"我从埃斯蒂山脉来,听闻有同族在此,特地前来拜访。"

女人打开塔门,门的外侧已经被雨浇透了,摸上去湿漉漉的。

维尔蕾特站在门外,浑身都被雨打湿了。她披着一件和露西塔相似的斗篷,手里拎着一把重剑。剑未出鞘,但她的眼神比剑更锐利,直直地看着对面女人的脸。

似乎感受到了维尔蕾特的注视,女人有些迟疑,面上却丝毫不显,声音沙哑地开了口:"同族?"

维尔蕾特迎面遇上这副尊容,吃了一惊,紧了紧握剑的手。看着女人被黑布缠着的双眼和缺了一只的耳朵,她的声音仿佛淬了寒冰:"你的眼睛和耳朵,在哪里丢的?"

女人微微一愣。她没有眼睛,看不见来人的形貌。没想到这人见面第一句话是问这个,她不由得喉中酸涩,对"同族"的猜测信了三分。

"都是过去的事了。十几年了,在索黎斯城丢的,那时候它还是伊顿的领土。"

维尔蕾特将悬着的一口气咽了下去。她早闻伊顿覆灭之后,文特和斯普林的新王沿袭了伊顿末年的部分新法令,决心开创新的文明时代,因此将精灵宝石列为禁物,捕杀精灵的事已经不再有了。

来到维克托黎之后,她同德尔菲娜一起,将包括王宫在内的整个王都探查了一遍，果然没有找到囚禁精灵的痕迹。刚才那一瞬间，她还以为有哪里她没查到……

她松了松握剑的手，往女人身后看了看，心里一沉："我的朋友不在这里吗？"

女人心里陡然拉响了警铃："什么朋友？"

"你没见到有人来这里吗？就在方才。"维尔蕾特意味深长地说。

一刻钟前，荆棘街21号，突如其来的大雨打落了秋蔷薇群。

一只眼睛血红的骨鸦衔着一枚银袖扣，冒雨落在了维尔蕾特的窗台上。那枚袖扣是她和露西塔在裁缝店定制斗篷的时候一同选的，中间镌刻着一颗六芒星，很是简约，缀在她们的斗篷上。

她接过袖扣，忽然听到里面传来露西塔低低的声音："城郊东南，德缇丝森林里有座塔。我好像发现了你的同族，情况看起来不大好。"

于是维尔蕾特跟着骨鸦穿过犹如实质的世界壁障，来到了这座高塔前，却不见露西塔的影子。

面前的精灵平静地摇摇头："没有见过，您是今天的第一位客人。"

维尔蕾特拧眉，环顾四周。四周都是黑压压的枯树，在一片惊雷和大雨中，只有不怕雨的骨鸦安然停落在树枝上，眼睛红得诡异。怕是再多的动静，也会被这铺天盖地的雨声掩盖。

再看眼前的女人，她的确是精灵。但精灵身为生命的宠儿，竟然住在这样死气沉沉的异次空间里，与枯树和骨鸦为伍，其中必然有什么蹊跷。

维尔蕾特细细观察着眼前精灵的神色，开口道："异乡相遇，不请我进去坐坐吗？"

精灵一愣，让开身子："请。"

"还没问你如何称呼？"

落入湖中的那一瞬间，被腐蚀的巨大痛苦顿时附上露西塔的每一

530

寸皮肤。那不是水,那是过于浓稠而液化的"死亡之因"。

在那片湖底,一个繁复的巨大法阵在浓黑的"死亡之因"里发着幽幽亮光。露西塔昏睡的脸映着那幽微的光,形如濒落的叶、濒霜的草。

巨大的梦境将她笼罩住——那是湖的记忆。

一个精灵在熟悉的山谷里出生。

露西塔认得这山谷,它在安息森林和德里草原的交界处,曾经是精灵们的一处聚居地。她离开伊尔塔特的时候,那里还遗留着很多无主的空房子。

春日的山谷里,嫩黄的萍蓬草和菟葵开在溪水边,野蔓萝爬满崖壁。小精灵在山谷之间长大,年纪小小就学会了猎兔子,编起花环在伙伴中也是佼佼者。

山野间,朋友捧着满怀的花冲过来抛给她,笑着大叫她的名字:"塔蒂亚娜——"

"塔蒂亚娜。"在火苗的噼啪声中,女人说出了自己的名字,"您呢?"

"我是维尔蕾特。"

塔蒂亚娜有些意外,这让她想起了著名的末代精灵王:"精灵王的名字。您的母亲对您期望很高。"

维尔蕾特不置可否,话头一转,道:"你看起来很衰老。是生了什么病吗?"

塔蒂亚娜故技重施,作伤感状:"是啊,的确是生了病。都是过去的事了。"

她本以为这样维尔蕾特就不会再问,谁知她不按常理出牌,十分看不懂人的脸色:"过去?过去发生了什么?你为什么会变成这样?"

塔蒂亚娜一噎。

塔蒂亚娜长大了。

长大的塔蒂亚娜不仅能猎鹿,还能猎熊,甚至同朋友们跑到西部自由城邦之外的斯沃德山脉去探险。在群狼围攻下,她带着朋友们全身而退,风头一时无两。大人们为她骄傲,也为这孩子的鲁莽担忧。

要知道,自由城邦不仅有自由、安稳的人类居民,也有专做偏门生意的行脚商人。那些人从大陆上来,见多识广,也更利欲熏心。

那时候的塔蒂亚娜信任自己出众的武力,毫不担忧。她不仅时常去斯沃德山脉猎狼皮,还呼朋唤友,裹上风帽遮住耳朵,跑到自由城邦的酒馆里喝酒吹嘘。

直到那天大雪封山,她们在山脚前折返,到萧条的酒馆去找酒喝——那酒里加了东西。她们昏昏沉沉地从酒馆里出来,只以为自己喝醉了,在镇口被蹲守的一行人类给堵了个正着。

山谷里的精灵第一次见识到世界的残酷,但这个教训太惨重了。这样的教训,一生只得一次。

露西塔眼睁睁地看着一支羽箭穿过一个精灵的胸口,慌忙想去帮忙,手掌却徒然穿过那精灵的躯体。这些精灵反抗得太过,稳妥起见,人类开始下杀手。有精灵死了。

她垂下眼眸,纷繁的雪穿过她的手掌。这是一场梦境,一场她左右不了的梦。

"如您所见,"塔蒂亚娜见敷衍不过去,只得半真半假地说,"还能因为什么?被卖给了伊顿的一个侯爵,在地牢里被折磨至此。"

当维尔蕾特不想读人脸色的时候,她似乎天然就有无视的本事,一双眼睛鹰隼一般锁着眼前的塔蒂亚娜,言辞没有丝毫顾及:"什么折磨能改变精灵的生命特性,让你苍老至此还能活着?"

塔蒂亚娜好似实在恼了:"现在的精灵都这样没有礼貌吗?这是我的隐私,我不想再提。这里不欢迎你,请你出去。"

"是我冒犯了,实在不好意思。"维尔蕾特的屁股像是黏在了椅子上似的，一动不动。她嘴上说着抱歉，神色却丝毫未动，依旧在观察塔蒂亚娜的一举一动："我不提这个了，我们聊点儿别的。"

这话说得理所当然。久不与人打交道的塔蒂亚娜一时不知道该怎么回话，但她感受到了维尔蕾特不算善意的强硬态度。

她一沉默，气氛就有些紧张起来。

失明的塔蒂亚娜没有发现，自进门起，维尔蕾特的手一直握着剑柄，从未松开。

画面如水波纹般荡开，定格在塔蒂亚娜和同伴昏睡的脸上。

精灵的自愈能力实在强悍。除了一个精灵被一箭穿心当场死亡，其余的即使受了重伤，昏迷了一路，依旧顽强地留着一口气，甚至伤口还有要愈合的趋势。

卖家才不管这些，只要留她们一口气，保证她们活着就行——死去的精灵，眼睛可卖不上价钱。当然，等她们被陆续卖给不同的买主，她们的死活便与卖家无关了。

露西塔的视线里闪过须臾的白色，还有扣着金领扣的陌生人类模糊的脸。

那年冬天大概特别冷，过了许多时日，北方的冬天依旧还在下雪。接着，露西塔的视野彻底黑了。

地牢里是没有昼夜的，长年点着幽暗的烛火。精灵生活在那里，被一日三餐地圈养着，身体很快就恢复了。

人类细碎的交谈偶然划过露西塔的耳膜——要将她养得好好的，眼睛的品质才会是最上等的。她是难得的"好货"，可与国王头上戴的精灵王冠相媲美。

对了，这位侯爵的封地在斯塔兰德的东边，临近文特边境。

"聊点儿别的。"维尔蕾特随意地说，"你不想问问埃斯蒂山脉的事吗？"

塔蒂亚娜沉默一息："您能为我讲讲故乡的事吗？"

"圣湖回来了。"维尔蕾特看着她的神色，试探道。

出乎她意料的是，塔蒂亚娜并没有多大的反应，只不辨悲喜地重复问道："圣湖？"

"是啊。如果你能回去，圣湖可以治好你的伤势，你会重新看见一切的。"维尔蕾特意味深长地说，"说起来，作为精灵，你的器官被人类取走了，费点儿功夫本应该可以再生的。为什么没有呢？"

"来了。"塔蒂亚娜心想。这个自称叫维尔蕾特的人大概真的是精灵。虽然精灵出现在大陆上令人很是意外，但她对精灵的事情了如指掌，还要来寻找刚才那个来自伊尔塔特的"朋友"。一旦从一开始同族惨状的冲击里回过神来，她就会意识到更多的不对劲。但这些，塔蒂亚娜都不能向她解释。

窗外响起一声惊雷。塔蒂亚娜声音平稳，在雨夜和火光里显得有些阴沉，似乎是最后的忠告："虽然不知道你是怎么进来的，但你的朋友不在这里，到别处去找你的朋友吧。这里不是你该来的地方。你该走了，维尔蕾特。"

维尔蕾特按剑，纹丝不动，气氛再度紧张起来。维尔蕾特脸上看不出什么，但心里底气并不是那么足。在死亡的世界里，依靠生命之力的精灵犹如鱼困浅滩，处处受制。此时她的依仗只有手里的一把剑。

此外，还有……

她忽然扭头，视线落在壁炉右后方的走廊里，意味不明："看来这座塔还挺大啊。"

次年秋天，天高云淡。

索黎斯城东邻文特，西靠王城，周围有诸多小城拱卫。这里是德文希尔侯爵的领地。

战火爆发得突然，手握重兵的德文希尔侯爵忽然倒戈，在文特的黎明远征军通往斯塔兰德的路上大开方便之门。王都沦为废墟，文特与斯普林将伊顿瓜分干净。随后，远征军忽然掉转方向，杀向东方的索黎斯。

露西塔已经在这处地牢里度过了太长时间，而这里总是安静得过分。视线里一片黑暗，连火光都不曾见到。

露西塔知道，这是塔蒂亚娜的记忆在作祟。在她的记忆里，这处地牢留下的印记就是这样，一切都是模糊的，只有无边的安静和黑夜。她已经失去了她的眼睛，成为一个藏品。是的，就连失去利用价值的精灵也不会被处理掉，因为每一个战利品都是这个地下狩猎场上的玩家用以夸耀的珍藏标本。

她的双眼没有丝毫再生的痕迹。那似乎是被捉的精灵们心照不宣的秘密——没有一个精灵会在囚笼里燃烧生命力去复原自己的器官，甚至不会去治疗自己的伤口。一旦器官可再生的秘密被发现，所有囚笼中的同胞都将迎来无休止的折磨，那将是灭顶之灾。

塔蒂亚娜无法辨别天黑与天亮，只能根据守卫值班和吃饭的频率默默地计算时间。直到这一天，守卫没有来，而兵器相接的厮杀声从地面上隐约传来。

她那颗已经濒临绝望的心又开始跳动了——在寂静的地下，她几乎能听到心脏每一次跳动的声音——咚、咚、咚。她咽了咽口水。

她已经有过一次逃跑的经验，失去的耳朵就是那次逃脱未遂的惩罚。当然，这次她不会再失败，天时地利都在她这里，而她为这一天已经等待得够久了。

塔蒂亚娜在墙壁上摩挲，抽出一块壁石，从里面拿出一柄小小的、磨得锋利无匹的石刀。她是精灵族最骁勇的战士之一，带来过荣耀，带来过灾难，也将为挚友重新带来自由。

塔蒂亚娜明白了维尔蕾特的态度。她似乎平静下来了，甚至笑了笑："是挺大的。"

维尔蕾特也跟着笑了："很少见到塔状的建筑。我能参观一下吗？"

"好吧。"塔蒂亚娜似乎勉为其难地道,"唉,这里真不是你该来的地方……"

她一边念叨着,一边将维尔蕾特引到木门前。木门年久失修,摇摇晃晃地打开。

维尔蕾特瞪大了眼睛。眼前无风无雨,枯树与墓碑林立,处在一片浓稠的黑夜中,似乎散发着浓重的不祥气息。果然有问题!

她正要回头看塔蒂亚娜,背上就传来一股推力。

这若真是个精灵,那么她在死亡世界里能发挥的力量估计还不如刚才那个混血种。塔蒂亚娜压根儿就不怵她,开了门就待趁她不备推她进去。门后是她在死亡世界构筑的更深一层的界中界,专门用来孕育中间的主死之泊。越是深入死亡的领域,她的力量就越能获得加持,而眼前的精灵就是砧板上的鱼肉——她用力一推。

没推动。维尔蕾特抱着剑,似笑非笑地回头看她。

塔蒂亚娜触电般收回手,未果,她的手腕被维尔蕾特强硬地单手抓住。

维尔蕾特抬头,眼神直直地落在湖泊的水面上:"就是这里吗?"

空气中传来一个年轻的女声:"嗯。"

塔蒂亚娜悚然一惊。这里什么时候进了别人!

有一个猜想半年来一直在塔蒂亚娜心中盘旋不去,藤蔓一样在她的心脏上扎根,并随着时间的推移疯狂生长。

她不敢那样想……直到这一刻她砸开隔壁牢房的锁链,打开大门,百般呼唤却如平时一般得不到回音。过去那些交谈再次浮现在她的脑海里。

不知道从什么时候开始,隔壁的丹妮丝就再也没回应过她的喊话。取而代之的是一些"参观者"来临之后,德文希尔侯爵矜持中略带自得的声音:"这本应该也是一件好的藏品,可惜性格太刚烈了。好在完整性尚好,没有遭到什么破坏……"

她惶恐地大声问，问人类，问精灵，没有得到一句回答。关于丹妮丝的情况，她只得在心里不停地猜测，而一切的猜测都在滑入那无底的深渊。

地面上的厮杀仍未停止，目前还没有人发现这座地牢。她慢慢地朝前摸索，直到她摸到一口……竖放的、冰冷的棺椁。

当然，它在德文希尔侯爵眼中应该不算棺椁，它是一个精美标本的容器。因此，侯爵以最好的材料制作它，纯金的棺边上满是浮雕的玫瑰，棺面摸起来坚硬、光滑，像是水晶——当然，如果不是水晶，又如何能让参观者看到里面精美的标本呢？

塔蒂亚娜咬紧了牙，用最后的力量徒手捏碎了棺椁上的金锁，推开棺盖。"轰"的一声，那水晶和黄金制作的精美艺术品像顽石一样坠地，巨大的水晶面上满是裂纹。然后，她用疲惫的双臂将里面的丹妮丝抱了出来。那是她第一次接触到那么冷的皮肤，冰寒刺骨。

塔蒂亚娜细细听了听，却连第二个人的呼吸声也没有听到，仿佛刚才那声音是错觉一般。

她咬了咬牙："原来你们是有备而来的。"

维尔蕾特摇摇头："也不算吧，事发突然。"

接着，在塔蒂亚娜错愕的神情中，维尔蕾特攥着她的手腕，一步一步地穿过木门的空间壁障，惊起一片空间波纹，来到了门后的世界。

塔蒂亚娜声音复杂："你就对自己这么自信？"

维尔蕾特没有说话。门后的世界确实令她很不舒服。越发黏稠的死亡之气如影随形，相反的是生机几乎为零，让以生机为力量的精灵几乎多走一步都很困难。她慢慢地向前走去，来到湖边。

塔蒂亚娜想故技重施——地上突然冒出几条藤蔓，正要缠住维尔蕾特的脚踝，她轻巧地向后一翻，在空中如闪电般拔剑，落地时已经将地上的藤蔓斩成了几段。

藤蔓断裂后还不罢休，但暗绿色的剑气萦绕在藤蔓的断口上，竟然将它们慢慢地腐蚀掉了。藤蔓就这样一寸寸消失在空气中。

塔蒂亚娜终于稳不住了:"你究竟是什么人?"

维尔蕾特依旧没有理会她,弯腰捡起地上的一把木柄猎刀。刀柄上缠绕着暗红色的碎布条,已经有些磨损的痕迹,此时沾染了泥土,有些脏污了。她将猎刀拿在手里,回头看塔蒂亚娜。这是露西塔的猎刀,平时装在斗篷的口袋里。

"我是维尔蕾特。"她说。

如塔蒂亚娜所料,这座城市已经乱起来了。

她用风帽将自己和丹妮丝的头紧紧地裹住,就连眼睛都用布条缠上,然后抱着丹妮丝一路问路,跌跌撞撞地到了码头。好在路上兵荒马乱,人们都急着逃亡,没人注意到这两个打扮怪异的人。

她摸索着拦住一个人:"女士,借问下最快的船什么时候到?"

这种时候,敢来索黎斯城的客船已不多,都是背后有点儿势力的大船。

恰巧她拦住的是个售票员,正忙着宰客,看不上她这条小鱼,尤其她疑似抱着个死人:"去去去,没钱的别来坐船!"

塔蒂亚娜的确身无分文。

焦急之间,一个老人大概是看她可怜,给她指了条路:"孩子,你要是不怕,一起上那艘船吧,不要钱。"

"什么?"

"愚人船,没有目的地的愚人船。"

河岸茫茫。似乎是天意,一艘愚人船那天偶然漂到了那里。

被魔鬼蛊惑的羔羊?神志不清的疯子?在走投无路的穷人面前,这些都不重要了。再恐惧,也比不上战争和死亡带来的恐惧。

"我是维尔蕾特。"这是塔蒂亚娜第二次听到这句话。她用的是

"我是",而非"我叫"。一种微妙的语境。

第一次,这点儿微妙被她忽略了。第二次,在毫无发挥余地的空间里,作为处处受制的精灵,维尔蕾特以绝对的压制砍断并消融了她以死气孕育出来的腐朽藤蔓,再次说出了这句话。现在,塔蒂亚娜终于意识到了一种可能性。

她张了张嘴:"我在精灵谷生活了近百年,从未听过你的名字。"

"我并非出生在精灵谷。"维尔蕾特声音平静,似威慑又像安抚,"我出生在北部的阿尔贝加——霜白之城,数百年前精灵真正的故土。"

密密麻麻的电流从塔蒂亚娜脊背上爬升,那种荒谬的猜测在她心里像藤蔓一样疯狂生长,终于轰然炸开——面前的人不是在介绍她的名字,而是在宣告她的身份。那个历史上死在终结之战中、大灾难之前的"英雌",以及君王——永恒的维尔蕾特。

塔蒂亚娜后退了一步。

维尔蕾特的身影倒映在漆黑的湖面上,随着微微的粼光闪烁。这湖水那样静谧,除了颜色不对劲,似乎看不出任何疑点。她细心地收起猎刀,蹲下身子,伸出一根手指浸入湖水中。

刹那间,刺骨的痛楚从指节上传来。她吃痛地皱了皱眉,收回手指,只见那段指节已成了森森白骨,在微薄的月光里竟然显得有些莹润。

维尔蕾特盯着那截指骨,竟然没有第一时间选择自愈,而是深吸了一口气,重重地抿起了嘴唇。

身边的德尔菲娜再也藏不住了,显出身形,失声道:"这湖!"

维尔蕾特的脸色彻底冷了下来,问塔蒂亚娜:"她在这湖里吗?"

两道如剑的目光射向塔蒂亚娜,塔蒂亚娜虽说看不到,却若有所觉。她咬了咬牙,抖了抖嘴唇,似乎想说什么。但最终她什么都没有说,而是后退一步,举起了双臂。黑漆漆的死气凝成实质围绕在她周身,渐渐腾起。

"我无可辩解。已经到了这一步,就看看盖娅更偏向哪一边吧!"

塔蒂亚娜从喉咙里挤出一句话。

维尔蕾特提着剑大步上前:"我问你她是不是在这湖里?!"

几条荆棘忽地从空气中刺出,分别向维尔蕾特的四肢刺过去,眼看着就要缠上她的肢体。维尔蕾特倏忽间又从空气里拔出一把长剑,双剑交织,将正面攻来的荆棘切断,同时扭过身子躲开了身后的突刺。随着她一剑挥去,暗绿色的剑光触及铁黑色的荆棘,荆棘霎时间委顿下去。

空气里渐渐弥漫起浓重的雾气,周围的树林隐入黑暗中,高悬的月亮也被遮挡住了,一切都陷入泥沼般的朦胧里。

德尔菲娜本就不是生命体,死气对她丝毫不起作用,但她也对这种力量无计可施,只得眼睁睁地看着维尔蕾特:"小心!"

塔蒂亚娜听见德尔菲娜的声音,似乎想到了什么,不由得冷笑:"原来昔日的陛下也会与死魂为伍?那又何必在这里指责我呢?"

维尔蕾特解下斗篷抛向空中,德尔菲娜顺势接住,收进了空间里。

她的手指以肉眼可见的速度恢复,继而重新握起长剑:"她不是死魂。"

塔蒂亚娜抱着丹妮丝坐上了愚人船,一直东去。

一旁的乘船人时而掏出珍贵的干粮在船上啃,只有她没有带任何行李,只是抱着丹妮丝缩在小船的一角。

她到底身体强度不同,无须进食。只是一直不进食怕会引起同行众人怀疑,便时不时向看起来面善的人讨一些零碎的干面包吃。她们就这样半梦半醒着漂在水上,三天后拐道进了歌罗河流域,耳边似乎只有无尽的水声。七日之后,愚人船抵达了此行的终点——文特的王都维克托黎,一座被荣耀之河拱卫着的胜利之城。

同行的人在城外逡巡,想方设法地试图进城落脚,或者去附近的村落讨生活,而塔蒂亚娜却抱着丹妮丝悄悄地离开了。在这种贵族聚居的王都,有身份的人一眼就能看出她的打扮不对劲,识破她的身份。眼下她心里想的只有一件事——回家。回到埃斯蒂山脉补充能量，休养生息，养好眼睛，再去索黎斯城报仇。

失明的塔蒂亚娜一路南去，直到闯入德缇丝森林。树叶已经开始黄了，日薄西山，晚霜还未降临，森林被一片晚间的烟雾笼罩着，紫茉莉的颜色都显得有些黯淡。

露西塔跟在她身后，看着这片熟悉的森林，终于对她的命运有了预感。她抬手想拉住塔蒂亚娜的袖子，却只拉住一片朦胧的烟霞。

天色渐晚，命途将尽。

不知道走了多久，夜枭的声音偶然在耳边响起。塔蒂亚娜抱着丹妮丝，夜露打湿了她的裤脚。她没有穿鞋子，荆棘在她的双脚和小腿上划出一道道血痕，和冰冷的露水混在一起。她越走越慢，终于停下了脚步，摸了摸自己小腿上的血痕，迷茫地捻了捻手指。

不对劲。她是精灵，这样的小伤应该旋即就能愈合，怎么会丝毫不见好转的痕迹，留了这许多血痕在皮肤上。她一边想着，一边想要运转生命之力，让腿上和脚上的伤痕愈合，却受到了莫名的阻力，停在了从空气中汲取生息这一步。

塔蒂亚娜脊背发凉。她吸了口气，试图从空气中感知生命之力。生命触角从脚下延伸而去——接着就是严重的损耗，折在了半途。她胸口一窒，呕出一口血来。鲜红的血液刚一接触空气，就似受了严重的腐蚀，发出"刺刺"的声音，冒出一阵黑烟，继而直接在空气中消散了。

一个生命之子在最虚弱的时候误入了死亡、腐朽之所，将会发生什么？

露西塔看着黑气从塔蒂亚娜脚下渐渐缠绕而上，而她全身的生命力量几乎都被榨干了，只能眼睁睁地受着死气的侵蚀。塔蒂亚娜放下丹妮丝，跪倒在地上，发出痛苦的呜咽。她在剧烈的痛苦中出了满头晶亮的汗水，最终被夜晚越来越盛的死气全部包裹住，小幅度地竭力颤抖着。

露西塔黑白分明的瞳仁静静地注视着这一切。她早就意识到,这是过去发生的一幕,不在现在,也不在未来,无从更改。夜幕早已落下,太阳光不见了,月亮洒下清辉,流转在世间的苦难中间。

这是死亡的世界,一个与精灵掌握的生命之力截然相反的世界,由无数因贫苦而无力埋葬的、因传染病被抛弃的、死在街头被处理的尸体堆积孕育而成。到明天太阳再度升起的时候,这里还会再多一具精灵的尸体——不,这纯粹由生机铸成的精灵之躯,在死气的腐蚀下,连一具尸体都难以留下。但是塔蒂亚娜不会死的,她不仅不会死,还获得了这些力量。

夜色越来越深,那一团黑气也越来越稀薄。在夜色褪去,第一缕阳光照进这片弥漫着薄雾的森林时,最后一缕黑气也散尽了。塔蒂亚娜紧紧皱着眉,动了动手指。

晨曦的光线照亮了她的脸。即使一夜过去,那具躯体已经被腐蚀得衰败不堪,皱纹爬满了她的额头眼角,老年斑也像疤痕一样印在了她松弛的皮肤上。

她爬起来,手上显出一团黑气。死亡的压迫感顺着土壤的脉络一寸寸传达到整片森林,树叶大片大片地枯萎,顷刻间德缇丝森林就成了光秃秃的一片枯树。直到许久之后,这一年森林的一夜枯萎依然是一件奇闻逸事,流传在周边的村镇之间,但因地处偏远,所见者不多,因此相信这件事的人倒是越来越少了。

她活下来了,强行以生命之骨容纳死亡,让她付出了太多代价,但她终究是活下来了。从此以后,她将与生命之力绝缘。那也意味着,她的眼睛、她的耳朵,以及她所有的内伤外伤、新伤旧伤,都不可能像精灵一样恢复到原本的状态了。甚至,死亡之力还在潜移默化地侵蚀着她的身体,这只会让她的伤势逐渐加重。

塔蒂亚娜重新抱起丹妮丝,一步步向森林深处走去。露西塔看着她的背影。

在一片朦胧的静默中,无论是亲历者自己,还是露西塔这个看客,都清楚地知道一个事实：那个日思夜想的故国，她再也回不去了。

维尔蕾特在荆棘雨中逐渐逼近："看来从你嘴里撬出点儿东西，还真是难。"

塔蒂亚娜感受到维尔蕾特的压迫力，咬了咬牙。

与狼群缠斗的时光似乎已经恍如隔世，现在的她身体孱弱，垂垂老矣，甚至连剑都已经举不起来，最怕近身搏斗。

当然，尽管不懂为什么这位末代君主在这样浓重的死气下仍然气定神闲，毫无被侵蚀的迹象，但这里是她的地方，她仍然占据着绝对的主场优势。

她低低地说："尽管不知道您是怎么活下来并且活了这么久的，但好不容易保下来的这条命，真的要葬送在这里吗？——我给过您机会！"

是的，她早就三番五次地送客了，是维尔蕾特坚持不走，一定要来刺探她的秘密，一定要来追查那个混血种的下落！

像是在说服自己似的，塔蒂亚娜定了定神，忽地吹了一声清亮的口哨，在这样的夜里显得有些诡异。维尔蕾特抬头一看，呼啦啦飞来一群骨鸦，睁着血红眼睛，直朝着她俯冲下来。

她眉头一拧："死灵……"然后她扫了一眼塔蒂亚娜。一个精灵，不仅能控制死气，还能控制死灵，这种事说出来，别人都要笑她编故事编得离谱。她抬起手，"哗啦"一声，暗绿色的巨大水幕凭空而起，浇在那群会飞的亡灵生物身上。那水中蕴含着点点星辉，如同来自生命原初的银河，触碰到骨鸦的一瞬间，死气顿时消失，零落的骨头冒着黑气，稀稀落落掉在地上。

与此同时，维尔蕾特的剑锋已经掠到了塔蒂亚娜的脖颈。她的声音压抑着怒气："你猜我敢不敢杀你？"

感受到剑锋冰冷、锋利的触感，塔蒂亚娜有一瞬间的恍惚。她已经很久很久没有摸过利剑了。她有点儿颓然地说："您想知道什么？"

维尔蕾特攥紧剑柄，闭了闭眼睛："我问你她在哪儿？湖边这把

543

刀的主人,她现在在哪儿?"

塔蒂亚娜声音沙哑:"在这片湖里。"

维尔蕾特的剑锋剧烈一抖,塔蒂亚娜的脖颈被划出一道血口。

塔蒂亚娜越走越远,抱着丹妮丝消失在森林深处。雾气更重了。

露西塔向前追了两步,最终还是失去了塔蒂亚娜的踪迹。

她有点儿茫然。一直以来,她总是与塔蒂亚娜在一起,被迫作为一个观众见证了她或模糊或清晰的回忆。而现在,回忆是结束了吗?

这片湖是怎么回事?墓碑是怎么回事?薇薇安也成了那些墓碑中的一个吗?还有,丹妮丝去了哪里?无冤无仇,塔蒂亚娜又为什么把自己推进这片触之必死的湖里?

她只觉得许多谜团都搅在一起,而最关键的时候线索竟然断掉了——或者说结束了,将她一个人留在这里。

太阳光渐渐淡去,云层翻涌,森林里雾气更浓了。光线似乎总是隔着一层,照不到这里来。一切都是雾蒙蒙的,看不真切,连声音也懒怠传出去,只有地上的秋草还在微风里发出瑟瑟的声响。

露西塔想找找群鸦盘旋的那座塔的方向。她四下观察着试图辨认,却不知何时晨露已经沾湿了她的衣服,而被沾湿的那块衣料正在一寸寸地消失!

死气顺着衣料缠绕着向上攀爬。她悚然一惊,立时联想到方才塔蒂亚娜的惨状,匆忙脱了斗篷扔出好远。再低头一看,裤脚已经被腐蚀得坑坑洼洼。

她心头一沉,心知处在这里就已经躲不开死气的侵蚀,索性接受了这个现实,冷静下来思索。

精灵的遭遇扰乱了她的心神,她实在不必如此慌乱。一则她不是生命之体,不像精灵那样与死气天然对立,也就不会被侵蚀得那么严重,甚至危及性命。二则她此前已经领悟了死亡之力,甚至凭借自身踏入了死亡的世界,还为后来的维尔蕾特留下了一个稳定的入口。尽管可能暂时不敌数十年积累的塔蒂亚娜，但她有得天独厚的自身优势——同时掌握着生与死。生者可以死，死者可以生。二者像是互相转化的衔尾蛇，流转不息，才形成了世间的生死枯荣、循环往复。

当然，她也敏锐地意识到，此时侵蚀她的死气与方才她看到的侵蚀塔蒂亚娜的死气并不相同。塔蒂亚娜遇到的，正是她刚进入森林时遇到的那股阻力。因为自己不是生命之体，所以受到的影响远不如塔蒂亚娜那样危险，那微妙的不同甚至让她领悟了死亡。

而现在，这些足以侵蚀她自身的危险的死气，实际上并非来自塔蒂亚娜记忆里的森林，而是来自那片被墓园包围着的湖泊，那片主死之湖。是的，她一直没有忘记——她处在这片湖的记忆里。

大概是得益于神躯的强度，湖里的死亡之因一直没有突破她身体的壁障，让她在这个记忆世界逡巡了太久。而现在，它们终于开始威胁到她，打破了这里的平静，直接在这里侵蚀她的精神体。这一事实也让露西塔意识到，那片湖对她造成的危险并非不可化解。眼下，危机逼近，化解的机会也同时到了眼前。

她脑海里飘过无数纷繁的思绪。

首先，塔蒂亚娜方才的做法浮入露西塔的脑海。容纳死气？不，最好不要这么做。死气对生命体的危害性历历在目，她虽然不是精灵，这个行为对她而言也不会那么危险，但她并不想付出承受永久性伤害的代价。而且这个做法风险太高了，一不小心就会衰竭而死。

她有更多的手段，也应该有更多的方法。那么，不如驯化它们。她手握生死轮转的权柄，就应该合理地利用起来。

露西塔闭上眼睛。在精神体的世界，没有了实体的阻碍，感知触角更加顺畅地延伸到很远的地方。她发现，与现实世界不同，这片弥漫着死气的湖似乎探不到边界。但她并不感到畏惧——她早知道，这只是一片湖。

无论塔蒂亚娜如何积攒死气，死气在这里如何浓缩，小小的一片湖所能容纳的也不过十年的积蓄。它有边界，也有尽头。

"不要急,露西塔。"她对自己说。

露西塔伸手攥住一缕勾缠着她衣角的死气,手中暗光明灭,不多时就有许多星辰在那缕气息中流转。黑色渐渐褪去,渐渐化作明灭转换着的暗绿色。

死气消散之后,即可孕育新生。她满意地点点头,舒了一口气,心中冉冉升起了希望。继而她盘坐下来,微微闭上眼睛,进入深层的冥想。感知触角倏忽间就延伸到千里之外。

那些小小的触角攫取出空气中的一缕缕黑气,分明是初晨,林中却隐约有星辉闪耀。

维尔蕾特沉声逼问:"那湖里是什么水,为什么会有那么重的死气?"

塔蒂亚娜脸色灰败。"那不是水,那就是死亡本身。"感受到维尔蕾特沉重的呼吸,她低声补了一句,"您的那位朋友,此时应该早已经被腐蚀干净了。"

维尔蕾特喉头一堵。顿了顿,她声音奇异地说:"不会的,不会的……你根本不知道她是什么人,她怎么会死?她不可能会死。"

塔蒂亚娜觉得这位陛下是悲痛过度,精神失常了。她有心怜惜自家史前的君主,但维尔蕾特可不是任她怜惜的人。

维尔蕾特叫了一声德尔菲娜:"拜托你将她暂时困住。"

事情还没有彻底弄清楚,但现在她要去做另一件事。

"我知道的,姐姐。"事关重大,德尔菲娜答应得很干脆,半句没有多问。

塔蒂亚娜还没反应过来,维尔蕾特就放开了她,收剑入鞘,向那片湖走去。

塔蒂亚娜还不知道发生了什么,只觉得自己丝毫没有被束缚的感觉,就向前走了一步,然后狠狠地撞到了额头。

"哑——"她下意识地摸了摸额头上的大包,紧接着忽然意识到了什么,双手放在了面前的空气墙上,神色惊奇。

塔蒂亚娜还是有些见识的,这是空间禁锢,是属于龙族的术法!

她拍了拍那堵墙,语调难掩激动:"龙族!你真的不是死灵,你是龙族,是不是?!"

德尔菲娜渐渐显出身形,表情奇异地重复:"龙……族?"

维尔蕾特走到中间那片主死之湖旁边,手中浮出一个暗绿色的生命水球,生命之水缓缓地流淌至她身周,将她整个包裹住。饶是她身为精灵族生命力量最强的,也架不住纯粹的死亡之因不断地侵蚀。眼下这些生命之水,是她从圣湖中抽调的。恐怕也只有圣湖可以抵抗这片与之完全相悖的主死之湖。

从这方面来看,塔蒂亚娜很有野心。她到底在筹谋些什么?

维尔蕾特暂时压下对这个精灵和精灵族未来的忧虑,待生命之水将她完全包裹住之后,拎着剑就要往下跳。

就在这时,面前的湖泊忽然激荡出一个巨大的漩涡!维尔蕾特一惊,立时停住了动作,紧紧盯着这片湖的变化。她很敏锐地感知到,死气慢慢变淡了。

当然,同样敏锐的还有塔蒂亚娜。方才被一剑架到脖子上,脸色也只是微微有些变化的她,这时突然激动起来,拍打着空气墙嘶喊道:"维尔蕾特!你对它做了什么?!"

维尔蕾特诧异地扭头。她将这片湖看得比自己的生命都要重要吗……

这道思绪一闪而过。此时她只是微微摇头:"不是我。"

"不是你?"塔蒂亚娜冷笑,连声质问,"那是谁?谁能在满是死气的湖里搞出这样的动静?这里还有谁?"

水声不绝。维尔蕾特看见湖心有淡淡的星辉浮现,接着一个湿漉漉的人头忽然从水里冒了出来,带着鼻音道:"是我。"

漆黑的水涡中间冒出一颗漆黑的头颅,这个场面有点儿惊悚。

维尔蕾特注视了一会儿,周身的暗绿色水流渐渐消失。她松了口气,将右手的剑换到左手,那只空出来的手向露西塔伸去,声音有些骤然放松的沙哑:"上来。"

露西塔晃了晃脑袋,捋了捋头发上的水,略带茫然地环顾了一圈:"维尔蕾特,德尔菲娜?你们……"

招呼还没打完,她忽然想到了塔蒂亚娜在死气中的情形,登时有点儿慌神:"你……你真的跟着那只骨鸦进来了?感觉有什么不舒服吗?"

见她迟迟不动,维尔蕾特催促似的勾了勾手,一边示意一边答道:"还好。"

露西塔观察维尔蕾特的神色,似乎确实看不出有什么不舒服的地方,暂时放心,搭着她的手爬到了岸上。浑身黏稠的死气在她爬到岸上之后,顺着她的衣褶丝丝缕缕地散去。

先是一片水流的声音,接着是露西塔熟悉的似恶魔的嗓音传到塔蒂亚娜耳中。这个来自伊尔塔特的混血种不知为什么活了下来,而且果然证实了和维尔蕾特有着深厚的友谊。自知东窗事发,她张了张嘴,终是无声而颓然地顺着面前的空气墙缓缓滑落,掩面跪倒在地上。

一阵奇异的静默后,塔蒂亚娜终于发出低哑的声音:"发生这样的事,我很抱歉。拜托……拜托给我一个机会,有什么我可以为您做的吗?我不想死,就让我在这里待着吧,我以前从未害人,以后……以后也不会……"

也许这个曾经的战士从未以这样的姿态求饶过,她的每一个字都是从喉咙里勉强而屈辱地挤出来的:"以后也不会再做这种事了。"

维尔蕾特眉头一动,意味不明地看了一眼露西塔,最后什么也没说。这是她遭受过苦难的同族,眼前的情状叫她心里苦涩,这片湖泊让她心怀疑窦,但自己无论如何也不好开口替她说话,毕竟差点儿遇害的人是露西塔。

露西塔没有接收到维尔蕾特复杂的眼神,想法却与她的不谋而合。她蹲在空气墙的另一面,平视塔蒂亚娜:"你能为我做什么呢?你能为我解惑吗?"

塔蒂亚娜木然地重复道："解惑？"

露西塔意有所指地看了一眼那片漆黑的湖："我知道，你正在缔造一个奇迹。死亡是精灵从未踏足，不敢也不能踏足的领域，你所做的一切或许会对精灵族的未来产生惊人的影响。所以，我有很多疑问不得不请教你。"怀表里好不容易恢复健康运转的生命世界，她不能放任这样一个巨大的意外在外面。

塔蒂亚娜看不到露西塔的眼神，但这意有所指的问句依然在她心里转了一圈。她应道："您请问。"

露西塔开门见山："为什么要杀我？"

"我很抱歉，你的到来太突然了，这里不是现实世界。直到现在我依然很疑惑，你们一个是混血种，一个是精灵，还有一个不知来历的巨龙，是怎么安然进入死亡世界的？"塔蒂亚娜似乎在回忆似的斟酌着言辞，缓慢地讲述，"我太害怕了……怕你把我的踪迹带回家乡去，带给我从前的亲人和朋友，所以头脑发昏，做了错事。"

她有所隐瞒，露西塔心知肚明。她顺着塔蒂亚娜的话头明知故问："你怕回去？为什么？"

"你已看到我的形貌，还不清楚是为什么吗？我变成了一个异类。"

"是吗，仅仅因为这个？"露西塔挑眉，"我相信，族人不会因为你的遭遇带来的创伤而排斥你。难道你不相信自己的族人吗？"

塔蒂亚娜哑然。她当然知道这个理由不足以驱动她杀死同乡，只是抱着一些侥幸想要糊弄过去罢了。

露西塔转了转手上的猎刀："你还有一次机会。"

塔蒂亚娜深深地吸了口气，猛然抬头，声音忽冷："好吧，那么我告诉你，我留在这里不回去，是因为我根本就不想回去。"她猛然拔高了音调，"我恨人类，我要报仇，用我的方式报仇，而不是掩耳盗铃地回到南方的山谷，蒙住眼睛若无其事地歌颂丰收与和平，像一只丧家之犬一样舔舐伤口，接受别人的怜悯！"

露西塔手上转动的猎刀停住，被她稳稳地收在手上。

塔蒂亚娜说得咬牙切齿，胸口不断起伏："你问我为什么杀你？我告诉你，杀了你喂给这片湖，将它彻底孕育成熟，我就能彻底掌握死亡之力，掌握那些在我身体里乱窜、慢慢侵蚀我的身体的该死的力量，去砸碎王宫宝库里的精灵王冠，把那些该死的人类全都杀掉！"

塔蒂亚娜神色阴鸷，浑身发抖。

露西塔轻叹一声。她忽然倾身往前，穿过空气墙，伸手将面前的精灵拥住。

塔蒂亚娜被这突如其来的安慰似的拥抱打断了情绪，微微一愣。

露西塔如有回声般的低沉嗓音在她的意识里沉沉地响起："那么……我是你杀的第几个？"

"第……第一个。"她下意识地答。

这是个轻松的问题，她面对的唯一一个受害者看起来并未动怒。

"很好。"

露西塔的声音有一种诡异的沉柔，很像年少时她记忆中的母亲。得到夸赞，塔蒂亚娜微微放松。

"这里有很多墓碑。"露西塔闲聊似的说。

"嗯。"塔蒂亚娜下意识地应道。

"你很善良。"露西塔幽幽地肯定道，"为不相识的陌生人立碑，我想这些人若是真的有灵魂，一定会感激你的。"

"不，不是的。"塔蒂亚娜摇摇头，"是物尽其用，各取所需而已。"

"物尽其用？尸体有什么用处呀？"

"我需要收集尸体产生的死气孕育死亡之湖，获得力量……这些尸体被随意地丢在林子里，我将它们收敛起来，也算是一种交换。"

"湖底有一个法阵？"

"嗯，一个法阵……"塔蒂亚娜说到这里，忽然卡了壳，"是的，有一个法阵。"

问到这里卡住了。这显然是个重要的秘密，即使是塔蒂亚娜被牵引着的深层意识，也在这个秘密上有着深深的戒备，不肯松口。

露西塔换了个角度切入:"你有一个同行的朋友,叫丹妮丝。她的墓碑也在这里吗?"

话音刚落,塔蒂亚娜忽然浑身一僵。露西塔暗道不好。果然,怀里的女人猛地把她推开,手臂撑在地上,惊魂未定,止不住地喘息。旋即,她低低地笑了,笑声里有种穷途末路的寒凉:"混血种,我都忘了,你是混血种……你有人鱼血统,是不是?"

露西塔没有否认。

丹妮丝……

待塔蒂亚娜平静下来,露西塔依旧语气平稳地重复她的问题:"我很抱歉——丹妮丝的墓碑也在这里吗?"

塔蒂亚娜抿着嘴说:"是的。"

露西塔讶异:"这么说,她是你埋葬的第一具尸体,也是你收集的第一缕死气的来源?你竟然舍得。"

塔蒂亚娜正要开口回答,德尔菲娜忽然插了嘴:"丹妮丝?"

两人循声看去。

德尔菲娜求证道:"是一个精灵吗?"

露西塔点头。

"她骗你,露西姐姐。"德尔菲娜言之凿凿。

塔蒂亚娜的脸色霎时惨白。

只听德尔菲娜说:"这里的每座墓碑下面都有一具完整的骸骨。"

这里万分蹊跷,维尔蕾特在接到报信出门的时候,特地叫上了德尔菲娜。她是空间的女儿,是一个灵体,无形无迹,恰好能穿过一切的壁障,与维尔蕾特一明一暗。从维尔蕾特进门与塔蒂亚娜交谈周旋开始,德尔菲娜就在四处飘荡,探索这座塔的一切。

精灵的身躯由自然塑造而成,生于自然,也会融于自然,埋在泥土里过不了多久就会化为土地的养分,不留一丝痕迹。因此,她们都明白,墓碑下的骸骨必然属于人类。那也就意味着,丹妮丝的墓碑并不在这里。

露西塔回头,漆黑的瞳仁静静地注视着塔蒂亚娜,看不出动怒的迹象:"你已经骗了我两次。"

塔蒂亚娜惨笑一声,跌坐在地上,竟然不再有辩解的意思:"你怎么会知道丹妮丝?"

这事解释起来比较费劲,露西塔没有要解释的意思:"你不是说你想活着吗?"

塔蒂亚娜:"你是从埃斯蒂山脉的亲人那里知道了我和丹妮丝的事,是吗?"

鸡同鸭讲,一片沉默。

"维尔……不,陛下,是她们让你们来找我的,是吗?我的亲人,她们知道我还活着?"塔蒂亚娜开始语无伦次,"可是,可是她们都死了,只剩下丹妮丝——只剩下丹妮丝。"

维尔蕾特看在眼里,眼底逐渐聚起一片戾气,手指在剑柄上紧了又松。

德尔菲娜的情绪感知力很弱,此时一脸迷茫,而露西塔表情奇异地重复道:"只剩下丹妮丝?"

她分明记得丹妮丝早就死在了索黎斯城的地牢里。塔蒂亚娜这时稍许平静下来,闭上嘴不再说话。

"能说说丹妮丝是怎么回事吗?"

塔蒂亚娜不回答。

"你不怕死?"

依旧沉默。

所有的关键都在丹妮丝身上。塔蒂亚娜此时的不畏死亡是因为她,大约前面的忍辱求生也是为了她。此时面前的精灵对她有了提防,催眠的手段用不了第二次。若强行读取她的记忆,在塔蒂亚娜有意识的强烈反抗下,很可能造成摧毁性的后果。

露西塔有点儿无奈地轻叹一声,不再问话,转而打算探索另一个疑点:湖底的那个法阵——那个在催眠状态下塔蒂亚娜依然下意识不肯吐口的秘密。她将手上的猎刀收起来,朝维尔蕾特二人点点头。在两人不赞同的眼神里,露西塔再次倾身坠入漆黑的湖心。

湖水黏稠而透明,这次她睁着眼睛。湖底的法阵繁复而美丽,在一片幽暗里发着莹莹的蓝光。而在法阵的中央,漆黑的藤蔓缠绕着一个少年。

少年莹莹的齐耳金发在水里飘扬。她长了一对标志性的尖耳朵,面色自然,双眼轻阖,神色安宁,好似只是在小憩,转眼间就能醒转过来,与人嬉笑玩闹。

露西塔一眼就认出了这少年。在索黎斯城的地牢里,她失去了双眼,脸孔泛着死去已久的青灰色,远不如眼前这样健全、生动,宛如生时——这是丹妮丝。

露西塔下意识地屏住呼吸,生怕扰了少年的清梦。她小心翼翼地伸手,摸了摸丹妮丝漂浮的头发。

发丝在水里的触感非常顺滑,从她指间流过,丝毫不见异样。但她知道,她眼前这具生动的躯体真灵早已散尽,如同被虫蛀过的大树,内里空无一物。

塔蒂亚娜费尽心力铸造了一个真空环境,让她免于接触空气和泥土,将她的身体长久保存。虽然露西塔不知道她是如何将丹妮丝的身体复原的,但即使复原到这种程度,那身体也只是身体而已。

露西塔叹了口气,拨开水面,游回了岸上。

"丹妮丝,那位和她同来的已死去的朋友,尸身在湖底。"露西塔对维尔蕾特与德尔菲娜解释了一句,轻声对塔蒂亚娜说,"她的真灵已散尽,活不过来了。"

塔蒂亚娜先是愣了一下,接着身子像是瞬间被抽走了脊骨似的微微弯下来,垂头不语。她当然料到了……她早该料到了。只是她总还抱着一丝渺茫的希望,希望将丹妮丝的身体修复后,还能慢慢养回来一丝残存的真灵。她有点儿想哭,但脸上没有眼泪,只是徒然地掩住干涸的脸。

过了一会儿,她哑声问:"你会杀了我吗?"

"不会。"

塔蒂亚娜微微一愣。

露西塔补充道:"精灵族还需要你。"

维尔蕾特讶异地看了露西塔一眼,与她交换了一下眼神,旋即了然地点了点头。一切尽在不言中。

"精灵族……还需要我?"她喃喃地重复。

"当然,你从灾难中活了下来,并且掌握了新的力量,你会为我们带来新的希望。"维尔蕾特顺着露西塔的话重复道,声音里有种奇异的引诱感,"我们需要你,塔蒂亚娜。"

一瞬间,塔蒂亚娜仿佛回到了一切还没发生的时候——在遥远的埃斯蒂山脉,朋友们笑盈盈地拜托她:"我们需要你。"

塔蒂亚娜怔了一会儿,微不可闻地自语道:"我会说出您想知道的一切。"

幸存的塔蒂亚娜抱着丹妮丝留在了这片森林里。在森林深处,她乘着越来越浓重的死气,一脚踏入了死亡的世界。

在一片枯树中间,不见夜枭的影子,只有白森森的骨鸦和高悬的月,静得过分。大约是因为她身上的死气过于浓重,也或许是因为这里已好久没有生灵闯入,样貌狰狞的骨鸦并未展现出与面貌相符的攻击性,而是懒散地从她面前飞过,好奇似的绕着她转了两圈。

被拍打翅膀的声音和不断掠过的微弱的死气团环绕,塔蒂亚娜心中一动,腾出一只手来,想触摸身边不知名的生物。那骨骼的触感瞬间有力地抓住了她的手指,一只骨鸦停在了她手上。

"你们是什么?"她问了一声,无人应答。

四下寂静,只有穿过骨翼的细微风声,如低低的哨声。骨鸦用纤细的骨头蹭了蹭她的手指。

大概是浓郁的死气将她身体里顽强的生命力牢牢地压了下去，塔蒂亚娜动了动手指，讶异地发现身体上的痛苦竟然得到了一丝缓解。她静默了片刻，不知思索了什么，最后谨慎地伸手抚摩了骨鸦的骨翼。

"以后我们就是邻居了。"她说。

群鸦不断为她衔来远方的石头，塔蒂亚娜不知疲惫地在这里建造起她的栖身之所。好在时值盛夏，林子里丰富的野果维持着她身体的能量，群鸦伴着她度过缓慢推移的一个个昼夜。直到高塔落成，她回到丹妮丝沉睡着的那个房间，默然地拉住她青灰的手，低下头想要从昔日的好友身上寻求一点儿安慰。

是的，她没有埋葬这个早已死去的伙伴。异乡的土地、属于人类的土地，在塔蒂亚娜眼里，沾满了罪恶和鲜血。死在异乡已是悲哀，她不能让丹妮丝连身躯都融解在异乡的土地里。她将丹妮丝放在了一块冰冷的石台上，用夏季宽大的树叶盖住她的身体。尽管没有黄金、水晶和宝石做成的棺椁，但她竭尽所能延缓着丹妮丝消亡的时间。

直到握住丹妮丝的手时，她才忽觉不妥。即使没有埋葬在泥土里，正常的精灵尸体与空气接触这么久了，也应该产生了隐隐的消散迹象，而丹妮丝一切完好如初。

塔蒂亚娜思索片刻，忽然想到了什么，抽出一把随身携带的手指长的斫木小刀，在丹妮丝手腕上割了一刀。丝丝缕缕的死气渗了出来，消散在空气里。某个莫名的猜想得到证实，她一下子怔住了。

精灵的躯体中流淌的不是骨和血，而是源源不绝的生机。生机消散之后，精灵的躯壳接触大地，就会逐渐消解在同样满蕴生机的泥土和空气中。精灵族多年来的生死往复，莫非如此。而在死亡的世界，一具失去生机的躯壳被死气包围，反而可免于消解于生机中的命运。

与塔蒂亚娜体内生与死危险的拉扯和平衡不同，尸体已经完全失去了抵御死气的能力，浓烈如实质的死亡之因将它直接浸透，反而阴差阳错地改变了它的性质——生命的宠儿变成了死亡的属民。

是的，丹妮丝死去已久，生机早已散尽，她身体里流淌着的是越来越浓郁的死气。这也许是一件好事,对塔蒂亚娜来说,丹妮丝将永不消亡。

她用了一刻来消化这个事实,然后渐渐生出了更大的野望——生机构成的精灵可运转生机以自愈,那么对于现在的丹妮丝来讲,足够的死气是否可以让她失去的器官再生?甚至,是不是可以重新唤醒她的意识,成就一个新的丹妮丝?

这个想法过于天马行空,以至于看起来就像是塔蒂亚娜的痴心妄想。死气对丹妮丝的影响只是她的猜想,事实上丹妮丝早已死去,而她塔蒂亚娜已经自身难保……一个荒诞的念头冒出来的一瞬间,就会有许多合理的反对声此起彼伏。但是……但是,她已穷途末路,为什么不试试呢?

沉寂了许久的塔蒂亚娜推开塔门,在时隔数日之后准备开始探索这里的秘密。很快,这里浓重的死气的源头就被她发现了——附近不远处的人类乱葬岗。数年来堆积如山的白骨和新鲜的尸体交错在一起,导致林中不只有蒸腾的雾气,还弥漫着实质般的死气。

群鸦惊起,秃鹫的影子时而盘旋在空中。塔蒂亚娜摸索着脚下尸体青灰的皮肤和累累的白骨,每一根骨头都像是一出默然的悲剧。而现在,这些被丢弃的边缘人,这些被远方的城市和村庄吐出的"垃圾",在她手里将是一笔惊人的宝藏。

她绘制了阵法,决意将这些尸体产生的死气收集起来——作为交换,她将每一具提供死气的尸体都收拾起来安葬在地下,组成了塔后那座小小的墓园。死亡之因沿着阵纹源源不断地流入墓园中心的湖中,丹妮丝被她安置在湖底作为阵眼,被浓郁的死气温养起来。每当有人类的尸体被丢到森林里,夜枭发出刺耳的叫声,她会准时推开塔门,为这片湖补充食物。

在丹妮丝的身体构成彻底改变后,那些原本像病毒一样在其中扩散、让她浑身青灰的死气变成了她身体的组成部分。在源源不断的死气的孕育下,她的肤色恢复了正常,她的双眼也重新生长出来。

塔蒂亚娜的猜想得到了验证，她的野望也在愿望一次次实现后渐渐地滋长。她尝试掌握这些力量，用死气开发了新的法术，浇灌出死亡凝成的荆棘和藤蔓，并驱使骨鸦为她所用。

耽溺于和平、艺术和创造的那些旧时同胞，一次次地被暴力碾碎，却永远顽固、天真，不知回头。对精灵来说，"生命的宠儿"与其说是祝福，不如说是一个诅咒——一个早该抛弃的谎言。

她塔蒂亚娜能在死气中活下来，焉知不是一个契机，一个掌握新力量的契机？她要重塑死的圣湖，要建立一个主掌死亡的精灵王庭，要从丹妮丝开始，逐一复活那些死去的姐妹，然后带领精灵们掌握暴力，以眼还眼，以牙还牙。

只是丹妮丝的身体在五年前便恢复如初，之后却一直看不到新的进展。塔蒂亚娜费尽了心思，却看不到什么结果，心里的焦灼与日俱增，希望的火苗摇摇欲坠，似乎越烧越弱了。

就在这个时候，露西塔来了。强健的体魄、混血种的天赋能量，让她看起来像是一道无比美味的餐点。塔蒂亚娜已经为这片湖和丹妮丝付出了太多，以至于真正面临抉择的时候，她没有犹豫多久就做出了决定。

她们静静地听完，一时沉默。

露西塔已经见过丹妮丝，再次笃定地道："她的真灵已散尽，已经无力回天了。虽说万物有灵，但即使这具躯体再生出真灵，也不是原本的那个了。"

塔蒂亚娜终于听到了自己一直不愿接受的事实，声音沙哑地回答："……我知道了。"

露西塔又问起薇薇安的下落："那么，昨天你有没有见过一个短头发、戴眼镜的……尸体？"

"那个啊，就在南边最后一座墓碑下面。"塔蒂亚娜答得爽快。

露西塔点了点头。

她不大信塔蒂亚娜的说辞,但想了想,还是找到了塔蒂亚娜口中那座墓碑,半蹲在地上用猎刀挖了一会儿。塔蒂亚娜埋得比较草率,并不深,露西塔很快就挖出一个人来。她脸上和身上都沾满了泥土,神色安详,若非肤色已经发青,看起来真像睡着了一样。确实是薇薇安。

露西塔静默了片刻,然后摸了摸自己身上的口袋。斗篷口袋里没有,又摸上衣口袋,摸到了一枚红宝石徽章。这是她被春之塔录取的时候,春之塔寄给她的。她将这枚徽章放在了薇薇安的上衣口袋里,重新用泥土将她盖了起来。

德尔菲娜轻声问:"不将她带走好好安葬吗?"

"不了。"露西塔摇摇头,"神秘学领域,活着的时候她徘徊许久未能涉足,现在死了能睡在这里,她会高兴的。"

说完,她看了一眼塔蒂亚娜,又看了一眼神色幽暗的维尔蕾特,叹了口气,拉住德尔菲娜的手说:"我们先出去吧,你维尔蕾特姐姐大概要单独跟这位塔蒂亚娜女士谈谈。"

闻言,维尔蕾特看了她一眼,但最后只是点了点头,什么都没说。

露西塔和德尔菲娜回到塔里,在壁炉边等了没多久,两人就出来了,从神色上看不出什么。

维尔蕾特没说该怎么处置塔蒂亚娜,露西塔也没提。德尔菲娜看看这个看看那个,迷茫地跟着两人出了塔,就像是做了一次日常的拜访。

塔外大雨依旧,雷声隐隐,似乎也知道这雨再不急着下,今年就再也没机会下了。维尔蕾特的声音淹没在雨声里:"……丹妮丝不能复生,她以后也不会再做这样的事了。"

露西塔笑了笑:"我知道。"

秋意萧索,暖洋洋的日头和金色的丰收都渐渐走向了尾声。

第三卷
♦ 黎明 ♦

第14章
龙坠之城

今秋的收成很好,但维克托黎没有半点儿欢庆的气氛。

新鲜的蔬菜越来越少了。菜市场的摊子上,当地人自家种的水灵的青菜价格明显涨了很多,堆积更多的是能看出有些蔫巴的周边城市的蔬果,摊贩们一根一根、一条一条地将它们卖出去。提着菜篮子的家庭煮夫们脸上的笑容也减少了。在低沉的寒暄声里,他们沉默地一枚一枚地数出钱币来,肉痛地交到摊贩手里。

在城北、城西聚居的人或许读书不多,见识也浅薄,但在危机来临的时候,这些人往往有着朴素的生存智慧。平民们懂得囤积粮食,懂得准备简陋的武器,懂得在风声渐紧的时候减少外出,减少交谈。这些没有自保之力的"苇草",一阵风就能吹倒一大片,因而警觉又敏锐,在危险逼近时往往无比清醒。这或许是因为镰刀割下来的时候谁都无力逃脱。

在露西塔她们不曾注意时,黄金的价格已经涨了一轮。西城区的中产阶级中稍有头脑的,前一阵子就已经将财产陆陆续续地换成了黄金,徒留后知后觉的那批人面对飞涨的金价更加犹豫。

不知谁家二楼窗口摆着的神山玫瑰因疏于照料而垂下了纤细的枝茎,颤颤巍巍地承受着花头的重量。在客厅里会客的主人无意识地抽着雪茄,隐隐的烟雾里是凝重如刀刻的满是皱纹的脸。

风从北方吹来,下工的工人裹紧了发旧的薄棉袄,匆匆从荆棘街上走过。

上城区,普丽玛薇公爵府门庭若市。这座在铁和血上屹立数年的公爵府看起来一切如常,甚至仍在有条不紊地接待纷至沓来的客人。

守门护卫五岁的懵懂女儿躲在庭园门口的树荫下,好奇地望着这一切。我们姑且认为这个孩子所认为的一切都是真的,那就是这些大多从未谋面的陌生人真的是因仰慕公爵大人而来,而非两眼都盯着公爵手上驻守在王都南部的歌罗护卫军——那真实的眼神中有恐慌、侥幸和祈求,如果真的赤裸裸地暴露在这些体面人的眼睛里,大概会将这孩子吓一跳吧。

庭园的一楼书房里,老公爵八风不动地闭目靠在摇椅里,腿上盖着一条薄毯,在火苗噼里啪啦的声音中听管家有条不紊地向她汇报客人的拜帖,然后不慌不忙地吩咐道:"留下伊文思家刚上位的那个年轻人,请她进来说话吧。"

管家应声去办了。老普丽玛薇在管家离开后睁开了眼睛,右手无意识地摩挲着左手中指上的戒徽。那枚戒徽由纯黄铜打造而成,镌刻着交叉的双剑和细蛇,象征着可调动近万护卫军的军权和世袭的爵位,以及普丽玛薇家最高的权力。戒徽内部曾请那位在王都赫赫有名的空间魔法师开辟了数立方空间,存放着普丽玛薇的家史、权力凭证和重要、机密的文件,整个家族的核心命脉都在这里面。

对于空间领域,人们是陌生的。那位卡梅伦侯爵可谓横空出世,甚至直接登上了今年秋季金刺李庭园的初级魔法师教材,作为第一位空间魔法师被介绍。出于谨慎,很多大人物即使有了这种空间,也不肯将重要的东西放进去,以免被这位开辟者窃取。但老普丽玛薇很早就知道,能制造出通用型空间的人如果有窃取之心,任何空间都拦不住她,她将如入无人之境。

倘若那位年轻的卡梅伦在权力的诱惑下掺和政坛的事,整个政坛的争斗将会提升一个维度,届时不知道又会有多少失败的冤魂死在政治风波里。但她没有……这一避世的形象与她当初在格兰德闹出的动静不太相符。

老普丽玛薇抬起头,浑浊的深蓝色眼睛越过窗户望向外面的天空。暮秋的太阳已经有些无力,贫瘠、温热,即将落幕,在她鼻翼一侧落下模糊的阴影。

露西塔最近养成了看报纸的习惯。

每个早晨,她都要从门口的报匣里取出报童放进去的晨报,浏览一遍最近的大事,毕竟最近维克托黎实在是不太平。除此之外,她还会特别注意南方传来的消息。

今年文特北部,包括王都附近,都迎来了一场宝贵的丰收,但南部则因一场暴雨和骤寒出现了大面积歉收的情形。

在这样紧绷的局势里,这场歉收无疑是雪上加霜。农民损失惨重,而高涨的粮价让所有人的日子都变得更不好过。南部流窜的几支反抗军已经渐成气候,在暮秋之际连下两城,甚至隐隐有串联之势,已经成为王都必须全力铲除的目标。

只是,今天的报纸有些许不同。报纸的背面单独留出了一小片地方,绘制了几张有点儿粗糙的人像,上面写着大大的"通缉令"三个字。

露西塔定睛一看,她的老熟人都在上面:凯尔茜、斯塔夏、王都的迪丽斯……她们的面容看起来比上次见面时都要凶狠得多,不知道是不是绘制者故意为之。

露西塔扑哧一笑,盖上报纸,把桌子上琳妮娅喝剩下的难喝的羊奶一饮而尽。

喝完羊奶,露西塔一扭头,发现外面的窗台上落了一只鸽子,正歪着头用红宝石一样的小眼睛看着她。这鸽子……她熟。

凯尔茜她们在身份曝光后就不能通过邮局寄信了,所以上次露西塔就催眠了这只灰鸽子替她传信。鸽子的背羽是灰褐色的,尾羽的浅灰色里泛着淡淡的蓝,脖颈处有一抹灰蓝色花纹,十分便于辨认。露西塔低头一看,鸽子的……双脚上分别绑了一卷信纸。

呃……露西塔上次寄信时绑的是白布条,看起来就像是绷带,以掩人耳目。实则白布条里是她开辟的空间,放了许多粮食和药品。而这次的纸条真的就只是纸条。

至于那开辟了空间的白布条，大概是被凯尔茜她们用到别的紧要地方了。露西塔连忙开窗把鸽子放进来，解下了纸条。

信纸太小，因此字迹也很小，看起来拥挤不堪，她只得仔细辨认。

亲爱的露西塔：

　　我是斯塔夏，同凯尔茜一起向你问好！

　　一转眼冬天就要到了，你一切还好吗？谢谢你的食物和药品，最近我们的物资确实有些紧张。但不用担心，很快我们的物资就会宽裕很多，等这封信到你手里的时候。你大概已经知道我说的是什么了……另外，我们在云空原野行军的时候，曾见到一座荒凉的神殿废墟，里面的神像（写到这里有很明显的顿笔痕迹，深蓝色的墨水痕微微洇湿了纸条）虽然面目不太清楚，但总让我想起你来。好巧！

　　等我们平定了云空原野，就邀请你来看看……

你的朋友
斯塔夏

神像？

也许这只是斯塔夏的一处闲笔，但看到这个单词，露西塔的脑海里瞬间惊现一道闪电。意识深处，关于这条历史轨迹上的瓦伦蒂娜的生平再度如浮光掠影般在她记忆之海里盘旋。也许露西塔早就有了预感，但这一事实被好友以真实的见闻传达给她，还是让她心头一沉，微有凛然。

"在人生的最后几年里，她开始走出她长年待着的书房和钟表屋，用王室赠送的财物大兴庙宇，名为'无名神殿'。最大的一座矗立在曾经的芬黎帝国的中心，最终毁于战火。无名神殿里摆放着曾给她启示的那位冷淡的黑眸少年的雕塑。"

在这条被修正过的时间线里，露西塔出现在了过去，并且获得了神位。那么，盖娅知道吗？她会怎么做？

　　她动作沉重地把纸条折起来，收进手腕上的石英手链里。身旁的鸽子不懂事，"咕咕"地不停叫着，让她更加心烦意乱。她直接起身去厨房翻了翻橱柜，倒了一把麦粒在餐桌上。灰鸽子扑棱着翅膀吃得欢快，便不叫了。

　　露西塔深呼了口气，正要好好梳理脑中的事，外面的门铃又响了。

　　她带着火气朝外面问道："谁？"

　　来人是王宫的使者，请她午后入宫，与国王共进下午茶。这是露西塔在封爵之后第二次接到国王的召见，第一次还是她封爵时必须走的过场。可惜现在露西塔没有闲情逸致参观王宫。她自以为委婉地表达了拒绝的意思，但这次使者一反上次唯唯诺诺的样子，竟然伸手扒住了她的大门。

　　露西塔吃惊于她的胆量，讶异地抬头。

　　面对她漠然的眼神，三十多岁的王宫使者只觉得头皮发麻，生怕她一个不高兴就甩出一团火球把自己给烧了。但使者还是硬着头皮说："请您理解陛下的苦心。一直以来，王宫都对您非常宽容……"

　　比起听这些废话，露西塔更想知道是什么给了她胆量。这扇门对着蔷薇街，距离蔷薇街和荆棘街的交叉口很近。她的视线往街口扫过去，看到了半个穿着盔甲的人影，还有其别在腰间的一把铁剑。

　　原来是这个。露西塔意味不明地笑了一声。看着眼前的使者为难的样子，她到底是松了口："劳烦转告陛下，今天下午我会去的，不必使人来接我。"

　　这里到底是居民区，如果国王真的发疯在这里动兵，难免会有些扰民。何况她们马上就要离开这里北上了，应邀一次也无妨，只是不知道国王怀揣着什么目的。她最近应该挺安分的，甚至都没往金刺李庭园和春之塔那边去，没惹什么事儿呀？

　　王宫的使者谨慎地告辞，露西塔耸了耸肩，关上了院门。

暮秋午后，大团的云在钟楼后翻涌，像清洗过的天空残存的泡沫。

珀丹薇缇宫坐落在维克托黎的中心，是这座城市占地面积最大的宫殿群，也是整个文特最美丽的庭园之一。现在是红槲栎"燃烧"的季节，连绵的火红叶子簇拥在水边，水面倒映着被寂静笼罩的宫殿。

露西塔跟在带路的使者后，沿着水岸在红槲栎下穿行。这是她第二次来到王宫。上次国王是在正殿的上议院前厅为她授勋的。授勋结束后她就离开了，因此并未踏足过议政厅后的地界，也就是这座属于文特王室的后花园。

抱着琴成群结队的宫廷乐师和三两交谈的绅士时不时从花园的拐角处冒出来，或者穿过不知哪座宫殿下的长廊，与她错身而过。在这座庭园里，露西塔的脸是陌生的，但仍有些精明的少君认出了她，自以为隐晦地打量着她，并向她脱帽示意，笑吟吟地道："卡梅伦勋爵，日安！"

露西塔不认识任何一个，只认真地一一颔首回礼。与王宫外萧瑟、紧绷的气氛不同，她们的状态依旧很松弛。露西塔能灵敏地听到她们在和相熟的乐师热烈地谈论某个乐谱的音节，这让露西塔有种强烈的失真感。

人们赞美这座庭园，将它喻为一处由大理石、雪松和红槲栎精心筑成的梦境。"诚如所言，这里是梦境般的孤岛，"露西塔想，"无论是从造景上看，还是从参与这场梦的纯真得令人发指的蚂蚁们看。"

她们很快就到了国王宴客的花厅。花厅是座半露天的建筑，一角临水，四面无风，缠绕在四面石柱上的藤蔓已经在秋天的冷霜里变成了深红色。巨大的雕花玻璃镶嵌在临水的墙壁内，清柔的光照在餐桌上，玻璃上雕刻的葡萄和玫瑰花投下脆弱的影子。

国王坐在那里，那张脸露西塔已经很熟悉了。她环视一圈，暗自感知了一番，惊讶地发现，这座花厅里除了将她带来的侍从官，真的只有国王一个人。

国王没有穿礼服，而是身着宽松、简朴的家居服，柔软易皱，由浅棕色菱花条纹棉布裁剪而成。她甚至没有戴王冠，一头金色卷发已经白了一半，不复昔日的弹性和光泽，就连脸上的皱纹都比上次见面时深了一些。露西塔再回头时，侍从官已经躬身退去了。

露西塔问："您的护卫呢？"

初次见面时，这位国王可是请了三位高级魔法师贴身保护自己，就怕露西塔这个平民出身的陌生人对她不利。

"坐吧，露西塔。"国王亲昵地直呼她的名字，像个再普通不过的和蔼的贵族女士。待露西塔在她对面坐下，国王才微笑着说："既然能请你来共进下午茶，当然要给予最基本的信任。再说，你是我的臣子，当然会保护我的安全，对吗？"

国王说这是"最基本的信任"，实在是过谦了。身为国王孤身一人待客，甚至肉排都要亲自上手切，这情景怎么看怎么诡异。这些人见人说人话，见鬼说鬼话，前倨后恭，上次见面还叫她"卡梅伦"，这次就叫她"露西塔"，还跟她拉君臣关系，露西塔有点儿难以适应。

她不知道该接什么，只好干笑两声，不太熟练地拿起了餐刀。桌上的肉排和面包闻起来是安全的，不仅安全，还很香……

露西塔当然不会承认她是抱着下馆子的心态来的，中午特地没吃饭，这会儿确实已经饿了。王宫的厨师不愧能在王宫任职，香煎肉排的肉汁极其饱满，烤鹅的鹅皮焦亮脆嫩，鹅腹里塞满了应季的苹果和香料。撕下一块鹅肉，热腾腾的烟气就溢了出来，果皮已经被熏得皱成一团。

露西塔一边吃一边琢磨着找厨师讨教厨艺的事情，回过神来才意识到国王有点儿味同嚼蜡的样子，似乎是想开口又怕打扰她的沉浸式进餐。

饭友吃不好饭，是一件比较影响食欲的事情。露西塔只好礼貌性地反客为主："肉排煎得很不错，您不喜欢吗？"

国王笑了："你如果喜欢，一会儿可以把厨子送到你府上去。"

以为国王要来真的，露西塔连忙摆手："不用不用，十分感谢，但是不用了。"

见露西塔起了话头,国王顺势跟她拉家常:"这是南部沿海文特塞城特有的品种。说起来,文特塞城还是你那位老师的故乡。她现在南下去了,可算不用再馋家乡的特产了。"

露西塔一时间没反应过来,旋即意识到国王说的是阿斯特丽德。她南下去了?

露西塔问:"斯丽德老师为什么突然南下?"

"你的老师可了不得,除你之外,她是文特目前最优秀的魔法师。南方动乱迭起,眼看着慢慢做大,斯丽德不得不带军南下平叛。"国王慢条斯理地解释。

来了,南方动乱。绕了一大圈,终于到正题了,大概这就是贵族的交谈方式。

露西塔也不闪躲,索性顺势问道:"斯丽德老师的确心有丘壑。那么,南方战况如何?"

国王挑眉:"哦?你也关心南方的战争吗?"

露西塔实际上关心的是斯塔夏和凯尔茜她们,但她当然不会说。"时局多舛,连王都都受到了影响,何况别的地方。没有人喜欢战争。上一场战争才过去十来年,转眼间又有动乱了。"

"是啊,上次文特是胜利者,这次也会一样。"

"当然。"露西塔敷衍道。

国王看着她的神色:"很轻巧的回答。这个时候,你看起来又不那么关心这场战争了。"

"无论如何,我只希望人们少受流乱之苦。"露西塔说。

"谁说不是呢?如果没有那些挑起纷争的叛军,情况也不会变成现在这样。"国王忧愁地叹了一声,"露西塔,你是位忠诚、善良的绅士,也是文特最好的魔法师。一步封侯,世所罕见,但你到现在都没摸到维克托黎权力场的边。既然你关心民众,又具有保护民众的能力,这么好的机会,你不想和你的老师一样,争取更进一步吗?"

露西塔的睫毛抖了抖。

国王的语气柔和而沉稳，兼具不容抗拒的亲和力和强烈的诱导性。她第一次认真打量起这位文特的统治者，惊觉即使在她看来尸位素餐的人，也并非她想象中那样愚蠢和无能——毕竟是年轻时曾联合斯普林覆灭伊顿、威名赫赫的君主，即使眼下的她因年纪渐长开始耽于享乐。

同时她也意识到，来时所见到的王宫一片安乐的情景，只是众人心照不宣共同经营的幻象。实际上，不祥的预兆已经逐渐笼罩了这座王都，而国王的焦虑程度也许远远超过她双眼所见的闲适面貌。她焦虑了，她需要增强自己的防御，而军队已经在十余年享乐中逐渐腐朽，以至于不能给她足够的安全感，于是她找到了自己头上。

发现对方并非一个完全的蠢货，露西塔有了一点儿谈兴："我南下平叛，就是保护民众吗？"

国王意识到她的话里有坑，并不被她引导着回答，而是反问道："何出此问？"

"您知道的，我从南部来，走水路来到维克托黎。那时候那些沿岸城市大多还没有叛军的影子，但许多人过得并不好，陛下。"

露西塔的言外之意，国王瞬间就捕捉到了。她意识到眼前的年轻人有一种超乎世俗的冷漠，而自己今天很可能要因此折戟而归。这反而让她稍许放松下来，嗤笑一声："文特国土之大，横跨大陆东西，东临克罗海，西接塞拉斯之岭，南抵埃斯蒂山脉，占据整个大陆超过三分之一的土地。一城之主、群城之主、一国之君，治下都难免会出这样的事。你以为换一个国王，就能让人们过得更好吗？孩子，别太天真。这场战争除了会给人们带来灾难，什么都不会改变。"

露西塔吃不下去了："陛下，您笃定的样子像是掌握了真理。据我所知，南方三路联军合围，至今没有出现领袖。人们在找新的出路。陛下，也许大家不是想换一个国王，而是根本不再需要国王。"

话已至此，图穷匕见。露西塔的态度甚至强硬到让国王开始担心自己此刻的人身安全。某一瞬间，她怀疑自己不留一人在侧护卫是否过于自大，但到了这个时候，她已不能示弱，哪怕是为了先活下来。

国王哂笑一声，与露西塔目光相接。即使已离开战场十余年，国王的眼神中仍恍惚可见昔日的威严："露西塔，你还年轻，很容易受到蛊惑。你要知道，我或许会死；数百年后，文特也有灭亡的一天……但国王永存。人们需要国王，就像群狼需要狼王带领它们占领雪原，才能在这个危险的世界上活下来一样。"

露西塔挑眉："那就让时间证明一切吧，我不着急，陛下。新时代就要来了，人类的命运会走向哪里，全靠人们自己选择，由不得你，也由不得我。"

阴云迫近，有的人决心掌握自己的命运，于是举起新铸的铁剑刺向旧时代的轮船，誓要证明这座幻梦般的王宫象征着腐朽、谬误，是终将破碎的牢笼，是终将被真理背弃的废墟。世界会属于新人，属于那些决心抛弃旧时代的年轻人吗？

露西塔抬起眼眸，透过落地窗看外面的天色。日薄渊谷，天色隐约，雾紫色的暗光倒映在水上，满岸的红槲栎凝成一片寂静的火焰。有什么东西仿佛就要燃烧起来了，在这不见波纹的水面下。

露西塔去了王宫，临行前交代家里的人整理家私，等她回来后就离开这里。

时局动荡，国王的邀请意味着什么，两个孩子不清楚，维尔蕾特却心知肚明。除非露西塔与国王达成合作，否则珀丹薇缇宫不会任由这样一个巨大的武力隐患在这种境况下安然留在王都。恰好，她们也正打算离开这里，在初雪来临之前穿越国境线，抵达斯普林北部也是大陆最北部的霜白之城——阿尔贝加。

阿尔贝加……一想到故国那常年积雪的绵延山脉，维尔蕾特心头就不由得笼上一层阴霾。

两个孩子在楼上来来去去，穿着橡胶底的旅行靴在地板上踩出

"噔噔噔"的声响,手里拿着锤子敲打铁钉——她们在拆那两幅被挂在墙上的肖像画。

德缇丝森林一行之后,德尔菲娜总是魂不守舍的,难得有这样兴致高昂的时候。

维尔蕾特刚想到这里,忽然听到楼上的琳妮娅惊呼一声:"德尔菲娜!"

听着那孩子声音都抖了,维尔蕾特连忙丢下手中的袋子,匆匆跑上楼去。

琳妮娅手上还拿着锤子,愣愣地看着德尔菲娜肖像画的正前方,那里空荡荡的,只剩一把矮梯:"她……她在我眼皮底下不见了。"

维尔蕾特向墙上看去,画像上的女孩头发被风吹起,神色明朗,一如往常。

德尔菲娜心里一直有个小小的疑问,每次路过墙上这幅肖像画的时候,她总是能想起来。

这幅肖像画被挂上墙之后,有一段时间,露西塔总是时不时地驻足凝视,神色不明。

有一天,德尔菲娜终于忍不住问她:"露西姐姐,你在看什么?"
"我在看凝结的时间。"那时候,露西塔这样回答她。
德尔菲娜听不懂:"凝结的时间?"
露西塔有些惆怅地一笑,揉了揉她的头发,不再解释。
什么是凝结的时间?德尔菲娜不能理解。

直到刚才,德尔菲娜准备将肖像画取下来的时候,与画中女孩绿色的眼睛对视,一时间有些怔然。

棕色的头发、碧绿的眼睛,与自己有所不同的另一个德尔菲娜、真正的德尔菲娜、只剩下过去的德尔菲娜正在笑,而那笑容已经是过去的事了。

有些画是具有灵性的。创作者倾注所有的感情和心血,定格了一段记忆，让未来的人也能窥见过去的面貌。这样的画里天然凝结着一段时间，也就是藏着一个通往过去世界的入口。而要想窥见那个入口，需要一些特殊的缘分——譬如两个德尔菲娜之间的缘分。她恍惚地盯着画中少年碧绿的瞳孔，仿佛透过其笑容看见了她几年前在风里大笑的瞬间。

忽地，一阵眩晕感袭来，德尔菲娜还没来得及反应就被卷入了一阵旋涡之中。

她通过某个契机触摸到了进入这段时间的钥匙，昏昏沉沉地和树上的枯叶一起坠落在某条秋季的大街上。

德尔菲娜有些慌乱，低头看见自己又成了一个透明的灵体。她张望四周，见长街尽头走来一个背着破画架的女人。女人牵着一个小女孩，穿过她的身体，又渐渐远去。

女人穿着不合身的双排扣外衣，戴着一条破旧的棕格尼龙围巾，紧紧抿着嘴唇，脸上可见风霜的痕迹。小女孩约半人高，有着棕色的头发、碧绿的眼睛，拉着母亲的手，懵懂地打量着这座陌生的城市。

德尔菲娜愣了愣，忽然想到了什么，紧紧地盯住女人的背影。

她没见过这个女人的脸，她离开龙骨沼泽的时候，女人已经被深埋在地底，只剩下一座孤零零的坟茔。她也没有听过这个女人的声音，只听到过她心里强烈的愿望。除此之外，德尔菲娜对这个女人一无所知，但她知道，那是她的母亲希瑟。

母女两人最终在靠近贫民窟的西城区租下了一座不大的小院，希瑟一眼就看中了这座院子里那棵花序零落的古老椴树。她在前院为女儿打了一架秋千。

这里的时间是模糊的，流速飞快，断断续续，有时候连人脸都看不清。转眼间，小女孩就在一片笑闹中长大了。

德尔菲娜有些不安，一边想找到出去的办法，一边依依不舍地坐在后院的椴树上，看着一日日长大的女儿继承母亲的爱好，开始端着调色盘在画纸上谨慎地练习调色。

练习阶段，母亲只给她用便宜的化学颜料。那些颜料沾在衣服上难以清洗，最后被染花的衣服成了她画画时的专用服装。她每年生日的时候，母亲都会为她画一幅肖像，珍藏在上了锁的木匣子里。

那个匣子在女孩眼里十分神秘，而大人的秘密对孩子来说永远有着难以抵抗的诱惑。终于在某天，她趁母亲不在家，偷偷翻出母亲的钥匙，踩着凳子将那个对她来说有些太大的木匣拿到了手里。

"啪嗒"一声，铜锁开了。匣子被打开的一刹那，仿佛释放出了某种不知名的东西，某种远古生物的可怖低鸣隐约在空气里扩散。一旁围观的德尔菲娜如遭重击，一阵耳鸣如水波般在她的心智体内荡开，扰乱着她的心神。

她勉强稳住精神，凑近去看，只见在那个匣子里，一叠卷好的画卷上放着一支通体莹润的骨笛。

德尔菲娜一眼就认出了那笛子，那是女人用招魂曲唤醒她的那支骨笛，眼下就在她自己的房间里，与其余的肖像画锁在一起，是露西塔交给她保管的。

鬼使神差地，女孩悄悄地取出了那支笛子，然后将匣子重新落锁，放回原位。

当日薄夜，母亲结束了一天的工作，垂着湿漉漉的头发坐在椴树下的石桌旁，开始照常给女儿上历史课。

母亲的声音如往常一般平和、沉稳，女孩却不像平时那般认真，眼神飘忽，总是时不时走神。在不知道提醒了几次"认真"之后，母亲脸上终于有了些愠色："德尔菲娜。"

德尔菲娜下意识地想应声，旋即反应过来女人叫的是她真正的女儿。女孩应了一声，德尔菲娜却在这一问一答中怅然若失。

她继承了这个女孩的名字，却没有继承她的身份。那她自己呢？被赋予了这个名字和外貌的她又是谁呢？

母亲问道："你在想什么？"

女孩眨了眨眼睛，不知从哪里掏出那支骨笛："妈妈，这是你的笛子吗？"

见了那支笛子，母亲的反应出乎德尔菲娜的意料。她并未因女儿乱动东西而大发雷霆，而是接过那支笛子，隐含怀念地道："是的，它是我的妈妈留给我的，将来它也会属于你。"

"为什么，妈妈？我不会吹笛子。"

"这是我们家的秘密。"母亲眨眨眼，"它是一件信物。"

"信物？它是那种魔法笛吗？只要吹笛子，就能召唤小精灵那种？"女儿兴奋地坐直了身子，像所有"中二"期的孩子一样，期待母亲能讲述一段与魔法有关的神奇故事。

母亲的反应却很平淡："它不能召唤小精灵，也没有魔法。"

在女孩隐含失望的目光里，她柔和地笑了笑："这是我们谢菲尔德家先人的故事，妈妈也不知道真假。但经过验证，这支笛子的材质确实如故事中所说的那样，很特别。据说，它来自一只巨龙的椎骨。"

那种悲鸣声再度在德尔菲娜耳边回荡，似乎有什么东西终于浮出了水面。"巨龙"这个词宛如一记重锤，重重地敲击在德尔菲娜的心智体上，顷刻间一切仿佛镜中虚影般轰然碎裂。

在那悲鸣的回荡声中，一切都变得模糊起来。德尔菲娜还没来得及反应，就跌落在碎裂的镜面之下，再度坠入未知的虚空中。碎裂的心脏牵动着她的神经，痛得她在无尽的虚空中蜷缩起来，如同浸泡在羊水里的婴儿。

在意识再度清醒之前，德尔菲娜首先听到了声音。某种巨型生物的悲鸣无限放大，此起彼伏，在猎猎的火焰中渐渐悄无声息。无数嘈杂的脚步声从她身边经过，还有金属碰撞的叮鸣、人群的呼喊声，以及那越来越弱、不知从何处传来的呼吸声。

那声息粗重，好似来自某种巨大的生物。她有些恐慌，极力想醒来捉住那逐渐消失的呼吸声，却始终不能。

她听见了人们的惊呼与惨叫，听到了仓促逃亡的脚步声和戛然而止的悲鸣，接着一切都沉寂下来。那呼吸声越来越弱。不知从哪里吹来的风发出低回的哨声，仿佛永无休止。

未知的火焰在她心房里燃烧、蔓延，烧得她全身都躁动起来，终于在某一刻冲破了壁障——德尔菲娜猛然睁开眼睛。

目光所及之处，无尽的火光里，无数刺向天空的山柱拦腰倒塌，未倒的仍然孤独地刺向被火烧得通红的天空。巨大的尸体半陷在火焰里，仿佛怎么烧都烧不尽，满地流淌着金色的血液。

整个世界似乎被凌乱的线条切成了一块块碎片，山和云被平整地切成数块，无序地堆叠在一起，色彩凌乱地交错着。就连阳光也被切割成无数份，仅剩一束完整的光照在她脚下，那里有半具黑龙的尸体。

她把双手覆盖在那颗巨大的黑色头颅上，深深地闭上眼睛。不知何时，苍白的火焰丝丝缕缕地聚集在她身周，渐渐燃起寂静的火苗。

战火已熄，龙族灭绝，格兰德城的龙山群在风中坍塌，金色的血液汇成一条贯穿大陆的长河。

数百年后，那大河将被重新命名，名为歌罗。

空间的权柄失落，在这最初的空间坍塌之所凝聚出一颗崭新的心脏，德尔菲娜由此诞生。这是那支骨笛诞生的时代，也是她诞生的时代。巨龙的时代在此覆灭，人类的纪元从此来临。

可是为什么……为什么……

德尔菲娜透过无数的空间碎片看向北方——她仍感觉西北方向尚有同胞存世。

两千年前，巨龙纪元。

珂斐尔生在奥尔大陆最西部的草原上，这里水草丰美，村落稀疏，人们靠放牧为生。在这样的环境里，人们本来过着无忧无虑的游牧生活——在权力的触角抵达之前。

从珂斐尔有记忆开始，这片广袤的草原就已经被领主们瓜分掉了。瘦弱的羊群只能守着河岸西侧的一隅之地，在不知多少年的老树下徘徊。

年少的珂斐尔枕着手臂躺在树枝上，嘴里衔着根草秆子。她拨开遮挡视线的枝叶，目光越过东面丰茂的草原，落在青石砌成的领主行宫。

夕辉就要散尽，给一切都覆上了蒙蒙的灰色。行宫的轮廓倒映在她琥珀色的瞳孔里清晰可辨，一如既往。她总是看着那座行宫发呆，没有人知道她在想些什么。

据说草原那边是女爵的领地，再往东走就能见到繁华的城市。不过珂斐尔不知道是真是假，这一切都发生在长辈们讲述的故事里。

以前草原还没被领主们彻底占领时，年轻人总会穿过草原，从东部的城市淘换回来一些新鲜的玩意儿。比如现在正别在她腰间的、她从奶奶那里继承的猎刀，刀柄上镶嵌着棕色玳瑁。

她解下猎刀，有一搭没一搭地转着刀花。自从草原被圈成领主的狩猎场后，人们再想穿过草原就要沿着南面的山脚绕过去，一来一回要两个月的路程。若是人们退往西去，则会遇到连绵的山脉阻隔，山后是无边无际的大海。同时，羊群失去了草原，只能困在西部仅剩的草地上。人们守着日益贫瘠的草地，越来越贫穷。

珂斐尔低头看看树下瘦弱的羊群，又看看河对岸无人踏足的丰美原野，鼻子里发出一声冷哼。

这时，不知是谁远远地叫了她一声："珂斐尔，你母亲叫你晚点儿回去，领主府的大人来了！"

珂斐尔一下午的好心情顿时被打破了。她烦躁地抓了抓头发："知道了！"

她和领主府的人有些过节。

小时候珂斐尔天生神力，与之相配的是一身天不怕地不怕的胆气。每年的神诞日前后，领主府的"蚂蟥们"都会驾着空空的车抵达这里，向人们索取一年的劳动果实。母亲们只能愁眉苦脸地唉声叹气，在接下来的一年里继续节衣缩食，在这片土地上重复着无望的劳动。

在幼小的珂斐尔眼里，那些一年来一次、翻箱倒柜的强盗，就是她小小的世界里一切灾难的根源。于是十岁那年，她拔出自己随身携带的猎刀,一刀插进了领头人的腹部。

当然,人没死。好在人没死,否则她也活不到现在。她刚学打猎不久,还不懂得杀人要找要害的道理,刚刺了一刀就被惶恐的母亲拉开了。

为了补偿她犯下的罪,母亲献上了家里所有的羊。此后的几个季节,家里的日子都极为难挨。现在她放的羊群,算起来还是向邻居家租的。

从那以后,每年神诞日前后,领主府收税的人来时,母亲都会叫她避让,以免勾起那些大人不好的记忆。

珂斐尔讨厌这种"避让"的感觉,但她总是不得不松开手里的刀柄,沉默地听从母亲的安排。没有什么刀兵能制住锐意渐盛的珂斐尔,除了被风霜摧折的母亲眼里积淀的满腔忧愁。那独属于成年人的忧愁就像一张严密的网,时刻拽着年少的她,以免她闯下不可挽回的祸事。作为还不能独立生活的孩子,她犯下的每一桩罪,她的监护人都要负责。

但很快,珂斐尔就要十六岁了。如今的她就像幼狮终于磨利了爪牙,身姿挺拔如山岳,弯弓猎狼轻而易举,成为几个村落间最勇武的少年。

草原上的女儿向来成年较早。按照西部游牧民族的习俗,十六岁后女儿将正式宣告离开母亲的爱巢,用自己的双手建立新的家庭。这也意味着她将独自为自己的行为负责,彻底与母亲切割开来。

她早已将家里墙壁上挂着的大剑磨得锋利无匹,数着日子盼望着这一天。

收税官离开后不久,就到了这年的六月。珂斐尔等来了她的成年礼。草原的女儿成年这天,亲朋好友会在忙碌了一天之后,在夜晚燃起盛大的篝火。珂斐尔家里很穷,但作为西部草原上最勇武的少年,她的成年礼依旧出乎意料地热闹。戴着花环的少男们红着脸送来了家里最珍贵的羊奶糕和烈酒,最美的"草原之花"在笛声里跳舞,向她频送秋波。

在乡亲们以母神为名的祝福里,她从母亲手里接过那把她日夜打磨、传承了几代的大剑,发誓从此捍卫谢菲尔德家凋零的荣誉。相熟的少年们难得有了相聚的机会,个个喝得酩酊大醉,时不时发出一阵快乐的哄笑声,三两打着拍子相和高歌。

珂斐尔心里藏着事,克制着只喝了一杯酒,只鼻尖有些微微的酡红。她盘膝坐在人群最边上,为她的朋友们连吹了三首长笛曲伴奏。忘记说了,她也是这一带最出色的笛手。

白鹰号叫着从爽朗的夜空飞过,四面无遮无拦,笛声被夜风送出去好远。酒意渐渐在风里发酵起来,歌声次第稀落。珂斐尔收起了长笛,渐渐不再说话了。她的目光从身侧的朋友们身上一一扫过,梅格、艾希莉、奥利弗……燃烧的火光映照在她褐色的瞳孔里,弥漫出一团微醺的感伤。

珂斐尔拍了拍身侧的梅格的肩膀,那大醉的少年迷茫地回头,还没反应过来,就见珂斐尔站起来抖抖身上的草叶,抱着剑悄悄离开了热闹的人群。

她推开家门,在一片涌动的寂静里,昏黄的火苗在老旧的风灯中燃烧着,从门缝里透出柔柔的光晕。她掀开门帘,母亲已经回来有一会儿了,正背对着她,盘膝坐在门厅东侧,无声擦拭着她的大弓。

珂斐尔忽然觉得满腔的话语都噎在了嗓子眼儿里,半晌无言。

倒是母亲若有所觉地回过头来,看了她一眼,放下了手中的弓:"回来了?"

珂斐尔点点头,将大剑放在一边。

母亲指了指面前的蒲团:"坐。"

珂斐尔依言盘膝坐下。

"你有什么想说的吗?"

母亲的眼神一如既往地平和,落在珂斐尔的脸上。母亲总是这样,仿佛什么都知道。无论珂斐尔是高兴、痛苦,还是愤怒,她总是像大海包容溪流一样包容一切,而珂斐尔则会在这片深邃的海洋里慢慢平静下来。

她硬着头皮开口:"妈妈,我十六岁了。"

"是啊。"母亲感叹道,"从今天起你就要离开家独自生活了。"

珂斐尔抬头看着母亲的脸:"您一直没问过我,为什么我至今没有开始建造自己的房子。"

母亲笑了笑:"你不是早就有了打算吗?"

珂斐尔握了握拳头,仰头看着母亲的脸:"是,我想离开这里,到东部去闯一闯。"

母亲了然地垂眸:"还回得来吗?"

她艰难地答:"如果我能的话,也许会回来。"

母亲再问:"你都准备好了?"

"是。"

"你都准备了什么?说说看。"

母亲的声音平缓,一如既往。珂斐尔在母亲一句句流水般的问话里再度平静下来。

她说:"我会把这把猎刀带走。"

"嗯,它已经属于你了。"

"我晒了二十个麦饼,装满了两个水囊。"

"二十个?这可不够。"母亲问,"你准备走哪条路出去?"

"沿着南部山脉边上的卢旁多河南下,绕过草原,再往东去。河流沿途有许多村庄,我可以在那里换取食物。"

母亲闻言叹了口气:"计划了很久吧?"

珂斐尔低头:"是,很久。"

母亲便不再问了:"打算什么时候出发?"

珂斐尔抿唇道:"明天早上。"

"我就知道,你一向是这个性格。"一向克制的母亲也露出了怅惘的神色,张了张嘴欲言又止,最后只道,"小狮子长大了,总会离开家的。去吧,珂斐尔。"

珂斐尔仰头看着母亲:"妈妈……"

"去吧,去整理整理你的东西,别落下什么。"母亲伸出手,似乎是想摸摸她的头发,但看着珂斐尔早已长成的高大身形,最终还是将手落在了她的肩膀上,轻轻拍了拍。

珂斐尔沉默地点点头,踌躇片刻,握起剑转身离去。

离家前这一夜,她躺在自己简陋但整洁的木床上,翻来覆去睡不着,一时为终于能像个真正的女人一样去做一直想做的事情兴奋,一时又因千丝万缕的羁绊感到愧疚与留恋。她心里一时冷一时热,煎熬到半夜,索性点起了灯,想出去吹吹风。不料刚点起灯,她就从窗洞里看见母亲的屋顶上坐了个人。

珂斐尔一个激灵赶忙将灯火吹灭,躺回了床上。

那是母亲。母亲也睡不着吗?不知怎的,她竟然感到了一丝奇异的安心。这样想着,她侧躺在床上,摩挲着自己刚得到的剑,竟慢慢地睡着了。

次日,珂斐尔在天色微白的时候就起床了。母亲应该还在睡着,整个村庄都在睡着,一切都没有声息。她简单地整理了一番,背着自己简陋的行囊和心爱的大剑,徒步离开了这里。

同年八月,放牧回来的梅格为这个村庄带来了一个爆炸性的好消息:女爵死了。

听到消息的时候,村民们正在组织当年的秋狩,都聚在村落中间的广场上。这个消息传来,如同一滴油滴进了一锅沸水。人们哄然炸开,先是不敢置信,逐渐开始热烈讨论。只有一个背着大弓的中年人吸了口气,神色凝重。

她揪住梅格的领子,急切地问出了那个大家最关心的问题:"怎么死的?"

"据说……据说是被刺杀的。"

"刺杀的人呢？"

梅格似乎意识到了什么，不迭地摇头："似乎没抓住。据说女爵的女儿们正为了继承权争得不可开交，隔壁的子爵也早就盯上了这块地，一直虎视眈眈。刺客虽被通缉，但似乎没多少人在认真抓刺客。"

女人松了口气。她松开梅格的领子，望向东面辽远的草原，不知在想些什么。

那是八月了，原野渐黄，不见人烟。

这是珂斐尔第一次走出草原的最西侧，从南部丛林绕道，来到了草原东部。

到了这里，她才知道，自己生活了多年的草原有一个名字，叫作兰多斯草原，意为遗弃之地。与草原相距最近的东部城池，也是大陆国家权力的最西界，就是女爵稀少的领地之一——兰多斯城。

她在兰多斯城逗留了一个月，以摸清女爵府的构造和布防。

小时候珂斐尔只会将刀刺向女爵的卒子。而随着她逐渐长大，她早已发现，只杀死那些卒子是没用的。她要卸下亲人们肩膀上担负的重轭，因此现在她要把剑指向更高处了。

珂斐尔与流浪者一同坐在路边的角落里，隐在阴影中。她的目光从路上稀疏的人流中穿过，落定在越来越近的一辆马车上，心里的杀意逐渐酝酿起来，几乎酿成了一阵阵剑鸣。她不动声色地抚摩着带浮雕的黑铁剑鞘，微不可闻地自语道："别急，好姐妹，一会儿有用得着你的地方呢。"

路边的角落实在不是什么好地方，满地都是生活垃圾。从富人府邸侧门丢出的死鱼和冷面包纠缠在一起，发酵出一种令人窒息的腥臭，发黄的酸水从垃圾堆下流淌出来。这些和流浪者们一同隐在影子里，形成这个城市驱赶不去的暗面，与光面仅一线之隔，却无人垂下一丝怜悯的眼神。

珂斐尔收敛起全身的锐气，藏身在此已有数日，长长的黑色刘海遮掩住她如老虎眼睛般棕色的眼瞳。这里的气味几乎已经将她腌入味了，适应多日，倒也不是那么难以忍受了。

离家之后，珂斐尔囊中羞涩，城市里的旅馆又令人咋舌地贵，是以一个月来她始终在这片阴影里栖身。别看这里又脏又乱，却也不是那么容易待的。贵人有贵人的活法，乞丐与浪客也有自己的生存规则。珂斐尔刚在这里落脚没多久，就被片区的老大给盯上了。在珂斐尔一人干翻了那老大为数不多的小妹后，老大成了她的朋友，眼下正在她身边喋喋不休地烦她。

老大说是老大，其实年龄并不大，也就十八九岁，带着一帮小妹靠偷窃打劫过日子。初次被珂斐尔打服后，老大拍桌子请她喝酒，结果把自己喝得醉醺醺的，要两个小妹扶着才勉强走得动道。

珂斐尔不愿与她多纠缠，老大却醉醺醺地缠上来，要与她称姐道妹。

珂斐尔看不惯，就问她："你有手有脚的，为什么偏要干这个。"

老大扑到她身上，打了个酒嗝，反应了一会儿才怪声怪气地"哈"了一声。"没吃过苦吧，小家伙？看在相识一场的份儿上，姐姐给你个忠告——"她捏起拳头在珂斐尔眼前比了比，"这世道，有拳头才能过得好啊。"

珂斐尔张了张嘴，最终却懒得多管闲事，只说："我的拳头比你大。"

老大嘿嘿地笑了。"那可不。"她撞了撞珂斐尔的肩膀，挤眉弄眼，"你的拳头大，听你的。"

"那我现在让你闭嘴。"珂斐尔冷冷地丢下一句话便走了，头也不回。

老大被噎住了，似乎觉得失了面子，在后面讪讪地笑。

只是珂斐尔到底要在这片街区落脚，总避不过与老大打交道。不过，这倒也不算什么坏事。

老大看人下菜碟的本事可谓一绝，珂斐尔并非唯一一个让她表现出亲热的人。她试图把珂斐尔留在她的小团体里，与附近街区的"盟友"会面时经常叫上珂斐尔。一个月来，从老大这帮人隐约的言谈里，珂斐尔也咂摸出了一点味儿来。

天高皇帝远，在兰多斯城，即使是女爵这样地位最末的贵族，也能称王称霸、横行一方。

这些在权力场上势力单薄、被发配到大陆最西部边陲小城的小领主，能在这片荒芜的土地上生存下来而不被吞并，靠的不仅是如狼似虎的斗志，还有见风使舵、寻找靠山的本事。女爵是女爵，却又不仅仅是女爵——换句话说，瓜分草原的，绝不是女爵这样的小人物。这些挨着草原的边陲小城的领主，不过是东方权力中心的大人物放在这里以供驱使的一只只眼睛——或许也有不甘受驱使的，只不过早已在草原被入侵前消失在了城池间的一次次冲突里。

在那些隐晦的暗示和窃窃私语中，珂斐尔感觉自己血管里流的好像都是酒精，老大在里面放了一把火，表面上看不出什么，实则内里的五脏六腑都已经燃烧起来了。而眼下，杀人的剑已经蛰伏了太久，需要肮脏的血来为它开第一次刃。

近日，老大不知从珂斐尔早出晚归的行迹中发现了什么，渐渐地不再那么努力地游说她留下来了。此刻，她正在珂斐尔耳边聒噪个不停："我算是看明白了，你这样的人，兰多斯这样的小地方压根儿留不住你。接下来是不是要往东去？"

眼看着女爵从马车上下来，进入对面的马具铺，珂斐尔分神乜了她一眼："往东去？东边有什么？"

"嚯，你是真没出过门啊？你问我东边有什么？"老大讶然，捻捻手指比了比，"就咱们女爵，别看在这里威风，搁东边算什么啊？"

她左右看看，压低声音神秘地道："斯图亚特家养的看门犬而已。"

珂斐尔挑了挑眉，做出一副有兴趣的样子。老大也不知道更多了，但珂斐尔难得的求知眼神让她有些飘飘然，便强行从听到的传闻中搜罗出一条消息来："斯图亚特家知道吧？哪怕放眼六国，也是数得上号的大贵族，咱们布鲁贝尔王国的。前几年，还听说斯图亚特侯爵广招各国勇士，想替自己女儿驯服一头龙做坐骑呢。好家伙，多少人死在了格兰德城的山柱林下啊,连最靠近格兰德的那座城都被愤怒的巨龙给焚毁了。"

老大说得夸张,珂斐尔也听出多少有编造的成分,却没有戳穿:"龙,很厉害?"

"当然了,那可是龙。"老大真情实感地感叹,声音都有些飘忽,"格兰德占据着整个大陆的中心,所有国家的纷争都会默契地绕过那个地方。也幸好龙族不爱向外扩张,不然哪有我们人类落脚的地方啊——"

"嘘——"珂斐尔忽然出声,将老大眉飞色舞的讲述打断了。

她的视线落在了对面的马具铺门口,女爵终于从马具铺迈出了脚。她看起来不大高兴的样子,似乎在向随从抱怨什么。除了一个贴身随从和一个赶车人,女爵身边只剩下左右各两个护卫。

如果不考虑护卫的忠诚度,这排场对于一个女爵来说已经相当奢侈了。但珂斐尔早已摸清,这些护卫不过是从乡下挑选出来的农民,没有受过所谓的骑士精神教育,也没有什么要守护的荣誉,遇到危险能不临阵脱逃就是好的了,实在不能指望更多。

难得女爵亲自外出,加之看起来并不严密的护卫,一个月来,没有比这更好的时机了。青天白日,人流就是最好的遮掩。

女爵大概也想不到,会有人在光天化日下冒着生命危险刺杀她一个小人物。但危险就这么发生了——一把大剑忽然从角落里飞出,直朝女爵面门袭来。

女爵虽说平日也习剑,但到底养尊处优,眼瞳里倒映着如雪的剑光,身体却躲闪不及,右肩被一剑穿透,登时血流如注。剧烈的疼痛让女爵一时意识模糊,旋即发狠咬破舌尖,顶着穿肩的大剑硬生生地拔出自己身上的佩剑,反向来人逼去。

那人抽剑躲闪之时,女爵趁势滚到地上,然后后退几步,躲在了护卫身后。几个护卫慌张得连连退后,被女爵拿眼风扫了一刀。慑于女爵的积威,护卫只得硬着头皮拔剑,向来人砍去。

人群哄然大乱,一阵喊叫与忙乱的踩踏之间,只听得随从扯着嗓子喊:"来人!来人——"

第二嗓还没喊完,那随从就被珂斐尔一剑割断了脖子。

赶车人不知逃到了哪里去。几个护卫到底佩剑在身,兵器难防,珂斐尔又战斗经验不足,被人一刀砍伤了左臂。她闷哼一声,回身就是一剑。几个护卫相继被砍翻在地,珂斐尔抹了一把脸上的血迹,提着滴血的大剑,一步步走到女爵身前,垂眸看她。

女爵已知今日凶多吉少,一边慌乱地向后撤身,一边捡起手边的剑,试图防御:"你要钱吗?我有很多钱,别杀我,别杀我——"

珂斐尔一剑打落女爵试图格挡的佩剑,继而踩住试图爬走的女爵的后背,一剑穿胸。

这时,人群中又发出一阵喧哗,一队穿着甲胄的护卫似乎正穿过人流朝这边赶来,隐约有"大少君"什么的字眼裹挟在喧闹声中从珂斐尔耳膜边掠过。

珂斐尔心知此地不宜久留,当即提剑朝反方向跑去,拐进了一条昏暗的小巷子里。

是夜。

兰多斯城东侧,贫民窟矮小的木头房子中间,一处僻静的院落里,屋侧的草垛忽然发出窸窣的响声。珂斐尔从里面悄悄探出了头。

这是她早就看好的一处栖身之所,院里住着一个独居的六旬老人,身形瘦小,有些耳背,眼睛也有些昏花。草垛是春夏时节堆起来的,是给羊儿准备的秋冬口粮,这个季节还没到动它的时候,最是适合藏身。她在里面存放了一些干粮,此时补充了一些体力,也给自己的手臂做了简单的包扎,揣度着今夜寻机离开。

谁知她刚往外爬到一半,就听见这一个月都没来人的院落大门被人"吱呀"一声推开,一个熟悉的声音响起:"奶奶,今夜全城戒严,我是实在没地方去了,就让我在家将就睡——"

后半截话被来人吞在了嗓子眼儿里,没能说出来。她睁大了眼睛,与半个身子在草垛里的珂斐尔面面相觑。这人是老大。

屋子里传来老人的喊声:"滚出去!"

老大没有应答,看着珂斐尔简单包扎过的左臂,眼睛渐渐亮起来,倏地从腰间抽出了自己平日横行街里的佩刀。珂斐尔已经从草垛里爬了出来,嘴唇苍白,以剑拄地,无声地喘着,眼睛一眨不眨地盯着老大。

老大张了张嘴,有些兴奋似的想喊什么,但不知怎的始终没出声。过了几秒,老大似乎泄了气,朝前走了几步,与珂斐尔保持着安全距离。

珂斐尔不敢弄出动静来,老大不动,她自然也不会轻举妄动。只见老大谨慎地维持着防御的姿势,朝门外努了努嘴:"走吧,就当我今天什么都没看见。"

珂斐尔稍微松了半口气,朝前走了一步,老大慌忙后退。珂斐尔忍不住露出个无奈的笑容,声音沙哑:"谢了,姐妹。"

说罢,就与老大错身而过。

老大在原地咕哝道:"还姐妹,知道我叫什么吗?就姐妹……"说罢,又肉痛地念叨道,"可惜了,行走的一百枚金币啊!呸——叫你闲着没事当好人……"

屋子里又传来奶奶的叱声:"滚出去,爱睡哪儿睡哪儿!"

老大挠了挠头。

作为一座半开放的城池,兰多斯城的东南侧并没有城墙。

临近黎明的时候,趁着守卫松懈,珂斐尔七绕八绕,从东侧贫民窟的街道溜了出去。此时天上的启明星正是最亮的时候,高高悬挂在东方的夜空上。珂斐尔仰起头,向着启明星的方向一步步走去,将兰多斯城甩在了身后。

她早已知道,只杀死那些卒子是没有用的。

大陆上的六个人类国家相互嵌在一起,绕着中央的格兰德呈环形分布。兰多斯城所在的布鲁贝尔王国与西部草原接壤最多,东临格兰德的边界,经济繁荣、国防强盛,在六国之间是当之无愧的强国。

离开兰多斯城后,珂斐尔一路向东,穿过了许多村庄与城市。在第三年冬天开始之前,她来到了布鲁贝尔东面的国境线。再往东去,就是人类的禁区——传说中的格兰德,方圆数千里杳无人烟。

此时的珂斐尔已经不是那个杀四个人就会受伤的鲁莽少年了。她进过丛林,杀过猛兽;混进过宪兵队,掀翻了几个盘踞于小城的帮派;还遭到过伯爵近卫队的追杀,画着她画像的通缉令已经传遍全国。

那还是她刚出西部行事莽撞的时候,帮了一个救了她的商铺老板,谁知为此得罪了一个伯爵,对方派了三支近卫队要灭她的口。那次她受了离家以来最重的伤,几番命悬一线,最后咬牙行向虎山,潜入对方的府邸伺机刺死了追杀她的伯爵,才寻得一丝喘息之机,险死还生。

画像上的她穿着从家里带出来的薄布短袍,颈上戴着兽牙项链以护佑平安,头发才刚长到耳下,浑身稚气未脱,一看就是只初出茅庐的西部狼崽子。而眼下珂斐尔早已不再穿那件西部风格浓厚的标志性短袍,头发也早就长过了肩膀,前不久刚被她沿肩膀的位置一剑切断,撕了根布条束在后面。她手里有点儿闲钱,在天气转凉的时候就穿上了御寒的鹿皮外袍,将那条兽牙项链塞进了里衣。面貌一改,此刻她倒是能安心地坐在贴着通缉令的酒馆里了。

酒馆外正下着入冬后的第一场雪,细碎的雪花如沙砾似的,被北风裹挟着穿过窗缝,落在她右半边的外袍上。她一边啜饮着本地特产的烈酒,一边含笑听别人讲关于她的传闻。

别看小酒馆不起眼,这里总是聚集着天南地北的冒险家和浪客,许多隐秘的消息就是从这里发酵,传遍六国大陆的。也是在这些酒馆里,听着无数酒后的窸窣低语、坊间流窜的传闻,以及那些大人物肆无忌惮的大动静,她逐渐认识到一个事实:这个世界有许多秘密。如果能掌握那些秘密,人的力量就能抵达一种极致,未必不可当百万之师。

在兰多斯城受伤的时候，珂斐尔就意识到了自己的弱小。那之后的无数次被追杀与逃亡，也都让她更加认清了这个事实。人生活在这世上，无论有多少壮志，都不得不承认一个人的力量总是有限的。于是人们学会合作，学会分享，聚起群落，创造了自己的文明。但这不包括珂斐尔。

她不能接受这个事实。如果那些秘密存在，那必定是为她而生的——她如此确信着。在那之后，她将像杀死女爵、伯爵一样，把那些令她不自由、不安全的人统统碾碎，把那些路上的卒子一一扫清，最后将剑指向终局的王将。

为了追寻那些秘密，她曾在王都盘桓了大半年。她见识了传闻中的魔法，那让她有些失望。王都嚣张的魔法师们搓着火球随手乱扔，随意捉弄可怜的路人，莅临酒馆能让所有人战战兢兢。

她也曾与几个见习魔法师交过手，她们的确有点儿令人惊讶的把戏，但那远远不够。她甚至抢了几人的魔法书试图研习，也确实轻易地感受到了书上所描述的魔法元素。用了半个月的时间将那些法门吃透后，再看街上横行的贵族魔法师们，她就觉得有些可笑。

尽管如此，她依然感受到了魔法力量惊人的潜力。人类通过感知魔法元素，从而调取自然之力，这是一切魔法力量的根源。

此后的大半年，她一直在王都盘桓，做过赶车人，进过护城小队，甚至当了一段时间贵人的女仆。

那段做女仆的经历也让她有了一点儿收获。她进入了王宫，目睹了一场由王国最强大的魔法师带来的盛典献礼：那位老人抽取了王宫庭园里所有的湖水，为客人打造了一座暂时的地上水晶宫。人们在水幕下啧啧称奇，恭维不断，国王的脸上洋溢着满意的微笑，珂斐尔却垂下了眼睛。人类通过感知魔法元素，从而调取自然之力，这似乎也是人类魔法探索的极限。

也许人类的魔法造诣不止于此，那些真正具备威慑力的力量还未曾显露于人前，但她知道，这将是她在人类大陆上倾尽一切所能接触到的最强大的力量。那扇真正的力量之门，即使对大贵族而言也关得太紧了，何况是一无所有的珂斐尔。

要想再往前走，就必然要付出难以挽回的代价，比如不可背叛的忠诚。也是从那个时候起，珂斐尔下定决心离开了王都，将目光放在了人类领域以外的地方，例如位于大陆中心的巨龙领地格兰德、大陆北方神山之巅的精灵居所。

布鲁贝尔的开国君主瓦基莉也出身不明。她出现在大陆上的时候就带着一头巨龙相伴，魔法造诣出乎世人的认知，几乎以人类之身比肩神明。她的力量传承来自哪里？

珂斐尔将窗户开大了一点儿，透过窗缝看外面的群山。雪势小些了，群山像被一层薄雾笼罩着，隐约的松林轮廓被框在窗棂里，在人呼出的热气里氤氲开来。这个方向是长年见不到太阳的。

她知道那山后有什么。数千里的山柱林遮天蔽日，只有一丝雪中的清光能从缝隙里露出来，隐约照出外围山岭的轮廓。那山岭蜿蜒无边，皆是几乎与地面垂直的峭壁，将格兰德严严实实地围住，形成了一道天然的防线，也挡住了人类试图窥探的目光。

中间的山柱之巅居住着大陆上最强大的龙族——盘旋在人类头顶的永恒的荫翳。酒馆里醉酒的人们仍在讲故事，门外的吟游诗人在屋檐下躲雪，向店主讨了一杯热酒。暖透身子后，吟游诗人弹起了维勒琴，以一曲当地民谣相赠。

据说相邻的城市十年前被一头喷火的黑龙焚毁，以昭示对人类试图挑战龙族威严的警告。至今那些断壁残垣上仍留存着火烧的黑痕，无人胆敢重新踏足那里，重建一座城市。也是在那座城市的方向，有一座山的坡度较周围的山壁稍缓些，尚有下脚的余地，是唯一可能以人力进入格兰德的通道。

酒馆的人换了一拨又一拨，天色昏暗下来。直到故事终于讲完，珂斐尔的酒杯喝空了，雪也停了。珂斐尔提起水袋走到柜台前，打了满袋的酒，离开了酒馆。

她收拾了行李，第二天要出发前往被黑龙烧毁的邻城。邻城距离这里并不远，大约三个小时的脚程。

距离焚城已经过去了十年，火焰的气味早已经散尽，一丝木头的痕迹都没留下，只剩下被火灼黑的断柱和石板堆在一起。稀薄而零星的白雪覆盖在漆黑的废墟上，几乎已经化得差不多了，雪水浸润着漆黑的乱石。她站在废墟之外，向远处的山岭看去。

传闻中或可攀登的山脊，从这个角度来看非常清晰。在蜿蜒的直壁中间，那道山脊向外延伸出一条弧线，像是山岭站累了伸出小憩的一只脚。但即使是稍有弧度，也仍然陡峭难攀，让人不禁怀疑那是龙族特意留下的毒饵，只为将那些想窥探的人类引到这里，然后任其粉身碎骨，以作威慑。就像十年前一样。

那道山脊在远处看着很近，但珂斐尔花了一整个下午才抵达山脚，彼时已经入夜。珂斐尔仰头望去，黑压压的一面峭壁压下来，人力显得无比渺小。

这里见不到月亮，没有植被，没有飞鸟，没有声音。珂斐尔张开手掌试图调动火元素点起篝火，但几番尝试都失败了——这里就连魔法元素也稀薄得可怜，直接断绝了来人使用魔法登山的可能。

一切都宛如神之手在这里竖起的屏障，将人类的攀登之路断绝。珂斐尔缓缓吐了口气，眯起眼睛。不愧是禁绝之地——格兰德的天然屏障。

她摸索着支起随身携带的帆布帐篷，竭尽全力做好了保暖工作，在寒夜里沉入睡眠。

格兰德的气候很奇怪。它分明在大陆的中心，气候却与周遭完全不同，好似两个空间。这里几乎终年下雪，无论哪个方向吹来的风都像刀子一样，能生生将人脸吹裂。照理说，眼下刚入冬不久，远处的城池刚下了第一场小雪，第三天就已经完全融化，这里的积雪却丝毫不见消融的迹象。

"和传闻一样。"一觉醒来，珂斐尔张望四周，基本确认了这个事实。趁着难得的雪停时间,她整理好登山工具,踩上了第一块岩石。

刚开始她爬得不太熟练,加上挂在凸出的石头上的积雪,珂斐尔连续摔了三次,好在三次摔下来的时候她都还没爬太高。

中午的时候,又开始飘雪了。这时候珂斐尔已经爬了一半。她犹豫了一下,选择顶着风雪继续小心地向上攀爬。结果,她竟然没出什么意外,顺利地接近了山崖顶端。

会这样简单?她心里升起一丝警惕,但到底还是有所放松,用手指扒住崖顶,就要一鼓作气爬上去。

接着她撞上一张凑得很近的脸,几乎占据了她全部的视野。那脸上有一双无机质般冷漠的眼睛,瞳孔闪耀着璀璨的金色,好像高贵、酷烈、永不坠落的太阳。仅仅是一个对视,珂斐尔仿佛窥探到了不可涉足的领域,莫名地感受到一种即将被灼伤的恐惧。她微微战栗着怔在当场。

这时,她扒着崖顶的手指忽然感到一阵剧痛。

"咯吱咯吱……"疼痛将她从那双眼睛的旋涡中唤醒,她的视线从那张脸上缓缓下移———只穿着带浮雕的黑铁长靴的脚正踩在她手指上,漫不经心地来回碾压。

十指连心,珂斐尔的脸涨得通红,额头的青筋一条条绽出来,连视野都有些发虚。不用看就知道,她的手指必然已经一片血肉模糊。她死死地咬着嘴唇,始终没有吐出任何声音,竭力抬头向上看去。

那是个十六七许的少年,肤色苍白,浑身裹着漆黑的冷钢鳞铠,漆黑的头发从头盔里垂到肩上。那双险些灼伤她的金色眼眸将视线落在她身上,微微歪头,像是在观察一只蚂蚁似的,流露出一丝纯真的恶意。

那一眼让珂斐尔心神俱颤。她飞快地往下瞥了一眼,大雪遮挡了视线,已经完全看不到地面,只消一眼就头晕目眩。疼痛让她的身体不受控制地抽搐,但她知道她绝不能放手——在这座通天的悬崖顶端,不放手还有一线生机,放了手只有死路一条。

就在少年似乎有些疑惑她怎么还不掉下去，准备再来一脚时，珂斐尔骤然发力，用没被踩到的右手死死地抓住了她的脚腕。

少年似是吓了一跳，紧接着懊恼地踢了踢腿，试图把她从悬崖上甩下去。看似随意的几脚却如山岳般不可撼动。珂斐尔竭力用右手扒住少年的脚腕，那靴子上锋利的钢鳞深深地刺进她的手里，大片鲜血顺着鳞片缝隙滴落，流在她手臂上。好在对方因想把她甩下去，松开了另一只脚，让她得以趁机抽出左臂，用全身的力气环紧了那条小腿。

少年踢了几下，见甩不掉她，不耐烦地蹲下身子，打算用手把她扯下去。少年刚一蹲身，电光石火之间，珂斐尔就抓住了她垂下的手臂，两腿在崖壁上借力一踏，整个身子就翻上了崖顶！

一切都在瞬息间发生，少年甚至愣了一下，似乎没料到这只蚂蚁还挺顽强。珂斐尔趴在地上，视野恍惚，几乎蒙上了一层血色，竭力抬头与少年对视。

她的左手已被完全踩碎了，不正常地垂在地上，胸口因刚才被甩的几下剜心地痛，口腔里弥漫着一股血腥气。眼前的少年一举一动所迸发的力量已超越了她的认知范围。她虽攀附借力暂时活了下来，却看不到任何反抗的余地。因此，即使已经爬上悬崖，她也心知肚明：眼前的人要想杀死自己，就像捏死一只蚂蚁一样简单。啊，她要稍微纠正一下这个说法——眼前这位……大概率并不是人类。

珂斐尔喘了几息，慢慢支起手肘，忽然兀自笑了起来。

少年不大会解读这个笑意，只是盯着她的脸观察了一番，又看看她左手上不断淌落的猩红的血，有些好奇地出声问道："人类？"

这个问法证实了珂斐尔的猜测。

她清了清嗓子里卡着的血沫，声音沙哑，眼神却灼灼发光："你是龙。"

对面的少年蹲下身子，仔细观察她的面貌："你是人类吗？"

"是的，我是人类。"

"人类，你也是来驯龙的？"

珂斐尔摇摇头："我不是。"

这似乎出乎少年的预料，她顿了顿，才问："那你是来做什么的？"

谈话间，珂斐尔稍微缓过了劲，慢慢支起上半身，勉力单膝撑地，视线与蹲下的少年齐平。

她说："我想看看真正的力量。"

少年问道："渺小的人类也想窥探真正的力量？"

珂斐尔不答，反问道："你会魔法吗？"

"魔法？人类发明的那种弱小的东西？"少年皱了皱眉，"你认为那个叫力量吗？"

珂斐尔又咳了一口血沫，笑道："可是你不会魔法。"

少年有些意外："你挑衅我，人类。你怎么敢？"

珂斐尔紧追不舍："龙族很强，我知道龙族很强。但魔法那么弱小，你们却始终学不会。是真的不屑于学吗？"

少年倒是没对这只蚂蚁的冒犯感到生气，她摇了摇头："确实是学不会。"说完，她又补充道，"我以前试过，感受不到魔法元素。"

珂斐尔追问："龙族不能学习魔法，人类也无法掌握空间之力。为什么？为什么同一个世界会有两种不互通的力量体系？力量究竟是什么，源自哪里？现在不可获得的，真的永远没有获得的可能吗？"

风将雪粒卷至人类的睫毛上，那双褐色的瞳仁里仿佛倒映着在雪崩里震颤的太阳。少年百无聊赖的神情凝结了，下意识地抬头看了看天。

天上凝结着铁灰色的云层，像凝结的海面一般悬在峰顶，几乎伸手可触。传说中的神灵居住在天上，聆听着来自人间的千万声祈祷。而在层云之下，少年站在大陆中心神灵铸造的这座威严天堑上，却仿佛站在刺向神殿的巴别塔塔顶。这让少年浑身战栗。

少年记得老师曾说过，人类最会花言巧语，她涉世不深，轮值驻守格兰德入口时万万不可与之多费口舌。她不以为意。几十年来，她总是能轻易地看透人类眼里的贪婪和怯懦，不仅烧死了前来驯龙的所谓勇者，还烧毁了山下那座人类城池，从未被任何一个人类动摇过心志。

但现在……或许是异想天开试图学习魔法时遭遇的失败埋下了叛逆种子，她几乎要被这个人类蛊惑了。

少年复而低头看向眼前的人类，冷下神情："不要试图蛊惑我，人类。"

珂斐尔还要说什么，却被少年一把拎着衣领提起，悬在崖边，松开了手。一瞬间，珂斐尔来不及反应，瞳孔蓦地放大，直直向下坠去！

风雪如刀，几乎割破了她的皮肤。对死亡的恐惧是顷刻之间的，过去的无数剪影在她脑海里杂乱地浮过。刀尖上的赌徒就是这样，一朝赌输，只能落得丧命的下场。而她在最后一刻甚至想伸手捉住些什么——她捉住了风。

风停雪住，视野里急速上升的一切倏忽静止，雪片停留在她眼前，遮挡着她看向崖顶的视线。她惊魂未定地扭头往下看，地面距她仅有半米的距离。珂斐尔松了口气，雪片重新飘起来，她仰面掉落在地上，四肢酥软，口腔里的血腥气更重了。

她喘息着穿过影影绰绰的雪光，眯着眼睛竭力往上看，却什么都看不清。那黑龙在最后一刻封闭了空间为她缓冲，保住了她的性命，仿佛从万米高空扔她下来只是一个玩笑。

这就是人类永不可及的空间之力。黑龙的态度明显松动，那扇真正的力量之门半遮半掩，露出一道缝隙，令她得以窥见其后美妙的诱惑，以及如深渊般吞噬一切的危险。一步是生，一步是死，如今她要重新选择。

珂斐尔慢慢支起上身，剧烈地咳嗽起来，咳出一片血沫。

她的左手已经不能用了。帐篷里放着她的医药箱，她果断地放弃了粉碎的左手，将断口处理干净包扎起来。将身上细碎的伤口处理干净后，她拿出干粮填了肚子，已经临近黄昏。时间紧迫，力量在风雪中一点点地流失，她并不知道那黑龙能在崖顶待多久。

珂斐尔带上她的登山工具，一鼓作气，重新站到了崖壁之下。单手爬山对她而言是一项艰巨的挑战。好在天无绝人之路，她耗尽了所有的力量之后，在这禁绝之地反而感受到了一丝涌动的魔法元素。

果然，世上没有真正的禁绝之地，魔法元素无处不在。在此处尤其稀薄的原因，大概是被另一种力量场挤压了……珂斐尔调动土元素改变了一丝崖壁结构，攀爬变得容易了一些。

借着天地间最后一缕薄红的夕光，她再度接近了崖顶。这次她学聪明了，没再贸然用仅剩的右手去扒崖顶，而是先谨慎地抬头观望。

果然，那个黑发少年正静静地坐在崖顶俯视她。珂斐尔目光灼灼："还没来得及自我介绍，我叫珂斐尔。你叫什么名字？"

少年依旧很配合地开口："维文卡。"

维文卡——战争堡垒。

"维文卡。"珂斐尔好脾气地征求她的意见，"我可以上去聊吗？"

维文卡不答，起身站在崖边，视线落在她的左手上："你是怎么爬上来的？"

闻言，珂斐尔有些得意地挑了挑眉，示意她看自己的左臂：那里的一块岩石在她的凝视下逐渐凸起，而后她将左臂垫在上面，稳稳地借力。

维文卡微讶道："魔法？你在这里可以调动土元素？"

珂斐尔挑眉："怎么，心动吗？"

维文卡沉默了一下："你的魔法天赋很强，但我无法领悟魔法。"

"给我一个机会，"珂斐尔趁机说道，"我会让你知道，我领悟所有力量的天赋都很强。"

"异想天开。"维文卡冷漠地点评，"我本以为你有什么特别之处。"

珂斐尔的下一句话还没说出来，少年就猝不及防地闪到她面前，再次拎起她丢了下去。

她没有寄望于黑龙再次突发怜悯留她性命。这是她第二次输，代价依然是死亡——如果她不能拯救自己。急速的风雪吹散了她所有的思绪，在无限拉长的寂静里，她忽然记起上一次同样的体验中，那些发生在刹那间、留存在她潜意识中的以人力几乎无法感知的变化。

在这片空间里，那些她难以感知的力量极为黏稠。如果极仔细地去体验，会感受到此处构成世界的空间节点连得极为稳固，魔力正是因此遭到排斥，变得游离、稀疏，几乎无法感知。

上一次，在她身下，一整个平面的空间节点的连接齐刷刷地断裂，空间被切成了上下两部分，也因此让她得以悬浮在半空。在无限拉长的体验里，她感觉到了那些牢固相连的空间节点……

该怎么切断它们？珂斐尔几乎没有思索，因为她没有别的选择，只能做最后的尝试。微弱的魔力从她身体里震荡出去，化作一把无形的尖刀，瞬间切断了一大片节点间的连接。她在空中倏忽停滞了半秒，才重重落到地上。

胸腔里传来一阵剧烈的疼痛，珂斐尔却顾不上这些。纷乱的雪片落在她脸上，她眯起眼睛望向崖顶，露出一个带着血气的笑容，仿佛在挑衅。

珂斐尔成功分割空间的瞬间，崖顶上的维文卡若有所觉，低头看向崖底。

仅仅接触过一次，她便以凡人之身摸到了空间之力的门槛，甚至用魔力分割了空间。这意味着一个令人振奋的事实：魔力与空间之力是属于同一维度的力量。某种压抑已久的妄念在那一刻涌入了维文卡的胸腔。尽管不想承认，她心中仍有些恼怒：人类都能做到的事，她维文卡竟然不行？她不得不重新观察这个人类。龙族的视力非人类之躯可比，她轻易地穿过朦胧的乱雪，看到了珂斐尔挑衅的笑容。

在短短的几十年生命里，她从未见过这样的人。长辈的故事里不存在，历史上甚至也没有类似记载。那仿佛被神灵亲吻过的天才的领悟力与令人生畏的赌性纠缠在一起，迸发出一种令人心颤的进攻性。维文卡拂去身上的落雪，冰冷的雪粒附着在她手指上，久久不化。在长年大雪的气候里，龙族的心脏和血管里流淌的血液长年维持着接近零度的低温，但此刻浓厚的热气在她胸腔中升腾，那热气几乎冲昏了她的头脑——这一代龙族少年中最强大的天才维文卡，也是个一心只想变强的年轻人。

到第三次选择了，而珂斐尔从不走回头路。她一顿一顿地重新爬到维文卡脚下的时候，满天的星斗已经翻涌上来，像深海悬在头顶。微弱的星光勾勒出维文卡隐约的脸廓。珂斐尔正抬头看时，维文卡朝她伸出了手。

赌对了，她心里想。珂斐尔受宠若惊地握住维文卡的手，借力翻了上去。两人并坐在崖顶。

维文卡问："你究竟想做什么？"

珂斐尔不想再次被扔下去，赶紧继续说自己没说完的正题："想跟你学空间法术。"

"那不是法术。"维文卡纠正道，"那是与生俱来的天赋，我无法教你。"

"向我展示它就可以了。"珂斐尔表示，"我们会有很多可探讨的，我会问你的。"

"如果仅是这么简单，人类早就掌握了空间天赋。这是……"维文卡本想说"这是不可逾越的种族鸿沟"，但想到刚才的场面，又闭嘴了，"总之，你不要太乐观。"

"没关系，我有预感，我可以。它们本该是同一维度的力量，你看刚才……"珂斐尔听出她有些松口，努力推销自己，凑近道，"你只要给我一个机会就好。"

维文卡不自在地略坐远了些："可以，那么……"

"我会教你如何使用魔法。"珂斐尔替她补完了下半句，使劲一拍她的肩膀。

维文卡微不可见地扬了扬嘴角，目光落在了珂斐尔粉碎的左手上。

珂斐尔的注意力也顺着移至自己的左手，悄悄吃痛地吸了口气，故作洒脱道："没事，追梦路上的小小代价，还好我用右手吃饭。"

"你可以去北方雪山拜访精灵族。"维文卡给她指了一条路，"精灵掌握着生命天赋，可以让你的手再生。"她说完看了珂斐尔一眼，又补充道,"正好,另一种不同于魔法的天赋力量在那里,想必你早晚也要去的。"

珂斐尔摇头:"我这次来格兰德没死,是运气好遇见了你,你讲道理。我这个样子再去一趟精灵的地盘,大概真的会被弄死。"

她珂斐尔只是"好赌",又不是真的傻子。

"讲道理"的维文卡略过了这不伦不类的夸赞,犹豫了一下,说:"我与你同去。"

"可以吗?你不是在守山?"

"这山守不守都一样,我在这里多是为了修行。几十年来,除了十年前那次,就没有人类闯山。"维文卡轻哂,"何况,就算有人进来,也不过是找死。"

维文卡是火龙,在雪中待得并不太舒服,不过是为了打磨自身血液中的流火,自愿在这长年大雪的外山上修行。站在这座山崖上,能看到中心的山柱群隐约的轮廓,星斗寂静,并无雪色。

珂斐尔独行惯了,还要推辞:"我也可以留在这里先学……"

"你不能留在这里。"维文卡打断她,"这座山不允许人类停留,格兰德也不欢迎人类进入。"她说完,有意无意地看了看天。

珂斐尔微愣,只好道:"那你……与我同去?"

维文卡点头。她拽住珂斐尔的手,毫无预兆地腾空而起,失真的声音隐隐从空气中传来:"抓紧了!"

珂斐尔一惊,整个人被带至空中。巨大的黑龙张开骨翼,遮天蔽日。珂斐尔坐在龙背上,天幕清冽如水,繁星在她头顶,夜风刺骨,吹得她衣袍猎猎,左手的断口都有些被冰镇了似的,不那么痛了。她紧紧抱着漆黑的龙角,以防被风吹下去。

"维文卡!"她低头找了找,大声喊道,"你的耳朵在哪里?"

黑龙好似翻了个白眼,没回答她,提醒道:"坐稳了!"

说罢俯冲而下,越过脚下的城池,向北而去。

露西塔从王宫回来,却得到了德尔菲娜消失在挂画前的消息。

她看着画像上含笑的德尔菲娜,神色微沉:"我知道了,我会把她带回来的。"

每幅画都凝结着作画者的感情和心血,有时也寄托着画者的记忆。这样的画作里天然凝结着一段过去的时间。欣赏者一遍一遍地观赏、怀恋,好似在某些时候能穿过画面,看到过去的光景。

眼前这幅画的创作者是德尔菲娜的母亲,死去的希瑟·谢菲尔德。而根据希瑟的藏物龙骨笛可以大约猜测,这个家族的记忆可追溯到几个纪元之前——巨龙陨落的时代。她们的朋友德尔菲娜应该正在那个被骨笛打开的巨龙埋骨的空间中,那可不是个安全的时代。

露西塔将手覆盖在画中人那双碧绿的眼睛上,旋即消失在走廊里。

维尔蕾特与琳妮娅对视了一眼,叹了口气,只好继续整理搬家的物品。

露西塔落进了希瑟带着女儿去格兰德生活的那段时间,遍寻不见德尔菲娜,便意识到还有深层世界的存在。她来到时间之河旁,拨动时间线,停在了骨笛被小女孩取出那一刻,终于弄清了德尔菲娜的去向。

果然是这块遗落的骸骨,果然是从龙坠时代传承而来的家族……那么它指向的是哪个时代便不言而喻。露西塔闭了闭眼睛,沉入那个更古老的时代。

她落在了一座大雪纷飞的山崖上,眼前是两个对峙的少年。其中一个是巨龙,另一个是人类。

那个伤痕累累的人类正在竭力质问:"为什么?为什么同一个世界会有两种不互通的力量体系?力量究竟是什么,源自哪里?"

露西塔一惊。

不知何时,盖娅似乎感受到她拨动了时间,来到了她身侧。盖娅环顾四周,似乎认出了这里,长长地叹了口气:"这个时候啊……"

露西塔低声问:"您都听到了?"

盖娅颔首。

"在我之前，一直有这样的人吗？……不太服从您安排的人？"

"很多。"

"那么，有人成功过吗？"

"也有。"

露西塔有些迷惘："那您为什么没有选择……"

"的确有人能跨越我划下的界限，掌握更高的力量，甚至统一这片大陆，但没有一个能改变这片土地的命运。"盖娅怜悯地说，"况且……与孩子们想象中的规律不同，文明是会倒退的。突然中断、从头再来的悲剧，不止发生在五百年一次的大灾难里。"盖娅苦笑，"这小龙很谨慎，觉得我会害怕自己的造物掌握更多的力量，受到挑战，但我深知，不会有那一天的。巴别塔不是被我摧毁的，是一代代的孩子们自己总在推翻重来，一代又一代，没有一座塔能幸运地躲过中途倒塌的命运。"

露西塔还要再问什么，盖娅按住她的肩膀道："再看吧。"

有黑龙的面子，精灵雪山之旅果然顺利得多。这些具备天赋能力的长寿种之间的关系还算融洽，只有人类因为弱小，站在这条鄙视链的底端。

珂斐尔无奈地揉了揉完好的左手腕。

维文卡通过血液中的火流共鸣，已经半摸到了魔法元素火的影子；珂斐尔当初在生死一线体会到了空间节点的存在，但离开那种极端情境，离开空间极为稳固的格兰德，她几乎再也没体验过那种玄妙的感觉。即使忍无可忍的维文卡重新找了个山崖把她丢下去，情况也没有好转。因为有维文卡在，珂斐尔根本无法重现那种对死亡的恐惧。

闭门造车不是办法，两人决定离开精灵雪山，去大陆上四处闯荡一番。这时已经是第二年的夏天，她们一路南下，再次抵达布鲁贝尔王国北境。北境有一座连绵的山岭将两个相邻的王国隔断，当地人称之为"横断山岭"。就在飞越横断山岭的时候,她们遭遇了袭击。

那是布鲁贝尔的守境军队,领头人是一个年轻的金发贵族。她身边有几个年迈的人类魔法师,看起来像是护送这位贵族的护卫,称那个贵族为"小殿下"。一道冲天的水幕挡住了她们的去路,火球和冰箭纷纷袭来,魔力精纯度和杀伤力几乎能穿破维文卡的鳞甲,的确造成了一些麻烦,不过这不妨碍维文卡将对方的营地烧个对穿。

有两个魔法师似乎逃走了,但逃得太远,维文卡并没有兴趣去追。她的喘息带着冰冷的凝重:"……格兰德出事了。"

维文卡是火龙。

十年前,约是龙族太久没在大陆出没,刺激了人类一直蠢蠢欲动的窥探欲和征服欲。布鲁贝尔王国最大的家族——斯图亚特——率先突破了格兰德的安全边界,在格兰德外的山崖下搭建了一座人类城池。一批批士兵流水般地进驻,从四面八方招募而来的勇士都将目光投在了格兰德外的山崖上。

千百年来,龙族遭到挑衅的次数很多,但并不看在眼里。彼时维文卡就坐在人类难以望见的山崖顶,懒散地望着这一切。脚下试图攀登的人类越来越多,她甚至坏心地等凑齐了一拨,才用一息火焰将其全部逼退。

巨龙张开骨翼就能遮住天上的太阳,呼吸之间就能轻易烧毁被雪打湿的城市。一片浩大的火光中间,在造物的宠儿面前,凡人之死甚至难以获得一个回顾。

维文卡本见过足以毁城的火焰,不该再为大火燃烧的景象感到骇然——只是这次在燃烧着的,是格兰德。火在风中蔓延,山在黄昏里倒塌,同族的嗥叫穿透数山,几乎震碎了她的鼓膜。山脚下一张张人类的脸被火光照亮,她第一次认真观察这些蚁群的表情,惊觉其中深藏着晦暗难明的可怖的欲望。

同族们的骨翼折断,浸泡在满地金色的血液里,在其间翻滚、挣扎，仿佛失去了御空的能力，一齐做了延续大火的燃料。维文卡的目光匆匆掠过一张张脸，想要寻找水龙的踪迹，但目光所及的一个、两个、三个……全都是睁着眼睛不肯瞑目的残骸。她看见自己的老师全身被火焰包裹着，挣扎着想冲出群山，朝她的方向飞来，却重重地坠在地上。

维文卡发出一声痛苦的长吟，在天地的回声中猛然侧翼，朝格兰德的方向冲去。背上的珂斐尔失去平衡，抓了两下没抓住什么，猝不及防地从万里高空被甩了下来。

千里不熄的大火向外喷出热浪，裹挟着夏季酷烈的光照，珂斐尔急速下坠，皮肤几乎因高温摩擦出火星。在一阵窒息中，万千嘈杂仿佛相隔万里，而她耳边响起了极细微的容器碎裂的声音。

她的瞳孔瞬间放大。在同一个地方，她曾感受过这片空间无与伦比的稳固，也正因此它的破碎才会那样剧烈。那些强韧的节点一个个无声地崩毁，像穿了线的珠串被人从中间扯断，像令人惊奇的造物轰然崩塌，像此刻哀吟着的巨龙与山体一同坠落，将大地砸出千沟万壑。

在那些节点崩毁的混沌区域，重力失去了作用。这一发现让珂斐尔为自己寻到了一丝生机，她运转魔力将残存的空间节点逐次拂开，在飘浮之间稳住了身形，降落在人类军队的后方。但她已来不及回味进步的喜悦，因为突然出现的维文卡此时成为人类魔法师共同的目标。

那声龙吟引起了人类的注意，众人一边乱嚷着"跑出来了！有一个跑出来了！"，一边请出了帐中的将军。

那将军披着黑色军袍，腰佩巨剑，银发蓝眼，三四十许，意气风发。维文卡不认得这张脸，但她曾混迹于布鲁贝尔的王都，知道银发蓝眼的外貌特征属于斯图亚特家的直系后裔。

如无意外，这个女人应当是斯图亚特这一代的继承人，也是十年前召集勇士攀登格兰德、意欲驯服巨龙、以愚蠢闻名的主使者。此刻，她显然认出了这头十年前曾阻拦她脚步的黑龙，只一挥手，数十位头发花白的魔法师就围了过来。

数支带着魔力光羽的箭追随着维文卡的心脏，见证着这头年轻的黑龙冲向那座必死的熔炉。珂斐尔捏紧了拳头，只能无力地叫她的名字："维文卡——"

众目睽睽之下，黑龙被她的老师一翼掀到格兰德边境之外，伴随着最后一声悲鸣："……走！"

这一摔让维文卡的理智稍微回笼。格兰德已是必死之地，诡异的重力和不熄的火焰已将所有同胞活活困死在里面。她回头看了一眼人类所在的方向，无数道攻击正向她的面门打来。

昔年她有整个格兰德作依仗，并不将这些魔法师放在眼里；如今格兰德覆灭，世间巨龙仅剩下她，再强的力量也会被源源不绝的魔法师消耗殆尽。她不敢久留，一面支起骨翼挡住攻击，一面冲天而起，向北部遁逃而去。

第二波攻势正蓄势待发，珂斐尔的刀却不知何时架在了斯图亚特将军的脖子上。这位将军虽说身形高大，走的却是实打实的魔法路子，近战能力不过了了，怎防得住珂斐尔这样贴身肉搏一流的剑客？

只听珂斐尔一声大喝："谁敢动！"

众人不防乱军中被刺客钻了空子，一时面面相觑，将珂斐尔二人团团围住。

黑龙回头复杂地看了珂斐尔一眼，便匆忙趁机北去，越过群山，倏忽就只剩下一个模糊的远影。

冲天的火光倒映在露西塔漆黑的瞳孔中，在风中哀恸地颤抖。

盖娅的声音犹在耳畔："此前我一直在沉睡，而人类早就开始窃取我的力量。直到这一次，布鲁贝尔人布置了一个围困格兰德、辐射方圆千里的大阵，用几十年来窃取的力量短暂地获取了我的一些权柄。这个大阵能禁止龙族飞行，并能在群山中间聚拢起不灭的神火。我为此惊醒的时候，一切都已经晚了。"

露西塔瞬间想到了什么："大阵是仪式魔法？"

"人类这么称呼它。"

"我听说，只有人类能使用仪式魔法，真是这样吗？"

"是。人类可以靠领悟力跨越物种隔阂，掌握除魔法以外的力量，但数千年来从未有长寿种能够施展仪式魔法。"

露西塔心里隐隐有了猜测，但还是追问道："为什么？"

"只有人类拥有灵魂。"

"果然……"长久以来的猜测得到了证实。

神赐予人类的魔法，其实只是天然魔法，其余魔法本不属于这一范畴。若说研究流派魔法的本质是人类通过领悟力跨越种族隔阂，掌握了魔法层以外的世界层的力量；那么仪式魔法的本质，实则是偷窃——窃取神的权柄。

在诸多种族之中，唯独人类有灵魂，是最接近神的造物。也正因此，在某种特殊的蒙蔽手段下，一些具有天赋的灵魂可以与神灵产生共鸣，窃来一部分神力为己所用。这给了人类无限的可能性。

露西塔用手捻了捻身侧的空间节点，那些节点触之即溃。

她说："这里的空间就要崩毁了。"

"龙族灭绝，空间之力失去了载体。要不了几十年，这个世界就会以格兰德为中心彻底毁灭。"

露西塔迟疑道："还有维文卡……"

盖娅摇了摇头，看了一眼维文卡离去的方向，只提醒道："这个时间，你要找的那个孩子就快来了。"

随着格兰德逐渐崩毁，大地终于承受不住，开始剧烈地摇晃，裂开了数道深深的沟壑。对峙着的人类陷入巨大的恐慌，乱作一团，人群仓皇向外流窜。珂斐尔倒不太意外，趁此良机将斯图亚特丢入乱军之中，三两下便脱身，向城外撤离。

眼看着无数巨石从山上滚落，大地颤抖，魔法师们已顾不得追击，匆忙护着她们的主君离开这里。

千里的山柱群在剧烈的摇晃中渐次交错坍塌,又被碎裂的空间分割成无数色彩各异的诡异形体。无根之火在不同的空间维度中依旧燃烧着,残存的悲鸣逐渐被风中猎猎的火声盖过。火焰倒映在露西塔的瞳孔里,瑟瑟摇晃。

许多自由的生命曾在这里迎接每天的太阳。龙族住在山巅上,离太阳那么近,张开骨翼几乎能遮天蔽日,到了晚上族人则沐浴着夜风与群星共舞。龙族虽族人稀少,但从未经历过衰败期,却在最强大的时候倏忽覆灭。世界扭曲,万物哀鸣。

尽管早知如此,但一朝亲见,露西塔的心脏依旧被巨大的窒息感所笼罩。她忍不住开口问道:"下场雨吧。为什么不下场雨?"

"覆水难收。"

"覆水难收?您把这称为命运吗?"露西塔声音发抖,"这可不是您划定的命运。人类是因为盗窃了您的力量,才造成这样的灾难,这本可以不发生的!"

"正因是用我失去的权柄造成的事实,才无从更改。"盖娅说,"覆水难收。"

露西塔忽觉全身的力气都泄了。"我该怎么办?"她的声音微不可闻,"连您都做不到,我该怎么办?"

"往前走吧,如果你不能阻止河流涌入大海、月亮坠入深渊,那并不是你的错,命运如此。"盖娅说,"做你的选择,剩下的交给命运吧,孩子。"

动荡的空间废墟逐渐稳固下来,而被切割开的大火依然烧了七天七夜。空间的权柄在此失落,凝结出一颗崭新的心脏,在格兰德的中心跳动。

就在这时,某个灵魂忽然穿过时间之河的缝隙,跌入那颗心脏里,逐渐显露出一个少年的身影——是误入这段时间的德尔菲娜。露西塔顾不上再想什么,就要过去将德尔菲娜带离这里,却被盖娅一把抓住了手腕。

这是露西塔第二次接触盖娅的真身。神之手是无形之物，但这次她感受到了一丝温度。露西塔惊异地看着盖娅："您在发热！"

神是不与外界交换能量的。盖娅逸散出去的能量不会以任何方式回到她体内。如今这是神魂溃散之兆。

盖娅摇了摇头："别过去，这是她的机会。"

维文卡并未逃出太远。环绕格兰德的法阵跨越六国的国土。这场倾六国之力的围猎几十年前就已开始，人类空前地联合在一起，自当永绝后患。

格兰德的山柱群虽已坍塌，但意外地发生了空间崩毁，无人能入，千里之地的瓜分计划只得搁浅。六国悻然，几乎所有人都将目光都投向了逃走的黑龙。

珂斐尔顺着维文卡离开的方向一路向北，半月之后听到了维文卡死在横断山岭的消息。等她赶到的时候，那里只剩下未干的金色河流，和泥土混合在一起，连想收殓都不能。

伴随着维文卡之死，全人类的上流阶层都陷入了前所未有的喜悦当中，间或夹杂着一些人失去预定坐骑的惋惜。千百年来，悬在人类头顶的达摩克利斯之剑终于被折断，人类夺得了自己的领空，从此不会再被任何生物遮挡头顶的太阳，也不必时刻警惕那个如同君临的大陆中枢，战战兢兢地担忧自己的命运。

这时候珂斐尔回到了布鲁贝尔的王都，正坐在更昂贵和混乱的酒馆里，听着屠龙"英雌"斯图亚特大将军的光辉事迹。她是这场狩猎的重要谋划者之一，她改进了母辈准备了数十年的仪式魔法，不仅一举攻下了格兰德，还借此机会在边境处向邻国讨了一城之地的便宜。

战后，作为斯图亚特家的继承人，除了世袭的公爵爵位，她另获得了国王亲赐的侯爵爵位，并借此一役确立了其在家族南境军中的威信，权势达到了空前的高度。

这块蛋糕瓜分了整整一个月，新闻热度才稍降下来。珂斐尔披上兜帽，背上大剑，拿上水袋，穿过王都，再度往北方走去。

格兰德塌陷的空间晃动了数日，终于渐渐稳定下来。巨大的空间碎片堆叠在一起，一条河流从山上蜿蜒而下，一直汇入东方的大海。

一颗心脏被苍白的火焰包裹着，火焰在山中摇曳，时强时弱，隐约显出德尔菲娜的面容。这是她出生的地方，她回到这颗心脏中，就像雏鸟回到自己的蛋壳，陷入了长久而安宁的酣睡。

这次无须盖娅提醒，露西塔就已看出德尔菲娜的状态有些紊乱。这颗心脏由空间之力凝聚而成，但并未获得此世的全部空间之力，因而无论是这颗心脏，还是由此孕育的德尔菲娜，都是残缺的，刚一相遇就陷入了休眠状态。

怪不得德尔菲娜的历史记忆始终模模糊糊，甚至在醒来时被愿力强大的人类母亲冲击了自我认知，总觉得自己该是个人类。而她所缺失的部分……

露西塔看向横断山岭，那里已看不见龙的尸体，仅剩下一片刺目的血迹。她再次拨动了时间轴。时间向前推移，直到遇到一场声势浩大的王国内战。露西塔看了一眼仍在沉睡的德尔菲娜，将时间锚点落在了这里。

此时已经过去了十年。布鲁贝尔王国出现了一支叛军，自北方而来，大军压境，已连破三城，即将跨越划分布鲁贝尔南北境的那条最大的运河。而叛军首领的名字，露西塔听着有些熟悉——人们叫她小谢菲尔德。

从小谢菲尔德到谢菲尔德将军，再到自封兰多斯王——露西塔听到这个称谓，终于搜索到了脑海中那点儿模糊的记忆。在伊尔塔特尚存的关于巨龙时代的稀少、零落的传说中，这个时代最后一个统一大陆的真正意义上的君王被称作兰多斯皇帝。

这是个奇怪的尊号，没有哪个君王会以"遗弃"（兰多斯）为自己的尊号，因此露西塔看书时曾稍有留意。相传，这个名字源自这位君王的故乡——兰多斯草原。

她的视线穿过北方的重山，准备看看这位传奇人物的真容。然而，那张脸让她感到意外地熟悉。那人有着深棕色的头发和瞳孔，身披漆黑的铁甲，手握朴素的阔剑，披风猎猎。她看起来比十年前长大了许多，棱角变得锋利，神色变得肃穆，身形变得挺拔，但仍能看出十年前崖顶那个少年的影子。

那声大胆的质问言犹在耳："力量究竟是什么，源自哪里？"

现在的她看起来已经不再会两手空空地质问，因为她已经走在她的真理之路上，用向前的利剑寻求她的答案。无能的愤怒是这条路的开始，只有靠着她的智慧、她的双手，冷静地走过每一步路，她才能通向这条路的终点。

珂斐尔站立的地方是布鲁贝尔北方最大的城市。从她自立那天开始，人们传颂的便是她的姓氏、她的称号，越来越少有人再呼唤她的名字。最后一个亲昵地叫她的人，还是十年前的维文卡。

这是个难得的休战日，对面将派遣使者前来议和。国王派出的保卫军排列在城市的墙头，与她隔河相望，紧紧盯着这边的动向。日头渐渐大了起来，传令兵匆匆登上城墙向她禀报："陛下，从布鲁贝尔王都来的使者已经在市政厅中等候。"

珂斐尔"嗯"了一声。

此战打到这里，她已占领了王国最大的交通要塞，再下一城就可以直逼王都。双方都已不能轻易喊停。

议和的使者来了一次又一次，她已经许久未见了。这次决定接见，也并非考虑议和，而是想看一看王都各个派系的想法，以摸一摸对面的根底和防御。但……这会儿还不着急见面。

她将使者在会客厅晾了一个上午。午餐后，珂斐尔才姗姗来迟。使者没有露出丝毫不快的神色，仍旧殷勤地献上了她带来的礼物，口称"兰多斯陛下"。这是一个妥协的称呼。

珂斐尔注意到了使者的微表情,只有惶恐和敬畏之意。选这么个人来,王都的态度已能窥得一二。珂斐尔心中暗哂一声。

人人皆知珂斐尔向来不贪酒色,因此使者也并未耍什么花样,只是规规矩矩地呈上一个宝匣,在她面前含笑缓缓打开,似乎即使惶恐,也对匣中的宝物颇为自傲。珂斐尔含笑垂眸,目光却在触及匣中之物的瞬间凝住。

匣子宝光四溢,里面却静静地放着一支样式朴素、不见丝毫装饰的长笛。使者不紧不慢地介绍:"陛下别看这支笛子平平无奇,其实它的材质非同一般,是由大陆上最后一头龙的脊骨雕刻而成的。整个世界唯此一件。龙骨本身极硬,凡人之力难以撼动,这是由王都最伟大的魔法师以雷电为刻刀,整整耗费了一个月精雕细琢而成的。皆知陛下来自兰多斯草原,最爱吹奏长笛……"

使者的话还没说完,就被珂斐尔打断了:"这件礼物是谁的主意?"

使者一愣,这才注意到,从开匣开始,这位陛下就死死地盯着那支骨笛,神色阴沉,极其恐怖。她心中发紧,稳了稳心神,说:"是斯图亚特大公。"

十年过去,昔年战功赫赫的斯图亚特将军已经继承了斯图亚特家的爵位,成为这个巨大门阀的实际掌权者。南境军被她牢牢握在手里,眼下经过千里奔袭,正在对面的城池前与她隔河相望。

珂斐尔将那支骨笛死死地握在手里,手背上爆出一条条青筋。她吸了口气,说:"我知道了。"

果然是她。珂斐尔与当今的斯图亚特大公之间有一个心照不宣的秘密。十年前格兰德被焚毁的时候,正是她突然出现挟持了斯图亚特将军,才为维文卡争取了片刻的喘息之机。即使从少年到青年变化巨大,但曾近距离交手的人依然能轻易地认出珂斐尔的样貌。

珂斐尔看了一眼使者迷茫而惶恐的表情,显然她并不知道发生了什么,心下就有了谱。王都所有人都被这位斯图亚特大公骗了。也许所有人都想议和,但唯独斯图亚特仍想打这场仗。她知道珂斐尔与那头龙关系匪浅，这支骨笛就是她赤裸裸的挑衅。

"这件礼物，我收下了。请你转告你的国王，这件礼物十分宝贵，我将永生难忘。"珂斐尔将神情隐在暗处，又慢慢加了一句，"还请单独转告斯图亚特大公，我会满足她的愿望。"

尽管这位陛下的反应十分可怖，但她最终也没做什么。使者只好怀着迷茫的心情坐了下来，一五一十地转述了王都的意思。

王都提出了休战条约，表示将承认珂斐尔的王位，承认她所占领的领土，并将赔偿一定的金银，但请她退守北境，与布鲁贝尔划江而治——这算是低声下气求和了。珂斐尔细细听后，大约摸清了王都几个派系的态度，对对面调兵的情况也有了一些推测。

战争已经进行了一年，若是她想暂时休整，使者带来的未尝不是一个可以考虑的提议。但她还有第二个选择，就是一鼓作气攻下王都，彻底成为布鲁贝尔的新主人。

斯图亚特的挑衅或许会是一个陷阱，选了后者，她可能会遇到意想不到的阻碍。但珂斐尔仍旧面无表情地给出了答案："我拒绝。"

面对使者泄露了一丝惶然的眼神，珂斐尔说："你们的将军很有自信，希望她的才能对得起这份自信，否则讨债的迟早会上门摘取她的头颅。来人，送客。"

使者离去不久，会客厅门外的守卫兵忽然听到一声巨响，连忙拔剑进去查看，却见大厅中间的茶几上深深地插着一把重剑，将它劈成了两半。

珂斐尔的背影消失在通往里间的走廊上，披风在灯影里无声摇曳。

露西塔明白德尔菲娜缺失的部分是什么了。

维文卡死在横断山岭，遗失的空间之力没能回归格兰德，经过人类转手，最终附着在那支骨笛上回到了珂斐尔手中。

她又往后拉了拉时间轴，关注着那支骨笛的去向。

斯图亚特大公的确是个将才,但大厦将倾,狂澜既倒,非一人之力可以挽回。珂斐尔在第二年夏天占领了布鲁贝尔王都,用了三年时间彻底掌控了整个国家,继而踏上了继续向南扩张的道路。

她踌躇满志地想要按照她的构想重新规划这个世界,事实也正按照她的计划一步步推进。她南征北战,又花了足足二十年的时间,让整个大陆都匍匐在她脚下。而在这个过程中,她一步也未曾踏足格兰德。

露西塔皱了皱眉:"这个时代快要走到尽头了。"

三十年前,空间就以格兰德为中心开始崩毁,细小的裂纹早已布满整个世界,危如累卵,只待哪天再也支撑不住的时候轰然崩散。

盖娅压了压她的手背,示意她不要着急。

关于这个世界有关空间的秘密,或许只有掌握了空间之力的珂斐尔一人知晓。格兰德坍塌的时候,她就已经感受到了空间节点的崩毁。

这些年来,以格兰德为中心的崩裂正在逐步发酵,空间节点的连接变得极为脆弱,珂斐尔的感觉也逐渐变得真切。天灾频发,气候无常,虽然不知原因,也不知后果,但她还是本能地感觉到了危险。最后一战过去,在撤兵的路上,珂斐尔终于来到了格兰德。

这里散落着无数割裂的空间废墟,时不时仍有碎片飘落,依旧潜藏着巨大的危险。风无法穿过那些细小的空间缝隙,满地都是火焰熄灭后的灰烬,植物在这里停止生长,最后一朵蓝钟花开放在距离格兰德十米外的荒地上。

一条长河从那座废墟上流出,蜿蜒向东。经过三十年的洗涤,河水仍闪烁着清澈的金色,浓重的腥味在空气中挥散不去。

其实她对龙族的灭亡没什么实感,只是有时会梦到曾坐在崖顶不可一世的维文卡。三十年来她踽踽独行,再也没有碰到如那黑龙一样能理解她的不甘,同她一起质疑规则、挑战极限的人。她忘不了那场大火,甚至一直不敢踏足这里。但眼下世界空间日渐脆弱,她有一种即将走到尽头的预感。再不来，恐怕就再也没有机会了。

珂斐尔屏退卫兵，垫着自己黑色的旧披风，在格兰德的废墟前坐下，取出那支被她摩挲得温润的骨笛，吹起了家乡的长笛曲。黄昏的风吹动她鬓边隐约的白发。离开草原的时候，她吹奏长笛与朋友们告别，现在又用同一首曲子与维文卡告别。

军务繁忙，珂斐尔并未停留多久，只待了一首曲子的时间。她将荒野上稀疏的蓝钟花别在胸前，便神色如常地回到营帐中，下令军队开拔前进。

笛声中，德尔菲娜的眼睑翕动了一下。最后一缕空间之力似乎感受到了沉睡的空间之子的召唤，从骨笛中剥离出来，缓缓渗入废墟中间那颗苍白的心脏。火焰开始剧烈地闪烁，德尔菲娜的面孔若隐若现。

露西塔霍然止住时间轴，紧紧盯着那颗心脏的变化。

格兰德的星星已经黯淡了三十年，今夜却格外明亮。火焰闪烁了许久，终于在午夜时分冲天而起。地动山摇。

那些废墟终于支撑不住，一寸寸化作齑粉，中间那颗燃烧的心脏顿时暴露在露西塔面前。她漆黑的眼眸里倒映出苍白的火光，倒映出一双缓缓睁开的金色眼睛。浓稠的空间之力如涟漪般逸散开来。露西塔霍然起身，屏住呼吸，眼睛眨也不眨地看着从火焰中重新站起来的德尔菲娜。

德尔菲娜做了一个很长的梦，从群龙在晨曦里绕山穿行，到一切覆灭在大火之中。

在梦中，她是山岳，是飞鸟，是石缝里生长的矮草，是山堑上终年不化的积雪，是无声的大地，也是渺远的云丝。她的眼睛见证了龙族承载着空间之力度过的日日夜夜，那是这个世界属于空间的记忆，也是龙族的记忆，而今这一切都伴随着她回归完整而逐渐明晰。在无数同胞此起彼伏的哀鸣中，她睁开了眼睛。

她还带着刚刚苏醒的怔忡，露西塔来到她身边，扶住了她的肩膀:"你还好吗,德尔菲娜?"

德尔菲娜梦游似的回答:"……我还好。"

接着她似乎渐渐清醒过来,轻声呢喃道:"姐姐……我是龙。我是龙族之心。"

德尔菲娜寻回了自己遗失的记忆,从中塑造了牢固的自我认知,起码分得清"我"与"她"的区别了。这本该是一件好事。然而,成为世界上最后的龙却并不是什么值得开心的事。对于智慧生物而言,"唯一"更像是一种诅咒,更何况对于德尔菲娜这样还在心灵发育期的孩子。

露西塔暗暗叹了口气,把德尔菲娜揽在怀里,抚了抚她的背:"恭喜你,德尔菲娜。并非谁都能认识自己,你做到了。"

"是的,姐姐,现在我拥有过去了。我从未如此幸福过。"她挣开露西塔,眼里闪烁着激动的水光,伸开臂膀比画道,"我终于属于这个世界了,哪怕仅有我一个。"

露西塔被她的笑容所感染,不禁弯了弯眼睛。无论如何,这的确是一件幸福的事。

德尔菲娜忽然想到了什么:"姐姐,你不是会那个吗?现在我想好了,我要做龙。"

露西塔没反应过来:"什么?"

"你说过,可以为我塑造真正的身体,不是吗?"德尔菲娜笃定地重复道,"我是龙。"

"好。"露西塔笑了笑,却并不急,"让我想想。"

即使龙族有五百年的寿命,也依旧是有限的,而德尔菲娜作为空间之子本可永生。为稻草人创造躯体的时候,露西塔给了稻草人自行抉择的权力,但她不忍将同样的选择题抛给德尔菲娜。

露西塔心里早存了这个念头,她想为德尔菲娜创造一副永生的躯壳,让她不至于因追求身体而失去寿命。此外……她还有一点儿不能为人道的私心:她想要陪伴。

露西塔自嘲地笑了笑，继续她已经思虑很久的计划。

既然盖娅创造生命时可以调整种族的寿命极限，可见生命体的代谢周期是可控的。上次她创造鸽子是依靠模仿，与其说是掌握生命法则，不如说是学习生命法则。但这次不仅德尔菲娜需要身体，盖娅的情况也日益糟糕，她必须尽早把生命法则握在自己手里。

世间生命，生老病死，都源于与外界的交换。人类与外界的交换较为频繁，因此人类多病、衰老、短寿，而繁殖力强；长寿种与外界的交换过程较为缓慢，因此长寿种身体强韧、鲜少生病、不见衰老、寿命长久，但繁殖力微弱。

照此来看，德尔菲娜想要的"活着的感觉"，即饮食、睡眠、触碰旁人皮肤感受到的柔软触觉，存在的基础都是"交换"。这也意味着，如果露西塔给了她"活着的感觉"，就不能给她无尽的寿命。

因此，单纯地通过放弃"交换"来创造一个永生的生命，也意味着放弃德尔菲娜最想得到的东西。如果必须如此，她相信德尔菲娜会愿意放弃寿命。

但露西塔贪心，想"交换"与"永恒"两者兼得，就不得不从别的地方下一些功夫。这样的生命体不是没有，但目前有且仅有一个，就是露西塔自己。她获得"永恒"的秘密也很简单，在于她以真实的躯体跳出了时间之河，独立于生死循环之外。

试图让纯粹的空间之子领悟时间，无异于天方夜谭。这条路对德尔菲娜而言走不通。露西塔必须借助一些外力，在创生过程中设计某种时间规则，以获得一具天然永恒的躯壳。基于此，露西塔已经有了大致的想法。

她低声征询德尔菲娜的意见："我曾说过，要想获得真实的身体，就必须放弃永恒的生命，是吗？"

德尔菲娜点头："我记得，姐姐，这样的代价很合理。"

露西塔摇头："现在不用了。"

"真的？"德尔菲娜的眼睛唰地亮了，像两个纯金的太阳。

露西塔肯定地点点头,与德尔菲娜对视一眼,会心一笑。

露西塔朝月亮伸出手,<u>丝丝缕缕</u>的生息便缠绕在她指间。生命体通过与外界的交换而存活,构成生命躯体的材料也取自万物之间。地上半埋着的龙骨是天然的标本,露西塔以此为参照,逐渐编织出一个巨大的吞吐能量的生命团。然后,骨节一寸寸地生长,骨翼倏忽张开,她以万物之间涌动的生息塑造血肉,最后为它覆上锋利的鳞片。

月亮忽然被遮蔽住,千里旷野上出现巨大的荫翳,笼罩住已安营入梦的军队。珂斐尔若有所觉,提剑出门,正巧看到格兰德上空那个巨大的龙影。

她深深地拧起眉头,攥紧了剑柄。三十年过去了,即使她跨越了空间之力的界限,统一了人类的国土,但在这样超出她理解能力的超凡力量面前,她似乎仍是当年那个渺小的少年。

"如果再给我三十年……"她的呢喃微不可闻,消散在微凉的夜风里。

塑造龙身与塑造鸟雀不可同日而语,这是一项浩大的工程,但为了德尔菲娜,她必须做得尽善尽美。

这将是一头银龙。她有灿若黄金的龙瞳、遮天蔽日的骨翼、锋锐无匹的鳞片和线条流畅的脊背。她的双爪宽阔而坚硬,她的龙角像刺向夜空的利剑,月色在她身上折射出流动的银光。

原本到这一步,这具龙身已经足够完美。

长夜渐深,露西塔细致入微的雕琢落下最后一笔,一滴汗从她额角滑下。

现在到了她擅自创作的时候。露西塔撕开时间之河,裁下一段枯竭的时间流,以法则为引线,将它的头与尾衔接在一起。这是一个"循环"。接着,她将这个循环融入尚未彻底成型的龙身,看着它顺着不断涌动的能量流遍这具躯体,将龙身浮动的雏形稳固下来。

将"生命"与"时间"接在一起，是一次极其大胆的尝试。在盖娅过往的创造中，每一层世界的功能泾渭分明，不同种族的生命承载着不同的层级，互不干涉。而如今，露西塔给这具躯体接入了一个度量好的循环时间域，它的交换会在每天太阳升起的时候重置，也就意味着这是"永远停留在同一天"的一具身躯。

她成功了。混合了不同世界层特质的躯体意外地稳定，不禁让露西塔产生了更多的联想。

她朝德尔菲娜伸出手，少年略微犹疑了一下，随即抱着对露西塔的信任闭上眼睛，义无反顾地跌入龙首，发出一声高亢的龙吟。原野上，遮天蔽月的荫翳晃动了一下，旋即消失在远端的黑夜里。

露西塔伏在德尔菲娜背上，头发被吹乱了，汗滴也很快风干，带来丝丝缕缕的凉意。她却觉得眼前的路明晰起来，浑身前所未有地畅快。

露西塔信手撕开时间之河："德尔菲娜，我们回家。"

银龙重重地"嗯"了一声，向下滑翔而去，一头冲进了看不见底的时间通道。

第15章
失落王庭

新历577年，文特王国，维克托黎。

维尔蕾特和琳妮娅在走廊上的肖像画前等了没多久，两人就从里面跌了出来。

露西塔还好，德尔菲娜飞得太畅快，没刹住车，结结实实地扑到了琳妮娅身上。琳妮娅猝不及防，登时整个人都被压倒了。

她不可置信地喊："……德尔菲娜！"

德尔菲娜讪讪地笑，把琳妮娅从地上拉了起来。

琳妮娅看着自己被切切实实拉着的手腕，惊异地问："你是德尔菲娜？"

德尔菲娜得意地扬了扬下巴。

维尔蕾特用质询的目光看了一眼露西塔，只得到一个神秘的笑："先整理东西吧，以后再说。"

她无可无不可地耸了耸肩。

整理行李对她们而言确实非常简单，几乎只需要原样将东西挪进空间里就行。不多时，整个房子便被扫荡一空。上个月的这个时候，维尔蕾特已经去中介处退了租，她们整理好后，抬脚就能离开。

出门的时候，露西塔明显感觉到王都骑士团就在不远处盘桓。

她们几个当然不怵，只是一则如果被这些士兵闹得坐不了火车，到时候想带上大白它们就有些难办了；二则此处位于人口密度较大的居民区，若是真的打起来，这些人不一定会顾及周遭的民众。

露西塔叹了口气，压一压宽阔的帽檐，一马当先，领着自己的羊群拐出了巷子。

好在眼下维克托黎风声鹤唳，骑士团似乎也不想在居民区闹出太大的动静，以免打破这微妙的平静气氛，是以露西塔一行顺利地走到了城东郊的火车站。

从维克托黎往北去就无须坐船了。直达斯普林王国的车次较少，她们要先转车去文特最北的城市菲尼克斯，那里将有一列火车直插大陆极北，终点站就是雪景久负盛名、人烟稀少的边陲小城阿尔贝加。

维克托黎的火车站建在东城城郊的居民区附近。这里多住着往来的小贩、纸盒厂的工人和贵人的仆从，不至于像贫民窟一般脏乱、危险，易生暴乱；但也不能如西城区的政府雇员、医生和律师群体一般，与真正的上等人产生交集。

这里的人担负着生活的重轭，却还不至于被重轭彻底压垮，于是瞻前顾后，不敢发出忤逆的声音——当然，既不危险又没分量的人，即使真的说什么话，也不会真的被人听见。于是工厂、车站都建在这里，列车往来的鸣笛声、机器的轰鸣和滚滚的黑烟都毫不意外地被容忍，日复一日。

真不知是哪个做的规划，真是天才般的主意！

这里的巷子不那么宽阔，建筑更低矮，也密集得多，土坯房、旧木房中夹杂着少许的石屋。地面虽不整洁，却因人流较大而被踩得比较坚硬。通往车站的道路是最宽的，虽然不能同主城区相比，但容三辆马车并行还算绰绰有余。

论地形，这里最容易设伏。

露西塔敏锐地察觉了这一点，而战斗经验丰富的骑士团团长显然更是早有成算——露西塔倏忽抬手，握住一支擦过她耳边的铁箭，神色冷了下来。一团大火自路边枯草中凭空而生，无风自燃，很快形成包围之势，截断了她们的去路。

街上的行人顿时嚷起来，尖叫着四下逃窜。她们几人倒不至于怵这点儿火苗，但经过的一辆马车、一对行路的老姐妹正巧被卷入火苗中。那对姐妹浑身都烧着了，在地上痛苦地打滚儿。燃烧的马儿受了惊开始奔跑，撞倒了数个路边小摊，踢倒了不知道几个人。马车里面跌出一个柔弱少男，衣着华美，不知是哪家的贵族小兄，一动不动地倒在地上，已经不省人事。

乱箭齐发，其中甚至夹杂着迅疾的闪电，人若碰到，来不及发出惨叫就被电成了焦炭。火中传出凄厉的惨叫声。

一切都发生在瞬息之间，露西塔脸色阴沉。国王为了保证能杀死她们，竟然在闹市设伏，不惜加派魔法师来这里肆意纵火放箭。

她到底还是低估了人心的险恶，人命从来都只是天平上微不足道的筹码，全凭它能带来的价值决定它的重量。现如今杀死她的需求更为迫切，所以那些由"人命带来的麻烦"都可以接受，何况草芥一样的平民根本造不成什么麻烦。

她身边的人可不是凯尔茜和斯塔夏，对陌生人类的怜悯之情有限。也就琳妮娅少经世事，多有心软，在保护自家羊群的同时把两个人类从火里捞了出来；德尔菲娜跃跃欲试想化龙，被露西塔一个眼神瞪了回去。她撇了撇嘴，挥手拉出一道空气墙，四面的乱箭就凝在了空中，旋即噼里啪啦地落在地上；维尔蕾特回乡遭到阻拦，早被这些人类士兵激起了杀意，从储物手链里抽出长剑，腾空而起，挑出一个暗处的魔法师就劈了上去。

露西塔引来水柱浇灭了大火，几具已化成焦炭的尸体横陈在原地。短短几息时间竟能将血肉之躯烧成这样，火焰的温度显然极高，可见这些魔法师使出了十二分的法力，下了死手。

露西塔额头青筋直跳，杀意疯狂滋长。

狂风从巷口卷进来，一茬茬士兵如同野草一般被风吹倒。风中疾驰的铁箭止住，如同遭遇了镜面反射般齐刷刷地掉转了方向。

青天白日，空中竟乍起数道树杈般的闪电，将暗处那些"长袍"劈成飞灰，养尊处优的身体皮开肉绽。数声惨叫过后，魔法师们一个个都现出了身形。地面忽地晃动了几下，旋即以露西塔脚下为起点，一条深深的裂缝开始急速生长，如同张开了深渊巨口，瞬间将孱弱的魔法师们尽数吞噬。

无数恐惧的惊呼之间，天上响起阵阵闷雷。胆大的居民偷偷开了条窗缝往外看，只见原本晴朗的天色不知何时已转阴，狂风卷着落叶，血腥和尘土的气味包裹其中。以魔法作恶的死于魔法，以兵刃作恶的死于兵刃。

一道闪电炸开，大雨落下。

露西塔的目光似是随意掠过，那偷偷开窗的女人骇了一跳，连忙关上。直到所有的声音都消失在雨中，才有人再次打开窗户。那一行诡异的人在雨中渐渐走远，地上的裂缝好似从未出现过，只是多了满街横陈的尸体。

那些不断渗出的血在大雨中流淌，与泥土混合在一起，分不清哪些是高贵的魔法师，哪些是骑士大人们，哪些是倒霉的行人。死亡带来了前所未有的平等。

再往远处看，天空一片晴朗，街道干燥，似乎只有这一条街、这一段路在下雨，似乎这雨只为了今日这场猎杀与反猎杀而哀哭，也或许是神要洗净这里流淌的罪孽。一切都发生得很快，出了这条街，仍是平凡的尘网。

维尔蕾特看着露西塔似乎有话想说，不过最终还是没说什么。

她们继续东去，抵达了北上的车站。在王都这片令人压抑的深潭里，只有车站仍是热闹的，甚至比往日更热闹。旅人们拎着各色行囊，行色匆匆，从车站口进进出出。有人为重逢而呼喊，更多的人在沉默中迎来未知结局的离别。

战争时期的离别非比寻常，它意味着不知是否还有再见之期。在那条街上的尸体引起大面积骚乱之前，几人已坐上了北上的火车，随着一声悠长的鸣笛声启程，将这里的纷争和记忆都甩在了身后。

琳妮娅和德尔菲娜毕竟还是孩子，忙碌了一天未曾歇息，尤其德尔菲娜实则忙碌了数日甚至数年，又刚刚经历了可以说有点儿惨烈的战斗（尽管惨烈的是对方），精神都有些不济。

露西塔叫列车员送来了两罐热羊奶，两个孩子一人一罐抱着喝完,慢慢在霞光落谷的时候睡着了。

车窗上映出暖色的柔光,红的、橙的,倒映在玻璃上如同倒映在水里,有一种波光潋滟的恍惚感。南国的秋天在急速褪去,越往北去,车外的山愈发寂寥、寡淡,满山的冷霜挂在枯枝上。

窗外的暮色与火车上昏暗的煤气灯相辉映,面前的奶油土豆泥还冒着热气,佐以火腿、切片硬面包和花生酱,是她们刚从空间里取出的自备晚餐。

维尔蕾特与她闲聊:"今天不太像你。"

露西塔无声地笑笑:"我怎么了?"

维尔蕾特耸耸肩:"往日这类事情,你总是仁慈得不像话。"

她摆明了在揶揄,岂料露西塔竟没反驳:"确实有些不太像话。"

这下维尔蕾特连土豆泥都不挖了:"你受什么刺激了?"

"确实受刺激了。"露西塔也没绕弯子,坦率地回答。

今天不仅两个孩子,她也受到了很多冲击,也亲历了数年变迁,一时感悟良多,又有些疲惫。所以维尔蕾特问什么她便随性地答,也是在为自己纷乱的心整理思路。

不过她没有透露更多历史的秘密给维尔蕾特,有些事说出来不过是给别人平添烦恼而已,况且对方也帮不上自己什么忙。最后她只说:"无论如何,在每一次变迁中,胜利者凭借的都是暴力。文明改变世界,但暴力……暴力掌握世界。"

新神初次露出了她的残酷,她要人们以暴制暴,永远高举长剑对准头顶的人,永远挑战,永不停歇。

三日后,她们换乘了菲尼克斯著名的"爱思诺"号——一列热门的旅行列车,从菲尼克斯直插大陆极北部的斯普林边境小城阿尔贝加。

列车行驶了五天,她们看见了冰雪覆盖的大山。距离目的地越来越近,琳妮娅和德尔菲娜满怀期待,而露西塔注意到维尔蕾特越来越沉默。白天的时候,她总是长久地看着窗外被白雪覆盖的群山,带着深重的思虑。

文特今年不太平，躁动的气氛也传到了斯普林。

斯普林不同于文特，至今仍是领主制。列车上的报纸还是几日前的。报上说，就在她们路过的上一座城市，大批民众因赋税问题集结在领主府前示威，受到了严酷的武力镇压，最终因领袖的倒戈而草草收场。

露西塔放下报纸，拉了拉膝上的毯子，照例催促两个孩子把早晨的羊奶喝光。

越往北去，天气越冷。此前路过的群山尽管也覆满了雪，但尚且能看见低矮的灌木、雪中的红果，细些的树枝承载着一厘米厚的雪被仍能稳稳当当地从枝头露出来。而现在车窗外的山中几乎见不到低矮的灌木丛，除了纯白的颜色，天地间仿佛一无所有。

这样深的雪地，孩童掉进去只怕都找不见人影。初冬已至，这是阿尔贝加的地界了。

火车发出一声长鸣，停在了破旧的车站里，拖出的一尾长烟在空气中渐渐消散。

三两旅客拎着各自的随身箱鱼贯而下，露西塔几人牵下了后车厢中的羊群，也随着人流出了车站。

这会正是早晨，风中还飘着断续的雪，呵手成冰。旅客们都早早裹上了厚实的冬衣与靴子。兔毛扎的礼帽、羊毛织的手套、镶银的雪地杖，可谓个个全副武装。露西塔几人衣着单薄，还牵着一群羊，看起来格外与众不同。四面八方的目光都若有似无地投过来。

见到刚下车的旅客，总有许多眼明心亮的雪橇客围上来，鞍前马后，熟练地介绍着当地的风俗，推销自家的雪橇服务。

阿尔贝加地处极北中的极北，冬季尤为漫长，雪橇是最主要的交通工具，因此结构与寻常雪橇不同，设施完善、空间宽敞，倒可类比南方大陆上的马车。

同时也是这极端的气候，导致这座小城发展极为缓慢。这里的有些风俗与传说中的精灵族风俗较为相似，狩猎是人们重要的生活物资来源之一。甚至到了最冷的冬天，人们裹上厚厚的毯子，烧旺壁炉，还要靠烈酒、熊皮和兽肉积蓄热气，补充能量。

因此，尽管经济结构简单，但人们的生活节奏还算适宜。每有旅客抵达，便会有一批刚抽条的少年拉出自家的雪橇前去揽客，为外地人充当导游，也能赚一些容易的外快。这便是雪橇客的由来。

冬衣价贵，雪橇客多是半大的孩子，精明、机警，一眼就能从旅客的穿着举止中看出"肥瘦"。露西塔几人打扮简陋，一件厚衣服也没穿，被理所当然地划为了"瘦鱼"，冷落在一旁。

没人来推销，露西塔无奈地摊手一笑，寻了个孩子打听附近的旅馆。那孩子做生意抢不过别人，正有些懒散地坐在一旁，见是露西塔一行人，更有些爱答不理。露西塔掏出了几枚银币递过去，那孩子有些意外地多看了两眼，变得热切起来，给她们指了方向。

这座旅馆不大，是典型的木制建筑，依旧是一楼酒馆、二楼卧室的结构，外墙拼接的木板下端已经被雪水浸深了颜色。她们多付了点儿银币，将小羊寄养在旅馆后院，又收拾了一番，算是在这里落了脚。

中午的时候，几人聚在一楼，准备好好享用一番本地的风味美食。这里常年天寒地冻，食材不多，但耐贮存，制作食物的手法也比较特别，主食多以熏肉、烤肉为主，还有鸡蛋、羊奶可以吃，也可添加干酪、芝士这类奶制品。菜单一溜看下来，见不到几道叶子菜，多是耐储耐寒的根茎蔬菜，如土豆、甜薯、芋头等。酒馆提供的几种酒液是粮食酿的，纯度有些偏高，大抵是出于御寒需要。

熏火腿是阿尔贝加的一大特色，油润饱满，色泽鲜亮，不仅可以配菜，切作冷盘还可生食。只是本地人嫌冷，等闲不爱生食，常常烤出焦边来吃。拿烤火腿片蘸着山楂酱吃，发酵过的肉香结合酸甜口的酱料，冲淡了些许腻味，是最常见的本地吃法。

因蔬菜较少，这里的土豆吃法有许多新鲜花样。土豆不削皮煮熟，切成两半挖了心，填些芝士放进烤炉里烤，出炉后芝士被烤得焦黄四溢，撒上盐和黑胡椒，就是一道香甜的美味。土豆的皮烤后皱巴巴的，和土豆肉一起吃，可中和一些苦涩，增加一些坚韧的口感和回甘。这家酒馆的芝士土豆表面除了盐和黑胡椒，还撒了秘制的干酪碎和莳萝香，营造了一种复合风味，是其招牌菜之一。

此外，还有切得厚厚的炸猪排、热腾腾的烤云蘑和刺喉咙的高纯度白酒。本地的食物风格粗犷，肉食的分量都很大，蔬菜的处理也不算精巧，反而很大程度上保留了食材的本味。

本来露西塔她们是不喝酒的，但既到了这里，少不得入乡随俗倒了两杯。这酒很烈，两个孩子正是成长期，跃跃欲试。露西塔便允许她们一人喝了一口，不出所料，两人都开始剧烈地咳嗽，脸都咳红了。

露西塔不留情地嘲笑起来，连维尔蕾特也露出了一丝笑意。

饭后，酒馆里陆续热闹起来，赌博的摊子也支了起来，算是漫漫冬日中匮乏的娱乐之一。几人披着熊皮毯子坐在酒馆的角落一边闲聊休息，一边讨论下一步的计划。

眼见窗外雪停了，雪光中浮出苍白的太阳，维尔蕾特叫来赌桌边一个看热闹的半大少年，问起进山的事。

"进山？！"那少年抽了口气，一脸惊诧的表情，"您是要这时候进山？"

维尔蕾特点头："怎么了？"

"您刚来可能不知道。"少年侃侃而谈，劝说道，"别看道上的雪不深，这都是清扫过的，这个天气山上的雪能把人埋进去一半，根本没法儿走路。"

维尔蕾特挑眉："那你们冬天不进山？"

"嗐，我们这儿的人冬天进山打猎都是提前组织好的，得先看天气。这个天气就不太合适。"少年隐晦地打量了一下维尔蕾特靠在桌边的红宝长剑，赔笑道，"一般进山要选个大晴天，兔子啊、野鸟啊都会出来觅食，路也好走一些。集结一拨人一大早结伴进山，天黑前就要回来。"

维尔蕾特取了一只干净的酒杯,斟了杯热酒递过去:"哦?不住在山上吗?一来一回挺费事的。"

少年殷勤地接过去,一饮而尽。她穿得单薄,一杯热酒下去,脸上浮现一层薄红。她搓了搓胳膊,笑道:"哪儿能呢!这个季节住在山上,那可是要冻死人的。"

维尔蕾特笑了笑,做出感兴趣的样子:"我听说那山上好像有什么遗迹,心里好奇,所以想上去看看。"

"不知道是不是遗迹,但确实有座挺大的宫殿,不过已经塌了一大半了,在荒地里面,没什么好看的。"

维尔蕾特敛了敛眼睑,露西塔接茬道:"还真有啊?有什么来历吗?"

少年懵懂地摇了摇头:"不知道,没听说有什么来历,从我记事的时候它就在,据说我奶奶小时候它就在呢。"

露西塔还要再问,赌桌上一个醉酒的女人探头过来,大声插嘴道:"小哈珀,你不知道?那地方是早年精灵留下来的,我奶奶的奶奶告诉我的。"

一个围观的孩子发问:"那里面的精灵去哪儿了?"

"精灵?"女人耸了耸肩,又出了一张牌,"谁知道呢?"

"原来如此。"维尔蕾特连敷衍的笑意都隐去了,面无表情,声音轻缓,"方便问下哪条路进山比较好走吗?"

"真要进山啊?"女人不可置信地嘟囔了一声,"可真是奇了,没见过胆子这么大,上赶着去送死的——赢了!给钱给钱……"

那被叫作哈珀的少年踌躇片刻,问道:"客人真要进山的话,给我一点儿报酬,我可以带您进去,这样安全些。"

维尔蕾特婉拒道:"不必了。只是大雪太深不好辨别方向,劳烦你为我们指条路,你会得到报酬的。"

少年却坚持:"客人,雪这么深,往常进山的路都被埋上了,靠眼睛是看不见的。我对这山熟悉,哪些地方好走、哪些地方陡峭、哪些地方有沟，我摸得一清二楚。说句危言耸听的话，您几位不带上我，只怕没命走出这座山。"

维尔蕾特上次踏足这座山，还是上一纪出征前的时候。眼下世界已重启过一次，经历过一系列地震与重塑，原先平缓的地貌已变得不可预料。她们几个若是自己上山，虽不会真死在上面，只怕是要多走一些冤枉路。

听这孩子说得严重，又实在坚持，露西塔看了一眼维尔蕾特，没见她反对，便答应下来："好，你方便稍后就出发吗？"

那孩子一愣，似乎没想到走得这么急，连忙点头："请几位在这里稍等我片刻，我回家换一身衣服，带点儿吃的就来。几位如有登山杖也请带上，厚衣服也尽量多穿一些。"

说完，她就一溜烟往门外跑，一边跑，一边还不放心地叮嘱："千万要等我，我很快回来！"

她果然回来得很快，背着个小包裹，拿着登山杖，还加了一件厚实的外套。她一边喘气，一边与一身轻松的几人大眼瞪小眼：这几个外地人是厚衣服没有，登山杖也没有，连吃的也没带！

她咬了咬牙，气得鼻头都有些红了，乱糟糟的红发几乎要竖起来。与几人对视了一会儿，她还是妥协道："那走吧。我的名字叫哈珀，客人们可以直呼我的名字。"

琳妮娅和德尔菲娜相视一笑。

哈珀一马当先出了门，给她们留了个绿围巾飘扬的背影："早些出发，还可以在日落前下山。"

露西塔揽了揽维尔蕾特的肩，几人快步跟了上去。

这座山西部与藤斯贝根山脉相连，算是所属山脉的一条尾巴。山脚到山腰的部分生长着连绵、茂密的小叶杉，尽管此时叶子都掉光了，只有干枯的树枝相互掩映，置身其中也很难辨清楚方向。刚下过雪，山上的积雪很深，覆盖了大半的地形特征。若是没有人领着，恐怕还真不好上去。

哈珀带着她们绕开了山谷。即使是雪薄一点儿的地方,积雪也没过了一半的小腿,不过勉强可以行走。

露西塔一边踢开挡在前面被雪压断的枯枝,一边无意地闲聊起来:"这座山有名字吗?"

"佛罗马里山。"

"没有名字。"

两道声音几乎同时响起。哈珀一愣,下意识地朝维尔蕾特看去。

维尔蕾特专心走路,并不看她,幽幽地讲解道:"佛罗马里是'序幕'的意思……相传,精灵一族曾在这里居住。精灵是盖娅撒向人间的第一缕智慧火种,以母神座下的长女自称。因此精灵把自己居住的地方命名为启幕之山。"

哈珀听得一呆:"真奇了。这个传说,我在这里住了十几年都没听说过,您是从哪里听来的?"

维尔蕾特使出了那招年长者对年少者百试不爽的敷衍大法:"你才多大?没听过也正常,都是一些旧时的故事了。"

哈珀撇了撇嘴,有些不服:"您一个外乡人,说得好像是个本地人似的。"

维尔蕾特笑了笑,并不与她争辩。

几人午后就出发了,走走停停,眼看着太阳都落山了,四下还是一片白茫茫的林地,至今没看到山顶的影子。北方的月亮似乎离地尤其近,在树梢间投下柔润、明亮的光辉。林间起了夜雾,顺着穿林的风缓缓流动,将爽朗的月光与清寒的雪色都蒙上一层似有若无的淡影。光线被笼在雾气里,人的表情在隐约的黑暗中看不清楚。回首望去,一串凌乱的脚印留在雪地上,像冻死在雪地中的一群可怜乌鸦。

哈珀一边一深一浅地带队前行,一边说:"天黑了,我们没有带帐篷来,几位是什么打算?"

话没说完,她的右肩就被一只大手按住了。维尔蕾特幽幽的声音从她身后传来:"哈珀,这条路真是通往山顶的吗?"

哈珀僵硬地扭头，笑道："您说什么？"

"我说，咱们午饭后就出发了，即使这座山高一些，也不至于到现在还看不见山顶的影子吧。"

"您有所不知，这座山比较陡峭，山路难行，难免……"

哈珀的话还没说完，就被猛地捂住了嘴，整个人被维尔蕾特从后面用臂膀禁锢住。她大吃一惊，正要挣扎，维尔蕾特适时趴在她耳边"嘘"了一声。陌生的热气喷在她耳下，哈珀一僵，全身的戒备正要炸开，眼睛四下环顾了一圈，忽地不动了。

她撞上了一双绿油油的眼睛。有狼！

感觉到哈珀不再动弹了，维尔蕾特拎着她的后衣领将她放在几人中间，再度"嘘"了一声，示意她不要动作。

哈珀睁大了眼睛，捂住嘴不迭地点头。然后，她看着维尔蕾特有些兴奋地扩了扩胸，活动了一下手腕，莫名觉得有些瘆人。

露西塔看了维尔蕾特一眼，五指向上并拢，手心弹出一团火焰。明晃晃的火光倒映在她漆黑的瞳孔里。她神色平静，手中的火焰烧得愈来愈旺，温度逐步升高，周围的雪都有融化的迹象。

群狼的轮廓在火光中隐约显露出来。大火似乎让它们稍有退意，却仍不肯离去。这应该是一群饿狼。大雪封山，小动物也不太出没，狼群应该已许久不曾进食，此时遇到难得的猎物，怎肯轻易放弃？

维尔蕾特冷哼一声，抽出腰间佩剑："看来这里真成荒山了，连狼群也敢堂而皇之迁徙到这里来。"

说完，她足尖点雪，瞬间移至群狼堆里，将一头雄狼的身躯砍成了两半。腥臊的血溅到她脸上，她双眼灼灼，鼻翼翕动，似乎被这气味刺激得兴奋起来。

狼王仰天长啸一声。它发怒了。

它们在这片雪山中纵横多年，无论是动物还是人类，见面都只有仓皇逃窜的份儿。除了落单的狼有时会死在猎人箭下，它们几乎从未遇到过真正的威胁。如今这几个人力量诡异，给它带来了前所未有的威胁感，但眼下已不得不迎战。它带领群狼扑将上去，直取维尔蕾特的喉咙。

维尔蕾特向后一闪，躲过了右边的扑袭，伸出左手试图挡住来自左边的攻势。人类试图用脆弱的身体抵挡，饿狼可求之不得，但它们当然不知道眼前这位并非人类——那只手死死地插进了狼首。不知发生了什么，须臾之间，那头狼便软软地跌在地上，被维尔蕾特扔到了一边。

露西塔手中的火焰霍地跳了一下。她眼神一凝，盯住了维尔蕾特的脸。维尔蕾特若有所觉，在群狼间回头看她，无意识地抹了一把脸，抹掉了脸上的血。

狼是一种极其敏锐的动物。一击未果，那种未知的威胁感越发清晰。狼王已生退意，低吼一声震慑群狼，扭头就带着狼群往山里钻。

维尔蕾特正杀意盎然，哪里肯让它们轻易败走。她从自己的石英手链中抽出一张长弓，三箭齐搭，挽弓如月。一支箭穿透了狼王的首级，剩余两支箭分别射中了左右两狼的腹部。

狼王既死，群狼四散溃逃。维尔蕾特回首，对上露西塔意味悠长的眼眸。她舔了舔嘴唇，眸中笑意不减。

哈珀被几人围在中间，看着维尔蕾特带笑的脸咽了咽口水，抖得更厉害了。那杀神不知将长弓收到了哪里，此时正撩起衣角擦拭自己的佩剑。血迹难以清理，她先将佩剑在雪地里滚了几圈，将残血蹭干净，又擦了两遍，才将佩剑收回剑鞘。

收拾完自己的武器，维尔蕾特才腾出空来，目光落在了哈珀身上。

眼看着杀神一步一步地朝自己走过来，尽管手里没拿剑，哈珀仍吓得抖如筛糠。在维尔蕾特离她还有三步远的时候，她终于绷不住求饶道："您饶命啊，小的是真不知道这里有狼！要是我知道，打死也不会到这边来的——"

她这倒是实话。人类脆弱，遇到狼群几乎是十死无生。这孩子虽然耍了些心眼儿，但看着活蹦乱跳的，实在不像有找死的意思。

维尔蕾特哂笑道:"你倒乖觉。怎么,轻易不到这面山坡上来,不知道有狼,吓坏了吧?"

这话就是认定哈珀是故意带偏路了。

哈珀动了动嘴唇,到底没敢反驳,只小心地辩解道:"您有所不知,咱们阿尔贝加位置偏僻,气候冷,人也少,一年半载见不到几个外地人,大家的日子都过得艰难。我母亲在我很小的时候得病死了,我自小吃百家饭长大,日子过得更是拮据。所以我存了点儿私心,想着带几位绕两圈,好多拿些领路的报酬。再者说,这个时节太冷,山又险峻,虽不知您为何非要到山顶上去看什么遗迹,但这山可真不是那么好登的。这个高度还有树林子能挡点儿风,再往高了去,就是长年冰雪覆盖的裸岩了,连遮挡的东西都没有,一不留神就会冻死在上面的。您不肯听劝,我也是怕出人命,想多绕几圈好叫您知难而退。谁知绕着绕着,就绕到山背面来了。这面荒僻,以往没什么人来这边,哪承想会有狼群出没……"

哈珀一张嘴上下一碰,就能滔滔不绝说个不停。她一张嘴能把黑的说成白的,饶是维尔蕾特原先有三分怒意,此刻也都打消了,更何况她们几人也只是觉得多走了些冤枉路,并未真生什么气。

维尔蕾特的利剑刚开了刃,心情正好,忍笑打断道:"算了,你跟上来吧。"

哈珀看着这杀神转头竟还往山上走,眼前一黑。

她斟酌着问句在嘴边滚了又滚,眼睛一闭,直着嗓子叫道:"您还往山顶上走啊?这会儿天都黑了,再往上要出事的。"

露西塔无声一笑,好心道:"跟着走吧,不会叫你出事的。"

眼看着几人都跟着维尔蕾特上山去了,丝毫不见疲惫的样子,哈珀真是进退维谷。她犹豫了一下,到底不敢独自待在这山上过夜,何况还有狼群游荡,只得快步追了上去。

绕了好大的弯子,到这会儿她们才算真正开始登山。

夜路不好走,何况是积雪甚深的山路。哈珀在后面跟着走了不多时，两条腿就像灌了铅一样。只是登山向来讲究一鼓作气，一停下来歇息，恐怕非要歇好久才能缓过来。维尔蕾特着急，等不到那个时候了。何况夜风太冷，不断带走人身上的热气，届时是先歇过来还是先冻死还未可知。

露西塔看哈珀实在难受，想了想，悄然脱了队。不多时，她领了一头狼回来。"你骑着狼走，会好很多。"

哈珀看着那头威风凛凛的雌狼，一双绿油油的眼在夜里像灯泡似的，半张的嘴不断呼出热气，尖牙若隐若现，散发着肉食野物特有的腥臊味，两腿都软了。她从未见有人能驯狼。眼下这狼即便看着乖顺，她也不敢真骑啊！

"不……不用了。"她勉强笑道，"我觉得我还能坚持。"

露西塔不太信："真的？"

"真的！"哈珀挺了挺胸，"走……走吧。"

露西塔见她不领情，只得解了雌狼的精神暗示，将它放归了。

哈珀为自己的"逞能"付出了代价。后半夜，露西塔几人轮流搀着她走。维尔蕾特不在轮岗之列，因为哈珀实在不敢让杀神搀扶，而维尔蕾特也确实没有扶一个人类的意思。她一马当先，越靠近山顶走得越快。

在太阳刚从山后露出一丝轮廓的时候，她们登上了山顶。

佛罗马里山是这一带的最高峰，从峰顶向下看去，杉林万壑、裸岩积雪都在脚下。此时夜露刚下，红日坠在远山烟霭之后，山雾在林间漫起，流岚与雪光相辉映。最高的山顶上，十里冰雪覆盖的平地上立着一座破败的巍峨宫殿，身披霞光，宛如迟暮之年。

那宫殿前有数百级石阶，看着原该有百米之高，此时已经坍塌了一半，巍峨的条纹石柱上满是风霜摧折的痕迹。晨光透过建筑物间的缝隙漏下来，远远地看去，入口如黑洞一般，不知通往何方。灌木从建筑物的缝隙中生长出来，不知名的红嘴山鸟停在灌木顶端，见着有人突然而至，乍然惊起，扑扇着翅膀飞走了。

露西塔停住脚步，按住了琳妮娅和德尔菲娜的肩膀，轻轻摇头。维尔蕾特握紧了手中佩剑，一步步拾级而上。风吹动纤细的石中灌木，青苔无声。她站在黑黝黝的宫殿门口，良久未动。

许久后，维尔蕾特回身。她站在台阶顶端的大门中央，仿佛千山万壑都在她脚下，一如从前那个不可一世的雪域君王站在这里检阅属于她的领土。但她只是伸出手臂，做出"请"的姿势，好像一个从未离开过的东道主。

主人有邀，客人自当欣然前往。几人踏上石阶，就连不明所以的哈珀也懵懂地跟了上来。

从最外面看，宫殿里是黑漆漆的一片；凑近了才发觉，无数晨光从坍塌的石柱缝隙间照射进来，整个大厅光影斑驳，尘埃仿佛受到了惊扰，在光线里急促地游弋。大殿穹顶极高，许多参天的石柱撑起了这座建筑，圆形的石雕线收束到中央。穹顶破了一个大洞，仰头望去，看不见还贴着远山弧线的红日，倒是漫天的云霞将流未流，似乎要倾泻进来。

地砖有些已经有了缺口，顽强的野草从砖缝中长出来，甚至打了纤细的花苞。越过折断的石柱，金色的王座静静地安放在大殿尽头，等待它的主人已有五百多年。

维尔蕾特走得很慢，环顾了一周，目光落在大厅两侧石柱后的荫翳里。尽管光线昏暗，但那边灰镜岩地面上几团黑色的印迹仍然清晰可见，甚至还有一处留着残存的灰烬。她走上前去，用手捻了一些灰烬。灰烬已经冷透了，里面还夹杂着未烧尽的木炭。

露西塔察觉有异，走上前来："怎么？"

"有人来过。"维尔蕾特的目光扫过地上那些烧过的印迹，"不止一次。"

露西塔蓦地抬头，正撞上哈珀凑过来的脸。

少年低头看了看地上的余灰，挠了挠头，猜测道："人人都知道这座废弃的宫殿。恐怕是有些猎人进山太深，一时半会儿回不去，索性在这里暂时落脚了。"

维尔蕾特不置可否:"或许。"

宫殿群占地极广,结构复杂,从大厅出去有许多拱形的门洞,连着通往后殿的走廊。一时不注意,琳妮娅和德尔菲娜就不知穿过哪扇门探索去了。看着鬼心眼儿多的哈珀,此时反而老老实实地跟在维尔蕾特和露西塔后面。

左半边的大半宫殿都坍塌了,断柱和巨石交错躺在地上,历经多年风雨已经形成了稳定的结构。她们在断柱之间穿行,勉强爬上塌了一半的螺旋石梯,相继经过了一些完好的房间。

这片宫殿群诞生于精灵族最繁盛的时候,由享誉三族的大建筑师设计而成。工匠从山体上切下巨大的灰镜岩,雕刻家在柱顶雕琢衔枝的荆棘鸟,孩子们将花环和勋章挂在墙面上,共同铸造了这座辉煌一时的建筑。组成墙体的灰镜岩被打磨得平整而密实,全靠镶嵌的方式叠在一起,连刀片都插不进去。

它是那么坚固、那么美丽,当初人族占领这里时没能将这座建筑摧毁,世界覆灭时的大地震也仅将它晃塌了一半。窗棂上装的刻花琉璃早碎裂了,拱形的窗洞倾斜下来,积雪堆在外侧的一半窗台上。

从沿路的窗洞往里看,维尔蕾特曾经的藏书室早已空了,书柜上镶嵌的水晶在宫殿遭劫掠时被人抠了下来,杉木书桌的桌板都被劈开了,仿佛是要看看里面是否藏着金银;石桌幸免于难,积灰深厚,多年未曾挪动。

穿过这条走廊往下走,王宫的工作餐厅就在一楼角落。

餐厅的青石桌椅都很坚固,因其朴素倒是保存得最为完好,隔壁就是整个宫中最大的厨房。厨房与餐厅中间有一扇窄门,推开就能看到一排青石灶台。这间厨房既为国王和祭司提供膳食,也同样为厨师、侍卫和男仆提供三餐。蛋糕和美酒在这里完成制作,在王宫的主人们享用之余,更大的分量会被端到隔壁餐厅的甜点台上,侍从们端着蛋糕盘取用鲜甜的奶油,闲暇时还会找个角落坐下来交换王宫新的八卦。

当然，那都是从前的事了，眼下这里只有灰尘的气味。

维尔蕾特的目光扫过餐厅，忽地在角落的一张小桌上凝住了。那张小桌沐浴在阳光里，桌面的灰色石纹清清楚楚，并无落灰，与周遭的一切格格不入。

露西塔和哈珀显然也注意到了那里，一时间没有人说话。联想到大厅中的火堆痕迹，维尔蕾特心里有了一些猜测，熟络地去检查了一下灶台——果不其然，其中几个灶台里都有许多炉灰，还有未烧尽的木柴埋在里面，和大厅里的情形相似。橱柜里有一些木碗是干净的，和被砸弯了柄的铁质旧刀叉堆在一起，被小心地存放在角落。此外，灶台上还放着一个有缺口的旧玻璃瓶，瓶中插着几枝松树条，看起来有些日子了，松针已有些泛黄发硬。

哈珀试探着开口："看来，有人在这里落脚过？"

露西塔接话："恐怕是落脚了相当长的时间。"

维尔蕾特看着那张干净的小桌，沉吟道："……岂止，说不定现在也仍在这里生活。"

哈珀提了一口气。这杀神一行人来历神秘，又一副熟门熟路的样子，大概是与这里有什么渊源。有人闯入，她这样子是要大动干戈查明吗？

哈珀等了又等，却没再等到两人别的反应。阔别五百多年，维尔蕾特对有人闯入并无介怀，露西塔更是没有立场插手这件事。左右她们会在这里停留一段时间，如果有意外的访客，该来的迟早会来。

维尔蕾特从空间里取出一小篮白面包和一瓶花生酱，放在了那张干净的桌子上。面包储存在空间里，温度和水分都保存得很好，仍保持着新鲜、柔软的状态。

露西塔从灶台里找出一个不大的铜锅，凭空引水清洗干净，又抱了角落里的木柴出来，引火烧旺，准备给两个孩子热一些羊奶喝。她多看了一眼哈珀，抖了抖装羊奶的罐子，多倒了一些进去。此外，她们还从山下带过来了一些切好的生火腿。露西塔用橄榄油将火腿片在铜锅里煎香,热腾腾地倒进维尔蕾特面前的铁盘里。

维尔蕾特不知在想些什么,忽地被冒着香气的热烟打断,不由得抬起头笑了一下:"若非有你,怕是只能吃面包度日了。"

条件简陋,露西塔也累了一夜,只又将面包切开煎了,又取了一些芝士土豆出来切块分食,便没再做别的。哈珀很有眼色,没等吩咐就出去寻那两个孩子过来吃早餐,不多时竟然真的领了她们过来,难得没在这里迷路。

哈珀分到了一杯羊奶,颇有些受宠若惊。

几人草草地吃了早餐,露西塔闲聊着问起:"下午可以去附近打一些猎物。附近野物多吗?"

哈珀正要回答,却发觉露西塔问的人是维尔蕾特,心中疑问更浓。维尔蕾特看起来是个年纪轻轻的外乡人,对这里的一切却比本地人还熟悉。哈珀不是傻子,心里翻来覆去地琢磨,却始终难以理解。

维尔蕾特随口答:"长时间不来,连狼都敢往这山上跑了,只怕我也说不准了。只是我看山腰处树林茂密,来时还见着兔子洞了,下午有空倒是可以去看看。"

露西塔若有所思地点头。几人累了一夜,早餐过后都各自找了完好的房间休息去了。

五百多年过去,麻织的流苏窗帘早就腐化了,许多摆件要么当年就被掠走了,要么已破旧得不成样子。被扔在地上的旧书纸张泛黄,几乎一碰就碎。唯一的安慰是此间家具多用青石、黄晶岩与血纹石雕琢而成,五百多年过去仍坚硬如初,除了需要仔细扫一番灰尘,落脚还是容易的。

她们换上自己带的被褥,蒙起头躲避从窗洞照进来的天光,滚了几滚,很快就酣然入睡。维尔蕾特这一觉睡得最长。即使这里已经物是人非、凋敝、荒芜,但回到她日思夜梦的家园,仍恍如置身于一切都没发生时的过去,连灰尘的气味也让她无比安心。她蜷缩着睡在自己旧时的石床上,睁眼时已经到了黄昏。

暮光照在她脸上,照得她身上暖洋洋的。她似乎做了个好梦,醒来时嘴角是弯着的。她揉了揉眼睛,只觉得有些口渴。她睡眼惺忪地敲了几扇门,都没得到回应,只遇见了哈珀:"她们出去打猎了,让我跟您说一声,晚餐的时候回来。"

维尔蕾特用手拢了拢头发,茫然地点点头,让哈珀自便去了。她自己则披上外衣,穿过前殿的走廊,来到了依傍后山而建的花园。

若说前殿是办公的地方,这里则是她与祭司们真正的住所。当年这里种满了四季的繁花,在精灵的国度这些花朵理所当然地四季不凋。花园中间凿了一湾人工湖,湖边有一棵几人合抱粗的榕树。树冠如一片参天的绿云,许多枝条垂进土里,几乎自成一片小森林。

那湾人工湖当初是放置镜湖的地方,那棵榕树昔日是精灵族的圣树,长在镜湖边上,吸收生命精华,经年累月,诞生了独特的灵气场。每一代新王诞生的时候,青铜圣杯就会从树顶飞下,代母神选中新的王位继承人,住进这座宫殿,从小接受教导,以期顺利地掌握国器。昔年维尔蕾特就是在这棵树下握住了浮到她手中的圣杯,被大她几岁的大祭司接引到这里,从此走上另一条波澜壮阔的道路。

而现在……她抚摸着漆黑的树干,摸了满手的黑炭屑。这里曾发生过一场大火,镜湖失落,圣树枯萎,直接被烧成了一团焦炭,仅剩半截黑漆漆的树干还倔强地戳在这里。

不过她来这里可不是为了感怀过去。她沿着死去的树根挖了半天,挖出一个腐坏的小木匣。木匣上的红漆已经全都剥落了,木头也腐朽得不成样子,匣上挂着一把小金锁。维尔蕾特没有钥匙,掏出猎刀直接把匣子劈开,拂开木屑,露出一卷捆好的羊皮卷。

羊皮卷保存得很好,没有被虫蛀,她小心地解开。上面写着上一纪的精灵语,措辞古雅,笔迹华丽,几乎一下子就将她拽到了回忆里。这是她的臂膀、她的挚友、与她一体共生的大祭司艾利克斯所写的。

维尔蕾特陛下亲启：

在我写这封信的时候，火已经烧起来了，整片山脉都陷在火海中，我们已被逼到绝境。王庭即将失陷，不知在前线的您是否已收到了上一封战报。

人族的军队已经上了山，屠戮了我们的族人，占领了我们的土地。最精锐的勇士已经跟随您南下攻城，是我布防不利，万万没想到人族竟能用火越过这片天堑……

没能为您守护好后方的家园，走到今天不可挽回的地步，我深感惭愧。只可惜已没有再见的机会，不能当面向您请罪。

我已决定与王庭共存亡。如果您能看到这封信，说明您已经带领我们的族人杀了回来，以血还血，以牙还牙。可惜我看不到那一天了。

愿母神保佑您，愿精灵永世长存。

您忠诚的
艾利克斯

维尔蕾特的手有些抖。

她曾与艾利克斯一同生活在王庭中。她被圣杯选中、被接入王宫的时候，就知道艾利克斯是为她选定的大祭司。她们将共同长大，成为与彼此密不可分的君臣与伙伴，她们将带领族人走向繁荣的未来。喜欢把东西埋在圣树下，是胆大包天的艾利克斯一向的习惯，也是她们心照不宣的秘密。没有人会擅自靠近圣树，藏在这里可以说是最大胆也最安全的选择。

如今她确实回到了这里，也在这个心照不宣的地方找到了这封信，但已经太迟了，一切都已经埋葬在五百多年前。昔年的族人只有一部分逃到了南边，在埃蒂斯山脉定居，而她则同镜湖一起被封印在了虚空里，更罔论什么复仇。艾利克斯觉得辜负了自己，自己又何尝不是辜负了她的期待……

维尔蕾特试图将羊皮卷重新卷起来，但它太脆弱了，打开再卷上的过程中已经碎成了几片。

她怔怔地看着手上的碎屑，抬起头来，只见倦鸟归山，黄昏已深，红光幽照。在左侧供奉着母神像的圣殿的露台拱形窗中，她仿佛看到那两个昔日的少年正趴在上面窃窃私语。只是倏忽之间，一切都在世事沉浮中远去了。

维尔蕾特还在稚龄的时候，艾利克斯就住在王宫里了。那时候旧王已近年迈，但还没到权力交接的时候。在选出新王之前，先进行的是新任祭司的选择与培养。祭司是侍奉神灵的职位，也是精灵族历来手握神权的重臣，选拔必须慎之又慎。

当初，年迈的大祭司夜问星盘，占卜出十三个有缘的孩子，并如数接进了圣殿，等待神灵的意见。

十三可不是个吉利的数字。在三十天的等待后，神灵的选择终于揭晓。只有七个孩子留在了圣殿，由大祭司亲自教导，最终将从中选出一个新任大祭司，作为新君的左膀右臂。

艾利克斯就是那七个孩子的一个。

这些发生的时候，维尔蕾特还太小，什么都不知道。她第一次看到艾利克斯，是在年少的她握住圣杯、住进王宫的那天。当天，年迈的大祭司穿过长长的回廊，将一个孩子领到她面前，告诉她数年之后，这将是属于她的新任大祭司。她仰头看着高她两个头的艾利克斯，浅绿色的眼睛中倒映出少年沉稳的身影。

少年浅金色的头发整齐地藏在祭司帽下，穿着滚金边绣橄榄枝的神职长袍，走路目不斜视，神色古井无波，与生性自由、浪漫的精灵风俗格格不入。

小小的维尔蕾特问："你叫什么名字？"

"臣名艾利克斯，殿下。"艾利克斯单膝跪在她面前，立誓永远效忠。

幼小的维尔蕾特还有些懵懂，可她分明看到了少年眼底桀骜的火焰。

维尔蕾特初到王宫时,艾利克斯总是陪伴在她左右。她总是劝诫维尔蕾特这也不能、那也不许,似乎想引导她成为自己心目中合格的君主。但维尔蕾特分明能从她长年的沉默中读出一丝微妙的不服。

她不服圣杯的选择。神给了她神权,她却质疑王权天赋。她是这一代最优秀的精灵,维尔蕾特不会比她做得更好。既然神选择了她,为什么不选择得彻底一点儿?

维尔蕾特敏锐地发觉了这一点,她决定驯服艾利克斯,作为她的第一个臣子。

艾利克斯把所有的事情藏在心里,年纪小小已有了自成一套的行事准则,维尔蕾特想撬开一个口子真是千难万难。她带领狩猎队在狩猎典礼中拔得头筹的时候,艾利克斯没有低头;她查出旧王派来的监视者,彻底掌握自己的内宫时,艾利克斯也不置可否——直到权力交接的时候,维尔蕾特的近卫队将王宫团团围住,汹涌的生命之潮在春夜笼罩了旧王居住的庭院,藤蔓悄无声息地爬满了宫墙。

精灵族的历代君主,但凡权力和平交接的,没有一个诞育后代的,而旧王身后留下了一个孩子,甚至是个女儿。这也意味着这一夜加诸维尔蕾特身上的明刀暗箭几乎是注定的。大祭司想遵照旧王的遗命操纵王权,将王位留给王女,维尔蕾特当然不会接受这样的命运。她将年迈的大祭司困在了这里,打算亲自送她见旧王。

大祭司败局已定,隐在荫翳中冷笑道:"巢中的幼鸟长大了,竟也想与大人作对吗?你为了这一天,谋划了多久?"

维尔蕾特声音平稳:"身在旋涡之中,本应早做准备。"

大祭司咒骂她:"圣杯瞎了眼,精灵族怎么能交到你这样一个满腹心机的人手里!"

维尔蕾特的回答很是强硬,不知是说给大祭司听,还是在与她自己强调:"我会带领族人走向更繁荣的未来。我不仅会让族人过得快乐,我还会让族人过得安宁;我会让大陆上的种族提起精灵国度,想到的不是富饶,而是强大。精灵将永世长存,而你将腐烂在泥土里,带着你腐烂的欲望。"

艾利克斯的头脑被这样狂妄的誓言轰地炸开了。她用那双始终有些忧郁的深绿色眼眸重新审视自己身侧的新君,惊觉维尔蕾特已经长大成人,长成了一个精灵族罕见的、具有雷霆威严的真正的君主。在王冠之下,她仿佛能将一切不可能变成可能,能叫一切不服从者臣服在她脚下。维尔蕾特这话说得笃定,但只有站在她身侧的艾利克斯知道她的手在颤抖。

大祭司此刻仿佛刚看到艾利克斯,这个她最得意的学生。她像是看到了最后一根稻草,双眼骤然亮起:"艾利克斯!孩子,到老师身边来,你向来是最听话的。跟着老师走,拿起你手里的剑,杀了这个狂妄的新君!"

是的,大祭司是她唯一的老师,也是她幼时在王宫生活的十年中最亲密的长辈。艾利克斯低头看向自己腰侧的佩剑。

宫门大开,灯火俱灭,惨白的月光照进来,映得她半边脸的表情难以捉摸。她拔出剑,剑光如雪。与身手矫健的维尔蕾特不同,艾利克斯向来瘦弱多病,腰上的佩剑与其说是武器,不如说是礼器,上面镶嵌着无用的宝石,彰显着她侍神者的身份。艾利克斯抽出宝剑,在大祭司期待的眼神中,用力刺进了她的胸口。

大祭司的瞳孔蓦地瞪大,死死地盯着艾利克斯握剑的双手,脸上写满了不可置信。直到她的眼神完全涣散,艾利克斯才哆嗦着手试图将剑从她胸口拔出来。然而,剑刃卡进了肋骨里,她拔了两下没拔动。她盯视着老师涣散的双眼,脑子直发木,指节用力得发白,已经开始微微地颤抖。

维尔蕾特走上前来,一言不发地握住她的双手,带着她将佩剑从那具苍老的身体里用力抽出来,再一根根地掰开她的手指,将染血的剑"哐当"一声丢在地上。

一切都已经尘埃落定,艾利克斯也终于做出了自己的选择。她如梦初醒,挣开维尔蕾特的手,单膝跪地,声音沙哑:"臣……艾利克斯,发誓将做陛下的眼睛,为陛下巡视族人的苦难;发誓将做陛下的耳朵,为陛下倾听信众的祈祷;发誓将做陛下的嘴巴,为陛下将政令晓喻四方。"

这是她第一次见到维尔蕾特时宣誓效忠的誓词。在这个夜晚她郑重地将其重复了一遍,但时过境迁,意味已经截然不同。

她继续说:"臣发誓将做陛下的左手,为陛下清除前进路上的一切阻碍。立此誓言,自今夜而始,至死亡而终,一体共生,至死不渝。"

"王之左手"这句誓言并不是历任大祭司宣誓效忠的既定誓词。这是艾利克斯擅自加上的,而维尔蕾特知道那意味着什么:从此国王不再是神之右手,行走在人间的神使将服从于王权,成为国王的左膀右臂。

维尔蕾特解下腰间的佩剑,心照不宣地用剑柄点了点艾利克斯的左肩,一如最开始相见的时候。她知道她驯服了艾利克斯——或者说,这一刻她们终于彼此驯服、彼此贴近了。

那夜以后,艾利克斯从一开始的教导她、劝诫她,引导她成为一个合格的君王,变得开始拜服她、听从她,成为她王座的基石、征战的前锋、忠诚的挚友,彻底与她绑定在一起,像她呼吸的空气一样永远伴随在她身边。她们执掌了最高的权势,在这座王宫中从少年变成青年,年少栽下的蔷薇花也年复一年地盛开。

最后一战,维尔蕾特带兵出征,以攻代守,将艾利克斯留在后方坐镇。她们在凛凛寒冬分别,可佛罗马里山陷入一片火海的时候已经是春天。她没来得及赶回来看到漫山新开的樱草,也没来得及看到最后一个春天里艾利克斯倔强的病容。她永远地失去了她的左手。

据她后来在前线收到的消息,战争结束后,山上的大火持续了七天七夜。艾利克斯为了借用神灵的力量抵御入侵,透支了太多生命本源,最后化作一棵树,与后山的无数杉树一同被无尽的大火烧毁。

人类闯入王宫收割战利品,凡火烧不坏的黄金、水晶和宝石被劫掠一空;火焰没烧到的藏书室里的旧物和古籍,也都被瓜分得干干净净。只是山顶究竟太冷,大火烧过的荒山也没什么可再榨取的价值,人类不乐意住在山上,因此将这座废墟就这样留在了这里。

昔年山顶因居住着精灵族而生长着四季常青的植物,随着精灵的消失,寒冷的气候很快将这里变回了正常的地貌——到处是终年裸露的漆黑岩石,岩石上覆盖着终年不化的白雪,像是晒干的斑斑海盐。

维尔蕾特最终也没机会折回这里报仇,只是耗尽了自己最后的力量,掩护剩余的族人撤往南方。

维尔蕾特盯着手里碎裂的羊皮卷,深吸了一口气,手指有些发抖。这或许是艾利克斯仅剩的遗物,但现在她把它弄坏了。她觉得胸口疼得厉害,捂住心脏的位置重重喘了几下,视线似乎被一丝水意浸润了,视物有些看不真切。

她咬了咬牙,有些自暴自弃似的,索性将那封彻底破碎的羊皮卷揉烂,扬手撒进湖里,继续在匣子里翻找。可她几乎都将这匣子拆了,除了这封信外也没找到别的东西。

维尔蕾特不死心,待要再翻,忽地听见圣殿外的走廊上传来窸窣的脚步声。

维尔蕾特一愣,止住了动作。她留神细听,忽然反应过来——这脚步声轻且细小,不是她的朋友们中的任何一个。她顾不得许多,拔剑就往那边探去:"谁?"

那人仿佛被吓到了,踌躇半晌,才从走廊外侧的石柱后小心地探出脑袋。维尔蕾特的眼风扫过去,忽地愣在了原地。

柱子后躲着一个五六岁的小女孩。不——她很快就否认了这个结论。女孩长了一双精灵标志性的尖耳朵,皮肤发白,浅绿色的眼眸中不见丝毫杂质,正是精灵幼崽最典型的外貌特征。显然,她是一个精灵,身高和外形相当于五六岁的人类幼崽,按照推算应当有十四五岁了。

小精灵脸上似乎被黑炭弄脏了,头发也有些凌乱,穿着人类的衣服——衣服不仅破旧,很明显还大了一号。此时她怯生生地望着维尔蕾特的脸,似乎被她的脸吸引了,以至于根本不在乎她手里的剑有多锋利,并不见躲闪之态。

维尔蕾特与小女孩对视了一秒,忽然意识到了什么。她快步走到湖边,低头一照——湖里倒映出一张熟悉的脸:苍白的皮肤、细长的尖耳、幽翠的眼眸、被风吹得凌乱的披肩金发。她眉目之间似乎藏着深重的忧郁,风霜将她年轻的皮肤吹得粗粝,可这一张脸仍然有着典型的精灵特征。

她沉浸在精灵族自我认同的回忆里,情绪波动强烈,一时间冲开了琳妮娅给她施加的改变外貌的催眠暗示,显露出许久未示人的真容。维尔蕾特摸了摸耳朵,回身来到小女孩面前。

孩子是一个族群的未来,她对待孩子总是温柔的。她用精灵语轻声细语地问:"你是什么人,孩子?"

小女孩怔怔地看着她,仿佛没听懂她的话。维尔蕾特福至心灵,换了阿尔贝加的人类通用语,又问了一遍。

女孩这次听懂了,迟疑地回答:"我……"

"艾弗里!"女孩的话被远远跑来的哈珀打断了。

维尔蕾特下意识地想将小女孩挡在身后,脑海里一瞬间闪过杀死哈珀灭口的念头。身后的小女孩却惊喜地扑到了哈珀怀里,依恋地喊道:"哈珀,你来看我啦!"

哈珀摸了摸女孩的头发,抬起头来,满眼警惕地看向维尔蕾特。她的目光在接触到维尔蕾特与此前完全不同的面目时,明显有些错愕:"您也……"杀神的眼神太有压迫感,她那句"您也不是人类?"只问出了一半,另一半被她咽进了肚子里。

维尔蕾特看了看哈珀,又看了看她怀里的女孩,神色缓和下来:"你们认识?"

谈到女孩,哈珀的眼神明显柔软下来:"岂止认识。"

在维尔蕾特询问的目光中,哈珀低声回答:"她是我最亲密的姐妹。"

维尔蕾特打量了下两人，意外地挑眉："姐妹？"

哈珀今年十五岁，像很多北地女孩一样，已经长得很高，大约到维尔蕾特的眉毛处，是个成年人的样子了，而艾弗里才长到哈珀的腰部。要算年龄，她们应当是差不多的，但精灵的生长周期要长很多，恐怕艾弗里要长到八十岁，才能与现在的哈珀在心智上相当。这两个孩子是怎么玩到一起的？

"是，姐妹。"哈珀有点儿紧张，偷偷地瞟了一眼维尔蕾特那张精灵特征明显的脸，"您……从哪里来？"

"我从南边来。"维尔蕾特说，旋即又将话题转到了艾弗里身上，"她的家人呢？"

"我就是她的家人。"哈珀说。

维尔蕾特换了个问法："我是说，阿尔贝加还有别的精灵吗？"

哈珀顿时警觉："您问这个干什么？"

"还能为什么，认一认亲戚嘛。"维尔蕾特安抚地笑笑，"我以前也是这儿的精灵，很多年没回来了。"

这一句哈珀倒是信了。维尔蕾特确实对这里很熟悉，甚至知道她这个土著都不太清楚的掌故。她说："阿尔贝加已经没有精灵了。您说您从南边来，南边还有精灵聚居吗？"

维尔蕾特确认了心中的猜测，有些怅惘。看艾弗里这朝不保夕的样子，小小一个人没人照料，料想就是精灵族已经没有旁人了。

"现在的精灵大多都在南方落脚了。"她肯定了哈珀的猜测，仍是问艾弗里的事，"所以，她是这里的最后一个精灵？"

"不是。"在维尔蕾特疑问的眼神里，哈珀攥紧了艾弗里的手，重复道，"阿尔贝加已经没有精灵了。"

维尔蕾特一愣，心想这孩子怎么睁眼说瞎话。她正要说什么，看着哈珀与艾弗里的脸，心里忽然涌出一个大胆的猜测。

艾弗里的耳朵比一般精灵的要小一些，脸型也不像大多数精灵幼童那样宽，反而有点儿内收的意思。维尔蕾特原以为她是因为发育不良,所以看起来孱弱了些,但……她又看了看哈珀。本地的人类多是红发蓝眼,哈珀虽是典型的红发人种,瞳色却是本地罕见的绿色,看起来不大和谐。

她想起刚才哈珀的话,忽然问:"亲姐妹?"

"嗯,亲姐妹。"

亲姐妹!

她追问道:"一母同胞?"

"是。"

"都是混血种?"

"是。"

维尔蕾特提高了一点儿音调:"孪生?"

"……是。"

她看两人年龄差不多,大胆一猜,竟是真的。她知道有些孪生姐妹也会有很大的形貌差距,但相差至此还是令人感到难以置信。

哈珀几乎像是一个人类,不仔细看根本看不出精灵的形貌,而艾弗里则继承了精灵的大部分特征,甚至两人的生命周期都有明显的不同。哈珀的生命周期与人类相似,艾弗里则出现了相当程度的返祖现象……

维尔蕾特沉默片刻,又问:"母亲是精灵吗?"

"是。我们的母亲是纯血精灵。"哈珀说,"也是阿尔贝加最后一个精灵,三年前去世了。"

维尔蕾特算了算。精灵有五百年的寿命,若还在能孕育健康子嗣的年龄,怎么生下孩子才十几年就死了?

她试探地问道:"病死的吗?"

哈珀叹了口气:"大人,我们都不知道南边还有精灵。失群的鸟,又不能见光,独居在山上能活多久呢?"

维尔蕾特不说话了。"失群的鸟"说的是她们的母亲,也是她们姐妹两个的现在。哈珀能伪装成人类在山下讨生活,艾弗里只能藏在山上小心度日。她心智还很不成熟，若非哈珀时常上山照顾她，自己又有一半长寿种血统，体质强健，只怕早就死在了这座山上。她们眼下还能对付，等哈珀再活五十年，青春依旧，恐怕在山下也混不下去了。

她对旧日遗民心有怜悯，给她们指了条明路："南边挨着精灵的聚居地，有很多像你们一样的混血种住在那里。待此间事了，你们可以跟我一起回南边去，在那里大大方方地生活。"

哈珀方才听说南边还有精灵聚居，就想托维尔蕾特把艾弗里带走了，以免在这里朝不保夕。只是她貌似人类，恐怕不能跟着过去。而且，她觉得与维尔蕾特非亲非故，不好开口请托。眼下听说南方竟有混血种的聚居地，哈珀不由得眼睛一亮，立刻起了迁居过去的心思。

只是杀神主动要带她们过去，反而让哈珀心里产生了一丝犹豫。她一个人讨生活多年，面对这种非亲非故施舍的好意总会下意识地升起一分警惕心，想再考察一番。

当然，眼下该怎么回复她还是清楚的："真的？太谢谢您了！"

维尔蕾特微微颔首，忽地想起了什么，又问："白天在大殿里见到的火堆痕迹、橱柜里的餐具，还有餐厅的干净桌子，都是你们造的？"

哈珀赧然地挠了挠头，点头承认了。她看杀神像个大人物，应当是不拘小节的性格。

杀神也果然没生气："如此，我知道了。艾弗里住在这里吗？"

哈珀也承认了。

维尔蕾特心里便有了数。她一低头，见着艾弗里不知何时从哈珀怀里探出头来，眼睛一眨不眨地盯着她，不知道看了多久。幼崽可爱，她心里一软："你出来做什么？找你姐姐？"

艾弗里独居在此，平日只能见到哈珀一个人，有些怕生地摇摇头："……我饿了，找东西吃。"

饿了……这会儿确实到晚餐时间了。维尔蕾特不会做饭，好在她的储物手链里还有些新鲜的食物，就领着两人穿过门廊去了厨房。

哈珀边走边打听:"此间事了?这么多年了,您回来有什么要事呢?我有没有能帮得上忙的地方?"

维尔蕾特随口答她:"回来找一些旧物。"

"那您找到了吗?"

"还没有。"

"是什么样的旧物?您不妨说与我听听,也许我见过……"

说着她们就走到了厨房,谁知露西塔三人正巧打猎回来,已经在厨房忙起来了。

见着艾弗里,露西塔惊异地与维尔蕾特对视一眼。

维尔蕾特简单地解释了一下:"旧日遗民最后的血脉,暂住在这里。"

露西塔看了看艾弗里灰扑扑的瘦弱形象,怜爱之情顿生。

冬天猎物很少,她们在雪地里只猎到两只鸟和两只兔子,勉强带回来做新鲜的肉食。维尔蕾特从储物空间里取了一盅豌豆炖肉、几条新鲜面包,还有膻味不重的牛奶,摆在艾弗里常坐的小桌上。分餐的时候,艾弗里没等几人给她拿干净的盘子,自顾自钻进她的小橱柜取了一件东西出来。

哈珀笑着解释道:"这孩子不知道从哪儿寻摸到了这个大杯子,平时总要用它吃饭,当成宝贝。"

维尔蕾特没有答话,目光定定地落在艾弗里手中的青铜杯上。

四下一片寂静,哈珀不笑了:"怎么了?"

维尔蕾特柔声问:"艾弗里,你从哪儿找到的这个杯子?"

艾弗里看看哈珀,又看看她:"树下面。"

维尔蕾特还要追问:"哪棵树下面?"

哈珀看看维尔蕾特,又看看艾弗里手上的杯子,似乎明白了什么,无声地与艾弗里站在了一起。

艾弗里胆气不足地回答:"黑色的树。"

黑色的树——被烧焦的树。被烧焦的树本来少见,但在佛罗马里山可太常见了。很少有人到山顶来砍柴,昔年一场大火烧毁了山顶宫殿后的一大片杉树林，到现在那里林立的还是一棵棵黑黝黝的枯树。还有庭园里的圣树，也是一棵被烧焦的树。

维尔蕾特再三看了看那个杯子，心里有了数，出言诱哄道："这杯子很漂亮，能给我看看吗？"

这一问，哈珀心里也有了确定的猜测。她安抚地摸了摸艾弗里的头发，询问道："这杯子就是您要找的旧物吗？"

"是，也不是。"维尔蕾特眼神复杂，"给我看看吧，无论是不是，我都不抢你妹妹的东西。"

哈珀清楚，这山顶常年无人，她与艾弗里的命都捏在这些人手里，维尔蕾特没必要说谎。杯子倒是其次，但维尔蕾特愿意做这样的保证，仍让她稍稍松了口气，放下心来。她把杯子从艾弗里手中拿走，递给了维尔蕾特。

杯子离开艾弗里手中的时候，杯身似乎变黯淡了一瞬。维尔蕾特把它拿在手里仔细检查。这是个陈旧的青铜杯，杯身上镌刻着繁复的铭文，认不出是什么文字。那些刻痕早已生了一层暗淡的铜绿，内壁倒是因为艾弗里经常使用，仍然光滑如新。

五百多年前，维尔蕾特在圣树下接住了它，现在它落到了另一个孩子的手里。她眼神复杂地打量起艾弗里。哈珀有所察觉，暗暗拉紧了艾弗里的手。但维尔蕾特并没有做什么，又如约将杯子还给了艾弗里。

哈珀小心地道："这里的东西，应该本就是属于您的？"

维尔蕾特摇了摇头，把杯子塞到了艾弗里手上："拿着吧，它选择了你。"

哈珀不明所以，维尔蕾特也没有解释的意思。哈珀帮艾弗里往她的杯子里倒满了牛奶，小朋友坐在桌子前晃荡着两条小腿，贪婪地埋头啜饮。她不太敢抬头——总觉得那个陌生的同族长辈一直在看她，让她有些害怕。

不多时，她感到那道视线消失了。再抬头看，红发的陌生姐姐热心地分了一条兔腿到她的盘子里，金瞳的陌生姐姐坐在灶台前有一搭没一搭地添柴,哈珀坐在她旁边的窗台上凝望着远方的月亮,似乎有了什么心事。

两个大人已不在这里了。

穿过圣殿楼下的门廊,就是王宫的后殿。后殿面积很大,但房间很少,有的是一间一间的宽阔大厅,里面空旷得像一座座四方的坟墓。不过,这里原就是坟墓——后殿有一个正式的名字,叫作英灵殿。英灵殿两侧的房间中,有些安置着历代王族、大祭司的石牌,有些陈列着名垂青史的重臣的石牌,有些安葬着名声赫赫的大艺术家。

中间的院子里原也立着许多石牌。感灵节的夜晚,白色的蜡烛会在这里彻夜燃烧,唱诗班的孩子会在祭司的带领下在英灵的墓前放下花环。院子中间有一条宽阔的石板路,两侧种着葱茏的冷杉,当然现在都已经化为焦炭了。

烛光是不会再有了,月光昏惨惨地投下黑影。维尔蕾特顺着走廊一间间地往里看,房间内的石牌断的断、倒的倒,几乎毁坏得差不多了。

她推开后面的库房,取了两块新石板,用凿子生涩地在上面刻名。

露西塔坐在门槛上与她闲聊:"那个孩子是精灵吗?"

"是半个精灵。"维尔蕾特说着手里的动作停顿了一下,稍有犹豫,最后还是说,"露西,你相信王权神赋吗?"

露西塔心中一凛:"怎么说?"

"神已经择定了新王。"

"怎么,是那个小孩?"

维尔蕾特怅然道:"是啊。"

一开始,与精灵族伴生的只有镜湖而已。不知从哪一代开始,镜湖边长出一棵榕树,经年累月吸收生命精华,产生了独特的灵气场。青铜圣杯则出现得更晚,与圣树来历相似,都是镜湖意志的显化。镜湖在她手里,她本不在意这些外物,长年累月重新滋养,总会再有的。但镜湖释放出来太久了，仍没有哪个孩子获得镜湖之心。她此番来到这里，便起意找一找旧时的圣杯带回去，好早日借此看看神的心意。但圣杯竟悄无声息地选了艾弗里……

露西塔问出了她心里的疑惑："可她不是个混血种吗？"

"是，是个混血种。"维尔蕾特眉间又添了些思虑，"精灵族历史上，从没有混血种能做君王的。我担心这是某种预兆。"

露西塔心里也有了猜想："什么预兆？"

维尔蕾特挑眉看她一眼，慢条斯理地继续她的雕刻工作："恐怕神也清楚，眼下三族各安一隅的时间长久不了，混血种会越来越多的。神觉得一个混血种能给精灵族带来新的希望吗？融合的希望、发展的希望？"

露西塔心里的隐忧被说中了。她问维尔蕾特："那你是什么打算？"

"我吗……"维尔蕾特接了话头，却没有再说下去，反而换了个话题，"来，也帮我刻一块吧。"

"什么名字？"

"卡桑德拉，我的将军。"

露西塔伸手过来，维尔蕾特在她手心上拼写。"她当时跟着我南下了……"维尔蕾特露出感怀的神色，"她是个真正的女人。"

露西塔欲言又止，拍了拍她的肩膀，宽慰道："你也是。"

两个人都不会刻碑，但条件简陋，艾利克斯和卡桑德拉都没得挑剔。最后刻出来的两块石牌都不算漂亮，但还算整齐。维尔蕾特把它们放在罗列重臣石牌的大殿里，行了一个精灵族的祭拜礼节。当年艾利克斯坐镇后方，卡桑德拉随她冲锋在前。最后的两班人马、死去的无数战士，她并不能一一记得，更无法一一刻碑纪念，只能刻这两块权作代表了。

了了这一桩心事，维尔蕾特退出英灵殿，回身仰望门廊上高高矗立的圣殿。盖娅的塑像依旧怜悯地垂下眼眸，见证着信徒的死亡与更迭，月色泻在神像前的石板地上，五百多年流转不休。

她忽然起了谈兴:"露西塔,我改变不了大势所趋,但至少现在,我也许要违背神的意思了。"

露西塔顺着她的目光看向盖娅的塑像:"你知道神是什么意思?"

"我就是知道。"维尔蕾特遽然冷笑一声,"你以为神最爱谁?"

这声反问带着一丝冷然的怨气,那怨气的矛头直指神灵,让人听了隐隐心惊。露西塔知道她的意思,也答不上来了。那个答案,两人心照不宣。

维尔蕾特说:"神给了人类魔力,给了人类灵魂,这还不够,又给了人类最繁盛的繁衍力。你知道那意味着什么?"

露西塔没有回答,维尔蕾特也不需要回答。她自顾自地说:"人类羡慕长寿种,但更短的生命周期可不是坏事。更新,人类永远在更新。四百岁的精灵沉醉在旧日的迷梦里,三百岁的精灵用百年前的经验教导后代,两百岁的精灵循着长辈的教导继承辉煌的艺术和文学,一百岁的精灵学习的课本是四百年前的古老遗物。渺小的沙砾聚成高塔需数百年之功,当剑指向数百年偏安一隅等死的精灵,岂是一人之力可以挽救的?

"不会相安无事的,永远不可能相安无事的。好奇心驱使人类走向大陆上每一片疆土,精灵挡在那条路上,人鱼挡在那条路上,巨龙挡在那条路上。陈旧的东西,即使再强大也没那么可怕,它总有一天会被进步到某种程度的新人类打败。"她盯视着盖娅雕塑慈悲的眼睛,"漫长的生命,不是恩赐,是诅咒。露西塔,你说,这是神加诸我们身上的命运吗?"

露西塔张了张嘴,想说"这不是神的本意",但那声辩解在她嗓子里转了好几圈,最后也没能说出口。她觉得这句话很虚伪。

神的本意是什么呢?神一时兴起,创造了这些各有不同的种族,允其在大陆上生息繁衍。这是神的慈悲吗?

她本应这么想的,但她的思维在非常危险的隧道里急速坠落——那只是一时兴起。这只是一次实验,而神的怜悯,其实只是因为爱上了她的实验品。

她最后只说:"你想做什么呢?"

维尔蕾特意味不明地看了露西塔一眼:"露西……这次我要主动出击了。"

仿佛另一只靴子落在了地上,露西塔生出一种"果然如此"的感慨。

凯尔茜与斯塔夏重新在人类世界掀起了战火。到了维克托黎之后,维尔蕾特就日日藏在人类军队里学习新式的武器,甚至还偷了图纸出来。那种超乎寻常的热情早就让露西塔有了一些危险的猜想。

"神想的融合,与我要的融合,并不是同一种。"维尔蕾特说,"你是知道我的,露西。"

露西塔艰难地开口:"其实,在某种程度上,人类是最平衡、最有活力的造物。起码目前,神所设想的未来没有错。同在一片大陆,不是东风压倒西风,就是西风压倒东风,种族之间总会相互流通,最终交融在一起。一个混血种或许会带来更繁荣的未来,也未可知。"

"更繁荣?哪种繁荣,是人类终将像大海包裹水滴一样将数目寥寥的长寿种融入人类的血统这样的繁荣吗?那和覆亡有什么区别?怎么,你要劝我珍惜和平,不要轻易动刀兵?"

维尔蕾特咄咄逼人,露西塔心中为难:"我并无此意。"

"我不能忘记,露西,我可以隐忍,但我不会忘记。"维尔蕾特低声喃喃。

这一任大祭司塞西莉亚对她醒来的警惕并非毫无理由。在漫长的历史中,她骨子里好战的血液早就被拿着放大镜的众多研究者看穿了。刚醒来的时候,她看不到机会,自然要养精蓄锐,逐渐摸索这个五百多年后的新世界,再行决策;而眼下大乱将起,维尔蕾特心里涌动的想法不由得逐渐复苏。好战的血液依旧是滚烫的,复仇的欲望也从未熄灭。当年一败,精灵南逃,躲藏在埃斯蒂山脉已有五百多年了,终有一天精灵要回来的——要回到启幕之山,要回到终年冰雪的阿尔贝加,回到这漫山的针叶林,回到镜湖孕育之所,回到最初的故土。

露西塔扫视了一眼满院的墓碑。她的声音仿佛浸在深夜的云丝里："你已经决定了吗？"

维尔蕾特挑眉："怎么，你会帮我？"

"我不会帮助任何人，我会避免你带来不可挽回的后果。"露西塔说，"我站的地方和你不一样，你也知道的。"

"是的，我知道。"维尔蕾特说，冷不丁地问，"你说，神会怪罪我吗？"

这问话意有所指。

露西塔也听出来了，动了动嘴唇，刚想说什么，维尔蕾特又说："即使神会怪罪我，我也一样会去做的。"

"神不会怪罪你的。"

"是吗？"维尔蕾特不置可否，又问，"神不会帮我，那神会祝福我吗？"

"……会的。神会祝福你的。"

"那就挺好的了。"维尔蕾特笑了笑，与露西塔达成了某种心照不宣的默契。

两人一边闲聊，一边顺着回廊并肩走了出去，将盖娅的塑像留在了身后。

"看你的打算，一时半会儿还退不了位。对那孩子，你有什么打算？"

"退位？我可不信这些。神选的王不算，我选的才算。"维尔蕾特毫不犹豫地说，忽然想到了少年的艾利克斯。她们都是被神意选中的人，占了这份好处，却在神意定了别人的时候质疑王权神赋。她不禁失笑："那个孩子，我会给她一个机会的。她与哈珀继续待在这里本就不太合适，南下的时候我会一并带上她们，带在身边历练一番看看吧。"

穿过英灵殿的满院墓碑，就是后山的针叶林了。说是树林，其实这里全是烧焦的木炭，表面覆盖着厚厚一层夜雪，半个脚印也看不见。从前精灵冬日也会赤着脚在这里穿行,雪下掩盖着四季常青的针叶树。精灵们脚踝上系着节日的铃铛,在树梢挂上五颜六色的风铃,在雪中埋藏下神秘的礼物;又或者背着长弓穿过这片林地,结伴到山下狩猎,日落时提着长耳灰兔谈笑归来。

曾经的精灵国度,笛声永不停歇。

露西塔摸了摸漆黑的树干,染了一手的炭黑。她不由得慨叹一声:"都枯萎了。"

"是啊,都枯萎了。"

"不过你回来了,倒是可以让这片树林重新绿回来。"露西塔顺口宽慰。

维尔蕾特摇头:"还不是时候。会有那一天的,但不是现在。我会一直记住这片废土,记住我们遭受过的耻辱,直到洗干净那一天。"

维尔蕾特目光灼灼。露西塔与她对视,恍然间闻到了血腥的气味。

两人踱步回来的时候,几个孩子都已经各自睡了。

维尔蕾特与露西塔作别,道过晚安后在回廊上分开了。露西塔回到了她们进入这座宫殿时遇到的第一座庭院。维尔蕾特白天睡够了,一时半会儿也睡不着,在回廊上游荡。

入夜,小雪又开始悄无声息地飘落。满庭是厚重的积雪,只有中间的湖面波光粼粼,雪粒无声地溶解在湖水里,干枯的草叶在夜风下随波逐流。

即使镜湖不在,这片普通的庭湖也并未结冰。这是佛罗马里山送给精灵的礼物,地下水路过地底沸腾的岩浆,从山体裂缝中流淌出来,聚成了这一湾温热的泉水。无数寒冷的雪粒在水面融化,激发出微渺的烟气,在夜风里流淌几步就散了。

有积雪的庭院,即使在夜里也不会是漆黑一片。借着一点儿惨淡的月色,满地的雪就能将一分光反射成三分,一院冷光。维尔蕾特扣上外衣的扣子,呼出一口烟气,踩进了雪地里。

她来到漆黑的圣树下，面向湖水，手里出现一团幽绿的光晕。这团光正无规律地闪烁着，闪得越来越快，光晕也越来越强，几乎能把整座庭院都照亮。绿惨惨的光也照亮了维尔蕾特面无表情的半边脸，看着稍显冷酷。

五百多年前，她从在林间学习吹笛、打猎的稚童，一路走到穿着庄重的礼服在这里俯视群臣、处理政令的精灵王，也经历了许多明枪暗箭。她曾有故友成群，也树立了许多敌人。最后一个冬天，她从王庭离开的时候还下着雪，艾利克斯站在高塔上的拱形窗前向她挥手。她现在如约回来了，这里却已经成了荒芜冻土上的断壁残垣。

故人已经消逝，政敌与朋党都没有了，仅剩下她一个人记得过去的仇恨，像个旧时的遗物。

圣殿门廊下传来几声急促的呼吸。这会儿维尔蕾特的情绪已经稳定下来，几步外的几声呼吸露了行迹，她瞬间就察觉到了，一眼扫过去："出来吧，艾弗里。"

艾弗里脸色苍白地探出头，眼睛一眨不眨地看着她。光晕闪烁得更急促了。

对着一个小孩子，维尔蕾特反而更有耐心了："这是镜湖之心。抱歉，艾弗里，它现在本该是你的。"

艾弗里歪了歪头，似懂非懂。这孩子果然是神选中的新王，论感知敏锐度，甚至在当初的维尔蕾特之上。她刚取出镜湖之心，这孩子就感知到了。虽然艾弗里看着总有些怕生，但察觉到异样就能从睡眠里醒过来，凭借与镜湖之心之间冥冥中的联系一个人摸到这里，倒是有些胆量的。

神选了新王，也就是镜湖选了新王，镜湖之心本该与艾弗里绑定的，是维尔蕾特凭借五百多年间与它的羁绊将它强留在了手里。她不再看艾弗里，缓缓倾手，像端着一杯酒一样，倒出酒杯里的酒液。

那团光晕中倾泻出一注深绿色的黏稠液体，里面闪烁着许多星芒，像是夏夜流动的萤火虫群。湖面受到惊扰，绿色的光点像烟花一样迸溅出来，又转瞬消失在空气里。黏稠的绿色液体一接触湖水，颜色转瞬就消失了，像水消失在水中。

艾弗里终于忍不住了，鼓起勇气叫她："大人！您——"维尔蕾特回头看她，艾弗里匆忙跑出来："您在做什么？"

她年纪太小，身有异样也不能准确描述。只是随着那液体倾泻进湖中，她的胸口莫名地发紧，好像有什么东西与她切断了联系、离她而去了一样。

所有的液体都消失在湖里，维尔蕾特手上的光晕消失了。

"别担心，艾弗里。"她摸了摸女孩的头发，那头发有些毛躁，"你的命运并不系在镜湖之心上。"

湖面发生了变化。波光更亮了，仿佛有无穷的星斗倒映其中，或明或暗，都闪烁在这一湾小湖里。光秃秃的湖岸一直以来都是冻土，表面覆盖着皑皑白雪，此刻竟有松动、消融的迹象。

一株挺秀的绿色阔叶草从土里顶了出来，开出洁白的花苞，又窸窣地动了动，攒足了力气似的倏忽打开，湿润的花瓣中间是嫩黄的花药。一株野姜花开了，无数株野姜花开了。黄水仙和紫鸢尾交织生长，凌乱的野草互相牵连，细长的草叶参差交错。雪粒落在草叶上化作湿润的夜露，打湿了岸边人的脚踝。炭屑簌簌地从圣树表面剥落，光秃秃的枝干缓慢地舒展开来，几朵嫩叶柔柔绽开，像沉睡许久的婴儿睁开了眼睛。

艾弗里感觉脚下一突，低头一看，只见一截树根长得太快，从土里冒出了头。她睁大了眼睛，无数奇妙的变化让她目不暇接，微微张开了嘴巴。

从她有清楚的记忆以来，就从未下过山。这座极北的山，山顶常年寒冷，即使是春天，地上也不过铺一层柔软的新绿。迎春的樱草开在山坡上，就是极难得的景色了。她没有见过森林，也没有见过大海，就连这岸边开的许多花与不知名的阔叶草都从未见过。

她抬头看维尔蕾特，维尔蕾特蹲下身子与她平齐，脸上罕见地带些柔和的神色："这是精灵族的圣湖，现在我带它回来了。"

艾弗里听得似懂非懂："我从未见过这么多花。"

"生命之湖浸润的地方，总会开花的。"维尔蕾特把手浸在湖水里，"它承载了我们精灵的命运。"

艾弗里学着她把小手浸在水里，维尔蕾特见状笑了笑，拢起手心捞了些湖水浇到岸边的水仙花花苞上，给艾弗里看。花苞被浇蒙了，晃荡了两下，在两双眼睛下慢慢地开了花。

"好神奇。"艾弗里摸了摸那朵花，眼睛渐渐亮了，露出见面以来第一个笑容，"您说'带它回来'，以前这湖就是这样的吗？"

"是啊，以前这里很美，族人们都住在这里。"维尔蕾特哄她道，"你愿意跟我一起回南方吗？在那里，所有人都长得和我们一样。"

"和我们一样？"

"是，和你一样有尖尖的小耳朵。大家都一样，没有人会害怕你，也没有人会讨厌你。和大家住在一起，像一家人一样。"

艾弗里眨了眨眼睛，摸摸自己的耳朵："和您，也是一家人吗？"

维尔蕾特笑了："嗯，一家人。"

艾弗里笑了一下，很快又皱眉："但哈珀和我们长得不一样。"

"会有人和她一样的。"维尔蕾特说，"你看我们四个姐姐，是不是长得都不太一样？"

艾弗里想了想，确实如此。

"南边和这里不一样，不一样的人住在一起，也像一家人。"

"一样""不一样"绕来绕去，艾弗里反应了一会儿，算是信了，点了点头："我和哈珀跟您走。"

维尔蕾特也笑了。她拍了拍艾弗里的肩膀："好。睡觉去吧，小孩子晚上不睡觉，长不高的。"

时候已不早，艾弗里确实困了，只是看维尔蕾特没有要走的意思，有些犹疑："那您……"

"我在这里坐会儿。"

艾弗里点点头，一步三回头地穿过回廊，小小的身影很快就消失在夜色里。

维尔蕾特收了笑意，盘膝坐在圣树下的草丛中。她坐了很久，手里慢慢又出现一团光晕。这团光晕的颜色是漆黑的，与其说是散发着光，不如说是吸收了光。它出现的一瞬间，周遭的光线仿佛都黯淡了。

她没有第一时间将它倾倒出去，只是拿在手里，闭目犹疑，久久不动。她庞大的意念像藤丝一样生长、铺开，铺满了这片宫殿群，蔓延向后山大雪覆盖的针叶林。命运像盘蛇一样窸窣游过林中结冰的小溪，游过漫长的山岭，在某个不期然的黎明一分为二：一条主生，一条主死。

两条盘蛇在雪中相互交缠，啃噬着她的心脏。维尔蕾特犹豫不决——她手里拿的是死湖之心。

夏末的时候，她跨入了死亡的世界。在群鸦之塔中与塔蒂亚娜分别时，她多问了一句："你想复仇吗？"

那个女人沉默了，将她请进内室，进行了一次短暂的单独交谈。

塔蒂亚娜激起了她隐忍已久的复仇欲望，那个用死气孕育出的死亡之湖也让她产生了别的想法。显然，塔蒂亚娜复活计划的失败并未浇灭她的复仇欲。两个心里燃烧着大火的旧人相会，一切都心照不宣，以至于甚至相对无言。

那个形貌老迈的女人声音沙哑地说："我当然想，我做梦都想。"

"我也一样。"维尔蕾特那时说，"我比你见过更多的死亡和不幸。你所想的，我实在很有兴趣。"

塔蒂亚娜听出了弦外之音："您想要什么？"

"我要你的死亡之湖。"

"您可真会狮子大开口。"

"既然有着一样的目标，把它给我，能发挥它更多的价值，为什么不肯呢？"

塔蒂亚娜沉默了片刻，道："即使您从前再显赫，现在族里也不一定承认您。给了您，您能用它做什么？"

维尔蕾特早有打算，伸手取出一团深绿色的光晕，在塔蒂亚娜眼前晃了晃："镜湖之心还在我这儿。有了它，能做的事可就多了。"

镜湖之心是王权的象征，放在任何一个精灵面前，对方恐怕都要变一变脸色。塔蒂亚娜只看了一眼，神色却更差了："圣湖？和平、创生，精灵一切美好的权柄都在这里了，真是好东西啊。陛下，这权柄给我们带来了什么，您知道的。它有什么用？"

维尔蕾特不意她还能说出这番话来，不仅不恼，反而眼睛一亮，多说了几句："我知道你要说什么。神要我们爱好和平，要我们主掌生命，殊不知生死一体两面，没有衰亡何来新生？没有暴力为盾，又如何安然创生？塔蒂亚娜，正因如此，我才想要你这死亡之湖。"

塔蒂亚娜脸色稍缓，与维尔蕾特对视片刻，也算是重新认识了她："后人说您好战，我也算见识了。"

见塔蒂亚娜似乎有所意动，她忙趁机游说："它不该在这里，塔蒂亚娜。它应该在王庭之下，用黑夜和死亡祝福我们的子民，让族人认识血腥、知晓枯萎、懂得杀戮，鼓舞我们用暴力夺得属于我们的一切，守护我们的生命源泉。"

她可能是个天然的"雌辩家"。总之，塔蒂亚娜虽犹犹豫豫的，但最终表情凝重地松了口："您发誓您会践行复仇的约定。"

"我发誓。"

总之，维尔蕾特从塔蒂亚娜手里拿到了死亡之湖。现在她手里两座湖，一个是天赋的圣湖，代行神的旨意；一个是自造的死湖，代行复仇者自己的欲望。维尔蕾特不知道冒天下之大不韪走出这一步对不对，但她已经决意将死湖代行的权柄融入承载神意的圣湖中。

她转了转手臂，一注淤泥般漆黑的流体从那团光晕中淌了出来，落入清绿的湖水里，触目惊心。

这是个不眠夜，露西塔躺在石床上也睡不着。她脑海里总是闪过维尔蕾特那句意有所指的问话:"神会祝福我吗?"

她知道维尔蕾特要做什么,无意劝阻,那人也不可能被劝阻。

一路上观察火车经行之处,她能明显感觉到斯普林也不太平。一个安稳的国度中,人的气质也是安稳的,但那种安稳感在文特已荡然无存,在斯普林也正渐次消失。

她们乘坐火车来到阿尔贝加的时候,南方的叛军已经占领了格兰德和许多南方要塞,正与维克托黎隔河相望。她知道维克托黎没有议和的意思,老普丽玛薇已经重新披甲上阵,去往前线。这让她不由得对那个已有衰老之相的文特国王有了一些改观。

人类大陆动荡,必会引起异族的窥探,维尔蕾特不会是唯一一个把现下时局当作机会的人。人鱼族的阿玛拉是个有决断的领袖。去年人鱼族解除了诅咒,已休养生息了一段时间。她会在这个关头安守克拉肯海吗?现任精灵大祭司是个守成的人,但精灵现在也崇尚创新,参考了人类的许多制度,发展还算繁荣。她又会怎么看这次机会?

许多念头在脑海里纠缠,露西塔翻来覆去地想,忽地一阵熟悉的生命气味飘到了她鼻腔里。这是她失去嗅觉的时候闻到过的气味,她对它无比敏感。这气味闻起来非常舒适,露西塔翻了个身,一边想着维尔蕾特不知又在闹什么动静,一边有些昏昏欲睡。

结果她还没睡着,另一种熟悉的气味又飘了过来。这次的气味可没那么好闻了,是一种腐败的沼泽气味,夹带着某种危险的气息,让她心中一凛——死气!精灵栖居之所怎么会有死气?露西塔一翻身从床上坐起来,披衣就出了门。

门外不知何时已经飘起了小雪,夜风穿过无遮无拦的窗洞,发出凄凉的呼啸。寒风扑面,把露西塔昏昏欲睡的大脑吹醒了。她匆匆穿过二楼的回廊,透过靠另一面的房间的拱形窗看向后殿的庭院。维尔蕾特正把一团浓郁的、跳动的死气倾入镜湖里!

露西塔额头青筋狠狠一跳,瞬间明了她的意图。露西塔知道维尔蕾特素来大胆,但没想到她竟能大胆至此!

镜湖在很大程度上维系着精灵所在的生命世界层的稳定性，现在她把死气融进来，要改变精灵族力量的根基，到时候世界层动荡，一旦出了意外，精灵族会面临什么样的结果？

可是这时候阻止为时已晚，她眼睁睁地看着维尔蕾特将那团漆黑的死湖之心尽数倾泻入镜湖之中，纯粹的生与死相撞，瞬间荡起激烈的波澜。她那声"维尔蕾特"终于喊了出来，回荡在空旷的庭院里。

维尔蕾特甩了甩空荡荡的手，回头看到露西塔意料之中地被惊醒了。她眼含笑意，伸出手指在唇上比了一个"嘘"。两相对视，露西塔分明看出了维尔蕾特眼里毫无悔意的笑，仿佛在说：她们还在睡觉呢，别吵到人了。

露西塔额头的青筋跳得更厉害了，从窗洞里纵身一跃，脚下借着一阵北风托举，安然落地，匆匆跑到湖边。

湖水翻腾得厉害，黑与绿稍一碰撞就是一阵惊波，丝毫看不出融合的迹象。

露西塔冲维尔蕾特问道："你看到了？现在你打算怎么办？"

维尔蕾特却不着急："不能融合，就让它们融合嘛。生与死本非完全对立，放到同一个循环里不是正好？"

维尔蕾特也不是傻子，做这样冒险的事之前，她早已做好了能做的一切准备。露西塔回过神来，也意识到看她的态度应当有些后手，语气才缓和了一点儿："你敢做这样的事，必然有你的道理。别指望我会帮你，我认识的维尔蕾特可不是一个蠢货。"

眼见露西塔是真的气着了，维尔蕾特正色道："你放心，我有准备的。"

说完，她伸出右手，生出一条青鱼虚影丢进湖里，那些与死水互相分离的生命水滴纷纷附着其上，顺着青鱼游动的方向渐渐形成一股，朝着一个方向旋流。左手故技重施，生出一条黑鱼虚影，将死水也引向一个方向。两鱼一前一后，绕着湖心游动，随着引导的水流越来越多，两鱼的体形逐渐壮大，渐成衔尾之势。

露西塔看着那条黑鱼，意外地道："你什么时候掌握了死气？"

"这颗死湖之心在我手里养了三个月了，我的露西，你倒是算算。"维尔蕾特笑道，"你道我怎么敢摆弄我还没掌握的力量？真当我是个傻子啊？"

露西塔冷笑一声："还得是陛下您，三个月过去，不声不响的，一个字也不往外说。"

维尔蕾特被掐了理，也说不出什么了，只得告饶道："我手里捏着这个，像一枚定时炸弹，弄不好就是塔蒂亚娜那样的下场。这件事又是势在必行的，你们知道了也是白白为我担心，何苦呢？"

两鱼已头尾相接，搅弄得两股水流也顺着一个方向接上了。湖中青、黑两色，竟也随着水流的顺利衔接逐渐渗透，往灰色转变。岸边的阔叶草悄悄打了卷儿，各类花也渐渐垂了头，显现出失水干枯的样子；那棵刚获新生的榕树更惨，刚长出来没多少的嫩叶子全蔫了，眼看着已奄奄一息。

维尔蕾特拍了拍露西塔的肩膀，手里凝出一绿一黑两个光点，认真向她讲自己的构想："所有的能量都由生命因子凝聚而成，是纯的，当然是稳定的；死亡因子也是一样。怕只怕放在一起之后，大量纯度很高的生与死对峙起来，难以融合、统一，我得梳理一番。你看像这样将它们打乱到最小的单位，倒是可以做一番文章。"

露西塔听出了兴趣，不再摆脸色，认真看维尔蕾特示范。

"一个生命因子和一个死亡因子衔接在一起，一明一暗，强弱相当，不只是对立。找好了切入点，是可以刚好契合的。"

生命因子与死亡因子是力量的最小单位，等闲肉眼是看不见的。维尔蕾特摆出来示范的也不过是大量同类因子凝聚的结合体，因此两个光点的互斥性强得多，契合是不能的，但在旋转之间，也能看出一点儿相互的弱吸引。

她正色道："我的力量来源，原本也是纯度很高的生命因子。贸然接触死气，在体内对立，就会是塔蒂亚娜那个下场。只有将它们打散成最小单位,才能看出其中的统一性。两者在因子层面的对等结合,就可以形成稳定的力量结构。某种程度而言,这种力量结构纯度也很高。你知道,这是大多数精灵力量来源的根基,纯度不高是不行的。"

维尔蕾特讲得详细,露西塔仿佛又回到了在魔法塔求学的那段日子。不得不说,在此世要想掌握力量,必得首先学好知识。维尔蕾特自幼上的新君专属课程,课程质量比魔法塔强多了。这一套理论与露西塔心里暗暗思虑着的一个计划不谋而合。

湖面逐渐平静下来,湖水已全部化成了灰色,在月色下看着稍显黯淡。

露西塔若有所思:"你融合了镜湖,把最危险的一关替族人过了,此后精灵力量来源的最小单位就是生死结合过的因子,既掌握生,又掌握死;既掌握和平,也掌握杀戮。"

维尔蕾特倒是谦虚起来:"掌握杀戮这种话说得太早啦。力量来源对种族风气是否有影响,我不敢断言;但有了死亡权柄在手上,起码攻击力是真的大大提高了。以往手握创生力量去杀人,能杀死几个?憋屈极了。"

"你说得是。"露西塔倒是很认真,"每种力量都有不同的特性。被动地接受某种单一的力量不太公平,而不公平就容易失衡,失衡就会导致毁灭。何况,每种力量本质上都是力量因子,实质上是互通的。"

维尔蕾特听出她意有所指,并不接话,只是笑了笑:"不过,我说得很有把握,实际上这会儿南边那些家伙没了圣湖,掌握的力量也变了,不知道是不是会有什么变故。"

"生在变故之中,遇到变故也是理所当然的,以后变故只会越来越多。"露西塔叹了口气,"维尔蕾特,我知道你的志向,也没有什么好说的,只劝你别忘了自己的初心。"

维尔蕾特往南方望去,嘴上只道:"我一直都记得。"

"神会祝福你的。"这句意有所指,维尔蕾特回头看了她一眼。

露西塔不再说话,伸出双臂虚抱了她一下。

月色西移，人声寂静。

维尔蕾特担心得没错，此时埃斯蒂山脉确实已经乱成一锅粥了。

一向只存在于传说中的圣湖复现于王庭之下，只存在了短短两年就又消失了。塞西莉亚听着下方王庭守卫的禀报，脸色阴沉。

守卫冤啊！原本王庭是没人住的，圣湖是关系紧要，但没人偷得走，也做不了什么手脚，便用不着盯得太紧。守卫王庭是最轻松的活计了，她为了得到这个职位花了多少心思，现在全都化为泡影了！谁能料到圣湖会凭空消失呢？

天知道她只是半夜值班时打了个盹，睁眼的时候就发现的圣湖整个消失了，原地只留下一个大坑，简直想死的心都有了！

大祭司还在盘问她："可有听到什么特殊的动静？"

守卫欲哭无泪地摇头："一切如常，大人，小人不敢说谎。"

塞西莉亚还想再问什么，后殿的传令官忽地匆匆过来，在她耳边耳语了几句。她看了阶下的守卫一眼，说声"知道了"，便把守卫留在这里，匆匆赶往后殿。

后殿的红棘树上落了一只空翠鸟，浑身鸟羽青翠如玉，光泽鲜亮，神气极了。空翠向来与精灵亲近，五百年来一直与精灵互相合作，充当精灵的信使，几乎每一个成年的精灵都有一只属于自己的空翠。这显然是一只送信的空翠，而会直接把信送到圣殿的几只空翠她都熟悉，眼前这只"雌赳赳气昂昂"的，倒是陌生得很。

传令官想靠近它，解下它腿上绑着的字条，那只空翠却高傲得很，等闲不肯让人靠近。有个机灵的就跑去前殿，告诉了塞西莉亚。

这个当口，一切异常的事都会引起塞西莉亚的关注。她缓慢地靠近那只空翠，空翠见了它，歪了歪头，竟然不躲了。

塞西莉亚解下空翠腿上的字条，打开一看，竟就那样站着看了半天。

机灵的传令官参着胆子问她："大人……"

塞西莉亚没有理睬传令官。她闭上眼睛，手指上渐渐缠绕上一股

663

危险的黑气,然后她伸手触碰了下眼前的红棘树叶。那油润光泽的红叶一经触碰,竟像是被抽干了生机一般缓缓耷拉下来,逐渐卷曲、泛黄,继而枯死,从枝头掉了下来。

塞西莉亚神色复杂地静默了片刻,攥紧那张字条,转身就往一侧的书房去。

那传令官在后面追着提醒她:"王庭守卫还在前殿……"

"叫她回去吧,恕她无罪,继续回去看守王庭即可。"塞西莉亚远远地吩咐道,将传令官甩在了身后。

传令官一喜。王庭守卫是她的好友,她不再追塞西莉亚了,拎着袍子就要去前殿传令——回过身来却发现庭中那株方才还开满红叶的红棘树不知何时已经枯死,干燥的黄叶垂在上面,被北风吹掉了一半,而那只空翠也不见了。

她抱了抱手臂,抚了抚身上的鸡皮疙瘩,脸上的喜意渐渐敛去。

起风了。

维尔蕾特动作太快,露西塔不由得升起了一种紧迫感。

精灵已经为入世做了准备,南方战争如火如荼,北方战争一触即发。每个区域、每个国家、每个种族都在为自己未来的利益做打算,只有露西塔一人怀着难以言喻的隐忧。

那隐忧她只能与盖娅诉说,而上次见面时盖娅的情况也不太好。她甚至担心终有一天她将独自面对一切,她希望那一天晚些到来,因为她真的还不知道该如何担负维持整个世界运转的责任。

她一直在做准备,但她总觉得准备得还不够充分,还要等等,还要斟酌。

直到今天,亲眼看到维尔蕾特融合了生与死两种力量,为精灵族从神的安排中夺得了一项权柄,她才惊觉所有的进程都在加快,她已不能再犹疑、拖延。再犹疑下去,届时岌岌可危的世界层壁障被暴力打碎,各种族将陷入前所未有的混乱中。若只是如此倒也还好,由人兴起的灾难终将由人消除，只要还有火种存活就无大碍。然而，一旦世界的根基被摧毁，所有生灵都将失去赖以生存的家园，一切火种都将荡然无存。

其实她不是还没做好准备，她只是……在恐惧。

身负重轭，如临深渊，如履薄冰。

这时候已经是后半夜，维尔蕾特已与她分别，不知道是否已经睡下。

雪还未停，她披衣站在卧房前的门廊上，斜断的石柱横在对面的门楼中间。门楼后立着细而高的断塔，断塔后是亘古长照的满月。

发现人类的"研究流派魔法"与长寿种的"天赋能力"实则同出一源后，她就意识到，所有种族的力量体系实则都是相通的。长寿种并非不能领悟魔法，只是魔法世界层的大门从未为长寿种敞开过；人类也是同理。打碎各个世界层之间的壁障并不难，恐怕不久的将来，世上生灵自己就能做到。但若不处理打碎世界壁障的隐患，世界就会如期面临第十次灭亡，就像盖娅预言的那样。

盖娅认为露西塔会带来改变，却没料到这意味着什么：露西塔将推翻她设置的一切。要想让世界层不因生灵的盛衰而变化，就要将各族生灵掌握的权柄逐一收回，让它们重新归于神灵手中。

露西塔下定决心，深深闭上眼睛，在时间的川流里按住了当前这根弦。再睁眼，雪已停了。她伸手摘取眼前的一粒雪，雪花的凉意让她稍稍镇静。继而她拂开群雪，进入生死世界——维尔蕾特催生的新世界层还很幼小，不够稳定，仍在缓慢生长，正是试验的最好对象。

她见过生的世界，那里万物枯荣涌动；也曾踏足死的世界，那里万物凝滞、沉寂，永是黑夜。但生死融合之后发生了翻天覆地的变化，生死世界变得"完整"了。

万千生灵踏足属于自己的世界层时，看到的是如心智体、音符、空间节点等不同的具象表征，而当露西塔拥有了神之权柄，重新遨游于世界层中，却能同时看到规则本身。

她看到，她触碰，她改变——这便是神之权柄。她踏入生死世界的第一眼，看到的便是天际交错的规则线。它们构成的规则世界像一座巨大的废墟，规则线构成的骨架以某种似乱实序的韵律交错在一起，布满这里低矮的天空。

她抬起头来，伸手去触碰那些规则线。这次盖娅没有前来阻止，她顺利地够到了头顶深绿色的线条，却没有触摸到任何东西，指尖从线条中间穿过。

一瞬间，好似第一座编钟被敲响，整个世界的规则线都被牵动，发出低沉的嗡鸣。

她暗暗点头。绿色的规则线与黑色的规则线结合得很完整，看起来已经是统一、稳定的整体了，这让她可以放心对生死世界做点儿什么，不担心这里散架了。

规则世界万千维度，转瞬之间气象一变，眼前赤裸裸的规则线便隐匿不见。雾气弥漫，露西塔向前走了几步，踏上一只小小的独木舟，缓缓向前飘去。

驶出浓雾，她看到了生死世界具象的表征：头顶天幕漆黑，脚下四面皆水，举目看不见边界。她猜想得没错，这层世界还是一棵小幼苗，一棵半枯的小树远远地扎根在浮动的水里，一半盎然结绿，一半枯瘦、光秃。她脚下清粼粼的水里映出零星的绿光，这是此界唯一的光源。

露西塔俯身，试图从水里捞出一颗发着绿光的星星，才发每一颗星星都是一团流动的生息，处在与外界不断的交换中，忽明忽灭，像万千生者期盼的眼眸，像万千盏无依无凭的河灯，在生命之河中永不回头地向前奔流。

偶见星光格外亮些的，那是长寿种。一路流光中，露西塔时而见到一些星星像燃尽了灯油似的悄然熄灭，无声无息地沉没。

露西塔闭了闭眼睛，深感责任沉重，必得万分谨慎才行。她松手放归了那颗星星，立在船头看着独木舟直直地向前漂去，距那棵树越来越近。

距离近了，她才发现绿色那面结的不是叶子，是河里漂流的群星。生命的星星从树梢上生长出来，结出深绿色的果实，在成熟时落进水里，随生命之河开始漂流。树的另一面自然是虚无，树梢上空无一物。

露西塔随着独木舟漂流到树下面，绕着这棵小树苗转了一圈，却看不出"死"的一面是如何运转的，于是弃舟潜入水中。

水下的树根乍一看像是水上部分的倒影，仔细看来却与水上部分恰好相反。"生"的倒影是无数分化的枯褐色根须，"死"的倒影则是闪着光亮的生命群星。

不，不——

那些星星黯淡得多。它们不是根须上结出的果实，是这条河里无声沉没的星星。它们沉没后和无数细小的气泡一同被吸附到死的根须上，被吸食、分解，重新成为这棵树的养料。

这一界的规则，应当是"循环"。假以时日，这棵树将逐步生长、壮大，这一界也会逐步稳固下来，像其余诸多世界层一样。

但露西塔仍没有找到她要找的东西。她浮出水面，四下望了望茫茫的生命之河，又望了望漆黑的天幕，纵横千里，景色单一，仿佛没有任何边界。于是她重新钻到水下，向最深处一路潜去。

生命之河深不见底，但到底是有底的。露西塔潜了不知多久，在越来越难以忍受的寂静里，她看到了一片莹莹的绿光。

到水底了。与她想象中的淤泥、岩石、断崖等各种千奇百怪的地貌都不同，水底也是一片虚无。

整片水域悬浮在一幅巨大的星图上，无数庞大的生命之星互相连接，绵延至无尽的远方。这星图神秘而美丽，在海底缓慢地旋转着，散发出无穷的吸引力，引得露西塔凑近细看。正是这星图托举着这片水域——更甚者，整个生死世界都在依托这幅星图运转。星图中的星星较水中流淌的星星更大些，也更明亮、更稳固。一颗星星倏忽陨落，挣脱与众星的牵连，化入水中，朝死之根系的方向流去。剩余星星的连接线则在同一时间重构，星图稳固如初。

也有星星从生之树梢坠落，一路坠到这里，嵌入星图之中，一明一灭、一呼一吸，逐步发展壮大。

露西塔眼眸发亮。她找到了她此行要找的东西：精灵族的命运星图。

此界与精灵族的命运紧密相连，就像是精神世界之于人鱼、空间世界之于巨龙、魔法世界之于人类。世界依托种族的命运而存，因此巨龙灭绝，空间世界依托的命运星图彻底崩毁，才会导致空间崩坏，诞生出一个德尔菲娜以做暂时的调和。

在盖娅预见的那个未来里，随着各族的相继灭亡，世界的平衡将走到尽头。

从一开始就错了，那时她太天真，太相信命运的恒久性，以为给了足够的恩赐，孩子们就会安心、快乐地生活。此后为了让世界恒久存在下去，她不得不一遍遍地竭力挽救孩子们的命运。

而现在露西塔要想彻底解决这个问题，必须刮开血肉，清理沉疴。

她俯身握住脚下最亮的一颗星星，轻轻提起，周围的星星被牵动，往中间稍稍凑了一些。

她眼睛一亮。是完整的……这就好办多了。

露西塔回到密布规则线的维度中，找到精灵族的命运星图对应的规则线，谨慎地抽出一根。她等了一会儿，世界依然稳固，没有别的反应。她心里稍安，故技重施，将星图对应的规则线一一抽出，握在手里。

它们之间仿佛有某种共鸣，露西塔将它们仔细地放在一起，使其继续保持那种共鸣。待星图对应的所有规则线都被她找出来后，其余的规则线依旧稳稳当当。

她松了口气，重新整理手里的规则线，找了个角落单独放置，不与其余规则线牵连。继而她倒转维度，又回到了那片水底。

整个星图仍在原处运转，但与这片水域、这层世界已经完全失去了原本的依托关系。露西塔伸手一拨，牵着一颗星星作柄，将整个星图拽入上方的生命之河。

生命之河随即发生剧烈的波动。独立的星图在其中旋转，水中形成了一个巨大的漩涡！星图中群星的连接线并未断裂，依然是一个完好的整体，与周围其余种族散落的星光泾渭分明。

露西塔托举着它浮上水面，升到头顶的天幕上。

与别的种族不同，精灵是生与死的宠儿，天赋力量取自于此，身死后也会反哺这片水域，并且天然能与这层世界产生共鸣。精灵的命运星图与这里紧紧相连，因此能轻易地嵌入任何一个地方。于是露西塔将它嵌入天幕，做了这方天地的星辰。天幕岿然不动，星图旋转如常。

自此，精灵的命运与生死世界的关系将从"被依托"变成"被包含"，精灵仍然像从前一样拥有得天独厚的天赋，但再也不能以一族的命运影响整个生死世界的存亡。

露西塔拍了拍手，满意地看了一圈她新布置的夜空，再看看缓慢生长的生死之树，再度扎进水中，潜到水底。

世界是一个整体，各世界层以某种规律嵌套在一起，从而互相影响。自然，生死世界也并非一个独立的世界，不能脱离其余世界层单独存在，因此必然存在某个锚点，那个锚点便是通往其余世界层的通道。

生死世界的锚点即是精灵族的命运。如今，精灵族的命运星图已被她连根拔起，那么命运星图原来的生长之地便是通道所在之处。她径直往水底游去。

如今的水底空空荡荡，在露西塔接近水底的一瞬间，世界飘忽倒转。她骤然仰面向下跌落，穿过一层无形的屏障，再度起身已站在精神世界。

精神世界的心智体依旧亘古长明，四面仿佛都伸向无穷远处。但她已有了经验，第一时间就去找这层世界所依存的东西——人鱼的命运所在。

她像先前一样先往下去找。

她下坠了很久，一切都仍处在黏稠的寂静中。露西塔隐隐有些焦躁，环顾了一周，忽觉四周飘浮的心智体少了很多。

她心中一凛，抬头看去，忽觉目眩神迷。在她头顶，所有的心智体都在围绕着一团星云缓慢地旋转，构成此间唯一的浩瀚星系。

真是当局者迷。露西塔自嘲地一笑，想道："现在我知道精神世界的核心在哪里了。"她猛然上浮，伸手探入星系中心的那团星云，拽出一团互相连接的星星。

同一时间，周围的心智体凝滞了一瞬，紧接着像断线的珠子般纷纷陷入无序状态。露西塔将手里象征人鱼命运的星团丢向另一个地方。它在宇宙中飘了一段距离，很快周围的心智体又向它涌去。

露西塔却已顾不上这些。她看向那团星星原本所在的位置，星尘缭绕之间，隐约露出一个小小的黑洞——这便是精神世界连通别界的通道了。她伸手扒住这个洞口，像一只小海豹似的从洞中探出脑袋，观察了一下四周，顺势跃入魔法世界……

等到她把所有世界层都与其依存的命运剥离，各世界层便失去了互相联结的锚点，无序地游离在规则世界中，如同一只只断线的风筝，摇摇欲坠。

其中唯独没有空间世界。从德尔菲娜在格兰德出世、打破空间世界与现实世界的壁障时，空间世界就已与现实世界逐步融合。

这些世界层失去了锚点，也恰好有了缺口，正好方便露西塔实施下一步的计划：没有锚点，让它们互为锚点不就可以了吗？就像拼图一样。

她按照不同的韵律把它们排列开来，缺口与缺口相对，好让它们紧密结合、互相依存。假以时日，随着年月流转，它们会逐步互相渗透、重叠，最终达到不受任何因素制约与干扰的稳定状态，就像空间世界融于现实世界，就像雪溶于水。命运会赐予这片大地上的智慧生灵更多可能性。世界层不再相互独立，智慧生灵最终会发现，这世上所有的力量都同出一源，没有跨不过去的门槛，也没有无法解读的规则。

最后一块"拼图"拼好，"风筝"的下坠停止了，规则世界重归稳定。露西塔回到现实中时，五色的云霞忽然生于天际，月亮还未西移，夜幕还未完全拉下来，天就亮了。山下的居民揉着惺忪的睡眼纷纷从家里跑出来，在大亮的天光下陷入未知的恐惧，乱成一团。

雪继续下，北风吹落了她匆匆披上的外衣。露西塔弯腰去捡，再抬起头的时候被一道倏忽刺破云层的金光晃了眼睛。太阳从涌动的云层后缓缓升起来——天真的亮了。

露西塔心里涌起一种久违的轻松感。

从此以后，智慧生命的命运再也不能影响整个世界的命运了。即使动荡不断、战争频发，甚至种族灭亡，世界也不会再因任何一个种族而毁灭，而是将维持它原本的规则，日往夜来，永不止息。她肩上的重担终于可以卸下了。

让她意外的是，自己弄出这么大的动静，盖娅却迟迟没有出现。

露西塔忽略心底那一丝担忧，疲惫感渐渐涌了上来。她回到卧房，拿被子蒙住头，准备好生补充一下睡眠。

刚刚入睡的维尔蕾特某根心弦突然绷断，猛地惊醒，从床上坐起来，看着满屋的晨光发愣。

精灵是生死世界的宠儿，维尔蕾特掌握着圣湖之心与死湖之心，感知更是强烈。她隐隐感觉到精灵的命运挣脱了某种束缚，若有所觉地朝露西塔的卧房方向看了一眼。思虑片刻后，她恍然般松了口气，继续卷着被子睡去了。

梦里，幼年的她和邻家姐姐乘着雪橇，在大雪封山的时候大笑着从山上滑下，急促的风铃声如影随形。清晨林间弥漫着松枝的清气，她们停在槲寄生树下，小心地将枝条折断放到雪橇里。那就是她们浪漫的收获。

睡梦中的维尔蕾特无意识地弯了弯唇。今天山顶又迎来一个静谧的早晨，晨光斜照，洒满这片古老的宫殿群。回乡的故人和寄居的客人不约而同地继续睡觉，四下静悄悄的，只有风声穿过回廊。

第16章
春雪荒原

此间事了，几人索性在阿尔贝加多留了一段时间，好享受一番这难得的雪地旅行，也好留出时间让哈珀和她的朋友们一一道别。

哈珀是吃百家饭长大的，对她而言，几乎每家每户都是熟面孔。她一家一家地去拜别，还在待她尤其好的几户人家多待了会儿。

那几个相熟的姐姐、阿姨都有些担心她。这孩子没有亲人，长大了不想窝在这个小镇，想出去闯荡一番，于情于理都没什么好挽留的。只是现在哈珀才十三四岁，虽说懂些事了，但说到底还是个孩子。她要跟着几个旅居在此的外乡人一起走，大家总担心她是被骗了。

最后，维尔蕾特自称是哈珀母亲的姐妹，出面摆平了这件事。维尔蕾特正经起来倒是很有一副架子，且她和哈珀一样有着当地罕见的绿眼睛、稍显异常的白皮肤，看起来还算可信。哈珀离开的事情才算是这么定下了。

至于艾弗里，琳妮娅为她调整了一下外形，也就顺势跟在了她们身边，对外称是维尔蕾特的女儿。没人注意一群陌生旅客身边有几个小孩，都以为艾弗里是跟着她们过来的，也没有多加留意。

几人徘徊了几天，刚收拾好准备南下，不料又下了一场大雪，火车站都被封了。索性她们也不急，便缓了行程，受邀去参加当地的"圣灵节"。

阿尔贝加属偏远之地，王权等闲管不到，也就是每年收税的时候远处的主城才会派人来一趟。因此，这里的风俗向来少受世俗侵扰，较大程度地保留了精灵族昔日的文化，比露西塔几人一路上见到的繁华城市更显轻松、安宁。

圣灵节是从前精灵族纪念母神盖娅的节日，也是阿尔贝加一年中最盛大的节日。据说这一天是母神诞生的日子。

对于这个说法,露西塔不置可否。神的寿命不可以时间度量,更没有以人类的历法计算诞辰的概念。所谓母神诞辰,实则是人类在丰富神的"履历"时编造出来的谎言,一代代流传下来,倒也形成了独特的文化。

这诞辰定在深冬,大约是因为这个季节人们总被大雪封山闹得出不了门、做不了工,只得在家对着壁炉消耗食物,或聚在酒馆喝酒打牌,能腾出时间聚在一起热闹一番。今年的圣灵节还有些不同。前些日子突然昼夜失调,虽说后面再没出现什么异象,人们到底还是有些恐慌的。大家通过这个节日祈祷母神的庇佑,聚在一起热闹一番,多少能冲淡一些不安。

人们为了圣灵节已忙碌了许久,她们几人却还没什么节日的感觉。到了节日前夜,她们被哈珀邀请到镇中心的酒馆里与大家一同相聚的时候,才感觉到节日的热闹气氛。

离开伊尔塔特后,露西塔见到的城市人总是紧绷着的,如今能在阿尔贝加感受到这样的烟火气,一时有些唏嘘。

一年过去,她们踏足的地方并不多,见到的波澜却不少。在法洛斯城转船时遇到的老女士曾说,她周游大陆花了十年,言语间提到的精灵宝石、愚人船和荆棘红,她们没有一一遇到,但的确踏足了某些领域,窥见了人类社会运行规则的部分真实。越是看到真实,越是思念远离喧嚣的故乡,就像阿尔贝加之于维尔蕾特、克拉肯海之于琳妮娅。

今夜是圣灵节前夕,维尔蕾特果然兴致最高。她们坐在酒馆的角落里,占了一张木制方桌,在哈珀热情的介绍下打算在这里享用晚餐。

这家酒馆很大,内部是红砖结构,外部钉了一层竖纹木板。木板已经翘边发霉了,但在垂下的松枝和雪钟花环的遮掩下看不太出来。中央的石柱边是两个相背对的壁炉,壁炉顶部正中间的位置安放着盖娅石像。酒馆内外都没有种槲寄生树,老板就折了槲寄生树枝,在天花板上扯了一张渔网,把树枝挂在上面,象征着祈求神灵宽恕过去一年人们所犯的错误，以及对来年丰收与和平的祈愿。

　　酒馆中央的小舞台上坐了个落魄的风琴手。老板送去一杯酒，她接过一饮而尽，接着随自己的心意拉了几曲。演奏到人们熟悉的歌时，四座的人会稀稀落落地跟着一起唱。尽管酒馆里热闹非凡、窃语不断，但并没有人发出吵人的大叫破坏气氛，打断美妙的音乐。

　　门外风雪呼啸，一个姗姗来迟的客人进店后脱下被雪打湿的外袍，跑到壁炉边上搓着手问老板："还有位置吗？我要两壶酒。"

　　老板熟络地与她攀谈着，在吧台上腾了一个位置给她。

　　维尔蕾特和哈珀都是来喝酒的。露西塔和三个孩子喝不了烈酒，就倒了三杯树莓汁喝，酸酸甜甜的，很是开胃。

　　坐了不多时，维尔蕾特就开始和哈珀对饮。哈珀喝得脸色有点儿红，夯着胆子在维尔蕾特的"鼓励"下跑到风琴手旁边伴唱了一首歌。哈珀一张嘴，露西塔就听出这姑娘还是有两下子的。熟识的客人们显然更清楚，纷纷鼓掌起哄。少年的音域很宽，歌声穿透力极强，一曲本地民谣直接把气氛带向了高潮。

　　维尔蕾特看着哈珀，深绿色的眼眸在壁炉火光的映照下反射出明亮的柔光。她低声喃喃道："《雪山回响》。"

　　露西塔没听清楚："什么？"

　　"这首歌的名字叫《雪山回响》。"维尔蕾特柔和地回答，低低唱和起来。

　　露西塔看出维尔蕾特有了一些醉意，也不多劝，埋头和三个孩子分享美味的晚餐——托琳妮娅的福，现在露西塔带孩子已经很有经验了。

　　她们的晚餐大多是老板热情推荐的招牌菜，菜色丰富，当然价格也不菲。露西塔在维克托黎靠定制空间戒指积攒了一大笔钱，不在意这点儿花费，就依着老板的意思点了许多菜，惹得老板喜上眉梢，很是多说了几句好话。

　　阿尔贝加的驯鹿肉是当地的特色，露西塔为了尝鲜，顺着老板的意思要了一盘炙烤的、一盅清炖的。驯鹿体格魁梧,非常耐寒,脂肪含量很少,因此肉质很有嚼劲。烤肉自不必说,这家酒馆的厨子有多年练就的好手艺,火候把握得很到位,鹿肉烤得表皮焦褐,切开后里面的肉质呈深粉色,用叉子轻轻一按,肉汁就会从内部淌出来,最大程度保留了肉质的鲜嫩。清炖鹿肉则把肉切得更碎,加了一些如欧芹之类的香料,煮得肉酥汁浓,是一道极熨帖的佳肴,更适宜寒冷的季节摆在桌心当主菜。她们一人盛了一碗,喝上一口感觉浑身都热了起来。

哈珀极力给露西塔推荐这家的鳟鱼馅饼,露西塔从善如流地点了两个。从炉子里新取出来的馅饼还冒着热气,两面金黄,看着极为扎实。露西塔咬了一口嚼了嚼,觉得不好不坏,味道有些奇怪。说是馅饼,其实是往硬面包里塞满了用白鳟鱼、培根、土豆等做成的馅,吃半个就很有饱腹感。只是硬面包配清淡的鱼肉,几乎算是主食配主食,寡淡之余还有一点儿让她无所适从。艾弗里的口味可能更偏本地,倒是埋头吃得很香的样子。

冬季少见蔬菜和水果,满桌子多是肉食和面食。羊肉和鹿肉是阿尔贝加肉类的主要来源。因食材种类较少,当地人几乎把这几样都做出了花来。唯一的蔬菜是大白菜,炖汤也用,做沙拉也用,做馅饼也用,可谓无处不在。好在白菜水分多,不容易做老,倒是不令人讨厌。

桌上一派热腾腾的,在满屋的烛火里散发出朦胧的烟气。今夜酒馆会通宵营业。人们相聚在一起,是要等到午夜十二点,共同庆祝母神诞辰正式来临。

终于,维尔蕾特有些喝倦了,捧着杯子倚在角落的沙发里,把露西塔也拽了过去。露西塔揉揉手腕,白了她一眼。

正在此时,旁边的小教堂敲响了镇上唯一的铜钟。在钟声里,烟花相继炸开,人们高举酒杯共同欢呼。

露西塔有些怔然地看着壁炉上的盖娅石像。同样是纪念盖娅的节日,去年秋天在伊尔塔特的丰收祭典上,她曾感受到盖娅降临的波动,并且追着她的痕迹见到了她的化身;而在阿尔贝加这个似乎更隆重、更热闹的节日,她却迟迟没有感受到盖娅出现的预兆。

是巧合吗?或者盖娅更爱伊尔塔特的居民?这不是没有可能。如果前些天她搞出那场大动静后盖娅出现过,露西塔也许不会多想。但现在她总觉得有些不安。

维尔蕾特拉了拉她,眸中倒映着摇曳的烛火:"你在看什么?"

露西塔摇了摇头:"怎么了?"

"阿尔贝加还不赖吧?"

露西塔弯了弯眼睛:"非常美。"

"知道就好。"维尔蕾特把杯中的烈酒一饮而尽,眯了眯眼睛,说道,"好好享受吧……有些缘分,即使在漫长的生命里,也仅有一次而已。"

露西塔若有所觉,认真地看向维尔蕾特的眼睛,维尔蕾特却起身倒酒去了。她笑叹一声,不再言语。

阿尔贝加的冰雪消融的时候,回程的列车终于开始运行了。

这次回去,维尔蕾特对未来已有了自己的打算,暂时不会再回伊尔塔特居住了。不过她要带着哈珀与艾弗里回精灵族,露西塔要带着琳妮娅和德尔菲娜回伊尔塔特,恰好顺路。

一行人站在车站门口,眼看着列车快开了,哈珀才背着两个大包袱匆匆奔来:"我来了!"

哈珀穿戴着红色的棉袍、红毛线帽和鹿皮靴,红围巾飘在身后,在雪地里显眼极了,一眼就能看出是新衣服,背着的两个包袱也比原先收拾好的要大一圈。她喘着气站定,脸颊被风吹得红扑扑的,眼睛晶晶亮,弥漫着未散尽的水汽,眼圈有点儿泛红。众人假装没看出她哭过。艾弗里有些担心地拉了拉她的手,被她逮着捋了一把柔软的头发。

哈珀是对这个小镇感情最深的人,临别的时候难免又被拉着慰问了一圈,不仅被塞了新衣服,还有许多吃的、用的,甚至还有钱币。

她收了吃的和用的,把钱币退了回去,急匆匆就往车站赶。好在大家都体谅她,无人计较她的迟到。

维尔蕾特指了指她肩上的包袱:"两个都给我。"

哈珀愣了一下,随即慌乱地摆手道:"不不不,怎么敢劳动您……"

"快点儿,车要开了。"维尔蕾特重复了一遍,带了点儿命令的口气。哈珀缩了缩头,乖乖地把包袱递给她。

维尔蕾特接过,包袱眨眼间就在她手上消失了。

哈珀一惊:"欸?我的东西……"

"被我收起来了,要用的时候问我取就行。"维尔蕾特一边解释,一边走进车站。

"哦……哦。"哈珀有些惊奇,意识到她是好意又不敢多问,连忙快步跟上,显出几分笨拙的可爱,竟与刚见面时那个狡猾少年截然不同了。

火车一路向南,离开偏远的雪原,途经的群山渐次显出稀薄的绿意来。

每每春至的时候,先绿的不是树,而是草。报春花是最先开的,整个大陆一半的报春花几乎都起源于北部的群山。遍地都是北报春与九轮草,贫瘠的山岭几乎成了连绵的黄色花海,夹杂着粉的、白的各色樱草,匍匐的藤蔓生于其下。

再往南去,草色越发浓郁起来,花期更晚些的蓝莹莹的线叶龙胆已在风中摇摆了。有时路过稍平坦些的山岭,还会见到牧羊少年赶着羊群出没在山脊线中。浮云轻缓,气候干燥,天色渐渐由白转蓝,在视线尽头与群山的轮廓线相接——相接处被草叶修饰得毛茸茸的,风一吹草叶就往一个方向倒。

哈珀和艾弗里自记事起从未离开过阿尔贝加,现在两人正睁大眼睛扒着窗户,总也看不够一般。

她们要在索黎斯城换乘。本来这趟列车的终点站是格兰德,格兰德拥有全世界最大的车站,在那里换乘是最方便的。只是格兰德被南方的军队占领后,眼下被打造成了军事要塞,除了同被占领的区域,已经不再与外界通车。索黎斯城就成了她们退而求其次的选择。

这座城市是曾经的伊顿在东方的第一道屏障,与格兰德中间隔了一片广袤的原野——正是斯塔夏曾在信中提到的云空原野。

下了车,哈珀自告奋勇地跑去换票。露西塔几人在车站外找了一家咖啡店随意地坐下,将羊群留在门外,准备稍作休息。

隔了一片荒原,索黎斯城的建筑风格与旧文特截然不同,多用了大块的黄石、兽雕,朴素而坚固,带有浓郁的边境特色。这里曾经是伊顿的军事重镇,当然眼下已经衰败了,曾经世代掌握它的德文希尔家族也已经覆灭。这里如今远离文特的政治中心,也不再具有边境的政治地位,被赐予了一个名不见经传的新贵。

街上行人很少,皆行色匆匆,咖啡店也空空荡荡的,仅有三两撮熟客在喝下午茶。

露西塔喝了一口咖啡,觉得奶和糖都放多了,既浓且甜,倒是很能补充体力。她耳朵灵敏,远远地听见售票员与哈珀说了几句,竟惹得哈珀惊讶地叫出了声:"什么!"

两人又交谈了一番,哈珀神色不太好地回来了,两手空空。

露西塔给她腾了一个座位:"别急,怎么了?"

"到蒂罗尔城的列车轨道被切断了。"哈珀匆忙地灌了一大口咖啡,为难地道,"我们现在怎么办?"

"被切断了?怎么回事?"

"据说是被南方的军队拆了,拆了之后又被占领了,所以到那里的列车无限期停运了。"

露西塔沉默了片刻。

"南方的军队,那不就是——"琳妮娅插嘴道,然后左右看看,压低声音,"那不就是斯塔夏姐姐她们吗?"

尽管琳妮娅及时压低了声音,旁座的客人还是捕捉到了"军队"这个词,投来异样的目光。也许是看见两个年轻人带着几个半大的孩子,那客人恻隐之心稍动,散发了一些多余的善意:"嘘——"

几人齐齐抬头看去,那客人压低声音道:"现在局势紧张,少说这些事,否则被巡街卫抓走就麻烦了。"

维尔蕾特敏锐地道:"紧张至此?索黎斯现在也不安全吗?"

"岂止不安全。"那人左右看看,悄声道,"据传闻,叛军已经在云空原野上行军了,下一个目标就是咱们这儿。"

维尔蕾特还要再问,那人却坐了回去,不敢再多说了。

露西塔心里一动:既然近在咫尺,铁路一时也不能通行,不如拐道去看看故友。此外,她心里还惦记着一件事——斯塔夏曾提到在云空原野见过像她的无名神像。

打定了主意,她给维尔蕾特递了一个询问的眼神:"我要去那边看看,你要去吗?"

露西塔看似是在询问,实则根本不打算带维尔蕾特去看人类的军队。维尔蕾特现在态度明确,与人类的关系就变得微妙起来。斯塔夏同样是露西塔的友人,露西塔前去拜访,并不想泄露她们军队的情况给维尔蕾特。

维尔蕾特喉咙里发出一声"嗯哼",与露西塔心照不宣:"你带德尔菲娜过去吧。"

琳妮娅也被留了下来,跟着维尔蕾特在这里暂时安顿。

索黎斯城风声是有些紧张了,进出城门都要仔细盘查不说,东城门更是直接被封了。不过好在露西塔和德尔菲娜都擅长摆弄空间,将空间折叠一番就来到了城外。

原野苍茫,报春花开得不如北部的群山热闹,远处群山的轮廓衔接着被新绿点染的森林。大概是从前总有牧民在周边生活,漫山遍野的牧草刚长出一截,嫩生生的,被无遮无拦的风一吹,发出低回的簌簌声。

这里距离索黎斯城已经很远了,四下无人,因风声渐紧,连牧民也看不见。德尔菲娜张开双臂,大叫着向前奔跑:"啊——"

朗空回荡着少年清亮的喊声,久久不散。

她回过头来,一脸期待地道:"这里没人,露西姐姐,我带你飞过去!"

露西塔欣然点头。德尔菲娜拉起她的手腕,一声长吟,冲天而起,露西塔被她稳稳地甩到了背上。

百里之外便是军队驻扎之所。

凯尔茜掀开营帐的门帘,往西方看去:"你听到什么声音了吗?"

守卫与她看着同一个方向,眼中隐含恐惧,慌乱地点头:"将军,好像是什么动物的叫声。云空原野上不会有什么怪物吧?"

"不要胡言乱语。"凯尔茜横了她一眼,"这片原野存在数百年了,以前打仗时也不是没人横穿过这里,怎么会冒出什么怪物。"

守卫讷讷地点头。

回到帐中,见到埋头配药的斯塔夏,凯尔茜的脸色才沉下来:"斯塔夏,前面有些不对劲。"

斯塔夏沉声道:"派个人去探一探?"

"我也正有此打算。"

两人正商量着,忽听帐外守卫大喊一声:"站住!你们找谁?"

凯尔茜眉头一跳,取下佩剑再度出了门:"什么人……"

她的声音在看到露西塔的瞬间止住了。露西塔牵着一个金色眼瞳的栗发少年,笑容柔和:"凯尔茜,好久不见。"

一瞬间,凯尔茜的脑海中闪过无数念头。她动了动嘴唇,神色也柔和下来,带着一丝笑意道:"好久不见。"

故人相见,恍如昨日。

凯尔茜看起来健康多了,露西塔第一眼几乎没认出她。与凯尔茜相见的几次,她不是生了病就是受了刑,总是身形瘦削、一脸病容的样子。现在她大概是养了回来,比从前显得壮实多了,穿着半旧的战甲，手握佩剑，"雌姿英发"。她脸上一派坦然，竟轻易难以看出情绪，确是有一方统帅的样子了。

她一边将露西塔请进营帐，一边笑道："斯塔夏，你看谁来了。"

斯塔夏正在计算药粉的配比，闻言不慌不忙地将手上的运算做完，将结果和数字记在纸上，才抬起头来。

斯塔夏的精神也好了很多。她看起来晒黑了，也瘦了，脸庞在长久的风日摧折里变得粗糙，但一双眼睛闪烁着惊人的亮光——那种计算时迸发的专注力令她看起来比从前更有生气了。

"呀！"她因这意料之外的客人惊呼一声，"露西塔！你怎么来这里了？这位是——"

德尔菲娜的身份解释起来很复杂，于是露西塔便长话短说："这是我的新朋友，德尔菲娜。"

德尔菲娜也礼貌地打了招呼。

其实德尔菲娜是见过这两位的，只是当时她没有身体，是单方面认识。斯塔夏两人虽不认识她，但好歹是在伊尔塔特待过的，看她瞳孔灿如黄金，多少能猜到她不是人类，便放下心来。人类的战争，倒不太避忌与世隔绝的外族人。

凯尔茜问了露西塔的安排，知道她不着急走，便安排晚餐招待她。几人相对坐下，斯塔夏与露西塔通信多一些，先是郑重地谢了她给的药，又问她突然来此的打算。

"只是路过。"露西塔说，"我们从北边旅行回来，途经索黎斯城，听闻你们有西进的打算，正好过来看看。"

"上次见您，您还没有瞬间移到万军中间的本领。"凯尔茜很敏锐，"近两年不见，您又变强了很多。"

"并不是瞬移。"露西塔笑道，关于空间能力的解释太复杂，她并没有多说，"你们两年间能拉起这样一批兵马，尽管是乘了大势，但也是非常惊人的成就。我也不能落后呀。"

露西塔又问起迪丽斯："我在维克托黎见到的那个……斯塔夏的

'笔友'，也还好吗？"

"我们底子太薄，一时半会儿攻不下维克托黎。迪丽斯还在那里，通信正常，一切安全。"斯塔夏说得很细，又笑道，"那枚海螺我很喜欢，也很需要。它来自克拉肯海，是吗？"

"你的鼻子倒是挺灵敏的。"露西塔挑眉。

"哪里是闻出来的，我在艾琳的杂货铺见过这种留声海螺。"斯塔夏说，"伊尔塔特真是个好地方，此战之后，不知还有没有机会再回去看看。"

"或许会有机会的。"露西塔苍白地安慰道。

其实她们都心知肚明，斯塔夏不可能再回得去了。作为一个人类，进入伊尔塔特本就需要特别的准许。从前斯塔夏是因为对超出时代的医学体系的研究而被邀请的，但现在她的身份复杂得多。她与人类的战争纠缠太深，而伊尔塔特长久存世，靠的就是不沾染这样的是非。斯塔夏选了入世这条路，就意味着与那个小镇将永远绝缘。从此以后，伊尔塔特对她而言又将重新成为一片进入就会迷路的神秘浓雾，和所有普通人看到的一样。

斯塔夏略过这个话题，兴致勃勃地带露西塔看她的医疗队。军队是最需要医生的地方，她的新医学因其清晰的脉络、严谨的体系和有目共睹的效果，在南军中得到了广泛而切实的认可。她一个人忙不过来，又从年轻的士兵里挑了一些伶俐的学生带着。经过两年时间，已有几个学生能够独当一面了，各人能管一队学徒军医，并做一些简单的培训。

她们一路走过去，在医疗营里忙碌的军医们纷纷向她们致意。几人走过去后，露西塔灵敏的耳朵听到几个学徒在猜测她的身份。

凯尔茜确实将她的军队治理得非常好，看得出来比寻常军队的纪律要好许多。从她这两年的战绩来看，她的军事才能不容小觑。

露西塔一路看去，并不问她们接下来的战略，两人也没多打听露西塔的能力和德尔菲娜的身份，甚至都没有开口讨要储物空间。尽管那对露西塔来说是举手之劳，从前她也许不等她们开口就会主动帮忙，但现在战火很快就会从人类烧到长寿种身上，露西塔就不好出手偏帮了。

因此，两人没有开这个口，露西塔心里确实松了口气。也许凯尔茜和斯塔夏是不想把友谊消耗在这样的事情上，也不想一味地索取，也许她们认为与露西塔维持长久的友谊更有利，露西塔都不太在意。人人皆有私心，有些事情不必刨根问底，只要有呵护友谊的心，友谊就会历久弥新地长存下去。

在军队中心绕了一圈，看了一些主要设施后，她们见到了一片占地较广的破败宫殿群。

说是宫殿群并不准确，这里比维尔蕾特旧日的王庭要小很多。几座高顶庙宇聚在一起，塌得顶都空了一半，遍地是碎石和坍塌的石柱。建筑风格古朴而典雅，既不像文特的建筑，也不像伊顿的。

露西塔看向凯尔茜，请教道："看着像是历史遗迹。"

凯尔茜是在座众人中最博学的人，闻言道："看石雕的风格，是芬黎帝国的遗迹，大约是庙宇一类的。"说罢，她忽然想到了什么，笑了笑，"最中间那座神庙里的神像，还未被完全毁坏。斯塔夏在写给您的信上说的那个长得与您有些相似的神像，就在那里。"

意料之中，露西塔露出了感兴趣的神色。

凯尔茜索性将她引进去，道："我们的军需暂时存在这里。它虽然破败，倒也能遮蔽一半的风雨，比露天建粮仓要方便很多。"

露西塔踏入殿中，抬头看她们所说的神像。神像上已经落满了灰，途经的军队并不会为它清理。蜘蛛网凝结在神像的衣褶上，小蜘蛛枯死在网上。破败的丝网上已经缠了一些灰尘，束成一团随风摇摆着。

神像通体由大理石雕琢而成，头发蜷曲，神情平静，目光下垂，似乎在俯视众生。不知雕刻者是否加了自行创作，神袍颇有些上古时代简朴、飘逸的风格，袍角萦绕着数只流萤，飞翔之态很是生动，连带映衬得神的面目都慈悲了起来。神像的一条手臂已经掉落，面目也在年月的侵蚀中变得有些模糊，但还是能看出一些面部特征。

斯塔夏看看神像，又看看露西塔。当初她第一次穿过云空原野南下的时候，路过这里第一眼看到神像，就恍惚觉得是露西塔，久久难以释怀，所以在信上单独提了提此事。眼下看着，神像面目庄严、慈悲，露西塔经风吹日晒，衣衫简朴，头发又扎了起来，两相对比，反而又不那么相似了。

斯塔夏摇头失笑，道："既然看过了，也没什么好奇的了。我们晚上准备在这里举办篝火晚会，让你认识一下我们勇猛、忠诚的战友们。这会儿要不要去前面看看练兵？"

露西塔又意味不明地看了神像一眼，点了点头。

篝火晚会选在神庙前举办，主要是因为这里有一大块青石砖地。清理了石缝里冒出的草后，生火要安全得多。要知道，在野外生火要格外注意安全，一不小心就会酿成火灾。

露西塔有些不安，怕招待自己影响她们的正事。凯尔茜跟她解释："也不算全为了招待你。原野广阔，行军日久，我们也要让士兵放松放松。"

露西塔这才安坐下来。

黄昏的时候，篝火就点燃了。肉类、蔬菜类食物的保存期限都不长，军队行军日久，需要经常补给资源。凯尔茜早料到了这样的困境，专门成立了后勤队伍，在路过村庄、城镇的时候进行补给。她的军队向来名声在外，经常有活不下去的人来投军。在这荒郊野岭，没有可以采买的地方，她就会派人提前踩点观测，绕到一些物产丰富的地方进行采集、打猎。

今日后勤兵新猎了两只羊，还有野兔，给将军的客人加菜。其余的食物都很粗糙，摆在一边的桌案上：以黑麦饼为主食，搭配两盅羊骨豌豆汤、一盘烤黄的兔肉馅饼，还有一盘切薄的烟熏牛肉、几只烤鸽子、几块不太新鲜的烤红薯和一盘摞成一叠切好的白面包——面包看着有些发硬，盘子的一侧抹了一刀硬黄油，是让人蘸着吃的。

桌案中间有几个深木碟，里面盛着各色的酱料。新鲜食材难得，酱料是行军的时候难得的调味品，军队倒是多备了几种。东西不算奢侈，但看得出来厨师已经竭力丰富了菜色。露西塔谢了又谢，吃得很满足，深觉这一趟给她们添了麻烦。

士兵生了两堆火，每堆火上架着一只羊。两个厨师在一边转着圈烤，烤得外皮焦黄发亮，油脂顺着羊腹一滴滴地往下落，落在火焰里发出噼里啪啦的声音。各营的战士们推搡着，端着自己的碗来蹭羊肉吃。厨师的手稳稳当当，手起刀落，一人一片，逐渐将羊片分了。

来得早的，能分到带焦皮的部位，皮下脂肪都烤了出来，丰润油亮，入口即化——厨师甚至在上面抹了珍贵的蜂蜜；争不过的只好排在后面，也不抱怨，乐呵呵地伸碗接里面的嫩肉——被羊腹里填的果子和香料一激，也是又嫩又香。

露西塔几人来得最早，一人分到了一片带焦皮的肉。厨师有点儿私心，给自家将军、医生和两个客人片肉的时候下手大方，被凯尔茜横了一眼，挠头嘿嘿笑。凯尔茜没有真和她计较，几人坐在神庙下的石阶上享用了这一餐。

吃了肉，喝了酒，战士们渐渐活跃起来，跃跃欲试地想要跳舞，但碍于将军在侧，看起来不大放得开。凯尔茜很识趣，和斯塔夏交换了一个眼神，起身说道："你们好好玩，一会儿我安排人送你们回营帐。"这句是对露西塔说的，又转身对战士们嘱咐道："照顾好我们的客人，去年咱们救急的那批药就是她送来的。"

战士们兴致高昂地哄然应下。

露西塔推辞道："不用麻烦，你带我看过我们的住处了，我们自己会回去。"

凯尔茜知道她不是客气，也就应了，道了晚安，便和斯塔夏先回去了。

实际上凯尔茜把客人交给她的战士们是个错误，这群人压根儿不会照顾人。凯尔茜一走，刚才还算乖巧的战士们就不装了，自顾自围着篝火东倒西歪地跳舞。不知是谁喊了一声:"黛丽拉来唱首歌!"

众人齐声起哄,一个十四五岁的少年被推了出来,大大方方地咳了咳,站在人群中间就开了嗓子。

听到黛丽拉这名字,露西塔觉得有些熟悉。她一开嗓,露西塔就想起来了——这是她在格兰德城寄居的那家的小女儿。她这么小就参军了,是不是家里有什么变故?

露西塔一边想,一边嚼嘴里的烟熏牛肉片。这肉片蘸了酸酪梨酱,清新的酸味中和了烟熏气,味道很独特。她端着盘子吃个不停,还想给维尔蕾特她们带回去一些,只是不好意思张口。

自由的年轻人围着篝火高声欢笑,并没有人帮将军照顾她的客人。厨师已至中年,倒是圆滑一些,时不时将剩下的羊肉片下一些往露西塔两人的餐盘里补充。

黛丽拉唱的歌旋律有些熟悉,露西塔的思绪飘远了,转瞬又被德尔菲娜惊喜的叫声拉回了笼:"是《星火》!"

琳妮娅强迫德尔菲娜陪她练了无数遍这首歌,德尔菲娜一下子就听出来了。斯塔夏说那枚海螺很有用,果然是物尽其用了。

> 我们要丰收,我们要自由。
> 快打碎那温床里的谎言,在这即将灭亡的时候。
> 向前!向前!
> 我们的太阳一定会升起,在黎明之后……

战士唱歌与琳妮娅是不一样的。今天围绕篝火狂欢的年轻人也是谁的女儿、谁的姐妹,也曾渴望安稳、宁静的生活,求之不得才会踏上这条不可回头的路。她们打碎了世界给她们编织的层层谎言,来到真实世界,誓要用自己的双手和智慧,亲手创造属于她们的自由的未来。

大火蹿得很高,黛丽拉的身影熟悉又陌生,站在那里仿佛一块被风雨吹打过的坚固岩石，再也不是当初那个稚嫩的小姑娘了。

露西塔和德尔菲娜找了块柔软些的草地并排躺了下来，静静地听着久久不息的歌声，看天上群星闪烁。

那歌声仿佛从比遥远更遥远的远方传来。在生生不息的火焰的毕剥声中，人的心脏就像春天的树一样跳动、生长。

德尔菲娜问她："露西姐姐，星星上有什么？"

"星星啊……"露西塔想起了那些分离的世界层中往复生长的星星，又随之想起了很久不见的盖娅，随口说，"那是母神的眼睛在看着我们呢。"

德尔菲娜的常识不是出世一两年就能补好的，信以为真："神看我们做什么？"

"看你有没有做坏事，如果做坏事，就会惩罚你。"

这哄小孩的语气让德尔菲娜反应了过来，不满地道："姐姐，你骗小孩呢！"

露西塔翻了个身，笑了起来。

德尔菲娜又说："神才不会知道我有没有做坏事。世界上这么多人，她怎么管得过来？反正我从来没见过她。"

"傻孩子，她也不会让你看见的。"露西塔摸了摸德尔菲娜的头发，心里却被她勾起了隐忧。她已经很久没见过盖娅了，很多该出现的时候她都没出现。想到最后一次见面时盖娅的状态，她心里有些焦灼，准备回去后布置一个仪式，看能不能像那年秋天一样请盖娅出现。只是她担心盖娅不愿意再出现，那再请也是没用的。

篝火渐渐变弱，欢歌的战士们陆续离开，夜色渐深，虫鸣不绝于耳。负责后勤的士兵默默地把剩余的杯盏收起来，又将火扑灭，仔仔细细检查过已没有火星才陆续离开。露西塔和德尔菲娜仍躺在草地上，她们都不是身体脆弱的人类，也没什么疲惫感，便有些依依不舍，不想回去。

原野下露了，草叶都被打湿。被嫩草和报春花包裹着水汽的香味围绕着，星垂四野，很难让人不留恋。

露西塔被勾起了心事，正在神游，忽地听见神庙中传来一个低低的女声："若您有知，请您庇佑我的妈妈不再受人欺负，庇佑白河村今年能丰收，别再有人饿死。庇佑将军成功占领索黎斯城，让我能把妈妈接过来安顿好……"

大概她每晚看到的万家灯火，背后闪烁着的都是这样朴实的愿望。

露西塔心中一动，起身往庙里去。那个年轻人刚好偷偷摸摸地出来，正巧撞上了露西塔。那人慌乱地抬起头，就看见了露西塔的面孔。

她顿时呆住了："神……"

这话说得含糊，露西塔没听清楚，下意识地追问道："你说什么？"

月色下，露西塔的面容能勉强辨认清楚。她与庙里高大的神像相对而立，一个在内、一个在外，仿佛她站在镜前，镜子里倒映出她真实的形容。

那人回头看向庙里的神像，神色恍惚："您是什么神呢？您是来实现我的愿望的吗？"

那一声询问很轻，却饱含着无助的希冀。露西塔的心脏那一瞬间仿佛被什么给攫取了，微微刺痛，耳边响起轻微的琉璃碎裂的声音。伴随着那碎裂声，她所感知到的世界仿佛被拂去了一层厚厚的灰尘，露出最真实的生动模样。

露西塔没有回答。她定定地看着那座残破的石像，蛛网不知何时已被拂去，灰尘也消失不见，神像残损的身体在月色的洗礼下熠熠生辉，仿佛从未被世界遗弃过。

许久，她低声说："我不是创世神。"

早在收到斯塔夏那封信的时候，露西塔就有了隐隐的猜想。如果这座神像真的是为她雕刻的，那这里必然是钟表匠曾给她立的神庙的遗址。可惜石雕的神像风化得太严重，即使她亲眼见到，也不能肯定那就是自己。直到今晚有人在神像前祈祷，那祈祷一声声环绕着传入她的心智体中，她才彻底确认这座神像指向的就是她自己。

壁障碎裂的一瞬间，无数的信息汹涌而来，一声声祈祷纠缠着神庙鼎盛时的钟声渺渺回荡，那是她数百年前不曾听到的祈祷。露西塔救了钟表匠，于是拥有了自己的神像，才得以听到数百年后这声偶然的祈祷，获得她曾错过的神位。

命运循环，不外如是。

神位既得，也就意味着她跳出了自己的时间线与因果线，可纵览此间世界的过往与未来，还有她自己的……源头与来处。

她看到盖娅从茫茫宇宙中捞出她残损的懵懂灵魂，一番思索之后，将她收留到了这片大陆上。盖娅为她塑造了一具最合适的躯体，融合了其创造的所有种族的血脉，给了她发展的最大可能性，容纳她漂浮无依的灵魂；接着为她取名字"露西塔"——一束穿透阴霾降临此世的希望之光；然后在自己所庇佑的净土中选了一个因果线最少的身份，把她的命运嫁接上去，并给伊尔塔特的居民植入了有关她的模糊认知；最后盖娅将她放在南下的火车上，用三封信说明了她的身份，给了她进入小镇缓慢成长、学习，逐步与此世融合的机会。

这个世界本没有露西塔，伊尔塔特的珊蒂奶奶自始至终都是独身一人，没有生过女儿，更没有什么远方的孙女。露西塔曾以为这世上只有她不是盖娅的孩子，但实际上只有她是盖娅亲手创造出来的生灵。盖娅创造她，引导她，扶持她，而今夜露西塔终于在盖娅的注视下登临神位。

那无数汹涌而来的祈祷让她感到迷茫，数百年前的余音渐渐消散，只剩今夜那声犹在耳边的心愿，还有眼前年轻战士期待的眼神。人类总是将期待放在所信奉的神灵身上，在无能为力的时候祈求神灵的眷顾。但神灵本身不需要信仰，即使曾给予回应，也不过是出于对孩子的怜悯。

露西塔不是仁慈的盖娅。她不知道盖娅是否会回应生灵的愿望，她知道自己不会。她不是人类的母亲，更不是这个世界的创造者，是她亲手把规则置于万物的命运之上，同时将各族的命运推向未知的。她的理智、公正将洒向全世界，不会将怜悯施舍给任何单独的生灵。

于是她将目光落在眼前那人谦卑的面孔上，冷漠地回应："我不是创世神。"

那人愣住了。

露西塔却无暇顾及她的想法，她心里渐渐生出一种不祥的预感，好似天上的灰云吸满了水，湿沉沉地坠在心头。

她终于走出了这一步，这意味着什么？继承还是更迭？盖娅为什么还不出现？

也许是为回应心底的疑问，她忽然听到了盖娅的一声低叹，从渺渺云端传来，很快就被风吹散了。

露西塔动了动耳朵，几乎以为那是她的错觉。她心里一紧，转头就道："德尔菲娜，我们去上面看看！"

德尔菲娜看她表情严肃，不敢耽搁，拽起露西塔就跃向高空，巨大的银龙在月色里流泻出粼粼波光。银龙飞得很急，穿越凛凛夜风、沉沉云层，倏忽转了个弯，冲到月盘之下。

露西塔踩在她背上，向前一跃，手指穿过虚实交界，勉强抓住了盖娅的衣角："您要去哪儿？"

盖娅回过头来，看了看被拽住的衣角，有些无奈地停了下来。

尽管已经见过多次，但露西塔从未见过盖娅的真容。她见过以河为发、以山为衣的模糊虚影，见过出现在麦田里的邋遢的吟游诗人，也见过秋日山野中隐现的火红的狐狸，但它们不过是一个又一个不可亲近的化身。

这是她第一次见到盖娅的真容。盖娅的身影已经极为虚幻。上次从她身上溢出的能量还仅仅是一些热气，今日再见，大量的生机不断外流，已凝结成肉眼可见的星光，流散至夜空，迤逦如一带银河。她的双眼里仿佛藏着无穷的寰宇，五官中潜藏着山峦行走的韵律；长发浸入银河，繁星隐匿其间；热闹的报春花开在她衣摆上，铺成青绿的原野。

露西塔向来见不到盖娅的真容，是因神灵不可直视。如今看到了盖娅真实的面目，反而让她心慌意乱。

她站在龙背上，仰头固执地拽着盖娅的衣摆，重复问道："您要去哪儿？"

盖娅笑了，她第一次这般近距离地接触露西塔，伸手摸了摸她的头发："傻孩子，何必明知故问呢？"

露西塔抿了抿嘴，使劲眨眼，试图憋回眼里闪烁的水光，一开口却是哽咽："那我是不是……再也见不到您了？"

盖娅笑着摇了摇头："从今往后，山川江海、森林草原、繁星日月，处处是我。每次看到报春花开，你就知道我在你身边。"

"是因为我吗？"露西塔问道，"是因为我获得了神位，才使您陨落的，是不是？"

"新旧交替，理所应当。"盖娅宽慰道，"都说神明不死，可哪有真正不死的事物呢？终有一日，宇宙都会消亡，我们又算得了什么？露西，生死是宇宙恒常的规律，走到这一步也全是我自己的选择，不必难过。"

露西塔拽着的衣角终于也化作一束星沙，从她指尖漏得干干净净。她眼睁睁地看着盖娅的身影渐渐走远，虚化得愈发厉害，几乎维持不住形态。她连忙指挥德尔菲娜追上去，却始终难以触及那虚影，不禁哑声喊道："您就这样把世界丢给我，我该怎么办呢？"

"你不是做得很好吗？"盖娅的声音远远地传来，"你没有让怜悯影响你的理智，构建了一个不依托于任何外因、独立运转的世界，扭转了它毁于生灵攻伐的命运。就这样向前走吧，露西，我总在你身边的。"

"我……"露西塔还想再说什么，声音却在喉咙里凝滞了。

星沙倏忽之间流尽，化成了满天眨着眼睛的繁星，散发出幽冷的气息。她抬起头，一朵湿润而温暖的梨花落在她鼻尖，又滚过她的脸颊，浸了她脸上咸湿的水迹，簌簌滚落人间。

星下月边，哪里来的梨花？

她迷茫地眨了眨眼睛，抹抹脸四处张望。

大朵大朵在火中燃烧的梨花从更高的夜幕飘落，昏黄的火焰将白梨花映成了模糊的柔黄色，像是无数在银河中沉没的命运河灯，飘飘忽忽地沉入人间，表演了一出渺小的命运从盛开到死亡的华丽舞剧，把漆黑的夜幕都照亮了。

露西塔伸手接住一朵，那朵燃烧的花落在她手里仍然湿润、完整，俨然一朵刚从晨风晓露中的枝头坠落的鲜花，仿佛方才包裹着它的火焰是一种错觉。那花瓣柔软，在东风里颤动着，摩挲着她的指腹。仿佛一根荆棘刺进了她的心脏，她终于知道，盖娅不会再回来了。

她坐在德尔菲娜背上，垂下眼眸看着落入世间的花雪，明明灭灭的火点倒映在她的瞳孔中，如同忽刺刺浸入人世之海的繁星，笼罩住整片旷野。每一朵火焰刚一触碰地面，便瞬间吞噬了中间的花朵，紧接着火焰也消失在空气里，没在大地上留下任何一丝痕迹。神的陨落浩大、磅礴，又悄无声息。

守夜的士兵看到了燃烧的花雪，紧急吹响了警示的号角。战士们从睡梦中爬起来，惊慌失措，议论不断。

凯尔茜掀开帐帘，看着落到地面就消失的火焰，伸手接了一朵梨花。卫兵慌忙劝阻，被凯尔茜止住了。那朵新鲜的梨花在她手里静静地躺着，花瓣上犹带着被夜露润湿的痕迹，仿佛火焰从未存在。

尽管凯尔茜见多识广，但这样的景象她还从未见过。她怀疑敌军中有魔力高深的魔法师，第一时间命令全军回到帐中，不要触碰这些可疑的梨花。接着她来到给露西塔准备的营帐前，在外面喊她："您醒了吗？"

一阵令人紧张的沉默后，里面传来露西塔的声音："请进。"

凯尔茜掀开帐帘，四野星星点点的火光一瞬间映入内室，露西塔随意地坐在草地上，衣衫整齐，不像是刚从床上爬起来的样子。

凯尔茜问她："您还没休息？"

"一时贪玩，刚回来。"露西塔说，"您有什么就直接问吧，那不是什么大事。"

露西塔直说了，凯尔茜也不再委婉："外面在下……很奇怪的雨，想必您都知道了？"

"我知道。"露西塔平视她的眼眸，"如果只是这件事的话，不必惊慌。这不是人力能办到的，也不是敌袭。"

凯尔茜仍旧看着她，显然她的顾虑不是简单的一句否认就能打消的。

露西塔便又补了一句："是盖娅……是你们的母神，就在刚刚永远地离开了。"

凯尔茜愣住了。她一时不能理解这句话的意思，愣了会儿才好像明白了一些。这时她才注意到露西塔的声音有些低哑，与她对视的眼眸里好像含了梨花花瓣上的夜露，带着一点儿夹着冷气的湿意。

她若有所觉，茫然地点点头，脚步虚浮地回去了。

送走了凯尔茜，露西塔和德尔菲娜躺在草地上，没有人睡得着。新草被她们压倒了一片，草叶刺得皮肤有些发痒，草汁的新鲜气味混合着夜晚的湿寒，直往她们的耳朵和鼻子里钻。

德尔菲娜对盖娅并不熟悉，只是有些少年初识离别的惆怅。她默默地攥了攥露西塔的手，有些担心地看着她的侧脸。

露西塔拍了拍她的手背："睡吧。"

"你没事吗？"

"没事。"露西塔睁着眼睛直直地看着帐顶，短促地说完这句便没话可说了。

德尔菲娜醒来的时候，发现露西塔倚坐在帐门前。

听到动静，露西塔回头笑了笑："醒了？"

她注意到露西塔眼里有些红血丝，看起来精神不太好，情绪倒是有所好转。

她们与凯尔茜两人辞行。

凯尔茜显然也没休息好,估计是盯那场花雪盯了一夜,今晨看起来已经定了主意的样子。露西塔没有问她的打算,凯尔茜也有事要忙,没有苦留。

本就是偶然交叉的旅途,仿佛落花各有各的归处,相聚一夜已是幸事。斯塔夏送了些配好的药粉给她们。尽管她们都不需要药物,何况是人类的药物,但还是仔细收下并道了谢。

回去的路,露西塔与德尔菲娜是徒步走的。她们两人都能熟练地压缩空间,闲庭信步般穿越原野,倏忽之间就把人类的军队远远地抛在了身后。

远山上初春的云霞仿佛一夜之间落尽了,新绿还没发芽,山桃树一夜之间又变得光秃。群山与草岭被她们抛在身后,视野里满是交织着春喜与寂静的矮草,时而隐现不知多少年前的旅人或牧人的破旧墓碑。

一片飞速逝去的绿意中间,一簇火红忽然跃入两人眼帘。

德尔菲娜指着它问:"那是什么?"

露西塔心里一动:"走近看看就知道了。"

走近去看,红色愈发鲜明。

那是蹲在山坡上的一只毛发火红的狐狸,背后是一片稀疏的灌木,一侧有座破旧的无名石碑。它蹲在坡顶,懵懂的眼神与露西塔对视了一瞬,转身隐进灌木丛中。

露西塔急忙向前追去:"等等!"

狐狸并未跑出去多远,它仿佛被露西塔叫住了,止住了脚步,歪头看她。灌木的枝头垂下新结的红果串,满条的黄迎春开得热闹,红狐的面孔隐现在枝条背后,狐目漆黑如豆,天真懵懂,又透着一丝莫名的亲近。

露西塔记得它。在前年秋季的丰收祭典中,盖娅曾化身为红狐,与露西塔相见。这只红狐仿佛不是个单纯的化身。当初盖娅的灵智离去时，它并未消失，而是像一只普通的红狐一样消失在了森林里。当时露西塔没有在意，现在看来，这只狐狸大概是盖娅闲得无聊时捏出的一只小生灵，一直带在身边。两年过去，小狐狸却丝毫没有长大的迹象。

现在的露西塔一眼就看出它的生命循环是静止的——也就是说，它不与外界交换，没有呼吸，没有代谢，生不知时，也永不死亡。

盖娅消亡于世间，却留下了这么一只彷徨的狐狸。若非露西塔遇到它，只怕它会永远在这片荒原上游荡，也许还会留下一些有关鬼神的传说。

露西塔朝它招了招手。狐狸似乎有些受惊，往后撤了两步，却没有逃走。它似乎也觉得露西塔带给它一种莫名的亲近感。

见它不跑，露西塔趁机露出个诱哄的微笑："你愿意跟我回家吗？"

狐狸看了看她，似乎能听懂，竟然显露出一丝迟疑的表情。

露西塔伸出的手一动不动。它盯了一会儿，终于小心地将右爪搭在了露西塔手上。

露西塔出去拜访一趟，竟带了只狐狸回来，维尔蕾特哭笑不得："你这又是从哪儿弄来的？"

琳妮娅却紧张兮兮地与小狐狸对视，同时问露西塔："狐狸吃小羊吗？"

哈珀比较有生活经验："……应该不吃吧。"

露西塔揉了揉小狐狸的头，失笑道："别怕，它不吃东西的。"

"嗯？"

维尔蕾特又仔细看了小狐狸一眼，强大的生命感知力让她一下子发现了问题："它是静止的？"

面对维尔蕾特询问的眼神，露西塔点头肯定。

"你捏的？"

"不是。"露西塔的表情有些伤感,"……算是盖娅的遗物吧。"

维尔蕾特呼吸一滞:"你说什么?"

盖娅是谁,在座无人不知。在众人震惊的眼神里,露西塔耸了耸肩。

震惊之余,维尔蕾特想得更深。盖娅陨落前应当是与露西塔见了面,她甚至领回了盖娅的遗物。她们见面说了些什么,她们又怎么安排了这个世界?还有,这也许还证明了一件事:不死的神灵,也并非永恒不死的……

纷乱的思绪如海水一般包裹着她,为她所构想的精灵族的前路笼上了更深的迷雾。她听到露西塔说:"如果大家没别的事,我们明天就启程南下,怎么样?"

哈珀疑惑道:"铁路通了吗?"

"没有,不过我们有别的出行方式。"露西塔安抚道,同时掏出两枚怀表。这是她路过表店买的两件饰品,作为开辟储物空间的载体,正好可以给哈珀姐妹一人一个,挂在脖子上:"滴一滴自己的血上去,里面可以容纳很多物品。"

一切安排妥当,第二天露西塔将她们带到了荒僻的城郊。

德尔菲娜化身银龙,宽阔的脊背容纳她们几个绰绰有余。德尔菲娜化龙之后总是渴望天空,何况她还能折叠空间,飞行速度比火车快多了。此前,她们之所以一直乘火车出行,无非是顾虑羊群难以携带,但羊群现在被露西塔收到了自己的袖扣空间里。成神之后,她成功地将不同的权柄融合在一起,彻底拥有了创世的伟力。此时她的袖扣空间中不仅时间与现实同等流动,还拥有生命的循环与自然界的四大天然元素,日月轮转,春虫萌发。

羊群被放在其间的山谷中啃食崖边的青草。葡萄和灰云腹中都揣了幼崽,大白的女儿已经比去年长大了两圈,跟在母亲屁股后面咩咩叫个不停。这是她第一次尝试,短期内看起来还算稳定,至少维持到回家是没有问题的。

德尔菲娜兴奋地提醒了一声:"坐稳了!"

还没等大家反应过来,她就迫不及待地展翼冲天,一丝缓冲都无。在几个孩子下意识的尖叫声中,银龙已经穿行在错杂的云层中。

巨龙是世界上肉身最强韧的种族,兼之露西塔的精心雕琢,德尔菲娜能一气连飞十天十夜都不觉得疲惫。只是她背上的人远不能如此,尤其是最弱小的艾弗里,因此她每到夜晚都会找一片无人的荒野停下来休息。

为了掩人耳目,她们特意绕到了大陆最西边的群山上,贴着人类踪迹的边缘飞行。每到夜晚,德尔菲娜都会停在树木稍稀疏的山谷或断崖上,她们就取出斗篷就地安营。

远离城市的烟尘,漫野的夜色显得格外清澈,星光微茫,像浮动在缱绻的水中。崖上风大,蛮音连绵,草叶萧萧。好不容易来到无人的野外,德尔菲娜并不化人,只以龙的形态卧在断崖边,压倒了一大片野草。

琳妮娅眼睛一亮,立刻滚到德尔菲娜脚下,四仰八叉地躺着。一堵宽厚的龙墙挡了大半的夜风,她顿时舒服多了。她惬意地眯起眼睛,看着德尔菲娜瞪了她一眼,更嚣张地笑起来,伸手去摸德尔菲娜的鳞片:"你的鳞片反光!"

德尔菲娜硕大的黄金龙瞳翻了个白眼。

剩下几人有样学样,也跟着琳妮娅在德尔菲娜旁边横七竖八地躺下。

南方的春天来得比北方更早一些,树叶都簌簌地张开了柔嫩的眼睛。春夜的风还带着严冬未尽的余寒,吹得人单衣猎猎。

琳妮娅取出她的长笛,靠在德尔菲娜身上,吹起了克拉肯海的曲子。风将笛音送出很远。

连续飞了十五天后,她们在蒂罗尔城城郊停了下来。

再往前去,就是伊尔塔特镇外弥漫着浓雾的森林了。原本想要进入伊尔塔特是无法从天上飞进去的,只有允许通行的人能从中间的森林穿过。这规则是盖娅为了保护灾难中的火种而制定的,但现今露西塔可以改了。她们不直接回镇,是因为斯塔夏去岁写给露西塔的信还在镇上的邮局未取。

邮局里还是那个戴着贝雷帽的金发少年,她今年看起来稳重了许多,开窗的动作都不那么暴躁了。

看见露西塔,她愣了愣才想起来:"是你?"

"是我,好久不见。"露西塔笑道,"我来取信。"

"你的信?那可有些时候了。"少年如从前一般回身翻找了一阵,连帽子都被她摘下扔到了一边。她好不容易才翻了出来,递给露西塔一个边缘都被磨毛了的牛皮纸信封。

少年的头发比去年长长了许多,刚摘了帽子,乱糟糟的头发上有些汗意,部分头发已长至肩膀。

露西塔接过信,扫到邮局里有一幅画到一半的画,想起了什么,感叹道:"好美的配色!你的画工比去年进步了很多。"

少年并不谦虚,反而有些得意地道:"多谢!过了今年,我就不能在这里给姨妈帮忙了,我已经申请了庞贝城的普兰艺术大学,要到那里去进修。"

庞贝城是西南地区最大的人类城池,普兰艺术大学也久负盛名。

露西塔真心实意地赞道:"你值得。"

少年便笑起来。

旋即她想起了什么,叫住正要转身离去的露西塔:"你等等!"

她从窗台上放着的红山茶中折了一朵,递给露西塔:"欢迎回来,愿你好好享受这个春天!"

"你也一样。"露西塔回头一笑,将山茶花插在了鬓边,就像去年离开这里时一样。

手里这封信抵达蒂罗尔城的时候,露西塔一行人已经离开埃斯蒂山脉,因此它一直留在邮局里,她还是前些日子拜访斯塔夏时才知道。不过这样倒也不晚,春天寄来的信件也在春天收到,去岁春天的景色与今年似乎没什么差别。

她一边走，一边打开信封读信。

露西塔：

　　向你问好，也代凯尔茜向你问好！

　　度过了一个寒冷的冬季，万物复苏了，让我感觉一切都充满希望。

　　你呢？你那里的花开了吗？不过，信件到你手里的时候，也许春花早就凋谢了。

　　法洛斯城种满了黄钟木，现在已经全都开花了，满城都是浓郁的香味。我写这封信的时候，许多粉色的黄钟花已经落满了我的窗台……

　　我们要离开法洛斯城了。

　　春季人心浮动，我已看到自由的火种在大陆上燃烧。我和凯尔茜要去我们该去的地方了，也许很长时间都不能与你通信了。如果你再次听到我们的消息，也许你会知道我们要做的是什么……

　　……

斯塔夏

"是的，我早已知道。"露西塔将信合上，心中默念道。这是又一个春天，和去年春天一样充满希望。

穿过镇外的森林时，她采摘了满手的山梅、酢浆草、匍枝毛茛和垂枝泡花。各色各样的枝叶与气味混在一起，除了满眼的春意逼人，真叫人夸不出别的来。

露西塔先将琳妮娅送回了克拉肯海，长久不见，琳妮娅要回去看看亲人；后与维尔蕾特三人分别，露西塔的农场房间有限，住不下不说，维尔蕾特也有要事要回去与同族人商量。至于那要事是什么，露西塔心知肚明，没有多问。

琳妮娅只是离开个把月，又住得近，随时都能回来，露西塔倒无太大的感觉；与维尔蕾特分别，她却有种莫名的预感——经此一别，再见就要过很久了。

看着挚友头也不回的背影，她忍不住拨动时间线，目光定格在数年之后。

琳妮娅成了人鱼族可堪托付的新王，收起了她浪漫的歌喉，手握长剑开辟了北面荒芜的海域，沿东海海岸线生活的渔民的生存环境也发生了重大的改变。精灵打通了沿西部山脊线一路向北的道路，占领了西南数座城池。新王艾弗里计策缜密，用惊人的丰收征服了所过之处的人族，半精灵作为一个新兴族群势力逐步扩大，混血种越来越多地出现在大陆上。伊尔塔特的镇民也蠢蠢欲动，许多人出门游历，但默契的是，没人将外面的人引来这里。

与此同时，一个女人推开了牧场的院门。女人风尘仆仆，满脸尘霜，但佩剑依旧，容貌未改。她与在窗边看报的露西塔对视了一眼，露出一个放松的倦容。

各人有各人要践行的道，看见未来真是一件无聊的事。

露西塔想着，却仍忍不住抿嘴笑了笑："德尔菲娜……我们回家。"

送完这个又送那个，露西塔回镇的时候已经是深夜。路上没有行人，街边的橱窗里依然默契地亮着一排鳀目灯，为归人照亮来时的路。加西娅早就不梦游了，路上一个人也不见。她们穿过幽静的石子街，推开了自家的院门。

梅维斯答应替她们打理院子，果然十分守诺。院中的田地里摇晃着新鲜、可爱的豌豆苗，小屋也依然是崭新的样子，只蒙了一层细微的薄尘。院后的萝花树打了鲜白的花苞，花瓣零星地落在红瓦屋顶上。窗子是干净的，月色下能看清室内家具的模糊轮廓。

她们推门进去，点亮了门前的风灯，将手中满束的嘈杂春意插进茶几上最大的花瓶里，分别去了自己的卧室，德尔菲娜住琳妮娅从前的房间。

卷进熟悉的暗蓝色星星棉被,疲惫的归人很快就进入了梦乡。红色的小狐蜷缩在床尾,找了个舒服的位置,也安静地闭上了眼睛。

寂静的春夜里,一切都在萌发、生长,花苞以缓慢的速度试探着打开。被东风吹落的花叶有些在红瓦屋顶上翻滚了几圈,也老实地安静了下来;有些落进了屋后的小池塘,顺着流水打着旋,漂到了后山的溪流里。

今夜月亮依旧西沉,像每个春天的夜晚一样。

番外
薇薇安的庭园

听闻人在生命的最后一段时间是会有预感的,而薇薇安知道,自己的时间不多了。

她想在最后的时间里把自己的肖像画完,寄给她远方的姨母,托她存放在那座经历过百年风雨的破败庄园里。所以,即使她已经虚弱不堪,仍不肯停下休息——反正再过不久,她就能一直休息下去了。

她放下调色盘,又发出一阵惊天动地的咳嗽,生锈的肺被她激烈的呼吸拉扯着,口腔里弥漫着熟悉的血腥味。她咽下满是灰尘的空气,有些噎嗓子,将满腔难言都噎在里面。她知道她要眼看着它们在她肚肠里腐烂下去,直到陪她永远埋葬。想到这里,她未免有些怅然。

她抽开书桌的抽屉,从最里面的匣子里取出了一方手帕,徐徐打开,里面包着四枚旧铜币。铜绿覆盖了硬币上的图案,几乎看不出是哪年发行的。她有点儿恋恋不舍地摩挲着它们。人死如灯灭,只怕到时候它们要被殡葬机构扔掉了。

如果达文波特还在,大概是能千里迢迢来帮她收尸的,倒是可以托付给她保管。可惜,可惜……

想到达文波特,好像敲开了过往记忆的一个口子,那些早已淡去的面孔浮现在她眼前,抚摸着她的头发,亲切、鲜活,恍如昨日。她伸出手去触碰,却只触碰到阳光里的满手灰尘。

薇薇安捂住胸口,大口地喘起来。

达文波特是她的姐姐,是姨母的女儿,西泽家原本的继承人。她母亲早逝,自幼由姨母照顾,与达文波特更像是亲姐妹。然而,十二岁的薇薇安与她最不对付。

那时候,薇薇安还不住在这儿……她们都住在西泽家的克罗格庄园里。

克罗格庄园建在厄里斯城郊外,占地很广,还带有一片辽阔的马场。那里不太热闹,但足够安逸。西泽是个古老的姓氏,庄园规格也很高,当初是按照侯爵的规格建起来的,可惜近几代没出什么杰出人物,到西泽的祖母这一代仅剩下个子爵的虚衔。达文波特的母亲承继了西泽家最后一代爵位,而身为第三代继承人的达文波特自己,则只有这座年久失修的庄园可继承了。

不过,十二岁的薇薇安可操心不到这些。难以承继的家族、逢雨漏水的阁楼,甚至有些腐坏的窗棂,这些都是大人们以及她那个老成又讨厌的姐姐应当操心的事情。她最大的烦恼是今年陡然繁重起来的课业,还有时时总想管教她的姐姐,以及她即将见到的新音乐老师——但愿不要再是一个蠢货,她想。

于是在那个下着小雨的阴霾午后,她在客厅中见到了背着琴包的卡罗琳。

厄里斯城已经属于南方,气候很湿润,尤其是那样下着小雨的阴天。大理石建筑被细雨浸湿,颜色都深了一层,重重地覆盖在人的心上。庭院里生长整齐的蔷薇丛淋湿了,门外走廊的地面一半落了雨。

薇薇安刚下了政治课,匆匆进入客厅,与里面的客人撞了个正着。那个女人衣衫陈旧但整齐,头发有些该修剪了,彬彬有礼地与她的姨母说着话。

薇薇安与她对视了一眼,女人的眼神随意地从她身上打量过去。那个随意的眼神转瞬即逝,薇薇安几乎怀疑自己眼花了,定睛再看,那女人笑容得体,与姨母交谈得似乎很愉快,并无什么异样。

又是一个虚伪的大人。薇薇安翻了个白眼,从一侧的室内走廊穿行过去。

姨母佯怒地叫住她:"薇薇安!见到客人,怎么不打招呼?"

彼时达文波特正好与她一同下了课,只落后她几步,闻言快步进来:"母亲,这位是?"

"这是你和薇薇安今后的音乐老师,卡罗琳女士。女士,这两位是我家的女儿,也是您将来的学生。这个大的是达文波特,小点儿的是薇薇安。"

达文波特与对方从容地见了礼,薇薇安也不情不愿地凑过来,敷衍地打了招呼。她这个姐姐总是这样,刻板、无趣、面面俱到,热衷于玩那些大人的游戏,她在达文波特身边待超不过三秒就想睡觉。而她气走的所有音乐老师都更喜欢达文波特,看来这次也会是一样。

总之,不管薇薇安怎么想,卡罗琳正式成了克罗格庄园的音乐老师。

达文波特与薇薇安上的音乐课不同。达文波特的艺术细胞几乎为零,当然她也不需要有什么艺术细胞——她的所有艺术课程都是鉴赏课。相比艺术,薇薇安知道她其实更喜欢跑马射箭。

但薇薇安的音乐课是切切实实要学乐器演奏的,她最感兴趣的就是音乐和绘画课程。卡罗琳教她小提琴和竖琴,像从前一样,与达文波特的鉴赏课分开来上。于是,在阳光斜入拱窗的午后,薇薇安与卡罗琳总会相对而坐,各自对着一架竖琴。少年有些躁动,青年不动如钟。

"铮——"薇薇安又弹错了一个音。她掀起眼皮,懒散地看了卡罗琳一眼。

预想中的皱眉或郁怒并未出现,卡罗琳回以一个宽容的微笑,抬手将这首曲子又弹奏了一遍。

这是《荣耀黎明》,是今年文特音乐厅最流行的竖琴曲,音调低沉、厚重。这首曲子写的是一座高楼迭起、变化无穷的庞大城市的故事,晨光无法融化那里厚重的砖瓦,只能无力地拂去石上的灰尘。那里是维克托黎,文特的荣耀之都。

"听你姨母说,你很有音乐天赋。"卡罗琳含笑道,"你和你姨母所说的不太一样。"

"什么意思?"薇薇安道,"激将法对我没用。"

卡罗琳仍是好脾气地笑:"你很讨厌我?"

薇薇安讨厌这种居高临下对待孩子的态度。她抬头冷冷地看了卡罗琳一眼，没说话，低头弹自己的曲子。

谁知直到一曲弹完，卡罗琳都没有出声打断，末了还饶有兴味地看着她："这是什么曲子？"

薇薇安有些意外，半晌说："《第十三封信》。"

"从未听过的曲子，听起来像是在告别。写的时候很难过吗？"

"你怎么知道是我写的？"

在薇薇安定定的注视中，卡罗琳笑道，"灵气有余，技巧生涩，一听就是新手习作。"

薇薇安眼里隐晦的期待破灭了，又恢复了初见时的阴郁表情。她将琴凳往后重重一拉，弄出一道刺耳的摩擦声，转身摔门就走。

卡罗琳含笑的眼睛望着她的背影，并没有追出去的意思。

薇薇安在卧室里气恼地坐了一会儿，旋即坐在画板前继续画她未完成的画。画上不是神灵，也非美景，而是一具赤裸的胴体。那是她自己——镜中的自己。

她怀着隐秘的快乐用图画记录自己不断变化的骨骼、逐渐开始发育的乳房和颜色慢慢加深的绿色眼眸，就像窗外渐渐长大的七叶树一样。

一直到晚餐时间，仆人才来敲她的门，叫她去吃饭。她意外地揉揉手腕，放下画笔，将这些东西悄悄地收了起来。这不是薇薇安第一次在上课中途离开，但这还是她第一次没被老师告到姨母那里去。

第二天，薇薇安看卡罗琳的眼神温和了一些。

她自以为找到了与对方和平相处的方法——卡罗琳的退让。既然这样，薇薇安就暂时不想换音乐老师了，她单方面决定与卡罗琳各退一步：她懒得在课上搭理她，但也不会再半途离席，以给姨母维持一个和平的表象。

但卡罗琳今天没再继续教她《荣耀黎明》。薇薇安一进来，她就连招呼都没打，兀自弹起了一首曲子。

真不礼貌。薇薇安从没见过这么无礼的老师，她皱起眉头，习惯性地就想开口讽刺，话没出口却先愣住了。

卡罗琳弹奏的是昨天她弹的那首曲子——《第十三封信》。她没有把曲谱给过任何人，卡罗琳只听了一遍就记住了它，并将它演奏了出来。一些地方与原曲有些微的差别，不知是不是卡罗琳没记住，自我发挥了一下，但薇薇安听得出来，改动后的曲子比原曲更流畅、圆熟。

她感觉有些丢脸，说不出是什么感觉，但还是静静地把它听完了。

一曲结束，卡罗琳笑问："我弹得怎么样，小作曲家？"

薇薇安有些窘迫，感觉那声"小作曲家"是对她的讽刺。她自以为天赋惊人，但见到了一个同样甚至更有天赋的真正的音乐家，那点儿微薄的优越感就荡然无存了。她罕见地没有刺过去，犹豫了一下才别扭地开口："你喜欢这首曲子吗？"

卡罗琳笑意不改："我很喜欢。"

卡罗琳琥珀色的眼睛逆着午后的暖光，神情真挚，薇薇安的呼吸仿佛停滞了一瞬。以至于后来她总是想起这个午后，有人拂去了她心上的灰尘，那些大胆的、妄诞的、叛逆的、自由的欲望终于晒到了太阳。

这种共鸣不是所谓天才能给的——能抚慰一个疯子的，只有另一个疯子。

薇薇安觉得有些口干，头脑发晕，咽了口唾沫。她出神地看着卡罗琳的脸，从未觉得这张脸能焕发出如此动人的光辉。

薇薇安的音乐老师终于不再更换了，两人相处得似乎很融洽。

达文波特私下里悄悄问她："你这次怎么不折腾了？"

薇薇安闻言很是不满："什么叫折腾？怎么，难道你想再换个蠢家伙来？"

达文波特竟很有同感似的点头："说得是，卡罗琳老师太难得了。"

她用赞赏的语气称颂卡罗琳，薇薇安还是不满："怎么？她给你下什么药了，你竟然叫她老师？"

达文波特这家伙看似彬彬有礼，实则内里比谁都傲慢。至今她们所有的家庭教师里，只有教历史课的英格丽德女士能让她服气地叫一声"老师",剩下的都是一口一个"女士",礼貌又冷淡。

卡罗琳,一个达文波特最不感兴趣的艺术教师,也能驯服达文波特?

很快,薇薇安的疑惑就得到了解答。

踩着夏天的尾巴,卡罗琳照常安排了一次"采风",带着两个小少君去南边的马场上拉琴。

薇薇安觉得卡罗琳不过是自己想出来玩,拉上她们两个才显得名正言顺。不过,想办法出来玩的事,三人心照不宣。她们在马场边缘的林中铺了一块餐布,两个少年横七竖八地躺在上面。

刚下过一场雨,泥土湿润,尚且新鲜的黄叶时不时地从树梢上落下来,落在薇薇安脸上,沾了她一脸雨水。她把树叶从脸上拿开,同时听到了一声婉转的琴鸣。薇薇安支起身子,见卡罗琳取出了她的小提琴,正闭目演奏。

她从未听过这首曲子,听起来并不完整,卡罗琳大概是在即兴演奏。薇薇安听得入了神。

一个人的魅力向来全由她过去的经历组成。在薇薇安眼里,卡罗琳无疑是个有魅力的女人,尽管她后知后觉。卡罗琳的眼睛、她的神情、她永远难以捉摸的笑,还有组成其灵魂的最叛逆和动人的音乐,所有的一切为年少的薇薇安拉开了一扇神秘又崭新的大门,让她开始渴望赶快长大,追随那个引领她的疯狂的灵魂,走到她妄诞而自由的求知之路上。

不过这段音乐没有持续太久,就被一阵突如其来的马蹄声打断了。琴声戛然而止,薇薇安不满地眯起眼睛,达文波特已经爬了起来。

是邻居卡佩家的几个少年,最大的有十七八岁了,大笑着骑马闯入了西泽家的马场。这片马场与卡佩家的马场相邻,中间并未设置栅栏一类的阻隔物,越界轻而易举,全靠双方的素质维持边界。

见到西泽家的小主人,她们竟不见丝毫歉意,敷衍地招呼道:

"是小达文！姐姐借你家的马场一用！"

达文波特的脸色阴沉下来。十四岁最是要面子的年纪，达文波特当下便去不远处的马厩牵了自己的爱马出来，策马追了过去，横在几人面前。

为首的蓝巾少年高坐在马上，挑眉道："哟，怎么，我们的小达文不高兴了？"

卡佩家的几个少年哄笑起来。

达文波特冷声道："几位未免也太放肆了。卡佩家是这样教你们的吗？"

薇薇安自幼体弱，不善马术，但满身的少年气性并不逊于达文波特，心里也早就恼了。她朝仆人挥挥手，正要交代些什么，却被卡罗琳按住了手臂。

薇薇安不解地看向她，却见卡罗琳露出一个漫不经心的笑容，这是她从未见过的一面："我们小孩子的事自己解决。打不过就叫家长，不会被你的同龄人耻笑吗？"

薇薇安一时不知道该说什么。她一面想说，她才不在乎被那些蠢货耻笑，她更喜欢用脑子解决问题；一面又想说："你也不是小孩子啊，谁跟你是'我们'！"

但那边的赛马已经开始了，她犹豫了一下，还是选择了相信卡罗琳。

四岁的年龄差对成年人可能不算什么，但对半大的少年来说，就是碾压式的优势了。纵使达文波特马术再好，十四岁的少年想比过十八岁的青年也不是件容易的事。奇迹并未降临在这次小小的风波上，达文波特输了。

愿赌服输，达文波特向来很有风度。她脸色阴沉，抿紧了嘴，默默地退开，不再说什么了。

卡佩家的少年们哄笑着四散开来，就要继续在西泽家的马场跑马。不料一支箭矢冷不丁地射到为首的少年马前，马儿扬起前蹄，发出一声惊嘶。

那少年惊怒地望过去："谁？！"

卡罗琳正站在马厩边，第二次拉开了大弓，盯住马背上少年的眼睛，露出一个友好的微笑。

少年心里一凛，僵硬地低头看看马蹄下深深没入土里的箭矢，心里已起了退意，却仍嘴硬道："你想做什么？"

"哎呀，在自家的马场练箭术，好像轮不到邻居来过问吧？"卡罗琳夸张地说道，第二支箭倏忽破风而出，射穿了马上少年的骑帽。

少年的心脏仿佛一下子被攥紧了。别人看不到，但她知道那支箭就贴着她的头皮，但凡歪一分，恐怕自己就要命丧当场。她咽了咽口水，眼睛一错不错地盯着卡罗琳，也失去了理论的心思。

她的帽子上插着一支穿透帽子的箭矢，看起来有点儿滑稽，而她马上的妹妹们面面相觑，没有一个人敢发笑。

她抖了抖缰绳，干脆地掉了头："走！"

薇薇安心里有些快意，又担忧卡罗琳："她们回去会不会告你的状？"

"怕什么？"卡罗琳满不在乎地说道，"十七八岁的大姑娘了，欺负两个孩子，她们还有脸上门来告我？何况，告了就告了，大不了不在这儿待了。"

达文波特刚牵马过来就听到了这一句，正要说什么，卡罗琳一边搂了一个，笑眯眯地带着她们就往前走："我记得东边是卡佩家的牧场？"

……

半个小时后，卡罗琳席地而坐，一边用随身的猎刀熟练地给一只死羊剥皮，一边指挥两个小家伙："达文，去她们的牧屋抱点儿干柴过来。薇薇安，给我削两根长树枝，咱们把羊穿起来烤。"

达文波特略犹豫道："还要去偷柴？要不我回家弄点儿……"

"少废话。"卡罗琳道，"羊都宰了，还差这点儿木柴？咱们今天就在这里生火，羊骨头给她们扔在这儿，气死她们。"

卡罗琳说得干脆，达文波特不愿被她小瞧，心下一横，便依言去偷柴了。薇薇安坐在卡罗琳旁边专心削木头。

没有调料，烤出来的肉滋味其实并不太好。卡罗琳烤肉看着熟练，其实也只比新手好一点儿，有些地方烤煳了，有些地方还有些夹生，只是可以勉强入口的程度。

她们一边吹着气，一边衔着可以入口的部分慢慢地嚼。卡罗琳一边呼着气嚼着肉，一边跟她们讲酒鬼的笑话，还没讲完自己就先笑了。少年们跟着放肆大笑，惊走了天上南飞的候鸟。

烤肉有些柴，肉质坚韧，却也能嚼出一股特别的油脂香味。至少在薇薇安的记忆里，那样香的肉味自己再也没有尝到过。

一起干坏事的经历让她们迅速亲近起来，两个孩子第一次对自己的老师产生了某种依赖。达文波特不再总是一脸严肃，连脚步都轻快了许多，有一天薇薇安甚至听到她上完马术课回来的路上在哼歌。

薇薇安从未见过达文波特这样频繁地浮现出快活的神采。她看这个姐姐不知不觉就顺眼了一些——原来她并非生来就是一板一眼的继承人，原来她身体里流淌着这么蓬勃的热情。难怪卡罗琳当初这样评价达文波特："你是一座火山，孩子。"

而在当年冬天，薇薇安第一次坐在了路边酒馆破旧的遮阳篷下。她穿着卡罗琳有些变形的衬衫，衣角已洗得发白，戴着软趴趴的八角帽，身上那把琴是全身上下最贵重的东西。

卡罗琳说是带她出来写生，实则是帮她乔装了一番来这里卖艺的。她不说原因，只让薇薇安看。

薇薇安演奏的不是别的，正是她修改过的曲谱——《第十三封信》。

吟游诗人几乎绝迹，街头卖艺在这年头是一件有些奇怪的事，何况她手里那把琴一看就十分贵重，只听音色也不像是该出现在街头的。路过的人们都会多看她几眼，但很少有人驻足，大多数人都只是匆匆路过。

在酒馆遮阳篷下喝酒的女人们却下意识地放低了声音，转为窃窃私语。

薇薇安抬头看向坐在篷下喝酒的卡罗琳。煤气灯照在人的眼睛里，即使再干涸的眼睛，也会映出粼粼波光。灯光在卡罗琳眼里颤动着，她脸上显露出一种微醺的神采。

年少的薇薇安还不知道，醉酒之人如同昙花一现的专注神情具有多么强烈的欺骗性。老师的迷蒙目光落在薇薇安身上，一瞬间，她仿佛被灼伤一般，乍然松开了拉琴的手，放任自己落入那由眼波编织的沼泽。沼泽芬芳的淤泥灌入她的鼻腔，没过她的头顶，悄无声息地将她捕食干净。

薇薇安伸出手捂住胸口，窒息般喘了两声。

卡罗琳问："怎么了，冻着了？"

薇薇安摇摇头，重新握住了她的琴弓，怅惘的琴声穿透北风，在酒客的杯中激起涟漪。

曲终，一个衣衫单薄的女人颤着手递出几枚铜币："刚才那首曲子，可以再拉一遍吗？"

薇薇安掀起眼皮看了她一眼。那人手心朝上，手中是孤零零四枚铜币，磨损严重。第一次有人把这么可怜的几枚硬币递到她面前，用金钱玷污她的音乐。薇薇安有些被冒犯的恼火，她不知道卡罗琳带她来这里做什么，这里没有知音，只有花钱听曲的酒鬼："把你的手拿开。"

女人手心向上，手中整齐地摆着那几枚铜币，一动不动。薇薇安正要不耐地重复刚才的话，女人声音低哑地开口说："这是我最后的积蓄了。为我拉一曲吧，也许明天我就要饿死了，但在死前我想再听一会儿您的曲子。"

薇薇安心中一动。她抬起头来，在这里坐了一天的她第一次仔细观察一个路人。女人脸色青灰，嘴唇发白，应该是被冻的。她左手捏着半杯残酒，右手向上伸到她眼前，动作僵硬，手指红得像几根胡萝卜，生着触目惊心的冻疮。她灰色的眼睛定定地看着薇薇安，眼珠子似乎也有些僵硬，乍一看有些惊悚，再看则是一眼化不掉的哀愁。

薇薇安腾出一只手来，把女人手里的四枚铜币拢走，装进自己的口袋里："坐着去吧。"

女人露出一个勉强的笑来，慢慢地回到她的座位上。薇薇安将小提琴重新搭在肩上，稍作平复，再次拉响了那首《第十三封信》。

酒馆遮阳篷下重新安静下来，但这份安静给了薇薇安完全不同的体验。她们在欣赏她的琴声。这种认知让薇薇安心头颤抖，她仿佛理解了卡罗琳让她来这里的目的。

她坐在酒馆前的台阶上，仿佛坐在郁金音乐厅的舞台中间。街道上人流往来，众生百态，全都是她的听众。这种感觉让她兴奋得发抖。卡罗琳将她带入了一个神奇的旋涡中，十二岁的薇薇安还不懂这是什么意思，但她已经在蒙昧中推开了某扇大门，获得了一生都受用不尽的宝藏。

卡罗琳说："这是真正的第一节艺术课。"

"什么？"

"认识这世界。"

这句话给了薇薇安莫大的勇气。

那天过去，薇薇安犹豫了没多久便像做贼一样将卡罗琳邀请进了自己的书房，给她看了自己那些不见天日的自画像。

在她忐忑的目光里，卡罗琳被那些纸上早已干涸的油彩吸引住了。她征询了薇薇安的同意，伸手翻阅那些画像。穿着睡袍的薇薇安、弹琴的薇薇安、射箭的薇薇安、跳着交谊舞的薇薇安……赤裸的薇薇安。她停在了那张画前，神色严肃，几近虔诚，久久未动。

这是薇薇安真正不敢示人的画像，也是她最不能为人道的惊世骇俗。卡罗琳的沉默让她失望，她正要将画册合上，就听见卡罗琳语气有些恍惚地说："……薇薇安，你是个真正的天才。"

薇薇安眼神一亮，猛地抬头。

卡罗琳的反馈比她想象中最好的情况还要好，因为她竟然感谢她："你教会了我一件很重要的事。"

"什么？"

"认识我自己。"

一道惊雷在薇薇安脑海里炸开，她觉得卡罗琳仿佛披了一道圣光。

从十二岁开始，薇薇安苍白的少年记忆像糖壳一般被敲开了一个口子，陆续填进了芬芳的颜色和声音：影影绰绰的光晕中，小提琴琴音寂静回荡，秋叶簌簌地叠了一层又一层，冰冷的雪球在大笑中被塞进脖子的触感恍若昨日。

直到她长到十五岁，卡罗琳一直在整个克罗格庄园彰显着强烈的存在感，以不容置疑的姿态影响着两个少年的精神世界。没人能否定她的魅力，她才华横溢、放浪不羁，风流而广博。东家欣赏她、宽容她；学生敬爱她、佩服她。薇薇安曾以为卡罗琳与克罗格庄园会建立终身的友谊，还有大把的时间任由她挥霍，为此她愿意将那一丝说不清道不明的心思永远掩埋。

但故事终有尽时，薇薇安年少的美好记忆中断在十五岁。

566年，文特与斯普林联军入侵伊顿，战争打响了。

也是直到那个时候，薇薇安才知道卡罗琳是个伊顿人。她消失得毫无征兆，她们甚至没能和她告别，只是在某天音乐课前突然被姨母告知她离开的消息。

如果是十二岁的薇薇安，可能会当场发脾气，但十五岁的薇薇安只是愣了愣，说声"知道了"就回到了自己的书房。达文波特的反应更平淡，但她当晚就找了薇薇安，两人一起躲进酒窖喝酒。

从一开始薇薇安单方面看不惯达文波特，到后来两人在卡罗琳面前暗暗别苗头，她们之前的感情向来有一点儿微妙。但到了这个时候，薇薇安环顾四周，发现也仅有达文波特算是她的半个朋友。

她们喝醉了，谈过去，谈未来，谈那些明知是妄诞的理想和走投无路的忧郁。薇薇安醉得厉害，那晚的记忆仿佛被一层白雾重重包裹着，留给她回味的只有漆黑的酒窖里流淌的寂静、无数酒精浮动的模糊气味和达文波特通红的眼睛。

"有时候我真羡慕你。"达文波特说，"薇薇安，你的肩膀上空无一物。"

那晚，她的很多话薇薇安都忘记了，只有这句一直挥之不去，因为达文波特不久后也离开了庄园。

当然，她的离开是郑重的、正式的。阿姨和姐妹们都来为她送行，因为她将要奔赴战场，为了年久失修的宅院、几乎住满了庄园的亲人和根植在她心里的顽固的荣誉。乱局之下，危机与机遇并存，这是西泽家重新振作的机会。

薇薇安站在人群中，想着达文波特那句话，眼神复杂地看着她上了马，与众人一一告别，掉头离开。

那是少年时代的达文波特留在她记忆里的最后一面。

此后的记忆重新模糊起来，在克罗格庄园的日子平静而单调，实在没什么可留住的回忆。她长大了，能获得的属于孩子的宽容越来越少，逃课逗鸟这样的事也渐渐不再做了。庄园里更小的妹妹们在马场上放风筝，她就在书房中一日日地画她的画，作她的曲。

舞会因战争而大幅减少，城市里满目萧条，人们听见音乐如同惊弓之鸟。恰巧她知音离散，便不再独自去街头演奏了。到了十六岁，成年的薇薇安搬离了那里，来到维克托黎生活。

战争没有什么悬念，文特仅用了三年就宣告胜利，伊顿覆灭。胜利的消息传来的那一天，薇薇安正在事务所看文件，失手摔碎了一个咖啡杯。

她不可避免地想到了卡罗琳。她在十五岁那年后就再也没见过卡罗琳，可事到如今，倘若有一天能再见面，她也实在不知该用什么面目去面对她。

那之后没过多久，她收到一封信，来自克罗格庄园，告知她达文波特回来了。

能活着回来也算一件好事，薇薇安心想。她向上司请了假，回到庄园见了达文波特一面。

达文波特晒黑了，也健壮了许多，眼下多了一道刀疤，站得挺拔如初。她站在二楼的拱形窗里与风尘仆仆的薇薇安对视，幽绿的眼眸里沉淀了许多东西，显出一点儿难以掩饰的疲态。

薇薇安给了她一个拥抱："欢迎回来。"

这怀抱的气味有些陌生。

那之后，薇薇安在克罗格庄园小住了一段时日。

达文波特成了厄里斯城最年轻的子爵。这并不是一个虚衔，她在普丽玛薇公爵手下统领过一支赫赫有名的骑兵，手握实权。对她这样的年纪和境遇而言，子爵只是一个起点。前来拜访的人络绎不绝。时隔数年，即使位于郊区，克罗格庄园仍不可避免地重新热闹起来。

客人们在马场上意气风发地赛马，薇薇安记忆里宁静的家园坠入了权力的角斗场。她心里有些烦躁，但并没像从前任性地表露她的不满——两年前她头也不回地选择独自离开，以至于十八岁的她如今更像是这座庄园的客人。

三年的军旅生涯没有磨掉达文波特对上流社会的记忆，她游走在舞池外，游刃有余地打发了接踵而至的名花投怀，与各怀心思的客人你来我往，谈笑间就完成了权力场上一次又一次的交锋。

在谈笑的间隙，她似乎感觉到了薇薇安的注视一般，在楼下的舞池中遥遥向她举起酒杯，含笑向她示意。这像是调侃的一笑有些惹恼了薇薇安，她烦躁地转身回到了卧室。

薇薇安摔门滚到床上，用被子捂住了脸，沉默了一会儿，忽然觉出一丝懊悔。

她的尖刻、孤僻是出了名的，尽管如此，长大成人后依然要遵循属于成年人的社会规则。独居之后，她已经很久没有这么放肆地表露自己的情绪了。这看起来……有点儿像是在撒娇，让她后知后觉地有些丢脸。

懊悔之后，潮水般的悲哀迟钝地乘着黑暗从四面八方涌来。

薇薇安喜欢变化，如今一切都在改变，但每一个故事的走向都不是她所期待的结局。她知道达文波特喜欢马术，喜欢冒险，她身体里深植着自由的火种。如果那火种一直埋藏也便罢了，但它分明在六年前被卡罗琳点燃过。薇薇安曾看见它烧得热烈又纯粹，现在却要在这一场场舞会里再次熄灭了。

一同熄灭的，还有遗落在这里的、数年前那些闪光的宝贵回忆。而她绝望地目睹了一切，却无能为力。

薇薇安没在克罗格庄园待太久。确认了达文波特的平安，她的假期也将到尾声，于是仓促地启程回维克托黎。

薇薇安临走的时候，达文波特似有所觉，在她上马时突然低声问道："你还会回来吗？"

那一瞬间，薇薇安有种被人一把揭下面具的惶恐。她动了动嘴唇，垂下眼睛，最终也没能说出什么。

达文波特便明白了。她有些失魂落魄地点了点头，又看了看薇薇安，欲言又止。

可薇薇安急着赶当天的火车，便没再多停留，又看了一眼晨雾中的庄园和远方一望无际的马场，挥手向亲人们作别。

战争的胜利为文特累积了大量的财富和发展机会。上层社会中，魔法有了突破性进展；普罗大众间，新的科学理论有了重大突破，并以令人惊讶的速度被逐渐运用到人们的日常生活中。火车轨道轰轰烈烈地铺开，工厂大规模地兴起，旧式贵族有了落寞的迹象，掌握财富的新贵族逐渐兴起。

薇薇安成了律所的正式律师，租下了现在这座房子，在那个遍地黄金的时代在维克托黎就此定居。

她以为她会一直这样平静地生活下去，直到六年后她收到两封来自克罗格庄园的特殊信件。

达文波特离家出走了。薇薇安吃了一惊，展信细读。两封信中，一封来自姨母,一封来自与她并不熟悉的、记忆中的三姨母家的小妹克里斯。在不同的视角中,薇薇安拼凑出了事件的真相。

从达文波特六年前回来的时候,她就开始实施她的计划了。她考察了一段时间,选了最满意的克里斯带在身边,六年间带着她不断出入各种重要场合,悉心培养,在她成年后便逐步将手里的权力和人脉交接给她。

明眼人看在眼里早有猜测,众说纷纭。有人说达文波特在战场上留下了暗伤,命不久矣;有人说达文波特只是想给自己培养一个得力助手;有人说小克里斯狼子野心,达文波特心慈手软。

姨母早有所觉,却从不置喙。克里斯与达文波特心照不宣地完成了这场漫长而谨慎的交接。直到达文波特离开之后,悬了六年的另一只靴子终于落了地。

薇薇安算了算,克里斯小她四岁,今年该有二十岁了——已成年四年,也是成熟的时候了。达文波特安排所有事向来都很妥帖和缜密,这最后一件也一样。

她轻叹了口气。

孩子长大了总是要飞走的,她桀骜又古怪,姨母早知那个小小的庄园留不住她;但达文波特的离开令人始料未及,想必姨母在意识到之后也经历了一番煎熬。

达文波特要离开大陆,出海远航。她说战争给她带来了难以愈合的创伤,以至于她总想逃离陆地,去无人的海上探索生命的边界。姨母年轻时也是个多情的绅士,面对这样的说辞她甚至说不出拒绝的话。

那之后,薇薇安又回去探望了姨母一次。时间就这样流水一样散去。

孑然一身的薇薇安彻底关上了自己的门,投身于对自我的探索。她没日没夜地燃烧她的灵感,积攒了许多画作和乐谱,直到疾病终于摧垮了她的身体。而在弥留之际,维克托黎发生了一些意料之外的变化,她仿佛窥见了这世界的力量之源。

薇薇安支着桌面勉力起身,来到窗台边。一缕晚风从她的指尖掠过，拂动床边凋零了一半的桔梗花。这些植物太久没打理了，叶子上都落了一层灰尘。

她打开了新世界的大门，在大限将至的时候，这让她觉得有些庆幸。

这样的机会并不多，大多数人穷极一生也不能遇见，而薇薇安在这短暂的一生遇见了三次，以至于后来她总是回忆起与卡罗琳的最后一次见面。

那是个极其敏锐的女人——艺术家向来如此。薇薇安知道卡罗琳察觉了自己的感情，却并没有戳破，给她留了足够的体面，也与她拉开了礼貌的距离。卡罗琳是个真正的绅士。纯粹的浪荡会令人侧目，但卡罗琳身上那种高贵的品性中和了那种荒唐感，才形成了她像美酒一样独特的魅力。

那是一次很平淡的下课，和以往的每一次都毫无差别。卡罗琳离开的时候看了她一眼，她后来一遍遍地描摹卡罗琳的神情，坐在画架前独自咀嚼，总觉得那一眼中有痛惜和怜悯。

分明是被侵略国家的国民，但她居然怜悯自己的学生。薇薇安不知道她在怜悯什么，又在痛惜什么，只是每次想到那双隐在黄昏里的灰绿眼眸，她心里总会泛起细密的抽痛。

她有过不舍吗？薇薇安读不出来，卡罗琳身上似乎从未有过这种情绪。

她有时还会想起与达文波特最后一次见面时她欲言又止的神情。后来达文波特甚至没给她留下只言片语，分别时那未能说出口的话，她永远也没机会知道了。那个复杂的神情有时会与达文波特少年离家时稚嫩而坚毅的脸重叠在一起，薇薇安的记忆越来越模糊，时常分辨不清。

人的一生能留住的记忆不多，那些或稚嫩或深沉或怜悯的珍贵眼睛像走马灯一样在她脑海里循环往来，最后逐一像泡沫一样悄然消散。

她努力地看着窗外逐渐落下的太阳，直到最后的余晖被夜色覆盖——太阳落山了。